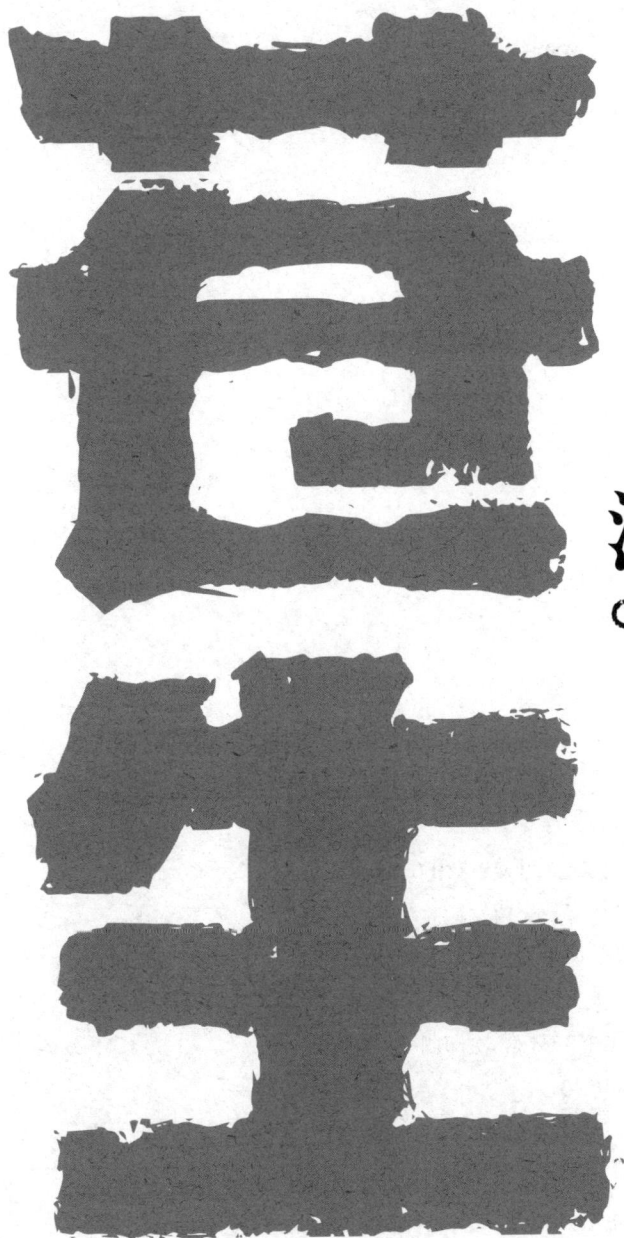

苍生

浩然 著

CANG SHENG

北京联合出版公司
Beijing United Publishing Co.,Ltd.

图书在版编目（ＣＩＰ）数据

苍生 / 浩然著 . -- 北京 : 北京联合出版公司，2020.5 （2023.9 重印）
ISBN 978-7-5596-4092-5

Ⅰ．①苍… Ⅱ．①浩… Ⅲ．①长篇小说－中国－当代
Ⅳ．① I247.5

中国版本图书馆 CIP 数据核字 (2020) 第 042215 号

苍　生

作　　者：浩　然
责任编辑：管　文
封面设计：王　鑫

北京联合出版公司出版
（北京市西城区德外大街83号楼9层 100088）
北京新华先锋出版科技有限公司发行
北京鑫益晖印刷有限公司印刷　新华书店经销
字数330千字　620毫米×889毫米　1/16　34印张
2020年5月第1版　2023年9月第3次印刷
ISBN 978-7-5596-4092-5
定价：88.00元

目 录

第 一 章

在八十年代刚刚开头的那个热热闹闹的日子里,偏僻的山村有一群奇而不奇的人,做出一连串怪而不怪的事情,让摸不着头脑和不知根底的旁观者,看起来目瞪口呆、啼笑皆非;对他们的处世态度和所作所为,不知道应该同情呢,还是应该鄙视?应该赞成呢,还是应该反对?实在是个让人困惑难解的问题!

这个在半山腰鼓捣石头的,就属于一个极平常的"奇人",正辛辛苦苦、认认真真地做着一桩普通的"怪事"。

石头已经开出了一些,整块儿地堆积在碎石头子儿里。他用钢钎子把整块儿的撬出,用铁锤子敲掉多余的棱角,接着搬到行走比较方便的平坦一些的地方,一块儿一块儿地垛起来。回头再去鼓捣另一块儿。汗水,顺着他的脸、脖子和光着的脊梁背往下流淌,被棉裤腰给截住,浸湿了的腰上,沾了一圈儿石粉末子。已经贴近晌午。他停止了活儿,喘口气,就在地上挖了个坑,把钎子、锤子埋在里边,用手把上面的土抚平,用脚把抚平的土踩结实,然后解开裤带,在上边撒一泡尿——掩藏遮盖得严严实实,不留半点儿痕迹。

跟往常一样,他没有马上离开荒山回家,而是拾起挂在枯树棵子上的小棉袄，拍打拍打沾在上边的尘土和草末子，一面往袖口里伸胳膊，一面绕着弯儿攀上一个崖头顶端。他抬起一只手，搭在脑门子上挡着强烈的阳光，四下张望。看青天，看大地，看山脚和平原接茬儿地方的村庄。他的目光在山下的那个村庄的街道上巡视，伸手数点，嘴里边小声地叨咕："又有三层新房起来了！又有两家平地基、码地盘了……"他深深地、长长地叹了口气。

这儿是中国北方一个极普通的小地方。属于冀东，也可以划归"京门脸子"。论风光景致，十分平常：有山很矮，有河很窄；有一条走车走马的官道，还是老辈子的年月，大清皇帝为了往东陵马兰峪拉木头和运石料修出来的。那道儿既坑坑洼洼又弯弯曲曲，还有不少的"瞪眼儿坡"。因为交通不方便，住在这地方的一般百姓，极少有谁到远处去逛逛；远处的那些想开开心，或打算得到点儿好处的体面人，更难得到这地方看一看、停一停。致使这儿变成个长久偏僻、格外寂静的角落。

不算太大也不算太小的田家庄，就坐落在矮矮的山包下面，窄窄的小河旁边，在由南往北、再朝东拐个胳膊肘子弯儿的沙石道附近。

用不着惊动历史学家们前来费心思、花功夫地考证，每一个普通人都能够辨认出来：田家庄是一个饱经朝代更迭、历经世事沧桑的古老乡村。不用说别的，光是村子西头那座坍了多年的破庙岔子，庙前那棵三五个人搂不过来的、连肚子都烂空了的老槐树，以及树下水井沿儿的石头都让提水的麻绳给磨出好几条两三寸[1]深的沟槽，就是铁打的证据。

古老的田家庄，从它乍开始有了冒烟儿的房屋那会儿起，肯定是由姓"田"的这一个姓氏而得名的。当初，这个村庄也许只有"开山老祖"

---

[1]　长度单位，1 寸约等于 3.3333 厘米。——编者注

姓田的这一个宗系。那位"开山老祖"大概是一个逃荒的男子汉，带着妻儿老小来这儿安了家。他或许是一个越狱的罪犯，拐了一个良家女子在这儿落脚住下。还有一个可能：他出生在天堂般的江南，沦为一个被官府驱赶到这儿修筑万里长城的兵卒，苦役期满，却没有盘缠回归故里，就讨了一个叫花子的老婆，在这儿留下来苦熬岁月……如此这般，都是胡乱地推测，谁也不敢打包票说，头一个到这块地盘上成家立业的那个姓田的人，绝对是哪一个种类。但是，不管他属于哪一种哪一类，在那个遥远而又荒凉的年代，他决心要在这儿站住脚跟、生存下去，必须得甩起膀子刨开处女地种庄稼；不这样就挨饿，不给饿跑，就得饿死。他必须搬石头、砍木头、和泥盖房子；不如此办就得挨冻，不被冻跑，就得冻死。肚子里有了食物，身子有了避风的地方，夫妻俩才会有精气神儿在被窝里亲热——于是乎，就生儿育女了。以后就逐渐分枝发权，一世一代地增加着姓田的人家。房院连成街，老少结成群，修了那座大庙，栽了那棵槐树，挖了那口水井。这一伙人家占据的这块地盘，很自然地就被自己和周围乡村的人称之为"田家庄"，即"老田家的庄子"的意思。再后来呢，又有别的姓氏的农民，受到各种命运的逼迫和各种希望的引诱，一户一户地搬迁过来，跟姓田的人家成了邻居，有的还跟田姓的人结成姻亲，相互帮扶着奔波谋生。同时，他们也自然而然地称谓自己的家门所在地为"田家庄"。

　　由现存的许多历史证据可以推断，有了"田家庄"的当时和以后的一段挺长挺长的岁月，姓田的这一族，定然是人丁兴旺的大户。要不然，"田家庄"这个一般化的村名不会这般长久地保持下来。也许在哪一朝哪一代，田家这一族里出现过显赫有名的大人物，干出过轰轰烈烈、光宗耀祖的大事业。比如中过文官，当过武将，有过被刻了石碑的、不打爹骂娘的孝子贤孙，有过给树起牌坊的、没见过丈夫的面就守寡一辈子的贞节烈女……

真不简单哪，田家庄的老田家，历史悠久，子孙相传，不知繁衍了多少代。然而，实在不可思议的是，到如今，即中华人民共和国都办过了三十周年的大庆吉日，而在这个住着二百七十多户农民、瓦房和土房组成方圆二华里[1]长的田家庄里，姓田的人家却衰败得仅仅剩下孤单单的一个门口了。

这个门口的"名义"户主就是这位在山上鼓捣完石头、不顾劳累地登高观景的田成业，但是能够当家、能够主事、有实权的是那位正在家里做饭的、他的老伴儿田大妈。

田成业已经是花甲的年纪，脑袋大，脸盘子大，手大脚大，浑身的骨头架子大，属于标准的山区大汉。他的性情脾气，倒跟他的外表极不相称。他厚道，厚道得过头，显着有点儿呆。他老实，不分对什么事儿都老实，就难免有那么一点儿窝囊废的样儿。他一天到晚闷着头吃饭，闷着头干活计，连在家里家外走路都耷拉着脑袋，像丢了什么东西，正怀着失望的痛苦在寻找。除了跟他老伴儿单独在一起的时候，对谁都不爱讲话；讲话就着急，着急就结巴，干脆闭着嘴巴，压着舌头，不讲。他怕见生人，尤其怕见上边下来的当官儿的和刚刚从外村嫁到田家庄的年轻的小媳妇儿。对这两类人，他遇上就赶紧躲开；实在躲闪不迭的时候，他会变得惊慌失措，绝对不敢从正面看人家一眼，人家要是主动跟他打个招呼，那才叫他活受罪！这么大年纪的老头子，还会像个爱害羞的小姑娘那样涨红了脸，脑门儿上冒汗珠子，嘴唇哆哆嗦嗦的，回答不出一句整齐连贯的话。旁观的人都被他逗得发笑，也替他难为情。

在共产党取得政权以后的三十年间，一个接着一个的政治运动里边，田成业既不积极也不落后；既没有"整"过别人也没有挨过别人的"整"，纯属那类跟大帮、随大流的芸芸众生。而且，他跟田家庄所

---

[1] 长度单位，1（华）里等于500米。——编者注

有跟着"社会"走过来的庄稼人一样，过了长达三十年的集体生产的日子。他没有觉得占了大便宜，也没有觉着吃了大亏。同样地，他既不认为那日月像个没法儿忍受的"人间地狱"，也不认为是从来没有过的"幸福天堂"。他纯属那种不被村干部们搁在心上、不让积极分子们放在眼睛里的一般社员群众：谁也不重视他，谁也不轻视他。

今儿个例外的事情发生了。田成业受到例外的礼遇。一个在田家庄变得越来越有价钱的人似乎在向他献殷勤，故意要抬高他。在他闷着头干了半天开石头的累活儿，又饥又渴地收工回家的路上，把他给截住了。

突然间，前方响起一声高喊："大成兄弟，你叫我好找哟！"

呼唤声从起码有五丈[1]远的地方传过来，竟然把个田成业给着实地吓了一跳。

"大成"是他的乳名，这地方的人俗称"小名儿"。一个婴儿落生后，由家庭里最年长或最有权威的人给起的这种小名儿。一到脱下开裆裤进入学堂之日起，除家长而外，任何人都不得再这么呼叫。等到娶上媳妇儿成了"大汉子"，连家长也不再当着面提这几个字儿。田成业已经是"黄土埋了半截子"的人，四十多年没有谁这么叫过他，连他自己也似乎忘记还有这么一个名字，冷不防地听到有人叫起来，又惊异，又刺耳，不亚于突然挨了一鞭子。

田成业本能地刹住步，稳稳神儿，小心地抬起头来，怯生生地朝那边一看，这一看又使他不由得一愣：呼叫他的人，是老地主巴福来。你说这该有多奇怪，这是咋的了？

巴福来干瘦得像一只用锅爆过的大河虾：腰是弯的，腿是圈的，两条胳膊也似乎永远伸不直。每只手上的又细又长的指头，如同挠地用的

---

[1] 长度单位，1丈约等于3.3333米。——编者注

五齿耙子。此时此刻，他把自己精心打扮了一番，一改往日那种破破烂烂、邋邋遢遢的样子。他的头上戴一顶过大的呢子帽，身上穿一套过肥的藏蓝色的料子制服，脚上挂着一双城里人用机器做的黑灯芯绒面的圆口白千层底儿鞋。让人看惯了的那副萎萎缩缩、唯唯诺诺的神气，好似用酒精刷洗过一般，再不见一点儿影子：那亮亮的脑门儿，那红彤彤的颧骨，那刮得很干净的嘴唇和下巴颏，跟闪着光的小眼睛，使他变得连熟人也不能相认了。他先咧开镶了假牙的嘴巴冲着田成业呵呵地笑笑，随即又喊一声："大成兄弟，快走两步呀！"

　　重复的喊声，喊声的调门儿，终于帮助田成业把压在脑海最底层的一点点淡淡的记忆给唤醒了。他跟巴福来是同年，小时候在邻村一个老先生的小厢屋同窗共读过一年左右的《名贤集》和《论语》。在上学和下学的路上，他们边走边玩耍，跑到前面或被丢在后面的巴福来，就常常用亲热的口气呼唤田成业的小名儿。以后，巴福来就不搭理田成业了，因为田家遭了劫难，已经穷得"叮当响"，再也念不起书了……田成业的奶奶活着的时候说过，田家庄有个成了精的黄鼠狼，脾气古怪、喜怒无常，而且神通广大、变幻无穷。它率领一帮小黄鼠狼，随心所欲地捣动金银财宝。过些年从东家鼓捣到西家，使东家穷了、西家富了；过些年又从西家鼓捣到南家，于是南家变富而西家变穷。在男人的后脑勺还兴梳辫子的那年月，黄鼠狼精看上了巴家。巴家出了土匪，靠"绑票"发迹起来之后，就"放下屠刀，立地成佛"，当上拴马车、养长工的土财主。闹日本鬼子那些年，不远的北山里的长城线上，施行"三光"政策，田家庄离着近，也给糟践得很厉害：穷人更穷了，富人也穷了。唯独巴家不光没有受到啥损失，还浑水摸鱼地扩充了产业。因为巴家那一族出了个汉奸大乡长，使姓巴的人家都有了靠山，既没挨烧杀也没受抢夺。甚至日本兵"清乡""扫荡"到了田家庄，见着姓巴的人都收起狰狞残暴的脸相，而显出几分客气的模样。共产党指挥的人民解放军从东北三省起兵打过来，田家庄成了北山里解放区的边沿游击区，经常出现"拉锯"的局面，但共产党的地方武装落脚的时间长，所以土地改革运动比平原上早两年开始。巴家的户数不多，挨清算斗争的人可不少：有三家"扫地出门"，有两个人给"镐把炖肉"了。田成业参加过对巴福来的"清算"大会，跟贫农团的人轮流看守过巴福来一家大小，最后分了巴福来靠河边的七亩"夜潮"地。巴福来脑袋上戴了三十年"地主"帽子，掏公用厕所、打扫大街的差事全是他。不论整什么人的政治运动，都得捎带上他，让他给陪绑。巴福来自己给折腾得没死也脱了几层皮，还牵连得闺女没有人敢娶，就嫁给北山里的一个瘸子。儿子都快四十岁，还没有娶上个媳妇儿。有一回，那熬光棍儿的小子想媳妇儿想疯了，跟他亲爹巴福来又吵又闹，骂了一句让人对不上牙的话："你图舒坦一会儿，弄出个我来，让我在世界上跟你背黑锅，受这份折磨！"直到前不久，还有调皮的年轻人拿这事儿当笑话嚷嚷，妇女们听见都捂着耳朵逃跑。巴福来本人心里咋难受，那还用说？过了三十年这样的日子，他能胖吗？他能不弯腰吗？他能不未老先衰吗？

可是真让人奇怪，今儿个的地主巴福来，变成了另外一个人似的，打扮变了，做派也变了。很麻利地迈了几步迎上前来，挽住了田成业的胳膊："哎呀呀，你怎么总是这样无精打采的！"

田成业被他这份亲热劲儿闹得越发莫名其妙，有几分恐惧地四下看一眼，一面从对方手里往外抽胳膊，一面结结巴巴地叮问："有，有，有啥事儿吗？"

巴福来回答说："你大侄子今儿个成亲哪！"

"成亲？谁成亲？"

"嗨，别人成亲，我能这么高兴？就是我家的平安，我儿子呀！"

"啊，巴平安也闹上媳妇儿了？"

"所以才值得庆贺庆贺嘛！所以我才要请众乡亲们喝几盅喜

酒嘛！"

田成业的脑袋虽然被闹得晕头转向，但是，他并没有完全失去思维能力，听了"喝喜酒"这句话，立即弄明白今天的巴福来为什么打扮得这么阔气，为什么这般容光焕发，为什么跑到村口来跟他拉近乎。田成业弄明白这一切，反而拼命地挣脱开巴福来扯着他胳膊的手，几乎是发怒般地拒绝邀请："我，我不去。我不会喝酒！"

"少喝两盅嘛……"

"不喝，不喝！你快去忙你的吧！"

巴福来对田成业的生硬态度并不介意，仍然笑模笑样地说："你是依照老框框对待新事儿，害怕跟我划不清界限哪？"

田成业口是心非地嘟囔一句："说不着这个，我什么都不怕……"

"不怕就对啦！咱们已经是完完全全一个样儿的人啦！"巴福来得意扬扬地用手指头摸着自己那光光的下巴说，"以往那些乱七八糟、阴差阳错的事儿，就好比做个噩梦过去了。又像二十多年前的样儿，咱们还是走一条道、喝一井水的乡亲，还是搞春种秋收的庄稼人，还得给儿孙们奔日子。因此，你我都乐意跟别人相处得和和气气，不再闹生分，不再瞎折腾。大成兄弟你说对不？"

田成业觉得巴福来这番话有道理。因为在巴福来说话的时候，他听一句就拿来跟他自己这两年见到的一些事情做一番比较，觉着句句都有根有据，没有造谣言。所以他不能说巴福来的话有什么不对。可是他仍然推辞说："谢谢你费心啦，头晌我开石头，过晌还得忙着整治种棒子的地块哪！"

"你家弟妹可有令，让我请你赴席。要不然，我咋会知道你在这边干活计呢？"巴福来这样说着，又一次挽住田成业的胳膊，进一步解释，"田家庄有一多半的人家都到我家随了份子，证明我还有点人缘儿……我要给那些脑袋瓜僵化的、用老眼光对待我的人看一看，让他们清醒清醒。还想欺压我，哼，没那日子啦！"

　　田成业只用耳朵听巴福来说的这句话，没有看看巴福来是以一种什么样的姿势动作说的。但是他感到巴福来的愤恨情绪，估计脸色一定变得很难看。他的两条腿也不由自主地跟着巴福来的拉扯迈动起来。他心里暗想：连共产党都跟地主把仇疙瘩解开了，我田成业一个老百姓何必非让人家觉着还系着疙瘩呢？应付一下就应付一下吧，反正孩子他妈答应让我去的。

第 二 章

　　巴家怀着极复杂的心情，拿出最大的气魄、最大的力量，给儿子办喜事儿。主人打定了主意，要用这个行动，在田家庄造成最大的声势，一方面为了示威，另一方面为了多方联络感情，以求在田家庄站得更稳当些。

　　一砖到顶的红色院墙，是去年秋后垒起来的。中西式结合的高门楼下边的两扇黑铁门，今儿个大敞大开。门楼的宽宽垛子上，分别贴着两个斗大的红纸喜字儿。用塑料花和红绸子扎成的半弯形的大彩环，插绑在门楣上端、水磨石的檐子下方，把门楼装扮成牌楼。一拨坐唱班和吹鼓手分坐在门楼外边的左右。他们都十分卖力气，比赛着吹，比赛着唱，吹唱着中国乡村大地上消失了数十年的古老歌子和戏曲。围聚在那儿的女人和孩子们，只感到热闹非常，不像听收音机那样能够听出眉目，这反而增加了一种神奇奥妙的感觉，拉住他们不肯走开，傻模瞪眼地听下去。这支吹唱队伍很厉害，闹得整个街筒子都在他们的轰响声中颤抖，人和人对着脸儿说话都听不清楚。门楼里是十丈长的大院子，比院墙早起来半个月的七间大瓦房，陶瓦、青砖、水泥台阶；朝阳那面没有墙垛子，除了几根朱红柱子就是门窗。那上边的玻璃闪闪发光，好似神话里的水晶宫。这会儿，院子里垒了炉灶，刀勺乱响，油烟飞腾。用苇席屏风隔开的那边是连夜搭起来的大棚。大棚里摆下八张高桌，围坐着亲朋、故友和随份子的乡邻。不论什么性情的人，此时怀着什么心思，来到这种喜庆热烈的场所之后，都不能不受到感染，都不能不笑逐颜开，没有一个是哭丧着脸的。

巴福来把田成业拖进大棚，就顾不上招呼他了，说道："大成兄弟，你到最边上找个位子坐，撒开吃，别客气。我去请别的人，说不定还有刚收工的。"

田成业从这句话里明白几分：巴福来并没给他田成业那么大的脸，并非专程到村口等他、请他田成业。巴福来今儿个是撒大网的，不管虾子还是鱼儿，一齐捞；捞着谁算上谁，全属他盛情邀请的对象。田成业不计较这些。田成业不要求别人给他特别的尊贵，尤其不愿意跟巴福来这号人显鼻子显眼地亲近。田成业是随大流惯了的人，这回到巴家随份子也随了大流，倒使他有了几分心安理得。不再像巴福来乍开始邀请他那会儿那样心里起矛盾，也不再像刚被拖进这唱戏声和吹打声震耳朵的院子里那会儿那么紧张得手足无措。同样地把刚到大棚里那会儿的精神压力解除了：那会儿，进了大棚，好似进了阴森森的山洞，黑暗暗的使他看不清任何物件，只闻到逗他流口水的肉菜味儿，还有把他呛得头昏目眩、想呕吐想咳嗽的烈性烧酒气味。在迎着大棚进出口处站了一两分钟，也就是巴福来一边匆匆忙忙地撇下他、一边跟两旁的人敷衍地打着招呼退出大棚之后，田成业浑身上下自如得多了。

他仍然怯生生地四下张望，想按照巴福来指点的样儿，找个空位子坐下，闷着头吃上一顿平时难得吃到的好菜好饭；把这应酬之事应付完毕，就赶快到家里去拿家什，再叫上大儿子，一块儿奔承包的麦地里砸坷垃，准备到节气套种棒子。也只有在这样仔细寻找空位子的时候，田成业才留神到，八桌宴席虽然差不多都坐满了，熟人熟脸却不多，多数是外村的生面孔,有的仿佛是跟巴家断了几十年来往的老亲戚和老朋友。从前,田成业如果见过他们,也多半是在镇子上召开的全公社社员都参加的批判大会上。这些人则是充当挨斗的、示众的、陪绑的角色。田成业不能跟这些人坐在一块儿,还得往里边走。里边果然有两三桌坐的是田家庄本村的人,可惜差不多都是老娘儿们和半大小子,极少有当家主事的。田成业也不愿意跟这些人坐在一块儿。那么,到底坐在哪儿最为合适和最为方便呢?一时间,他心里又有些发慌,暗暗思忖:我可能上了巴福来这个老地主的当,我成了跟巴福来拉近乎的人里边最显山露水的人物。这可太不恰当了!他扭转身,想悄悄地溜走,忽然发现了一个他做梦也梦不到的奇迹。

巴福来满面春风地陪着一群大队和小队的干部走进大棚里。除了原来的大队长、如今的村民委员会主任郭云之外,田家庄能够主事儿的全都来了。而且打头的人竟是党支部书记邱志国!

邱志国是老百姓眼睛里的大人物,是掌握着田家庄人命运的第一把手。田成业最佩服的人就是邱志国。邱志国亲自到老地主巴福来家赴宴,实在是一件惊天动地的大事儿。

邱志国今年五十五岁,他生在穷根子上。他爸爸那一辈儿就是大户老巴家的车把式。他虚岁十一就给巴家当放猪的小半活。他脑瓜门上有一块钓鱼钩形状的小疤瘌,就是巴福来的爹、一个脾气特古怪的老头子,用二尺长的烟袋杆儿上的烟袋锅子给敲开个大口子留下的记号。邱志国在兵荒马乱、天天打仗的年月里,秘密地参加了革命活动。他当过情报员、除奸员、农会主席,英雄的事儿可干过不少。土地改革那会儿,就是邱志国率领着一伙穷人查封了巴福来的财产,把巴福来一家老小,像抓小鸡子似的给抓到临时设在村西破大庙的牢房里。挖浮财的时候,他亲手把巴福来吊在房柁上,亲手挥舞皮鞭子,狠狠地抽打,迫使巴福来不仅交出埋在地下的两缸“袁大头”,还交出一本准备递给蒋介石大官儿们的反攻倒算的变天账。分"胜利果实"的时候，好多穷苦的庄稼人虽然盯着极缺的吃的和用的东西眼馋心痒，却害怕变天，嘀嘀咕咕地不敢伸手。邱志国有胆有识，敢起带头作用。他第一个分土地。他不仅在分到手的土地上立即播下当年可以得到收获的谷子、豆子，还栽了过许多年才能够见到收益的柿子树和胡桃树。邱志国第一个分房。他不仅搬到被"镐把炖肉"活活打死的伪乡长的宅子住，还把伪乡长留下的闺女当作"浮财"，分配到自己的名下，成了他的老婆。搞农业合作化那年，邱志国也是最先认清方向、选准道路的农民先进分子，带头在田家庄办起第一个农业生产合作社。邱志国脱光膀子，跟社员一起拉犁耕地，肩膀头让粗麻绳子给勒得冒血珠子，褪下几层皮。真是一条硬汉子！农业社开市不利，头一年就赶上大旱灾，闹饥荒，好几家社员都断了顿儿，躺在炕上不能动弹。就这样，邱志国既不泄气、不退缩，也不跟着叫苦，不朝上级伸手。他从自己一家人的嘴里匀出粮食，一升一碗地给没吃食的社员送到家里，帮扶着众人渡过难关……邱志国的名字当当响，打鼻子香；出席过地区的劳模会，当过县委会的委员，谁提起他不竖大拇指头！邱志国也有过差错，也倒过霉。人非圣贤，孰能无过？倒霉了，挨整了，还是忠心报国地给共产党办事儿，更显出他是个好样儿的。新中国成立前，庄稼人看皇历决定动土婚丧，新中国成立后听广播喇叭得知阴晴风雨；三十多年里，邱志国的言语行动，是庄稼人观察国家政治天气的预测器和温度表；无论情愿不情愿，都得让自己跟着邱志国的脚印走，才觉着保险。

共产党夺政权、打蒋介石那当儿，田成业跟随邱志国出过一趟远征担架。先打锦州，接着又马不停蹄地进喜峰口，赶到天津北仓。田成业亲眼看到邱志国不顾性命干革命的勇敢性和坚决性。在天津有一仗打得特别惨，邱志国连续三次不顾机枪扫射的危险，冲到火线上抢救伤员。跟邱志国伙抬一副担架的、田成业同族的叔叔，让一颗穿过的炮弹削掉了脑袋，邱志国硬是不肯丢下伤员自己逃跑，而把伤员驮在自己的背上，终于爬回自己的阵地。

庄稼人讲究"眼见为实，耳听是虚"。在老实厚道的庄稼人来说，亲眼看到的一个人的行为，要比用刀子刻在心坎儿上还结实，以后你用什么"耳听"的东西都难以给改变模样儿。"邱志国不顾性命干革命"的形象，在那个子弹横飞、枪炮轰鸣的时候，深深地刻记在田成业的脑海，三十多年的风风雨雨，不仅没有消磨掉一点儿，反倒越来越结实。如今，邱志国这样一个有身价的人，来到老地主巴家随份子、赴宴席，顿时改变了田成业的一些观念，从而改变了心绪。他挺起了腰杆儿，理直气壮地往里挤。他瞅准了一个空位子，打算往那儿绕过去；动身迈步的时候，竟然不由自主地转了方向。因为那个桌子有个面朝里坐着的人，正巧这会儿扭过脸来看"领导席"，让田成业认出是心术不正的孔祥发。田成业不愿意跟他坐到一个席位上去，就没有奔那儿落座；同时有些茫茫然，不知道到哪儿找个容身之处。

有个好心人了拽了拽他的衣角，招呼他："真少见，大叔您今儿个出马上阵了？来，别往少数富起来的小地方挤，到我们这个多数穷起来的宽绰地方坐下来吃吧！"

田成业扭头一看，拉他和招呼他的是大队电工。此时此刻，他对这个平时"吊儿郎当"的小伙子的这番好意，很有些感激，就一面用笑脸回敬，说声："你也来了"，一面在电工挪挪屁股让出来的一截儿长凳上小心而满意地坐了下来。

电工把一双沾了菜汤的筷子拿起，甩几下，又用手撸一把，递给田成业："大叔，你快吃吧，净是大肥肉块子，没有几个人敢碰它。"

田成业接过筷子，夹了一块刷了糖色的肉块儿，放到嘴里嚼，觉得挺香，就是有些不太烂。要是稀烂的，用牙轻轻一嚼，就顺着嗓子眼儿往下流肥油，那可就太美、太可心啦！

电工拿过瓶子，往田成业面前桌沿上一个白瓷的空酒盅里倒。

田成业赶紧伸手捂酒盅，连忙说："对这个我不行！对这个我不行！从有了我那大儿子，再没有喝过它……"

"不喝白不喝，您就撒开喝。"电工用力地把田成业捂着酒盅的手拨拉开，大大咧咧地说，"您不喝，给他省下，他也不会说您一个好儿，心里该咋骂您还是照样儿骂。我不信老地主能跟贫下中农把仇疙瘩解开！"

田成业觉得电工的这句话有些过分，不符合今天的新潮流，就好意地用胳膊肘捅他一下，同时朝在座的同桌人扫一眼。

"怕什么！您可真够小胆儿。"电工对田成业的暗示不以为意，反倒公开地大声地说起来，"您看看，在这张桌子上的都是谁？这位大哥您不认识吧？果树把式，北山里香果峪的。名义上是巴福来请来的助手，实际上是新雇的扛活儿的。别人还用我介绍吗？过去都是巴家的死对头！"

田成业惊慌地细看一下身边的人，这才发现都是熟面孔。里边有当初给巴家扛过活儿的何三老头儿。他耳聋眼花，孤身一人，被送进敬老院，又自动退出来。用他的话说，"就等着进火葬场"了。这会儿，正闭着眼睛，没牙的嘴里咀嚼着一块嚼不烂的肉。里边有给巴家当"打头儿"的郭雨的侄子，复员军人郭少清。小伙子依旧穿着军装，只是没有了红色的领章和发光的帽徽。而且，平时是个十分热情而又和气的年轻人，此时端坐在那儿，不吃不喝不开口说话儿，只是绷着脸皮、皱着眉头东张西望地观察着什么动静似的。跟郭少清并坐的，是支书邱志国的当家侄子、在村里当着团支部书记的邱方。别的还有土改那会儿遭还乡团暗杀了的贫农团主任的"墓生"儿子和一位烈属老太太。再加上他田成业，简直可以开个贫下中农协会小组会议了。

"我就弄不明白，你那头脑没毛病的叔叔，到底是怎么想的？一个大山场，好几百棵果树，一年只交三千块承包费！"吃喝一阵儿之后，大队电工又拾起被田成业来到给打断的话茬儿，冲着对面的邱方大发牢骚，"你知道不知道，老巴家去年，没浇水、没施肥、没除草，只打了两回药水，花了点儿看守的工夫，纯利润就是七八千块大洋！"

"你呀，你这叫典型的红眼儿病！"邱方半开玩笑地回敬一句，"快上点儿青霉素药水吧。少清你说是不是呢？"

郭少清把张望的眼神收回来，朝大队电工看一下，依旧绷着脸孔哼了一声，没表示是还是不是。

"我承认是红眼儿病。可我不能不红眼儿！"电工强词分辩，"田家庄的干部和社员，辛辛苦苦地搞了差不多三十年，才把那山开成地，才在地里栽上树，正到挂果子的青春期，一举手、一张嘴的事儿，就归了他一家。这也太便宜啦！"

"得啦，得得！你这是鹦鹉学舌，说的是田保根说过的剩话，你是受了传染！"

"嘿嘿，你真把人看扁啦！就他们老田家的人脑瓜子好使，会算账？田家庄的人谁心里不明白？"电工继续喊道，"秃子脑袋上的虱子，明摆着的事儿呀！老巴家当地主那会儿，也不会这么轻而易举地就把全村人的公有财产夺到手里。明明是你叔像送点心包那样送给他的……"

"你当时为什么不举手喊一声'我包'呢？"

"我举手喊一声，喊一百声顶屁用！"电工在田成业肩头拍一下，又伸筷子指指郭少清说，"田大叔那宝贝二儿子保根，还有这位年轻有为、上过解放军大学校的共产党员，死乞白赖地抢都没有抢到手，我能把你叔的梦摇撼醒？能把你叔的舌头给扳过来？"

"他干得不合理，你应该跟他造反呀！"

"我可没那么大的胆子，在太岁头上动土。结果会包不到果园子，连电工的差事也得丢掉！"

"所以，胆儿小的人，就得对人家胆儿大、发了财的人服气……"

"噢，闹半天，改革、改革喊叫得挺响亮，就是比胆儿大呀？结果是撑死胆儿大的，饿死胆儿小的呀？哈哈哈！吃！喝！"

田成业一面夹菜、夹肉，往嘴里填，快速地嚼咬吞咽，一面听年轻人半是玩笑半是认真地吵吵嚷嚷。他怕把电工在他面前倒的那盅酒碰洒，抬起不拿筷子的左手捏起来挪一挪，脑子忽然一闪，猛然想起一个没出五服的本家兄弟。那个兄弟是他本家叔叔的独生子。叔叔抬担架牺牲在天津北郊外的炮火之中，独生子成了独根苗。"大跃进"那年，"独根苗"带着青年突击队"劈山造果园"，被塌方压在底下。他媳妇儿带着肚子改嫁了，不知道生个男孩儿还是丫头，也不知道活没活，反正绝了那一支的根儿。从那会儿起，田家庄姓田的，才从原来可怜巴巴的两个门口，变成了如今田成业这孤单单的一个门口。田成业想到这儿，胸口窝不免为之一酸。但是，他没动声色，更没有旧事重提，把话说出口。他断定，在座的人，有的由于老而糊涂早把那个为果园献身的"独根苗"给忘掉，有的因为年纪小，根本不知道那件已经变得很遥远的往事。如今不讲究"忆苦思甜"了，青年人尤其讨厌上岁数的人老讲过去。田成业有一个规矩：没有用的话不说；说了也不顶用的话也不说。如今，让田成业苦费心思的要事儿已经压得喘不过气儿来，哪儿还有工夫和精力说一些没有用、不顶用的话呢？

停歇了一阵儿的唱戏声和吹打声，再次爆发起来。同时伴随着炒豆子一样的鞭炮的猛响。紧接着，从上首的"领导席"那边传来拍巴掌声和喊叫声，惊扰得整个大棚里的人，像一棵大树上的枝杈叶子被狂风吹卷般地骚动起来。电工和邱方也停止了争论，蛮有兴致地欠起身子、伸着脖子朝那边观望察看。

电工喊一句："嘿，新郎和新娘子都拍马屁来了！"

邱方跟着评论："打扮得真够洋气呀！"

田成业也油然地生发起一点点好奇之心。他用了用劲儿，把嘴里一团嚼来嚼去嚼不碎的肉块，"咕咚"一声咽了下去，抬起头，睁大眼睛，往"领导席"那边张望。他好不容易在无数个摇摆不定的人头中间，看到两个站立着的、花枝招展、溜光发亮的人形，仍旧看不清脸孔。而看不到脸孔，就不好判断模样，也就难以满足好奇心。这不免使他有几分急迫之感，想站起来端详个真切，又耐着这把子年纪，不敢那样地放肆。

快四十岁的光棍儿汉巴平安，终于闹上个媳妇儿，这确实是件大喜事儿。不论新娘子的外表模样长得俊俏不俊俏，巴平安都会心满意足的。他穿着讲究的料子服，头上抹了生发油，胸前戴了大红花，笑容满面地给这个鞠躬，给那个斟酒，活像个好玩的木偶。他又给对面桌子的一个有胡子的老人深深地鞠着躬。新娘子也陪同他转过身子。

田成业老头儿几乎有点儿贪婪地睁大眼睛，终于看到而且看清楚新娘子的脸孔，一张胖乎乎、粉团团的脸孔——田成业老头儿的心，好似被一只手狠狠地揪了一把，疼得他两眼一阵发黑。

是她？是那个跟田成业的儿子搞过对象、不知何故突然宣告"吹"了的那个姑娘？

田成业不由自主地把心里想的话问出声来："真是她吗？"

一直没有开口的复员军人郭少清在地下狠狠地唾一口，轻蔑地回答一句："就是她。哼！"

田成业忘记郭少清曾陪着儿子相亲会过那媳妇儿，仍怕没看准，同样下意识地站了起来。

"我的妈哟，把屁股给我摔两半儿了！"因为田成业一站，小长凳一端失去压力而猛然翘起，把坐在另一端的电工给摔到地上。他一面起来，一面拍打着沾在裤子上的灰土和碎骨头渣子，冲着田成业扮了个鬼脸儿逗笑说："咦，您这么大的岁数，见了好看的女人也动心哪？"

郭少清接过来冷冷地说一句："动什么心呀？等着吧，风水变了，田家庄得改成巴家庄啦！"

　　田成业好似没有发觉什么，也没有听见什么，痴呆呆地收回目光，沉重地往凳子上一坐，如同夺枪那样，伸手抓过面前桌子边上那斟满酒的酒盅子。

第 三 章

　　大队电工，一路飞跑着冲进石头墙的院门，在二门外猛地刹住脚步，冲着里边那喷烟吐雾的北屋高声喊叫："喂，田大妈！田大妈！"

　　"哟，这是谁叫我哪？"堂屋里立即传出回声，极像戏台上的彩旦叫板儿一般，调门儿既尖细又拖得长长的，"你倒是谁呀？"

　　"我就是我！"

　　"闹半天是电总管呀？我说谁咋会这么大的架子呢！又没插着门儿，又没拴着狗，你有话不兴进来跟大妈说，瞎吆喝个啥？"

　　"急事儿，您快出来吧！"

　　"我占着手哪……"

　　"老二保根呢？"

　　"他说钢笔尖儿使秃了，得换一个。准是编个瞎话儿，又蹽到镇子上野去啦！"

　　"哎呀，这可咋办！"

　　"留根在我家房基地干活儿，有事儿你去找他。"

　　"他不顶用，还得您走一趟。"

　　"到底啥勾当啊？"

"我大叔在老巴家喝醉了！"

"你吃饱饭撑的，跑到这儿来跟我胡扯！"

"谁蒙您谁是王八蛋！"电工跨进二门，起誓发咒地嚷嚷，"不信您去看看。今儿个喝醉了一大帮，大叔醉得顶厉害。他又是哭又是笑，还跑到洞房里追人家新媳妇儿，别人拉都拉不开……"

"我的天，他这是咋的啦？"随着这一声惊呼，从滚着团团烟雾的堂屋里，蹿出这户人家的实际主事人田大妈。

她五十岁出头、六十岁还没到的年纪。头发花白，倒不显得稀少；满脸褶子，并不失红润。在女人中间她得算高个儿，骨架很粗壮，走起路来，往后撅屁股，往前倾身子；两只大脚片，每步迈出去都发出"咚咚"有力的响声。这当儿，她满脸狐疑的神色，一只手抓着长把儿的葫芦瓢，一只手提着枣木烧火棍子，直奔到电工跟前："我说大侄子，那个老东西真到人家家里给我丢人现眼去啦？"

脸色通红、嘴里喷着酒气的电工，摇晃着站不稳的身子，竭力用正儿八经的语气回答道："唉，谁说不是呢！我们都觉着奇怪。大叔是个老实巴交的人，压根儿没见他这么没有分寸过，所以我赶紧丢下筷子，放下酒盅，跑来给您报个信儿。您得采取措施。"

田大妈这么一听，事情果真属实，越发慌了神儿，强作笑脸哀求："大侄子，你冲大妈的面子，再修修好，到那儿替我把他弄回家来。行不行？"

"您快饶了我吧！我要有那本领，跑到这儿搬您这个兵干啥呢？就手把他拉回来多好。"

田大妈明知吊儿郎当的电工不是个热心肠的人，把事情托给他，很难靠得住。她也担心时间耽搁太久，老头子在巴家出洋相，传扬出去不好听，会给田家带来不好的名声，让儿子们受牵连、背黑锅。她寻思片刻，又对电工说："这么着吧，我跟着你走，你进院子里叫他，就说我在巴家门口等着。他不敢不出来。"

电工说:"这倒行。不过,我只管传令,大叔要是不肯听,我也没咒念。我吃喝半截儿,就跑来给您送信儿,回去还得接着陪几位乡亲哪!"

田大妈折回堂屋,用长把儿瓢子搅了搅锅里的猪食,又用火棍子把烧到灶膛外面的柴火截儿拨拉到里边去,这才慌忙地出来,跟随电工往街上走。从红高粱秸扎的排子门的空隙再往前走,两只手习惯成自然地举起,像梳子似的梳梳头发,而后又拽拽衣襟儿,忽然收住了脚步。

"哎,电总管,等我一小会儿。"

"还不快着点儿,又干啥呀?"

"你瞧,我这褂子埋里埋汰的。回去换上件干净的。"

"嘻,不进城上镇,又在本村,这么大年纪的老太太,还打扮什么?"

"不行。我不能让人家见了笑话。"

"嘻嘻。难怪连邱支书都说您是爱面子的冠军,真是名不虚传。您后边磨蹭吧,我失陪啦,头前走啦!"

田大妈急忙忙地返回院子,跑进屋里,揭开柜盖,抻出一件洗得很干净的布衫,一面伸袖子,往身上套,一面又跑出屋子,跑出院子,跑到街上。

这件藏蓝色涤卡布衫,是两个出嫁多年的闺女凑钱给她扯的布料,又是趁住娘家来倒替着给她缝做上的。在家里,她一会儿也舍不得沾身;出门时,必须得穿上。因为这位极平常的庄稼户的老太太,倒是个最热心肠、最爱脸面的人。可惜,用她自己自卑自怨的话说:"心比天高,命比纸薄。"老头子是个语不惊人、貌不压众、窝窝囊囊的极平常的庄稼汉。儿子们同样都是没特长、没本事,普普通通的老百姓。所以不论赶上啥年月,上边的法令咋个变法,她的日子总是"盖上脑袋,露出屁股;顾了屁股,又顾不上脑袋",过得紧紧巴巴,不能给她争光露脸。

越是够不着挂在高枝儿上的枣儿，越是眼睛盯着馋得慌。她也就越发想在村里处处事事追上大流儿，最好拿个尖儿，而别落在后面，别让乡亲们耻笑，别让外姓人瞧不起。回头看看熬过来的多半辈子，她确实干了许多光彩的事情，也做了不少当时被认为露脸，过后一瞧不免有些荒唐的事情。一直保守秘密保到今天的那桩"蒸发糕的秘密"就属于这一类。

生下她二儿子保根那一年，刚进腊月，就早早地动手准备过春节吃用的"过年货"。除了白面馒头、豆馅儿包子和裹了大红枣泥的黏糗子这些吃食之外，她还特意给孩子们蒸了一锅用小米面掺和一点儿棒子面的发糕。一锅发糕蒸熟了刚出屉，放在面板上凉着，西头老孔家的奶奶背着孙子孔祥发来串门儿。凡是来田家串门儿的小孩子，田大妈总要生着法儿给找口东西吃，占住孩子的手、填上孩子的嘴。在夏天和秋天，就到院子菜畦里给摘个西红柿，或是揪根嫩黄瓜。到了冬天和刚开春那阵儿，没有新鲜的生长物，就抓一把葵花子儿，或是挑一块烀白薯。赶上实在拿不出现成东西的时候，即使舀一瓢棒子粒儿放在锅里给炒点爆花儿，也不能让人家的孩子空着两只小手出这个门。这会儿，正巧赶上刚刚蒸熟的发糕还冒气儿，能不让孩子尝尝？田大妈赶紧拣一块，递到孔祥发的小手里。

老奶奶连忙推让："他刚在家丢下饭碗，给他掰一点儿就够了。"

田大妈大方地说："撒开肚子让他往够吃吧！"

孔家的日子过得宽绰，老小都不屈嘴，不缺少"膛油"。所以老奶奶以为小孙子对这种粗粮做的东西不会喜欢吃，没想到他吃得特别香甜；一大块发糕，转眼之间就吃剩下一点点。老奶奶怕把小孙子给撑着，托起小孙子的手，在发糕上咬了一口，想替小孙子吃点儿。她吧嗒吧嗒嘴，惊讶地说："哟，你蒸的这糕真甜，赛过燕山镇卖的细点心。你这是咋蒸的？"

田大妈听到夸奖，立刻挺得意地回答说："我没出嫁那会儿，上上下下二十几口子人，凡是吃发糕，都得由我动手做。家里人全部爱吃，吃了还想吃，吃不够。"

老奶奶说："我家那面，比你这还好，可我那儿媳妇儿蒸出来的发糕，不是酸囊囊的，就是像锯末子一样，没滋没味儿的。实在是个怪事儿！"

田大妈说："蒸发糕，跟做豆酱一样，讲究手艺，也讲究手气。我的手艺不低，手气更好，多会儿蒸出的发糕，都是甜头儿的，没有一回酸过。"

老奶奶说："要是这么着，赶明儿个我们家做过年货，你也替我们蒸一锅发糕吧！"

田大妈立即答应："行，只要您老人家中意，就行。"

她以为这种邀请和允诺，不过是娘们儿在一块儿拉家常话儿，说过去也就算了。不料，孔家老奶奶倒挺认真，等要蒸发糕那天，果然亲自走过来，搬请田大妈这位高手去帮忙。田大妈欣然从命，放下自己家里正做着的活计，去帮着老孔家蒸发糕：一则，人说话得算数儿，不然就要丢脸；二则，她也想趁机露一手，在村子里扬扬名。

一锅发糕蒸熟了，老孔家一家人都抢着品尝，果真都说甜。老奶奶的儿子、孔祥发的爸爸上过天津卫，见过大世面。他一边品尝一边对他的老妈赞美："这发糕绝非燕山镇那些土里土气的'核桃酥'和'玫瑰饼'所能比，跟'起士林'的洋点心放在一块儿也不在以下。"

这样一来，田大妈可真的露了脸、扬了名。住在田家庄两条街上的那些老太太和小媳妇儿们，在碾棚、磨道和锅灶旁边，相互传告田大妈蒸发糕的好手艺和好手气。于是张家来请田大妈，李家来请田大妈，一个年关里边，她帮十五六家蒸了发糕，每一家的人吃着都说甜。田大妈听了，要多得意有多得意。

第二年一进腊月，孔祥发的老奶奶又来请高手："还得麻烦麻烦你，明儿个帮我蒸锅发糕吧！"

田大妈听了先是一愣，随即连忙抱歉地说："真不凑巧，明儿个我得去姐姐家走一趟亲戚。"

"哎呀，我把面都发上了，咋能等？你不能改个时辰，晚一天再去吗？"

"嘻，这可不行！我姐姐的大闺女明儿个要出嫁办喜事儿呀！"

老奶奶为难地张不开嘴了。她觉得娘家姐妹是正儿八经的亲戚，外甥女成亲这样一辈子一回的大事儿，当姨的不能不去。所以她没有再强求田大妈，只好挺惋惜、挺扫兴地回家了。

当时，男人田成业正蹲在堂屋地上拴绑使坏了的粪箕子，一边用耳朵听着女人跟孔家老奶奶说话儿，一边在心里头纳闷儿；等女人送走了老奶奶，从二门外返回屋里，就忍不住地问："孩子他姨家的大丫头，不是还没有找妥主儿吗？怎么明儿个就办喜事儿呀？"

田大妈不好意思看着男人，故意扭过脸去，顺手抓过抹布在锅台上擦，好半晌才低声回答："我这是找的借口，往外推；还得赶紧动身躲一躲，不能再像去年那样，一家一家地帮他们蒸发糕了……"

老实巴交的田成业听了这个话儿，越发觉着奇怪，就诚心诚意地劝说起来："在田家庄咱是独门独姓，不维持个好人缘儿，难过太平日子。平时你那么热心肠，对别人家的大事情都肯帮忙，这一年里人家只求你一回的小事儿，咋就舍不得工夫啦？"

"唉，搭工夫倒没啥，我搭不起糖……"

"啥？搭啥糖呀？"

"别多嘴多舌的了！"田大妈发怒似的把抹布一团一摔，一旋身子，冲着男人急赤白脸地说，"往后哇，你不要再问，我也不再提这个事儿。让它烂在肚子里！"

"到底为啥呢？"

"还刨根问底儿，你想让我把脸丢尽哪？"

原来，去年腊月孔家老奶奶在田家尝的那一口发糕，本来是放了红糖的，所以吃在嘴里才有甜味儿；田大妈为了逞能，却说甜的原因是由于她的手艺高和手气好。孔家请她去帮忙蒸发糕，她就暗暗地在衣裳兜里掖了一包红糖。动手蒸糕之前，她反复揉面，瞅个空子把红糖揣在人家的面里。田大妈本想这么露一手就收场了，没料到"请神容易送神难"，"善门难开，善门难闭"：求她帮忙蒸发糕的人一家接一家，她既不便推辞又不好说破，只可将错就错，把一包一包的红糖往人家的面里搭。最后一合计，她竟把留着做一条新棉袄的钱，全都买了红糖，白白地搭出去，吃了个哑巴亏！今年她如果再接着光顾面子瞎逞能的话，那么，男人也要让她给赔得光屁股、没了裤子穿。田大妈可不能再干这号傻事儿了。

从那以后，每逢腊月，田大妈就开始提心吊胆、惶惶不安，就如同电影《白毛女》里的那个可怜的杨白劳到处躲债一样，一连好几个春节都没有过得安宁。

今儿个发生的事情，又一次事与愿违，种黄瓜，长豆角，出乎意外。

从早起到午前，她站在大门口观望了许久，又坐到屋炕上考虑再三，才从躺柜里摸出两块钱一张的票子，托邻居带到娶儿媳妇儿的巴福来家，随了份子。到了晌午，她没有亲自去赶热闹、赴宴席，而打发从来不在这类场合抛头露面的老头子去，倒不是故意表示要跟"老地主"巴福来再保持一点儿界限。连党员、干部，以及当年跟巴福来势不两立、真刀真枪对着干的积极分子们，此时都抛弃前嫌，来往得亲亲热热，田大妈这样一个平民百姓，还逞什么强，冒充什么大尾巴鹰？田大妈没有出马上阵的缘由有两个：一则，近几年她打心里忌讳到娶儿媳妇儿的人家凑份子，不论什么样的人家，她总是能躲过就躲过，不要说去那红火的地方看看，连跟旁人打听、议论这种话题的机会都生着法儿避开，巴福来这样的人家娶媳妇儿，她更加不乐意沾边儿；二则，她生来怕荤腥油腻的食物，让能吃肥肉块子、肚量大的老头子去，上算，大体上能把份子钱给吃回来。哪儿想到，一步棋子儿没走好，不知深浅的糊涂老头子到人家宴席上吃醉了酒，给田大妈丢了脸，田大妈要把老头子拉回家来，训斥一顿，出出气，解解恨！

送信儿来的电工本人，已经半醉，步子不稳，走得却很快，转眼就在街中间拐弯儿的地方消失了踪影。

田大妈虽然罩上了体面的新布衫，仍然怕见着的人问她去做什么。所以她没有出门就往西走再往南拐，而是往东走，出村口，从野地的一条小路朝南拐。这条路僻静，不会遇到人，也能绕到南街巴福来家的新宅院。她还打算，不去巴家露面，只站在废掉的饲养场墙垛子那儿等候，远远地望着老头子出来，再喊一声，一块儿顺着原路回家。

她的心里很懊丧，眼睛盯着地上，在不平的小道上找平坦的地方走。大地刚从冰凉中解脱出来，让干燥的风给吹得特别松软，连越过严冬的落树叶子，都在脚下无声地破碎着。忽然，前边有响动，有说话的。多糟糕，怎么也没有逃脱过去，还是碰到了人。

不远处的地头，有三个人正忙着什么活计。噢，那儿是通往小河扬水站的一条支渠。二十年前，那儿不是坡子，就是岗子，大大小小的石头蛋掺在瘠薄的土里，属于村子里最劣等的耕地，十年总有九年旱；伺候这种地才窝心，往往白耕白种一年，连种子都收不回来。那时候，劳动力少而孩子多的人家，粮食十分短缺，一天只能吃两顿饭。党支部书记邱志国干工作不顾命，硬是带着社员勒紧腰带平整土地。他让男人刨坡子、削岗子，架小车推土往上垫。他让女人、孩子往外捡石头，甚至让拿筛子筛。他做起活儿来也特别狠。黑夜，他不回家睡觉，钻在草垛里打个盹儿，多会儿醒就多会儿敲钟。他的钟声一响，会计必须打开广播喇叭，男女社员必须踩着钟点儿起炕，随着喇叭声到地里干活儿。谁要是来晚了，不扣工分，也得挨邱志国一顿撸。有一回，田成业挨了支书的撸，把田大妈羞得好些天见人都不敢抬头。等到土地平整完毕，修水渠的时候，田大妈就跟男人伙推一辆小车运土，把孩子扔在家里不管，连饭都在工地上吃；二儿子保根从炕上摔下来，后脑勺摔破个大口子，只是让闺女带着找大队保健员给包扎包扎，夫妻俩都没有回家看一眼。因此，在那次通水祝捷的大会上，支书邱志国表扬田家夫妻是好社员。爱脸面的田大妈，这才觉着把丢了的脸面找了回来。对啦，就在那个大会上，邱志国公布了地主分子巴福来故意把驾辕拉土的黑犍牛给害死、破坏兴修水利的罪行。当时巴福来不低头认罪，在支书讲话时插嘴争辩说，大队长郭云加给他的任务重，没办法不狠使那头既老又草料不足的犍牛，它是累死的，不是害死的。参加会的全体社员用挥拳头、呼口号的方式来反驳巴福来。巴福来仍旧嘟嘟囔囔的不服气。邱志国的脸都给气青了。他跳下戏台，抢开巴掌左右开弓地给巴福来两个大耳光，打得巴福来从嘴角子往外流血。当时，社员们用热烈掌声为支书的坚定立场、勇敢斗争精神喝彩；事过多年，田大妈还常常对人们夸赞邱志国是个真正的英雄好汉。

这会儿，有三个老头子在那边说话、干活儿：一个是西头的老烈属，一个是从县水利局退休的老科长，另一个是原来的大队长、现在的村民委员会主任郭云。他们正在撬动一截儿小面缸似的水泥管子，看样子干了好长时间，也干得很费劲儿，棉袄都扔在地下，个个身上只穿着一件单褂子。

田大妈发现他们直起身朝她这边看，只好边走边打个招呼："你们老哥几个忙哪？"

郭云仍像当大队长那会儿的样子，虎着个大脸，用沙哑的嗓门儿、批评的语气说："你看看，这还叫搞社会主义吗？把地一瓜分，个人顾个人方便，搞了好多年才搞起来的灌溉设施，全给毁坏了，等用水的时候，还浇个屁呀！"

田大妈敷衍着又说一句："管子都给挪位了？是谁家的地段，也不张罗修修！"

郭云瞪起大眼珠子喊："这你还不认识。左边是你家的地，右边是孔祥发那个黑了心的暴发户的！"

田大妈赶紧收住步子："哎呀，又劳累你们几位。"

"啥劳累不劳累的，看着这样败家，心疼！"

"这样吧，我到老巴家把留根他爸爸找来，跟你们老几位一块儿修。"

郭云用力打了个手势："算了吧。他刚从这儿过去，往东走了；耷拉个脑袋，丢了魂的样子，别叫我看着憋气啦！"

田大妈一听喝醉了酒的老头子往东走去，心里立即松开一半儿，同时又拧紧了一半儿：离开巴家人多热闹的地方，不再丢脸惹事，这自然很中她的意。但老头子往东边去干什么呢？上山开石头在北边，收拾打算种早棒子的那地块，在村西破大庙的前面呀！

她这样暗自嘀咕，顺着一条地埂往东走。翻过一段刚刚被修复过的明渠，迈上下地人行走的小路，抬头朝远处巡视一下；当她发现了老头子的身影，不由得大吃一惊。

远处北山坡下的一块梯田里，有一片坟头；一座长着枯草的坟头下面，默默蹲着的人正是田成业。

田大妈一阵惊慌过后，立即明白了老头子今儿个为什么喝醉了酒，为什么酒醉后跑到田家祖坟上来。她心头一阵发酸，赶紧撩起褂子大襟儿擦了擦发潮的眼睛。她既没有呼喊也没有走过去，而是不声不响地退回来。她决意不惊动老头子，对谁也不说这种有损脸面的事儿；等到晚上，儿子们都睡了，躺在炕上再劝说小心缝儿的老头子。

第 四 章

初春的夜风，像个吃饱饭、没有正经事儿干的游手好闲的家伙，一直东溜溜、西逛逛，在屋前房后兜圈子，还时不时地推推窗户、拥拥门扇。只有当人们劳累得想睡，而又忧愁得睡不着的当儿，才能够听到它那讨厌的脚步声。

昏暗的小屋里，寂静了一阵子。田成业轻轻地捶打着两只蜷起来的、既酸痛又有点儿麻木的腿，时不时地叹口气，或是轻轻地呻吟一声。

他今儿个喝酒喝得过了量。但是他没有大醉，更没有又哭又笑。他的确被邱方拉到洞房里看过新媳妇儿。他只是站在屋门外边朝里瞄了一眼，就退到酒席桌子跟前来。他并没有像真的喝醉了酒的电工说的那样追人家新媳妇儿。而且在几个醉了酒的人正大吵大闹、打酒"官司"的当口儿，他就自动地溜开，溜到街上。他要到村西去收拾地，好准备种早棒子。

他出了大门，一抬头，望见了对面抹着白灰的墙上的黑漆大字儿："田家庄"。他不由自主地跨到跟前，痴呆呆地看了一会儿，耳边又回响起复员军人郭少清的那句话："风水变了，田家庄得改成巴家庄啦！"当时，他田成业并没有完全品出这句话的味道，直到此时此地，才感到那种压人的分量……他立刻就像丢了魂、落了魄那样转身往东急步行走；同样在不知不觉中走出很远，走到田家老坟地里，待到天黑不见人的时候才回到家。回家就上炕，上炕就大被蒙头地睡下了。他睡不着，等到忙里忙外的老伴儿躺下之后，他就诉开了委屈、道开了心事，叨叨咕咕地说到半夜。

田成业甘拜下风地承认老伴儿比他强。他的老伴儿田大妈是他的精神领袖，是他行为的主心骨，让他崇敬而又信服。他这样地看待和对待老伴儿，不是偶然的，其中有现实的原因，也有历史的依据。论起历史根由，田成业老头儿敢说："我老伴儿对我们田家的恩德，我们下辈子当牛做马也报答不完她呀！"

田成业的老伴儿田大妈的娘家姓周，住在燕山镇，是个土财主：住着一砖到顶的大瓦房，种着旱涝保收的水浇地，拴着双套的铁轴车，雇着两个扛活儿的。那日子真是粮满仓、钱满箱，肥得冒油。别看这么富，一家老少谁都没有享过福。田大妈的爹当家理事，固执地按照他家祖传的规矩过日子。"克勤克俭""节衣缩食""丰年防歉"这些古训，是他的虔诚信条。他从来舍不得往自己身上穿一件细布衣服，全靠土织土纺的粗小布换季；除了逢年过节，没有动过荤腥，全家人一日三餐都跟扛活儿的一个桌上吞咽糠菜两掺着的饭食。那年头联姻，讲究门当户对。实际上，姑娘的爹妈总想给自己的闺女攀上一个比自己家大业大、肩膀头高、腰杆子硬的婆家。这样子才能够有光可沾，不吃亏。因此，田大妈还没有过一周岁生日，她爹就自作主张，把她许配给比她大四岁的田成业，过了彩礼，定了终身。那当儿，老田家这一个门口正走运，不光在田家庄种着一顷[1]多河滩好地，还在县城一家绸缎铺里有股子。不料，两家定亲三年过后，绸缎铺老板要吞掉田家的股子，到官府把田家诬告

---

[1] 市制地积单位，100亩为1顷，约等于66667平方米。——编者注

一状，田家不服，打开了没头没脑的糊涂官司。结果把绸缎铺的股子赔进去了，把土地卖了，把宅院分成四块，割出去三块，剩下一座最老最破的屋子，也拆掉东西两边的厢房。田家败了家，败个"精眼毛光"。等到田成业长到能够挑动两满筲水的岁数，他们只剩下如今还住着的三间房壳壳、七亩山坡子上的薄地，外带一个在炕上吃、在炕上拉的瞎了眼睛的老娘。田大妈的娘家爹妈嫌贫爱富变了心，等到田家这一头择好日子要成亲的当口儿，就像评戏《茶瓶计》里的那种爹妈一样，硬要给闺女退掉这桩婚姻，另选高门。

田大妈那会儿年十八，爱面子的性格、火暴的脾气，已经很强了。她能够放着高枝儿不去登，硬往窟窿里钻？她能够有福不享，偏找罪受？反正女人长大了得嫁个汉子，爹妈做主给找的，又是爹妈做主给散的，再等爹妈做主另外寻个更好的呗！

田成业年轻时不像如今这么"蔫儿"，更不似如今这么"尿"。他害怕爹妈给定的这个媳妇儿跟他散了，害怕打一辈子光棍儿，所以一听"退亲"就急红了眼，给多少钱多少粮，也不肯吐口答应。他还三天两头地跑到燕山镇的周家要人，声言不给人就到县衙门告状。其实这是吓唬人的一个招数，尤其是吓唬怕见官的土财主的招数。

那当儿，田大妈每逢听说"那个穷光蛋来了"，就连忙不迭地从前院往后宅子跑，害怕见着面，也害怕听爹妈训斥人家。有一回大晌午，她正在没有树荫遮挡的前院晾晒刚刚浆过的线，有一个人忽然从大车门走进来，站到她眼前。

"您是给周家做工织布的？"那个人低声细语地问她。

"您找谁？"她抬起头来，见到一个身个儿高高的、脸蛋红红的、眼睛大大的小伙子，笑容可掬地望着她，就大大方方地回答，随后警告，"小心点儿，二门里边有狗，别咬着您。"

"我知道。求您给通报一声，就说我是来找他家主事人打官司的！"

"哟，太太平平的年月，谁也没惹着谁，更没有偷谁抢谁，打哪家子官司呀？"

"他们周家惹着我了，这比偷了我抢了我还厉害。"小伙子愤愤地诉说，"他闺女命薄福浅，跟我一定亲，就妨得我们家败人亡……"

田大妈听到这儿，已经明白这个人是谁；因为这几句话大大地伤害了她的面子，光顾恼怒，忘了回避，急赤白脸地回击对方："谁给你判定的人家'命薄福浅'？你们家败人亡怎么是人家妨得呢？你说这话太缺德啦！"

小伙子分辩："他们才缺德哪！他们看着我们家败人亡还不够，又想让我断子绝孙！"

"你这话啥意思？"

"这还不清楚。我们田家这一支儿就剩下我这独根独苗了。他们嫌贫爱富，要跟我退亲，一退亲，我再也成不了家，那不就断了、绝了？"

"你喊叫什么？小声点儿，让外人听见。"

"他们不怕寒碜，我怕什么？我要在全燕山镇给他们嚷嚷，还要到县衙门里给他们嚷嚷！"

田大妈心里打个沉，暗暗地想：这小伙子多好，有钱的人不见得有这么可心的人品相貌；那些"命薄福浅""嫌贫爱富"的话要是真传出去，名声太坏，实在没有脸面再出门见人；古时候的王宝钏，还能为男人在寒窑里苦熬十八年，我为啥偏当个让人咒骂的缺德货呢？

"你别在这儿糟践人啦！"她终于对小伙子说，"爹妈变了心，人家闺女可是个贞节烈女。你回去就择个好日子成亲吧！"

小伙子喜出望外："真的吗？"

"不信你就试试嘛！快走吧，快走吧，狗要出来咬你啦！"

那天后晌，她跟爹吵闹，跟妈哭号，当着爹妈的面要上吊抹脖子。发誓不当"嫌贫爱富"的人，不做"缺德"的事儿，要"嫁鸡随鸡，嫁狗随狗，嫁给扁担抱着走"，就这一个，再不找第二个大门口。

爹妈跟她绝情，声称：只要她敢跟田家人成亲，一件嫁衣都不给。

她回答得更干脆："你们陪送我万两黄金我也不要，就要一个好名声！我空着肚子、光着身子出这个门儿，入那个户，我也饿不死、冻不死！"

田家那头穷得办不起喜事儿，她就把自己从小积攒的一些"体己钱"偷偷地转交给田成业，让田成业咋露脸、咋光彩，就咋操办。在办喜事儿那天，果然雇了一顶花轿，请了一班吹鼓手。她坐上轿，故意让吹吹打打的从前街到后街，又围着村子转了三遭儿。

她这一手，在这一带乡村可真扬了名、露了脸。有人要给她送匾，有人要把她的节烈之事写进新编纂的县志里去。虽说这些事儿都没有真办成，当时田家庄老田家媳妇儿的美名可传扬出去了。"雁过留声，人过留名"，在阳世间活几十年，得让别人竖大拇指夸好。至今有人提到这段光荣史，田大妈仍然引以为自豪。

田大妈跟田成业成亲以后，实在过了一段苦日子。尤其连着生了几个丫头，男人把吃奶的劲头都使出来伺候那几亩薄地，长出的粮食也填不满这么多的嘴巴。好强、爱面子的田大妈赌一口气，一定要把老婆婆扶持好，把孩子抚养好，让一家人不挨饿、不受冻。她像个男人那样，白天到荒山野岭刨药材、打山柴，夜晚回到家再纺线织布，一干就是半夜。结果，田大妈想办到的事儿办到了，在乡亲邻里面前没有丢人。左邻右舍的老婆婆教训儿媳妇儿，都拿田大妈当样子。

田大妈因祸得福，捞到更光荣的脸面。因为没有多少年，共产党掌了权，鼓动穷人斗争地主老财，土地改革搞得热火朝天。田家庄的穷人们组成贫农团，把地主巴福来"扫地出门"。燕山镇田大妈的娘家人，全部像田家庄的巴福来家的人一样挨了斗争，戴上了帽子。田家这边正相反，被划个地地道道的贫农成分，成了光荣的翻身户。新中国成立后的三十年，越搞运动，田家人越吃香、越有脸面。田大妈那平平常常的庄稼日子，也就越过越舒心。

田成业有这样一个老伴儿，有这样一个家，应该痛痛快快地过个幸福的晚年，他不应该接着苤儿受苦、发愁，也不应该变成蔫头耷拉脑袋的，窝囊成如今这个样儿。千不怪，万不想，就是因为孩子多，给拖累的。当初，他一心要生个接种续根子的儿子，女人却一连胎地生丫头。病死仨，过继给人家一个，还有两个。他抱定了"不见小子不罢休"的决心，终于生了个小子。本来到这一步可以见好就收了，他偏又自起矛盾，嫌只有一个儿子"孤单"，怕"保不住苗"，又生了一个。他这才肯收作、关门儿。靠他一个劳动力，把闺女儿子一大群都拉扯成人，耗费他多少心血呀！

"闺女大了，倒省心，嫁出去完事大吉。儿子可不行。他们大了，要是娶不上媳妇儿，成不了家，接不上香火，咱们老田家就要在田家庄断种绝根儿啦！"田成业趴着身子，下巴颏支撑在油渍麻花的枕头上，再一次忍不住地自言自语起来，"我爷爷那一辈哥五个，绝了四户。他们都是咋绝的，我那会儿小，听老人说过，早给忘干净。我爷爷打光棍儿打到四十岁，才娶上我奶奶——死了男人的寡妇，生下我爸爸他们哥儿仨。我大伯给巴家扛活儿，麦收时节累病了还不让歇，结果死在麦子地里。三叔在吴佩孚的队伍当兵，两军一开仗，他想跑回家来种地，吃了连长的枪子儿。就数我爸爸命好，跑买卖撞运气发了财。他自个儿给自个儿买地、修房子、娶我妈，生儿养女没成绝户。他真是田家的大功臣。哪想到哇，没有善终。因为遇上小人，打起糊涂官司，给活活地气死了……撇下我这独苗，要不是你好心眼儿，田家庄老田家的这一支儿就要吹灯了……"

"嘘！让你快睡觉，你怎么还是没完没了地瞎嘀咕呀！"挨着他躺着的田大妈，也在眼盯着灰蒙蒙而又透黄的窗户纸儿想心思、出神儿。

听到老头子又一次诉说起这些陈谷子烂芝麻的旧话儿，就说："我跟你说了一车的话，你全当了耳旁风啦？眼下是啥年月，跟过去不一样儿了……"

"啥，眼下咋的？包的那几亩地，绝不会变出房子变出媳妇儿来。"田成业一卯一星地算开了账，"你想想，这一年四季里，买化肥，购农药，花机耕钱，交水电费，再除去承包款和公粮，还有杂七杂八的用项。这么里外一扒皮，土坷垃里再往高增产量，又能够剩下多少？四张嘴还得填，一群鸡、两口猪还得喂吧？"

"你说的倒是这么个理儿。"田大妈这么应和着，又宽慰老头子，"事有事在，你也把心胸放大点儿，别老像小酒盅儿那么小。不管它千难万难，只要你听我的，咬紧牙关往前奔，我就保证不让儿子打光棍儿，都给他们体体面面地成家立业、有自己的小日子过……"

"你保证？保证哪一天能像巴福来那样，把媳妇儿给儿子娶到家里？老大都二十八了，老二也往二十四奔哪！"

"如今讲周岁，你说的是虚岁。"

"周岁虚岁的，能差多少？"田成业喊冤叫屈似的提高了声音，"你拿眼睛瞄瞄，如今的乡村里，到了咱家俩小子这般年纪的，还有几个是没抱上娃娃的光棍儿汉？要是这么一年一年地出溜下去，把儿子耽误了，咱们这当爹妈的，咋对得起他们？"他说到这儿，音调有点儿呜咽了，"田家庄从古到今都有老田家的人，偏偏到了我田成业这一辈断子绝孙，就是死后到了阴曹地府，也没有脸见老祖宗啊！"

"快别这么可怜巴巴地诉苦了。你当我心里不急，我心里好受是咋的？"大妈见老头子真的动了悲伤，赶紧用温和的语气表白，"田家庄的大人小孩都知道，田家这个门口是由我这个妇道人家领兵挂帅的。我的肩头比你压得慌。儿子长了胡子，有了抬头纹，还没娶上媳妇儿，我的脸没处搁。在家里烧火做饭，喂猪养鸡，洗洗涮涮，全靠我单枪匹马地转来转去，手脚不闲，没有个儿媳妇儿替换替换。到代销店打油打醋，到加工点碾米磨面，照样儿得我自己颠颠地来回跑，更觉着显鼻子显眼的丢人。走在街上，遇见个老姐妹儿，人家不是抱着背着，就是领着孙子孙女的隔辈人，离着老远我就绕开躲避，怕见人家。心里难受，嘴巴难说。从前，还有人跟咱家做伴儿的。如今可好，连巴福来的儿子都能把我家儿子的对象夺走了。你当只有你难受，我就不难受吗？这个脸丢得太大啦！咋办呢？光愁不行，还得干、争气！"

这对老夫妻这样相互诉说一阵子，发觉越诉苦水越发多，只好暗暗往下咽，忍耐着不再吭声。他们都想打个盹，解解乏，暂时地撇开那些为难着窄的事儿。可是他们睡不着。特别是田大妈。她对老头子开导了半夜，原来她比老头子心事还要沉重。她嫉妒"老地主"巴福来。她恨那个跟儿子搞过对象，却变了良心，最后跑到巴福来家当了媳妇儿的那个女人。她特委屈，认为自己不该丢这份脸，不该落到这步田地。

在墙窟窿里隐藏了一天的耗子们，此时此刻学起庄稼人的样子，也开始为生计和后代冒险奔忙。它们经过反复和周密的盘算之后，偷偷摸摸地爬了出来，四下里寻找能够捞点吃食的门路，瞧准了就不辞辛苦地付之行动。有的耗子拼命地嗑柜角，因为老式木板柜里有一布袋子白面。有的耗子死乞白赖地咬囤底，由于荆条编的圆囤子里盛着半囤子棒子粒儿。有的耗子围着罐子打转，那个大号瓦罐里搁着几个吃剩下的夹馅饼子，油渣子味儿和青菜味儿，从扣在罐子上的大磁盘的边缘冒出来。这些物件不是硬邦邦的，就是没有茬口可以下嘴的，所以嗑不动、咬不开，更没法儿钻里边去。这情景，使得耗子们急如火燎，嗑咬一阵子，就"滋溜、滋溜"地蹿跳，伴着"吱儿、吱儿"的乱叫声。要多难听有多难听。

"哧！哧！"田成业爬起身，用舌头尖儿顶着门牙，连连发出怪声，吓唬和轰赶那些讨厌的东西。

耗子们对这种吓唬和轰赶，一点儿都不理会，照旧地嗑，照旧地咬，不停地转圈子，寻找可以得逞的空隙。

"该死的耗子都成精啦！"田大妈这样低声地嘟囔一句，侧过身子，伸胳膊从炕沿下边摸到一只鞋，抓起，猛然地朝着嗑咬声最厉害的柜子下端，狠狠地砸了过去。

"咣当"一声巨响，柜盖的钉锦儿和放在上边的玻璃瓶子、壶碗，都给震动得直摇晃、直碰撞。耗子们的嗑声、咬声，以及转圈子的"嚓嚓"声，戛然停止。它们都仓皇地逃回墙旮旯见的洞穴里，余惊不息，好久没敢再出来活动一下。

田成业佩服地说："还是你的手段高，比我强啊！"

"所以我叫你别遇见事儿总是唉声叹气的。"田大妈借机会又安慰一下老头子，"我让你咋干你就咋干，肯定没有渡不过去的河，没有爬不过去的山。"

这当儿，大公鸡开始打鸣儿。一只公鸡起了个带头，就听见这边一声，那边一声，此起彼落，相互呼应。沉寂的初春之夜，立刻变得热闹非常。

田家老夫妻能够分辨出哪一声是哪一家养的公鸡叫的。打头第一个叫起来的高嗓门儿，是支部书记邱志国家的公鸡。从远处传来的、尖声尖气的啼叫，是专业户孔祥发养的鸡。那个有点颤颤悠悠不怎么洪亮的叫声，来自"老地主"巴福来新修起的大宅院里……

田家也养着一只红冠子、花翎子大公鸡。它不甘寂寞，也跟随着众多的公鸡叫起来。只是这叫声实在不悦耳，越叫越觉得难听，像叹气，像哭。

田大妈"嗖"地坐起身，一面摸着裤子往里伸腿，抓过棉袄往里伸胳膊，一面下命令："起来，去背石头吧！"

田成业有点没好气地说："鸡叫头遍就轰我？黑咕隆咚的，啥都看不见，天气又冷……"

田大妈好言好语地开导老头子："早一点儿动手，不就能多背两趟吗？咱这样的平民百姓，为了给儿子成家立业，为了争口气，不把牙咬得紧紧地拼命奔，可有啥法子呢？"

　　田成业听老伴儿这样说，就闷声不响地穿起衣服鞋袜，跟在打开屋门的老伴儿身后朝外走。他打个哈欠，伸伸懒腰，摸索着找到背架挎在肩上，找到锤子、钢钎提在手里。他在二门外移动两条不灵便的腿，冲着满天闪耀的繁星瞥一眼，嘴里不由得叨咕一句："这年月，啥都涨价，大姑娘的价儿涨得最凶，简直要买不起喽！"

第 五 章

　　田家庄独一户姓田的，像被"挤"到，或者说被"甩"到村子北街的尽东头，坐落路北朝南，土坯墙围着一个四分[1]冒头、半亩不到的院子。大门、二门都是一个样儿的：把秫秸用麻批子勒在腿腕子粗的木梁上，自编自造的排子门。二门外左边是猪圈，连接着茅房；右边是柴草垛，还有一堆苇子捆儿。二门里，不太宽敞的空地盘，东西两边都有多年前拆去厢房的残痕。这时候，东边搭着一个盛破烂的、夏天又能当灶屋用的、很低矮的棚子。西边垒着一个有出入洞口而没有透气地方的鸡窝；靠墙根儿排放着一个酱缸、一个咸菜缸，每个缸上面都扣着一口裂了缝、长了锈的破铁锅。这宅子的主体建筑，是那个半个多世纪前曾经威风过、如今已然老态龙钟的三间一明两暗的北房，房子的墙壁，下半截儿是砖包四边、中间夹着垒砌得很见功夫的石头；上半截儿一律是土坯，外面抹着"插灰泥"。灰色的瓦顶、卧檐。窗户是老式格子、糊纸的；上扇能支起，下扇能摘除。拿这样的小窗户跟五十年代起风行的"明装厢"大窗户相比，跟七十年代开始改进的双扇对开、里外两层，又镶玻

---

[1]　土地面积单位，等于1亩的十分之一，约等于66.7平方米。——编者注

璃又绷铁纱的新式窗户相比，它那副可怜巴巴的样子，活像一张大脸上的两只小眼睛。这样的宅院，见过世面的年轻人不可能看得上！

三间陈旧屋子的尺寸差不多一般大小。当中那间既是厨房又是过道。东间住人，原来是田大妈的瞎婆婆住，瞎婆婆死后，田大妈和田成业带着孩子搬过来住。西间也住人，先是田大妈和田成业两个人成亲的"新房"，在那条炕上生过好几个孩子。它曾经空过几年，当盛破烂和存放粮食的仓库，等到儿子长大成人，跟爹妈一条炕睡觉不太方便，就让他们搬过去住；要是娶不上媳妇儿的话，还得接着茔儿住下去。

田大妈在中间屋里呆呆地站立了好长一阵，东想，西想，闹得心里越发乱糟糟的。她张开两只被晨风吹得有些冰凉的手，用力地在自己小棉袄前襟的下摆上拍打几下，好像要把一切烦恼和忧愁全都拍打掉。她随即下了狠心似的转回身，"咔嚓"一下，拉开挂在门上小窗格中间那盏里外屋两用的电灯泡，然后揭开了布门帘儿。

在昏暗中待久了，乍一见光，眼睛睁不开，什么也看不清楚，只能听到"呼呼"的酣睡声。这声音特别响，特别有劲儿。只有青春年少、精力充沛的小伙子，才会在熟睡的时候，通过鼻孔，从胸膛里发出这般结结实实的声音。

"是不小了，耽误不得了，得快点儿给他娶上媳妇儿、成家立业！"儿子那动听的气息，再一次把田大妈心里那本子忧烦的账目给翻开，她默默地想，"人过青春没少年。要是不拼了命地给他张罗，把这么一小截儿的好时光错过去，寻媳妇儿更要难上加难，就有把他变成老光棍儿汉的危险。那可真对不起自己的亲骨肉。那可真没有脸面在田家庄活下去了……"

"呼呼"的酣睡气息，越发有力地响个不停，间或伴随着几下吧嗒嘴唇和几声长出气，似乎是要说什么梦话，又没有劲儿说出来的样子。只有在头一天干了劳累过度的重活计，还没能够解过乏气来的人，才会在熟睡中出现这种情形。

走到炕沿跟前的田大妈，终于看清楚头朝外睡觉的大儿子，看清楚跟她一样瘦弱身躯的轮廓，看清从那油渍麻花的枕头上滑溜下来的脑袋，脑袋上沾着灰土、凝固着汗水的蓬乱的头发。继而，她看到儿子的一条伸到破被子外边的长胳膊；短小的手指头，如同捧东西那样半张半握着；薄薄的手掌上，却挂着厚厚的茧子；茧子的边缘有几个已经挤破了的、如同棒子粒儿大小的血泡。在她俯下身子之后，又看清儿子那张长条脸，黝黑的皮色、疏淡的眉毛、微厚的嘴唇；嘴唇半启半闭着，那上边有数不清的干裂开的小口子……

田大妈想叫醒儿子，见此光景又有些犹豫，有些不忍心开口。

这一程子，儿子实在太劳累了。每天得起大早，到山里边去开石头和背石头；吃过饭，得急急忙忙赶到承包的地里或是运粪，或是砸坷垃，或是挠麦苗；忙到中午，再忙到天黑。天黑之后，他必须跟爸爸用小车从官坑推土，垫那块凹凸不平的房基地……这样连轴转地折腾，让脑袋沾着枕头、身子沾着炕的时间实在少得可怜呀！每天早起都要等着叫，不叫几遍醒不过来；不把电灯给拉开叫醒了他，翻个身又会接着茬儿睡下去，还得再一次费劲儿推搡呼叫，简直像个半死不活的人。

"可别把孩子给累坏呀！要是累坏了身子骨，落下点儿什么病根儿，将来爹妈一入土，谁来疼爱他？谁来照看他？"田大妈心里挺不好受地暗自思忖着，转身离开炕沿边，打算退出屋，让儿子再多睡一会儿。手触到布门帘儿，又急速缩回，反过来又想，"要是不咬牙拼命地把新房盖起来，儿子就寻不上媳妇儿，没媳妇儿就不能生儿育女，就成了光棍儿汉、绝户头，那就更不用指望有谁疼爱他、照顾他了呀！"

儿子仍然睡他的觉，做他的梦，根本不会知道他妈这会儿多为难。田家夫妻虽然儿女成群，但是个个都是亲骨肉，个个都连着心。同时，当爹妈的总难免有偏心眼儿。庄户人家，在闺女和儿子中间偏爱儿子，儿子要不是单个儿的，在心里边也容易有分量重和分量轻的差别：天上的云彩一块块，估摸着哪一块有雨，就指望哪一块。田大妈在嘴巴上从来不承认这种习俗，实际上她特别地偏向着大儿子。

大儿子名叫田留根，是田大妈的第七胎孩子：他上边的多数是丫头，只生过一个小子，没出满月就抽风死了，而且，一连三年没再坐胎。那三年，可把田大妈给折磨苦了。男人田成业盼儿子盼红了眼，唯恐田家庄的田家"断种绝根儿"，一天到晚唉声叹气、嘀嘀咕咕，总是摸田大妈的肚子，看看鼓起来没有。田大妈的火暴脾气，哪受得了这个呀！不受又能怎么着？自己没给人家养活个儿子嘛！就在这种比大旱天等雨还要难熬的时刻，大儿子田留根在这古老的屋子里落生了。田成业把他当成宝贝。田大妈更知道这个儿子值多少钱，更珍惜这个千难万难求来的儿子。可惜，这个儿子的身子骨偏偏不结实，把好东西都给他吃到肚子里去，也不见他长肉：胳膊腿细细的，脖子长长的；脑瓜子倒不小，就是老挺不起来；滴里耷拉的，简直像干枯秧子上吊着一条蔫巴唧唧的黄瓜种。田大妈和田成业揪攥着心盯着这个宝贝儿子，怕他短命，活不长；担心冻着他，又担心热着他，一声不肯让他哭，吃饭都倒怀抱着，轮流端碗。千难万难，好不容易熬过了三年多，儿子才渐渐地硬邦了一点儿，夫妻俩那揪攥着肝肠的手才松开几根手指头。得来不易的东西，更叫人珍贵呀！

田留根的长相像他妈。他的脾气秉性倒跟他爸爸很接近，有些地方可以说一模一样。在社员的花名册上，属于田留根那页的"文化程度"栏里，填的是"初中毕业"，实际上并没有达到那样的水平。他一挨着纸和笔，总显着比别人家的孩子笨。对老师讲的课文，听着特别费劲儿；听明白一点点，也是记住前边的，忘掉后边的；撂下的日子稍长一些，就会忘个精光。也怪他赶上的年月不好，只是在他开头上小学的那三四年，算是正儿八经地念了点儿书，学了点儿知识，以后"文化大革命"

开始，学习就马虎了。先是停课差不多三个学期，复课之后，由大队长郭云当贫下中农管理学校的代表。郭云是个文盲大老粗，不是带着学生们上山坡的果树园子里搞义务劳动，就是请老烈属、老贫农给学生们"忆苦"。老师们也没心绪教书，不得不上上课，也是三天打鱼两天晒网的，讲课的和听课的全都抱着应付差事的态度……归总起来一句话，田留根等于在那个"小学戴帽的中学"里混了一个毕业证书。

他一出学校门口，就跟在"大拨轰"的社员群里，照样子挣起"吃大锅饭"的工分。七十年代的人民公社社员，"集体"这个神圣的字眼儿，已经在心里淡薄了。每天早上，他们听到大队长郭云的敲钟声才慢慢吞吞地离开家，到集合点会合，听队长指派活计。队长根据临时想起来的活路，让这几个人到什么地方干什么，让那几个人到什么地方干什么。得到令箭的社员要是觉着活茬儿顺心、上算，就返回家，或者到保管室寻找跟活茬儿对路的工具；倘若认为活茬儿不顺心、不上算，就找个借口推辞掉；队长不答应的话，就跟他扯皮、撒赖，甚至互相瞪眼珠子吵架。到了干活儿的场院或地边，人们习惯成自然的冬天找暖和地方、夏天找凉快地方歇歇腿、喘喘气；年轻人天南地北地扯闲篇，成年人抽袋烟，妇女们从篮子里拿出针线活儿做几针。小组长或临时带工的人在人们都待够了，太阳已经老高的时辰，不得不吆喝大伙儿"对付对付"。大伙儿懒洋洋地干一阵儿，没等把手掌磨热，更没容冒出点儿汗水，就又到了打中歇的时候。有的找舒坦的地方躺下或靠着什么睡一觉；有的扎到一堆儿打扑克或聊天儿；妇女们要给家里养着的小猪子和鸡抒点儿野菜，或者到地坡子、田埂子上找点什么能够当柴火烧的东西捡回家去。直到贴晌午，估摸着能够应付得过去，带工的就宣告收工。下午跟上午一样，明天跟今天相同；如此的周而复始，田家庄这个"先进大队"，好几年里一直没有让邻村把那面红缎子面儿、镶白边儿、挂绿穗子、贴着金黄金黄大字儿的流动奖旗给夺走。在这种"集体怠工"

的情况下，田留根既没有从老庄稼把式那儿学会一套农活技术，也没有在吃苦流汗中锻炼出一点儿劳动功夫和力气。难得的是，在那样的日子里，田留根跟周围的人比较起来，并没有吃亏，甚至可以说，他比好多社员占了便宜。因为他像他爸爸一样老实厚道、规规矩矩，跟干部不敢调皮捣蛋，对集体不会藏奸耍滑。有两年，田留根和他妈在田家庄双双夺魁，被大伙儿选为大队级的"模范社员"，得了两张由大队党支部颁发的奖状。这两张奖状至今还贴在他妈那一溜同样由大队颁发的奖状旁边，成了这个好家庭好名声的组成部分。

那时候，田家所在的三小队是个落后队，大队长郭云亲自兼任三小队的正队长。每天只要队长郭云一敲钟，田留根就赶忙动身奔到集合地点，等着点卯；不是第一名，也得属于头一拨早到的人。有时候他正吃饭吃到半截儿上，听见钟声响了，也不肯把饭吃完了再离开家。吃的要是干东西，诸如烙饼、窝头，他就拿上，一边走一边吃；如若喝汤或喝粥，不能携带，他便对妈说："您给我留着，等收工回来我再打扫。"

自以为聪明伶俐的弟弟嘲讽他说："你这么积极干啥？你想捞个官儿当呀？"

他实实在在地回答："咱没那才分，咱不做那号梦；咱是社员，集体劳动，不听队长的话还行。"

"你听话能顶啥用？"

"挣工分呗！工分儿、工分儿，社员的命根儿！"

"快别念你那经了。一个工日值才平均三毛五分五，还不够一顿饭钱哪！"

"要是不去挣三毛五分五，一顿饭钱就丢了。一天让你少吃半顿饭，你能活不？"

机灵的弟弟，终于被憨直的哥哥给说得无言答对，只好瞪眼生气。

田留根还具备一个为干部们所称道的优点：干集体的活计从不沾尖取巧，从不挑肥拣瘦，队长报啥活儿，他干啥活儿；遇上有点儿特殊的活计没有人情愿去做的时候，他总是主动地接过来做，用这样的行动把卡住壳的事儿给疏通顺当。

"得去仨人起猪圈粪，谁去？"队长郭云等到想出工的人差不多到齐、点完了卯之后，这样地问社员。

随着声音，戴着地主分子帽子的巴福来和一个被管制的坏分子赶忙不声不响地站了出来，表示他们愿意干起猪圈的活儿。

"有俩了，还缺一个！"队长郭云用询问的目光，扫视着社员们。

那些等着派活计干的老少社员，有的蹲着不慌不忙地嘬烟袋嘴儿，有的凑到一块儿嘻嘻哈哈地聊天儿，把队长的话全当耳旁风。

"三个圈，仨人，快起出来好往地里送。再有一个就够了。谁去？"郭云继续动员着。

抽烟的社员照样儿抽得很香甜，聊天儿的人依旧聊得挺热闹，没人搭茬儿。

队长郭云终于给怄急了，瞪起眼睛，大喊大叫："你们耳朵里塞鸡毛了咋的？啊？你们选我当队长呢，还是让我给你们当孙子的？得跪下给你们磕个头咋的？到底有没有去起猪圈的，干脆点儿！"

"我去，"田留根细声细语地响应了，"过去我没干过这活儿。要是真缺人，我去试一试吧。"他这样说着，就站起身，一边拍打沾在屁股上的土，一边离开墙根儿，跟那地主分子和坏分子站在一块儿了。

正要去上学的弟弟经过这儿，跟一伙同学围在旁边看热闹，欣赏发火的队长郭云那副粗脖红脸和喷唾沫星子的模样。当他看到哥哥的行为，就气呼呼地奔过来，把哥哥拉到一边，训斥说："你是傻是茶，还是犯了疯病呀？"

田留根被弟弟闹得莫名其妙："我咋惹着你了？"

"几十号人，谁也不缺胳膊短腿，人家全部躲闪，偏偏你上赶着找那又脏又累的活儿干！"

"嘻，你这样说话不对。剪果枝、扶犁杖是干净、轻巧的活儿，我会那技术吗？啥活计也得有人做，没人做撂着不行；管他啥活儿，能挣分就行呗！"

"就是不挣那几分，也不跟黑五类混杂在一块儿呀！"

"跟他们一块儿干活计更省话。少说话少耗神儿，少惹是非。"

脑瓜子活泛的弟弟，没办法说服死心眼儿的哥哥，只好一甩袖子走开。

田留根还有个年轻人少有的特点：像他爸爸田成业一样的敬重他妈，把妈妈当成自己的精神领袖，当成支撑着这个家庭不垮的台柱子、往前走（包括他自己成家立业、娶妻生子）的推进力。尽管他忍受着极折磨人的痛苦的光棍儿生活，却虔诚地认为，这个家，由于有他妈这样一个热心、能干、在村里有人缘的女人，使他少受许多罪，还遮了不少"丑"。所以他对他妈嘴里说出来的话，那真是信服得五体投地、唯命是从。田家庄的人都夸田留根是一名难得的孝子。

对这样一个温顺、听话的乖儿子，田大妈怎能不从心眼儿里偏爱呢？

她看着儿子睡得这么香甜，不忍心叫醒。为着儿子切身的、长远的利益，又不能不把儿子叫醒。她只好狠着心肠，再一次移到炕沿边，伏下身子，俯着脸，用极其轻柔的声调呼唤："留根，该起了！"

田留根收回伸到被子外边的胳膊，翻个身，吧嗒吧嗒嘴唇，又接着呼呼大睡。田大妈把声音提高一点儿："快起来吧，你爸爸都走了！"

儿子揉着眼睛，迷迷糊糊地问："黑灯瞎火的，叫我干啥去？"

"开石头呀！"

"都挺大一堆了，还不够？"

"我盘算着多使点儿石头，省着花钱买砖……"

"干那活儿太受罪。"

"我也知道这不是让你们父子去享受。可有啥法子呢？昨儿个，你爸爸一见巴福来家娶了你那对象……"

"妈，就见一回面，那不能叫对象。"

"不管怎么说，姑娘嫁到田家庄，公爹可不是你爸爸。他心里啥滋味儿？喝半截儿喜酒，跑到咱家祖坟地里，偷偷抹了一顿眼泪。回家来又跟我发一夜愁，连个盹儿都没有打……"

田留根听了这番话，身上不由得哆嗦了一下。他的困乏劲儿全跑光了，睁大眼睛，察看妈妈的脸色。可惜灯光暗，妈妈又背着灯光站立，看不清楚。

田大妈开导儿子："你实在不小了。你还是老大。你不成家立业，还会挡着你弟弟的道儿。如今趁着你爸爸和我身子骨儿还算硬朗，还能挤出点儿力气帮你们操持操持。过几年，我们俩要是老得趴在炕上，你们身薄力单的可咋让房子立起来呀？没房子可咋找媳妇儿？嫁给巴家的那姑娘，还不就是因为嫌咱家没有五间新房，才不肯跟你搞对象的吗？好儿子，咬咬牙吧！"

儿子听了妈妈的话，很受感动，不再说什么，赶快穿衣裳。

似有意似无意之间，田大妈侧身朝炕梢瞥一眼。她不由得皱皱眉头，又恨又怨，同时又无可奈何地"哼"了一声，便走出屋去，打算点火做饭。

第 六 章

炕梢上，说准确点儿，是这间屋子靠西墙的地方，睡着田成业和田大妈的二儿子田保根。

这个二十四虚岁的老二保根，是田家庄老田家的"特殊人物"，跟他哥哥相比，完全是两路人。他的外形像他爸爸田成业年轻时期的模样：身强体壮，肥头大耳，眼睛挺黑，嘴唇挺厚，爱哼好唱，一天总是笑眯眯的。乍一见面，往往会把他看成个老实巴交的庄户后生；等到在一块儿待长了，共事久了，剥开皮子朝里瞧瞧，那瓤子却是另外一种颜色。有的人可能误以为他的脾气秉性随他妈。其实也不是那么一回事儿。他妈假如不是个"睁眼瞎"，也有他的那种福分，念上十二年书，活泼的头脑和好强的雄心，经受过一番开凿和提炼的话，或许能够跟他差不多机灵、敏捷，也会跟他一样的满肚子的鬼花招儿！可惜，他妈所具有的那一点儿智慧和性情，主要的来源一靠先天赐给，二靠土财主的娘家、穷困的婆家那种自然的、古老的生活环境影响构成的，而不是正规的文化教育的结果。所以说，田大妈跟她二儿子并不一样，实际上相差得极远极远，天壤有别。

老二保根从"哇啦"一声出世那会儿起，就显示出不安分的本性。

他特别爱哭，一点儿事儿不由着他，他就大哭大闹，没有泪水就干号干叫，非逼着大人答应他的要求不可。他肚子饿了吃不饱，从来不肯忍受点儿。不会说话，就发狠地咬妈妈的奶头，把妈疼得掉眼泪，只好做点儿什么好吃的东西喂他，不然他还会不撒嘴地叼着奶头咬。等他学会走路，学会自己到街上玩耍的时候，不安分的劲头更加明显。在小伙伴们中间处处拿尖儿，事事不吃亏：玩打仗，他得当"侦察英雄"，让别的孩子当特务坏蛋；他只能抓住别人"枪毙"，别人不能抓住他，更不能"枪毙"他。再大一点儿，他无师自通地学会了爬瓜棚偷果子，瓜棚的老头儿眼睛再锐利、果园的狼狗性情再凶悍，也看管不住田家的老二保根这孩子。

有一个中午，看瓜老头儿正躺在瓜棚里那高高的床铺上，一边扇蒲扇轰蝇子，一边听收音机里的皮影戏，同时用锐利的眼睛四下巡视。忽然，他瞧见瓜地的西头有个小孩子正偷西瓜。他一步跳下床铺，抄起靠在柱子上的红缨枪，飞奔着追了过去。到跟前一看，那孩子正是田家的老二保根。只是老二保根的两手空着，没有摘下西瓜抱在怀里，更没有看见看瓜的人来了就逃跑。

"你干什么？"老头儿收住步，吼叫一声。

"走路，上学去。"老二保根仰起脸，眨巴着眼，不慌不忙地回答。

"走路为啥蹲下？"

"鞋壳里钻进石头子儿，脱下来，倒出去呀！"

"你这淘气的小子准没安好心！"

"你要信不住人，就站在这儿别动，用眼睛看守我吧！"

"快走开！"

"再待会儿。"

"这地方不能待！"

"哪儿写着这地方不让人偷瓜吃，也不让人待着？"

就这样纠缠了好久，把看瓜的老头儿给闹得起心烦，啥难听骂啥，老二保根才肯离开。他从瓜地的西头绕到瓜地东头的高粱棵子里，在约定的地点，找到两个小伙伴。两个小伙伴每人抱着两个大西瓜，正安然地等着他"开吃"。他搬过一个大个儿的西瓜，一拳头砸开，一边啃着鲜红的、香甜的瓜瓤，一边笑着对两个小伙伴说："我这主意怎么样？信得住我了吧？这叫'调虎离山计'，百发百中，安全保险，万无一失。"

有一天傍晚，守园子的大狼狗正卧在小屋窗前打盹儿，嗅到什么动静，猛然地蹿起来，直冲到靠山坡那面最边缘的苹果树下。那边果然有一个小孩子越过紫穗槐的围墙溜了进来，正是田家的老二保根。

老二保根一见大狼狗，立刻停下不再动。

大狼狗也机警地收住奔驰的蹄爪。

老二保根小心地弯下腰。

大狼狗断定这个人要捡块石头袭击它，便来了个先下手为强，猛地扑上前来。

老二保根并没有捡起什么东西，反而放下一个摊开的纸包。纸里包着一只烧熟了的麻雀。

大狼狗扑到熟麻雀上，闻来闻去，看着老二保根的神色动态，终于经不住食物的异常香味儿的诱惑，一口叼住，几下子就吞进肚子里。

老二保根往树行那边挪几步，再一次弯下腰，又放在地上一只烧熟了的麻雀。

大狼狗又一次扑过来，毫无戒心地把那可口的食物给吃掉。

等到老二保根放下第三只烧熟了的麻雀时，那只本来很厉害的大狼狗，一边心满意足地嚼咬吞咽，一边友好地摇着长毛的大尾巴。而老二保根已经贴近披散着枝杈的大苹果树，挑最大最红的元帅苹果，摘了一个又一个，整整摘了一书包，随即安然地离开了果树园。他手提胜利果实凯旋，嘴里叨咕着："嘿，真有趣儿，官儿不打送礼的，狗也喜欢贿赂！"

……

类似这样的鬼把戏，老二保根还干过不少。常言说："要想人不知，除非己莫为。"干这种没出息的勾当，只要有人知道，就会传到田大妈的耳朵里。在正儿八经的庄户人看来，还有比男的"做贼"、女的"养汉"更丢脸的勾当吗？田大妈可是个最爱面子、最惜名声的人。她不能装聋作哑。她举着烧火棍子，在街上追着儿子骂。她把儿子拉回家里，插上门打，或者专在肉厚的屁股上拧。她也曾冲着儿子哭闹。她甚至跟儿子拼死，往儿子身上撞头。唉，手段使尽，到了儿她也没有把儿子给管教得规规矩矩。

老头子田成业劝她："那小子生就骨头长就肉，没法儿治了。你也就不用真生气了……"

田大妈伤心地冲天长叹："唉，我心比天高，命比纸薄；生养这么一个孽种，哪辈子缺了大德呀！"

老二保根中学毕业以后，连考三年大学都没有考中。每次往登记表上填写志愿的时候，他都降格以求，报那种边远地方的、三四流的大专院校，甚至报中专，照样儿名落孙山。这可就成了老田家一道不小的难关。

田大妈那种"望子成龙"的心气很高。她觉着田家门里要是真出息个大学生，得给她添多大光彩、露多大的脸哪！所以她一反常态，坚决地站在老二保根的一边，支持老二保根在家里补习功课，声言一回考不上，就让他考两回，不跃过"龙门"决不罢休。

老头子田成业总想拉二儿子跟他一块儿挣工分。他说："咱家的日子过得这么紧巴，千难万苦地把他养大了，还不该让他给家出点力呀？"

田大妈说："你的眼睛得看远点儿。考上大学，就算端上了铁饭碗，比挣多少工分都值钱。"

"我看他不是那个坏子。年轻轻的，结结实实的没有丁点儿毛病，一天到晚关在屋子里捂白脸儿，不怕外人笑话？"

"哼，等咱老二保根中了状元，他们就明白啦！"

争强好胜的田大妈，比谁都心急火燎地等待儿子的"录取通知书"，结果竟然是竹篮打水——一场空。到了老二保根第三次败北的时候，她再也沉不住气，用冷冰冰的话劝说儿子："不是那个材料，就别心高妄想了。从今儿个起，重打锣鼓另开张，在家里老老实实地当社员，做庄稼活儿吧！"

老二保根把脖子一梗，回答他妈："我不服气！别人长着一个脑袋，我也长着一个脑袋，别人能考上，我为啥就不能考上呢？"

田大妈说："你硬要一条道儿走到黑，我也不死乞白赖地拦挡你。可有一件，你得出点儿力气，干点儿活儿，挣点儿工分，算是有个正儿八经的营生。要不然，这么大个儿一条汉子在家里吃闲饭，靠别人养活着，我可嫌丢脸！"

老二保根瞥他妈一眼，心里边琢磨一下，随后满口答应："行，听您的。跟着大拨凑热闹，捞点儿工分还不现成；我比不上我哥，也能比上我爸爸。"

这个人哪，嘴巴上说的，跟心眼儿里想的，尤其跟实际上做的，完全是对不上号的两码子事儿。他亲口答应他妈晚间和上午复习功课，下午参加半天劳动，让乡亲们看到他是个能够吃苦耐劳的庄稼人。结果呢，每天在家里坐够了，就到生产队里"泡半天蘑菇"，哪儿的活计轻，哪儿的人多热闹，他就往哪儿奔。奔上去也是"出工不出力"，做一会儿活计，抽一会儿烟，发一会儿愣，再溜达一会儿。常常干活儿干到半截儿腰上，他就瞅个空子开小差，溜回家去捧着书本子"倒着"去了。

有一回，他又偷偷地开了小差，让党支部书记邱志国在半中途给抓住，当着众人的面儿，把他没鼻子没脸地给批评一顿。

他不听，还争辩："你是支书，不是队长，我这事儿属于生产、属于行政，你管得着吗？"

邱志国说："党是领导，专门抓政治思想，专门抓你这种对集体劳动消极怠工的人来管教。今儿个我就要来管管你，摸摸你这调皮捣蛋的老虎屁股。你要是不承认错误，不保证改正错误，就扣你的工分！"

他质问支书："这三年里边，我没见你到地里干一天活儿，除了在办公室里喝茶、磨牙，就是躺在家里睡大觉。你说说，应该扣你多少工分？"

那天田大妈也在地里干活儿。她见儿子做出这号偷奸取巧的事儿，就够难堪的了；儿子还不服管，强词夺理地跟支书顶嘴，更加使她觉得丢尽了人。她气恼地跳到儿子眼前，扯住儿子的胳膊，逼儿子检讨认错："你个落后分子，坏东西！赶快给我向乡亲们认错，向支书赔不是！"

老二保根闭着嘴巴不吭声。他妈骂他、劝他、开导他，到最后抹着泪哀求他，他依然不吐一个字儿。

好多社员对他这态度都很气愤。有人主张把在别的地块干活儿的人也召集来，开一个现场批斗会。

支书邱志国见群众起来了，怕出现过火的行动，就说："田大妈是个好社员，冲她的面子，宽大这小子一回。到家里再好好地帮助帮助他，明儿个集齐下地的时候做个深刻检讨！"

没等到"明儿个"，当天晚上，老二保根就跑到他大姐家躲着去了。他满以为躲几天就躲了过去，没想到"胳膊扭不过大腿"。队委会决定，对不遵守集体劳动纪律、抗拒领导的田保根给予经济处罚：扣除五个劳动日。同时还用大队的有线喇叭一连气"广"了他三个早上。

老二保根从此对支书邱志国怀恨在心，口口声声说，他决不能吃这个哑巴亏，要找个机会进行报复。

有一天，全家人围着小地桌吃饭，田大妈以一种十分眼馋的口气说：“支书家要动工盖新房子，好给儿子娶媳妇儿。看人家那志气、那力量！”

老二保根开始没听见这句话似的，一见爸爸和哥哥羡慕得直啧啧咂嘴儿，就用“嗤之以鼻”的架势顶撞道：“快给我拉倒吧！他有什么志气？他有什么力量？还不是靠手里抓着的那点儿权带来的便利。我要是公社书记，靠着全公社的大权，我把娶孙子媳妇儿的新房子都准备下！”

田大妈替支书说话：“人家邱志国可是个没有私心的好干部！”

“没有私心？我看他浑身上下除了私，没剩下别的！”

“你小子不讲良心，人家脑袋掖在裤腰带上打仗，这是私吗？人家搭钱搭粮带头搞农业合作化，也是私吗？”

“我的糊涂妈，你摆的这些都是他的过去；睁眼看看今天，他是个啥东西了？”

农家兴土木之工，属于惊天动地的大事、喜事，一辈子难得一回。不光一家人要全力以赴，亲戚朋友都得被牵动，平时有交往的乡邻们也得出人帮帮工。党支部书记家盖新房，那股子气势还能小吗？住在田家庄的人，谁能说跟支书没有交往？谁敢说以后不想跟支书再有来往，从今年起，土地、果园和荒山全部承包下去了，那么，支书的权力果真比“大拨轰”那会儿小了吗？谁要说“小”了，他准是个算卦先生那样的人，坐在屋子里编的。想一想吧，村里的电工归支书管不？水渠看闸门的听支书的指挥不？上边来的放贷款、卖化肥、收税钱的那些端铁饭碗的人，来到村子里依靠谁？谁陪着吃吃喝喝？谁能帮他们闹点儿土产和别的“好处”？他们相信谁的话……哪个村如果遇上一位为人不正、心术不正、做派不正的支部书记，再“横”的农民，还能够跳出如来佛的手掌心去？所以说，无论啥性气的庄户人家，没有不乐意跟村干部，特别是党支部书记靠近的。一般的社员，平时想巴结掌权的人都没门儿；

硬往跟前凑，人家若不肯赏脸，还巴结不上去；如今得到个"就水和泥"的好机会，只有大傻瓜才不赶着往前挤哪。

于是，田家庄的社员全部主动热情地给支书帮工，家家户户挨着数，一个门口都没有落下。连五保户的老太太，都拄着棍子颤颤抖抖地找上门儿来，诚心诚意地问支书女人，要不要她替大师傅往灶膛里添添柴火。

田大妈对这样露脸的事儿，一向不甘落后。她闻到动工的具体日期之后，立刻就跟老头子田成业商量：家里的人谁给支书去帮工。

坐在一旁的老二保根听爹妈议论，就主动报名："我去。我去帮帮咱们的邱书记。"

田大妈问他："你鹰嘴鸭子爪，会吃不会拿，能帮人家干啥呢？"

"我不会砌砖，还不会搬砖呀！"

"噢……你们年轻人是应该多往干部身边靠近靠近。你去了可得好好干哪！"

"没错儿，您瞧好儿。"

老二保根来到盖新房的工地上，挽起袖口就做活儿。头晌干得挺欢实，连支书都直冲他乐，好几回很客气地让他擦擦汗、喝碗水。中午，他跟众人一块儿吃了支书家的"八碟八碗"酒席，接着干活儿时，就变得有点儿心不在焉了。正巧这会儿从街西头来了个推小车串村卖煮螺蛳的。他高高兴兴地奔过去，掏钱买了一脸盆，端回来往没泥没水的地方一放，大声喊："都辛苦啦，都辛苦啦！我替支书招待招待各位！"

"呼啦"一下，好多年轻人围了上来，蹲在盆子跟前，拿着酸枣针（刺儿）剌开了螺蛳吃。吃这种东西，就如同嗑瓜子儿一样，是闲暇无事的人磨时间解闷儿的玩意儿。此时，这么多正在起墙上梁的人，酒足饭饱之后干开了这勾当，多让主人糟心。支书邱志国见此光景急得团团转：制止吧，显得小气，容易伤众；任凭吃下去吧，工期势必得拖延。拖延半天，明儿个还得管众人一顿吃喝。要是赶上变了天气，下起雨来，那就更惨。他心里边狠狠地咒骂：田家的这个"二百五"，可把我给坑苦啦！事后，跟别人聊天儿时提到老二保根，竟把"二百五"当成代名词。

在冀东一带，"二百五"跟"傻瓜"是同义词。老二保根对这顶帽子未加申诉，反而挺得意。他觉得，不管"二百五"还是"二百八"，达到了"报复"目的就算胜利。而这回对支书"报复"得很妙，让支书有苦难言，只能吃个哑巴亏。那一次支书扣罚他五天工分，这一次几十个帮工的白歇一个多钟头，瓦工们也只能陪着等递砖递泥。加在一起，得顶几个五天工分的价值。

田大妈为了这件蠢事儿，又跟老二保根大吵大闹一通。怕他在村里再惹是生非，不敢让他出去。连为自己家盖房开山背石头的事儿，他不愿意干，也没有强迫着他干。只求省心、安定，让他一天吃三顿饱饭就"猫"在家里，好好复习功课，等着去考试就得啦！

老二保根在家里待着也不安生：一天洗两次脸，刷两回牙，写一会儿字儿，看一会儿书；其余时间，不是听半导体收音机，就是到院子里伸胳膊踢腿地练操，好像犯了疯魔病一般。睡在炕上，烧点儿火他嫌热，不烧火他嫌凉，硬是要拆了炕睡床。田大妈不答应，他就摘下门板儿，一头搭着炕梢，一头垫着土坯，睡在上边。所以不能说老二保根睡在炕梢，只能说他睡在靠西墙的地方。

"唉，家门出了这么个孽种，实在丢人现眼哪！"田大妈在背地里忍不住地向老头子这样地大发感慨。

田成业说："你就不能狠狠地管教管教他？"

"那小子不通情理。要是惹翻了他，一蹦子跑到外边去，你知道他会跟啥样人混在一块儿？会给咱家招来什么祸？"田大妈向老头子摆着顾忌，同时拿出自己的主意，"这一回他要考上了大学，有学校管教，端上了铁饭碗，更好。就算考不上，猫在家里，总比到外边野马无缰地瞎混强。等把大儿子的婚事操办出个眉目，也赶紧给他张罗，把他的心吸引到成家立业的事情上，让他有指望、有奔头，就会改邪归正了。"

"他那么滑，能像老大那么付辛苦？"

"你瞅着吧，等为他自己盖房、寻媳妇儿的时节，他比谁都得干得欢。我看得多了，男孩子都这样。"

总之，田大妈不待见二儿子，不爱搭理他，可又无可奈何。所以呼叫大儿子起早背石头，进屋来，连看都不想往那床铺上看，就皱着眉头走出西屋。

第 七 章

田留根被妈妈从梦中叫醒，穿了衣服起来，倚着炕沿系鞋带的时候，不知道心里边琢磨什么，突如其来地叹了口气，自言自语地说："真难！没想到这样难哪！"

"你是个窝囊废，"躺在门板儿上的老二保根，从枕头上抬起脑袋，冲着哥哥凶狠地骂了一句，后边还拖着一个长尾巴，"地地道道的、可怜巴巴的、没有一丁点儿出息的窝囊废。"

田留根闻声停住手，转过脸，没生气，没发怒，而是疑惑不解地看着弟弟那张不十分清晰的面孔。

"真弄不明白，你为啥这样心甘情愿地任凭命运摆布？"老二保根继续不留情地挖苦，"这事儿要是搁在我身上，我就向爹妈严正声明，不要新房。不让他们拼死拼活地操持盖房。不……"

"什么，不让盖房？"田留根被弟弟这句话吓了一跳，嘴唇直颤抖，"那，那咋办？"

"把攒下买木料、买砖和包工的钱，拿出来，当本儿，去跑买卖。"

田留根对弟弟的这句话更加害怕。他想起弟弟做的一些荒唐事，脊背直发凉。弟弟没有一点儿的治家过日子的心绪，总是想入非非、不着边际。复习了两年多功课，嚷嚷着考大学，实际上是骑马找马，背着爹妈干了好几件贼大胆儿的冒险勾当，而又屡屡碰钉子。田留根跟弟弟一个屋子里睡觉，再严密的活动，也不会全瞒住他。当然，他每逢发现了啥秘密，只装作不知道。这会儿也不忍心揭弟弟的疮痂疤。他连连摇脑袋，嘟囔着："跑买卖？快拉倒吧，亏你想得出。这不是正道儿。这纯粹是败家子的想头！"

"我这观点怎么不是正道儿？怎么就会败家？"老二保根一撑胳膊一收腿地坐起身，用一种实心实意的语气解释，"做买卖赚了钱，再盖新房，那时候再找媳妇儿再成亲。这样一家老小都少受罪，拜天地、入洞房都心里坦然。不比你们这样瘸骡子瞎马拉破车、爬上坡、走泥窝的办法高明吗？你掰着手指头算算这笔账！"

"要是赔了钱呢？"

"搞买卖当然有赔有赚。这回赔了下回赚；鼓捣这个赔了，鼓捣那个赚；不会总赔钱，不会样样都不赚钱……"

田留根对这套话一句也听不进去，所以没听完就打个蔑视的手势："快收起你这馊主意吧。我可没那种瞎扑乱撞的本事！"

"你有啥本事？你就有甘当受罪脑袋的本事？你就有抱着讨饭棍子不放手的本事。"老二保根冷嘲热讽地反驳哥哥，"我也没认为跑买卖是最高尚、最高级、最十拿九稳的本事。咱老田家的人不是平民百姓嘛！不是生在倒霉的田家庄这块鬼地方嘛！要想活着，要想活得好一点儿，就得动脑筋找出路，没本事就学本事。做买卖这行当学不来的话，另打主意学别的行当；活人不能让尿憋死，不能听天由命！"

"我跟你不一样。我要当个规规矩矩的庄稼人！"

"啥叫规矩的庄稼人？像一条不见天日的蚯蚓似的，钻到土里不出来？像一头拉磨的老驴一样，总顺着磨道转一辈子圈圈？"老二保根几乎吼叫了，"哼，实话告诉你吧，我从心眼儿里瞧不起你这号规矩的庄稼人！"

田留根再老实，也不会窝囊到挨骂、挨挖苦都不动肝火的地步，忍让也是有限度的。他让弟弟的狂言激怒，也回了几句带刺儿的话："我早知道我在你这个大知识分子眼里不值钱。在田家庄你看得起谁呢？连邱书记你都敢横挑鼻子竖挑眼，你也该用耳朵听听，田家庄的老少爷儿们，谁又瞧得起你？你在大家眼睛里是个啥人物呢？你……"

"这没啥。我不跟他们计较，不跟他们一般见识。"老二保根故意做出胸怀大度的姿态，一则可以抵消哥哥这番话的锋芒，二则可以给自己解嘲找脸，"嘿嘿嘿，我的规矩的哥哥，别鼠目寸光的，咱们往长看、往远瞧。将来总有一天，那些瞧不起我田保根的人，要拜倒在我田保根的脚下，朝我田保根伸出大拇指。"

"嘻嘻，你就会吹牛。"

"吹牛？你要不服气，咱俩先比试比试。"

"比啥？"

"比娶媳妇儿成家的事儿。"

"挺大个人，嚷嚷这个，不害臊！"

"啧啧，别给我装模作样啦！说真话，咱们全都二十多岁，老大不小了，生理没缺陷，能不琢磨考虑终身大事吗？这是谁也挡不住的，连自己也不能压制自己。"老二保根说到这儿，不免有些动情，伸手从炕上拉过纸糊的盛烟叶的小篓，撕纸、捏烟叶地卷裹起来，"你那点儿事儿瞒不住我。你是怕别人笑话，心里边的劲头大，想媳妇儿想得难受，鼓着劲儿憋着嘴巴不说……"

田留根被弟弟的既俏皮又实在的话给戳点在心病上，倒是先表现出羞臊，脸上直发烧，有几分恼羞成怒地顶撞一句："得啦！得啦！你比我强，比我高超，你不想媳妇儿，你……"

"不对。我特别想媳妇儿。每当出门在外，一瞧见跟我年纪差不多的男的，用自行车载着对象走亲戚，或是跟对象坐在小饭馆里，一边吃东西一边嘁嘁喳喳地说体己话儿，我就眼馋，我就觉得孤孤单单的没意思，就琢磨应该也找这么一个女伴儿。村子里凡是有人结婚，闹洞房的活动哪回也少不了我。大伙儿挤在一块儿又喊又叫，特别痛快。等到一回了家，躺进被窝里，我立刻就变得特别痛苦，翻来覆去地睡不着，光琢磨人家新婚小两口儿这会儿在干啥……"

"嘻嘻……"被弟弟给说得走了神儿、倚坐在炕沿上的田留根，情不自禁地笑出了声。

"笑啥？你跟我心心相通了，对吧？"老二保根把卷好的纸烟叼在嘴上，点着，一连气抽了几口，继而用严肃的语气说，"想媳妇儿，理所当然。想办法娶媳妇儿，也理所当然。关键在于你怎么样和用啥办法把你想的媳妇儿娶到家里来。在这一点上，咱们哥儿俩有原则性的分歧。"

"你这咬文嚼字儿的话，我听不明白。"

"本来挺清楚，你偏要往糊涂的死胡同里钻嘛！你刚才自言自语，说什么'真难'。我问你，干啥事儿真难？"

"盖房子呗！"

"既然盖房子难，就别盖它啦！"

"不盖房子，能说上媳妇儿吗？"

"好，挨到正题儿上了。告诉我，你靠什么盖上新房，然后娶来新媳妇儿？"

"这不是正操持嘛！"

"操持？哈哈！哈哈！"老二保根仰面大笑几声，说，"算了，咱们不用绕弯子，让我替你赤裸裸地把话说明白吧：一个男的长大之后，必不免地要娶妻生子、成家立业；这样的目的，要靠从爹妈身上榨油，加上靠自己苦熬苦累来达到。你想想是不是这么一回事儿？"

"都是这样的呀！"

"对，都这样。家家户户、祖祖辈辈都这样。等你生了儿子，为了'留根''保根'，不'绝根'，也得让他们从你身上榨油，把你逼得死去活来；也得让他跟着你苦熬苦累，给折腾得半死不活。如此周而复始，没终没了，像一头磨道里的毛驴……"

"嘿嘿，又骂人！"田留根觉着弟弟这番话不顺耳，又没有驳斥的词儿，就反问，"你这高尚的人这么瞧不起这做法，请问将来你咋做？"

"我正在想，还没有把办法想好。"老二保根把后背往墙上一靠，半闭起眼睛，沉思地说，"我还没结婚，还打着光棍儿。准确地说，连个正儿八经的对象还没搞过。可是这几年，我用眼睛看着别人搞对象、结婚，看得实在太多啦！为搞对象、结婚受罪遭难也看得太多啦！只要一想起他们，我的心就发冷，浑身就打战！尽管我自己该咋办的道儿还没找妥，可我还是接受了受难者们的惨痛教训。我下定钢铁一样的决心：至死不从爹妈身上榨油，不让自己受那份儿不是人能受的苦刑。"

"打一辈子光棍儿？"

"眼下还不甘心。"

"转了半天，又转回来了吧！聪明人哪，别异想天开啦，快点儿改改性气，跟我们一块儿奔日子吧！"

"不。我要跟你比高低上下的中心问题，就在这儿……"

"在哪儿？我越听越糊涂。"

"在要走自己闯的路，走不受苦刑的路来达到娶媳妇儿成家的目的。你敢比不敢比？"

"我也跟你一样儿，藏在屋子里啃书本子、捂白脸儿，考大学？"

"考大学只是一条路……"

"要是再考不上呢？"

"那就另找新路走。反正我决不为盖房子、娶媳妇儿，用肩膀子背石头……"

"快给我拉倒吧！"田留根自以为从弟弟这一大篇话里摸透了古怪弟弟的奥秘，恍然大悟似的喊了一声，随后跳起身，耸耸鼻子，撇撇嘴唇，不无报复地反过来挖苦弟弟，"说一千道一万，实际上一句话全了：怕劳动，图轻松，不喘气不掉汗珠子，要啥有啥，喜欢啥来啥。对吧？嘘嘘！都是一些不着边际的、胡思乱想的玩意儿。真真正正地胡薅乱榜瞎吹牛。就凭这些个，你还要让别人拜倒你脚下、朝你伸大拇指？别做梦啦。老实地待着你的吧。等着从天上给你掉下个七仙女吧。我可没工夫陪你。我得去背石头，好盖新房子！"

老二保根被哥哥说得直翻白眼。他盯着哥哥往门外走的背影，把手上没有抽完的烟头厌烦地、用力地摔到地下，"嘭"地往床铺上一倒，拉过被子蒙上脑袋，恶狠狠地骂了一句："一伙子，阿Q的后代，没治。"

他厌恶田家院这个家，一时半会儿又没办法脱离这个家。他对田家庄绝望了，但同样没有办法立刻就不喝这里的井水，不走这里的泥土小路。

过去，老二保根非常爱他的爹妈，非常爱他的哥哥。那会儿，只要一天不见到爹妈和哥哥，老二保根就揪肠扯肚地难过；多么有趣的玩耍也玩不下去，非得亲眼见到三个里边的一个，脸上才有笑模样。所以每天下学回来，老二保根比任何一个同学都跑得快，为的是早一会儿见到爹妈和哥哥。

有一回，刚打过下课的铃，忽地刮了风，远处一亮一亮地打闪。同学们把提起来的书包又放到桌子上，把推出来的自行车又推回棚子里。他们挤在教室门口，谁都不敢冒险走路。老二保根不顾这些，独自一人往家跑。半路上他挨了雨淋。过道沟的时候，摔了个大马趴。他带着一身泥水，跑进家门。他喊爹，爹没应；喊妈，妈没应；喊哥哥也没得到回音；屋门上着锁。他明知爹妈和哥哥被风雨阻截在地里，一会儿准会回来，却扑在门板儿上放声大哭……老二保根多么需要这个家，他对这个家里的人又是多么有感情。

从打老二保根的嘴唇上开始长毛，从打老二保根的两只眼睛开始留神大姑娘的模样，那既伶俐又单纯的脑袋瓜里开始琢磨成家立业那会儿起，他就开始对田家院的这个家觉着不顺心了。他就开始对亲爹、亲妈、亲哥哥看着不顺眼了。他就开始对爹妈、哥哥的一些明知出于好意的说教和规劝听着不顺耳了。他故意和他们抬杠。他故意跟他们顶嘴。他甚至故意地、忍不住地跟他们大吵大闹。为了盖房子开石头、运石头的事儿，就吵闹过两次。

那一天，做活计的人都收工回来，饭还没有做熟。

田成业老头儿拍拍身上的土，擦擦脸上的汗，揭开西屋的布门帘儿，凑到正写字儿的老二保根跟前，小声说："天变了，估摸着要下雪。开出的一堆石头，得麻利地鼓捣回来。保根，你替你哥哥背两趟行不？"

"不行，"老二保根头也不抬地回答，"您没见我这儿忙着复习功课吗？"

"耽误半天吧……"

"别说半天，就是半个小时也没门儿！"

田成业老头儿被噎个倒憋气，无可奈何地摇摇头，退出去了。

田大妈也来到西屋对老二保根说："你爸爸从来不支使你，头一回，你就不听？你看着他，这一程子累成啥样了？"

"累了，不会歇歇嘛！"老二保根回答他妈的话同样硬邦邦的，"又没人用刺刀在后逼着他，何必这么拼死拼活呢？"

"你呀，真不知当老人家的心。为了后代，比刺刀逼着还要厉害呀！"

"既然心甘情愿，那就别喊冤叫屈！"

田大妈被这种不通情理的话给激火了。她涨红了脸，瞪起眼睛，可是立即把要喊叫出来的话吞回肚子里。她只是小声地骂一句："牲口，浑蛋，我不理你就是了！"

放了桌子，一家人围上来，各人端起各人的碗。"风波"已经过去。没想到田留根不识相，多嘴多舌地对老二保根说："背石头是重活，路难走，你没那力气。这样吧，你帮着爸爸把开出来的石头，从坎儿上搬到沟里，我们爷俩再慢慢背。好不好呢？"

"不好，"老二保根把脸一沉，"你们爱做，就自作自受吧，别拉我跟你们去受罪！"

"算哥我求你帮帮忙，可以吧？"

"不可以。那不是人干的活儿！"

田大妈听到这句话，再也忍不住了。她把手里的筷子和碗往桌子上一蹾，厉声厉色地冲老二保根吼叫起来："你把那句话再说一遍！"

老二保根不示弱地还嘴："再说一遍怎么啦？"

田成业怕吵，赶紧劝阻："快吃饭吧！有啥事儿，等吃完饭咱们再说不行吗？"

这么一缓冲，田大妈总算没有举起巴掌朝儿子的头上打去，但是火气也没有熄掉。她又怒又怨地喊道："你个没有良心的白眼儿狼，这么不体谅爹妈的情义。你是天上掉下的，地里冒出来的，石头缝儿爆出来的，不是人生父母养的。你一蹽蹦子就长这么大，我们没有一口饭一口水地喂你，没有一把屎一把尿地伺候你……"

这出戏以老二保根放下饭碗，一个蹦子蹦出屋，又几个蹦子蹦到街上而收的场。因为"家丑不可外扬"，田大妈怕外姓人笑话他们老夫妻教子无方，家里出了个忤逆不孝的儿子，所以没有追赶出去。

老二保根认为并没有忘记父母的养育之恩。然而他是一条大汉子。他是接受过十几年教育、读过许多书、经历过一些社会风云变幻的大汉子。他不是没经开化的、愚昧无知的"乡下佬"。他有自己的头脑、自己的人格、自己的自由；别人，包括亲爹亲妈，想要摆布他，他受不了；

这样气势汹汹地当面揭短、捯小肠、算不该算的账，实在伤害他的感情和自尊心。

与此同时，老二保根对田家庄这个"家乡故土"的感情也起了变化。这种变化是从对以邱志国为首的领导班子的认识开始的。

小时候，他爱玩"打仗"，爱当"冲锋杀敌"的游击队长，也爱玩"修水库"，爱当"改天换地"的指挥。因为田家庄有一个打过仗的英雄、党支部书记邱志国。老二保根把自己在电影上、小人书上看见过的英雄，把他在老师和同学嘴里听到过的英雄，以及他自己脑瓜里想出来的英雄，全跟活生生的邱志国联系在一块儿。要当"英雄"就是要当邱志国那样的人。同样因为田家庄有一个修过水库的好汉、大队长郭云，老二保根除了照样儿把电影、小人书、课堂上获得的有关先进人物的知识往郭云身上增加之外，还把在有线广播喇叭上听到表扬的模范们的事迹，也要给郭云这个心目中的形象增添上。老二保根处处学邱志国和郭云的样子，连说话的声调、说话的时候打手势，都模仿这两位英雄和好汉。

有一年冬天，党支部书记邱志国在群众大会讲"阶级斗争新动向"，号召社员们要监视"黑五类"，提防他们搞投毒、偷盗、放火等破坏活动，保卫集体经济。老二保根大受鼓舞，拉上他的小伙伴们，每天夜间到地主分子巴福来家的院门外"监视"，一蹲就是半夜，整个寒假没丢下一个晚上，脚指头都冻烂了……

有一年夏天，大队长郭云带着老头子、老太太和小学生在地里拾麦穗，一边拾一边嘱咐大伙儿说："每一个麦穗子都是社员们用汗珠子换来的，都是集体财产，要保证颗粒归仓。"老二保根和他的伙伴做得特别认真，不光把自己分的垄沟拾得干干净净，还帮着拉运麦子的人装车；晌午别人歇着，他们还冒着毒热的日头拾。晚上老二保根回到家，吃完饭脱衣服睡觉时，发现卷着的裤脚里有十几个麦粒儿，料定是装车抱麦秆儿掉到里边的。他赶紧又穿上衣服，把那不到半把的麦粒儿亲自送到生产队的场院里。

那个时期，口齿伶俐、能说会道又好出风头的老二保根，常在同学中虔诚地、眉飞色舞地谈论"共产党员是特殊材料造成的"和"人民群众是推动历史前进的动力"等玄奥题目，连脑袋瓜并不迟钝的伙伴们都因为听得神乎其神而目瞪口呆，同时暗暗佩服他、相信他。如今，也就是从他讨厌起田家院这个家开始，他变了。背地里骂党支部书记邱志国是"土皇帝""地头蛇""不倒翁"，骂生产队队长郭云是"礼拜五""草包司令""苦行僧代表人物"；当着面嘲讽社员们都是跟他爹妈和他哥哥一样儿的愚昧无知、自私自利的"阿Q后代"。

那一年高考落榜，老二保根宣称要在田家院独立自主，而后带头改革田家庄的落后面貌。他跟一伙要好的青年伙伴，在他家西屋嘀咕好几个晚上（不背着他哥哥田留根，也不准田留根插嘴和泄露消息），起草了一份申请报告，特别庄严地递交到党支部书记邱志国手里。

邱志国展开看一眼，像被那两页纸烧着一样一哆嗦："什么，你们几个要霸占大队的果园？"

老二保根解释："是搞承包……"

"我们是社会主义集体，不是地下包工队！"

"人家城关公社土地、鱼塘、鸡场和副业摊子都承包给社员了……"

"那是复辟资本主义。那是倒退单干。我们是学大寨的先进大队。我们不跟他们搞那种罪恶活动。"

"支书，您敢抗拒中央的经济改革路线？"

"什么中央？什么经济改革？"邱志国显然积压着满肚子怒怨，憋不住地借机发泄起来，"我看他们是发昏了！口口声声说不折腾了，说坚持社会主义。结果呢？想把几十年建设起来的家当给毁掉……告诉你们，我是个堂堂的共产党员，就是把刀搁在脖子上，我也要坚决地抵制这股歪风！"

老二保根他们的轻举妄动被支部书记邱志国给顶回去了。他们当然不服气。而最使他们恼火的是后来发生的事儿。大概过了一个星期，到公社开了三天会回到田家庄的支书邱志国，忽然来了一个一百八十度的大转弯儿。他亲自敲钟，把社员召集到大庙前边，宣布彻底推行"生产责任制"，集体的各种生产项目，一点儿不剩，全都要承包下去。就一个晚上的会议，田家庄的"经济改革"完成了。

在会场上，社员们几乎全都莫名其妙地转不过弯子，一个个瞪大眼睛，不知道说什么好。从始至终的气氛紧张而表面沉寂的会议，只是在宣布"胜利散会"的时候才有了一点儿响声，是大队长郭云和老烈属两个人制造的。

郭云突然地大叫一声："天哪，生产队就这样解散了？"

老烈属想附和一句，一张嘴巴变成"哇哇"的痛哭。

在会场上像一群被驱赶的绵羊一般的社员，回到家里，琢磨和嘀咕了一夜，第二天都变成了猛虎：每一家户主都率领着家小，跑到饲养场抢好牲口，跑到村外占好地块儿；一台手扶拖拉机两个生产小队抢，没办法就大卸八块，几个人各分一些零件；有几个家里没有"能人"的社员户，见别人分到东西急了眼，弄不到别的值钱东西，就拆大队办公室窗户上的玻璃……

这一天还有两宗是由老二保根暗地唆使别人干起来的争吵事件。

一件是有摔坯子、看火候技术的邻居张石跟孔祥发争夺承包大队的砖瓦窑。相互哄抬"承包费"的价码，最后还是孔祥发取胜。

另一件是一个名叫郭少清的复员兵，代表几个曾经向党支部递过承包果树园子申请书的青年们质问支书邱志国："办啥事情有个先来后到没有？我们一个星期前就提出承包果树园，你们为啥不承包给我们，偏要承包给地主分子巴福来？"

"小伙子，怎么还用极'左'的眼光看问题？"邱志国严厉地批评郭少清，"我们紧跟中央的英明决策，给巴福来彻底摘了帽子，谁还敢歧视他？"

"我们不歧视他，总得平等吧？你们为啥一变脸儿就偏向他？"

"我们是共产党员，我们得走在经济改革的最前列。"邱志国理直气壮地阐述自己的观点，"我们是先进村，处处得先进，得有别的村所没有的先进典型。让一个遭受多年不公平待遇的地主分子先富起来，是新事物，我们要坚决地保护他的合法利益！"

诸如此类的事情发生过一大串。老田家的老二保根用他的眼光看，用他的心思想，用他的衡量事物的标尺判断是非曲直，于是他就肆无忌惮地骂支书、骂队长，嘲讽村民们。同时他从失望到绝望，认定摆在面前的只有一条路：那就是拼死拼活地考大学，借这样的步骤，彻底摆脱田家院的束缚，也离开田家庄这个让他窝火、生气的鬼地方！

第 八 章

田家的旧宅院本来就不宽绰，如今给挤得更显着狭窄：挖了两个猪圈，码了三垛土坯，还有一堆长长短短的木头，出来进去的路，只剩下当中一小条儿。要往墙边去取东西，必须绕来绕去。这种"曲径通幽"的院落，常招来不少小孩子捉迷藏，叽叽喳喳地吵闹不休。

田大妈格外和气，不让犯倔的老头子和古怪的二儿子赶走孩子，乐意他们来玩。她觉得这样有益处。一是显着田家的人缘好，二是显着热闹，增加一种发家创业的气氛。这些对爱说媒的人有吸引力，能成为给儿子寻媳妇儿的一块不算小的牌子。

田留根从屋里出来，由"小胡同"往外走，磕磕绊绊的不太顺当：一步碰到土坯垛子，一步又碰到花架椽子堆上；末了，那个半开半掩的排子门还把他给撞了个趔趄，肩上挎着一个鞒儿的背架都滑落到了地上，"啪"的一声响。

这是因为路窄，天色还不太亮的过呢，还是由于刚才老二保根那一套让他似懂非懂的话，把他的心绪给搅"迷瞪"了呢？

一直站在屋门口留神盯着他的田大妈，发现这情景，料定是没出息的二儿子又欺负了老实巴交的大儿子，让大儿子生气，憋在心里不好受，所以这才迷迷瞪瞪的。她急忙追上前来，安抚大儿子。

"留根，你咋啦？"

"妈，没咋。刚起来，有点儿头重脚轻的。"

"那是筋骨还没有舒展开的缘故。"

"是这样。您放心，活动活动就好了。"

"反正，留根，你得咬着牙干哪！"

"没事儿。"

田大妈见大儿子从地下拾起背架，转身继续往外走，就伸手拉住，小声地叮问："刚才在屋里，咱家那个二百五，又跟你哨啥啦？"

田留根朝妈的脸上察看一眼才回答："就扯几句闲话儿。"

"你别听他胡诌八咧，狗嘴里吐不出象牙来。我不是忌讳大清早怄气不吉利的话，早就进屋去给他两个大耳刮子！"田大妈这样愤愤地说，然后把声调缓和下来，宽慰田留根，"别跟他计较长短。他本来就是个人嫌狗不待见的东西！你还不清楚？反正离着考试也就有几个月的工夫了，只当他闹病趴在炕上，闲待着就闲待着吧！"

"您看他这一回能考上吗？"田留根等妈把话说完，像是关心，又像是不放心似的问了一句。

"他呀，他等着烤熟了、烤煳了吧！别看我不识个字儿，我瞅得出来，他整天抱着看的不全是课本，逮住啥瞧啥，说山道海的杂碎书有不少。哼，死东西，浑身都是懒筋，只不过拿学习当隐身草！我装作没看见就是了。"田大妈皱皱眉头，长长地叹息一声，给田留根解释，"别怪妈宠着他。妈是万般无奈。为的是堵他的嘴，将来不让他怨我断送了他上大学上中专的前程。妈不能栽到他脚下，不能让乡亲小瞧……"

"这回他要是再考不上，往后可咋办呢？"田留根忧心忡忡地说，"他那么油，又好异想天开，能安下心来跟着咱们过日子吗？"

"到了山穷水尽的时候，他还有啥说的？没别的路可走了，他要想活着，就得照着我给他画的线迈步子！"

"我担心他不安分，不肯付艰辛。"田留根诚心诚意地关怀着同胞兄弟，"您想想，照我这样安分的、能吃苦的，操持一层房子还这么难；凭他那个样子，就是一个鸡窝也难搭上，不打一辈子光棍儿才怪！"

"别愁。等把你的房盖上，把你的事儿办完，咱们就拉上他一块儿拼。"田大妈说到这儿，挺神秘地附在儿子的耳边小声报喜，"买檩和买柁的钱，我拿到手了。"

田留根听到这话，果然为之一喜，随即又流露出惊慌神态："您到底还是借债了？"

田大妈没点头，也没摇头，回答儿子说："借债的名声传出去，哪个姑娘还肯嫁过来呀！全是内部的，秘密性儿的。是你大姐用她的名儿借的。还有你二姐十几年里边攒下的体己钱。咱用多久，她们也不会催着要，更不会往外声张，这跟肩头上没背债一个样儿。你说对不？"

田留根对妈末尾的提问，同样没点头也没摇头，只是重重地"啊"了一声，就又动身要走。

田大妈最后叮嘱儿子一句："这件事儿你可千万别告诉你爸爸。他心缝小，搁不下事儿。我不爱听他那唉声叹气、嘀嘀咕咕的！"

田留根答应一声："我知道。"

田大妈瞧着儿子"绕"出大门口，这才回身抱柴火，准备动手做早饭。

黎明来临时，天空抬高了，如同搭在绳子上的湿衣服渐渐地晒干了一样，从瓦灰色变成浅灰色。星星不断地减少，残留下来的几颗，好似电池将要耗尽了的手电筒，已经失去那神气活现的光明。风儿也仿佛被折磨得疲倦不堪，而躲到不显眼、不碍事的角落里喘息。远处的公路那边，有一辆上镇或是进城的拖拉机，单调而又沉闷地响着。那"突突"的声音，从小到大，继而从大变小，随后消失。

早饭飘散着喷香的味儿，太阳冒嘴儿，红了半个窗户。老二保根懒洋洋地起了床，蹲在前门口不慌不忙地刷牙。

田大妈看着他这副城市人的派头特憋气，就说："在屋里睡了一夜，嘴唇包着牙，没刮进尘土、没淋着雨的，你还没完没了地刷它干啥呢？"

老二保根看妈一眼，龇开沾满白泡沫的牙齿，笑着说："这叫讲卫生。真让人费解，这是起码的讲卫生活动，您都不接受？"

"讲卫生！讲卫生！一管牙膏才使几天，不是花钱买的？"

"别心疼，等我挣了钱，加倍地还给您。"老二保根嬉皮笑脸地说罢，又刷又漱了一阵儿，站起身回到屋里，端过盆子舀满水，"稀里哗啦"地洗脸、洗脖子、洗胳膊。

田大妈站在一旁又找茬："昨儿个晚上已经洗个遍，躺在床上，盖着被子，没出汗，没沾泥，这会儿又洗个啥劲儿？"

老二保根故意用手撩水逗乐："哎哟哟，使点儿水您也心疼？这不是拿钱买来的吧？"

田大妈有自己的账："挑水不花工夫？拿挑水的工夫拾一个粪蛋儿，使在地里的棒子上，就能够多饱几个粒儿。那棒子卖给粮库不给钱？"

老二保根"扑哧"一声笑了，以一种半真半假的语调说："妈呀，我真佩服您这一套天生的经济脑瓜和成本核算的才能！您要是当国务院总理，或是当财政部部长，保证不会出赤字，中国人算是享大福啦！"

"我没你那份儿野心！"

"不当总理和财政部部长，田家院这个大权您抓着不放吧？您要是来个'好钢使在刀刃上'，把身上的本领用到正确的地方，带着我们爷儿仨在这个家里来一场改革，我敢打包票，即使处于田家庄这个死角落里，咱家也能很快发财——还用愁盖几间房？还怕没人给说媳妇儿？可惜呀可惜！我的良言相劝，您一句都不肯听，僵化保守，顽固不化。唉，只好把大伙儿全都绑在一块儿受苦受难哪！"

田大妈横眉竖眼地喊叫起来："你是个跑江湖卖野药的胎子！你

就会耍嘴皮子！你唯恐败家败得晚！我听你的？你有正经的吗？"

"我让您在家里搞个养鸡场，是正经的不？"

"屁！鸡是有心肝五脏的活动物，不是铁铸的，不是塑料的。你没见着，平时养几只还养不好，说病就一群，说死就连窝儿端；要是养个千八百的，传来一场瘟症，那不得连房都得拆了卖，瓦片都得搭进去？别说盖新房啦！我听你的花言巧语？我上你的当？受你的骗？没门儿！"

"鱼塘不闹鸡瘟吧？我让您找找郭云在会上投标，再私下疏通疏通邱志国，承包下来，您为啥死活不干呢？"

"算了吧！队里那么多的大能人，年年还亏损个屁股眼儿朝天，我就比别人多长个脑袋呀？"

"脑袋嘛，当然也只有一个。可我这脑袋里边有科学。咱包下来，照书本上介绍的科学方法管理经营，准能捞上一大把！"

"想个美！要是大旱天没有水，塘子干了底儿呢？要是坏人往里边投一包药，把鱼给毒死呢？我脑袋里边没有你那科学，可有算盘珠儿，这点儿数目还拨拉得开。你明明是给我空桥走，我凭啥由着你牵着迈大腿？"

"哈哈哈！哈哈哈！"老二保根听到这儿，忍不住捧腹大笑，随后大喊大叫，"我的妈呀，依我看，您盘算得还欠周密。还有天塌地陷哪！还有世界大战、扔原子弹哪？怕这个怕那个，就守着分的几垄地，别的事全不干才保险！说了一遭儿，越发证明您不仅没有把自己的本领用在正地方，而且也不肯改改观念用到正地方。除此之外，没有别的解释。我算服了！"

"哪儿是正地方？土地！庄稼人只有种好地才是正路一条。你连这个都不懂，还念书哪？越念越糊涂，越念越是个官不官、民不民的二流子！"田大妈不肯占下风地跟二儿子对着喊叫，"快别靠你那铁嘴钢牙安着弹簧的舌头胡嘞嘞啦！快到一边儿蹲着去吧！"

大清晨，这娘儿俩展开一场激烈的舌战，最后老二保根被他妈给抢白得又气又恼又觉得没意思。他抽身把盆子的水朝院子里一泼，仰起脸来，冲着门外燃烧着早霞的天空喟然长叹："上帝，求求你，赐给我一个拯救我妈的法术吧！"

田大妈被二儿子这个突然而又奇特的怪举动吓一大跳。她想起大闺女的那个迁建村，有个小青年死乞白赖地要考大学，结果鬼迷心窍，落榜之后发了疯的事儿。她害怕自己的二儿子会犯同样的病，所以不敢再招惹话儿，就自动地闭住嘴巴，退却下来，进堂屋揭开锅盖，往外舀粥。

过了一阵子，该是下地干活儿的时辰，田成业老头儿满脸汗渍污垢，拖着两条疲惫不堪的腿，挺吃力地走进院子。

老二保根迎着他问："爸爸，您的脸色怎么这样难看哪？"

田成业也没有好言好语回答这个不争气的儿子："干活儿的人，不使香胰子、不搽雪花膏，还好看得了。"

老二保根摊开两只手，做个爱莫能助的姿态，同时嘬嘬牙花子："嗨，任劳任怨、肯于牺牲的好品德！只是真可怜哪！"

田成业把背架往地下一扔，没有再搭话茬儿，直奔屋子里找饭吃。

"留根呢？"田大妈见老头子连着把两碗粥喝进肚子里，还不见大儿子回来，就有点儿不放心地问，"都这时候了，他咋还不收工呀？"

"在我后边，卸下石头就回来。"

"两个人紧跟脚走，能差这么长的时间？"

"他兴许又去多背一趟。"

田大妈冲着老二保根的耳朵赞美说："留根这孩子，从小就听话，就有出息，大了也没变。他是不会吃亏的，准有好日子过呀！"

老二保根来句俏皮话："等咱家开英模大会，我亲手给他戴上一朵光荣花！"

田大妈没理睬。

田成业白瞪老二保根一眼。

等到他们都吃饱肚子，先后放下了碗筷，仍不见田留根的踪影。

田大妈有些着急了。她对摩擦锄头准备下地干活儿的老头子叨咕："你说他多背一趟耽误了时间，就是多背两趟，这么长的工夫也该回来了呀！"

田成业也被老伴儿传染得有些不放心了。他放下锄头说："我去迎迎他，看看到底咋回事儿。"

田大妈说："下你的地吧。你慢慢腾腾的，哪就把人给找回来了？还不把我给急死呀！"

"急啥？"老二保根捧着书本子，脚踩着门槛儿插一句风凉话儿，"您那大儿子多乖、多规矩、多听从指挥棒！人家为了娶媳妇儿成家，您可不能去泼冷水、打击积极性呀！"

"滚一边去，这儿没有你说话的地方。人家就是比你有出息。人家终归有享福那一天，你有受罪那一天！"田大妈训斥二儿子两句，就急忙忙往外走。一出门口，她立即把发急和生气的模样儿全都收藏起来，装出一副心满意足的样儿。她是个精力充沛的人，往过好日子那个目标追赶的心气高，越发给她加了油。本来她整夜没有打个盹儿，这会儿却一点儿都不显着疲倦。走路仍然往前倾身子，大脚片，每步迈出去都发出"咚咚"的响声，表示很壮实、很有力气。

这当儿，街上有挑水的，有往外牵牲口的，也有背着书包上学的。不论大人小孩儿，凡是走碰头的，都跟好人缘的田大妈打招呼。就连发了大财、办了喜事儿、抖起神儿来的巴福来，对她都比对当过干部和积极分子们显得近乎一些。

满脸放光的巴福来，一边打着饱嗝儿，一边迈着不紧也不慢的步子。他的背后有一只笆篓筐子，筐子是空的，只挎着一个背鞯儿，等于斜吊在肩头上，随着脚步摇摆，更衬托出一种自在和得意的派头，离着老远他就朝田大妈开口了："嗬，你好早哇！"

"你也不晚哪！"田大妈这么应酬一句，瞧见他身后跟上来的儿子和新媳妇儿，就打算快些走过去。

巴福来好像故意要让她难受一下，回转身说："过来认识认识。这位是田大妈。"

穿戴得花枝招展的新媳妇儿，在男人陪同下，走到田大妈跟前，浅浅地鞠了一躬。

田大妈勉强地回个笑脸，随口说一句赞扬的话儿："过门儿还没三天，就下地做活计，真是新人新风尚。"

巴福来替儿媳妇儿说："我让她出来走走，认认庄亲，也认认地块儿，慢慢地学点儿剪枝技术。"

田大妈说了句告别式的话："这好哇。有空儿到我那儿串串门子。"

巴福来却不肯放她走，很郑重地对儿媳妇儿说："想串就去串串。田家院是正儿八经的庄稼主儿，老少都是大好人。这么多年来回折腾，人家没有赶过时兴，没有坑害过谁，总是安分守己地过日子……"

好面子的田大妈今儿个例外，听了赞扬也没有得意扬扬。相反地，倒生发出一点儿别扭。这种别扭，并不是因为巴福来言谈话语中的弦外之音——仇视曾经"赶过时兴"和"坑害过谁"的积极过的乡亲——所引起的，而是由自愧不如转化成的嫉妒情绪左右着她的感情神经。她几乎有些烦躁地截断了巴福来喋喋不休的絮叨："就这么着，回头见。"

她从三个人中间横穿过去，接着往东走，心里边实在不是滋味。她暗自想：去年陈瓦匠的女人出面做媒，给我家大儿子介绍她这个表侄女的时候，夸她长得怎么俊俏、怎么精神。依我看哪，只不过是个中等人，全仗着好穿戴打扮着。等我家大儿子定亲的日子到了，一定得选个比巴家这个媳妇儿强过几分的，不强点儿就不要！哼，我就不信，老田家从此就让你们巴家给盖过去……

在窑厂看罢火候、回家吃早饭的孔祥发又在拐弯儿的十字路口招呼田大妈。

这个由于承包了大队砖瓦窑而发了大财的人，在幼小时候受过田大妈的恩惠。那会儿，由队长郭云订出章程：农业社所有成年妇女社员，都要轮流照顾孤儿孔祥发。田大妈把孔祥发身上穿的衣服、脚上穿的鞋全都包了下来，一直给缝连补纳到孔祥发娶上媳妇儿成了家。孔祥发怕在村里名声不好听，也怕田大妈的嘴快，来个当面挖苦揭短受不住。所以，凡是在街上、地里见了田大妈的面，总要逢场作戏地没话找话说。

他并非认真地问："大妈，起房子啥时动工呀？"

田大妈顺口搭音："早着哪，没准日子。"

"要是用砖，您就说话，别人排队，对您优先，挑点儿成色好的。"

"使不了多少砖。我们正开石头。"

"嘻，费劲扒力地开它干啥？既不美观，垒起来也困难。"

"不是为了省几个钱嘛！"

一提到钱，孔祥发不接话茬儿了。如今使他最伤脑筋的事儿，是一些乡亲使用他的砖瓦总不马上给现钱。田大妈要是也张嘴赊欠，他好驳面子吗？

田大妈最清楚孔祥发的人性。别说她根本就不愿意落下个背债的名声，就算到了不得已一定要伸手去借的地步，也不会到孔祥发的门口找钉子碰。所以田大妈没有把"砖"和"钱"的话题接着往下说，而是笑模笑样地应酬几句，就启动脚步，走自己的路、办自己的事儿：得赶紧把大儿子找回家吃饭。

离家不远就是村口，村口外边隔一条道就是三年前经郭云的手批给田家的房基地。三年里，想了好多办法，找了好多门路，只是垒起个底盘，一直没力量把房子盖起来。那底盘里自己滋出来的小树芽子，都有小胳膊粗了！要房基地那会儿，田大妈曾对发愁没钱的老头子说："这回你就放宽心吧，共产党让少数人先富起来，准有新章程。"没想到，田家庄先富起来的是党支部书记邱志国和摘帽子地主巴福来，以及几个有门路走、有胆量冒风险的人家，而不是他们这号专门靠按部就班地出苦力的人家！等到他们醒过这个梦来，明白了这个道理之后，就只好照着自己的"本领"做起来：从去年冬天起，田成业和他的大儿子田留根，每天起早到东北边的山里，从山崖上一锤一镐地开下石头，再一趟一趟地背来石头，堆积在房基地。如今，整齐方正的石料堆，已经很高了，远看像小山似的。只要力气而不要掏钱就能够取得的石头垛，寄托着田家院的希望，展示着田家院的未来。

田大妈在老远处就看到那儿冷冷清清，没有一个人。她四下张望，穿过房基地，顺着一道地埂，往小山包那边走。

小山包那边的崖头下面，是田家父子开辟的石料场子。从前，由他家房基地到崖头那边，全是杂草丛生的山坡子和走洪水的沟子，并没有能够通行的路。一个严冬加上一个春天，田家父子早晚背石头运土，来来往往地在那上边走，竟然踩出一条光光溜溜的、黄色的、弯曲的小路。

小路拐角的地方有个洼兜，有一道膝盖高的土坎。土坎上放着一个拴绑着大石块的背架。土坎下面有一个人：平伸着两条腿，耷拉着脑袋，呆坐在那儿，一动不动。那个人正是田留根。

田大妈有点慌了神儿。她飞跑到大儿子眼前，蹲下身，连声问："留根，留根，你咋的了？"

田留根听到呼叫声，挣扎着抬起头。他的脸色煞白，嘴角挂着血丝，面前的两条伸着的腿中间地上，有一摊鲜红的血。

田大妈一见吓掉了魂儿，尖着嗓子惊叫一声："哎呀，你吐血啦？"

田留根强打着精神，故作轻松地回答说，"妈，不要紧的，您别担心。"

"不要紧就好。不要紧就好。"田大妈连声地说着，一手托着儿子的胳肢窝，一手轻轻扳起儿子的脸，仍然惊魂难定地察看着，"疼得厉害吗？你呀你呀，咋不知道量着劲儿干呢？累伤力了，可是一辈子事儿呀！"

"我想多干点儿，快些把那房子盖起来。"田留根深深地叹口气说，"连老二保根都笑话我窝囊。我咋窝囊了？啥活儿我不干？啥时候我惜过力、偷过懒？"

"没告诉你别听他胡吣嘛！"

"他不说，巴平安一成亲，也把我给比得显鼻子显眼地不如人家了。我不比别人矮半头，连个媳妇儿都混不上……"

"咱们一家子人不是没死没活地往那露脸的地方奔嘛！"田大妈一面拽着自己的衣袖给儿子擦嘴角的血污，一面开导，"孩子，咱乡村，所有挑家过日子的男儿汉，没有一个不经受磨难的。不得苦中苦，难得甜上甜，咬咬牙就成了家、立了业，一辈子的大事儿就办成了。你可不能灰心、泄气呀！"

"我不会那样。您二老为我操心费力，我敢那样不孝顺？"

田大妈听了儿子这句话心头一热，说："你这么知道当父母的心，多苦多难，我们也情愿……妈替你把这石头背回去，再返回来搀你。路上有人看见问，你就说碰了一下，是外伤。"

第 九 章

那天早上，公社有线广播站转播了中央台对农村的节目之后，播发了本公社的新闻。新闻的头一条就是田家庄巴福来家娶媳妇儿的事儿。题目很别致、很招人："专业户生财有道，光棍汉喜结良缘。"

这消息是团支部书记邱方昨儿个晚上灵机一动，写了个初稿，通过电话报告给公社党委秘书。那秘书做了记录，然后加以删改，添上个标题，就播发出来了。删的文字不太多，但是却挺重要。比如删掉巴福来的家庭历史和造成巴平安四十岁还打光棍儿的原因。只笼统地说"过去他们家的日子过得很苦，没有一个媒人登过他们的门儿"。这样，使田家庄以外的人很难猜到巴家过去是"地主"。好在如今不那么讲究家庭出身了。谁有本事，谁有机遇发财了，就让人肃然起敬，或者就让人眼馋眼红。秘书接了电话，过一会儿又打来电话，一是告诉邱方，那稿领导决定采用，一是让邱方通知邱志国，明天一早到公社去一趟，就巴福来的情况做个口头汇报。

邱方很高兴、很得意。因为通过他把这件极可能属于全县的头号新闻报道出去，又得到上边的重视。美中不足的是，自从拆散了生产大队，东西南北的四个大喇叭全像哑巴似的不响了，只有大庙门口的一个，"吱吱啦啦"的还算有点儿声音。可惜，正是农民早起烧火做饭、挑水推土和鸡鸭猪狗喊叫的杂乱时刻，几乎没有什么人听清那独一个发声音的大喇叭里在说些什么。老田家的人肯定不会听见，田家的老二保根更不会听见。

这个邱方，过去跟田家的老二保根是要好的同学。小时候，凡是老二保根做的露脸的事儿，或是淘气的事儿，件件都有邱方的份儿。起码在老二保根到生产队瓜园偷瓜的时候，邱方是个配合得最出色的帮手。连去年开春，老二保根要组织青年队承包果树园子的时候，邱方都是基本队员之一。果树园子没有包到手，老二保根跟邱志国翻了脸，邱方没有跟着找邱志国抗议说理；老二保根背后大骂邱志国，邱方没有随声附和。于是，老二保根流露出对邱方不满，两个人渐渐疏远了。邱方很怀念那围着老二保根转的热热闹闹的一秋，也割舍不了他跟老二保根的友谊。邱方又碍着面子，不愿意低声下气地去见老二保根。因为他并不认为自己在处理跟邱志国的关系方面有什么过错。所以他希望事实能证明邱志国在果树园子承包的事情上，没有偏差，完全符合上级的精神，证明邱志国还像过去一样的正确。从而也就证明他邱方不跟着老二保根屁股后边吵闹和谩骂是正确的。在这种背景下，他回到那一伙中间去，回到老二保根跟前，该有多体面、多理直气壮。这一回自觉自愿地写了巴福来家娶媳妇儿办喜事儿的报道稿子，正是由这样的思想动机支配的行动。上级广播巴福来家的事迹，就等于肯定了邱志国的成绩，看你们还有什么可挑剔的！广播没听到不要紧，会有人用小广播把大广播的内容传达给老二保根的。

邱方吃罢早饭，才去通知邱志国到公社汇报的事儿。

邱志国家的新宅子还没有打院墙，屋子里也没有完全装修好，所以仍然住在老宅子里，也就是当年土地改革从巴家那个"大乡长"手里分得的旧宅子。这屋子很大、很结实，就是窗户小，采光差。

这当儿，邱志国的老伴儿正蹲在二门外边刷牙。她长得挺难看，脸色黑，还长着大麻子；身材瘦小，还有点儿伛偻；牙齿又长又黄，还大稀八登的。

邱方笑着打招呼："哟，婶子，您还讲起卫生来了？"

"我就不兴改革改革呀！"支书老伴儿往地上喷吐着"固齿灵"牙膏的白沫子，回答说，"你大叔老嫌我的嘴有味儿，逼着一天刷两遍。他呀，当官儿当惯了，在家里也让老小都服他！"

"让您刷牙，是关心您。要不然有钱买好东西吃，牙不做劲儿，那该多着急。"

支书老伴儿笑了："难怪你大叔背后夸你越长越懂事儿。是这么个理儿。就怕刷也保不住，好几个槽牙都活动了。喂，这么早，你跑来干啥？"

"找我大叔有事儿。"

"你快别进去。他这会儿正在气头子上。"支书老伴儿朝二门里瞥一眼，压着声说，"还没出被窝，老郭云就跑来找你大叔吵吵。粗脖子红脸的，好像他受了什么冤枉。"

"他敢跟我大叔吵架？为啥？"

"谁知道，我听不出头脑。好像为巴福来家娶儿媳妇儿的事儿。"支书老伴儿轻蔑地耸了耸鼻子，"老郭云那个人，怪了一辈子，好钻牛角尖儿，好走瞎道儿。要不是你大叔好心眼儿拉着他，他能有今天？你年轻，不知道底细就是了。"

邱方笑笑，想说："在田家庄年轻人里边，只有我知道他的根底儿。"他没把这句话说出口，就迈门槛往里院走，想看看情形，找个机会，把下通知的任务完成。

老郭云脾气躁，性子直，一般人都怵他。但是"一物降一物"，郭云又最怕邱志国。每当他犯了毛病，发起火来，只要邱志国一说话，他立刻就变得顺顺溜溜、老老实实的。邱方过去也对这种现象纳闷儿，看不出邱志国有什么降服郭云的法术。那一回，就是因为抵制搞承包的事儿，邱志国挨了公社领导批评，回家来喝闷酒喝多了，跟邱方吐露一点儿心里话，其中就包括了揭老郭云"底子"的内容。

老郭云有小辫在邱志国手里抓着，不是一根小辫子，而是好多根小辫子。

头一宗，是解放战争刚开始那时候的事儿。那当儿，郭云正给巴福来的哥哥——"大乡长"扛活儿，是个没有政治觉悟的忠实奴仆。田家庄由于是山里解放区的边缘地带而成了游击区，"大乡长"躲在燕山镇里不敢回家。每过一些日子，内当家就打发老郭云往镇子上送些粮食、瓜果和别的农产品去，让"大乡长"尝尝鲜儿。郭云把做这个事儿当成美差。因为比下地干活儿轻松，两头都给好饭食吃，还给点儿跑腿钱。邱志国背后劝郭云不要再给巴家干傻事儿，郭云梗着脖子不肯听。有一次，邱志国在半路上截住郭云。郭云认为这是砸他的饭碗，不光骂了邱志国，还要动手打邱志国。邱志国不急不躁地告诉郭云，他挑着的粮食口袋里有鬼，当着郭云的面打开口袋。结果，不仅从里边掏出一封密信，还有一张从田家庄进攻山里解放区的路线图。邱志国把纸卷抖搂开，举到郭云的眼前让他看："你知道不，你已经成了国民党反动派的情报员啦，要是让游击队知道，你的脑袋就得搬家啦！"郭云一见这让他做梦也没想到的情报证据，差点儿吓掉魂儿。从那天起，他再不肯替巴家跑腿，还辞了活儿，靠上山打柴养活家小。当时避开了生命危险，后来落下个"清白干净"的身子，"镇反""肃反"运动都没有牵连上他。

第二宗，是土地改革时期发生的事情。郭云分了土地，眼看荒着不敢种；分了粮食，硬着心肠让老婆孩子挨饿，也不敢吃；分了衣服被子，让一家人大冬天耍单儿、睡光炕板儿，都不敢穿、不敢盖。郭云听到谣言，说"还乡团"要从北京打回来反攻倒算，他就拿定主意把分的东西偷偷给巴家送回去。他刚要推着小车出门口，就让邱志国给堵住了。邱志国说:"你这样做,等于向敌人投降,上级怪罪下来可不得了。放心,不会变天的。就算变天了,我这带头斗地主、连地主家的闺女都给分了的都不怕,你是跟着在后边干的,怕个啥呢?"老郭云觉得这话有理,把准备退给地主的果实,该吃的吃,该穿的穿,让一家大小过了个肚子饱、身上暖的冬天。结果,政治上没有落下一丁点儿污点,经济上还得了实惠。

第三宗,是农业合作化初期的事儿。郭云一心奔自己的小日子,不肯把分到手的土地入农业社。他怕邱志国拉他入社,躲到黑石峪亲戚家,连过年都不敢回田家庄。就在大年初一那天早上,邱志国专程跑到黑石峪找他,坐在炕上给他讲社会主义的道理,讲组织起来的优越性。邱志国说:"单干好比走独木桥,遭受一点儿天灾人祸就会接茬儿受罪,只有走集体的道路,才能够奔到'种地不用牛,点灯不用油,楼上楼下,电灯电话'的好日子。你跟我走没错,入社吧!"老郭云碍着邱志国的面子,很勉强地答应了。两年过后,发生了农业社接收没爹没妈的孤儿孔祥发的事情,使得老郭云一下子觉悟了。他当着邱志国的面,把偷偷地在入了社的地里埋下的界石刨了出来,而且自告奋勇地代替集体养育孔祥发。他说:"我用这行动,证明我人入了社,心也入了社。"从此,集体主义思想在他的脑海里扎下根子,越扎越深,拔都拔不掉啦!

这些都属于老郭云见不得人的丑闻,邱志国一直给压在舌头底下,跟任何人都没有抖搂过。"文化大革命"那会儿,有人翻老账,要揪老郭云,说老郭云当过给敌人送情报的特务,是向地主阶级投降、出卖灵魂的叛徒。邱志国却大义凛然,造反派怎么逼迫,也不肯出这样的证明。邱志国公正地说:"郭云是一个农民,他是一点点觉悟的,他是一步一步走向革命的。从一九五八年他当大队长,我俩就搭伙,我最了解他是啥样的人。他处处事事都为公,都为社会主义集体,没搞过一丁点儿资本主义的勾当。"因为邱志国保驾,老郭云才没有挨折腾,平安地渡过那段动荡的年月。去年冬天"生产队解体",同时搞基层政权选举,好多人都说老郭云思想僵化、保守、不解放、跟不上新形势,主张让他下台。邱志国又一次站出来替郭云摆功,为郭云拉选票,终于使郭云保住了位子,也保住了面子。

……

老郭云跟邱志国是这样一种特殊关系,所以二十多年来他们合作得一直很好。邱志国说什么,老郭云听什么;邱志国指到哪儿,老郭云就打在哪儿。那么,今儿个,老郭云为什么大清早来找邱志国争吵呢?

心里边嘀嘀咕咕的邱方,停在古旧砖房的窗子外边,听到的却是邱志国怒气冲冲的训斥声和质问声。

"你好好地反省反省吧,这一程子你的所作所为,还有一点儿党员干部的样子没有?你还敢找我来吵嘴?我没找你算账,就够给你面子了!"邱志国用他那独有的洪亮声音说,"前天晚上,我在支部会上怎么宣布的?我让每个党员都参加巴家的结婚典礼,没有特殊情况,一律不许缺席。结果呢,连闹情绪的郭少清都服从组织去了,唯独你这个支部委员敢理直气壮地不参加。你说说这是为什么?"

老郭云瓮声瓮气地回答一句:"随份子是随人情。我跟他巴福来没这种来往,我不去喝他的酒,咋啦?"

"你个人跟谁有来往,跟谁没来往,组织上不干涉,可你不是个普通的个人。你是村民委员会主任,你的行动表示着我们田家庄领导班子是不是真的解放了思想,是不是真心诚意地落实了党的各项政策。你知道你不在那场合露露面,在群众里边造成啥影响?"

"快得了吧,你!"老郭云打断邱志国的话,声调更高地说,"我那影响再不地道,还能抵上你那影响?党支部书记,率领全体党员给老地主贺喜,还让公社的大喇叭往全公社宣扬。我看,大概应该钉上块板儿,把地主富农都当祖宗一样供起来!"

"郭云，你知道你这思想、你这套话是啥行为？"邱志国用更高的声调，同时配合着拍炕席的响声喊道，"你这是反对党中央的指示！是明目张胆地反对。我得提醒你，你可得跟中央保持政治上的一致，要不然可要犯大错误呀！"

邱志国把话说到这儿，略微停顿了一下，老郭云也没有立即开口。古老的屋子里出现一阵沉默。

站在窗户外边、墙垛子旁边的邱方，根据以往的经验，猜想着此时此刻屋里边两位领导干部的神态。邱志国一定还没有穿上裤子，只是披着棉袄坐在被窝里；一定皱着眉头，眯着眼睛，怒视着郭云；因不停地捣动牙齿，而腮帮子一鼓一鼓的；对搭档多年的老伙计，这般顽固不化地钻牛角尖儿，一定又气又恨，又无可奈何。老郭云一定坐在炕沿边、八仙桌旁的太师椅上，脸色通红，眼睛也是红的，死死地瞪着墙上的镜框、画儿，或是窗户；手里捏着已经灭了火的小烟袋，哆哆嗦嗦地不住地往下掉灰末子；脖子上像卧着几条大蚕似的青筋一跳一跳的，本来就干瘪的胸脯，却用力地一鼓一鼓地把粗气从鼻孔挤出来。他或许已经不知不觉地蹲到椅子上。因为他每逢在邱志国面前动了气、吵起来、不服又不能不服的时候，就不敢正视邱志国，就粗脖涨脸，就像个被人拍打的皮球一样地跳来跳去，或是从椅子、凳子上跳上跳下……郭云那架势，极为可笑，也有点儿可怜。郭云并不是田成业，他不是厌包。他跟社员发起脾气来也是很厉害的，不管老少他都敢骂，急了眼还用手代替嘴巴。除了地主和戴帽子的之外，好几个调皮的青年都挨过他的耳刮子。只有在邱志国面前，他不敢任性和放肆，有一回，小学学校的一位教师看到邱志国制伏郭云的情景之后，用一句文辞儿形容郭云的样子"好似困兽犹斗"！

沉默了一阵儿的屋子里，突然"扑通"一声响，那是郭云从椅子上跳到地上的声音，随即说："我也该思想解放解放啦，说真心话，我怀疑你那个跟党中央保持一致的口号！"

"嗬，你解放得还真够水平！"邱志国用嘲弄的声调追问他，"请问，你怎么个怀疑法儿呢？"

老郭云回答说："跟谁保持一致，好比是站队，喊向右看齐。得看准了排头才能站得整齐。你口口声声说跟党中央保持一致，你真把党中央的精神看准了吗？吃透了吗？依我看，咱田家庄这回改革，好多事儿又是一风吹、又是追时髦……"

"你摆出事实来！"邱志国吼一声。

"事实嘛……"老郭云声调低沉地说，"起码对巴福来这件事儿我就犯怀疑。党中央让给摘帽子，我们就给他摘了帽子，只要他守法，跟老百姓一样平等地过日子就罢了。咱们为啥还要另加码，玩新鲜花样儿，非给他特殊优待呢？田家庄结婚办喜事儿的人家多啦，你这书记咋就没有号召党员到别的人家去贺喜赴宴呢？难道这也是党中央号召的？这也是保持一致？你说说，咱听听！"

"哈哈哈……"邱志国大笑起来，"你呀，你呀，叨咕了半天，又转磨似的转了回来。就是对巴福来有成见，解不开疙瘩。你钻牛角尖儿，你就先去钻。我还跟过去一样，决不压服你。可有一件，在公开场所，你不能散布这些跟我不一致的话！"

"这我答应。我也得给你提个条件。"老郭云低声说，"田家庄试验了一年新章程，确实让少数人富起来了。可是，咱们不能扔下多数人不管哪。我跟老烈属、老科长想把何三这样一些没人力、没特殊本事的人联络到一块儿，搞个互助组式的组织，把生产、生活的事儿包起来，相互帮着办。要不然，他们没法儿活下去。我的条件是，你别限制我。"

邱志国沉吟片刻，说："老郭云，我了解你。你想这么干，我也不拦挡。可我要提醒你。这样干，肯定不会有好结果。我自己不是从搞互助组到办农业社，再转成人民公社，整整干了三十年吗？回头看看吧，我吃了多少苦！我受了多少罪！简直像做了一场梦啊！咱们都老了，不能再凭着一股热情一片好心就干那号劳而无功、用竹篮子打水的事儿了。趁着身子骨还当家，还在台上掌着权，得干点儿扎扎实实的有实效、有实惠的事儿了。要不然，等到走不动、爬不动，没有了机会，你可就后悔也来不及啦！"

"我不后悔。我铁了心啦！"郭云用近乎哀求的语气说，"我还想搞集体，一块儿奔日子。你应下我吧！"

"唉，好吧！你愿意往南墙上撞，我硬拦你也不合适。"邱志国一字一句地说，"你们几个就悄悄地干，别嚷嚷，免得让上边知道了来干涉，又给我找麻烦，名称嘛，别叫什么互助组，怪难听的，好像又复旧了似的。对，我看报纸上有联合体这个词儿，你们就叫联产承包吧！我在前边等着你，等你回头，像过去那样……"

窗外的邱方听到这儿，心里不由得一热，紧接着又一沉一凉，身上打个哆嗦。他悄悄地离开窗前，退到二门外边，对那个已经刷完了牙、提着裤子从厕所出来的支书老伴儿说："大婶，您一会儿告诉大叔，让他到公社汇报巴福来娶儿媳妇儿的事儿。"

支书老伴儿推辞说："还是你自己告诉他吧，我要说不周详，他又得龇牙瞪眼地训我。"

"就一句话，有啥周详不周详的。我还有别的事儿，不等他啦。"邱方说罢，就朝大门外走。他的心里特别乱，想找个安静地方，把刚才听到的田家庄两位党、政领导干部一番各抒己见、各打主意的话，细细地思考思考。

第 十 章

　　邱志国是坐着砖瓦窑的"三叉戟"到公社做汇报的。

　　他老了，骑自行车来回太劳累，坐公共汽车赶不上钟点，很不方便，又没有上级干部乘坐四个轱辘车的条件。他只好坐带拖斗的三轮摩托车。人们逗笑话玩儿，给这种交通工具起了个威武动听的绰号。

　　公社机关一片忙乱而又热闹的景象。别处的党、政、军、民的机关单位，都在大办工商企业的消息，传到这偏僻地方的时候，已经晚了一大截儿。他们唯恐被丢得太远，既得闻风而动，又得雷厉风行。所以从党委书记到一般干部，都在急急忙忙，而又兴致勃勃地撺掇搞什么买卖，成立什么公司，组建什么货栈，实在没有整块时间听邱志国做巴福来发家致富全过程的汇报。邱志国长话短说，只讲个大概意思，就被打发出来了。邱志国也不愿多停留。自从那一次为了推行承包的事儿被扣在公社挨整以后这一段日子里，他在不知不觉中跟公社的领导有些疏远了。

　　公社书记见面第一句话就问："你怎么好久不到机关来坐坐啦？"

　　邱志国回答："我忙啊！"

　　"是不是还跟领导系着疙瘩呀？"

　　"没有，没有。您看我后来的行动是系着疙瘩的样子吗？"

公社书记笑了，是一种表示理解的笑。

邱志国也笑了。这笑里所包含的内容可就复杂得多。

那三天三夜，公社的几位领导轮番跟他谈话，实际上是熬鹰式的逼迫：让他答应，立即回村拆散生产队，实行"包产到户"的责任制。在邱志国说来，不用细思细想，一听到这个词儿，就像打仗那年月听到国民党还乡团杀进村子一样可怕，就像"文化大革命"期间，造反派呼喊打倒走资派的口号一样让人胆战心惊，让邱志国接受公社领导的这个怪指示，不亚于让他在台湾特务的任命书上签字。他是至死也不能接受的。他咬紧牙关，拿定个主意：任凭你们使什么手段，我只能带着田家庄的人前进，决不能退倒一步！一九五四年上级来人砍农业社，一九六四年工作队轰村干部"上楼"，一九六七年造反派逼"黑帮"交代罪行，邱志国都是用这种硬碰硬顶的办法坚定了自己的立场，没有动摇分毫。其结果，高大了他的英雄形象，扎深了群众中间的根子，这回他要用同样的办法对付，直到最后胜利。

那天早上，公社书记亲自端来两碗稀粥，又端来两张油饼和一碟咸菜，坐在邱志国面前那张办公桌的对面，一边吃，一边拉起闲话。

邱志国心里想，这是开场锣鼓。自从他被召到公社软禁起来之后，每换一位领导来谈话，在谈正题之前，都是这么从拉闲话开始的。他都横眉冷对，显示出不可动摇的意志和威严。当然，他对这位公社书记稍微客气点儿。不光因为公社书记是第一把手，也由于他们之间沾一点儿拐弯儿亲戚关系。他知道，凭这关系，公社书记这样做只是履行公事，不会狠狠地整他。且说铁打的衙门流水的官，等将来书记调离这个工作岗位，亲戚不能不走动，也还有见面的机会，所以不宜伤个人情面。

那天的闲谈，是从新闻和报纸摘要节目开始的。公社书记说他最近在县里听到了到外国访问的大人物回国后做的见闻报告录音。那位大人物说，外国的所有的公民，都过着现代化的幸福生活。他参观过一个普通的农民家庭，做了个调查比较，结论是：外国的一个普通农民的生活水平，比中国的一个副总理还高。他谈到了日本。他说日本是第二次世界大战的战败国，不到三十年，一跃成为世界的经济强国。他谈到了台湾。他说台湾是个小小的岛子，经济比大陆繁荣发达，每年人口平均收入，比大陆上的人高好几倍。他说，好多中国人，在国内什么都干不出来，一到外国，立刻就干出大事业、成了大名人。美国就有不少大名鼎鼎的科学家，都是加入美国籍的中国人。例如，中央领导一再接见过的什么什么博士、什么什么专家，都是中国人的后代……

公社书记一边喝粥一边极随便地介绍录音内容，意外地，竟使邱志国听得津津有味。他压根儿没有听过这些见闻。他感到很开脑筋很动人。

"一人只许买一个炸油饼，我也不能特殊。"公社书记提起一张油饼，撕下三分之一的一块，丢到邱志国的粥碗里，"我支援你一块吧！"

邱志国慌忙地把那块油饼夹起来，要往公社书记的碗里放："别价，别价，我够了！"

"又鼓着肚子说假话！"公社书记躲闪着，一语双关地说，"凭你这个大块头，也得比我能吃呀！怎么可能够了呢？啥事儿我们都得实事求是呀！不实事求可是要吃亏的。这些年，我吃不实事求是、光凭热情办事的亏太多、太惨了！"

邱志国不好意思地停住推让，把那块油饼放回自己的碗里。可是他好久没有勇气让自己张嘴咬那油饼，只是使劲儿吸着油饼周围的稀粥，发出"哗哗"的怪声音，连他自己听得都有点儿心神不安。

公社书记接着话茬儿说："我们中国，我们大陆上，要什么有什么，资源有，劳力有，人才也不缺，就是好钢没有使在刀刃上，瞎折腾、干傻事儿。唉，回头想想，我们干了多少傻事儿呀！结果呢，老百姓跟我们受了穷，吃了苦。我们自己呢？我这叫一名管辖几万人口的领导干部，从脑袋掖在腰带上打仗干起，又干了三十多年。至今熬到啥日子过了呢？五十多岁了，出门还得骑自行车，睡觉躺硬板床，生煤球炉子，吃的是只管肚儿圆的稀粥，油饼还得按数量分份儿……当然啦，干革命不是为了个人，是为人民服务。这三十多年，我为人民服多少务呢？我到处下命令，到处说服动员，让农民归堆儿、走集体道儿。许愿说，一集体化，就楼上楼下，电灯电话。结果呢，你看看，跟着我们走的黎民百姓，跟人家打了败仗的'小日本'比，天堂地下，悬殊得不挨边儿，连给赶到台湾小岛上的人都比不上。真让人愧得慌呀！所以中央领导带头总结经验教训。人家都承认了失误，我们这些小兵小卒还有啥资格不认账？凭啥不讲良心硬把秃脑袋说成一头珍珠翡翠呢？"

公社书记这般如此地说着自己对现实的看法，对改革的理解，把最后一口油饼嚼咽下去，把碗底儿里的稀粥也倒在嘴里，把筷子搭在碗边上，等着邱志国吃完好一起收拾走。

邱志国愣了愣神儿，忽然紧吞快喝地把公社书记掰给他的那块油饼，还有自己的粥全都吃光，用手抹着嘴唇上沾着的油渍和米粒儿，同时抽身站起，说道："我要走啦，回田家庄去啦！"

公社书记说："你不把思想搞通，还抱着旧观念，回去怎么开展工作？怎么开拓新局面？"

邱志国回答说："我的思想搞通了。我的观念改变了。"

"你说说怎么个通法？怎么变法？"

"一时说不清楚。反正我一定听您的话，一定跟党中央在政治上保持一致，决不再顶着干了。"

"怎么个一致法儿呢？"

"您别刨根问底儿，您看我的行动吧！"邱志国激动地说，"我不是个孬种，不比谁矮半头。我凭啥有牛奶不喝，死抱着个稀粥碗呢？如今我还没老，还有把子力气。我要把当年搞合作化、过去学大寨那股劲儿掏出来，让田家庄当个改革的先进典型！"

……

邱志国是个雄心勃勃又有实干精神和实际工作能力的老干部。他说到做到，敢作敢当。仅仅十天的时间，他就大刀阔斧地把田家庄的经济体制改革的工作推行完毕，赶到全公社所有村庄的前面而成了第一名。改革工作完成了，邱志国自身的一些思想观念、工作做派也相应地跟着变化。变化的一个明显特征，就是他不再热衷于开会空谈。过去，如果一周时间里不被召集公社开个会，他就觉得六神无主，没着没落的。如今偶尔来公社机关坐坐，听一些空话连篇的指示，就腻烦，就觉得是浪费时间，就赶紧地往外走，回去干有实际效益的事情。

晌午前，他就坐着"三叉戟"赶回田家庄的家里。

正指挥儿媳妇儿做饭的老伴儿，笑吟吟地迎上他，拿过扫炕笤帚给他打扫一路上落在身上的尘土。

"刚才有人找我了吗？"他板着面孔问。

老伴儿赶紧回答说："没人找，可有人来送礼品。"

"谁？"

"巴福来。带着他的儿子、儿媳妇儿。嘻嘻，真逗趣儿……"

"笑什么呀？"

"巴福来进门就让小两口儿给我磕头，还让他们管我叫三姑。把我给叫蒙了。从送走他们，我就翻过来倒过去地琢磨，怎么也琢磨不出个头绪，从哪儿排，管我叫三姑呢？巴福来拍马屁也拍得不对号码，咋不让人好笑呀！"

邱志国光听没吭声，一经琢磨，心里不由得"呼扇"一下子。他抬起胳膊肘，挡住老伴儿舞动的笤帚，不耐烦地说："算了，算了。我得歇歇了。"

老伴儿赶紧收了笤帚，先一步进屋，又拿烟，又倒茶，随后小猫儿似的退出去，接着指挥儿媳妇儿做饭。

邱志国坐到八仙桌旁的檀香木太师椅上，抽着烟，喝着茶，回味着老伴儿说的那个"谜儿"。邱志国不用费什么心思，就猜到了谜底。这谜底勾引起他想起一桩往事，是一桩几乎忘得一干二净的往事。

那是土地改革分浮财的热闹时候。郭少清的爸爸那会儿当保管，把大堆的绫罗绸缎的衣服分成包：有男人穿的，有女人穿的，一包一包地分发给贫农团和一部分农会会员们。邱志国是领导人，照例靠后边，等别人都分完了，郭少清的爸爸一再喊他的名字，他才凑上来。他见别人握了两个包袱，他也提起两个包袱。

郭少清的爸爸摁住一个包袱："这个你不能拿，挑一个别的吧！"

"为啥不能拿这个？"

"里边包的都是女人穿的衣裳，你一个光棍儿，拿回去有啥用处。"

"怎么没用处？如今翻身了，凭什么再让我打光棍儿呢？穷气赶走了，光棍儿的牌子也应该摘！"

"倒是这么个理儿。那就快想法儿娶媳妇儿吧！"

"我的媳妇儿让地主给剥削去了，是他们造的孽！"

邱志国的这句发泄怨气的话，把旁边的几个穷光棍儿汉给提醒了，七嘴八舌地议论起来：

"对，对，跟狗地主们算账……"

"让他们赔咱们媳妇儿！"

"唉，这会儿都给斗趴了，拿啥赔呀！"

"揍他们一顿解解恨！"

"那顶个屁用！"

邱志国对这事，很快想出了办法。他看上了巴家三姑娘。这三姑娘嫁出去一年就死了丈夫，一直住在娘家守寡，那会儿也给圈在西头大庙里。邱志国威风凛凛地走进大庙圈着地主家口的小耳房里，对三姑娘说："你跟我走！"

小寡妇三姑娘吓得呜呜地哭起来。

邱志国一见这情形来了气，吼道："你们家小的穿开裆裤还尿炕就娶媳妇儿，老的迈不过门槛儿还续小老婆，都是从我们穷人身上榨了血汗钱才这么造孽！可我们穷人倒熬光棍儿，熬得断子绝孙。这笔债就该讨回来。你他妈的哭什么？你要想活，就跟我走；不想活，就等着跟这群狗东西一块儿吃镐把炖肉！"

三姑娘想活，只好乖乖地跟着邱志国走。走出大庙，又走回她那原来的家。

这家已经分给了邱志国。过去邱志国连门槛儿都不敢迈，如今倒成了这儿的主人。他点上灯，凶神恶煞地喊道："上炕，脱衣裳！"

三姑娘哆哆嗦嗦地上了炕，泪水还是止不住地流。邱志国像参加对地主恶霸的清算斗争大会那样，扑到三姑娘的身上……

三天过后，邱志国和小寡妇的心气全变了，神情也都变了，到一块儿就有说有笑、亲亲热热的。邱志国把女人当成蜜罐子，一夜也离不开，中午还抓歇晌的工夫抱着喝……

时间飞快地过了八年。他们两个养了两个闺女和一个儿子，小日子过得很美满，男的女的都觉着遂心。

在一个刮小风、下小雨的夜间，邱志国从刚刚散了的党员干部会场出来，回到家，他钻进热被窝里，忽然问女人："喂，当年我把你弄到手，让你当了我的媳妇儿，你恨我不？"

女人笑嘻嘻地一头扎在他的怀里，实实在在地说："你呀，真傻，我感你恩还感不过来，怎么会恨你呀！"

"为啥感我的恩？"

"唉，那个死鬼，是我爸爸包办定的娃娃亲，都入了洞房，我还没见过他什么样儿。他是个大烟鬼儿，走路都打晃。一条炕上睡一年，等于守了三百多天死尸，那叫啥夫妻呀！要不是土改，我那封建的家得让我守贞洁，当一辈子寡妇。活着有啥意思？要不是你把我弄到家里，我还得跟着他们背黑锅，算反革命地主家的人。那种罪也是不好受的。所以我感你的恩，不知道怎么着才能把你伺候好……"

"可是……"邱志国发怵地低声说，"这回我得跟你离婚啦。"

"你别吓唬我。你不会那样。你舍不得我。"

"唉，眼下正搞肃清反革命运动,区里领导批评我阶级立场有问题。"

"你有啥问题。你是最忠心报国的。我给你做证……"

"你还做证呢？我的立场问题就出在你身上，说你是我藏在家里的定时炸弹。"

"我把心扒出来给他们看！我……"

"用嘴巴说不顶用，得拿行动。我要用行动证明我立场没有一丁点儿问题！"

"噢，你真舍得把我给丢开？你真那么狠心肠？"

"我是干革命的。我得对党交心哪！"

"呜呜呜，我好命苦哇！"女人又一次把头扎在邱志国的怀里，痛哭起来。

邱志国被哭软了，抱住女人哄："别这样，别这样，让我再琢磨琢磨咋办合适。"

他"琢磨"的结果，还是在三天后拉着女人到乡政府办了离婚手续。

女人，巴家的三姑娘又一次被"扫地出门"，抱着最小的一个孩子，搬到她曾经跟一家老小挨圈的村西大庙里，还是那间小耳房。所不同的只是山墙裂了缝儿，顶上漏了雨。

邱志国挺着腰板到区里参加支部书记、村主任联席会。他却听到熟人们这样一些半是玩笑半是认真的话：

"老邱，你小子脑袋瓜真伶俐，不费劲儿就洗了个干净身子！"

"把媳妇儿放在保险柜里，等风声一过，取出来还照样儿使用，对吧？"

"唉，不用等，天一黑就只管撒开使就是了。"

"哈哈哈！"

在会议中间休息的时候，区公安助理把邱志国拉到墙角，一边递烟一边小声问："伙计，你对那个地主婆，是不是还有点儿藕断丝连哪？"

邱志国满脸红涨地摇着脑袋："没有，没有！"

"以后也不想跟她恢复关系啦？"

"不，不！"

"那就彻底儿，别留尾巴，别放线头儿。"公安助理在他肩头上轻轻地拍了两下，小声说，"连县局的同志听了我的汇报，都表示对你今后的动向有怀疑呀！走，开会去吧！"

邱志国在委屈、烦躁中开完半截儿会。他连饭都不去吃，就趁着村干部们围着秘书领表格和文件的乱糟糟的当儿走出区公所。

大街十字路口拐弯儿地方，有一溜小贩们摆的摊子。花花绿绿的颜色，吆喝喊叫的声音，吸引了邱志国。他停在一个杂货摊子前，盯着一双杏黄色的高桩线袜子犯了犹豫。女人老早就喜欢这样颜色、这样款式的袜子，好几回在他往区里开会之前嘱咐他给买一双。可惜，每一回他都忘掉。他太忙，他脑袋里装的都是上级的指示、农业社的难题，把给女人买一双袜子的地盘早给挤没了。此时此刻，由于碰上了，他忽然想起这件一直未了的小事儿，小事儿成了大心愿。他想买下来，往他欠下女人情分的大洞里填补一点儿，让自己理亏的心好受一些。可是，他又怕中了公安助理给他指出的心病：跟女人"藕断丝连"。就在他要伸手摸那杏黄色的高桩袜子，又怵怵探探不敢伸手的当儿，背后忽然有笑声，把他吓得一哆嗦。

"嘿嘿嘿！"一个胖墩墩的男人，站在他背后，冲着他笑，"你的腿真快，转眼就不见了你的影子。你敢情蹽出来了。"

邱志国认识他。虽没什么交往，但他们经常在一个大会场上见面，也算熟。他是榆树坡的，名叫陈兴，在村里当着副村主任，搞农业社的积极分子，区委书记是他大舅子，为人聪明能干，上上下下很吃得开。

陈兴对发愣的邱志国说："咱区委书记托我给你办一件事儿，我答应了。可是我得听听你的口气，看着我办得成办不成呀！"

邱志国不解地问："他托你办啥事儿？"

"嘻嘻，你别装傻了。"陈兴在邱志国的胸上挂了一拳头，随后郑重地说，"实话说，咱们都是忙人，没有时间来回跑路传书递信儿的。干脆，咱们就来个趁热打铁，你跟我去相看相看。行就行，不行咱们再另打主意，怎么样？"

邱志国听明白了，脑袋里"轰"的一声响。但是他立刻镇静下来，说："老弟你肯帮忙，好哇！就照区委书记的指示办吧。我用不着去相看啦，领导说行，就行。"

陈兴说："这个人家庭出身、个人历史都是没问题的。前八辈子都是贫雇农，新中国成立前没有一个吃官饭的……就是长得不太漂亮。你能凑合吗？"

邱志国说："只要是女人，能给我做饭、带孩子，能占上窝儿、堵住旁人说长道短的嘴，让领导对我放心、信任，这就行了。我还管她漂亮不漂亮！"

陈兴说："要这样，下个集咱们就定亲。"

邱志国说："下个集就成亲吧。越快越好……"

陈兴连声叫好："嘿！嘿！真是痛快人办痛快事儿！"

一周以后，邱志国从榆树坡娶来一个二十八岁的"老姑娘"。这姑娘是陈兴的同胞姐姐。她小时候被爹妈许配给燕山镇一家靠种菜过日子的人家。一定亲，那小伙子就不喜欢陈家的丑姑娘，拖着不成亲。新中国成立后政府颁布《婚姻法》，小伙子非退婚不可。他的爹妈思想守旧，认为"休妻灭子"是天地不容的缺德事儿，决不答应。小伙子一气逃出家门，当了志愿军，到朝鲜去打仗。因为音讯皆无，好几年不知道他是死是活，而"志愿军的未婚妻"又是保护对象，不敢另找主儿嫁人。就这么着，把大姑娘给耽误成"老姑娘"。去年虽然得到男方从广州什么地方写来的退婚信，可是因为姑娘已"老"，又加上丑，闹得低不成、高不就，到处托人都找不到合适的婆家。这一回，巴家的三姑娘给她在田家庄邱家腾出窝儿来，就阴错阳差般地把她给填补上了。

当时，邱志国的脑子里，只绷着"政治"这一根弦，其他全都顾不上，对自己的私生活更是心灰意懒。直到那一天，他正跟老饲养员郭清在饲养场一边铡豆秸一边算草料账，田成业跑来送个让他意外的信儿，他才猛然地把另外松弛了的一根弦子绷紧了。

"我到大庙前边给小山羊搂树叶子，碰上了你家孩子妈。她让我给你捎个信儿。"田成业慢条斯理地说，"她让我告诉你，她要走了，不回来了。"

邱志国打个愣之后问："她上哪儿走？"

田成业说："好像是出古北口，奔承德，再上围场的塞罕坝，最后到蒙古大草原。"

"胡扯，她一个人到那儿干啥去？"

"不是一个人，是跟拉骆驼的一块儿走。"

邱志国扔下铡刀，抓起放在草垛上的夹袄，就往村西大庙跑。

大庙里空无一人。在庙门口玩耍的小孩们玩得正欢，顾不上多说话，只是指了指北山。

邱志国撒腿就追，一气追到北山梁头上。

骆驼队，在梁头下的山川里走着，在残秋的山川里往北默默地走着，只有驼铃传来沉闷的响声。

气喘吁吁的邱志国，伫立在梁头上。瞪着眼睛盯着骆驼队。他终于瞧见一峰骆驼上驮着的三姑娘，还有三姑娘抱着的孩子。看不清面貌，却看到三姑娘一双脚上的杏黄色的袜子。那袜子，不是邱志国给买的。

他哭了。他无声地流着泪。像将近三十年后的今天这样，无声，却是伤心地哭了。

他抹掉了腮边的泪水，从太师椅上站起身，在屋子里兜了个圈，忽然"嘿嘿"地冷笑了两声，而后自言自语："哼，还跟我算账！我跟谁算账去？为这个革命，我损失的东西太多了！我是傻瓜吗？我就不会把损失的东西捞回来吗？咱们就试试吧！"

院子里有人说话，很大的声音，还夹带着嬉笑。

邱志国恢复了他平时的样子，坐到太师椅上，不慌不忙地倒了一杯茶，点了一根烟。

第 十 一 章

　　笑声是从大门口那边传过来的。是一个年轻的姑娘发出来的笑声。

　　这个大门口，本来是当年财主家走小轿车子的门道。两扇黑漆门，下边安着一道活动的门槛儿，走车的时候就摘下放到一边，不走车的时候就顺着门框上的槽口往下一放。新中国成立后这几十年没有从那儿走过车，也就没有人摘过那门槛儿。木头早已经老朽，挨着地皮的下方，让泥土给埋住，朝上的那边儿被人脚踢踹、小猪子啃咬，只剩下矮矮的一道月牙儿似的木棱子。这木头棱子，平时对人们走出走进倒没啥妨碍，对骑车子的就不免有点儿麻烦：到它跟前，必须一手攥着车把，一手抓住后梁，一哈腰提起来，搬过来搬过去，显得很不方便。只不过习惯成自然，住在这儿的人倒也没有谁感到有什么不方便。

　　这个发笑的姑娘比别人特殊。她每次到这儿来，离着老远就用足了劲儿，猛蹬猛骑，依靠自行车车轮的惯性和弹性，从门道那木头棱子上一跃而过，直骑到二门外才下车。今儿个不知因为啥，她没有把自行车骑过那木头棱子，倒给木头棱子给绊了个趔趄。

　　指挥儿媳妇儿们做午饭的支书老伴儿，听到"哗啦"的响声，赶紧从二门里迎出来，担心地问："把你摔坏了没有哇？"

姑娘一边扶起自行车，一边气呼呼地回答："好大的胆子呀，它敢把我摔坏？我不把它劈了烧火才怪！"

"快搬进来吧！"

"偏不！它想拦挡我的道儿，让我给它低头，没门儿！"

"放在外边也行。没人敢到咱家门口偷车。"

姑娘没再吭声，把拧歪了的车把扳正，掉转车头，骑上就走。骑出好远又拐回来，用最猛的劲儿骑，到了门口的木棱子跟前更是一鼓作气。只听"嗖"的一声，连车子带人一齐跃过木棱子，冲进院子里。

支书老伴儿见车子直冲过来，躲闪不迭，就往后退，踩在一只拌鸡食用的破搪瓷盆上，"叮叮当当""噼里啪啦"，盆子跳了几下扣过来，她也摔了个结结实实的屁股蹲儿。

"哈哈哈……"姑娘笑起来，笑得东倒西歪，身子都笑软了，连车子都支不住。支书老伴儿越疼得龇牙咧嘴，她越笑得厉害。从二门外边笑到二门里，又接着茔儿跟两个做饭的媳妇儿笑个不停。

支书老伴儿跟过来，一边拍着沾在身上的土，一边绷着脸孔冲着姑娘说："你得了笑痨啦？你不怕把肠子笑断？你哪有一点儿姑娘样儿！"

姑娘好不容易收住笑，用以攻为守的方式抱怨支书老伴儿："您还怪人家笑，没见您这样胆小的。又不是汽车，进了门又没了多大冲劲儿，就算碰到身上，该咋样？怎么也比摔那一下子轻。没见您吓得那样儿，脸白了，眼直了，好像看见手榴弹撇过来一样！"

"我说不过你那两片子嘴！"支书老伴儿走着说，"快帮着放桌子、拿碗筷吧！"

姑娘冲她背后问："饭熟了吗？"

一个媳妇儿回答："熟了，你们爷儿俩吃米饭，我们娘几个有剩烙饼。得打扫扫扫，要不然该搁坏了。"

姑娘往北屋走几步，又停住喊："姑，您还不跟我们一块儿吃。"

支书老伴儿回答："我不……"

"您那牙不好，真咬得动剩烙饼？"

"我泡菜汤吃。"

"真是怪脾气，老两口儿总不到一张桌子上吃饭……"

支书老伴儿连忙朝姑娘使眼色、打手势，不让她再说下去，免得让屋里的邱志国听见，惹他生气。

这个姑娘是榆树坡党支部书记陈兴的女儿陈耀华。陈兴是邱志国的小舅子，陈耀华管邱志国叫姑父。由于陈兴的大舅子是燕山公社的党委书记，在搞企业承包的时候，陈兴轻而易举地把原来社办的一个小水泥厂拿到手里，当了名正言顺的厂长。由于有了这样的优越条件，一个月的时间，五个挨肩的闺女一个跟一个地离开了土地，走上离土不离乡的工副企业岗位。陈兴为了"照顾影响"，使用"交换"的办法，把自己的闺女送到别的亲友和熟人管辖的摊子里去干，同时再把亲友和熟人的子女接收到自己的水泥厂子来干。这样做合理合法，互相方便，任何人都没有钻空子说闲话和提意见的地方，陈耀华是他的小女儿，比较偏爱，就把陈耀华交给亲姑父邱志国，由邱志国安插到孔祥发承包的原来大队的砖瓦窑当了出纳会计。田家庄离榆树坡五六华里，来回跑路麻烦。陈耀华每天早上在家里吃罢饭来砖瓦窑上班，中午就近到邱志国家吃一顿，晚上再回自己的家吃晚餐和住宿。因此她就成了邱家的常客。

邱志国为人古板，过去办事儿条条框框特别多，清规戒律数不清。他对社员严厉不讲面子，对亲戚朋友不冷也不热，所以来往得很不密切。这两年邱志国慢慢地改变了脾气和作风，对旁人和气了，大伙儿也都开始亲近他。加上邱志国的两个闺女和一个儿子都是通过小舅子陈兴的关系安排出去的，这属于不小的人情。礼尚往来，邱志国对陈耀华招待从优。赶上有客人，就让陈耀华上桌子当陪客。没客人的时候，也得炒上三四个菜，名义是给邱志国下酒，实际是全为陈耀华。

在"政治上优越、经济上富足"这种家庭里长到二十二岁的陈耀华，模样俊俏、身材窈窕，像她爸爸一样的机灵、有心计。她性格开朗活泼、爱说爱笑。邱家的这位常客，一个人比一桌人还热闹。

"今儿个早晨我上班来，在小山包前边碰见一个男的吐了一摊血，把我给吓得，半天没有定下神儿来，脑子里老是转悠那副惨样儿。"陈耀华一边细嚼慢咽嘴里的熘肉片，一边对端着酒盅的邱志国说，"我看一眼，骑上车就跑，没敢问。他是你们村的吧？"

邱志国用嘴唇吸进一点儿酒，咂咂舌头，心不在焉地向陈耀华反问一句："干什么事儿的，跑到那个旮旯子吐血去呀？"

"背石头的，用背架。三块石头摞得高高的，看样子得有二百斤[1]重，比一头毛驴驮得不能少！"

"噢，准是老田家的。"

"老田家？哪个老田家？"

"嗐，我们田家庄姓田的独一户，没枝没权，还能有谁？"

"就是那天来家找您开介绍信要买木头的那个田大妈家？看样子，那个老太太挺开通、挺热情的。"

"那女人很正经，心气高，可惜养了两个没出息的儿子，把她给难为住了。"

"她的儿子咋没出息啦？是小偷？是赌钱的？"

"老大是个只会出苦力的窝囊废，老二是个二百五。你忘了你姑跟你说的，那年给你三表兄盖房子，那个二百五来帮工，正在上梁起墙的节骨眼儿，他买来一盆子螺蛳让帮工的人吃，可把我给坑苦啦！"

陈耀华听到这儿，忍不住哈哈大笑起来，笑够了，很有兴致地说："您这评价可太不准确啦。他哪儿是二百五呀！我认识他。我们算同学，

[1] 质量单位，1斤等于500克。——编者注

他比我高两级。他可鬼啦。在学校里是有名儿的'滑稽大王'。那回我姑姑跟我讲了他买螺蛳的笑话，我碰见他，问他为什么干那号二百五的事儿。他说，他对您有意见，为的是报复您。是这样的吗？"

邱志国不愿把这个话题扯下去。他做出一种蔑视的神态，摇摇脑袋，喝一口酒，扯开了话题说："自从巴福来的儿子巴平安娶上媳妇儿，田家庄好多麻木、僵化的人都活跃起来了。有的人认清了'政治饭''运动饭'吃不开了，想法子找抓钱发财的门路。这正是我们党支部预定的目标。好哇！刺激一下，果然就动起来了。可也有人犯了红眼病，嫉妒人家巴福来。老田家也是红眼病的一种，憋着劲儿要跟人家巴福来比。可是他们不找来钱的路子，单靠拼命，想走老道儿盖上房子、娶上媳妇儿，消灭两条光棍儿。我看他们很难走到那个地步。瞎忙，白受罪！"

陈耀华听姑父说到这儿，又接着刚才岔开的话茬儿说："那天田保根还告诉我，他现在对您的意见更大啦！他怨您去年没把大队的果树园子承包给他们。我觉着，他们要是真能包上果树园，别说两个光棍儿，就是五个六个的也不难消灭。您也得承认失误，为啥不把那么大的好处让给贫下中农呢？"

"嘻，你年轻轻的，怎么还念那本经呀？"邱志国瞥了内侄女一眼，发狠似的呷了一口酒，接着说，"三十多年，我一直把它当成真经，为念那本经，我吃了多少苦，受了多少罪。我把什么都搭进去了，就剩下一条爹妈给的小命。我吃了大亏！你知道不知道，我连肠子都悔青啦？"

"您这样的思想不对头。"听惯了这种牢骚的陈耀华，不以为然地撇一下嘴唇，很有些不满地说，"您和我爸爸过去都是我最崇拜的人物，我也把你们的话当过《圣经》念。前几年你们麻木、保守，不接受新事物，不肯转弯子，我替你们着急过。可是这两年，你们又翻了个儿，'哗啦'一下子变了，变化得太快，太那个啦……"

"我能不变吗。为了搞土地承包、推行责任制，公社批评我顶着不办，把我提拉到机关，几位领导像熬鹰那样轮番地跟我谈了三天三夜话，跟我算老账，把我说的简直不是人。好像我三十多年没干过一件人事儿，尽搞缺德的勾当了，连国民党反动派都不如！"邱志国愤愤地诉说着自己的苦衷，伸筷子夹了一块红烧牛蹄筋，填到嘴里，发狠地咬着嚼着，"咕咚"一声咽了下去，大声地喊叫起来，"我一生气、一咬牙，妈的，听你们的，解放解放思想！反正你们咋说咋对！你们当我就会干'左'的？只要你们当大官儿的让干，我什么都会干！"

陈耀华瞅着姑父这种歇斯底里的模样，不由得苦笑一下，无可奈何地说："你们这一辈人真是怪，真没办法对待你们，爱也不能爱，恨又不能恨！"

"哈哈！"邱志国大笑两声，"丫头，你想把我们这号人五脏六腑都摸透？嘿嘿，没那么容易。干了好几十年，我们不是白吃饭的，就算没成正果，也成精啦！起码得了个半仙之体。你们哪，多吃几年共产党的咸盐再摸吧！"

在这类家庭里，饭桌前的这类闲谈和争论，本来是常有的事儿。不用看谈的时候很严肃，争论起来很认真，等到饭碗一放，嘴巴一抹，迈出家门口，该怎么办还会怎么办，彼此照样儿在一条道儿上、踩着不差分毫的脚印儿走。如今这乱无头绪的时候，哪个人手上做的能跟他心里想的和嘴巴说的完全一致呢？说归说，做归做，说完了，争论完了，就往脖子后边一扔。

不过，邱家院里的这一次闲谈和争论没有被扔得干净。有一天早晨，陈耀华从家里来上班，从小山包下边路过，碰上了田家的老二保根，相互搭了几句话，来了一场节外生枝。

田家的老二保根，是个"贼鬼贼鬼"的家伙，啥事儿都难瞒住他。那天早上哥哥没有按时回家吃饭，还破例地被妈给摁在炕上躺了半天，老二保根立刻就猜到"其中必有缘故"。老实的田留根斗心眼儿斗不过弟弟，让弟弟连哄骗带诈唬地一追问，就把实话儿全都吐出来了。

老二保根知道了这个让人心惊肉跳的事儿，同样破例地没有对哥哥抱怨和嘲笑，而是紧闭住嘴巴没吭声。晚上临睡觉的时候，他对妈说："明儿个早上，您叫我哥哥起炕干活儿时，也顺便叫我一声。"

正发愁的田大妈听了这话，心里不由得一喜，脸上也露出笑模样，连声说："好哇，好哇，帮你爸爸你哥哥背两趟石头，省他们点儿劲儿，也提早几天时间。"

"想个美！"老二保根在鼻腔里哼一声，"我才不干那号玩命的事儿哪。你们也别想把我给拉下水去当陪绑的、垫背的！"

田大妈的心凉了，制止儿子说下去："我看你再给我胡呲！不背石头，让我给你叫早儿干啥？"

"为了活得结实点儿，早起我要跑步锻炼……"

"你敢给我去丢人现眼，那是吃饱饭撑得没事干的人才干的事儿。你还嫌自个儿在田家庄出的洋相少呀？给我老实在屋里猫着吧，我们只当养了头懒猪！"

早上，田大妈没有叫老二保根。老二保根却自己醒了，跟在哥哥后边起来，刷牙、洗脸，磨蹭一阵儿，也离开家。他直奔村口的房基地，对背着石头从小山那边过来的爸爸和哥哥喊："我妈叫你们背这一趟就停工，赶快吃饭！"

满头淌汗、气喘吁吁的父子俩，听到传达命令，只好跟他回家。他们进门就吃饭，谁也没有问问"停工"的命令到底是谁下的。一连好几天都是这样早停工早吃饭，人的累乏劲儿减轻了，石头垛的增长速度也缓慢了许多。田大妈心里急，不知道二儿子使了鬼，也不好催促已经累垮了的父子俩，只好干着急。

这一天早晨，老二保根估计爸爸和哥哥背了好几趟，到了累乏和饥饿的时候，跑到房基地那边瞭望一阵儿，不见两个人的影子，就往远处迎一迎。他刚走到拐弯儿的地方，正巧碰见了骑自行车过来的陈耀华。

陈耀华老远就认出老二保根，故意打起车铃儿。

老二保根也认出陈耀华，往路边一站，昂首挺胸地直视着远方，不理睬她。

"哎哟，好大的架子呀！"陈耀华只好停住车，跳下来，先开口，"老同学见了面，连个招呼都不打？"

老二保根装作惊讶地大叫一声："噢，陈小姐，您好！"

"这是什么称呼呀？"

"如今的乡村干部不再是公仆，都成了官老爷。官老爷的闺女当然属于千金小姐啦！"

陈耀华嘻嘻地笑了一阵儿，说："你这个人，嘴巴还是这么尖酸刻薄！"

老二保根长叹一声："我们这号平民百姓，如今就剩下这张能够喊几声冤屈不平的嘴巴了。你们这些幸运儿哪里能知道呢？"

"算了吧，别胡桃栗子一齐数。实际上我对眼下的社会风气也是从心眼儿里不满。"陈耀华把身子倚在自行车上，很知己地说，"对啦，那天吃午饭的时候，我还批评我姑父一回。我说，那个果树园子要是包给你，你们家的房子早就盖上了。"

这句话是实在的，恰好触到老二保根的心病上。他立刻就粗了脖子涨红了脸，激动地说："告诉你，果树园不到我手，不是现在这个结果，也不是你想象的那个结果。我们搞的是联合承包。七个小伙子，都是高中毕业生，还有郭少清那样的复员军人。摽着膀子干一年，不用说别的贡献，起码七家都盖上了新房子，十三条光棍儿闹上了媳妇儿。哪至于逼得那帮可怜虫这样地玩命呀！我不怕你去传话儿，你姑父——邱志国那个老浑蛋，他的脑袋一转轴儿，可把人给坑苦啦！"

陈耀华分辩加表白地说："我还用给他传话儿？我当着面就给他

们指出过，他们这伙基层干部，一股风把他们从一个极端刮到另一个极端……"

"嘿嘿，有趣儿。"老二保根用一种狡黠的冷笑打断陈耀华的话，插问，"你说他们从哪个极端到哪个极端？"

"这不是极为简单的问题嘛！"陈耀华自鸣得意地回答，"过去的他们，崇尚大公无私，如今他们所追求的，除了私利，毫无别的成分。这不是极端吗？"

"得啦，你别手下留情啦！"老二保根咬牙切齿地说，"要我看哪，邱志国变得比过去的国民党保甲长还毒！"

陈耀华放声地大笑起来："哈哈，说得多吓人哪！哈哈哈！"

这两个旧时同窗，站在被田家父子踩出来的小路上，迎着春天的阳光，尽情地发泄一些不满，咒骂一顿村干部。他们各自都感到挺痛快，彼此都觉着很投脾气。

临分手的时候，陈耀华说："我要打抱不平，帮帮你的忙吧！"

老二保根问她："你能帮我什么忙呢？"

"到公社的水泥厂当个工人。"

"人家要我？"

"我爸爸在那儿当厂长，走他的门子呀！"

"哈哈，闹了半天，你照样儿喜欢特权！"

陈耀华也笑了笑说："有啥办法呢，如今就兴这个。我爸爸要是没权，我姑父能管我？我姑父要是没权，孔祥发能给我个位置？咱们这样儿的，光靠发牢骚、骂人，顶个屁用？"

"有道理，奇妙的道理。不过，你爸爸的权你用吧，我不借用。"

"哟，你还端个架子假清高个啥？国家是咱们的，好处都应该有一份儿，凭啥不让你沾一点儿？"

"不是端架子，也不是清高。我正复习功课，准备考大学，自己找个理直气壮的饭碗端上。"

陈耀华听了这句话，很惊异地重新把老二保根打量一眼，说："真没想到，你还有这么大志气。有把握吗？"

老二保根摊开两只手，做个无可奈何的姿态，回答："不瞒你说，我这回是第四次冲锋。像我这样既没钱又没权，而且更缺少个有钱有权的爹娘老子，只有走这条道儿。走成了，才能摆脱精神束缚，不在这乡村受气、受罪。啥叫把握，撞大运呗！"

陈耀华这个不受气不受罪的人，最近也遇到一桩不太顺心的事儿。所以她总想找人聊聊天儿，说笑说笑，取得一些排遣的效果。这回跟田家老二保根谈得很愉快，当天中午的饭桌上，她跟姑父邱志国又来一次旧话重提。

"姑父，您对八十年代的青年太缺乏了解，您没把田保根看准。他是个很有志气的人。"

"他有啥志气？"

"人家百折不挠地要考大学……"

"你听他瞎胡吹。那个二百五能考上大学，我把眼剜下来让你当泡踩！"

第 十 二 章

好似连阴天，厚云彩裂开一道缝儿，田大妈先是睁不开眼睛，继而又惊又喜。最后，竟坐立不安地跑到承包的地里，把老头子田成业叫到地边上来。她十分神秘地看看左右，见没旁人，才压着声说："快别总皱着眉头啦！人不能老倒霉，谁都有个走运的时候。"

正忙着挠麦苗的田成业，让老伴儿给说得摸不着头脑，又瞧着老伴儿的神色异常，就着急地叮问："快告诉我，出了啥事儿？"

田大妈两手拍着布褂子前襟儿说："真没想到，咱那儿子，自个儿搞上对象啦！"

"留根的亲事成了？"

"不是他。他哪有那本事。是老二那个坏小子。"

"嘻，老大的媳妇儿还没有影呢，他先闹上个可咋算？"

"要我看占下再说。闹上一个，咱俩就少操一份心。"田大妈开导老头子说，"这个要是搞妥了呀，那可省事多了。不用这么费心扒力地操持房子，什么也不会要咱们的，还得沾他老丈人的大光。你看美不美？"

"哪有这么美的事儿，招驸马呀？"

"哎，差不离。"田大妈神气活现地对老头子掰着指头摆优越性，

"姑娘的爸爸是公社水泥厂厂长，有钱。姑娘的亲娘舅是公社书记，有权。姑娘的姑父，你更熟，更知底儿，又有钱又有权，还管辖着咱家人的生死簿。你眨巴啥眼？猜不着是谁？就是支书邱志国呀！"

田成业听罢这个意外的消息，麻木得毫无反应，从后胯的腰带上抻下烟袋荷包，装上一锅子烟，抽两口。就着烟把老伴儿说的话品了品滋味儿，笼罩着愁云的脸上终于闪起光亮，绽开笑纹，嘟嘟囔囔地说："要是真跟支书攀上亲，等新房子盖起来，拉电线、装灯头，就能求他给电工说个话儿了。"

田大妈"扑哧"一下笑了："你呀你呀，那些芥末粒儿小的事儿算个啥哟！人家门路可多啦，准能给老二找个挣钱的工作。给老二盖房子的时候，买水泥、买砖瓦，都能抢着内销的，比一般人买便宜一半钱。供销社来了好被面，咱也能弄到。你看这有多美！"

田成业让老伴儿给说得咧开嘴巴笑笑，随即又哭丧着脸，摇摇脑袋："就怕咱家没那命呀！"

"米都下锅了，你还不信能吃上这碗熟饭？"

"不是不信，是怕闹个猫咬尿脬空欢喜。咱那又没本事又没才貌的儿子，不是梧桐树，咋会招来金凤凰？大门口、高台阶的姑娘，咋会看上咱这小门小户？人家图咱们啥呢？你说说？"

老实人的几句实打实的话，把喜气洋洋的田大妈给问得无言答对，同时感到后背冒起一股子凉气。她喃喃自语："倒也是这么一个理儿。可也怪呀，我亲眼见到，这七天里边，那姑娘三次上赶着跑到咱家找老二，跟老二亲热得不得了。头一回倒是空着手来的，也没坐多久。第二回给老二带来一大摞子书，说是什么辅导书、参考书，能帮着老二考上大学。坐在西屋里，跟老二说呀笑呀，待了足有一个多钟头才走。这一回更显得近便，带来一大兜子吃的东西。有什么麦乳精、奶油糖，用铁桶和彩纸盒子装着。我见过那玩意儿。今年正月里，巴福来给邱志国拜年，就送的它。姑娘说，那些东西是补身子的、养脑子的。这会儿两个人还坐在一块儿说说笑笑的。我怕打扰他们，就溜出来，给你报个喜讯。这有啥虚假呢？"

老两口儿这么嘀咕一阵子，看看太阳西坠，估计那姑娘早走了，田大妈这才往回返。

正是桃杏花开放、越冬小麦返青的时节。本来光秃秃的小山，变得东一团红，西一片白，显出了生气。本来死气沉沉的小河，变得清水流淌，群鸭嬉闹，显出了活泼。风是暖的，气是温的，连脚下的路面都有一种松软的感觉。春天总是给人鼓劲儿、壮精神的。因为家家户户都分到一点儿土地，既叫"承包地"也叫"口粮田"，必须由着节气时令指使，尽着力气给麦苗松土，给松了土的麦苗浇水。闲着没事干的人很少，连多年不出工的有小孩的女人和病病恹恹的老人，都被收获的欲望召唤到田野上……

街上没有人行走，院子没有人活动，屋里没有人的声音。田大妈想到窗前提泔水桶，准备煮猪食喂猪。她弯下腰，手刚摸到铁桶的梁儿，听到屋里突然传出"嘻嘻"的笑声。她直起身，扭转头，从糊在小窗户格子上的玻璃往里一看，发现那姑娘没有走。姑娘坐在炕沿上，二儿子坐在铺板上，两个人对着脸儿坐着。田大妈赶忙往院心的方向跨了一步。背后的屋里又传出说话的声音。

"你笑什么呀？"老二保根问。

"笑你不高兴的样儿，笑你也会发愁。"姑娘这样回答。

"我正在想对付他们的办法。"

"对付谁呀？谁惹着你啦？"

"我先求你办一件事儿，等你答应了，我再告诉你对付谁。"

"别说一件，十件八件都行。说吧！"

"给我找几个雷管。"

"什么？"

"你爸爸是水泥厂的厂长。他们搞爆破准有雷管。"

"当然有。你要它干什么？搞破坏活动去？"

"没说等你答应了再告诉你目的嘛！你就干脆说能搞到不？"

"当然能搞到。那个管雷管炸药的科长，是我爸爸招来的亲信。我要啥他得给我啥。"

"这就妥了。还得找一个有经验的爆破手。你能调动他吗？"

"嘻嘻。你算找对了门口。那小子是我们村的。我让他死，他也会答应。"

"这可太棒啦！阿弥陀佛！"老二保根这样大喊大叫一声，好像发了疯。

那姑娘却没完没了地笑起来。

田大妈听着瘆得慌，不由得浑身直打哆嗦。她的脑海里好似闪电般地闪过巴福来承包的果树园，闪过孔祥发承包的砖瓦窑，闪过邱志国家连着盖起的两层新宅子。难道说，老二保根这个坏小子，犯了广播喇叭说的那种"红眼病"，要用雷管"对付"有钱有权的人？那小子是个不安分、不老实的人，什么事儿都干得出来呀！

这当儿，老二保根和陈耀华一块儿从屋里走到院子里。

田大妈为了保持自己的脸面，不肯在跟儿子搞对象的、又有身份的姑娘跟前表现出慌乱和小心眼儿。她装作若无其事的样儿，笑容可掬地跟陈耀华打招呼："姑娘，这是要走咋的？"

陈耀华也和气地回答："天不早啦，还有事儿。"

"吃了饭再走吧！"

"不啦，改日再打扰您。"

田大妈瞧见陈耀华直奔二门左边的墙边走，这才发现那儿还放着一辆崭新的凤凰大链套自行车。

"我来吧，我比你有劲儿。"老二保根抢先搬起自行车，搬出二门，又推出大门。

田大妈也跟出来，对陈耀华表示亲热："姑娘，有空儿多来串门儿。再来一定得吃饭。我家老二还会照着书本炒菜哪！"

陈耀华微微一笑，算是领了情，追上已经到了街上的老二保根。

田大妈见二儿子骑上车子，陈耀华一纵身也跳到后车架上，就不得不喊叫了："保根，你干啥去呀？"

老二保根从村口送来回答："送送客人！"

田大妈想"送送客人"，就是说出了大门再往远送一程，这也属于搞对象的男方必须做到的礼节。她决定回到家，一边熬猪食一边等儿子。她必须立马就把儿子扣在家里，问清楚要雷管干什么用。她知道她的这个儿子不是好对付的。但她有最笨，也是最牢靠的办法：不让儿子出门儿，不让儿子见外人；谁来找儿子，不管是男是女，她都要守在旁边，不让他们背地里嘀咕，不给他留下去干坏事儿的时间！

田大妈把屋子的里里外外收拾一遍，点火煮了猪食。把猪食掏在桶里，凉到插进手指头也不觉得烫的程度，就提拉到猪食槽子跟前，从圈里放出猪喂。她做着这些事情的时候，留神听着背后的脚步响，还常常扭转头去看一眼。直到太阳落下山去，该点火做晚饭了，仍不见送客的老二保根返回来。田大妈心里有点儿发毛。她想：送人能送这么长的时间吗？才四五里的路，就是送到榆树坡去，也能打两个来回呀，难道自己又一次上了儿子的当，那个坏小子说送客人是谎话，而实际是借口，是"金蝉脱壳"的诡计，要连夜去干那种"对付他们"的勾当？

田大妈越想越害怕。她觉出，自己这么傻等着会耽误大事，得赶快出马，把儿子揪回家来，才算保险。她手忙脚乱地刷锅、添水、抱柴火，舀一瓢子棒子糁放在锅台上。这样做了准备，不论大儿子回来，还是老头子进门，都会替她点着火，把棒子糁粥熬熟。这样揪回老二保根就可以吃饭，谁都不浪费时间。

她出了门，先到村口张望一下。没见到老二保根的踪影，倒看到大儿子田留根正好把一背石头背到房基地，刚放下，站在那儿擦汗喘气儿。

"耪了一天麦地，这会儿空着肚子，怎么又去背石头！"田大妈一边往儿子跟前奔，一边急赤白脸地喊着，"别背啦，替我点着火熬粥吧！"

"我耪完地绕个小弯儿，顺便背回一趟。"田留根给妈解释，"放心吧，不背啦。开下来的石头只剩下这么几块。今儿个我们爷俩不打夜作去开的话，明儿个也没的背呀！"

"告诉妈，早上起早儿，再打夜作，你受得住吗？"田大妈很犯难地在儿子那张又黑又瘦、透着疲惫的脸上察看着说，"活儿得抓紧、得铆劲儿干，可千万不能伤了身子。身子累坏了，就算把房子盖起来，人家姑娘也不会嫁你。这个，你心里可得有数儿。"

田留根长长地叹口气："真愁死人。料不备齐全，拖到雨季动土起房子，那可麻烦啦！"

田大妈比谁都清楚这个"麻烦"。要不然她怎么能够这般狠心肠地逼着老头子和儿子拼命呢？只是，她这当家主事的人，不能多说泄气的话。她自己咬着牙、狠着心地吞吃这"苦中苦"，也得让别人听从指挥，跟着她吞吃。不然的话，房子盖不上，媳妇儿娶不来，田家庄这家姓田的就得"断子绝孙"！所以田大妈没有接着田留根的话茬儿往下说。她帮着儿子卸下背架上的石头，垛好，随后打发儿子回家，并嘱咐说："这工夫保根那小子要是回到家里，你别放他再出去。我这会儿到窑厂找找他。我有要紧的事儿对他说。"

田留根既累又饿，脑袋也是停滞的，顾不上多想什么。他根本没有察觉妈的神情不正常，没有叮问找老二保根有啥"要紧"事儿，就挎上背架，耷拉着脑袋，腿脚笨重地走回家去了。

田大妈往窑厂急走，想穿过一片小杨树林子，抄几步近路，由于树枝遮挡,加上走得慌,在出了树行往小路上迈步的时候,没留神,"哗啦"一声,撞到一辆正行驶的自行车上。

骑车的人反应灵敏、技术蛮高。他立刻捏住闸、停住车,身子一偏,一只脚支住地面,还伸手扶住了田大妈。

"大妈,碰坏哪儿没有?"

"哎哟,是你呀!哪儿也没碰着,就是吓一跳。你这是干啥去了?"

"我在孔祥发的窑上做工,下班回家。"

"你从窑厂来,见着我家老二保根了吗?"

"没有。他跟孔祥发不对劲儿。他从来不到窑厂去。"

既然儿子没有在窑厂,田大妈也不想白跑路,就跟骑车人顺着路往村里走。

骑车人住在田家的西隔壁,姓张,小名叫石头,大名叫张石。因为他落生是田大妈当的接生婆,他媳妇儿生孩子又是田大妈当的接生婆。所以他们算来往密切的。

"你头里骑着车走吧。"田大妈让开路,忽然又抓住车把,压低声音问,"我看你媳妇儿那样子,是不是又有喜啦?"

张石的脸微微地红了一下,点点头。

"哟,人家搞什么计划生育的让吗?"田大妈得到肯定的回答,越发关心地说,"你可得小心点儿。"

"自从分了地、散了大队,这事儿管得没那么严了。顶多挨一下罚呗!"

"你上哪儿弄钱去?"

张石笑笑,拍拍油光锃亮的崭新自行车的车座儿,又捋起袖子,亮亮腕子上闪闪发光的手表,这才说:"我这两年熬出来啦,不像操持盖房子娶媳妇儿那会儿那么困难了。在窑厂干活儿,摔坯子、看火候我都行,孔祥发得给我高工资。要是还背着债,我有力量置办这些玩意儿?"

跟张石分手后，田大妈一面走路一面想："苦尽甜来"这句话真不假。三年前张家石头为了成家立业，遭的难更大：他爹搬木头砸折了腿，他妈着急上火得了半身不遂，还欠下一屁股两肋的"饥荒"。看，这会儿人家熬出来了，不光抱上了娃娃，又怀孕，还骑上自行车、戴上手表。只要老二保根或是跟陈耀华搞上对象，攀个高枝儿，或是考上大学端上铁饭碗，而别惹祸招灾，照眼前的样子熬下去，大儿子留根成家立业的事儿很快就能够大功告成。等一会把老二保根找回家，就用张家石头的样子教育他，让他别胡思乱想，劝他老老实实地走爹妈领的正道儿。田家庄的老田家的人，只有苦着拼着、千方百计地让大儿子、二儿子闹上媳妇儿，才算跟巴福来、孔祥发这样的人比试了高低上下。那么，老二保根到底打算干什么？这会儿扎到哪儿谋划干坏事儿？噢，想起来了，他去找郭少清。郭少清是复员军人，是党员，老二保根有啥事情都愿意跟他搭伙做，这会儿准跟郭少清嘀咕哪！

　　老郭家住在北街西头。这是个在乡村里也算特殊的家庭。郭少清的爸爸比郭少清的妈大二十多岁，"文革"时候病死了；如今寡妇妈伺候着少清、少清的俩弟弟，还有少清的"老光棍儿"叔叔，过着紧紧巴巴的日子。

　　少清妈被舅舅带着，从山东省梁山那边往关外逃荒，在路过燕山镇的时候，卖给郭家当了媳妇儿。平时她少言寡语，对人和和气气。这会儿见着田大妈，没搭上两句话，就擦着衣襟儿抹起眼泪。

　　"不怕你田大妈笑话，我们这个家乱套了！"少清妈哭诉说，"从打巴福来的儿子一成亲，少清这孩子性气也变了，人也变了，长了好多毛病。先跟我吵，跟他叔吵，又跟两个兄弟吵。听说，他还跟邱支书大吵大闹。三天都没有回家了。这可咋好呀……"

　　田大妈十分惊异地说："少清是个最规矩、最进步的人，咋会犯浑呢？"

"找上对象，人家要钱。一张嘴就是两千。我就是砸锅卖铁，也凑不上这么大的数目呀！没钱，媳妇儿就得吹。他就把气撒在我们几口子身上……田大妈，你说，养活儿子可有啥益处呀？"

田大妈一边劝着少清妈，一边心里暗自打鼓。老二保根去年曾经跟郭少清一伙年轻人申请承包大队果树园。因为邱志国不答应，反而背着他们承包给了巴福来，就仇恨起邱志国。郭少清这回跟邱志国大吵大闹，肯定跟承包果树园子那件事有关系。这笔旧账要是重算的话，极容易把本来就好惹是生非的老二保根给煽动起来。老二保根对陈耀华口口声声说"对付他们"，这个"他们"准是指巴福来的。也许他跟郭少清又一次搭伙，找人要雷管，对巴福来下毒手？

田大妈越想越觉得自己猜想得八九不离十，同时也就越发紧张恐惧。她朝窗户纸上看一眼，忙溜下炕，说："不早啦，我得回家啦！"

少清妈诚心诚意地挽留："别走，多坐会儿。我一肚子冤屈没处诉，咱们姐妹投脾气，愿意对你说说。"

"改日吧！我找我家老二保根有急事儿。"田大妈很生硬地掰开少清妈攥着她胳膊的手指头，夺步往外走。她刚刚迈出门槛儿，忽听见远处传来一声爆炸的巨响，接着又一声。窗户纸儿"哗"的一颤，门框也跟着摇动了两下。田大妈的大腿一软，"扑通"一下坐在台阶上。

"哎哟，田大妈！你这是咋啦？"送出来的少清妈惊呼着来搀扶。

田大妈用力地站起。

第 十 三 章

老二保根嘴上叼着烟卷，肩上搭着外套，两手插在裤子兜里，悠然自得地走进家门。

屋里有人说话，从东间那小小的窗子传出他妈那颤抖得不成句的声音："……你们父子俩，快，快去找，找那坏小子……"

老二保根没有听出头脑，但是觉出异样。他几步蹦进堂屋，一把撩起东屋的门帘儿喊道："妈，妈呀！"

屋里的三个人都被他的突然出现吓一跳。

慌张得失了常态的田大妈，刚刚跑回家来，气喘吁吁的，还没有把要说的话跟老头子和大儿子说全。她见到百寻不见的老二保根，一旋身子扑过来，两只手要抓人似的张开，两眼死盯住二儿子一连声地追问："你到哪儿去啦？你干啥去啦？赶紧对我讲实话，你个浑蛋小子！"

"嘿，嘿，别骂人哪！"老二保根嬉皮笑脸地逗他妈说，"如今真是阴阳颠倒、是非不分；办了好事儿，不受表扬，反而挨骂……"

"表扬？我要送你进公安局？"

"我犯啥法啦？"

"你自己交代，刚才果树园那边爆炸了，是你干的不是？"

"是呀！"

"我的天，真是？这回可活不了啦！"

"哎呀呀，瞧您老人家发哪家子疯。"老二保根有点儿不耐烦地说，"我是为了让你活得稍微好一点儿，来个'草船借箭'，借榆树坡陈书记、水泥厂陈厂长、陈耀华她爸爸一点儿权力使用。"

"这叫借刀杀人！"

"杀什么人哪，我指挥他们给崩崩山。"

"崩山？崩山干什么？"

老二保根故意打个沉，不慌不忙地、摇头晃脑地回答说："对您，有志气的妈妈；对您，有耐性的爸爸；还有这位很能够逆来顺受的哥哥。对你们几位这个样子执迷不悟地揣着老道儿过日子，我厌恶透啦！但是，对你们苦行僧的熬煎，也不能不动动恻隐之心。于是，我由陈耀华小姐陪同，从水泥厂取来雷管炸药，搬来内行里手，顺着我爸爸和我哥哥踩出的小道，绕过果树园子，到了小山包后边，在我爸爸和我哥哥抡锤子、掌钎子卖命的岩石上，搞了一次小小的爆破，崩下一堆石头，足够你们使用。从此以后，你们不用再胆战心惊地、流血流汗地、一锤一钎地从岩石上往下凿往下剜了。就是这么一回事儿，报告完毕，请您批评指正，不必客气，更不要骂人了。"

坐在炕里的田成业，跨在炕沿上的田留根和站在地上的田大妈三口人，听罢老二保根这一席话，全都目瞪口呆，一时间竟不知如何是好了。

田留根先咧开嘴巴乐，美滋滋地说："老二你要真那样闹一下子，可真干了好事儿。我最犯怵的活儿，就是站在悬空的地方抡那大铁锤子。累死人，还危险……"

"背石头的活儿也不是人干的,起码不应该是八十年代的人干的！"老二保根以一种自鸣得意的样儿说，"我再恩典恩典你们，让陈耀华跟孔祥发打个招呼，孔祥发立即答应，派他们窑厂的小拖拉机，明儿个给咱拉半天……"

田成业皱皱眉头开口了："你真没个分寸，求他干啥呀！"

"我求他？滚他个蛋吧！"老二保根趾高气扬地说，"孔祥发愿意给陈耀华拍马屁。给陈耀华拍马屁，就是给榆树坡的陈支书拍马屁，就是给田家庄邱支书拍马屁。当然也等于给公社的那位大书记拍马屁。这是我赏给他一个拍马屁的机会，怎么能算我求他呢？"

把心放下来、把神儿稳下来的田大妈终于找到个插嘴的地方，说："要是不给人家开工钱，总得管机手一顿饭吧？咱家啥准备都没有，连面罐子都打扫光了，我可拿啥做饭呀？"

老二保根摇脑袋："您就甭操心啦，我这回是吃孙、扰孙、不谢孙。什么也不管。"

田大妈说："开机子的，十有八九是你西院的石头哥，白让人家帮忙干活儿，不招呼招呼好吗？"

"嘻，他开机子干活儿，挣着孔祥发的工钱。不干这个，他得干那个，反正他待着不干活儿，姓孔的不会施舍。"老二保根振振有词，"论邻居，论哥儿们义气，那好办。等这事儿过去，我请他抽带把儿香烟、喝瓶装的大曲酒。咱们泾渭分明，别瞎胡掺和……"

"你呀，贫嘴八挂的，好像个跑江湖卖野药的！"田大妈故意绷着脸儿打断二儿子的话，"不早啦，快喝粥，快歇着，明儿个早起快干活儿。"

田家一家人高高兴兴地吃了一顿晚饭。

躺在炕上睡觉的时候，田成业对老伴儿小声地说："过晌你告诉我，咱家老二跟邱支书的内侄女搞对象，我还似信不信的呢！从崩石头这码事看，是真的。不是这样的关系，人家那样身份的大姑娘，犯得着帮咱家这么大的忙？咱拿啥跟人家搞交换，咱拿啥报答人家？"

田大妈说："你瞧着吧，往后还有大的光沾哪！又是厂长，又是书记；又是权，又是钱的，帮扶咱这样的一户平民百姓，实在不用费啥劲儿，不过是点个头、搭句话的事儿。"

"往后别总骂老二保根没出息。看来，铁硬木头软，各有各的性儿，各有各的用项。"

"唉，这小子一举一动，又让我欢喜又让我忧。"田大妈枕着胳膊，望着抹上月光的小窗户，喃喃地说，"总是这样冷不防地就干件冒失事儿。干出来的冒失事儿，又觉着可心，又让人担心。因为他的行为里边总夹着一点儿让人害怕的邪气、鬼气。这哪像正儿八经的庄稼人？这样的人能有大出息？能成家立业过安定日子？"

"可是人家自己招来个大姑娘！"

"看看吧。就怕日子一长，在人家姑娘面前露了馅儿，人家不喜欢他，把他甩了！"

"他们俩是真正自由搞对象，谁也不会甩谁。你放心。"

"郭少清跟他那个对象也是自由搞的，怎么就把他给甩了呢！"

田大妈听到老头子这句话，不由得打个愣："你咋知道的？谁对你说的？"

田成业回答说："过晌在地里干活儿，邱方找老郭云。他们在地头说话儿，正顺风，我全听见了。邱方和郭少清都是支书手下的红人，都是积极分子，他能在背地里造郭少清的谣言！"

田大妈不再吭声。她脑子里转悠着郭家那些糟心事儿。她想起见过一面的郭少清的对象，骑着自行车，大大方方的，特别热情，特别会说话儿，乡亲们都夸奖郭少清捞着一个好媳妇儿。可是，今儿个傍晚，田大妈到郭家找老二保根，少清妈向她哭诉的那番话，田大妈还记得清清楚楚。用那番话印证老头子的这番话，肯定不是没影儿的事情。

田成业接着发一声感叹："如今的年轻人哪，让咱们这个年纪的人摸不着脉窝儿呀？"

老两口儿躺在炕上睡不着，正在这么唠叨闲话，忽听二门外有人喊叫："喂，保根，保根，开开门！"

田成业见老伴儿既没应声也没有起身，就小声问："你听出是谁的声音吗？"

田大妈悄悄地回答："像邱方。这小子过去踢破咱家的门槛子，如今当了个小官儿，挺抖神儿的，追着支书和老郭云的屁股后边转，再不到咱这黎民百姓家串串门儿了。"

"我估摸着，他是为郭少清的事儿来的。他跟郭少清、咱家老二保根，过去都挺要好的嘛！我去给他开门，让他进来吧。"

"别去，也别吭声。你知道咱保根爱搭理他不？"

这老两口儿没有猜错，叫门的果真是团支部书记邱方。这么晚跑来叫门，虽然不是专门为郭少清的事儿来的，但也沾着边儿。

邱方跟邱志国同姓，可是从宗系上排，两家又离着相当远。邱方家五代"单传"，他是第五代。他家的人都没有特殊的本事，除了种地，不会什么手艺，连一把笤帚都捆摆不起来。他们有着祖传的克勤克俭的精神，能吃半饱就勒着腰带做活儿。所以，他家的小日子从来就过得不好不坏，也不倒台塌架子。到了邱方爷爷那辈儿，都没有给别人扛长活儿、做短工，总是种自己家的十来亩山坡子地。土地改革那会儿，田家庄是按人口占有土地的平均数多少定的阶级成分。他家人口少，平均的地亩显得多，就给划成个中农。土地和浮财，没有进，也没有出，过去过啥样的日子，还接着苼儿过啥样的日子。没几年，邱志国带头在田家庄创办农业生产合作社，亲自动员"当家子"叔叔入社。邱方的爷爷脑筋死，不论怎么说服动员，他一口咬定："人多瞎捣乱，鸡多不下蛋。我们多少辈子这么过日子过得挺好，不跟别人掺和到一块儿找麻烦。"邱志国把话说尽，把办法使尽，都没有动摇老头子一分一毫。于是，他改变了策略，转身做邱方爸爸的工作。邱方的爸爸那会儿正青春年少，正是喜欢追时兴、容易绷脑筋儿的时候。所以他很快就接受了邱志国的启发教育，积极参加村里的政治活动，被吸收入团，还递交了入党申请书。邱志国跟他谈心说："共产党员是为共产主义奋斗到底的，而农业生产合作社就是往共产主义迈的头一步。党员是不能单干的，因为单干就意味着不走共产主义道路，不能对群众起模范带头作用。"邱方的爸爸觉得面子上过不去，在青年伙伴里有点儿抬不起头，好像犯了罪。他回家就跟老头子吵闹，一定逼老头子答应拉着牲口、拿着土地照去报名入社。老头子不肯答应，邱方的爸爸也火了，拿出分家的办法吓唬老头子。老头子当时很为难：答应独生儿子入社吧，自己没有想通，觉着那种搭伙扎堆的日子没法儿过；不答应吧，唯一的亲生儿子又跟自己绝了情。前思后想，越思越想心缝儿越窄巴。偏偏在那天晚上儿子给他加了压力：搬上被子，到农业社饲养场去睡觉。老头子一看这情景，觉着一切都完蛋了，没法儿活了，活着也没啥意思了。于是，他扑到外屋，打开后门，跟跟跄跄地奔到后院的一棵红枣树跟前，解下裤腰带，搭在枣树杈上，系了个猪蹄子扣，然后把脑袋伸到里边——就这么着，把自己给吊死了！邱方的爸爸还在外边赌着气。直到过晌，肚子饿得不好受，想回家找口东西吃，再接着茬儿跟老头子斗争。他一进堂屋，就从后门门口瞧见枣树杈上吊着的他的亲爹！他扑过去，抱着死尸哭，哭一阵子又哈哈大笑，笑够了，又呜呜地痛哭——他发了疯病。他终于没有加入农业社，自然也没有加入共产党。他变成一个比他老子还顽固不化的老顽固，谁动员他走集体化道路他就跟谁吵骂，随后拿绳子上吊。直到一九六五年"四清"运动搞起来那时候，他都单干。他成了全县唯一的一家单干户。市里的、中央的干部都来他家参观过。"三年困难"时期，"邱疯子"家里有粮食吃，终于招来一个二婚的女人，给这个门口生下邱方。邱方长大了，跟他爸爸年轻那会儿，也就是没得疯病那会儿一模一样。没人管他，过着自由自在的日子。他跟田家老二保根很要好，两个人像影子一样，谁也舍不得离开谁。去年老郭家的郭少清复员回来了，他又跟郭少清打得火热。郭少清是个年轻的好党员，上进心很强，人缘也好，拉上邱方一块儿靠拢党支部书记邱志国。邱方很快就从一个野小子变成被众人瞩目的、有前程的共青团员。今年春节一过，由于团支部书记嫁到城里去，又把他补选为团支部书记。他雄心勃勃地写了入党申请书，党支部大会都通过了，但公社党委没有批准。原因只有一个：邱方不是"开拓型"的人物。这个地方的基层干部，把"开拓型"的人物跟"少数人富起来"的典型、"万元户"等同起来。把邱方家里打扫打扫，能凑上一百块钱就不错，离着"万元"还差着从黑龙江到海南岛那么远！邱志国跟他谈话，让他努力地创造入党条件。正当他苦思苦想怎么创造条件又不得其门而入的当口儿，那天，他无意中在邱志国家窗户外边听到邱志国和老郭云的那场争论。那场争论的几句要紧的话，立刻让他那年轻、单纯的脑海里生长起好几个严重的大问号。在他的心目中，邱志国是代表进步势力的，一生都顺着时代潮流而动；老郭云是落后人物中的典型，处处逆水而行，不是有邱志国的帮助和教育，他会比田成业还窝囊和落后！不过，那天，落后分子老郭云的几句话，让邱方大吃一惊。老郭云打个比方，说跟中央在政治上保持一致，好比站队，向右看，向排头看；把排头看准了，才能站得齐，才能保持一致。所以老郭云质问邱志国："你把中央的精神看准了吗？"这句话像迎头一棒，把邱方给敲蒙了。他当即就想：田家庄的这场改革，到底是成功了，还是失败了？对待巴福来的做法到底是正确的，还是错误的？跟邱志国靠近，到底是光明大道，还是蹚泥涉水？不知怎么，邱方脑子里在画这些问号的时候，不由得想起如今还常常犯疯病的爸爸，也联想到没见过面的、在枣树权上活活吊死的爷爷……

田家的老二保根并没有睡下，在田成业和田大妈老两口儿嘀咕那几句话的时候，他已经披着衣服，走出屋，打开了二门。

天空晴朗，一轮明月，眼睛没毛病的人什么都看得清清楚楚。就连邱方那紧锁着的眉头、忧郁的眼神儿，都能够分辨出。

"少见哪，团大书记。您有何贵干呀？"老二保根一手扶着破旧的门板儿，有几分冷淡地打个招呼。

"得啦，别拿我开心啦！"

"不敢，不敢，请到屋里坐吧！"

"你哥哥在屋吧？不啦，就在这儿说句话，我家还有客人等着。"

"请讲。"

"郭少清打发我来的。他说，咱们朋友一场，这么重大的事情，得告诉你一声……"

"嗬，重大事情！什么重大事情？"

"少清逃走啦！"

"逃走？他遭了什么灾、惹了什么祸，要逃走？"

"说起来很简单，也很复杂。简而言之，他拿不出钱来给他那对象，他那对象又找了个有钱的。他对田家庄绝望了，大概是去找他那开荒的战友……"

"可喜可贺"，老二保根双手一拱，大声地说，"他终于觉悟了，终于离开邱志国了！这回，他也许能够变成个有出息的人。他死守在田家庄，非毁了不可呀！"

两个小伙子对着脸儿沉默一阵儿，邱方又开口说："我也想走。"

"跟郭少清去开荒？"

"那地方太远，在长江北岸、黄海边上的如东县。我父母就我这么一根苗子……"

"噢，你死守在田家庄打子儿、留种子、传宗接代？"

"这地方我也待腻了。待下去，媳妇儿混不上，到哪儿下种去？"

"实话……你小子到底儿走还是不走？"

"走，不能走远。看不见家里的烟筒我受不了。"邱方自嘲地笑笑，有点儿不好意思地接着说，"告诉你，你准得笑话我。我姥家有个叔伯表兄，从县里国营商店买青菜，用自行车运到农村串乡卖，挺挣钱。他一个劲儿拉我跟他做伴儿。今儿个又来了。"

"明白啦，你要做一个钻国家小空子的小买卖，捞点省心的钱花，对吧？"

"唉，总比这样窝在家里，把时间都消磨掉了强啊！"

"你还是团支部书记哪！"

"没用。什么也不顶……"

"你们老邱家的人变化多端，我不敢赞同，也不敢反对。"老二保根打了个哈欠，伸一下懒腰说，"你来征求我的意见的话，我只能说外交辞令，无可奉告。"

"不是这个意思。主要是来跟你讲和的。"邱方掏出纸烟来，递给老二保根一支，自己叼上一支，点着，抽了几口，语调很低、很沉重地说，"当然，直到今天，我不认为你对田家庄现实和领导的看法完全对，因为我还说不准邱志国所推行的那一套哪儿正确哪儿不正确。可是，过去那一段时间里，我不该用那种机械的、主观的态度对待你。社会大变动，人人都在自己心里边长自己的新想法，这应该允许。连老郭云暗地里坚持搞互助组还允许嘛！谁是谁非，得往后拉一段时间再评定……咱们还像从前那样吧，把中间的一段抹掉吧！"

停了片刻，老二保根才说声"行"，同时伸出手，抓住邱方的肩头，用力地捏了几下，说："不管咱们谁是谁非，生在田家庄，长在田家庄这个时候，每个人的脑筋活一点儿，总比脑筋死一点儿好。老朋友，咱们互相祝福吧，上帝，阿门……"

屋里的田大妈早已起身，趴在窗台上，把耳朵贴在涂着月光的窗户纸上听外边的谈话声。可惜，除了那句"上帝，阿门"以外，她什么也没听清。她从窗户窟窿朝外看看，因为两个人站在二门里的阴影里，模模糊糊的，只见两颗红红的火珠儿一闪一闪的。

第 十 四 章

第二天上午，田家的人各干各的活儿、各做各的事情，一切照常。等吃过晌午饭，老二保根就按他的打算进行一番安排。

他说："爸，哥，你们下午该挠麦子还去挠麦子。妈，您的衣裳没洗完，还接茬儿洗。咱家的人，谁也别到村西口房基地去，更别到小山包后面那石头厂子去。"

田成业和田留根都没搭腔，意思是"没说的，完全照办"。

田大妈却好面子，以一种提醒式的语气说："这样做不太合适吧？人家给咱家运石头，就算不跟着打打下手，也得张罗张罗，伺候人家一点儿热水喝。不然，多让人家笑话。"

老二保根说："咱家要是有人在那场合一露面，就等于咱们把人情事儿接过来了。接过求人的事儿，绝不是您一壶茶叶水能打发的。人家做活的时候您准备烟不？等把活儿做完您准备饭不？干到半截儿缺少什么家什咱管找不？要是车坏了，咱管修不？万一有人碰坏了手脚的，咱管治不……"

"我的天！"田大妈没等儿子说完，就叫起来，"要这样，咱们还不如花钱雇人，顶多花些工钱，不至于闹这么一大堆麻烦。管顿饭倒可以咬着牙办，包别的事儿，咱可不敢承担。"

"所以我说你们谁也不要出面。"老二保根很不满地对妈说，"您就好逞能！有孔祥发那个暴发户给当一回树荫凉，您偏偏要打伞、戴草帽子干啥！"

田大妈无言答对，假装生气地一转身，端起泡着脏衣服的盆子奔了二门外的井沿。

老二保根冲着妈的后背轻轻地哼一声，吐了吐舌头。

这工夫，窑厂的陈耀华正安排人运石头。

她知道张石跟田家是邻居，关系也不错，就让他替换下开拖拉机的机手，随后又挑了几个身强力壮的人当装车卸车的小工。她只说拉石头，就跟着机子奔了小山包后边昨日傍晚崩下石头的石头厂子。装了车，她又指挥往村头开，开到田家的房基地。

有人奇怪地问："不是往咱窑厂拉呀？"

陈耀华故意绷着脸说："咱们都听孔厂长的，搬！"

他们都知道这位女会计特殊的身份，不告诉也就不再强问。石头很重，而田家父子俩在荒坡踩出的小路，根本走不开现代化的机械。陈耀华就让他们绕到小山包前边一条宽一些的路上开来开去。这样绕点儿远，费些时间，但机器总比人工快，太阳西坠的时候，从岩石上崩下的石块，全部运到田家的房基地里。据有经验的张石目测后估算：这石头盖十间房也使不完，要是靠肩膀子背，两个人一天从早背到晚，也得背一个月。

运石头的人从动手干活儿就纳闷儿，直到收工回窑厂，他们仍然一路走一路东猜西猜。

"孔祥发是个一毛不拔的人，怎么今儿个大发慈悲，帮开老田家的忙啦？"

"准是为挣钱呗！要不田家连口水都不张罗给咱们喝。"

"田家没有进项，那仨瓜俩枣的钱，孔祥发能看在眼里？"

"孔祥发小时候受过田大妈的恩，这回要报报恩情。"

"算了吧！老队长郭云对他的恩比天高，他都翻脸不认人，哪还记着一针一线的小事儿？"

"真怪，到底咋回事儿呢？孔祥发是个色鬼，可是老田家只有一群硬邦邦的光棍儿呀！"

"哈哈哈……"

老二保根坐在屋子做了半天数学习题，有点儿头昏脑涨。他把笔一扔，本子一合，抽身站起，蹦出屋，两手抱拳，自己给自己喊着"一二一"，在院子跑起操来。他跑着跑着，猛然刹住脚步，大叫一声："贵宾驾到，请进，请进！"

陈耀华推着自行车停在二门外边，笑眯眯地望着老二保根不开口，也不动。

不知道是野外的春风吹的，还是温暖的阳光晒的，姑娘的脸今儿个显得格外红润，衬托得两只本来水汪汪的眼睛，越发地黑而发亮。做完一件情愿做的事情以后，劳顿和心满意足的神气，增加了她的妩媚。她的衣着时髦而不娇艳。她的做派自然而不放荡。一个妙龄女子的外貌和身段的美丽，能够使青春年少的男人动情，而当她行为上流露出被动情男人所偏爱、所喜欢的东西的时刻，这男人才会为之动心。

老二保根在凝视姑娘的一瞬间，把她的美貌跟她的行为——主动借书、慷慨赠送食品、冒险找人崩石头、不辞辛苦地代为搬运，等等，一大串事情连接在一起，因而不自禁地动了心。他不仅发现这姑娘的身上有他所偏爱和所喜欢的东西，甚至感觉到，他们俩在性格方面、在作风方面，以及在意识方面，都具有某些相似的东西。所以，自打到了懂得"想媳妇儿"的年龄开始，对接触过的妙龄女子只会嘲笑、只会瞧不起和"逗逗玩儿"的老二保根，这会儿一反常态地动了情、动了心。

"哟，你怎么啦？呆头呆脑的样子！"

老二保根被陈耀华这一声呼叫吓一跳。他一时间出现了少有的慌乱、紧张，不知所措，终于彬彬有礼地说："到屋里坐吧！"

"都啥时候啦？跟你打个招呼，我得动身了。"

"你回家呀？"

陈耀华点一下头，随即低声问一句："你送送我行不？"

老二保根赶紧答应："行！"赶紧蹦出二门，接过车子，机械地往外走。

陈耀华一边走路，一边滔滔不绝地说这说那。说下午运石头发生的事儿，说那几个跟机子人的猜测和议论。说只有开拖拉机的张石厚道，闷头干活儿，不胡说八道。说拖拉机回到砖瓦厂以后，孔祥发拿出一瓶"燕潮酩"的酒，慰劳几个运石头的人。说孔祥发从头到尾都没有问过：陈耀华为什么这么热心帮助田家分忧解难。

"我开始跟他提这事儿的时候，我告诉他，我跟田保根是老同学，求你帮个忙。"陈耀华观察着老二保根的表情说，"他相信了，再没问什么。他不会像那几个小子似的胡猜乱想吧？"

变得沉默的老二保根，听到"问号"，立即很严肃认真地想了想，回答说："他能猜什么？总不会以为我会贿赂你，你从中捞几个钱花吧？"

"那倒不会。我怕他往别处想……"

老二保根听懂了陈耀华的话，知道"别处"是指的什么。如若往时，他的回答会脱口而出，会回答得很俏皮，会把陈耀华逗得开怀大笑，甚至还要打他一巴掌来解嘲遮羞。可是此时，老二保根失去了开玩笑的勇气。他只是装出一个"微笑"搪塞过去。他的"微笑"装扮得十分拙劣和难看。

一个题目谈过去，陈耀华又提起一个。说起昨天的事儿。说她昨儿个下午到水泥厂找雷管炸药和找人的经过，说那过程中有趣儿的环节。说材料科的那个科长怎么唯唯诺诺。说爆破组那个爆手怎么受宠若惊……

"你看张成荣那小子怎么样？"绕过小山包的时候，陈耀华含笑地问老二保根，"你是很有眼力的。你给他划几分？"

"你说的是谁呀？"老二保根茫然地反问，"谁叫张成荣？我见过吗？"

"就是昨儿个给你崩石头的。人家帮了你的忙，你连人家的姓名都不知道。真是岂有此理。"

老二保根拧一下车把，躲过路面上的一块小石头，说："我明白他是冲着你的面子来给我崩石头的。我料定我这辈子不会再跟他打第二次交道，所以就没有留神琢磨他。看样子，他很精明能干。"

"才不哪。"陈耀华一撇嘴唇说，"他一点儿远大理想都没有。对他在那么个社办小水泥厂当工人就很满足。我问他为啥不追求进步？他说，在那儿工作离家近。他把他那个家收拾得可招一些人眼馋啦！大瓦房，红砖墙，把纸窗户改成玻璃窗户，把炕拆了，摆上床。院子里还栽了十几棵苹果树。正在攒钱，要买一台电视机……嘿，典型的、新时期的'三十亩地一头牛，老婆孩子热炕头'！你说他多没出息呀！"

傍晚的春风，徐徐地吹着。干燥的土地浇过水之后，好似冒着热气，同时散发着一股子潮土、大粪和腐败物的混合气味。庄稼人的后代，尽管不再在泥土里打滚儿，也不再留恋泥土，可是从娘胎里就呼吸这种气息，对这种气息是习惯的。每当这种气息如期泛起的季节，被他们闻到的时候，就有一种兴奋的活力，自然而然地在浑身上下奔腾起来，使他们好似喝了过量的烧酒那样陶醉……

他们走过小河上的小石桥。天际的残余光明，把两个长长的、颤抖的影子投到流荡的水面上，显出一种神秘的幻觉色彩。让已经陶醉的人越发痴迷得忘形。

陈耀华惬意而激动。她紧挨着老二保根走，时不时地在老二保根身上碰撞一下。说着，走着，她自觉和不自觉地把一只手搭在老二保根扶车把的胳膊腕子上。走一段，又把她更加红润、发烫的脸儿贴在老二保根的肩膀上。

老二保根，今儿个一切都一反常态，不仅出现了少有的拘谨，而且流露出几乎从来不曾有过的慌乱，活像个大傻瓜走进庄严、肃穆的历史博物馆。他的脚步从快到慢。他的脸色红涨起来，鼻子尖上和脑门儿上冒出汗珠子。走着走着，他忽然停住，十分生硬地问道："喂，你是不是跟张成荣搞对象哪？"

陈耀华一摇头，一撇嘴唇儿："他呀，单相思！"

"你跟谁也没搞过？"

"当然搞过啦！"

"谁？"

"嗬，你好像审案子的！"

"不敢跟我说实话吗？"

"这有什么敢不敢的。因为我不想提他。那小子是个坏蛋，一个应该千刀万剐的坏蛋！"

"怎么个坏法儿？"

"他那会儿是个民办小学教师。我们俩在公社广播站学习班上认识的。他拼命地追我。有一回他都给我下跪了，还哭哭啼啼地说，我要不答应他的求婚，他就去死。"

"你了解他是个坏蛋，才不答应他吗？"

"那会儿他还没坏，挺可爱的。长得很好看，特别机灵。我妈说他眼睛都会说话儿。嘻嘻……"

"那你为什么不答应他？"

"他那会儿想考大学。结果白受罪，没考上。我看他怪可怜的，就答应他了。"

老二保根听到这句话，突然地把脖子一梗，眼睛一瞪，气呼呼地说："我明白啦。你们就要结婚，让我去吃喜糖，对不对？"

陈耀华没顾得品品这句话的味道，也用同样愤怒的语气说："坏蛋！他追我，是为了巴结我舅。我舅是公社书记嘛！我舅一发现我俩的特殊关系，就暗地里用心培养他，把他调到广播站当广播员，正赶上给一批半脱产干部转正，也把他偷偷地塞了进去，很快成了公社团委书记。又兴起提拔青年干部，县委一个组织部长下乡来，由那个坏蛋陪着，就把他看中了。他一步登天，成了县委宣传部的干事。一到县里，他立刻就变了心，跟县妇联的一个女干部搞上了。因为那女干部的爸爸是县长……"

老二保根忍不住哈哈大笑："他是专找官儿大的巴结呀，真了不起！难怪你夸他机灵！"

"哼，坏蛋，把我给甩了，我才不怕哪。我要另找个比他条件好的！"

老二保根又一次绷起面孔："你找到没有呢？"

陈耀华妩媚地一笑，偏着头，低声说："找到没找到，你还不清楚……"

老二保根也想笑，却没有笑出来，只是生硬地咧咧嘴，说："反正我这样的不够你的条件。"

"你考上大学就够条件了。正式的大学生，他小子比得了！"

"我要是考不上呢？"

陈耀华打个沉才回答这个题目："不管考上考不上，我都会喜欢你。真的。"她这样说着，冲动地张开胳膊，搂住老二保根的脖子，娇声细语地说，"自从他甩了我，我很难过、很憋气、很觉着丢脸。我怕人家笑话，才躲到孔祥发的窑厂避避风。在我十分需要有人安慰的时候，这么巧就遇上了你。你跟他长得一模一样，比他还聪明。你……"

老二保根听着这甜蜜的声音，更加心慌意乱。他再也听不到任何声音，只感到挂在后脖颈上那两只胳膊肘子的柔软和微微发颤，只感到他的下巴颏被一股急促喘息的热气吹抚。他垂眼往下看，看到一张白净的脸，一双黑亮的眼睛，两片红润的嘴唇，离着他是这样的近，近得只要他稍一低头，就可以像在电影、电视里看过的情景一样，来一次热烈的亲吻。与此同时，那一双半闭的黑眼睛在鼓励他，那两片启开的红嘴唇在向他渴求。然而，他，老二保根却用力地往后仰一下头，挣开了陈耀华的手，继而把陈耀华轻轻地推了一下，使紧贴在一起的两个身子分开一点儿距离。

陈耀华打个愣。失望、恼怒，又有些委屈，她差一些要哭起来。

老二保根赶紧随机应变地说："我得回家了。等饭熟了，我妈找不到我，就又唠叨个没完。"

陈耀华咬着下嘴唇，默默地接过自行车的车把，没有立即动身，可怜巴巴地问了一句："你说明白，咱俩算什么关系？"

"嘿嘿，这还用问。"老二保根恢复了常态，嬉皮笑脸地说，"咱俩是同学呀！"

"再发展一步呢？"

"是老同学呀！"

陈耀华发火了："难怪人家说你油滑，说你二百五，你果真是这么个人！"

"公正的说法应是，我在有些事情上油滑，在有些事情上二百五。"老二保根再次郑重起来，"这样吧，咱俩的事儿，你认真点儿……"

"你这是什么意思？"

"所谓你认真，就是别急，拉长线儿，骑着马找马。有比我合适的，你就跟那个合适的；没有呢，再来找我。"

"这叫什么呀！"

"这叫两全其美，万无一失的好办法。"老二保根耐心地解释着，"你刚才说，你让那个坏蛋甩了。你赌一口气，要选一个条件超过他的对象。这一宝，阴错阳差，你硬要押在我的身上。我当然很荣幸。可是，又很有压力，很害怕。你别忘了，我连着考了三回大学都没考上。这要再考不上呢？我就得一辈子蹲在家里。手里既没有巴福来的果树园，又没有孔祥发的砖瓦窑，更没有你姑父的权力和地位。就凭我那个家，就凭我这个人，成家立业——具体地说，盖几间避风遮雨的房子、娶一个不聋不瞎的媳妇儿，就得黑天白日地卖命，就得累得吐血！你冷静地想想，你能够降低身份嫁给我这样的吗？如果按着我的主意做，你能进能退、万无一失，有多主动、多保险哪！"

"那，那你上了大学要变心呢？"

"对呀。我要真是那种地位一变就变心的人，你还真没有咒念，又得让你挨一回被甩的打击。所以咱们俩最好还是仍旧当同学，先别谈恋爱。等我真上了大学，再开始谈。这样子，该有多安全、多有把握。你别感情用事，仔细地掂量掂量！"

陈耀华被巧嘴的老二保根说得口服心服，沉思一下，不由自主地说："保根，我刚才错怪你了。你根本不油滑，根本不是二百五。你是个心肠最好的聪明人！我相信你考上大学不会甩我。我尊重你的意见，我们互相考验考验再定终身。你的主意好。"

他俩高高兴兴地分了手。陈耀华骑着自行车奔榆树坡，老二保根两手插到裤兜里，挺着胸，仰着头，吹着口哨，心平气和地回家。

田留根正在二门外鼓捣木头，见弟弟进来，就凑到跟前，很急切地说："快告诉我，你真跟那个陈耀华搞上对象啦？"

"谁对你说的？"

"妈。爸爸也看出个眉目。是真的吗？"

老二保根见哥哥那副真挚诚恳的样儿，不忍心搪塞他，就回答："这可怎么说呢！开头，我不过是逢场作戏，利用利用她，逗逗她……"

"哎呀，保根！"田留根吃惊地抓住弟弟的胳膊腕子，"可不能拿人家女的开涮、闹着玩儿，得实实在在地办事儿！"

"是呀，看样子，她这会儿跟我是实实在在的。因此我也得对她来实在的。一实在，难事儿就来了……"老二保根带着感慨的语气对哥哥说了这么几句话后，又自鸣得意起来，"我是挨过涮、挨过玩儿的人，再让我鬼迷心窍并不是那么容易。我要是像傻瓜蛋一样，不留点儿心眼儿，将来陈耀华肯定会甩了我！那可就惨啦！"

站在二门里偷听的田大妈，听到二儿子这番话，不由得打个寒战。心里想："这个坏小子，贼鬼溜滑，办什么事都没个实在劲儿，真叫人担心哪！"在一家人都高兴，又都在张罗安排重要事儿的日子里，她不便把这样的话说出口。所以，当她走出二门的时候，喜眉笑眼地向两个儿子宣布："我择好了日子，今天、明天，对，大后天就破土动工！"

第 十 五 章

这两年，农村开始兴新章程，盖房子讲包工。主人把砖石木料准备齐全，四破五的一层大瓦房，上了瓦、安了窗户，花上二百块钱的包工费，就能够平地立起来。细细算个账，这比过去那种请街坊邻里帮工的办法上算得多。因为一天不用管三顿酒肉菜饭，省好多钱；不用借绳子、找板子省好多心；尤其不用欠谁的人情，老得记着，总想着找机会还人家。当然啦，即使把房子包出去盖，房子的主人也不能坐在一边等着现成的。男人照样儿不离开工地，明着跟在工匠后边打打下手，缺少啥东西可以及时地张罗寻找，而实际上是在暗地里起着监工的作用。要是觉得地基打得不实，就要求再砸一遍夯；如果发觉墙角垒得不规矩，就让领作的再调调线儿，纠正一下。女人们也不闲着：包工不管饭，得供应干活儿人开水喝。

田大妈是个爱脸面的外场人，哪肯冷落这帮由庄亲爷们儿组成的"土"建筑队，让他们背后去说闲话呢？田大妈不仅让锅里的水一天到晚总开着，还特别地手勤脚勤，过来过去地往那些摆在树荫的瓷碗里续茶：凉着，谁渴了，走过来端起就喝。按规定，包工活儿不管招待烟。田大妈乐意额外地给"加加油"。她早就"人托人"地从燕山镇供销社一位女售货员那儿走后门儿，买下三条"恒大"香烟，一直锁在柜子里没露（怕二儿子给偷着抽了）。这种香烟是名牌货，拿得出手，价钱又便宜，可以称得上"物美价廉"。每逢盖房的人打间歇的时候，田大妈就举着打开包的香烟，笑容可掬地走过来，挨个儿散发，一人一颗："抽吧，抽吧，解解乏！"

"哟嗬，田大妈弄到了'恒大'，您可真有路子呀！"

"路子宽窄得看啥样的门口。田大妈不是好人缘嘛！"

田大妈听到这些半是玩笑、半是真情的称赞声，心里边美滋滋的，脸上笑成一朵花似的。她在背后挺得意地对老头子田成业说："有胭粉得往脸上抹，光彩的事儿就得想方设法地往光彩处办。三条烟，大不了十几块钱，打发得大伙儿高兴，把活儿干得细致点儿，咱们自己露脸，落下个好名声。一辈子能盖几回房，破费一点儿也值得。"

老二保根却在一旁唱反调："爸爸，您别听我妈在那儿盲目地自吹自擂。她老人家这是拿丢脸当露脸哪！"

田成业大惑不解："咦，你这是啥话？花费了钱，咋会丢脸呢！"

老二保根回答说："如今办事情，要讨个好，而后真的得个实惠的好处，就必须下大本钱，必须就高不就低，不能上下够不着来个中不溜儿的。不然哪，白花钱，莫如不花。抽香烟，高档的是过滤嘴儿——带把儿的。你们拿简装'恒大'当名贵东西，谁认哪？人家说的是挖苦话，我妈听着还直笑。我也笑，觉着你们这么抠抠搜搜地办事儿太可笑！你们要想刺激刺激那伙泥瓦匠的积极性，好办极啦！这事儿交给我，看我的！"

田成业对二儿子的这一番评论没敢表态，对二儿子的"毛遂自荐"没敢吭声，赶忙躲避开。转过身，他又犯了一阵子心思。忽然，他如同发现即将临头的灭顶之灾，慌忙凑到老伴儿跟前，提醒说："你可得小心咱家那个二流子，他又在琢磨馊主意！"

田大妈没听明白："他要干啥？"

"嗐，他要干啥勾当，别人哪猜得着。我害怕他再闹一场'吃螺蛳'那二百五的鬼把戏呀！"

田大妈说："放心，别怕。咱家这回是包工，跟邱支书家盖房请帮工不一样。他们耽误了时间，也不能让咱们多加钱。"

"他们延误时间，不快些完事儿，咱们一家人也得陪着花功夫呀！再说，要是赶上雨天，再是连阴雨，土坯墙经得住吗？"

田大妈听到这儿，使劲儿拍一下衣襟儿，伸出手指头在男人的脑门子上拄了一下："哟，真没想到，你这老家伙越长脑瓜子越伶俐了。对，是这么回事儿，得马上堵住这个口子。"

田成业被老伴儿这么一拄一夸弄得怪不好意思。幸亏两个儿子没在跟前，也没有旁人，他就不必过分紧张了。

就在这一天，从不到田家串门的巴福来，往果树园子去干活儿的时候绕个弯儿，站在田家新房工地的石头垛外边看一看。

田大妈早就瞅见他的影子，故意没有理睬，见他站着不动，又怕失去这么个显示胜利、平展心情疙瘩的机会，只好打个招呼："电线杆儿似的立在那儿干啥？要看过来看吧！这儿还有'恒大'烟。"

巴福来说："我还得忙着做活儿去。你过来，问个事儿。"

田大妈对巴福来这种"大架势"做派有些不高兴。可是她不习惯给别人摔脸子，尤其在自己家大喜日子里，不论对家里的老少，还是对两姓旁人，都应该和和气气，取个吉利。况且，她也想知道这个"老地主"到底要干什么。于是她朝石头垛这边走了几步，而没有绕过去。

巴福来用眼睛迎着她，心里边盘算着早已盘算过多少遍的主意。

如果这会儿遇见跟巴福来有点儿交情的人悄悄地问巴福来："眼下来了个新时期，你的日子过得咋样？"他会被问得愣愣神儿，琢磨一阵子才回答："挺好。可也挺难。"这种模棱两可、似是而非的话，并不是故意半吞半吐，而是心里边的真情实意。比起戴着地主分子帽子的那阵儿，现在当然挺好。那时候，尽管出力气干活儿，就有饱饭吃，就有不透风不漏雨的热炕头睡。但是那种"劣种人"、矮人三辈子的龟孙子气不好受。不管大小干部，都可以随便训斥他。跟别人做错了同样的事情，别人没事儿，他得挨整治，扣工分，表示低头认罪。即使他根本没有做错什么事儿，哪个干部挨了上边批评，或是在家跟老婆孩子闹了别扭，也要在他身上撒气，把他当替死鬼儿。每逢政治运动来了，哪个干部犯了错误，挖根也得挖在他们这号人身上。陪绑挨斗的滋味儿可不好受。肚子的饱、身子的暖，能抵消这类精神折磨的痛苦吗？如今，这一切灾难都不复存在了，比之"那个时候"，不是"挺好"，准确地说，应该是"天地之别"，"非常的好"。巴福来跟所有的人一样，不仅在经济方面，尤其在人格和精神方面是真正的平等了。他可以让自己自由行动，可以自由支配时间，而用不着找干部请示，也用不着看周围人的脸色。不论在什么场合，他想笑就可以咧开嘴巴放出声地笑，他有话就可以口吐真言，吐完了不再后怕和后悔。尤其四十岁的儿子娶上个年轻美貌的媳妇儿，更让他尝到地位变化的甜头。娶媳妇儿办喜事，他巴福来办得最光彩，田家庄的任何人都比不上。就是在旧社会当地主那会儿，只是一个山旯旮子的小地主，他的家门也从来没有过这么大的荣耀，他的精神也未曾得过这么遂心遂愿的满足，尤其承包果树园子的事儿，更是喜出望外的天降吉祥。

那一天，田家庄的主宰、党支部书记邱志国，在社员大会上慷慨激昂地宣布：这回要彻底地"拨乱反正"，要真正地"施行改革"，要坚决地把极"左"的看法、做法都纠正过来，一丁点儿尾巴都不留。他还特别强调说："地主，富农分子经过三十多年的改造，全部都变成了自食其力的劳动者，都成了社会主义的新人。过去对待他们不公平，以后不论在任何方面都要让他们跟别的社员平起平坐，一律平等。"

巴福来不肯，也不敢相信这一套新章程，但是他又幻想这一套能变成真的。于是他赌着一口气，壮了壮胆子，打主意在邱志国身上试一试。

"邱支书，我请示请示。这回我跟别人平等了。队里的那个果树园子要往外承包，我也能承包吗？"

乍开始，邱志国真给问蒙住了。但是一个长期身居领导地位者的尊严，使他不甘下风地立即绷起脑筋，说："我先问你，你敢不敢承包？"

巴福来没有在盛气凌人的质问声中退缩，反倒逼近一步："你支书敢承包给我，我就敢包它！"

"包了果树园子发了财，你不害怕？"

"这得看你们说话算数不？这得看让少数人先富起来是真是假啦！"

邱志国几乎是怒气冲冲地大手一摆："你等着听回话吧！"

当天下午，巴福来被叫到当时还没有拆毁的大队部办公室，战战兢兢地得到了党支部书记邱志国的回话：他从此时此刻起，成了那片大果园的主人；一包三年，到时候看形势发展的情况再说再议。

巴福来被吓了一跳。往合同上签字的时候，他的手都握不住笔。回到家里，往儿子面前展示合同的时候，他说不出话，害怕得哭了。

儿子巴平安面对那纸合同，像见了正冒烟儿的手榴弹一样，连摸都不敢摸一下，朝后退着说："这是钓鱼的钩子，您咋这么傻？朝它伸嘴巴？"

"邱志国在大会上传达的政策，讲的话，你全听见了，难道他能做假？"

"真和假，那还不是上嘴唇跟下嘴唇一碰的事儿！邱志国是人里边的精，谁也摸不透他。风一转，脸一变，上边说啥他干啥，铁石心肠、六亲不认。到了那一天，您可叫天天不应、叫地地不语呀！"

"那……你说咋办？"

"给他退回去！"

“这可不是一张纸，是个大果园哪！”

“十有八九是地狱。咱不下。好死不如赖活着，咱爷俩对付着活下去得啦，别心高妄想。”

巴福来转身往外走。从屋子里到院门口，只有很短的一截儿路程，但是，又如同三十多年远的距离。三十多年前，巴福来是个踌躇满志的三十岁的年轻地主。他用嫉妒的目光瞥着比他家高的门楼。他用贪婪的眼睛盯着比他家矮的草屋。他在脑子里描绘着一张扩建宅院的新图纸，垒一道高高的、长长的墙，把田家庄的半个村子都圈拢起来。他一心想要做个“人上人”，没料到一场土地改革的暴风雨，把他打入十八层地狱，当了三十多年“人下人”！这会儿，从屋子到院门奔，好似撒手榴弹那样快速跨越的。当他一脚迈出门口，看一眼那前三十多年、后三十多年，加在一起共计走了六十多年的田家庄的街道，猛地来了个急刹车，身子摇晃了一下，手里的合同纸“哗啦”地响了一声。他打个愣，向后转，慢慢地走回屋里。

跟随到屋门口的儿子莫名其妙地问他：“咋还不快送去，转回来干啥？”

巴福来用极小的声音，但坚定的语气说：“不送回去。就这么顺水推舟吧！”

巴平安睁大惊愕的眼睛：“这是为什么？”

巴福来一字一句地说：“他们又平反又退赔的。我也是个人哪。我受了三十多年人不人鬼不鬼的罪，他们给我一口甜东西吃，还不应该吗？”

“我跟您说了，会变天、会变脸的！”

“让他们变吧，我还有一个三十多年吗？”

“您给我起名字都叫平安。一天到晚祈祷个平安日子。都这把年纪了，咋就不图平安了呀！”

"咳，孩子，你爸爸我，这三十多年，心里边一时片刻也没有平安过呀……"巴福来说这句话的时候，眼圈红了，声音哽咽了，"让我吃一口甜东西、当一天果树园子的主人，我的心就会平安一天。随后就算'嘎巴'一下让我伸腿瞪眼死在树棵子底下，我也不是个冤死鬼。听我的，这事儿就这么听天由命吧！"

巴家不是当了一天果树园的主人。这一口甜东西真经吃，而且越吃越甜。

在给儿子操办完喜事的夜晚，也就是巴平安心里慌慌地想插上门入洞房的当口儿，巴福来因喜事办得红火而兴奋，同时多喝几杯酒，忽然眼泪汪汪地拉住儿子问："你说，今儿的事情，全是真的吗？"

巴平安问答说："当然是真的啦！"

"这甜头，咱们能吃长久吗？"

"我看一时半会儿变不了。您咋了？"

"唉，没吃到甜头我提心吊胆，吃到甜头还是怕，更怕了……"

"怕什么？"

"怕刚刚吃上瘾，往后就再吃不着了！"

这种"怕"，是今天巴福来觉着日子还有点儿"挺难"过的一个核心问题。跟这个有关系的，是他的一些因为"不习惯"，而常常遇到发怵的事儿。

儿子结婚后第五天，公社书记和主任下乡检查春耕工作路过田家庄，由邱志国陪着来到果树园，来访问巴福来。

公社书记大步地走过来，满脸笑容，老远就伸出大手打招呼："老同志，你好哇！"

巴福来急忙地左右看看，左右没有任何人，才断定公社书记是招呼自己，也迎上两步，几乎本能地把两条腿一并立直，同时低下头、弯下腰。他心里怦怦跳，脑袋嗡嗡响，好半晌自己说不出话，也没听清公社书记、主任和邱志国都对他说了些什么。

邱志国皱着眉头冲他喊："让你上车！"

巴福来朝停在果园外边的吉普车看一眼，浑身打哆嗦，冷汗雨点一般往下掉。

往车跟前走的时候，邱志国又提醒他："两位领导要到你这专业户家里串串门儿。"

巴福来扭过头来，越发惊慌地问："到我家里？"

"啊，喝你的喜酒！"邱志国没好气地往车上推他一把，忍不住骂了一句脏话，"瞧你这副蔫鸡巴相！"

巴福来还有个"隐患"，就是老郭云。老郭云明目张胆地不照上级精神办事儿，不跟他巴福来和解：喜酒不喝，连公社书记、主任到巴家，他都不肯露个面。而且，老郭云在用自己的微薄力气，笼络被邱志国遗忘的一些人，在一块儿搭伙整治承包的土地。那天，巴福来看到孔祥发用自己的拖拉机给田成业家拉石头的举动提醒了他：噢，虽然有上级的政策，有党支书的后台撑腰，但是更应该有群众基础，才能平平安安过日子，不招恨，不惹麻烦。孔祥发为全村有名的好人缘的田大妈盖房子出了力，我巴福来出点儿钱，给众人看看。田家庄就这么两个专业户，你出力我出钱都伸手帮群众，才不至于显出山高水低：不前不后，谁也挑不出什么毛病。

巴福来兜里装着一百元的人民币来的。盖房是花钱的事儿，各种材料都准备齐全，一动工，还会冒出一些想不到的花钱的地方。田家的根底巴福来略知一二：没有外财门路，有点儿积蓄，十有八九都打扫光了。这时候送点儿钱，岂不是雪中送炭？

田大妈站在石头垛那边，望着巴福来。尽管她的神态平和，两只眼睛却流露出疑惑、狡黠的神色。

巴福来心里打个转。他从那奇特的眼光里，忽然看到田家老二保根。

老二保根既不是郭少清那样"根红苗正"的青年党员，也不像邱方那样开始追求进步、初露头角的积极分子。然而，巴福来怕老二保根，怕他的"油滑"和捉弄人的手段。在承包果树园的问题上，老二保根成为巴福来败了阵的对手。那小子可不是个好惹的，绝不会轻易地善罢甘休，吃哑巴亏。在没有摸准他的脉窝的情况下，突然给他家来送钱，会不会反倒引起他的误会，以为巴福来理亏，来用钱堵他的嘴呢？不能干这傻事儿，不能让他抓住这个可以当成瞎胡闹的把柄。我巴福来跟田家庄所有的人一样，是社员，我承包果树园子是应当应分的。我想跟大家搞好关系，帮帮别人，是高风格，用不着拍谁的马屁！田大妈见巴福来光发愣不开口，就催他："问我什么事，快说呀，我还忙着哪！"

巴福来一张嘴，把"问问你家缺钱用不"改成这样的词儿："听说你们破土动工了，想问问你们用不用酒席家什。我那儿有，新买的，成套的，能摆四五桌。"

田大妈淡淡地笑笑说："让你费心了。我们不用。我们这回是包工活，不管饭。"

"不管盖房人的饭，也不请请干部？"

"请干部？请他们干啥？"

巴福来手摸着下巴颏，"嘿嘿"地笑了："田大妈，您是个外场人，这个场能落下？如今不像集体那会儿，都各自撑着门户过日子。不要说盖新房这么大的举动，就是打道墙、垒个猪圈，也得请请干部，维持住他们，有啥事儿，好求他们多关照呀！"

田大妈听到这儿，实际上已经有几分心虚，却故意撑着面子说："我们家盖房，什么事儿也没求干部，都是靠自己的力气做的。往后也没啥求干部的。"

"哪能呢！房子盖上，拉电线不？接自来水管子不？将来垫猪窝到公众大坑推土不？"巴福来依然笑模笑样地说，"田大妈是好人缘儿。

我过起新的日子，也愿意在村子里有个好人缘儿。所以专门跑来提醒您几句，您再掂量掂量吧！觉着是这么个理儿，就照着办，觉着不是这么个理儿，就当我白说。"

田大妈见巴福来说完这番话转身要走，就赶紧用一种表示感谢的口吻说："事儿一多，顾这头顾不上那头，丢三落四的失礼的地方少不了。反正有别人有我们，不能当头，也不能当尾。对那一帮为大伙儿跑前跑后的干部，我哪能不敬着呢？"

跟着泥瓦匠干活儿的田成业，看见了石头垛那边的巴福来，也看见石头垛这边的老伴儿。他只犯猜疑，没敢凑过来听听。等巴福来离开了，他才提着一节儿麻绳，迎着老伴儿迈了几步，挺小心地问："他来咱这儿干啥？"

田大妈说："专门来给咱提个醒，说盖房子这种大事儿，应该摆两桌请请村里的干部们。"

"得警惕他点儿。准是又想搞啥破坏。咱们别听他的。"

"你呀！连人家党员都把阶级斗争的弦儿拆下去了，你还绷着个啥劲儿？巴福来这会儿占了便宜，发了大财，诸事顺心，吃饱饭撑的还搞破坏！我想他顶多要在庄亲们当中买买好人缘儿，不会打咱们的主意。"

田成业叫苦说："摆两桌得花多少钱！这会儿我们的钱多紧！平白无故地喂他们那伙满肚子都是油水的！"

田大妈心里也挺烦，就边走边说："你去干你的活儿吧，我到西头老苏家打听打听，等回来再定个准谱子。"

田成业嘟嘟囔囔地说："不管他们别人咋排场，咱们得量力办事儿，可不能钻进脑袋不顾屁股。"

田大妈用手捂耳朵，表示不想听这样的话，同时加快了步子朝门口走去。

第 十 六 章

　　村子东口的几条小路连接在一起，成了"丁"字形状。往西的那条，经过田家的老宅子大门口进街里；往东这条，经过田家的新房基地前，奔正东的大道，通着榆树坡；往北的一条，从砖瓦窑的坯垛中间穿过，可以上北山，再往北走还能登上万里长城。

　　田大妈要由东往西朝街里走，远远瞧见"丁"字交叉路口有两个人。

　　大地回春时节，憋足了一冬劲头的庄稼人，都怀着信心，瞅着自己的目标，开始拼命干活儿，他们连走路都是快节奏的，打招呼也是简短的。很少有人在村口路边闲暇无事地聊天儿磨牙儿。如果出现这种情形，会让人们奇怪和笑话。那两个人，一个站立着，脚蹬着土坎，手里捏着纸烟，抽一口，弹一下灰。另一个蹲在路上，用小烟袋的铜锅子在那刚滋出绿芽儿的马尾草的草皮上胡乱地划动，像写字儿，又像画图。

　　田大妈走近了一些，先看清站着的是二儿子保根，蹲着的是老苏家大儿子苏吉祥。这两个人年岁悬殊，性气不同，从来没有什么交往，这当儿怎么会凑到一块儿，又说得这么近乎呢？

　　"妈，您老人家快走两步！"老二保根扭过脸来喊叫，"这儿来了个给您烧香求佛的！"

田大妈一边走一边搭腔："我不是佛，给我烧香不降福禄，瞎子点灯——白费蜡！"

苏吉祥抬起乌黑头发的脑袋，让人看到他那红彤彤的脸，还有两道很浓的眉毛。他勉强地牵动嘴角笑一笑，表示向长辈人打了招呼。

这个人过去是田家庄有名的俊小伙。当初从北京城里来这儿插队落户的一帮子知识青年，很崇拜他的堂堂外表。一个画家的儿子有空就给他画像，做活儿中歇时，也忘不了端详他，掏出小本子给他来一张素描。有一个亲戚是电影厂导演的女学生，一再鼓动他投奔电影厂去当演员。"文化大革命"结束后，那个画家的儿子果真成了名，而成名作就是一张青年农民的肖像画，画稿的"模特儿"就是苏吉祥。可是苏吉祥本人没有看见那张好几家报纸、杂志都印出来的画。他听说了，没心思费心扒力地找来看。跟电影导演有关系的女学生自己进了电影厂，倒没忘了他，先后来两封信，建议苏吉祥到城里去试试运气，她可以陪同寻找门路。苏吉祥没工夫出门，那得花费好几天的时间，还得掏来回的路费。只有一个知识青年总在牵动苏吉祥的心。那个青年身体最弱、性格孤僻，一天到晚沉默寡言，人送外号"林黛玉"。这"林黛玉"却偷偷地爱上了苏吉祥。开始是心里爱，不表露出来，连苏吉祥本人都没有一丝一毫的察觉。有一天，队里集体养的蚕断了吃食，老郭云就到"知青点"号召知识青年上山打野桑叶来救急。"林黛玉"去了，苏吉祥充当带队的也去了。人们一进了山，就散开来，每个人都追着树丛找桑叶，不一会儿各自钻进七股八杈的山沟里，谁也见不着谁，谁也听不到谁的喊声。苏吉祥打了一筐子野桑叶，一转身，发现"林黛玉"跟在离他不远的后边。

"你累了吧？快到这棵树下歇歇，凉快凉快。"苏吉祥先放下筐子，招呼她。

"林黛玉"没吭声，却顺从地走了过来，走到一棵树桩子很矮、树冠很大，像伞一样的栗子树下。

"你给我看看，我去找找他们，别跑得太远，迷了路。"苏吉祥说着，用脚蹭着落在地下的金黄色的栗花，"坐在这儿吧，累了躺躺也行，大沙发一般。"

"林黛玉"还是不言语，两眼却盯着苏吉祥的脸孔，那眼神是大胆的、火辣辣的。从来没见过她的这副样子，简直变成另一个人了。

苏吉祥给盯毛了，转身迈步要去找伙伴。

"林黛玉"猛地扑过来，挡住了苏吉祥的去路，随即扑到苏吉祥的身上，搂住苏吉祥的脖子。

苏吉祥被吓慌了，往后退着，被栗花绊倒，倒在栗花做成的"沙发"上。

"林黛玉"也顺势扑在苏吉祥的身上，用她挂着泪水的腮、发烫的嘴唇，在苏吉祥的脸上、脖子上、赤裸的胸膛上，亲哪、吻哪，久久地不肯停歇下来……

从始至终，他俩都没有说过一句话。"林黛玉"不肯说，苏吉祥不敢说。事后问到村里，他们两个还是不交谈一句话。旁边有人的时候不好说，没人的时候，"林黛玉"一见苏吉祥就躲开，好像没发生过那件事情，如同互相是不认识的陌生人。

紧接着麦收。苏吉祥跟郭少清的叔叔老郭雨负责看管场院。夜间，郭雨睡在北头的场房屋，苏吉祥睡在南头的小窝棚里。有一天深更半夜，"林黛玉"溜进场院，钻进小窝棚，如同在栗子树下那样，一言不发地扑到苏吉祥身上，发疯地亲吻。事毕，像魂儿一样悄然离去，像烟一样不见踪影。以后，每过一段日子，她又在类似的情景下，突然出现在苏吉祥身边……

知识青年们一拨一拨地离开了田家庄。有的被招了工，有的被推荐当了工农兵大学生，有的被调到公社、县里当了端铁饭碗的工作人员。

"林黛玉"是在不前不后的当口儿走的。她妈死了，她请假回家治丧。苏吉祥等她回来。她一直没回来。呼的一阵风，把"知青点"给刮没了，一个人都没剩下。走得比后来生产队解散还干净，连房子都扒了。那会儿苏吉祥还不到三十岁，有人给他介绍对象，也有姑娘喜欢他。那会儿的婚姻讲究政治条件。苏吉祥是地道的贫农，扒祖坟都扒不出有可疑的人。他是能够挑个好媳妇儿的。连邱志国的女儿都看上了他，只提一个条件：他争取入了党，就嫁给他。他苏吉祥要是吐口，有邱志国当保镖，入党问题还难吗？痴情的苏吉祥偏要等着他的"林黛玉"。"林黛玉"不仅未曾回过田家庄，甚至连一封信都没给他写过。有一次，苏吉祥到燕山镇卖山柴，遇见当年"知青"小组长、后来广播站站长、现在县委宣传部副部长的外号"四眼"的人。他们挺亲热地拉呱一阵子话儿，苏吉祥绕了个很大的弯子，才红着脸、羞答答地问起他的"林黛玉"的下落。

"嗬，她呀，用俗话说，那可是小老妈坐飞机——抖起来啦！"宣传部副部长以一种既像谴责，又似赞赏的语气说，"在我们那一伙里边，她的城府最深，喜怒哀乐、思想情绪都包得严严实实，家庭状况更是守口如瓶，一字不漏。所以没一个人能接近她，没一个人了解她。后来才知道，她根本不是死了父亲。她父亲过去是一个在文学界挺有名的人物，一九五七年给打成'右派'，她母亲跟父亲离了婚，她一直跟她母亲过。'文化大革命'一结束，她父亲就平反了，到中央文化部当了大官儿，神气极啦！"

苏吉祥对她"父亲"并不感兴趣，让他想得心肝儿疼的是"林黛玉"。所以他忍不住地插言追问："这会儿，她跟她爸爸住在一起吗？"

"中国还搁得下她？"副部长流露出明显的不满，或者是一种酸溜溜的嫉妒情绪说，"跟当年跑到台湾、后来又在香港当了阔商的外祖父挂上钩，前年就带上孩子到美国的华盛顿，入了美国籍……"

"啊，她成亲啦？"

"插队那会儿，她就跟人搞了破鞋。北京拍来她妈病危的电报是假的。她回北京是为了生孩子。"

"啊，这就是说，她还没有正式成亲。"

"后来成过亲，都没有在一块儿生活得太久。"副部长讥讽地说，"在北京甩了一个中干子弟，到国外甩了高干子弟，这会儿跟一个大鼻子洋人同居。洋人是她第四任丈夫。第一任是谁呢？猜不着。我们知青点里肯定没有一个男子汉让她玩儿过。起码我没有充当过填补她那空虚心灵的牺牲品！哈哈哈……"

苏吉祥心里一阵刺痛，暗想："我是那个第一任丈夫吗？可是我们连一句私房话都没有说过。那么，我是那个变成美国人的孩子爸爸吗？可是我没有看过那孩子一眼，而且此生此世永远都不会见到！"

"你如今怎么还干这种事情！"副部长忽然用穿着皮鞋的脚踢踢山柴捆，"我可知道打柴的苦滋味儿。对啦，第一回上山，就是你带我们去的。采野桑叶那回，我们都走丢了，你费了很大劲儿才把我们集合到一块儿，对吧？"

苏吉祥回避谈论上山采桑叶的话题。但他很老实地回答打柴的事儿："地分了，那点儿活儿不够我们哥儿几个做。不干这事情干啥？"

"眼下的经济政策是对外开放，对内搞活。你还不趁机会想个抓钱发家的门道？"

"那是对有本事人说的，我们黎民百姓没有门能进、没有道儿可走，哪有份儿？我们这号人除了修理地球，还得接茬儿给石头山剃脑瓜子。"

"哈哈，你还是那么老实厚道。"副部长握着苏吉祥挂着厚茧的大手告别时说，"可是你的形象可变啦！咱们那位画家要是再画你的话，不能画青年农民，起码得画个壮年农民啦！"

苏吉祥那天是搭坐孔祥发窑厂的手扶拖拉机回田家庄的。半中途经过一条沙河的漫水桥，开到河中间，机子出了毛病。他脱下了鞋，从车斗上跳下来，跳到水里等着机手修复。当被他激起的浪花波纹平静下来，他漫不经心地朝水面瞥一眼，一眼瞥见蓝天、白云和绿树中间的他自己。他被吓了一跳：脸还是赤红的，可是赤红的脑门子上已经刻下皱纹；眼睛还是大大的，可是大大的眼睛已经由呆滞和忧郁神色代替了青春的光亮……

"'四眼'太客气了。"他忧伤地思忖，"我哪是什么壮年农民，分明是个老头子了！"

此时此刻，连田大妈都瞧出田家庄这个俊小伙不仅苍老了，还愁眉苦脸的，就好心地叮问："到底是咋的了？看你这蔫头耷脑的样儿！快跟大妈说，咋的了？"

"我真是来求您的。"苏吉祥站起身来，眼睛依旧瞧着地皮说，"您得空，跟我妈说说。"

"我正要到你们家去。说啥事儿呢？"

"让我妈别再张罗给我说亲了……"

"这是啥道理？"

"给我家老二、老三说个合适的得啦！"

"那么你呢？"

"我就这么马马虎虎地过了。"

老二保根在一旁插言说："你大概是想出家当和尚。"

苏吉祥认真地说："有寺院要我，我真去。那更省心。"

"如今当和尚是挣薪金的，是一种职业，你懂不懂？"老二保根半是开导半是嘲讽地说，"人家要有高中毕业证书的小和尚，不要你这等着住敬老院的老和尚。要是我去倒差不离儿能达到录取分数线。"

"你别给我胡吣！"田大妈训斥儿子一句，又对苏吉祥说，"你得把底细告诉我，我好掂量着跟你妈讲一讲试试。"

苏吉祥说:"从打我家的房子盖起来,倒是断不了有媒人来。一个合适的也没有,都是二婚……"

"哟嗨!"老二保根又一次插言,"你老兄倒挺讲究,还想闹个真正的处女呀!"

田大妈说:"这倒情有可原。一辈子就这么一回,谁不想个可心的。俗话说,有钱不买嘎嘴骡子,有本事的不娶后老婆子……"

"您快得了吧!他都四十岁了,还想娶个没开怀的大姑娘?如今的大姑娘,没到法定年龄就急不可待地嫁了汉子,谁等着他呀!"老二保根不给人留情面地说,"吉祥老兄,您也得约约自己的分量,然后再定价码,才能实事求是,面对现实。别癞蛤蟆想吃天鹅肉,心高妄想啦!"

苏吉祥羞臊难当地分辩:"我倒没有那么多的讲究,也不做任何妄想。我对自己的事儿早就没啥指望。找一个,能一块儿过日子,有人把生米给做成饭吃,把破衣裳给补上不露肉,也就对付了。可是,找几个,都是带孩子的。我们家本来人口就够多的,哪敢再添吃饭的嘴巴呀!大妈您说是不是?"

"倒是这么个理儿。"田大妈点头表示同意和同情,接着提醒对方,"可有一件,要是不顺着长幼排着个儿成家立业,等你二兄弟、三兄弟娶上媳妇儿,你可连寡妇、活人妻的二婚也难找上了!"

"我妈也这么说。"苏吉祥诚恳地表白,"兄弟们成家立业、娶妻生子了,我帮他们过日子。等我老了,他们的子女还能不给我一碗饭吃?病老在炕上还能不给我端碗水喝呀!"

老二保根摇头晃脑地喊叫起来:"天哪,这儿又来了个可怜虫!一个别具一格的可怜虫!你快去抱着脑袋玩你的蛋去吧,我不想再听这些个让人扫兴的腔调了!"他说罢,不管自己的话发生了什么作用,会有个什么结果,便转身扬长而去。

田大妈赶忙对目瞪口呆的苏吉祥说好话儿:"吉祥,你可别对保根的胡说八道见怪呀！他是我们家的二百五，一个有嘴没心肺的浑球儿。"

苏吉祥也紧说："没事儿，没事儿，我这会儿对什么都麻木了，哪能把闹着玩儿的话往心里装呢。您有事儿您去忙吧！"

"我就到你家瞧你妈去。"

"您可别说是我求您的。那样我妈会更难受。"

"放心。我得看着火候办事儿。能说的话，我就说是我的意思，就说你先不忙着找人，等把老二、老三的事儿办了，啥时候遇上合适的啥时候再找。这样行不？"

苏吉祥苦笑一下，点了点头。

田大妈撇下苏吉祥，接着往街里走。

苏家住在南街，是巴福来家老宅子的一个跨院。早年是老式的屋子，已经破烂不堪，最近才重新修起来。

这个家眼下的情景，比田家还要惨一些。

一九五八年田家庄是个先进大队，县委的一位书记带着工作组在这儿抓"放卫星"的典型，搞得热火朝天，模范事迹登过《河北日报》，支部书记进过省城。产量从原来小农业社的平均亩产一百五六十斤，一跃达到三百斤。往上一报数字，管理区说大队保守，公社说管理区保守，县里说公社保守，像三堂会审那样，给大队干部开了一天一夜连轴转的会，从此形势大变：邱志国带着全体积极分子，敲锣打鼓地到管理区、公社、县委报喜；田家庄大队粮食放了"卫星"，亩产八百五，接着是喜气洋洋地交公粮，售统购粮，开祝捷大会。第二年青黄不接的当口儿，田家庄又一次成了典型大队：因为卖了过头粮，从队部到各社员户全都仓干囤空；闹水肿的人有百分之五十，饿死了二十多口子！当时老苏家儿多女多，都没有长成人。两口子只好自己挨饿，领来一点儿救济粮，熬成稀粥让孩子们灌饱肚子。男的，一条结结实实的壮年汉子，竟成了田家庄饿死鬼里边的一个。苏家女人好不容易把一帮儿女拉扯大，熬到

159

了享福的年纪，没料到重新受起罪来。因为四个儿子，都打着光棍儿，老大吉祥跟巴家的巴平安同岁还大两个月。四个儿子，每个刚长到门钉锦高，就被寡妇妈打发到生产队里去干活儿。男劳力干的活儿没法安排他们，队长只好本着"照顾"的意思，让他们跟在上年纪的妇女和老头儿群里，一天混上一点点工分。这样一来，他们既没有像他们爸爸那样活活饿死，也没像他们爷爷那样当叫花子，而是吞着"粗茶淡饭"长大成人了。可惜，他们也没有享受到同龄人应享受的文化教育，个个是文盲，连一封信也不会写。他们老实厚道，肯出力气，不怕吃苦，论庄稼活儿都属于百里挑一的好手。田家庄大队的副业、果园，是为了树"专业户"承包下去的，其他产粮食的土地则是按人口平均分配的，应该叫"口粮田"。不论男女老少，摸摸脑袋算一个，有一个就有一亩二分地。苏家干活儿的人多，由于都是光棍儿，没媳妇儿、没孩子，分到的土地也就少。不足二十亩土地，哪够四个小伙子耕种！他们窝囊到这样的程度：连出卖廉价劳动力，都没处找门口！除田家庄的庄亲爷儿们以外，他们没有认识的人。而田家庄的砖瓦窑和别的副业摊子，找的帮手都是三亲六故、有关系有后台的，哪轮得着他们四个笨家伙！去年一年，他们终于从早已钉糟木烂的老祖先那儿继承一个"出路"：上山打柴卖。每天半夜带上干粮出发，爬到三十里外的深山峡谷，割一担柴草，再爬三十里路担回家，四条扁担、四把镰刀、八根绳子，不仅挑回一家人的温饱，还积攒下二百多块钱。接着他们放倒院子里的树，比田家快速地运来石头，把原来的旧房子拆了，盖起又新又大的房子。

"我们不是包工，也不是请帮工。我们是自己家的人，还有我娘家的几个侄子，自己盖的。"吉祥妈，一个瘦得皮包骨头、满头白发的女人，告诉来摸"行情"的田大妈说，"我们就雇了一个木匠干两天，雇一个老泥瓦匠在上梁起脊的时候站在旁边给指点指点。别的活儿全是自己做的……"

田大妈叮问一句："那你刚才咋说盖房子吃了一口肥猪呢？自己家的人还那么大吃大喝的？"

　　"嘻，我的大妹子！"吉祥妈轻轻拍着田大妈盘坐在炕沿上的大腿说，"不光是一口肥猪，连我那老闺女都让他们给吃了！"

　　田大妈吓一跳："怎么还吃人哪？"

　　"跟吃人差不离儿，"吉祥妈又气又怨地说，"老闺女找的那个主儿，我不遂心。大山里边，也不是能人，跟她那几个哥哥一样靠土里刨食吃。我不应，打算在燕山镇那平川近地方给我闺女另找个，走动起来方便。吉祥他们告诉我，等上梁那天摆四桌酒席，得请干部。说如今兴这个，老刘家、老郭家，还有老巴家，盖房子的时候都是这样办的。咱要不随着，不让干部挑眼哪？不得罪人哪？我懂这个。咱平民百姓不敢不维持干部。可是，手头攒的几个钱，盖房子买零星材料都花光了。咱平民百姓没门儿，买不着内部销的，也买不着按公家规定价码卖的东西，都得到燕山镇市场上买，让二道贩子喝血啃骨头。人穷志短哪。万般无奈，只好把老闺女那对象送来的一百块订婚礼钱先花上。大妹子，要不是操持盖房，那笔钱就让介绍人给人家退送回去了。花就花吧，等把房子盖起来，让四个儿子再去打山柴，卖了钱把这挖下的窟窿填补上……"

　　田大妈听着听着，忍不住插问："请干部吃顿饭，怎么花那么多钱呀？"

　　"你还嫌多？光喝酒就得花多少？"吉祥妈给大惊小怪的田大妈解释，"筹办这件事儿时候，我先到老刘家、老郭家打听，看人家摆的啥席面。咱只能高人家一点儿，不能低一点儿。我没到老巴家去。咱比不了他。我一问哪，人家每一桌上都有鱼，喝的是瓶酒。我们也只有咬牙买鱼、买成瓶的酒。嘿，这伙子干部，饿狼崽子一样，从傍晚五六点钟开吃开喝，到了半夜，还不散，碟子碗的菜都吃光了，我把花生种给他们炒着吃了，才算打发完。你说一百块钱还不得花了哇！"

"订婚礼还没退回去？"

"退啥呀！这不，房子盖上了，我打发四个儿子打山柴。他们走到哪儿哪儿轰，不说好话，不赶紧离开还要扣扁担、镰刀。因为荒山野岭也都包给个人，都有了主儿。那上边长的山柴人家自己要割，凭啥让外人割？嗐，没办法，我只好窝着心把老闺女的婚事应下。大妹子你说，这不等于让他们把我那老闺女给吃了呀！"吉祥妈说着说着眼圈儿红了，一边撩着褂子大襟儿擦，一边又自我解嘲似的笑了，"细想起来，我也多余这么小心眼儿，如今不是兴这样儿吗？又不是单吃我一家。就算吃，也没白吃。那天干部们答应，等公家修补通往燕山镇汽车路的时候，派给我们家一个民工名额。管饭，一天还给两块钱。这比一个小伙子闲在家里白吃饭可强多啦！"

田大妈听了吉祥妈这番诉说，知道人家遭着难，不好再谈论给苏吉祥找媳妇儿的事儿，赶紧告辞。回到自己家的盖房的工地上，再一次跟老头子商量请干部的事儿，她的态度、语气全变了。"请干部"似乎成了天经地义、必做不可的事情。为着露脸，田大妈还得设法讲究一些，起码不能低于老苏家的水平。

她皱着眉头说："最让我发怵的是老二保根，怕他出来捣蛋……"

田成业说："干这号事儿他比你大方，买鱼买酒他也有门路。他不会心疼钱。"

"我倒不是担心这个。你想想，要请干部不能丢下邱志国吧？他是第一把手、掌实权的。老二保根见着他就眼黑，要是在酒桌上闹出点儿什么，那可要捅大娄子！"

田成业一听这话有道理，而且越琢磨越觉得危险。

田大妈比老头子的脑瓜灵活得多，愣愣神儿一寻思，就想出个消除潜在危险的主意。她急忙往家走，进门就直奔西屋的窗户外边。

"保根，出来，我跟你商量个事儿。"她这般亲切地叫一声，见儿子应声迈出门槛儿，就和蔼地问道，"家里盖房子，出来进去这么多人，你看书写字儿能够安定下神儿来吗？"

老二保根在家里一向头脑冷静，从来不会受宠若惊。妈妈对他的不平常态度，反而使他生了疑心，以为这是妈妈的计策：先放出家里环境乱、不便复习功课这种类似同情的烟幕，然后就逼他代替爸爸，跟着哥哥下地去干活计。于是，他以冷对热地回答说："这有啥办法，忍耐着呗！一咬牙，一专心，除了书本上的事儿不看不想，乱点儿也不大要紧。"

田大妈进一步表示关切："我怕你这样白费功夫。"

老二保根应付说："这季节不冷不热，是复习功课最好的时候，等到临近六月，气温高了，苍蝇蚊子也多了，特烦人，三天也不顶一天。这一次参加统考，是我生命里的关键时刻，成败在此一举，一丁点儿时间也不能白白浪费掉。妈，您说对不对？"

"对呀，对呀！我也这么想的。"

"那就别来找我的麻烦。"

"我是说，你要嫌家里吵，就到你大姐家住几天……"

"啊，您是这么关心我呀？"

"我不关心你，你就长这么大啦？你是从石头缝钻出来的？出娘胎就会跑？真是的！"田大妈假装生气地训斥儿子，"我想你大姐那边人口少，安静，又有空屋子给你住，比在家委屈着好。你偏偏不识好歹！"

老二保根手舞足蹈地喊叫起来："妙极啦！妙极啦！我正想出去散散心哪！"

"那就早点儿动身吧！"

"多谢，多谢！我收拾收拾，立刻就走。"

田大妈对二儿子今天这般听话而中了她的计策，心里很高兴，把二儿子打发着出了门，她就赶忙地操持起请干部的事儿。

第 十 七 章

从田家庄到田家大女儿家的红旗大队，将近二十华里的路程，不通公共汽车。老二保根决不会像他哥哥和他爸爸那样，每次来去都是用两条腿一步一步地量。他才不受那份罪哪！他也舍不得把时间都白白地浪费在路上。他每次到那儿走亲戚都要借一辆自行车骑。田家没有自行车。老二保根上中学那会儿，仅仅靠着帮一个买了新自行车的同学学骑车的机会，自己倒先一步学会骑车的！

田家至今没有买上自行车。这并不使老二保根有太大的为难。别看他年纪不大，熟人朋友可不少，甚至有几个"铁哥儿们"。他能够交往的朋友，田家庄有，附近村子也有；庄稼院里有，机关大院里也有；就连供销社、运输队、中小学教师里面，也都有那么俩仨吃喝不分的"知己"。所以老二保根出门骑自行车很方便：谁家有车闲着，他去找谁借；他从不咬住一个不撒嘴，总是这回借这家的骑，下次借那家的骑，花插着来，不惹人家厌烦，常常保持客客气气的气氛。这一次，他骑的是小学学校青年教师的飞鸽大链套。因为今儿个是星期二，到星期六下午，那位小白脸教师才回家会媳妇儿。老二保根骑他的自行车不仅可以在外边过夜，还能够转悠上三四天，谁的事儿也不耽误。

燕山山脉前面是渤海湾的大平原，沙石河、流水河特别多，除了有名儿的永定河、潮白河、沟河、滦河、蓟运河外，还有数不清的无名小河。出现在老二保根眼前的，是一条窄窄的、曲里拐弯儿的小河。小河旁边有一个面积很大、很威风的果树园，就属于田家大姑娘那个"红旗大队"所有。

　　"红旗大队"原来有个村名，叫黑石峪，在山里边。"文化大革命"闹腾起来的第三年，全县十万民工大会战修水库，黑石峪所处的地盘要变成"库底"，所以全村人搬迁到山外平川地方，重新建了一个新村。那年头人们都讲究"政治挂帅"，一切先进的、革命的以"红"字代表，一切落后的、不革命或反革命的则以"黑"字代表。社员们嫌黑石峪那个"黑"字不吉利、不光彩、不好听，一致要求改个新的。大伙儿绞尽脑汁、七嘴八舌献计献策。老队长刘贵还拿着一本新出版《红旗》杂志翻看，想从里边得点儿启发，给大队起个响亮的名字。这时候，刘队长那个正念书的儿子永发插嘴说："这不是现成的嘛，就叫'红旗大队'得啦！"大伙儿一听，都觉着这主意好，当场表决，马上给公社革委会写了申请，很快就得到批准。"红旗大队"这个地理名称，就带着它浓烈而鲜明的时代烙印流传在人们的口头，固定在县里印制的彩色地图上。常言说："搬家一次，受穷三年。"黑石峪搬到平川那会儿，把集体的和各家的家底儿都给折腾光了，队里连给牲口买套绳的钱都掏不出来，工分日值不到三毛。亏了他们遇见一位既能干又敢干，又无私心的好队长刘贵。刘贵发现邻村草桥在河边上有一片乱石滩，没人重视、没人治理，扔在那儿没人要。他就找那边的队干部磋商几回，又挨户找本队的社员谈心算账，最后用他们的一辆胶轮车，把草桥队的乱石滩换到手里。老队长亲自带兵，在乱石滩安营扎寨。他们用山里人的苦干精神，一锹一镐地挖地五尺，把上面的石头埋到底下，把底下的好土翻到上面。土不够就从河里挖河泥，一担一担地往滩里垫。平整出一块锅台那么大的地盘，就栽上一棵果树苗。一块一块地连接和扩大，一棵一棵地增加和发展，整整八年时间，硬是把乱石滩改造成花果园。这花果园成了"红旗大队"的聚宝盆。社员们都沾了这聚宝盆的光，所有人家的日子都有了改善。大姑娘再不往城里跑，小伙子再不看着挣薪金的眼红，连四十岁的老光棍儿都娶上了媳妇儿。田家大女儿是"红旗大队"最穷困的户。因为她家只有大女婿一个人挣工分，大女儿得在家里做饭、看孩子、伺候老人。而那时候她家老人有一对半：一个病病怏怏的老妈和两个老得不能动的爷爷、奶奶。孩子肩挨肩的一帮。自从园子里的果树开始挂货、卖钱，她家的日子也跟着改善了。在这个县，人们提起迁建村，也就是"红旗大队"，没有不佩服的。

老二保根骑着自行车悠然自得地走着，东张西望，胡思乱想。猛然间心血来潮："如今，土地都分到户了，这个大聚宝盆归了谁家呢？谁家福大、命大、造化大，得到了这个聚宝盆呢？应该去参观参观，等回田家庄，好向要好的伙伴说说，让他们也大吃一惊！"他这样想着，就没有往那炊烟缭绕的村庄里走，而是进了一条岔道，拐了个小弯儿，进了"红旗大队"的果树园子。

这个果树园子里的果树品种相当多，除了橘子、香蕉没有以外，凡是市场上常见的水果这儿都生产。当然有主次：苹果占第一位，蜜桃占第二位，鸭梨占第三位，其他有胡桃、栗子、海棠、山楂。树木正年轻，正是产果的旺盛时期。此时，所有的果树都经过剪枝、刷白、松土，看样子也施过肥，起码浇了两遍水。有的已经挂起大叶子，有的结了小果实，有的在枝头上刚刚吐出翡翠般的小芽、开出玉石似的花骨朵。可以想象，几个月过后，这地方将是一个珍珠、玛瑙、琉璃般的世界！用汽车一车一车地往外拉果子吧！用麻袋一袋一袋地往回装票子吧！真是一个名副其实的聚宝盆呀！

一排窗户上涂着油漆、安着玻璃的新式建筑，代替了三年前那几间比窝棚强不了多少的土坯房子。一圈儿透孔的红砖花墙，围成院子，遮住院子里的陈设。从一道又宽又高的铁栅栏门，可以看到水泥池子、小柏树、自来水龙头和晾晒着的一串花花绿绿的衣服、被褥。尤其是耸立在院子中央的一根天线杆子更为显眼，说明这户人家里有电视机。铁栅栏门外边不仅停着两辆崭新的自行车，还放着一辆虎头虎脑的进口摩托。

老二保根手扶自行车车把，朝里看看，不见人，想进去，又怕狗咬。他记得这儿养着一条牛犊子般的大狗，见着生人，不咬出血来不撒嘴。他赶紧倒退几步，顺着一条光溜的小道向树行间边走边找人。

迎面果然来了一个人，一个五十多岁的老太太。她灰白头发，红光满面，上身是驼色薄毛衣，下身是深灰料子裤，提着一只暖水瓶，不慌不忙地迈着脚步。

老二保根认识她。她是个退休的小学教师、老队长刘贵的老伴儿。她家住在"红旗大队"的村西头。她儿子是巧木匠，所以他家盖的房子也挺讲究。老教师怎么搬到这儿来了？噢，刘贵是这个"聚宝盆"的创始人，在"红旗大队"有威信，他有权占有这个"聚宝盆"。所以她家承包了这个"聚宝盆"，顺理成章地搬到这幽静的地方居住，一面发财一面养老。

"林老师，您好哇！"没等走到对面，老二保根就甜甜地打招呼了。

林老师没有认出他来，一边打量一边问："小伙子，你从哪儿来呀？是订树苗的吗？"

"我是田家庄的。我姐夫跟您家是邻居，姓董……"

"啊，知道啦！"林老师很热乎地说，"几年不见，你都长成大汉子了。小时候你可是个淘气包，桃子跟手指肚那么大，你就偷偷地摘着吃。老队长揪住你的耳朵，让你认错儿。还记得不？"

老二保根被揭了"老底儿"，挺开心地仰面大笑。

"现在你是升学了，还是工作啦？"

老二保根怕别人问他这个"题目"，尤其是对一位老教师。所以他故意左看右瞧，装作没听见的样儿，并打岔问："刘队长在哪个树行里干活计呀？"

林老师说："他正带着师傅在河边扬水站装新机器。"

"你们还修了扬水站？"

"这几年小河里的水量越来越小，靠自流水浇树浇地不够用，很被动，不搞扬水站不行啦，再说，这也是一种建设，对往后果树园子的再发展有益处。"

"搞个扬水站得花多少钱？"

"大概得一万……"

"好家伙，一万！这钱由你们一家花？"

"不，这属于集体投资……"

"明白啦，这果树园大，分给几家了，对吧？咋分的呢？都想要苹果树，不想要杂树咋办？没吵架吗？"

"我们跟你们那边的做法不完全一样。"林老师给老二保根解释，"我们也改革了过去那种吃'大锅饭'的劳动和分配制度。我们用自报公议的方法，把劳力、半劳力和辅助劳力重新编了专业队。这片果树园由二十七个整半劳力编成的。这二十七个整半劳力集体向大队承包这片果树园……"

老二保根听到这儿，联想到去年他和群伙伴要集体承包田家庄那片果园而遭受挫折的事，不由得涌起一股烦恼和气愤。他叮问："你们的土地呢？种粮食的地也像我们田家庄那样按人口分了吗？"

林老师摇摇头说："我们种地有种地的，那是农田专业队，也是自报公议组成的。"

"他们没包到能捞钱的果树，愿意吗？"

"这有什么不愿意的。我们除了果树队、农田队，还有工业队和商业队。每个队的承包金，都抽出一部分贴给农田队，让搞农业生产的劳动所得，能跟搞其他行业的劳动所得公平合理。我们以工副商业养农业，又以农业促进工副商业。"林老师兴致勃勃地说着，伸手一指，"你从树杈的空隙往南看。看到那个两层小楼了吧，那是罐头厂和食品加工厂。那是工业队的，他们把果子，粮食加工成商品，除了按购销合同供给国家的以外，都由我们自己的商业队零售……"

"让他们到自由市场去卖？"

"不。我们在县城开了个大买卖——红旗食品商店。"林老师显然很得意地说，"我们这个'红旗大队'，这会儿才是真正的农工商联合体哪！让谁分出去自己干，谁能答应呢？"

老二保根十分惊异地问道："你们这样干，上级答应吗？"

林老师微微一笑，回答说："当然也有人挑鼻子挑眼儿的。老队长不听他们那一套。老队长抱定了一条：上级号召把经济搞活，让多种多样，并没指定只能一种一样，我们没有违犯什么！老队长还有一个主心骨：改革的目的为的是解放生产力，发展生产力，让大家都过好日子；我们的生产力没被捆着，我们的生产没有往回缩，家家户户的收入都增多了，这就是正道儿，就什么都不怕！"

老二保根竖起大拇指："嘿，老队长真是好样儿的，佩服，佩服！"

林老师说："好样儿也不行啦，老了！希望寄托在你们年轻一代人身上，担子得靠你们挑。你们可不能僵化、保守，脑瓜儿得灵活，得敢闯。老队长的大半辈子就是不停步地追赶过来的呀！你看这大果园，以前是沉睡千年的乱石滩哪……没有共产党领导，没有积极分子带头，没有集体的力量，能变成这个样儿吗？"

老二保根在他姐姐家"红旗大队"住了三天，大大地开了眼界，同时心里边也变得乱糟糟的。

那天晚上，姐姐催他回家："我不是养不了你，粮食囤满缸流，有的是。我看你坐卧不安的样儿，一页书没看，一张纸没写，这不是耽误时间吗？"

老二保根说："告诉你实话，我考大学只不过是碰碰运气，死马当活马治，实际上一点儿信心都没有。"

"那你就下个狠心，学你哥哥，踏实下来，跟爸爸妈妈奔日子。"

"你知道那是啥日子？再奔下去，就要回到刀耕火种的原始社会啦！"

姐姐跟田家庄的大多数人一样，从心里信服邱志国。当姑娘那会儿，她也曾经是邱志国团结在身边的一大群积极分子中间的一个。她上识字班，就是邱志国三番五次动员，甚至掏腰包给她买了铅笔、本子，她才肯坐到教室里去的。她得到了实惠。尽管出嫁后让孩子拖的、穷日子累得成了一个不闻不问国家大事的家庭妇女，可是识的几个字儿没忘，男人不在家，她能记工分和收支账目，还能亲笔给男人写封简短的书信，不用去求别人。她常常感激邱志国，多年不见面，好的印象依然如故。她听出弟弟的话里带着对邱志国不满的牢骚，就也拐弯儿驳斥说："你呀，小小的年纪，没啥经验，别对谁都横挑鼻子竖挑眼儿的。田家庄也不是你一个人，人家都活得痛痛快快，你就受不了？"

老二保根反问姐姐："你知道田家庄什么人如今过得最痛快？有权的，有钱的，有门路的，有特殊本事的，外加一个有了意外机遇的。大多数老百姓都稀里糊涂，都窝窝囊囊，都死拼活挣而又前途渺茫！"

"啥事儿得慢慢来。我们红旗大队刚搬迁到这儿也苦过几年，也有不少人骂老刘贵。如今不是变了！邱志国是个有本事的人，等他对如今新章程摸到门路，准能让田家庄改改模样。"

"你说的有道理，跟我不谋而合。"老二保根打断姐姐的话说，"邱志国有本事，这不假。如今他把本事往什么地方使呢？往私字上。不管上边的什么新章程，由他一执行，准变样子，变成符合他那想法的样子，得让他给扭个曲里拐弯儿的，变成个畸形儿！"

"就算他老了，糊涂了，年轻人起来也能让田家庄往好地方奔呀！"

"你这话对一半儿。"老二保根说，"他老了，但离着伸腿瞪眼还早着哪！他糊涂了，却自认最英明。他不会让年轻人起来的，就算起来个把的，也得当个让他耍的皮影人。邱家天下倒台的日子遥遥无期，我可等不及，怕把我先给拖死。郭少清看到这一步，跑了。邱方刚明白一点儿，也溜了边儿。我呀，明知道斗不过他，我得找出路，离开邱志国的那块领地！"

姐姐摇着头说："什么都不用怪，怪你自己吧。你就不想踏踏实实地、安分守己地过日子，总想……"

老二保根不耐烦地打个手势："得了，得了，别看刘贵队长让你过上这用电灯、看电视的现代化的日子，你的思想啊，起码是二十年前的。咱们没有共同语言，闲话少说，你帮我个忙吧。"

"瞧不起我们，还让我们帮什么忙呀？"

"找刘贵走个后门儿。我要是考不上大学，就搬到你们这儿安家落户，行不行？"

"不行。"姐姐坚决地回答，"我们这儿有个土政策，除了外村的姑娘来当媳妇儿，或是外村的男人来当倒插门的女婿，新住户一律不接收。怕的是穷急了眼的人来揩我们的油，咋能接你这号人呢？"

老二保根苦笑一下说："那好，我就来你们红旗大队当倒插门女婿吧！"

"你真肯来吗？"姐姐挺郑重地说，"前几天真有个人找我。就是姑娘大了，说二十八，其实三十啦。还有一条，她家原来是富农成分，这名声不怎么漂亮。"

老二保根信口说："大媳妇儿知道疼女婿。眼下谁还讲究阶级成分？她为什么在家待那么大不找汉子呢？"

姐姐说:"她有个奶奶,已经九十多了,爹妈也七十开外,都得靠她养活、伺候。过去招养老女婿,谁肯入那个门呀!女的挺能干,新盖的大瓦房,彩电、洗衣机全有。你要是答应了,自己享了福,也省得让咱爹妈再操心费力地帮你成家立业。在我跟前,还能照看着你。你要乐意,下午我就叫她来跟你见见面……"

"哈哈哈,"老二保根放声地大笑一通,说,"瞧你还是急娄子。你不知道我正在准备考大学吗?我的志向是掌握了本领,打回田家庄,跟邱志国对着干一场,干出我想干的事业,把田家庄改革成我理想的样子。我跑到你们这儿享受现成的?我才不干哪!"

姐姐没有被弟弟的玩笑惹恼,反倒说:"当然啦,能考上大学,能端上铁饭碗最可心不过了。再说,我们红旗大队这日子,好是好,就是在手心上捧着,随时都会掉在地下摔个粉碎!"

"你这话是啥意思?"

"啥意思不是明摆着嘛!"姐姐皱了皱眉头说,"刘贵队长眼下坚持的这套共同走富路、一块儿过富日子的做法,县委领导一直没有表态,连下乡都绕过去走,不敢进村。左右邻村也对他议论纷纷,说啥话的都有……要是让我们再改变个新样儿,那还不是上边一句话的事儿!"

老二保根听了这番既是隐秘又是顾虑的话,心里边添了乱,"呸"地往地上唾一口,骂道:"他妈的,简直是糊涂庙里糊涂神儿,我们这些人还得烧糊涂香、求糊涂愿!"

第 十 八 章

　　田家庄不少乡亲认为田家的老二保根是个"滑头"，老二保根自己也承认这一点。但是，正像他自己亲口对陈耀华表白的那样，对有些事情他油滑一些，对有些事情他则是严肃认真的。在"红旗大队"这三天，他的态度很认真：认真看、认真听、认真想。只是遇到的都是他没看见过、没听说过，也没有琢磨过的新问题，使他弄不明白，把握不定，闹得心里乱糟糟的。

　　他在这儿待不下去了。他改变了原来的打算，提前一天回田家庄，回到他住的旧房西屋用门板搭的床铺上，埋头念历史课本，翻语文辅导材料，抠数学习题，嘟囔英文单词。这样，他可以拿碰运气考上大学的美妙幻想当精神支柱，使自己陶醉而有所慰藉，少想心烦的事儿。

　　他告别了姐姐，骑上自行车出了村。绕过一座废弃的老式砖瓦窑，从旅行包掏出一副"蛤蟆镜"，架在鼻梁上，再骑上车赶路。经过一个钻出苇滩的水坑边沿，他看看自己的影子在水面上掠过，笑了笑，随即悠然地打起口哨。

　　老二保根的这件"洋货"，不论在爸爸妈妈面前，还是在乡邻和亲戚面前，都不敢公开地、大模大样地戴上。那会遭到嘲笑和咒骂。老二保根倒不怕这些，只是不想听妈妈那没完没了的唠叨。他喜欢这种"时髦"的玩意儿。这是他没有完全被时代所遗忘，尤其不甘心被遗忘的一个小小的标志。眼镜是一位老同学，是当初曾经"帮助"他学会骑自行车的一个小胖子的馈赠品。小胖子有当海员的哥哥，有当干部的爸爸，有趁钱的家，就是遇事缺少主心骨。所以他一直是老二保根的崇拜者。他得到老二保根的鼓励穿上了绿军装。他又接受了老二保根"跟班干部、排干部、连队干部搞好关系"的谋策，而入了党、提了干。老二保根在获得小胖子的酬谢礼品"蛤蟆镜"的时候，无限感慨又骂骂咧咧地说："他妈的，老天爷瞎眼，不给我安排个有本事从国外港口弄点小玩意儿的哥哥，所以害得我寸步难行！"

临近"五一"国际劳动节时，太阳一升高，就使用力气和赶路的人觉得有点儿热了。离田家庄五六里路远，有个靠着公路的大村子，叫山下屯。村口有几棵老柳树。柳树荫里有人开了个小茶棚。茶棚高高的，四面来风。远处是绿庄稼，近边栽种着许多草本小花。棚子下摆着一张放壶碗的长案，案边立着两排不能移动的简易长凳子。长凳子上面坐着不多的几个人，都在各自默默地喝茶抽烟。

老二保根既不渴也不累，只是想在这儿待会儿，开开心、解解闷儿，然后再回家吃饭。他朝喝茶抽烟的那几个人瞥一眼，把自行车停放在太阳晒不着的地方，摘下"蛤蟆镜"，大模大样地走到凉棚下，声调不高不低地说："掌柜的，泡一壶茶。"

卖茶的老头儿起身笑脸相迎："茶叶有一毛一包的，有两毛一包的……"

"来两毛的。再要一盒过滤嘴的'友谊'。"老二保根付了钱，接过烟，闲着的位子不去坐，偏在有人的地方插个空子坐下。他倒上茶，点着烟，看看这个，瞧瞧那个。最后，他把目光落在对面一个长着络腮胡子壮年男人的脸上，一动不动地盯着人家。

那个络腮胡子壮年汉子倒被他给盯"毛"了，赶忙把脸侧到一边去。

老二保根却开口跟人家搭话："这位同志，我看着您挺面熟的。您府上啥地方？"

络腮胡汉子见他谦恭热情，只好回答："我家南桥庄。"

"嘿，认识！认识！"老二保根喜出望外似的咧开嘴巴笑笑，更加热烈地说，"北桥庄有我一位同学，他二哥跟您的一位妹妹搞对象……"

"对不起，我没有妹妹。"

"噢，那可能是您的姐姐……"

"我姐姐比我大十岁，闺女都结婚了，哪能跟你的同学搞对象！你的同学能有四十岁？"

"这，这就奇怪了……"老二保根挨了碰，既没有显出不好意思，也不肯说句"对不起，我认错了人"的话而自下台阶，反倒表现得格外认真，手摸着后脖颈子回想起来，"我这眼睛没犯过错误。不论什么人，叫我见上一面，交谈几句，过多少年，到哪儿，我都能认出来。还是您自己想想吧……"

"真是笑话，我想什么呢！"

"您家好像有个门楼，进门有个猪圈；住的是北房，屋子很大，刷着白灰墙，墙上挂一面大镜子。您爱人个头儿不矮，抱着一个大胖小子……那回，可能因为彩礼的事儿，您那妹妹跟对象犯了点儿口舌，要吹。我那同学拉我陪着他到您府上去一趟，帮着调解调解。您爱人接待我们的，后来，也许是临告别了，也许走在大街上，跟您遇上，我们见了一面。您想想！"

壮年人被老二保根这股子"不屈不挠"的精神打动了，忍不住地"嘿嘿"直笑。他摸着连腮胡子的下巴，憋了好大一阵子，也没有办法认出这个见过一面的人，却想起另一码事儿："我爱人在当村有个娘家姑姑。她姑家倒有个表妹，是北桥庄的对象，那一阵子因为嫌男的给的钱少、东西不称心，常闹别扭……"

老二保根一拍大腿说："哎，就是她！当时我没细问她是您的亲妹妹，还是您的表小姨子！她结婚了吧？"

壮年人只好顺口搭音地回答："去年就办了喜事，今年抱了孩子。"

"好极啦！明儿个抓个空去看看老同学。"老二保根抓着竿儿往上爬，"好久不见，怪想念的呢！"

壮年人告诉他："他们哥俩都出门了。"

"去干什么呢？"

"从北口外往这边捣动大牲口。"

"如今分了地，家家都得喂牲口。这倒是来钱的买卖。他们发财了吧？"

络腮胡子壮年汉子用一种轻蔑的口吻说："发财是发财，我总觉得不是我们这个时代年轻人应该走的正路。当牲口贩子属于胆子大、碰大运气的事。他们既没有真本事，也不会什么技术，更没有给国家创造出什么来。实际上，要不使上点儿投机倒把的手段，不对卖主和买主两头欺骗，不靠行贿、偷税，挣不了大钱。这哪儿是正儿八经的事儿呢！"

"说得对，我赞成您的观点。"老二保根举着大拇指说，"凭您这高超的观点，肯定不会跟他们搭伙干那营生！"

"当然没有。我搞的是建筑行业，盖楼房。"

"您在北京工作？"

"在县城里。我们自己组合的建筑大队。"

"私人的？"

"属于我们城关大队的一个集体劳动组织，我们单独核算，以工资代替分红。"

老二保根听到这些，很自然地联想起在"红旗大队"听到、看到的一些情景，就又问："县里领导答应你们搞集体劳动组织吗？"

"不答应怎么办？一个农户能够独自搞个承担盖大楼工程的建筑队？"壮年人用十分得意的语气说，"我们承包的建筑，质量高、工期短，都抢着让我们干。县计委、建委都把我们纳入全县整个规划里，缺我们这支队伍，他们的建设计划就没有保证，就不能完成。你说这算领导答应不？"

老二保根被这句反问给问得"嘿嘿"地笑起来。不知为什么，他脑海里闪过他家正在建造的新房，千难万难，三天时间里已经立起来了吧？他对络腮胡子的壮年人赞叹说："大哥，如果不违反上边什么条条的话，您这条路肯定是走对了。干您这行，的确是本事、是技术、是创造、是对国对人民对自己大有益处的正儿八经的正路一条。您知道，如今到处盖房成风。有钱的人家讲究舒服，要盖房；没钱的，只要有男孩子的人家，被形势逼着也得拼命想办法盖房。将来必然得从盖老式小屋发展到盖新式高楼。来，来，您抽我这烟，别客气。您这是从哪儿来，到哪儿去？"

壮年人接过老二保根硬往手里塞的"友谊"香烟，点着抽了两口，告诉他："我们那个建筑队招了一名技术员，本事很大，人品也蛮好，就是他爱人跟他两地分居，在青石沟当小学教员，闹得他不能安心。夫妻俩难见面，有个小孩子放在山里，吃住都有困难；留在县城，技术员连自己的生活都不会料理，哪会带孩子呀！"

老二保根深表同情地插一句："那就把女的调到城里去。"

壮年人感叹地说："人物太小，没后台，不容易调动。我亲自往乡政府跑了三趟，那边都不答应放人。今儿个我又碰了钉子回来。"

"这好办。"老二保根大包大揽地说，"这事儿您交给我吧，我帮您把人调去。"

"你有后门儿？"壮年人不太相信地叮问，"你真能帮忙给办成？"

"巧极啦，我一个女同学的舅舅是公社书记，这会儿成了乡党委书记。他跟管文教的干部一下指示，他们敢不放人？"

壮年人又惊又喜，连说："这事要是办成了，可就成全了我们建筑队。我们一定好好地酬谢酬谢您。快晌午了，咱们到那边饭馆吃点儿东西，我请客。"

老二保根毫不客气地随着人家站起身："那就打扰您啦！"

两个人坐在小饭馆里间屋的小炕上，一边喝酒，一边天南地北地聊天儿。这一顿饭的工夫，老二保根不仅取得陌生的壮年人的信任，连人家不会轻易对人吐露的"老底子"，都让他给掏了出来。

络腮胡子壮年人姓窦，名叫云鹏。他爸爸是个"抗美援朝"的英雄，在战场上立过奇功。可惜一九五七年成了"忘本"的典型，被戴上"右派分子"帽子，从部队遣送回家，没几年就死了。"爹死娘嫁人"，窦云鹏跟着奶奶长大。他也像老二保根那样，想上大学，上军事大学，好继承他爸爸的事业。不料中学毕业，连考几次也没考上，就想方设法地当了兵。命运又一次使他大失所望：穿上了军装，却没有摸到枪，在一个通信兵的小电话站看了三年机房，便复员回到家里。他为人厚道，肯吃苦，村里的干部对他另眼看待，城关镇农机推广站招收合同工时，就把"指标名额"给了他。他很乐意干这工作：不用在农村受累，能挣钱养奶奶，还能学点儿农业机械方面的知识，将来当个技术员。他上班的第二天，早早起来，找一把大扫帚，清扫完院子又扫大门口，随后把胶皮管子挂在水龙头上，拉到大门外往干燥的路面上喷水。这当儿，一个小学时期的女同学从路对面经过，瞧见了他，打个招呼。他抬起头来，微笑着应酬了一句。就在他开口说话的当儿，抓着水管子的手不知不觉抬高了一点儿，从那里喷出来的水"滋"到远处，正巧"滋"在一个开着手扶拖拉机的机手脸上。那机手没有防备，打了个"寒战"，同时双手一抖，机头闯到人行道上，把一个提篮取牛奶的大肚子妇女给撞倒了，当场脑出血死亡……窦云鹏被逮捕、被判刑、被送到劳改队。他的命好苦呀！比老二保根可苦得多。他哭啼。哭管什么用？他必须认罪、服刑，好好地劳动改造，争取如期被释放，好回家照顾奶奶。三年后，窦云鹏果然回到南桥庄。他因祸得福：三年中间，他跟众多的劳改犯盖起一幢又一幢平房和高楼，他学会了垒砌技术，懂得了建筑；那个由于主动打招呼而引得他遭受灾难的小学的女同学，中断了正在谈着的恋爱，一心一意地等待着他。如今他正享受着他得来的"福"，拉起一个有实力的建筑队，当了有权威的队长，妻子给他生了个胖小子。

"您也是个好样儿的，像迁建村的老队长刘贵一样的好样儿的。"老二保根知道了窦云鹏的根底之后，激动地表示，"你们教给我一个做人的招数——不论倒霉，还是顺当，男子汉必须学会自己掌握自己的命运！"

临分手的时候，窦云鹏给老二保根写了一张条子：

"希望把青石沟小学教员邹倩，调到县城关镇小学学校。"

老二保根叮问："城关镇那边打通关系了吗？"

窦云鹏说："陈技术员有一个亲戚给帮了忙，只要这边放，那边肯定接收。"

"行。您就回去等着好消息吧！"

"实在给你添了麻烦……"

"说这话就见外了，"老二保根仰着通红的大脸盘子，喷着酒气说，"在家靠父母，出门靠朋友，多一个朋友多一条路嘛！您说对不？"

窦云鹏手腕子上挂着一个人造革的文件包，走路夹在胳肢窝里，坐着垫着胳膊肘儿，随时不离身。这会儿，他背过身，打开拉链，捣鼓一下，拿出什么东西，转过身来就往老二保根手里塞。

老二保根的手触到了那东西，是纸。但不是一般的纸，是像他们田家这样一般农户最缺少的纸，拼死拼活都难以弄到手的纸。老二保根需要这种纸，因为刚才买了一包茶叶、一盒香烟，余下的零头，大约只能买几盒火柴了。可是他如同被火炭烫了一下子，一面缩着手、退着身子，一面急赤白脸地嚷嚷起来："窦大哥，您这是干什么？这不是寒碜我吗？"

窦云鹏赔着笑说："小意思，小意思，老弟你别推辞……"

"要这样就不够意思了！咱们是初交，咱们日久见人心！"老二保根放大嗓门儿叫喊，"拉开长线，您看看我田保根到底够朋友不？到底可交不可交？到底是不是一头钻进钱眼儿里的人？"

窦云鹏见老二保根急了，只好收回他的钱，把一个农村少见的打火机往桌子上一放："留个纪念，这个脸得赏给我吧？"

老二保根立刻回答："我很喜爱这个玩意儿。多谢啦！"

第 十 九 章

新房子已经落成，只剩下室内装修和安窗户安门的工程了。在湛蓝的天空下面，在碧绿的麦田中间，那用石头垒砌的墙壁，那上了陶瓦的屋顶，特别醒目，离着老远就能够看见。

劳累得红了眼睛，干裂了嘴唇的田大妈，欢天喜地地收拾施工时遗落下的石块、瓦片和泥巴坨。她对推着车子站在路上的二儿子说："我早就跟你们讲，苦尽甜来，苦尽甜来。你们看看是这么回事儿不？"

老二保根拉着长调门儿问道："妈呀，您这个甜能够甜多长？在甜头儿后边，是啥滋味儿等着你们呢？"

"你吃饱了闲得难受，又跟我胡说八道！"田大妈心满意足地说，"反正一家人的心没白操、累没白挨、罪没白受，一层大新房从平地上立起来了。谁敢不承认这是真的！"

"让您这么一说，只要往新房里一住，就一辈子不再操心、不再挨累、不再受罪啦？"

"当然。有了房子，就有了媳妇儿，就能够成家立业。我们做爹妈的，就算对得起儿子，死后不当绝户、不挨抱怨，能够合上眼睛了……"

"可喜可贺！万事亨通！完事大吉！"

"讨厌，给我滚一边去！"田大妈假装生气地吆喝一声，见儿子果真推上自行车要走，又说，"你不进去瞅瞅新房子？"

老二保根边蹬车子边说："它又跑不掉，过一会儿再参观也不迟！"

田大妈失望地皱皱眉头。她怎么也没想到，这个儿子对家里这件大事如此冷漠。

由于酒精的力量对某一根神经的麻醉作用，同时又由于"争强好胜"的心气对某一根神经的兴奋作用，使得老二保根一时间忘记了对孔祥发的宿怨，也不顾往日的忌讳，而直奔砖瓦厂主动地找陈耀华。

会计室空着，桌子上摊着报表和算盘。陈耀华这会儿在厂长办公的单间里跟孔祥发谈什么事情。

老二保根并没有彻底解除戒备防线，不想跟孔祥发见面搭话，所以没有进那间关闭着门板的小屋，只是站在五六米远处，朝那边喊两声。

陈耀华应声走出来，瞧准是老二保根，就快步地走到跟前。

老二保根立刻发现，在陈耀华的背后，刚刚合上的门板被拉开一道缝，露出半张脸和一只眼睛。老二保根不用细端详，就猜到是孔祥发在偷看。他轻蔑地撇一下嘴唇，随即转身朝横着砖坯垛的地方走去。

陈耀华顺从地跟上来，先开口问："这几天你藏到哪儿去了，旮旮旯旯都找不见你？"

老二保根笑眯眯地回答："到我姐家改善改善生活，呼吸点儿新鲜空气。"

陈耀华抱怨："离家外出，都不跟我打个招呼。亏你做得出来！"

"我早就跟你声明过，在现阶段，咱俩的关系得若即若离。"老二保根挤眉弄眼地说，"太热乎，黏在一块儿，将来不好分开，那得多坑人、多难受！"

"不知道你耍的是什么鬼心眼子，我不听！"陈耀华做出一个不耐烦的表情，随后郑重地说，"你们家的房子盖上了，难关过去了，再没什么干扰，这回你该坐稳屁股、安静下心来复习功课了吧？"

"对，你说得对极啦！"老二保根连声表示赞成，说，"不过有一件事情没有办完，需要我再花上个把月，跑跑腿、费费唇舌，给张罗张罗……"

"老先生，你知道都到了什么时候了？"陈耀华发急地说，"到统考总共才两个月的期限，如果再浪费一个月，你还想考不想考呢？"

老二保根愁苦万端嘬嘬牙花子、咧咧嘴巴："唉，这有啥法子！只怪我把形势估错了，没想到事情这么难办，就轻率地答应了人家。一个五尺多高的男子大汉，说出的话总得算数，不能不讲点儿义气呀！"

陈耀华见老二保根这副为难而又痛苦的表情，就赶快改变成和蔼的语气问："到底是什么事儿？还对我保密吗？"

"不是保密，是怕你知道了，爱莫能助，也跟着我为难、坐蜡。何苦卖一个再搭一个呢？所以……"

"哎呀，快说是什么事儿吧！"

"是这么回事儿，我的一朋友在县里建筑队工作。他轻率、感情用事，脑子一热，跟一个在乡村当小学教师的女人结了婚。夫妻二人两地分居，那叫啥日子？就托我帮忙，把女的给调到城里去。我也犯了轻率、感情用事的毛病，脑子一热，也大包大揽地答应下了。万万没有想到办这种事儿这么难哪！"

陈耀华听老二保根有鼻子有眼儿地诉说一遍，疑团解开了，也就不再发急地说："办这种工作调动的事儿是不容易。眼下乡下的中小学教师奇缺，从外边调不来，原有的想方设法往城里跑，不控制控制是不行。"

"所以说，我还得豁出一个月的工夫，帮他们跑门子。"老二保根接着话茬儿往下倒，"说难也难，说不难也不难。就那么一个小学教师，又不是啥大干部，更不是大知识分子、特殊人才。人家把那边的接收单位都找妥了，这边松口一放，大功就算告成了。"

"忙什么，让他们慢慢等机会吧！"

"可不行呀！可不能再拖延了！"老二保根更加虚张声势地说，"如果不让他们美满团圆，男的就要提出离婚，甩了女的。他们已经有了小孩子。女的特别喜欢男的，她早就向男的声明，只要法院批准他们离婚，她就找一棵歪脖子树上吊自杀。"

"我的天，她怎么这样没出息、这样死心眼儿呀！"

老二保根见陈耀华听动了心、脸色都有些发白，就越发胡诌八扯起来："不能怪她没出息、死心眼儿。这是个国际性的问题。据联合国调查统计，如今世界上女的多、男的少，离婚率猛烈增加，被甩的多数是女的。特别是经济发达的国家，没有一个男的打光棍儿，倒是女的经常发生婚姻危机。这种潮流席卷整个地球，中国能例外吗？能不受传染吗？风华正茂的大姑娘都找不到男的，她一个离了婚的、带个孩子的，谁要呀……"

陈耀华不耐烦地打断他的唠叨："算了，算了，别瞎扯了。我觉得，倒是应该先找找女方所在单位的领导，让他们做做思想工作，防备着发生人命关天的意外。她是什么地方的，赶快跟那儿打个招呼吧！"

"不远，就在青石沟。"

"属于咱们公社范围的呀！"

"对，对！你有修好救人的办法？"

"找找我舅呗！"

"哎呀，耀华！"老二保根抓住陈耀华的手，大声说，"这件事儿你要是真给办成功，不光拯救了我那朋友的一家，也大大地帮助了我呀！"

陈耀华受到这样的鼓励，心里甜甜蜜蜜的。她深情地说："为了你，我去给舅下跪，也要求他给办成。你就不用操心、跑腿耽误时间了。从今天起，一定要埋下头来，老老实实地复习功课，争取考上。"

"得令！"

老二保根回到家里"呼呼"地大睡一觉。睡足了，美美地洗洗脸，喝一搪瓷缸子茶水，扫扫地，擦擦桌子，把书摊开，把纸铺上，把钢笔帽拧下来，眼睛凝视着墙角，手指头伸进头发里一下接着一下地抓挠。

田大妈扒开门帘的缝儿看看，瞧见儿子正在用功，就不敢惊动，蹑手蹑脚地点火煮猪食，然后往桶里掏。她刚掏完，直起腰，喘喘气，一只手突然从背后伸过来。她回头一看是老二保根。

"小王八蛋，把我给吓一跳！"她横眉立目，举起手来，在儿子的脑门上拍了一下，"你不老实地在屋里猫着，钻出来干啥呀？"

老二保根嬉皮笑脸地说："我替您提猪食桶。"

"哎，这倒还像个儿子的样儿！"田大妈脸上换了笑容，从冒热气的猪食桶跟前退后一步。

"其实我多会儿都是个既符合旧标准又符合新标准的孝子，只怪您有眼不识泰山！"老二保根这样回答着他妈，一弯腰，用两个手指头钩住猪食桶的铁梁儿，不费劲儿地给提出二门，提到猪圈跟前。

跟过来的田大妈见儿子要开猪圈门子，就说："不用你了，快去做你的功课去吧。要是'考焦'了，又该怪我们耽误了你。"

"我喂吧。"

"不用呢。这会儿我也没别的事儿干。"

"我求您办个事儿。"

"求我？"田大妈用警惕的目光探视着儿子的脸色，"我说你今儿个咋这么殷勤，赶情黄鼠狼给鸡拜年——没安好心哪！"

"说你不识好赖人，一点儿都不冤枉。我有啥求您的？我是替我姐求您。"

"瞎扯。她就是求我干啥，也不会让你报话儿。"

"等您去等不及呀！"老二保根郑重其事地说，"她们红旗大队有个急着找主嫁汉子的大姑娘，想托您当个月下佬，给保个媒。"

"你快一边待着去吧！要真有这事儿，你一回到家咋不说？"

"我给忙忘了。刚才一翻书，一为难，想打退堂鼓，想找个退路，忽然间想起了那个大姑娘。"

田大妈半信半疑地问："你说明白点儿，谁家的？"

"姓魏，二十八岁，想招个养老女婿。"

田大妈打个愣，连连摇头："不行，不行！让你哥哥更名改姓地去给人家当儿子，要了命也不行！自古都是男娶女，哪有倒着来的。我嫌丢人！没房子那会儿我都不干，这回有了房子，我更不会走这样一条不要脸的路！"

"唉，唉，您老人家的那根封建残余神经实在敏感，没碰着就喊疼！"老二保根皱着眉头说，"谁让我哥哥、您那宝贝蛋去更名给人家当儿子？我姐对苏吉祥过去不是挺要好嘛，不是您怕人家说闲话，硬把人家给拆开的嘛！所以，我姐还惦着他，想给他介绍那个大姑娘。"

田大妈怕这个没大没小的儿子再揭她过去的短处，赶紧说："哎，这倒是件救人行善的好事儿。"

老二保根说："我掂量着，这么办确实两全其美。那边有闺女，没儿子，愿意招个女婿当儿子。这边呢，儿子过剩，说不上媳妇儿，头大的又变成碍手碍脚的石头。不搬开他，他自己得打光棍儿，连他弟弟都得受牵连，老苏家得变成一串光棍儿。那该多可怜！"

"女的还是姑娘，能看上比她大十几岁的男人吗？"

"事在人为。那边我有办法，我姐肯定会帮忙。"

"吉祥妈能舍得儿子走？"

"这得看您的本事啦！"老二保根推他妈说，"您快去显显本领吧，我来喂猪。"

"急啥呀！"

"不急？您知道有多少急疯了的大小光棍儿等着抢那个大姑娘？人家是富村富队富户，新房子、大彩电、洗衣机，准备齐全，当然也得有存款。您不闻风而动、雷厉风行，晚到一步，好事办不成，对不起乡亲，也对不起我姐呀！"

田大妈终于被儿子说得动了心："好吧，我去试试。"她迈出两步，又转回身，挺神秘地小声嘱咐儿子，"我可告诉你，你往后不许再提那件事儿一字儿！"

"啥事儿呀？"

"就是你姐跟苏吉祥那事儿。"田大妈越发小声地说，"那会儿他们并没有搞恋爱，我发现一点儿苗头，就骂你姐姐一顿，不让她再出家门，赶紧给她找了婆家。我把事情办得神不知鬼不觉的，村里人谁也不知道，连苏吉祥都没发觉你姐看上他。再说，事情过去了快二十年，全都忘到脖子后边，你揭那疙疤，对谁有益处？只要你再提这事儿，我不把你嘴巴撕烂了，算你长得结实！"

老二保根见他妈说到最后一句话那种咬牙切齿的样儿，忍不住地捧腹大笑。

正是喂猪的时候，所以苏家的吉祥妈也在喂猪。她欢欢喜喜地招呼来串门儿的田大妈。等到听田大妈这般如此地把来意叙说一遍之后，她变得如痴如呆，本来就瘦的脸，这会儿惨白得没有一丝血色，两只青筋暴露的大手，止不住地打哆嗦："我的天哪，把我儿子吉祥送给外姓人家……"

田大妈开始了耐心的解劝工作，从她嘴里说出来的跟她的观念比起来，竟是另外一套话，跟刚才她跟儿子老二保根所说的完全两样儿。

"我的老嫂子，你也太老脑筋啦！"她振振有词地说，"如今是八十年代啦，是新社会。新社会讲新理，讲新事新办，老一套可吃不开啦，硬是抱着不放手，让人家笑话，丢脸。其实，男的娶女的，女的娶男的，还不都是变成夫妻两口子？还不都是为了一块儿过日子、生儿育女？男的到女家，是政府的号召，更光荣！"

"唉，啥光荣不光荣的，把儿子推出去，总不是有钱的人家办的。"吉祥妈痛苦不堪地说，"这只能说明咱们穷，咱们穷得没路走哇！"

"穷，就是穷，这有啥法子。"田大妈继续解劝，"咱们不能打肿了脸充胖子，也不能不认账。老嫂子，你还信不住我？我能给你空桥走，让你上当吃亏？你就一咬牙答应了吧！"

　　"唉，我舍不得呀！"吉祥妈呜咽地说，"那么大一点儿，我眼看着他，手伺候他，一天一天、一岁一岁地长到了四十呀！"

　　"是呀，是呀，过了四十，可就五十啦！"田大妈语重心长地说，"到那时候，你老到爬不动、挪不动的时候，想伺候他也伺候不了，急不？不是我说不吉利的话咒你，咱们总得有闭眼睛、伸腿的那一天。到了那一天，他要妻室没妻室，要儿女没儿女，也老了。这年月，连亲生自养的都靠不住，指望弟兄，指望侄子辈孝敬养老，没门儿！你真忍心让他熬一辈子光棍儿，落个何三的下场，连敬老院都待不住，那不更惨吗？"

　　吉祥妈一边听着田大妈的这些良言相劝，一边品味着，觉得入情入理。她沉思一阵儿，撩着衣襟儿擦着眼睛，强作镇静地说："大妹子你心肠好，你为我们好，我全领情了，我听你的。这会儿吉祥去找老郭云，求个修路的临时工当。等他回来，我让他找你，你跟他说。他要是乐意，我不拦。让我跟他说，我张不开嘴。让我往外推他，我难咬牙……"

　　田大妈返回家，不管儿子正趴在桌子上写，就把吉祥妈对那件事的态度表述一遍。

　　老二保根听罢，又一次望着窗户纸喟然长叹一声，随后冲着往外屋走的妈妈背后说："伟大呀，伟大！自己在诚心诚意地害儿女，还当是疼爱儿女。这就是中国农村母亲的特点！"

　　做晚饭的时候仍不见苏家的吉祥露面，沉不住气的田大妈发开了牢骚："真不识抬举，把别人的一片好心当成烂肝坏肺。母子俩一嘀咕，准不乐意。吹啦！"

　　老二保根眨巴着眼说："我看不见得吹。这会儿老太太正为难，拿不定主意，是告诉儿子好，还是不告诉好。凡是拿不定主意的事儿，就说明起码乐意干的成分占百分之五十以上。"

烧住火的时候，苏吉祥果然无精打采地走进田家院子，靠在堂屋前门框上问："大妈，您找我？"

田大妈想试探一下："你咋这么晚才来呀！"

"嗐，别提啦！"苏吉祥有点愤愤然地回答说，"修路当个小工，大伙儿都抢。连出卖劳动力都这么难。没本事的孬人算没路可走啦！"

老二保根从西屋跳出来说："老弟我给你指一条路，你走不走？"

苏吉祥说："我还有啥挑的，能活就走。"

"能活，还会活得挺舒坦。"老二保根说，"给你准备下五间房、彩色电视机、洗衣机、存折，还有一个没有开过怀的初婚大姑娘陪着你睡觉……"

"哎呀呀，你怎么也拿我开涮哪！"苏吉祥叫起苦来，"你跟硬脑袋的斗不过，来捏我这软和的玩儿？"

老二保根说："我是软的不欺，硬的不怕，专门同情弱小民族……"

"别扯淡了，听我跟吉祥说吧！"田大妈打断老二保根的话，把保媒的事儿，还有跟吉祥妈谈过的事儿，一五一十地告诉了苏吉祥。她最后警告道，"这可是打着灯笼难找的美事儿，你可别三心二意。过了这个村，可没这个店！"

老二保根还是抢着说："苏吉祥，你要是个真正的男子汉大丈夫，就立即下决心迈出这一步，你一挪窝，救了你妈，救了你三个兄弟。要不然，你们全完蛋！"

苏吉祥红着脸说："大姐这么惦着我，你和大妈又这么热心，我当然感激不尽。可是我怕不成……"

"怎么不成？"老二保根喊起来，"事在人为。你得勇敢点儿，主动出击，明天就去见她！"

"人家要看不上咱们呢？"

"没出马怎么就怯阵啦！就凭你这么一条汉子，她能看不上？没那事儿。我给你打包票！"

"挑水的回头——过井（景）了。人家准得嫌我年纪大。"

"这好办。"老二保根出谋献策，"你瞒岁，就自报三十五多一点儿……"

"骗人家还合适？"

"嘻嘻，她也瞒岁了。"老二保根揭底儿说，"实际上她三十整岁。双方都骗了人，两抵啦！再说，还有我姐帮你使劲儿，准能成功。老兄，鼓起信心试上一试，如何？"

苏吉祥沉思了片刻，终于一拍膝盖说："试就试。要不对不起大姐和你们娘俩儿一片好心。不过，十有八九我得让人家休回来……要那样，我也就认命啦！"

往外送苏吉祥的时候，老二保根又悄悄地嘱咐一句："你到我姐那儿，别提我们娘儿俩给你提亲保媒的事儿，得说，听说你们村有个姓魏的大姑娘，我来求你当个媒人，给我介绍见见面。然后，你再把自己家的难处困境，以及这样成亲对你家庭的好处统统告诉我姐。她会十分同情你，会热心帮助你。听见没有？"

苏吉祥连连点头："听见了，我会把心里话都对大姐讲的。"

老二保根转回来，田大妈迎上说："忘了一件事儿了。"

"啥事儿？"

"告诉他，女的那边成分高。"

"嗨，这会儿是向钱看的时候，吉祥穷急了眼，穷得无路走，还管成分高低！"

田大妈想到田家庄的情形，特别是巴福来的境况，也觉得儿子说得有道理，也就不再追究了。

第 二 十 章

苏吉祥跟他妈商量了半夜,又躺在炕上独自嘀咕了半夜,整夜没有睡着觉。傍天亮的时候打个盹儿,又被一个怪梦给吓醒了。

把粥熬好了的老妈,挺小心地问:"咋样,你拿定了主意没有呢?"

苏吉祥轻轻地摇摇脑袋。

老妈说:"要这样,就别走这条道儿。"

苏吉祥说:"不走这条道儿,又有什么道可走?"

"那就去一趟试试!"

"试也白试。可是我必须得去。"苏吉祥下定决心似的起来穿衣裳,"撞撞运气,撞不成就不会后悔了,也算没让人家田家娘儿仨白费心。"

老妈说:"是呀!就算事情不成,对田家的恩情咱也不能忘记。"

苏吉祥肚子不饿,为了让老妈放心,还是勉强地喝了一碗粥。他换了一件干净衣服,穿上一双新鞋,就匆匆地走出家门。但是他没上路,而是直奔村民委员会主任郭云的家。他估计这会儿家家都在吃早饭,能在家里堵住老郭云。他要再次哀求老郭云,给他一个当修路小工的名额。虽然只能干两三个月,但对劳力过剩的苏家来说,出去一个人就减轻一点儿负担,挣一点儿钱就克服一点儿困难,动一动就强于坐吃山空。他还没有走到郭家，朝那边看一眼，心就凉了。

像昨儿个过晌一样，老郭云的家门口站着、蹲着一大群年轻力壮的人。他们都是来村主任家要求"小工名额"的。他们都是田家庄那类"窝囊"阶层者。窝囊人只能跟窝囊人竞争，才有可能成为胜利者呀！

苏吉祥在旁边站了会儿，才小声地问眼前一个姓陈的人："老队长没在家？"

姓陈的气呼呼地回答："谁他妈的知道他在不在家，大门插着，怎么叫也不开，老太太让我们到办公处找。"

"他在办公处吗？"

"那儿上着锁！"

"也许下地了吧？"

"到地里看了，连个鸡巴影儿都不见！准在家藏着。反正他不死就得出来！"

苏吉祥又站了会儿，忽然想：老郭云这会儿没在家里躲藏，一准儿去找党支部书记邱志国，我到那儿也许能找到。他没有声张，便悄悄地退出人群，拐个弯儿再朝邱家的老宅子走。

他猜对了，老郭云果然在邱志国家。天一亮他就来了，心急火燎地等邱志国醒来，好一块儿商量难题怎么解。本来，这件事情由着老郭云办的话，很简单，极容易。上边摊派下来十个小工名额，而要求去当小工的人超过五十名，那就由干部指定，谁家里最缺钱花、最没有找活儿干的门路，就让谁家出一个人。这样会有人胡搅蛮缠，会闹乱子。但是只要领导干部一个口径，就能对付，就不怕他们。老郭云恰恰担心田家庄的第一把手不能跟他一个口径，所以起大早找他"对口径"。

邱志国是党支部书记，因为知道老郭云的工作能力差。对郭云的工作不放心，不敢放手。以前"集体"那会儿，生产方面的事儿都由他这支书出面抓。如今没了"集体"，行政上的事儿也得由他拍板儿。就连谁家的人到公社结婚登记，开个介绍信，没有邱志国点头，会计也不敢给盖章。老郭云的脾气倔强、作风粗暴，在邱志国面前则能忍气吞声。他对邱志国既敬又怕。邱志国在政治上拉帮过他：拉帮他觉悟起来，拉帮他认清了社会主义道路，拉帮他在心坎上栽下为人民服务的思想。因此他忘不了邱志国。同时，在他没有完全觉悟那会儿，用他自己的话说"私心大，公心小"那会儿，他确实做了不少愚蠢的事儿，至今回想起来都害臊，怕别人知道，更怕别人提起。有些愚蠢之事，只有邱志国一个人知道。邱志国却从来不揭他的"老底儿"，包括"文化大革命"挨造反派逼迫的时候，也不吐露。他适应了的现实社会再一次发生了大的动荡和变化，他又做了一些蠢事，不少群众对他失去信心，不再拥护他。加上他以前得罪过一些人，记恨着他，致使他的村民委员会主任的位子差点儿坐不上。那样的结果，将会是他精神上一次沉重打击。他跑公事有了瘾，为别人操心办事情已经成了习惯，一旦失去这样的机会和权力，他活着还有啥味道？还怎么出门见人？在这紧要关头，邱志国挺身而出，帮他争选票，保他的驾，终于使他当选。尤其是他暗暗地搞起一个"互助组"，即联合承包小组，十有八九是不符合上边的精神的。邱志国不仅能够睁着一只眼闭着一只眼不加限制，并且替他包藏，没有暗地里做过小汇报。这些都使老郭云感激不尽。由于这些，"一切听邱志国的"，就成了他的天经地义的章程。当"傀儡"别扭，但必须当。

邱志国被人从熟睡中叫起来，有些恼火，听老郭云汇报的时候脸色冷漠难看，而后不耐烦地说："这么屁大点小事儿，你都不能做主办，总得往我身上推。这不成了典型的以党代政，包办代替了嘛！"

老郭云申辩说："我看这事儿并不小。不通过你，捅了娄子，你又唠叨我们不把党放在心里，无组织无纪律了。让我两头受夹板气，我还活不？"

"你呀，你呀！"邱志国对这个"老搭档"既喜欢又瞧不起，恰恰因为这一点，他还必须要这个搭档。让这个搭档占着位子，自己工作顺心顺手，免得换一个刺儿头，或心术不正的，让自己防备背后的暗箭而伤神。这会儿，他一面下地洗脸，一面仍用抱怨的语气说，"我昨儿个夜里两点多才躺下睡。你叫我那会儿，我刚睡踏实……真没法儿你。"

"又没开会，你不早睡怪谁？"

"孔祥发跑到这儿磨我，硬是坐着不走，我能往外轰他呀！"

"他把便宜讨到手了，还磨你干个蛋。"老郭云愤愤地说，"那小子，过河就拆桥，你要小心他点儿！"

"他不是还没过河嘛！"邱志国往脸上擦了几把水，拧着毛巾说，"烧窑的多了，煤的来源不那么通畅了，老挨卡，要拉我跟他联合承包。"

老郭云直率地说："那是叫你入权力股子。你别干，跟那号人合伙干，对你的名誉不好！"

"我一时还拿不定主意。"邱志国不慌不忙地拒绝着老郭云的警告，"你放心，他耍不了我。假如我要真跟他合作，我就得来真的。上级鼓励我们党员带头先富起来，我总是这样按兵不动，免不了又得挨上边的批评，对田家庄思富、敢富的热潮也不利……"

"啥思富、敢富，连当个临时小工都打破了脑袋！"老郭云被提醒，想到奔这儿来的使命，截断邱志国的话，"你快说那事儿咋办吧？"

邱志国只好转话题说："你总得拿个初步意见哪。"

老郭云答："我的意见是谁家困难让谁去人。像苏吉祥家，好几个大小伙子都闲在家里没事儿干。"

邱志国说："老陈家闲着的小伙子比老苏家少吗？你这么硬性指派，摊不着的人家，还不红了眼跟你玩儿命呀！"

"倒也是……僧多粥少哇！"

"不用嗑牙花子，咱们来个稳扎稳拿的办法。"邱志国胸有成竹地说，"抓阄。谁抓着谁去。谁抓不着，只能认命。这样谁也挑不出毛病，咱们干部就减少了麻烦，也不挨骂。"

老郭云低头不语。他忽然感到茫茫然，什么主意都没有，心里暗骂自己是一块大白薯。

苏吉祥终于在邱家老式、破旧的大门道里碰上了老郭云，赶紧问："老队长，这回修路当小工，总有我的份儿吧？"

"我不知道。"老郭云绷着脸孔说，"一会儿你等着抓阄吧！"

"这不行。我有急事得马上出门儿。"

"那就别跟着起哄，退出去。"

"这可不行。对，我家老二替我抓吧！"

"由你。"老郭云一面往街上走一边嘟囔，"反正就那十碗粥，你们五十个人抢吧！"

苏吉祥到家做个简单交代，就急忙上路。他没骑车。会骑，只是不好意思跟别人借。为了快点儿到达，坐了一节儿汽车，然后步行到黑石峪——红旗大队。他来过这儿，那是随着插队知青来参观河滩造果园的，没有去过田家的女儿家。所以他进村后，一边打听一边找。

田家的女儿是长女，弟弟妹妹都叫她大姐，"大姐"便自然而然地成了她的名字。在娘家过的是紧巴日子，受了苦，挨了累，也练出一身治家过日子的本事。炕上地下的活儿，在田家庄的姑娘群里是拔尖儿的。可惜没完没了的家务活儿，以及看管小弟弟小妹妹的事情，把她给拴住，连门口都难出。她一度成为落后青年的典型。妇联派人拉她，团支部派人动员她，她都摇脑袋不肯参加村里的社会活动。后来邱志国亲自出马，才把她说服通，答应参加夜校学习文化。

那一天晚上，她走进陌生的夜校教室里，找个空位子坐下。她正怯生生地看着那些扎堆儿说说笑笑的女孩子们，忽然闻到身边有一股子异乎寻常的味儿：不是汗水味儿酷似汗水味儿，不是肥皂味儿好像肥皂味儿，不是青庄稼苗子味儿又带点儿青庄稼苗子味儿。她扭头一看，原来是一个俊小伙子跟她坐在了同一条板凳上,差不多肩膀都挨着肩膀了。她过去见过这俊小伙子,知道俊小伙子名叫苏吉祥,就是没有搭过话。这会儿紧挨着坐在一起,大姐浑身像被火烧一般,好似做了亏心事那样发起抖来,想挪开又瘫软得没有力气。好不容易坚持到下课,她站起身,赶紧绕着桌子、跨着凳子往外走。

年轻人活跃起来,又叫又喊地一齐涌到门口,故意你挤我、我挤你的,结果堵住了门口。

大姐不敢挤,丢在后边。等她出门的时候,所有的学员都已经走光。教室的灯光"咔嚓"一下灭了。眼前一片漆黑。她的心里有点儿害怕。

管熄灯、锁门的人跟大姐招呼:"你怎么走在后边了?我送送你吧!"

大姐没敢搭腔,也没停顿,但听到迅速靠近的脚步声,只好说:"你走吧,别管我。"

"路上有积水,不照个亮儿,你会踩脏鞋的。"

大姐听出是苏吉祥的声音,不知为啥接受了他的一番好意,没再推辞。

他们谁也不再说话,只有四只脚在湿漉漉的地面上发出来"嗒嗒"的响声。远处,小河里有青蛙的聒噪。近处,树上的宿鸟抖动翅膀。手电光如同一颗巨大的露珠在地上滚动。它衬托得两周更加墨一般黑。天上的星星倒十分繁密而明亮。

"你自己走吧,到家了。"苏吉祥在墙拐角的地方停住脚。

大姐好似从梦中惊醒,赶忙答应一声,跑着往自家的排子门前奔。

手电光一直伴随着她。那是苏吉祥给她打过来的。她关上排子门,那光亮才消失。她却觉得没有消失,久久地亮在她的心里,她的心里边闪耀着俊小伙的眉眼,还散发着一股诱人的男性的青春气息。

第二天晚上,大姐又去上学,而且主动地坐在先到的苏吉祥坐的长凳子一头。散了课，她故意磨蹭到学员都走净，等着苏吉祥熄了灯、锁了门，一块儿走了一节儿。

两个月后，田大妈忽然郑重地对女儿宣布："从今儿个起，你别上夜校了。"

大姐很奇怪地问："为啥呢？我上夜校耽误家里啥活计了？"

"我怕出事儿。"

"既不爬山，又不过河，出啥事儿呀！"

"大姑娘总跟小伙子在一块儿，乡亲们会说闲话的。我可丢不起这份儿脸！"

"脚正不怕鞋歪。谁有工夫磨舌头、扯闲话，由他去！"

"算了吧！"田大妈发怒地说，"这些日子我早就提防着你。昨儿个夜里，我隔着排子门看见你跟苏家那小子挨得近近地走……"

"挨着走咋的？"大姐也急了，喊道，"我还兴跟他搞对象哪！"

"敢！"

"婚姻自由！"

"自由当然自由，我不包办。"田大妈把口气缓了缓说，"我得给你定一个规矩，在田家庄不能自由。因为平时都有来往，你跟谁一自由，好说不好听；要自由，允许你在外村随便挑选……"

"我一天到晚围着锅台转、炕上地下忙，外村的人我认识谁呀？"

"有搭喜桥、牵红线的媒人嘛，你怕啥！"

第三天，田大妈果然把媒人带到家里，给大姐介绍黑石峪——后来改成红旗大队的一个从未跟大姐见过面的男人。当然他们后来见了面：从相亲到定亲这一年里总共见过三回面，他们就结婚了。一结婚就生孩子，生了孩子就过苦日子。又苦累又艰辛的日子，把大姐给压得喘不过气来，把好多跟吃穿花用无关紧要的事儿都给排挤得干干净净。事前没个信儿，没个准备，突然间一见苏吉祥进了门，她几乎惊愕得说不出话来。

"不认识了？我是苏吉祥呀！"

"啊，啊！快到屋里坐。"大姐一面镇静自己，往里让客人，一面暗自揣测，"他来我家干什么呢？"

还没有坐定，苏吉祥就迫不及待地说道："保根把你的一片好意告诉我了……"

大姐更糊涂了，可又不好意思叮问，只好眨巴眼纳闷儿。

苏吉祥继续说："跟我妈反复磋商一阵子，我乐意到你们红旗大队当倒插门的养老女婿。"

大姐终于听出点儿眉目，同时猜不透，二兄弟保根又耍的什么鬼点子？

苏吉祥讲了讲他的家庭情况，最后表示："我这边什么条件也没有。只要女方那边没意见、看得中我，就算成。这事儿得托大姐多费心啦！"

"噢……你至今还没有成亲呀？"大姐听着，低声说了一句。苏吉祥因害臊、激动，越发红亮的脸，格外浓黑的眉，仍然很俊气很有神的眼睛，把被压积在大姐心底的那纯真、热烈的爱慕之情复燃起来。同时还增添了新的怜悯的心意。她说："没想到，田家庄果真搞得这么糟。像你这样的人都成不了家，简直让人难相信。放心吧，我一定帮你忙。你先喝茶、抽烟，我去给你做饭吃。"

苏吉祥连忙推辞说："不麻烦你了，我到街上小铺随便吃点儿……"

"你别寒碜人啦，到了我家，赶上吃饭，我能让你蹲在街上买冷东西吃？"大姐急赤白脸地说，"你要不吃饭，我就不给你当这个媒人。没关系，我这日子比过去强多了，养你两年也养得起。往后，来来往往的，你就在我这儿落脚，就在我这儿吃住。"

苏吉祥不再推让说："别费事儿，越简单越好。下午我想得个回话，回去好安排咋办。"

"不费事，现成的肉，现成的酒，冰箱里还有熟菜哪，转眼就成。"大姐一边往腰上系围裙一边说，"吃了饭，我就去叫她，先不告诉她咋回事儿，你们见面聊几句，随后我再分头听你们的心气。"

傍晚，苏吉祥回到田家庄，没去家里，先来田家送个回话。

正喂猪的田大妈把他拦住问："你去迁建村没有？"

苏吉祥说："去了都转回来了。"

"怎么这么快呀？成吗？"

"那女的到北京她姨家去串亲戚，没在家。"

"唉，怎么这样不凑巧呀！"

"大姐说，等那女的一回到家，就给我捎信来。"苏吉祥往院子里边迈着步说，"我告诉老二保根一声。"

田大妈抻住他的衣襟儿："你别惊动他啦。从今儿个起，他要插上门复习功课，不见串门的人啦！"

苏吉祥一抬头，瞧见二门不仅关着，门板上还贴着一张粉红色纸条，纸条上写着很醒目的字儿：

"谢绝客人，万望原谅。田保根启。"

第 二 十 一 章

老二保根参观了红旗大队，结识了建筑队的窦云鹏，好似遇上摽在一起的两股旋风，刮得他本来就不安定的心里，更加不安定了。他把调动女教师的事儿和给苏吉祥搭钩介绍对象的事儿安顿一下，跑到院子里，长长地舒口气，伸胳膊踢腿地活动了一阵子，就对他妈说："您给我打点儿糨糊。"

正收拾屋子的田大妈手不停地问："不糊窗户、不打袼褙，你打糨糊干什么用呀！"

"在二门贴个布告。"

"又出啥洋相？"

"我要断绝与外界人士来往，埋下头来用功复习，要迎接伟大的统考。"

"不明白你又念的那本经！"

"妈呀，这本是真经。我从红旗大队和建筑队的一个队长那儿取来的。"老二保根跳到他妈跟前，比比画画地说，"人家红旗大队的做法对。改革，就是开拓经济，发展生产力。而咱们田家庄不讲究开拓和发展，而是把几十年好不容易打下的那一点儿可怜巴巴的家底子，来一次大瓜分、大抢夺。有权有势的多分多抢肥肉块子，没权没势的得到一碗稀汤寡水喝。分抢着肥肉块子的抱着啃，不撒嘴，啃干净拉倒。得一碗稀汤的老百姓，成了四分五裂、人心惶惶的乌合之众，瞎子走路，乱撞乱碰……"

"你说的都是啥呀？"田大妈因为听不懂而不耐烦地打断儿子的话，"我看你一点儿正儿八经的都没有！"

"妈呀，您跟田家庄大多数人一样糊涂！"老二保根无可奈何叫道，"告诉您，我们这些平民百姓，没别的办法让田家庄遂自己的心思，只能学窦云鹏队长的样儿，让自己长出真本领，打出田家庄去，而后再打回田家庄来。所以我这回得拼了命复习，考上大学，长成个有跟邱志国抗争本领的人，好跟他比试比试！明白了吗？母亲大人！"

"你就说好好复习考大学，多简单，非得鸭子似的跩一通！"田大妈说罢，就拿铁勺子、抓面，给儿子打糨糊、贴"布告"。她不认识那几行字，但她感到儿子的心气跟以往不同。她似乎明白了几行字的意思，也就高兴起来。

从那以后，田家的老二保根闭了房门再不到外边乱跑，除了陈耀华来看他两趟，坐的时间也不长，不招任何人闲聊天儿。他每天除了读书写字，就眯着眼睛叨叨咕咕地背诵课文，而且白天黑夜连轴转。不多的日子，他就把自己的脸给捂白了，把自己的头发给憋长了，把眼睛熬红了，饭量更明显着减少。虽说没有用秤约约到底瘦了多少斤两，但是最明摆的是两个腮帮子抽进去了，脖子细长了，像一根棍儿上顶着个瘪柿子。

常言说"十指连心，个个都疼"，平时就是最不为爹妈所喜欢的儿女，遇上他们有灾有病的时候，照样儿会动心动肝儿地护着。

"该歇歇，就歇歇，别这么没死没活地用功啦！"田大妈不止一次这样关切地说二儿子，"要是把脑瓜子累个好歹的，落下个啥病根儿，可是毁了一辈子的大事儿。后悔都来不及了！"

"一辈子的大事儿是考学，是捞到个离开田家庄的出路！"老二保根往往这样回答妈妈，"我如今真正地孤注一掷了，是成是败，就剩这一下子，不拼命还行？"

管又管不了，替又替不了，多让当妈的心里难受！

小麦一上场，天气一天比一天热。下了一场连阴雨，苍蝇多了，蚊子凶了，那燥热得厉害劲儿，活像把人给扣在蒸笼里。不要说用手干活儿、用脑子想事儿，就是坐在阴凉地方不动窝，出气儿都不能均匀，汗水顺着后背脊梁骨小河沟似的往下流。

田大妈不顾自己，生着法儿照看她的二儿子。一会儿站在旁边给儿子打打扇子，一会儿涮涮手巾递给二儿子擦擦。她把架上的黄瓜摘下来，泡在水缸里，供二儿子捞着吃。熬了绿豆粥，掏在盆子里，再把盆子装到篮子里，用绳子吊到水井中腰，等凉了的时候再拽上来让二儿子吃。田大妈隔三差五地煮俩鸡蛋偷偷地塞给二儿子，还背着老头子和大儿子，从串街小贩手里，给二儿子买过几回冰棍儿。

老二保根有点儿过意不去，就阻拦妈妈："您别老是为我操心啦！我不用您这特殊优待。"

田大妈半认真半开玩笑地说："妈指望你这块云彩下雨呀！给我露脸争光呀！"

"您得有两手准备，也许竹篮打水—— 一场空！"

"唉，不管落个啥结果，我也看不了你受这份罪，怪可怜的……"

考试开始的时候，田大妈的神经比入了考场的二儿子还紧张。头三天她就愁得吃不下饭，睡不着觉。二儿子在考场受罪，她在家里受煎熬。她听二儿子说过，亲眼看见有的学生拿到考卷一急一慌，当场昏死过去，她害怕这种灾难会临到二儿子身上。实在太可怕呀！等着发榜的那段日子，田大妈更加提心吊胆、坐立不安。她常常正烧着火，或正做着针线活儿，好似触了电那样一哆嗦，扔下火棍子，或是布片子，疯子一般地往外跑。跑到门口，东张西望，两只眼睛死死地盯着村口。家里人要是不叫她，她就会久久地呆呆地在那儿站着不动窝儿。

田成业见老伴儿又犯了毛病，从锅里往外舀粥舀到半腰截，扔下瓢子就往外跑，跑到跟前，迎面拦住她，往屋里拽她。

"你又要去干什么呀？"

"我听见车铃响，准是邮递员来了。"

"一天一趟，头晌过去了，这会儿日头都压山了，咋会再来呢！"

"噢。我到办公室看看老二的通知书到没到。"

"刚才你已经去看了，说没到……"

"我今儿个真的去过？看我这记性。我还当昨儿个去的哪。哎呀，到底考上没考上，怎么还不给个准话儿呀！"

"你急也不顶用。考上的话，到时候准通知。"

"唉，急死人哟！"田大妈无力地坐在堂屋门槛子上，愁眉苦脸地对老头子诉说，"实话告诉你吧，我断定咱保根又落榜了……"

田成业宽慰老伴儿："咱们没拦他，没挡他，花钱花工夫供养了他，他自己没命、没能耐，还能怨咱们吗？从今以后，就让他学他哥哥的样子，老老实实地奔日子呗！"

田大妈接着自己的话茬儿说："我担心那小子经不住这一锤子、熬不过这一关。你忘了，头年大丫头来说，她们红旗大队有一个五大三粗、铁柱子一般结实的小伙子，就因为高考没有考上，一下子成了疯子！要是让咱们摊上那种灾难，可就惨啦！"

田成业没有再吭声。依他看来，老伴儿的担心害怕，不是没有道理的。他知道二儿子的性情、脾气。他也知道二儿子对田家庄、田家院的深恶痛绝的心思。他尤其亲眼看到，二儿子被不安分的心支配着，曾经在村子里闹过承包果树园的风波。跟支书邱志国系了仇疙瘩，因此憋着劲儿要考大学，并为此拼了命……他没有办法预见，这些潜在危险会不会由于最后一次考大学的梦想破灭而导致二儿子发疯，更没有本领"防患于未然"。活了多半辈子的他，为人处世的唯一轨道就是逆来顺受，对眼前遇到的和未来的一切，只能够默默地承受，听天由命。

他蹲在屋檐下，一袋接着一袋地抽烟。舌头抽麻了，脑袋想木了，以至呆滞得变成空白，一切都视而不见，连老伴儿再次抽身站起跑出二门，他都没有理会。

在西屋给自己缝补胶底鞋的田留根，由于天色暗下来，窗户让一棵柿子树遮着光，看不准用锥子扎在鞋底上的眼儿，就暂时放下，走出来。他看到盆子里有粥，锅里也有粥，没有舀完，就不声不响地动手舀起来。然后，他又放桌子、洗碗筷，从小缸里捞出一个紫红的腌芥菜疙瘩，切成咸菜丝儿。他做得细心而麻利，亚赛个巧手女人。他出来叫爸爸吃饭，迈门槛儿一抬头，瞧见站在二门外黄瓜架下的妈妈。

田大妈也发现了大儿子，赶快示意他别走过来，也别开口。田大妈正在偷听别人说话儿。刚才她坐在屋子前门槛儿上发愣，听到自行车链子响，就又一次站起身迎出来。这一次不是幻觉，街上是真的来了自行车，而且是直接到地家来的。透过黄瓜架的缝隙，她先看到手里提着兜子的二儿子，接着又看到手扶车把的陈耀华。她见两个人互相跟着边谈话边往里走，就没有迎出去，想退回二门里。等到发现二儿子把沉甸甸的兜子挂在小树杈上，陈耀华把车子停放在菜畦边后，随即双双坐在井台上，她也收住脚步。借着叶蔓厚密的黄瓜架遮挡着身子，她想听听两个年轻人有什么重要的话不肯进屋去说。

老二保根和陈耀华低声交谈，隔着几丈距离的人根本没办法听清楚。两只迟归的小蜜蜂，趁着晚霞的余晖，留恋地在架上黄色的小花顶端嘤嘤飞舞，也干扰了人的听觉。

田大妈有些着急。等到她听见陈耀华低微的抽泣声，更加慌张起来，心里怦怦乱跳。

老二保根低声说了几句什么话之后，陈耀华提高声音说："不，不。不是。这一切都证明你不油滑，是个好人……"

"既然这样，就照我的主意办吧！"

"我不能这样。我要等你……"

"算了，别说傻话。"老二保根截断陈耀华的表白，叮嘱说，"我对你够朋友，你也得对我够朋友。你得保证。用人性和良心保证……"

下边的交谈又变成模糊不清。田大妈正在东猜西想，进退两难的当儿，发现大儿子田留根从屋里走出来，就连忙退进二门，往老头子身边走。

"妈，吃饭吧！"田留根终于还是喊一声。

"等等你兄弟。"田大妈嘴上这样答对，心里七上八下的。

"他又骑上学校老师的车子，到燕山镇逛荡去了，等他得到啥时候！"

"已经回来。把桌子放到院里吧。院里亮堂又凉爽。"

田留根进屋搬桌子。田成业站起身，抓过笤帚扫扫地。田大妈端过洗脸盆，把里边的水浅洒在扫过的地面上。

这当儿，老二保根独自一人，提着那个沉甸甸的兜子，不慌不忙地进了二门。他满面春风，喜气洋洋。他深情地把屋子、院子和院子里的人扫视一眼，笑眯眯地把兜子提到桌子跟前，掏出一个透出油来的大纸包，又掏出两瓶啤酒。

"请各位喝杯喜酒。"他把酒瓶往桌子上一放，冲着爹妈和哥哥大声宣告，"我考中了！总算考中了！"

一家三口全被这梦寐以求的天大的好消息给吓呆了，一个个大眼瞪小眼，面面相觑，嘴唇干抖动，就是发不出声音来。

倒是田成业先开口问："今儿个邮递员来两趟？"

老二保根说："我从燕山镇邮电所直接取来的通知书。借陈耀华的光，她陪我去的，走的后门儿。要不然起码还得等两天才能送到咱田家庄。快把人给急死了！"

田大妈也从惊喜异常的慌乱中稳了稳神儿，忙问："考上的是大学，还是中专哪？"

老二保根说："比那两个门口差一个台阶，是技术学校。"

"等学习毕业了，管不管给安排个工作呢？"

"这还用说。技术学校，学的课程就是能工作的技术。毕业了，就成了有工作技术的人才，还能没工作呀！"

"不论啥学校，你能够一跃龙门端上铁饭碗，我和你爸爸就省下大心了，就能多活几年呀！"田大妈由于喜出望外，心头发热、两眼发潮，说话的声音都有些哽咽颤抖。

"妈呀，跟你说，科学技术是个金饭碗，铁饭碗可比不上。"老二保根挺神气地补充一句，用牙齿咬开酒瓶子盖儿，"爸爸，你先来一杯。祝您身体健康、长寿，等我毕业了，好跟我享享福。"

一直乐呵呵地泪眼模糊地瞧着得中的二儿子的田成业，赶紧用两只粗大带茧的手遮住自己面前的空碗，甚至有几分慌张地说："别倒，别倒。我不喝这玩意儿，马尿味儿！"

"您真土气。哥来一杯。"

田留根同样为弟弟的"龙门之跃"高兴得不知道说句啥话好，连笑都不会了似的愣在桌边。见弟弟把啤酒瓶子嘴儿朝他顺过来，就抓起碗，背到身背后，打架似的叫喊起来："你要干啥？我这嘴唇多会儿沾过酒？"

"傻瓜，你得学着点儿。不然咋跟外人打交道？妈，您喝不？"

田大妈深情地看儿子一眼。她忽然发现，自己的这个亲生自养的儿子，怎么一下子变得这么好看、这么顺眼、这么讨人喜欢？她这么一激动，连忙回答儿子："我尝一口。你讲话，是喜酒嘛！"

如今的乡村，邮路仍不是通畅的。所以录取通知书迟到燕山镇，开学报到的日期已经临近。而老二保根想提前动身，抓这个开学前的空当儿，好好逛一逛他压根儿没有去过的首都北京。一家四口磋商了许久，才做出明日上午启程的决定。

他们都很兴奋，一面打点行装，一面东拉西扯。约莫过了半夜，才回屋子睡觉。

田大妈躺在炕上，摇着芭蕉扇，想着还应该给上学去的宝贝儿子带点儿什么。要不要让老二保根明儿个上午到两个姐家看看，报个喜讯，让亲戚们也都高兴高兴，跟着露露脸。忽然，她的脑海里蹦出个俊俏的女孩子的脸孔，想起晚饭前结在心里的一个疑团。她听见西屋小哥俩还在小声说话儿，就披衣下地，站在西屋门口，撩起布门帘儿，郑重地问道："保根，陈耀华跟你从燕山镇回来那会儿，哭什么呀？"

"谁说她哭啦？"老二保根正趴在床铺上，一边抽烟一边跟哥哥聊天儿，听到妈问，想掩饰，又怕办不到，赶忙坐了起来说，"您瞧见我们两个在井台上商量事儿，对吧？我告诉她我没考上大学，只考上技校，不一定可她的心，让她别等我，另选高门……"

"她怎么答你的？"

"不乐意，想等我毕业回来。我劝她别等，她有点儿舍不得分手，掉了几个眼泪疙瘩。"

没等妈妈表态，田留根插一杠子责备弟弟："我早就警告过你，不能拿婚姻大事闹着玩儿。你还没中状元、招驸马，就先当陈世美，不怕老天爷报应！"

老二保根被哥哥说得哭笑不得："你也学会乱扣帽子了？我俩不仅没订婚，连恋爱也没有正儿八经地谈过，跟陈世美沾什么边儿？"

田大妈说："不管沾边儿不沾边儿，咱田家人可不能忘恩负义。听妈的话，别跟她吹。那姑娘不赖，你俩般配。你们成了亲，咱家能沾她家的光。你刚考上，就闹这个，人家笑话你，也会笑话我和你爸爸。这不光彩。我跟你爸爸成亲那会儿……"

老二保根笑了："妈，别老摆您那老古迹了，如今是啥年代？"

田大妈绷起脸孔："啥年代咋的？啥年代也得讲德行。咱们把话说头边，你小子要敢甩人家陈耀华，我就跟你拼老命！"

老二保根打个沉，下了决心似的说："妈，听您的。眼下我得好好学习，不能花时间闹腾这类事儿。等将来，她要不嫌我，我就不嫌她。行了吧？"

"唉，这才是妈的好儿子！"儿子多年来都没有这么顺从过她。今儿个这么大的事儿，如此乖巧、驯服、听话，实在让她高兴。她得到一个当妈的应该得到的精神满足。

第二天下午，田家人欢欢喜喜地给被录取了的老二保根送行。东西不多，只有一个行李卷和一个帆布兜子，可是一家人全体出动，十分郑重和威风。他们刚出村口，就听到有人喊。

喊叫的人在后边追："哎，等一等！"

田家一家人同时停住，同时回头看，同时都奇怪起来：原来是巴福来！他要干什么呢？

巴福来追到跟前，微微地喘着气，喜眉笑眼地看着老二保根的脸，激动地说："听说二侄子你高榜得中，我也高兴啊！"

"真的吗？"老二保根俏皮地眨巴眼睛，"那可多谢啦！"后边还有句话，他没有吐出口，就是"在眼下的田家庄，你不比邱志国让人憎恨，你不用拍马屁"！

巴福来对老二保根只说出的半截儿的话，有点儿不悦地绷了绷脸孔："我起码是个爱国的人。我希望国家多出些人才，所以我高兴。"

"人才，并不能都用学历当尺子来量。"老二保根说，"得看一个人的真本事，身上有真本事的，才算人才。您说对不对？"

见这个油滑得让人惧怕的年轻人用商讨的口气说话，同时用了一句尊敬老人的"您"字，使巴福来脸上的肌肉松弛了，恢复了刚才那种喜眉笑眼的模样，连连点头回答："你这话有见识有理，中外好多大人物都没有上过大学，就是证明嘛！那么，我就祝贺你长真本领，长大本领吧！"他说着，举起手里提着的塑料兜儿，"也算老天作美，园子里的伏苹果八分熟了。我摘几个，你带到路上吃。小意思，不成敬意。"

田大妈慌忙说："快别费心了，我给他带上了吃的东西。再说，他也不爱吃零嘴儿。"

老二保根好似没理会他妈的推辞，毫不犹豫地说："好吧，我接受您这番好意了。谢谢！"

巴福来往老二保根手里递苹果兜子的时候，眼圈红了，声音颤抖地说："我应该谢你。我从打有了这个念头，心里就犯嘀咕，怕你不肯赏给我这老脸哪！"

站在一旁的田成业的眼圈也红了。只是没有人发现。就是发现了，也不会有人猜到其中原因，还会误以为他是被感动的。连他自己都说不清楚是啥原因，此时此刻，一见到那鲜红的苹果，使他猛然想起当年他那个为垫苹果园被砸死的本家兄弟，从土里扒出来那血肉模糊的尸体……

这会儿，又有一个人连喊带叫地追赶上来。

人们认出是苏吉祥的时候，又不免有点儿惊讶：苏吉祥穿着一身色彩鲜艳、质地高级的制服，脚蹬亮锃锃的皮鞋；原来的光头顶蓄上了寸头，快活的眼神好似打闪，一脸的喜气如同涨水的小河要往外流溢。

"二兄弟，你今儿个就走？"他追到跟前说，"不能推迟两天吗？"

"不能。"老二保根回答他，"有事儿吗？"

苏吉祥羞答答地说："你得喝我一盅订婚的喜酒哇……"

"你要娶媳妇儿？"老二保根由衷地为他高兴，却嬉皮笑脸地问，

"哪庄的？是大姑娘，还是二婚？你称心吗？"

"你是大媒，还问我？"

"噢，成了？这么速战速决！"

"那边缺人手，催得紧，没办法。"

"得了吧，我估计你比那边急！"老二保根狡黠地挤挤眼，"她没嫌你岁数大？"

"见了两回面，我就实话实说了。人家不嫌弃。"

"那么，你知道她家的成分了吗？"

苏吉祥不由自主地朝巴福来瞥一眼，才回答老二保根："这年头还论这个。两个人一好，啥也不计较了。"

老二保根拍拍哥哥留根的肩头："这喜酒，你替兄弟喝吧！怎么样？"

田留根说："我到生人家吃饭张不开嘴。再说，我压根儿不会喝酒。"

老二保根说："吃喝是小事，主要是见见世面，学点儿经验。房子操持成了，下一步你该千辛万苦、万苦千辛地操持找对象、娶媳妇儿啦。哈哈哈！"

在老二保根放声大笑中，大家又起步前进，簇拥着老二保根到汽车站，把他送上往远方驶去的公共汽车。

送行的人还有陈耀华和一些平时来往密切的乡邻们。好似召开一次庆祝会，又说又笑，热热闹闹，好久不肯散去。

露脸呀！光彩呀！

不知道为啥，被幸福陶醉了的田大妈，在接受乡亲们祝贺的时候，竟然忍不住地撩起褂子大襟儿，擦开了辛酸的泪水。

第 二 十 二 章

　　阴历六月三伏天，正是农村压绿肥的好季节。经过几场雨，干枯的荒山湿润了，荆树丛蹿出枝梢，嫩嫩的、肥肥的，好似怕赶不上时间而落到后边，在放叶子的同时就托举起一串串花蕾。这种东西被割回家来，用铡刀铡成寸把长，铺到猪圈坑子里，再往上边压一层垫脚土，捂上个三五天，就可以沤成很有劲儿的绿肥。

　　由于土地分到户，独家经营生产，日子过得紧巴巴的，都想节省点儿买化肥的钱，所以今年割荆梢的人特别多。他们把荆梢压成绿肥，或堆放在家门口，或运到地边上，单等收割了秋庄稼，给越冬小麦当底肥用。人多，要是干一桩对公众有益的事情，自然显出"力量大"的优势。如果各自都为自家抢一种东西，人多，又成了一种可怕的灾难。只是去年一个夏天，人们就把附近的大小山头给割得像用快刀子剃过的脑袋一样光，今年必须跑挺远的路才能够割上一背。这时期，酷热难挨，待着出气都不均匀，干这种爬山越岭割荆梢的活儿，实在太辛苦！

　　老田家对这种活茬儿动手晚了几天。因为田留根也打算到修路队当小工，而且心气很高。他家盖了房子，花得手头很紧，想挣几个钱填补填补、活泛活泛。况且，自打老二保根上学走后，家里变得空荡而沉闷，他想到外边干活儿人多的地方，让心里敞亮敞亮。他找过郭云，跟老队长"蘑菇"，要求一定派他走。老郭云对他态度蛮好，只是说"做不了主儿"，得"研究研究"再给他回话。田留根哪儿也不敢去，在家里和地里找点儿活儿做，为的是等候消息。结果，第一批小工走了十个，没有田留根。第二批又走五个，照旧没有田留根。田留根的"手气"不好，两次抓阄都是抓的空白纸条子！

那一天，他心里别别扭扭地从村西大庙往家走，一路上看见许多家门口都堆了大堆绿肥，忽然有所醒悟，进门就对他妈说："当小工的事儿没有多大指望，我不能蹲在家里死等着了。我得割荆梢压绿肥了。"

正在晾晒发了毛的腌芥菜疙瘩的田大妈回答他："不用那么急烧火燎的，还是等着吧！听说支书找过修路的总指挥，要求再增加十个名额。"

田留根说："我看等也白等。等到人家把荆梢都割光了，咱们可就落个鸡飞蛋打，两头都是空的呀！"

田大妈说："事不过三。要是摊上个小工当，一天三块钱，去掉一块钱饭钱，一天还剩下两块；要是能干两个月，那可就五六十元大票子！有了票子买化肥也上算，还省得爬野山受苦罪。"

田留根拿定主意不肯改，又不敢跟他妈顶牛、抬杠，就说："这么着吧，我割半天荆梢，等半天那件事儿。头晌出去，后晌回来，反正抓阄都在后晌抓，您留神听着消息，别错过去就不会误事。"

他磨了镰刀，修了背架，还把鞋掌子上已经松动了的铁钉子砸结实。一切准备停当，单等第二天早起上山割荆梢了。就在这个时候，来了个串门儿的，而且专找田留根。

一听见皮鞋响，就知道是得了美事儿的苏吉祥。

他过去跟田家人来往并不密切，没有事情不来，一年也不会走两趟。如今他跑得可勤啦！他感激大姐和老二保根。他把田家所有的人都当成知己。这回他进屋就从衣兜里朝外掏烟、抓糖，往田成业、田大妈和田留根手里塞。

田大妈脑瓜子好使，立刻猜到八九分，问道："你们不是要等秋后结婚办喜事儿，咋在这会儿就散发开喜烟喜糖呀？"

"提前啦。"苏吉祥再不像以往那样害羞，而是很自然地回答说，"那边的老人紧催，说办了省心。这边我妈也乐意我早点儿走，好给老二找媳妇儿……嘻嘻，后边还挨着个儿、站着队哪！"

"那提前到啥时辰呢？"

"明天。我这是来下请帖的。"苏吉祥对田留根说，"明儿个我用自行车载着你一块儿走。"

"我可不去！"田留根连忙推辞，"我最怕干这号活动。再说，我明儿个还有事儿。"

苏吉祥诚恳地说："别人家这号活动你去不去参加我不管，我这号活动你非去不可，有天大的事儿也得往后推推。一则，你是老二保根的代表，咱们有言在先；二则，我跟别人家娶媳妇儿成家不一样，我是受了苦中苦，得了甜上甜的人。而且从此不再算田家庄的人了。咱们庄亲哥儿们一场，你为我破破例，耽误一天工夫，还不应该呀！"

田留根被苏吉祥的这番话感动了，心里很为难，但不好再硬推辞，只是求援似的看着他妈。一是想听听他妈的口气，二是企图他妈能说话把他给拦下。

"你大哥熬到四十岁，才办成一辈子的一件大事儿。留根你就让他高兴，别让他扫兴啦！"田大妈这样做的裁决，"你也好久没去红旗大队了，顺便瞧瞧你姐，还有小外甥、小外甥女们，过热天闹病没闹。回来说一声，我也就不惦记着了。"

"还是大妈知道疼我。"苏吉祥诚恳地说，"过三天，我带她来给我妈磕头，要摆两桌，你们老两口儿一定得去喝一盅。"

田留根按照他妈的嘱咐，跟随苏吉祥到迁建村参加了婚礼，赴了宴席，到姐姐家坐一会儿，就告辞回家。细心而又热情的苏吉祥用自行车把他送到汽车站。他硬逼着苏吉祥回去，他自己等车。实际上，苏吉祥掉转车头，刚骑过前边的小树林，他就开步往田家庄走——费点儿劲儿，为的是省下两毛汽车票钱。

　　他回家已经很晚，若有所失似的坐立不安。他对他妈说肚子还是饱饱的，没有再吃饭，老早就躲到西屋躺下了。

　　天没有风，闷热闷热的。窗子上的纱布坏了一个小洞，飞进一只蚊子，老在耳边嗡嗡地叫。身底下好像爬着跳蚤，没感到咬，却觉着老在窜动。远处小河边的蛤蟆，也不停声地"呱呱"乱叫，吵得人心烦意乱。他干打哈欠、流眼泪，就是睡不着觉。

　　田留根在宴席上吃了一肚子好菜烂肉，没有喝一点儿酒，却像他爸爸春天参加巴福来家婚礼那样，引起一种说不清讲不明的烦恼。这会儿他闭着眼睛，脑瓜子里像演电影一样闪现着苏吉祥那个新媳妇儿、新家庭的情景。那五间新砖房，比田家的新房宽敞高大得多。窗户是新式的，从上到下都安了大玻璃。屋子里的摆设更是田家庄人没有比得上的，光是那个大彩电，就够再盖一所新房的价钱。那新媳妇儿也能干，过去就是"可教育好子女"中的先进人物，是管理果树的能手，如今是罐头厂的作业组长，拿着跟老队长刘贵不相上下的月工资。长得也不难看，很会说话，当着那么多生人的面，就跟苏吉祥咬耳朵嘀咕事儿，指派苏吉祥干这干那，一口一个"吉祥"叫那个甜……田留根暗暗赞美这个家，赞美这个媳妇儿，赞美苏吉祥的好运气。忽然，他的脑袋里好似有个机关"咔嚓"一声开了一道缝儿，使他联想到自己：费了那么大的劲儿，付出那么多的辛苦，花了个"精眼儿毛光"，差点儿丢了小命，才把房子盖了起来。而房子立在那儿，只是自己"娶媳妇儿成家"的"万里长征"迈出第一步，离着结婚典礼、摆设酒宴、迎送亲友、入洞房这样的目的地，遥远地看不着边际！唉，田留根咋没有遇上苏吉祥这么个好运气，全怪命呀！对啦，这个"运气"本来是可以碰到田留根头上的。新媳妇儿跟田留根的姐姐很要好，田留根的姐姐是苏吉祥的大媒，田留根的姐姐是田留根的亲姐姐。这个亲姐姐太不知道心疼人了，为啥不把这个找不到主的大姑娘给她亲弟弟搭搭桥呢？要是真那样，得省多少心，减多少事，免去一家老少多少苦难！于是，他一边吞着肥肉块子，一边怨恨起姐姐，同时嫉妒起苏吉祥。

宴席散后，田留根因为心中烦闷、若有所失，都不想到姐姐家看一眼就离开红旗大队。他怕回到家没法儿向妈交代交代，终于还是勉强地去了。

大姐也去赴宴，因为惦记着孩子，早一点儿回到家。她一见弟弟进屋来，就忙从水缸根下搬起一个放了好多天的花皮大西瓜，切开，一边看着兄弟吃，一边问这问那。最后，不是故意而是自然地问到兄弟的病根子上。她问："新房子盖上了，有人给你提亲了吧？"

田留根故意木然地摇摇脑袋。

大姐惊讶地说："这就怪了！"

"这有啥大惊小怪的！"田留根几乎是凶狠狠摔掉啃光了的西瓜皮，打断大姐的话，"连一奶同胞的姐姐有好事儿都不惦着我，人家两姓旁人给我操心费力干什么！"

"哟！"大姐越发惊讶起来，因为她这老实巴交的兄弟从来没有对她发过脾气，"你没喝酒呀！没云没雨的，你打的什么雷呀？"

田留根一拧身子，眼睛冲着窗户反问姐姐："苏吉祥闹上的这个媳妇儿，你说说，要是给我闹上合适不合适？"

"哈哈哈……"大姐打个愣后，终于转过弯子，忍不住地大笑几声，拍着膝盖说，"就是合适呀！头两年，我就觉着合适。"

"合适，你为什么不给我介绍，让她跑到别人家里去？"

"谁说我没给你介绍？"大姐急赤白脸地说，"要是不把话儿赶到这儿，我让它烂在肚子里也不往外吐一个字儿。前年个儿，我让你姐夫请假歇工在家看孩子，我专门跑回家去，跟妈说……"

"你跟妈说给我介绍她了？"

"当然啦！"

"妈咋回答你的？"

"哼，把我给骂一顿。妈说，我们是干干净净的贫下中农，凭啥娶个地主富农家的闺女？招工咋办？考学咋办？将来生了孙子算个啥？你这是没安好心，给我老田家找病，祸害我呀……你听听，这话像刮西北风一样，呛得我好半晌喘不上来气儿！"

田留根听了这个他压根儿不知道的内情，打个沉，接住小外甥送过来的一块西瓜，喃喃地说："那会儿，乍兴新章程，庄稼人一时晕头转向，害怕沾地富的边儿，这情有可原。可是后来，大伙儿不是对新章程习惯了嘛！我们村的巴福来啥样儿，那不是明摆着的实情事儿嘛！"

"是呀，所以去年秋后妈来找我借钱买瓦，我又把那件撂下的婚事提起来……"

"妈这回咋说的？"

"这回她倒没发脾气骂我，跟我翻过来倒过去地嘀咕了小半夜。"大姐为了洗白自己，继续给误会了她的弟弟解释，"要是成了这门亲事，倒是真救了咱们一家人的急难。就可惜离着太近，要是天南地北的远一点儿倒还好说，谁也不认识谁。红旗大队有你，田家庄的好几家跟这边有亲戚，瞒得住谁呢？传扬出去不好听呀！老田家不要脸啦，把一个二十多岁的大儿子送给别人家当儿子！我在田家庄没脸见人，你在这儿也不光彩，留根一个五尺多高的汉子，往后可咋挺起腰杆儿走路呀！妈说着说着还哭了，哭得我心里酸酸的。我赶紧劝妈，别难过了，不愿意做这门亲，咱就不做。我这儿有几个体己钱，给您拿回去盖房子用。等我大兄弟娶媳妇儿那当儿，我多难，也要送给他一身好料子做衣服穿。我大兄弟人老实厚道、不瘸不瞎，又有田家的好门风、好名声，娶上个媳妇儿不难……"

田留根听着姐姐叙说让人惋惜的往事，没滋没味儿地啃着瓜，好像自言自语地说："妈也是为咱家好，也是为我好。她压根儿没有说过这宗事儿。"

大姐说："妈当时再三嘱咐我，在这条炕上说的，就在这条炕上了，对谁也别吐半个字儿……"

田留根苦笑一下说："妈还怕我像刚才恨你那样恨她呀？"

大姐说："兴许有这方面的念头。不过，最让妈担心的，是怕把根本没敢办的事儿传出点儿风声，对咱家名誉不好听，对妈的脸面不好瞧，对你将来找对象有妨碍——要不是个有毛病、有缺欠的小伙子，咋会想给摘帽地主当养老女婿，人家都不要呢！人嘴两张皮，咋说咋是，真能坑死人，害死人。你也只当不知道，压在舌头底下，对谁，包括对爸爸，也别提。吃后悔药屁用不顶，不如好好地往前奔，让妈托媒人早点儿给你定下亲事……"

田留根诚心诚意地接受了姐姐的忠告，回到家里，对那件事儿守口如瓶，只字未露。可是他没办法让自己不懊丧，没办法排遣内心的郁闷的、失意的、孤寂的情感。躺在炕上，他就不由自主地咀嚼起"后悔药"，闹得前半夜没睡着，后半夜尽做噩梦，想起早儿，结果起晚了：家家都吃早饭的时候，他才挎上背架，提上镰刀走出家门，走出村口，顺着"丁"字形的小路往北走。

高高的树木、密密的庄稼、旺盛的野草，把天空和大地都给缩小了，把一切空间都给堵塞，小路也变得狭窄、短浅和神秘莫测。前边突然出现一片空旷，那是砖瓦窑的场地。窑基、房舍、砖瓦垛占了不少地面。由于甩坯子挖土，把很多耕田变成了水坑和荒滩，一眼看去，破烂不堪。

只有那高高的烟囱，给这块地方添了一点儿以往不曾有过的气魄，也使它显示出一点儿生机。

一个上身穿着红色半袖针织衫、下身穿着白色制服短裤的人，站立在一垛压着塑料苫布的坯子前面，迎着初升的一轮红日，举胳膊、踢腿、摇晃脑袋，乌黑的短发，在胸前和背后摆动。

在小路上匆匆行走的田留根，一眼就认出那个人是陈耀华。这使他有点儿犹豫。由着他的脾气秉性和平时的习惯，他可以"视而不见"地照直走过去。他天生敬畏当权的干部，同时也怕接触干部的子女。总是敬而远之，得避就避。这个干部子女，又是他亲兄弟的对象，等于"大伯子"和兄弟媳妇儿，以一般常情而论，也不便表示亲近，更不能主动地打招呼"献殷勤"。在对陈耀华理睬和不理睬这个问题上，田留根犯了掂量，有两个缘由。一是陈耀华这个"干部子女"、兄弟媳妇儿在他为"娶媳妇儿成家"迈出第一步的重要时刻，曾经帮过大忙。不是借陈耀华的光，使孔祥发窑厂的拖拉机拉半天石头，他田留根还得一趟一趟地背多少趟，还得一口一口地吐多少血？人不能"忘恩负义"，要一辈子记住别人对自己的点滴好处。二是，田留根的亲兄弟考上了学校，端上了铁饭碗，将来有一天，很有可能把这个好人给甩掉。田留根发现这个苗头，凭着良心劝过兄弟老二保根，顶用不顶用，他没把握，不敢保险，但是尽了心意。很可惜他不能向陈耀华明说。日后一旦出现那可怕的结局，陈耀华会把他田留根跟老二保根一勺烩——捆在一块儿恨，放到一块儿骂。这可太惨啦！所以他见到陈耀华不能有所冷淡，免得有朝一日受老二保根的牵连！

"你起得早哇！"他终于脚步不停地打个招呼。

正做早操的陈耀华，由于聚精会神，并没有瞧见身边小路上行走的人。听到这声音，她才扭过脸来看一眼，似乎是打个沉，然后开口回话："你也不晚哪！都已经吃过早饭了吧？"

"喝了口稀的，带着干粮。"田留根依旧一边朝前迈步一边说话儿。

"保根给家里来信了吗？"陈耀华冲着田留根的背后又问一句。

田留根只好停住，转回身道："他还是离开家不到半个月的时候打过一封信。"

"你们给他回信了吗？"

"他们的学校要搬家，不让给他回信。我们一直等他的新地址哪！"

"噢。大妈叨念他吗？"

"还能不叨念，总怕他在外边出啥事儿。"

"你回去跟大妈说，不用惦记他。"站在有一丈多远地方的陈耀华，一面甩动着两只手，一面慢慢地说，"保根是个热情的人，有人缘儿，到哪儿都不会受委屈。"

"这倒是真的。他跟谁都见面熟，跟谁都能够说到一块儿。他也胆子大，敢说。这一点儿比我强。"

陈耀华继续不慌不忙地说："保根思想活跃，是个有志气的人。在这方面，农村的好多青年比不上他……他很可能是个有好前程的人。"

田留根心里想："就怕他脑瓜子太活泛，有了好前程就甩了你呀！"他当然不敢把这样的话说出口，他得赶路，得割一大背荆梢回来，好不耽误为当小工而抓阄的机会。所以他要告辞。正在他琢磨、掂量用"回头说话"或是"再见"这类的词儿哪个合适的时候，忽见党支部书记邱志国从他刚走的那小路过来了。他灵机一动：趁这机会顺便问问邱志国修路当小工有没有指望，倒挺便当，又能节省专程找他的时间。于是，田留根没有动，用亲切而又谦恭的眼神等邱志国渐渐移近。

一般人进入夏天就掉膘，邱志国反倒发胖了，脸盘子比以前显着大，腮帮子显着鼓，下巴颏嘟噜下来，肚子也挺得高高的，像女人揣着六七个月的孩子。他披着白"的确良"的汗衫，穿着灰绸子面料、大裆、肥腰的中式便裤；鞋是胶祥海绵底子的，没穿袜子，迈着"八"字步，鸭子似的一跛一跛地走过来。他既没看对面的田留根，也没理身边的陈耀华，围着坯垛转了个围子，抻着已经变色变形的白塑料苫布，朝坯子端详一阵儿，又要往里走。

田留根赶紧开口："支书……"

邱志国抬起头，朝叫他的人瞥一下，"嗯"一声。

"我想问您件事儿。"田留根小心地往下说，"您找修路带工的，要求给咱田家庄增加小工名额，他们答复了没哇？"

"你问这干什么？"邱志国冷漠地反问。

田留根回答："我想干小工。"

"那你就去干吧！"

田留根几乎本能地一乐："您答应啦？"

"废话！我又不是交通局长，我答应不答应管啥用！"

田留根仍不识相："您一答应，我就能干上。一天闹三块钱，让手头松快松快……"

"哎呀呀！"邱志国不耐烦地打个手势，"你们这些人哪，怎么不想别的，老往钱看呢？村里的工作，窑厂的工作够我忙的了，还用这些鸡毛蒜皮的事儿找我麻烦，你真好意思！"

田留根愣住了，见邱志国很不悦地走开，就好像自己真的惹了什么祸一般，手足无措，心里直"扑通"。

陈耀华对他小声解释说："你别介意，我姑父不是冲你。他这几天心里不痛快。因为窑厂的生产没上去。"

"窑厂不是归了孔祥发吗？"

"我姑父入了股，当顾问。"

田留根没有听明白陈耀华的话，也不想明白。他只知道邱志国对他不高兴，根本没回答他想知道的问题。而且，他不能在这儿耽搁得太久，得赶紧上山，割了荆梢好压绿肥，留着秋天种麦子用。

第 二 十 三 章

泥土晒热了，石头晒烫了，伫立不动的青庄稼棵子，好像划根火柴一点就能冒烟儿。凡是能够活动的东西，都躲了起来，躲到有墙壁、有房屋、有阴影的地方。大路小路上都断了行人，更不见车辆来往奔驰。

田家庄街道也沉浸在一片寂静里。吃过饭的人都在睡午觉；睡不着的，也闭着眼睛，摇着芭蕉扇"眯"着。小孩子被强迫地关在屋里，连哭闹的力气也没有了，只能在铺着苇席的炕上无声地折腾。不需要太多睡眠的老年人，坐在通风的门道里打盹儿。只有"马几丁儿"藏在厚密的树叶里声嘶力竭地噪叫，"吊死鬼儿"从高高的枝头上垂挂下来，轻轻地悠荡。菜畦里的绿色秧棵，土坯墙上的黄色泥巴，包括停滞着白色云朵的天空，都在强烈的阳光照射下失去了本来的颜色，甚至觉得它们原有的那种自然而调和的形状被扭曲了。这一切都给人添烦加躁，让人活得难以安生。

田留根如同一个从水里捞出来的人，浑身汗水淋漓，上气不接下气，两条腿走路都打晃。他艰难地走进了排子门，急奔猪圈，"嘭"的一声把压在肩背上的牛腰粗的荆条捆扔下，深深地透口气，抹一下脸上的热汗。要不是怕人看见笑话，他真想就地躺倒，痛痛快快地歇一歇。从打算筹划盖房子那会儿直到眼下，他没有消闲过，一天到晚体力和精力同时最大限度地、持续地消耗着，真把他给累垮了！

"天哪，你真把人给急死！怎么这时候才回来？田大妈第十几次跑出屋来张望，此时终于盼来儿子。她立刻感到，从儿子身上和荆条捆上涌过一股带有艾草气味的热浪。

田留根从荆条捆下边抽出背架，一边缠绕着绳子，一边回答他妈："割这玩意儿的人，多得像赶庙会似的；我算早到的，转了两条大沟，才凑这么一点儿。"

"真是死心眼儿。少点儿就少点儿……"

"不多压点儿绿肥，哪有钱买化肥？债窟窿不靠地里多出产点儿粮食，拿啥堵？"田留根往二门里走，唠叨着，"往新房窗户上安几块玻璃，门上也得钉个钉锔。哪不得花钱哪？"

田大妈立刻觉出儿子的话有道理，自己的埋怨没道理，就嬉皮笑脸地改换了话题说："看你这一身汗搭卤水的，快洗洗，吃饭吧！"

田留根舀了一盆凉水，撅着屁股、猫着腰，马马虎虎地把脸和手涮了涮。他的肚子里饿得"咕咕"地直叫唤。

"给你，使点儿胰子。"田大妈把一小块放在打碎的碗渣儿里的香皂撂在儿子的脚边，指点说，"别这么毛毛躁躁的，把头、脖子，还有耳朵后边，洗干净点儿。把脚丫子也洗洗。这胰子还是老二保根使剩下的哪，特香。"

田留根实在没有兴趣做这些事情。他终于还是不声不响地遵照妈妈的指点认真地做了。"恭敬不如顺从"嘛！

"麻利地吃吧！"田大妈把贴饼子和熬豆角端到桌子上，还叮咛一句，"今儿个别吃大葱大蒜的，那东西有味儿，难闻。"

田留根依旧服从，一改自己的老习惯，眼看着放在锅台上的绿生生的大葱，实在馋，终于没有拿过一根吃。

田大妈站在一旁，眼巴巴地等着儿子把饭吃完，撂下了筷子，就赶紧从自己住的东屋里捧出一沓子衣裳和鞋袜，放到儿子住的西屋，回过身来说："把这些全换上，快着点儿。"

田留根一眼就看出，这些东西都是老二保根上技术学校之前就丢下不要的。里边有手工缝的黑布西式裤子，有新式尖领、旧式直筒袖子的白布汗衫。即使这样，在他看来也属于"讲究"的穿着，就对妈说："不年不节的，穿它们干啥。起晌我还去打高粱叶子。换上了，不是马上又给弄脏呀！"

田大妈憋不住，"扑哧"一声笑了："傻小子，一会儿得去相对象！"

田留根听了这话，"腾"地红了脸，不知道是羞的呢，还是乐的。

"怎么样，有了新房子，就把媒人给招引来了吧？苦尽甜来嘛！"田大妈无限喜悦、无限感慨地说着，"要大方点儿，别像个山沟里小媳妇儿似的；要热情点儿，别像个扎嘴葫芦似的；要仔仔细细地端详，别不敢看她，别像做贼的见了警察似的。我和你爸爸千辛万苦地把成家立业的道儿给你铺平了，把桥给你架好了，这回可得全靠你自己个儿走啦！婚姻大事，得由你自己做主：不论啥样的姑娘，只要你相中了、乐意，我和你爸爸就乐意，我们决不包办——都啥年月啦，我们还能搞封建落后那一套，让人家笑话、让自己丢脸哪！"

田留根听到妈妈的这一番嘱咐，不仅没受到什么开导，反而紧张起来，结结巴巴地说："妈呀，您去相吧！我不敢去。买个纽扣我都不会挑，挑选人可比那个难……"

田大妈说："这种事儿妈可替不了你。替你相看，那还叫啥自由对象！"

"管他啥自由不自由的，您给我弄上一个就行了。"

"别给我胡扯！娶个啥样的媳妇儿，就过一辈子啥样的日子，哪能随随便便地弄上一个呢？一定得由你自己挑选最可心、最合算的，往后好过美满的日子。"

田留根为难得直搓手指头："我要是挑上个不好的可咋办呢？又不像买东西，不合适再退回去。"

"所以你就应该照我教的做，除了大方点儿、热情点儿，还得大胆点儿，多问她，讨她的底儿，把她看准，把她摸透！"

田留根一听这些，越发地叫起苦来："哎呀呀，这简直比老二考大学还要难几倍！老二要是在家，准能帮我一把，给我一个主心骨。这下可惨啦！"

田大妈很能理解儿子此时的心情。可惜她也没有搞"自由对象"的经验，"爱莫能助"，又不能不"助"，只好用一些连自己也没有信心的话，给儿子鼓劲儿打气。

过了两袋烟的工夫，打扮得干干净净的田留根，就在西街老陈家的北屋里，跟一个曾经搞过二十多个对象都没有搞成的大姑娘会面了。女的大大方方地坐在炕沿上。田留根腾云驾雾般地坐在靠躺柜的一只方凳上。

陈家的五个儿子和孙子，都是田大妈白尽义务当的接生婆。这个情，陈家人一直记在心坎上，都想尽快地给补上。田家终于盖起新房，陈婶跑了不少路，总算在娘家妹妹的女儿家打听到一条线索，在娘家妹妹女儿的小姑子家找到这个合适的姑娘。他们宁愿白搭路费白管饭，也要成全这件好事，让田大妈娶上儿媳妇儿、抱上孙子。陈大婶把一男一女"牵"到自己的家里，然后找个借口退出去，让他俩"谈恋爱"。

田留根长大成人以后曾经有人给他介绍过对象,加起来前后有三个,其中包括那个给巴福来儿子巴平安当了媳妇儿的。那时候人还没有眼下这么"解放"，不讲究"谈恋爱"。而是由介绍人在男女两边约定个会面的地点，互相看上一眼，就定成败。那种约会地点一般不跑到别人家里去，都是利用热闹的集市。男的由伙伴陪着，女的也是由伙伴陪着。

一拨儿从东边走来，一拨儿从西边走来，在熙熙攘攘的人流里，或是擦肩而过时，男的看看女的、女的看看男的。或是男的站在路南，女的站在路北，隔着"人河"，你打量打量我、我打量打量你，遥遥瞭望一阵子。互相根本就不说话，更不会面对面地摸底儿和讨价还价。田留根跟巴福来儿媳妇儿用这种办法相看的时候，他求老二保根找的复员军人郭少清和电工陪同前往的。地点在燕山镇农贸市场东头牲口市旁边。那天赶上腊月二十三大集，大街小巷都挤个水泄不通。介绍人"指点"拴着大骡子的木桩子右边土堆上站着的那伙女孩子说，要给田留根介绍的对象在里边，特征是梳双辫子、围拉毛的长围巾。田留根睁大眼睛看，他看了好久，不仅没看清楚姑娘的模样，连到底是哪一个也没弄准。因为那伙子女孩子里边有三个梳着双辫，有两个肩膀上搭着拉毛的长围巾，只是颜色不一样。田留根面皮薄，害臊，不好意思说没看准。等介绍人挤到姑娘那边去"指点"这边的时候，田留根才不得不偷偷地对郭少清说了实话。郭少清热心而又敢说敢干，立刻采取补救措施：他挤过去，向媒人问清哪个姑娘是给田留根介绍的对象，他就跟那姑娘攀谈几句，借此让田留根看个仔细。这样一来，田留根总算认准了哪个姑娘是给自己介绍的对象，可惜仍然没有看清眉眼。因为太阳在南边，往南边看，阳光晃眼睛，越使劲儿往大睁眼睛越是"眼花缭乱"。他怕再麻烦人，最后说了谎，不仅告诉介绍人说看得清楚，而且表示满意……

那种相看对象、选择配偶的方式方法未必是一种轻松愉快的差事，但比眼下这样男的和女的两个人单独坐在一块儿，要好受得多。田留根本想忠实地执行妈妈的指令，可惜他不知道怎样"大方点儿""热情点儿"，更没有勇气让自己的脑袋抬起来，冲着没有五尺远的那个女的"仔仔细细地端详"。他只觉得口干舌燥，大汗珠子顺着下巴颏往下流，白汗衫湿得紧贴在后背上，手没处撂，脚没处放，连出气都艰难。

万幸，没有冷场太久，姑娘倒先开口了："你们家哥儿俩呀？"

"哥儿俩。还有俩姐姐早出嫁了。"田留根连忙回答，胸膛虽然"怦怦"乱跳，浑身上下的无形的绑绳，倒好似放松了一点儿，轻快了好多。

姑娘又问："你们哥儿俩写了分家单没有呢？"

田留根回答："他在外边上学，将来有现成工作，端铁饭碗……"

"端什么饭碗，这个家也有他一半儿呀！"

"那当然。"

"能先分开过吗？"

"分开？咋分？"

"旧宅子归他，新盖的房子归你。"

"我妈早许下了，等我成亲的时候，就是要住在新房子里的。"

"让你住，不等于归你所有。以后你弟弟娶亲，或是另外再盖一层新房，或是把现在这层新房割出一半儿给他，反正你不能住安定。"

"那就再给我弟弟另盖一层。"

"另盖一层？你是专业户，还是在哪个工厂入着股子？有那么大的力量吗？操持着立起一层房子该有多难多苦呀！"

"是不容易。这个味道我尝过。"田留根喃喃地说，"给我成了家，立了业，再给他张罗呗！"

"哼，你想得太轻巧啦！哪个女的是傻瓜蛋，过门来不享受享受、轻闲轻闲，就跟你们为盖房子着急、挨累、活受罪呀！"

田留根听到这儿，不由得大吃一惊。进屋来这么久，交谈了这么多话，他都没有敢看姑娘一眼。这会儿，他却因为发了急，不由自主地抬起头，两只眼睛睁个溜圆地盯着姑娘那张挺俊的脸，随即脸红脖子涨地呼呼出粗气，用打官司的语调对人家说："听你这语气、话音儿，必须立马当时就跟我弟弟分家单过，我们俩才能议论婚事，对吧？他比我小，还没成家，就打这号主意，就把他光棍儿一条推出去不管，这么做不缺德吗？是呀，我没本事当专业户，没门子进工厂，穷得叮当响，也没力量再鼓肚子盖一层新房。我只好再等等，让弟弟先娶媳妇儿先成家。我看只有这条路能走。我认了！"

……

田家的婚事第一炮没打响，第二、第三炮也打"臭"了。新的烦恼和痛苦又开始折磨田家庄老田家这三口安分守己又不甘于失败的人。

有一天，田留根独自一人闷闷不乐地在地里翻白薯秧子，他爸爸田成业气喘吁吁地跑来找他。

"唉，你妈这个人，真没个准稿子，说在你二姐家住一夜，第二天就回来，结果五天都过去了，还没个影子！"田成业两只粗糙的手使劲儿卷着破草帽子的边沿，嘟嘟囔囔向儿子抱怨老伴儿，"她到处求媒人。都托靠谁了，到底该咋安排，我一律不知道。她不在家里等着张罗，也没撂下话儿，这可咋办？"

田留根莫名其妙地问："您这么急烧火燎的样儿，到底咋的了？"

"你妈让南头刘家给你找的那个对象，人家今儿个骑着车子来啦！"

经过了多次中国农村式的"谈恋爱"阵势，从而受到锻炼的田留根，对这类事儿已经变得十分果断："她来了，就见呗。反正我妈给安排的，早有规章，照着办就是了。"

"要这样，你就去。"田成业听儿子这么一说，见儿子不再发忧，立即松口气，小声地摆着自己掂量过的想法，"孩子，你可不小了，别再挑肥拣瘦了。只要是个女的，不聋不瞎，能把生的做熟，能把坏的补好，能给你生儿养女，就凑合了。娶一个来，咋不好，也比打光棍儿、当绝户强呀！"

田留根对他爸爸从来不像对他妈那么宾服。他爸爸掏心窝子对他讲的这套话，他并不一定都能够听得入耳，但照样儿点头答应，以示孝顺。他把木杆儿递给爸爸，回到家里，按妈妈立下的规矩，梳洗打扮一番，便乐颠颠地急奔南头刘家，去跟一个猜不透啥模样、啥性情的女人

"相亲"。

刘家有两个长得不俊、手头也不很巧的闺女，都是由田大妈热心跑腿给当媒人，找到了很富足的主儿。出嫁以后这些年，日子过得都挺舒心。刘家对田家特知情，见田家的儿子盖上新房子还打着光棍儿，诚心诚意地想帮着找上媳妇儿，用这行动归还上欠下的人情账。

田成业把儿子打发走之后，心里边很不踏实。他呆站了一会儿，叹口气，就手持长长的、头上有点尖的木杆儿，接着儿子留下的活茬儿，默默地做起来。自从把那一层新房操持着盖上，他的精气神儿跟从前大不一样，从外表也能够看出他的变化：身体瘦了，腰背弯了，脸色枯黄了；头发不仅增加了白色，而且明显的稀疏了。力气也不如以前大，翻白薯秧子这样的轻活儿，做起来都不麻利，做久了都感到吃力，翻一截儿，就停住手脚，拄着木杆子愣愣神儿。当他再一次歇息喘气的时候，抬起头，想看看到了啥时辰，忽然瞧见小路的那一端，匆匆地走过来一个人。

"我估摸着，咱家准有人在这块地里干活计。"田大妈站在老远的地方，朝这边喊，"快来接接我吧，多一步我也走不动啦！"

田成业听老伴儿这样说，仔细一看，才看到老伴儿并不是空着手走路，好像带着很沉重的东西。于是立即丢下长木杆儿，高抬脚，跨大步，斜插着走出白薯地。等到临近些，他看清老伴儿的一条胳膊夹着一摞子一尺见方的玻璃，一只手提着两个用塑料绳拴绑着的、有图案有字儿的圆形铁桶。

他从老伴儿手里接过玻璃，小心地抱住，觉着确实不轻，就问："这是二闺女给钱买的？"

田大妈一撇嘴唇儿："想你个美。她哪有闲着的票子给你花呀！"

"那，这是哪儿的？"

"我挣来的呗！"

"不信。你一准背着我借了债！"田成业那皱纹纵横的脸上立刻长了乌云，哀怨地说，"光剩下几个窗户格子，慢慢地来嘛，装不上玻璃，糊纸也能对付。你说不背债，奔到这一步了，偏偏又背债……"

"嘻嘻，看把你急怕成这副熊样子。我告诉你，你可别告诉留根呀！"田大妈左右看不会有过路的耳朵听见，就压着声说，"我那天去二闺女家，半中途路过二泉寺和尚庙，进去找口水喝。老和尚问我哪庄的，能帮忙给雇个人替他们把棉衣棉被拆洗拆洗不？我一听就想起咱家缺买玻璃钱，就动了心……"

"哎呀，你在和尚庙里干那个啦？"

"反正那边没熟人，没谁认识我。怕个啥！"

二泉寺过去是个香火很旺盛的庙宇。和尚们很富，不仅有庙产土地，还雇着长工和厨子。"花和尚"特多，吃肉、喝酒、跟女人相好。传说二泉寺附近村子里的许多小孩子都是和尚的"种"。自从日本侵略军一来，那庙被烧了两回，被拆了两回，只剩下一道山门、一层大殿和几间配房。土地渐渐地出卖了，和尚还俗的还俗，逃跑的逃跑，衰败得不成样子。一个流落到外国的小和尚发了洋财，旧情不忘，经常施舍些钱汇到二泉寺。有两个老和尚在那儿连看门带养果树，维持到现在。两个老和尚都七十开外，又是身子骨好，而且"春心"未灭，遇着俊俏的媳妇儿就盯着看。平时脾气不好，凡是女的跟他们打交道，即使是老太太，也会变得格外和气。田大妈这会儿回想起两个老和尚围着她转、献殷勤的丑态，还有点不好意思。她当然不能把这方面的详情对田成业讲。

她只告诉老头子："四天不到，我把他们该拆该缝的都给他们做了，连门帘儿、桌幔子都给洗得干干净净、压得平平展展。瞧把两个老和尚给乐的，硬塞给我十五块钱，还不要我的饭费。"

田成业听了老伴儿的叙述，惊叹地咂着舌头，说："你可真够胆大的，一个妇道人家，跑进和尚庙里住好几天！"

"废话！"田大妈白瞪老头子一眼，"这还不是为了早把新房子装扮好，赶紧给儿子娶媳妇儿呀！"

说儿子，儿子到，田留根从另一个方向走过来。他穿着那条节省着穿的手工做的黑布制服裤，上身光着膀子，新式尖领、旧式袖子的汗衫搭在肩头上，不紧不慢地往这边迈着不大不小的步子。

田成业一见儿子的神态，就预感到有些不妙，小声地告诉老伴儿："南头刘家给留根找的那个对象，今儿个自己骑着车子来了，两个人去见了面。怎么这一小会儿的工夫就分手了呢？八成又吹了灯！"

田大妈一面听老头子说，一面用察言观色的目光迎着儿子，等到了跟前，便带着责备的口气对儿子说："就你这个笨劲儿，活神仙下凡来也没办法。我不是一再地教给你吗？再跟姑娘见面，就挑明了说。告诉她，你弟弟是个追新派的人，等从技术学校一毕业，就在城市里干工作，决不会回田家庄找个在农村种口粮田的老婆。就是农村出来的姑娘，也得跟着出去跟他一样端上铁饭碗，来个双职工，在公家的宿舍大楼上安家。你要这么爽爽快快地一说，先把姑娘的顾虑打消了，婚事也就成了八九分……"

"您快得了吧！"田留根哭丧着脸，以少见的不恭敬态度打断他妈的话，"我要不是照您教的先摆这些，这回还吹不了哪！"

"怎么呢？"

"她问我，你弟弟在城里安家，你爹你妈将来跟谁过？"站在一旁的田成业听见儿子这句他没有料到的话，被吓一跳，不禁张开嘴巴"啊"一声。

心膛宽、脑瓜活的田大妈，也难免为这个严重题目所震动，绷起脸孔，发怒地说："养儿防老嘛！我们不是绝户，当然跟儿子过。这还用问？这还不好答对她？"

"我就是这样回答她的！"田留根分辩说，"她又问我，过几年，两个老人病在炕上，瘫在炕上谁伺候？全压在我们身上？你弟弟他们躲得远远的图清静、找便宜，没门儿！"

"哎呀呀，闹了半天，我们注定要变成没法儿处理的破烂儿了！"田成业大为悲伤，两条腿瘫软无力，顺势坐在地埂上，双手抱着的玻璃差点儿滑落下去。

田大妈怒不可遏地对儿子说："你应该问问她，她哥哥是咋处置她爹妈的？"

"她说，她哥哥嫂子一成亲就都跟爹妈分开过，还当众立下字据：对老人'活着不养，死了不葬'……"

田成业哀叹一声："我的老天爷，要这样，还生儿养女干啥？还拼死拼活地给他们成家立业干啥？长这种心的，还叫人吗？"

田大妈的精神也似乎到了崩溃的边缘，头昏目眩、两耳发鸣。她却强作镇静，强行挣扎，两只眼睛盯着儿子，声音发颤地问："你打的是啥主意？你怎么跟她交代的？"

"我立马当时就告诉她了，我宁肯打一辈子光棍儿，也不做那号丧尽天良的人！"田留根这样回答着他妈，异乎寻常地、大义凛然地宣布，"爸爸妈妈你们放心，我说话算数。我将来要是不孝敬你们，就天打五雷轰！"

田成业听了这话，心里打起个热浪头，两只深陷的眼窝也跟着红了。

"你有这份心，我们总算没白养你一场，足够了。就是累死累活也情愿。"田大妈流着泪，哽咽地说，"来，提上这两个桶。是油漆。把新房子的窗户油成绿色的，把柱子、过木油成红色的。那几块玻璃，安在窗户下边一溜，好明亮。把新房子收拾得美美的。天底下有你这样的孝子，就有你这样的孝女，一定要给你找个般配的媳妇儿。放心，妈拼了这条老命，也不让你打光棍儿！"

第 二 十 四 章

在县城两边的平原上，有个村子叫水渠营。水渠营的黄占元在供销社干了三十三年，光在基层店当主任就当了二十年。他五十四岁，还不到退休的年龄。但他翻来覆去地拨拉算盘，觉得还是提早退休能够"本利双收"。于是，他通过他的老关系、县医院的一位副院长给开了个"诊断证明"，证明他有严重的心脏病，随时有猝然死亡的危险。黄占元拿着证明，找到他的老领导、公社主任，经过私下里这么一嘀咕、公开场所那么一走形式，终于被批准提前办退休手续，让他的儿子接替他当业务员。这样，他能够月月领到国家的退休金，同时把一个农业户口的后代变成个月月拿薪金的职工。里外一合算，他占了大便宜，并且免除了日后为孙子操办成家立业的后顾之忧。当然，多好的事也很难十全十美。为了到底由谁顶替，老黄家曾经闹过一场轩然大波。比儿子年轻、有文化，而又聪明能干的三闺女黄小云，跟她爸爸黄占元大吵大闹。说他重男轻女，有偏心眼儿。说他把一个半傻不茶的、连秤都不认识的儿子硬给塞到商业岗位上，是安心坑害国家，没完没了地跟他哭号好几天，倒真的把他给气得大病一场。当然不是心脏病，也没有猝然而死。

风波过去以后，黄占元打算享享退休干部的福气！可惜他待不住。

三十多年，他在柜台前后、仓房里外跑惯了，既没有读书看报的习惯，也没有养花玩鸟的雅兴。而家里那几亩"口粮田"，儿媳妇儿和三闺女两个人干还累不着，根本就不用他搁手。其实他也没法儿搁手：他虽然出身农家，可是，从十几岁到如今，他的两只手除了摸货物就是数点儿票子，从未拿过锄头柄，更不用说扶犁撒种这种讲究经验和技术的活儿，已经到了对农事十分外行的地步。他不老不小的，还有相当充沛的精力，吃饱喝足就往炕上一倒，实在腻烦人，更觉得怪可惜。他到县城里跑一趟，听说不少从工厂退休出来的老工人师傅，纷纷被当地和外地工矿企业招聘，一个人挣着双份工资，而且聘金高得吓人。他生气。他眼馋。他见人就叨咕自己吃了亏。那会儿，一股新的风气兴起，波及黄占元工作过的城关镇：党政机关单位，都红了眼似的要抓钱，一家紧接一家地办起能抓钱的企业，名目繁多，到处挂牌子，好不热闹！黄占元闻到风，赶忙跑去找那位曾经成全他提早退休的原公社主任、现在成了乡长的老领导。乡政府自己办了个"振华贸易货栈"，乡长理所当然就是经理。老下级黄占元来凑热闹，用不着破费什么，哪能放着河水不洗船呢？所以听黄占元拐弯抹角地把心意一透露，他就立即说："好，好，我们很欢迎你这位老行家，当个跑外的吧！"

黄占元当上了"振华贸易货栈"的推销和采购员。为了给货栈捞上一把，立个大功，从而让自己露上一手、揩点儿油水，他头一次出击的目标，就是首都北京。没料想，像他这一类应运而生的、想到北京碰运气捞一把、露一手、揩油的人，实在太多啦！而且冒险者们都比他年轻、比他能耐大，哪有他的份儿呀！他从东城到西城，从北城到南城地逛荡了十天整，结果一无所获，还差点儿让扒手掏去钱包。他不能不扫兴而归了。他买上车票，到王府井又转个弯子，进了冷食店，买瓶汽水润润干燥的喉咙，借人家的凳子坐坐歇歇腿。天赐良机哟，他在这儿巧遇广东省南北开发总公司的董事长陆彦。他们一见如故，遛了一回东安市场，又成了莫逆之交。

陆彦四十多岁，中等个头儿，很结实。脸色很白，小胡子很黑，两只眼睛和一般广东人那样有些凹陷，却流露出非同一般的机敏神气。身穿西服革履，手提皮包；腕子上戴着金表，手指上套着宝石戒指；放香烟的盒儿，点烟用的打火机，都属于进口货。他为人豪放慷慨，花钱特别大方。他请黄占元到前门新开设的烤鸭店吃了一顿，除了鸭子，还另点八个菜，都是黄占元前所未见的。付款的时候，陆彦从皮包里抻出一沓子人民币，扔在桌子上，让服务员自己随便拿……

黄占元遇到这么一个大门口，哪能轻易放过。他千方百计地把陆彦请到他们的地盘上。在振华贸易货栈会谈。在县政府招待所设宴。通过走后门开了一个只有中央领导来才开的特级房间。他们很顺利地成交了六万元的买卖：振兴贸易货栈立即发往广州两千箱特产白莲藕粉、三千箱特制老窑白酒；广东省南北开发总公司将相应地发来八百台日本进口的十八英寸的彩色电视机。

振兴贸易货栈开市大吉，轰动全城。所有一哄而起的，党政机关办起来的企业摊子的负责人，都想巴结陆彦。黄占元以代理人的身份出面挡驾，全部给拒之门外。为了独占这个财路，他没有再挽留陆彦多住几日。陆彦提出要走，他就表示同意，但提了个小要求："到寒舍坐坐"。陆彦也很够朋友，没拨他的面子。他让儿子把他们父子两个月的退休金和薪金全部提前支出，采购了小县城里所能买到的高级食品，又一次走县政府办公室副主任的"后门"借了一辆老式伏尔加轿车，"嘟嘟"一声，开进了到处是泥水、粪堆的水渠营。

在酒席宴上，陆彦开怀畅饮，侃侃而谈。他大谈广州的变化、深圳的发展、香港的繁荣热闹。他谈得天花乱坠、云山雾罩，神乎其神，把乡下人，特别是渴望听到这些奇闻的年轻人，给说得嘿嘴咂舌、目瞪口呆，不能自已。那个站在一旁专事"满酒"差事的黄小云，被迷醉得直把酒往地上倒。

"我们的南北开发总公司，每天要同来自世界各国和国内各地的客商打交道，任务光荣而繁重，其中语言交流是个特大问题。"陆彦喝口酒，吃口菜，接着新话题说，"英文、日文、法文、德文和葡萄牙文，都好办。我们能够从中山大学和外国语学院挑选高才生当翻译。唯有讲普通话的人难找。特别奇缺女职员。我们广东地方的女孩子，就算学会普通话，听起来也像麻雀叫一样的刺耳。我这次来北方，除了联系业务之事，还有物色人才的任务。"

"谁要是让您给挑选上，那可是好福气呀！"黄占元一面给陆彦夹菜，一面说奉承话儿，"到您那公司当个职员，能开眼，能见世面，能长本领，比在我们这个小地方当个乡长、主任的可强上百倍。"

陆彦点头附和："不错，不错，我们的一般职员，月薪人民币八百，一报到就拨给一幢装有空调的小别墅。"

"好家伙，连县长也比不上呀！"黄占元惊呼大叫，随即自愧不如地说，"能达到您选拔条件的，起码也得是个大学毕业生，咱这地方谁也难够尺寸哟！"

"这位小侄女就很符合要求。"陆彦笑眯眯地看着黄小云说，"个头儿、长相、年龄，都合适。尤其是口齿伶俐这一点，更是百里挑一的。"

"好哇！您回去给美言几句，给我们小云安排个工作吧！"黄占元赶忙抓住机会说，"省得她老是为顶替的事儿抱怨我，也算她这一辈子没有白到人世间走一趟。回去以后，您一定帮帮忙，快研究研究……"

"这还用什么研究？"陆彦不以为然地说，"一般的人员安排调动，我一句话就定。就是不知道大侄女愿意不愿意跑那么远去闯闯世面？"

"说话呀，愿意不？"黄占元知道三闺女会怎么回答，却故意用筷子拄着桌子，歪着脑袋看着黄小云这样问。自己的心里边美得直扇小翅膀，想乐而不好意思乐出来。

黄小云，二十一岁，精明、灵巧，属于农村最能干的那种女子，同时正当最为天真、最富于幻想的年龄。爸爸那不安分的、追求金钱的心气，每次回家来津津有味地传授的外面世界的奇闻，还有周围农民纷纷离开乡土到四面八方奔波的情形和气氛，如同一把把扇子，早把她给扇动得不能平静，她开始厌恶这农家小院，厌恶这黄土街道，厌恶闷热的高粱地。她时时都想飞起，飞得高高的，望一望八十年代新潮流的面貌，尝一尝现代化生活的神秘滋味。此时，梦寐以求的机会突然从天而降，她能不张开双臂迎接吗？南北开发总公司设在广州，广州紧挨着深圳，深圳跟香港特别近，到那儿谋上一个差事，岂是傻哥哥在乡村供销店站柜台所能相比呢？在爸爸以眼神配合着语言的叮问之下，她心慌意乱地说了声："愿意。谢谢陆叔叔。"

　　"好，好，我批准！"陆彦很满意地打个肯定的手势，又对黄占元说，"我告诉你个报到的地址。你给她打个开往广州的火车票，坐上两天一夜，到新站下车。出站坐十七路公共汽车，在越秀公园换乘无轨，到珠江大桥再换乘九路汽车。随后过马路，往右拐，往前走，再往左拐，就看到了那座二十四层的大楼，楼门口挂着我们总公司的牌子。你进去登记一下，坐电梯到十一楼，找人事处办公室的吴主任……您记住了吗？"

　　黄占元没把陆彦说的路线图听完，就迷糊了，不愿说没记住，却问三闺女："你听清楚了吗？"

　　黄小云摇摇头，有些紧张地说："这么一大串地名，还要换那么多次车，我准得迷路的。"

　　黄占元同情地点头："是呀，有一个人送送才好。"

　　陆彦立即说："可以。到那里吃住没问题。准备四百块钱的车旅费吧！"

　　黄占元一听车旅费的数目是这么大的一笔，就龇牙花子犯了愁。四百块钱，等于儿子站一年柜台所得工资的全部。三闺女找到的工作再高级，没有挣进一分钱就花出这么多，也太不划算呀！他沉吟片刻，终于想出个主意，对陆彦说："老弟，这样行不？您再跟我们振兴货栈打个招呼，就说发藕粉和酒那些货物的时候，得派一个人押运，我就可以来个公私两利，亲自把小云送到广州。"

陆彦说："这倒是一个办法。不过，你得把藕粉和酒装上火车，才能动身。而我们公司招雇人员是有期限的，最晚不能超出本月份。因为广交会还等他们参加筹备工作。"

黄占元一拍大腿："嗐，太不巧啦！"

"别为这点儿小事儿发愁。"陆彦给他排忧解难，"我明日赶回广州。我可以顺便把侄女带去报到。"

"这可太棒啦！我们又省钱，又省麻烦了！"黄占元再次拍一下大腿，十分称心如意地说，然后叫闺女，"快再谢谢你大叔，真把咱帮到家啦！"

当天下午，黄小云带上几件替换穿的衣服和爸爸、哥哥两个人办酒席剩下的工资钱，便跟家里的人告别了。送出大门口上汽车的时候，妈妈掉了泪，哥哥和嫂子掉了泪，黄小云也忍不住地掉了泪。

黄占元恐怕陆彦介意，就挺不高兴地训斥抹泪的人："真是小家子气，没见过世面。哭个啥？这是一步登天去享福，又不是去受难。"

傍晚，陆彦领着黄小云到达北京，在前门外大栅栏住了一夜。第二天早起，陆彦问黄小云："你这个北京边上的人，逛过万里长城吗？"

黄小云回答说："没有。只是在画儿上看过。"

"嗐，不到长城非好汉哪！"陆彦说，"不到长城来一次身临其境，到广州接待外宾一交谈，多显得没知识。这么办吧，我带你走一趟，我们后天再启程南下。"

黄小云要按照爸爸的嘱咐，对陆彦这位大经理听话顺从、小心伺候、别惹人家不高兴。人家推迟一天动身，为的是带她逛万里长城，她除了越发感激人家的一片好心，还能有别的什么说的呢？

他们到崇文门外的食品店买了好多面包、罐头和各种酒，装了两个旅行包，然后登上了火车。他们在火车的餐车上饱饱地吃了一顿午饭，就在一个黄土梁的村野小站下了车。

"看见没有，右边。"陆彦指着重重的山峦说，"过了那个梁，就是万里长城。"

黄小云仰着头张望，到处都是她长这么大从未见到过的崇山峻岭，还有坡上的棒子地，沟里的果木树。她觉得新奇，也有一种威严感。她替陆彦提着一只装着食品的大包，小心地跟在陆彦的后边，在小路上寻找放脚安全的地方，往上攀登。

他们过了梁，又钻山沟。不见了村庄、不见了梯田、不见了树木，更不见除他俩以外的任何人影，甚至不见了路。只有陡峭的山崖，古怪的乱石，莽莽的绿草，苍白的或血红的小花朵……

陆彦背着包、挎着包，仍然往前走。

黄小云大口地喘气，大滴地淌汗，竭力忍耐着、追随着，不多言多语。直到看见太阳落下去，山峰阴影铺过来，晚风也跟着刮起，她才不得不问一句："陆叔叔，您走的路对吗？"

陆彦边走边回答："没错儿。这是我的熟地方。"

"怎么不见游长城的人呢？"

"这儿不是八达岭，是新发现的。比八达岭可好玩儿！"

"天要黑了……"

"黑了怕啥，有我给你做伴儿。"

当他又往一条小山沟拐弯儿的时候，黄小云大着胆子建议："咱们回去吧，我不想走了……"

陆彦一转身，没容说出话来，就"嘭"的一声摔坐在草丛上，随后发出痛苦的呻吟："哎哟，哎哟……"

黄小云慌了神儿，快步地走到跟前问："您怎么啦？摔坏了哪儿吗？"

"没有摔坏，我一回头扭了脚脖子。哎哟！哎哟！"

"这可怎么办哪？"

"前边，左边的坡子上有个山洞。咱们先到那儿歇歇再走吧！"

黄小云很担心由于意外事故被困在这荒山野岭走不了，就又替陆彦提上一只更沉重的旅行包，跟着往沟里拐，往崖上爬。好不容易看到了阴森森的洞口，低着头迈进一步，漆黑一片，什么都看不清，只闻到一股子烟熏火燎的混合气味。接着听到陆彦丢挎包的响声，还有他放下身子，压得干草"扎扎"的响声。

"进来呀！"陆彦像躺倒了似的，朝着洞口外边招呼。

"我，我害怕……"站在洞口外边的黄小云浑身发抖，小声地回答。

光明在萎缩，黑暗在膨胀，远处的山谷、岩石如同燃乏了的木炭，一个跟一个变成灰烬，变得没了踪影，最后把近处的野草山花也给烧光，全都不见了。一切都寂静下来，只有风在吹。不知从什么地方传来兽类的怪叫声。

洞里忽地一亮，把失魂落魄的黄小云吓得浑身一哆嗦。

原来是陆彦打起自来火，点上嘴唇叼着的烟，又点着一根蜡烛。

黄小云这才看清山洞里的一部分东西。

地上摊着草，好似睡过人的铺，壁上靠着木棒，角落堆着纸盒子、酒瓶子、罐头桶，好像还有一个煤油炉和一个小铝锅……天哪，这是什么地方？这个人到底是干什么的？难道我们上当了？她联想起她曾经看过的惊险小说和破案的电影，以及种种恐怖的传闻……

"进来吧，那儿凉，来了狼会把你叼走的。"陆彦弯着腰过来，抓住黄小云的胳膊往洞里拖，"不用胡思乱想，这儿是我的别墅。我累了，请你陪着我在这儿休息几天。"

黄小云已经完全呆傻，脑袋里一片空白。黄小云浑身都瘫软了，没有一点儿支配自己的能力。她好似一件没有生命的东西那样，被拖进山洞里，被拉到草铺上，没有做出一点儿反抗。

　　陆彦开始开罐头、开酒瓶，切面包，把一份放在黄小云身边的一块方方的石头上："吃吧，吃饱饱的，我们好痛快痛快地玩儿……"

　　黄小云没有碰一下食物，她的舌头僵住了，也没有吐出一个字儿来，只是睁大两只可怜巴巴的眼睛盯着陆彦。

　　"广州、北京、上海，花花世界，我玩烦了，想过过自由自在的原始生活。"陆彦大口地喝着酒，说道，"你父亲是个大好人，够朋友，打发你来跟我做伴儿。你想逛大城市？你想开眼界？你想享受享受？对吧？好办好办，只要你跟着我走，一心一意地跟我在一起，我一定会让你得到满足。"

　　他吃饱了。他喝足了。他如同猫扑老鼠那样扑到黄小云的身上……

　　黄小云的反应只剩下无声的哭泣。她被残酷地折腾了一夜，哭了一夜。直到一缕曙光从洞口射进来，她的神态仿佛才从麻醉中惊醒，一个"逃"字复活在她的脑海。她有了一种最本能的、最低能的反抗力量。她从得到满足而呼呼大睡的陆彦身边爬过，爬出洞口，爬下山崖，随后发了疯一般地奔跑。

　　她跑出荒远的深山峡谷。

　　她登上开往北京的火车。

　　她没有出站，又乘换回家的火车。

　　她终于跑进水渠营的家门。

　　黄占元正要去振兴贸易货栈，张罗从食品加工厂和酒厂批进货物的事。他见三闺女黄小云突然进来，吓了一大跳："你怎么没走？"

　　黄小云事前并没有准备好口供，好似另外一个人转动她的舌头而吐出一句谎言："在，在北京，我跟他，走散了……"

黄占元气哼哼地一跺脚："嘻，真笨！你没个享福的造化！"

黄小云哭了。从院子哭到屋里，趴在炕上哭，不起来，不吃喝，也不说话。为了保护住自己的一个姑娘的干净的名声，不招致新的灾难，她想把一切吞咽。可惜，事实极不容易隐瞒得长久：一个可诅咒的孽根埋藏在她的腹中，一入伏天，就开始了妊娠反应，诊所的医生点破她怀了孕。接着，她的爸爸黄占元被公安局拘留审查。因为通过他亲自牵线，跟一个刑满释放的而后又有新的重大罪行的流氓诈骗犯余伢子，也就是冒名陆彦的在逃犯挂上钩，使一批价值万元的藕粉和白酒落在广州一个诈骗团伙手里……

当黄家老小慌成一团的时候，黄小云出逃了。

她步行到县城，坐汽车到燕山镇，换一辆顺路汽车，到山下屯，慌乱中迷失了方向。

她顺着山根儿走。她沿着小河走。天上乌云密布，随着风势往下压低。她加快了步子，朝着隐隐可见的有树木的地方奔跑。

打雷了。扯闪了。雨点子很沉重地投射下来了。

她慌乱中发现路旁有一幢孤零零的新房，就不顾一切地扑到门前。她喊叫几声没人应。她推开虚掩着的门扇不见里边有人。

大雨发狂地倾泻泼洒……

她坐在没有铺席的炕沿上伤心地哭起来。

她怎么也不会想到，这个村子叫田家庄，这所让她躲风避雨的房子属于正寻不到媳妇儿的光棍儿田留根所有。

第 二 十 五 章

·

    好长一段时间，再没有媒人迈田家的门槛儿。田留根对于找对象、娶媳妇儿的事情，几乎绝望了。

    他本来就不是个活跃的青年，这会儿变得更加沉闷。从前有他弟弟老二保根在家，两个人同住在一间屋子里，常有串门儿、玩耍的伙伴出来进去，哥儿俩也断不了聊几句，或者争吵几句。那该有多红火、多有意思，如今只剩下田留根孤单单的一个。他爬起来就去干活儿，一整天都不会有人在这西屋里出出气儿。他吃罢晚饭才回屋，连灯也不开，爬上炕，拉过枕头，就躺倒睡。他当然睡不着，净胡思乱想。白天在街头乘凉，总会遇到一些年轻人坐在一块儿凑热闹、寻开心，露骨地胡扯些男女之间的勾当。他听着害臊，不敢插嘴。等到晚间孤单单躺在炕上，他就无法抑制自己反复琢磨，像火一样烧燎得他干渴难挨。在地里干活计，常见路上行走着大姑娘和小媳妇儿。她们打扮得时髦而鲜艳，或是说说笑笑，或是哼着歌儿，随着脚步，扭着婀娜的腰肢，摆动着白嫩的胳膊。田留根只是偷偷地看她们一眼。他不敢像别的小伙子那样，不仅瞪大眼睛盯着人家看，遇到俊俏招人喜欢的女人，还敢没话找话地跟人家攀谈、逗笑儿。田留根可没有那么厚的脸皮，更没那么大的胆子。然而，到了夜深人静、独自一人躺在炕上的时候，他便由一只猫变成一只虎似的"厉害"起来，把一个个美人儿放在自己的心头，放肆地摆弄，没完没了地玩赏。这样的结果，往往把他折磨得痛苦万分，用粗糙有劲儿的手，发狠地抓着褥子边儿，暗自叹息："真的就像何三老头儿那样，这一生一世连女人都没有挨一下，就等着进火葬场？这可实在太冤枉啦！太冤枉啦……咱咋就没有董永的运气，遇上个七仙女，也来一回《天仙配》呢？"

这一日阴天，田留根怕挨雨浇，没敢走远路到山里去打山柴，只是在近处河边给猪割了一筐子青草。傍晚转回村，正往家里走，听见电工家的院子里传来吵嚷声。他估计电工两口子又在干仗。据左右邻居传说，这对小夫妻从新婚第三天开始就好三天坏两天的，因为一句话不对谁的心意，开口就骂。从单个儿骂到互相骂，再由动嘴到动手，互相动手扭打，摔盆子摔碗，凶得吓人。田留根想不明白：电工费了九牛二虎之力盖上房，借债娶上媳妇儿，又是自己找的，为什么放着好日子不过总吵架呢？你没尝到过熬光棍儿的滋味儿吗……田留根这么琢磨着，想听听他们吵什么，又怕人家看到他这个"看热闹"的人不好意思，就站在隔两个门口的路对面，远远地听着。

电工家的吵嚷声从屋子响到院子里。原来是电工跟老队长吵嚷的声音。

"快收起你这老一套吧，还想拿政治大帽子吓唬人哪，办不到啦！"

"你年轻力壮，又是村里的电工，求你为庄亲出一点儿力气你都不肯，批评你两句就是扣政治帽子啦？"

"现在讲经济效益，讲实惠，出点儿力气谁给钱？"

"要是你爸爸让你给做点儿事儿，你也伸手要钱吗？"

"嘿嘿！可惜他不是我爸爸。他是个断子绝孙的老光棍儿！"

"你没人味儿！"老队长可着嗓子大叫一声，冲出电工家的门口，跳到街上。

老队长郭云是田留根尊敬的人。从小时候起，他差不多每天都听见郭云这样粗脖子红脸地训斥社员，听惯了郭云高腔大嗓的喊叫声。同时他也清楚：社员都怕郭云，又都信任郭云，每次政治运动结尾整顿大队领导班子，社员们都希望工作组再把郭云扶上去，选举的时候，连经常挨郭云训斥的社员都投郭云的票。郭云性情急躁粗暴，说话不给人留面子，这些让社员们惧怕。但郭云办集体的事情认真负责、公正无私，从来不往自己兜里搂一分一毫东西，从不跟谁拉拉扯扯和嘀嘀咕咕，隔着肚皮就能看透他那干干净净的心。这些又使社员认为他是个可尊敬、可信赖的人。田留根以为老队长今儿个又干那种"没事儿找事儿"的事儿干而惹了电工，怕在火头上打招呼挨训斥，就想赶紧走过去。

"你跑什么？"郭云冲他吼叫一声，"你也学得这么贼鬼溜滑啦？啊！"

田留根只好站住，转过身来，嗫嚅地搭话："我没有摸清啥事儿，我……"

"不清楚，我告诉你。"郭云把怒气转移到老实人身上，大声说，"何三老头儿的房顶漏雨啦，你知道吗？我让民政委员找人给修修，就是没人干！我想找几个干部自己动手给暂时苦苦，光去几个不能爬高的老家伙。胳膊腿灵活的年轻人，不给钱不干！钱，我能掏得出来，可我不能在田家庄这块地盘上买'为人民服务'！这回你摸清楚头脑没有？"

田留根连忙点头："啊，啊，清楚了……"

"我要是求你给伸伸手，你干不干呢？"郭云逼视着田留根说，"雨天马上要来了。再一场雨，那屋子就兴许给泡坍。老头子就兴许给砸死在底下！他没有家室。他没有儿女后代。他就该死活没人管吗？你说说！"

田留根立即回答："那不好。没人干，我去干。我不要钱。您派我多会儿干都行。"

"马上干。火烧眉毛，一会儿也不能等啦！"

"那好吧！"

田留根不声不响地跟着郭云来到大庙后边的何家小院子里。这儿站着几个上年纪的党员干部。里边有老烈属和一位从水利局离休回村的老科长。他们有提着锹的、有拿着镐的，也有抱着草捆的，都在"望洋兴叹"：土坯房太高，草顶糟朽，非胳膊腿灵活而又情愿冒此风险的人，是难以攀登上去完成苫盖任务的。

田留根没有来这儿"为人民服务"的自觉性，他是被他所敬畏的老队长"逼上梁山"的。他到何三老头儿屋里搬凳子准备上房。他看到一间从来没有见识过的既脏乱又充满凄凉气氛的屋子。他看到一个瘦弱无力、使人怜悯的老人。老人身上裹着破烂得一堆一块的被子，坐在露着炕坯的席片上。左边摆着脸盆、瓦罐、木筲，右边放着一只很大的破笆篓筐子。

"三爷，在炕上摆这些东西干啥呀？"田留根站在门口，很纳闷儿地小声问。

"漏雨。接雨水的。"

"三爷，笆篓筐怎么能接雨水呢？"

"这是救命用的。房顶要是给浇塌下来，就把它扣在脑袋上，砸不死。"

"瞧您，这日子咋过？还是回公社敬老院吧！"

"去去去！谁也别给我出这馊主意！"何三老头儿不高兴了，摆动着枯柴似的手嘟囔起来，"哼，敬老院，敬老院，不是亲的己的，谁敬着你？我死也死在自己的炕头上……"

田留根搬出凳子，往那随时有可能出危险的屋上爬的时候，他终于有了一点儿点自觉，认为应该来这儿"为人民服务"，应该把屋顶苫好，不让可怜的何三老头儿可悲地结束他的性命。田留根如果不诚心诚意地做，那就真像老队长咒骂电工的话那样，太没有人味儿了！

在可能漏雨的地方清除了腐烂的草、松化的泥，而后重新苫上、堵牢，实际上并没有用很长时间。再比这简单的事情，没有人手做的话，就变得难于上天！

干部们一齐动手把屋子、院子都给收拾一遍，见天空越来越低，也越来越黑，便纷纷离开回家了。

田留根把凳子搬回屋，见老队长郭云在灶膛点着了火，又在刷锅，就说："要下大雨，快回家吧！"

郭云很生硬地回答："我那房是翻盖过的，不会漏不会坍，又有一家子人守着，急着回去干啥？这破屋子你给苫的行不行，没把握，等雨来了，我得观察观察。你有事儿，走你的吧！"

田留根背着草筐急步往家走，刚进大门，就电闪雷鸣地闹腾起来。跑进屋里没容站稳，瓢泼的暴雨就哗哗啦啦地下昏了世界。

雨停风止的时候，天色已经大黑了。兴许是电站为了避免雷击而拉了闸，或者是大风刮倒了电线杆子，反正灯拉不着，只好点起小油灯吃晚饭。

坐到炕桌跟前，田大妈才顾上心疼地抱怨儿子："你这个人哪，割青草可多可少，干啥还那么恋活计，不早一点儿回来？要是让那阵子雷雨给截在河套里，有多危险！"

田留根解释说："我早就回来了，走在街上让老队长给截住。"

"哟，老积极没事儿截你干啥呀？"

"给何三老头儿苫房子。"

"他的房子漏雨啦？"

"小雨就漏个一塌糊涂，今儿个要不是下雨前给苫上，不坍了顶，也得把老头子给泡起来。"

"嘻，那个人一辈子老实厚道，一辈子出苦力气，到老来倒遭了大罪！"

闷着头吃饭的田成业听到这儿，插一句说："看起来不论啥年月、啥社会，一个人不成家立业不行，不娶上媳妇儿留下个后代不行。留根你可不能耽误了自己。应当照你妈指教你的话做，搞对象得开通点儿，得大胆点儿。靠别人保媒不行的话，你就学学人家郭少清和电工的样子，自己找……"

最近一些日子，田留根就怕别人议论他的婚姻事。他尤其回避跟他的爹妈议论这个话题。只要别人谈话一沾这件事的边儿，他就起心里烦躁。这会儿爸爸又往他的心病上戳，不由得发起倔强气，声色俱厉地顶撞爸爸说："大着胆子，自己搞！咋大？咋搞？我到路边等着，见一个好的就拦住人家？"

田大妈能体会儿子的心绪，赶紧打岔："留根，你快麻利地吃。吃完看看咱家的新房后窗户关上没有。"

田留根又吞两口饭才说："都关着哪，不用看。"

田大妈说："刷油漆的时候，我把插板儿都拔下来了，怕是让大风给吹开。"

"明儿个再看吧！"

"半夜兴许接着下雨，还是看一看心里踏实。"

"您看外边多黑！"

"跟西院你石头哥借借手电筒用。"

"啥都跟人家借，也不怕人家讨厌！"

"邻居住着，他们求我的地方多着呢，他不应该有来无往。你们爷儿们干点儿啥事儿都怵头，都往回缩，里外要我一个人！"田大妈这样唠叨着，下炕出屋，站到西墙下喊，"石头，把手电筒借我使一下子。"

"哎！"西院的张石立刻应声，很痛快地把手电筒隔着土坯墙递过来，"接住。就是电不太足啦！"

田留根吃罢饭，不声不响地从柜子上拿了手电筒，又不声不响地往外走。在二门口，他听见妈在抱怨爸爸。

"你呀，该你说话的时候，你的话值钱着哪，不该你说话的时候，偏要瞎嘚啵。你不知道五六个都没搞成，再没有提媒的，他心里难受吗？你逗他话儿、让他更加皱皱巴巴的干啥……"

田留根往大门外走，心里暗暗地向遭受不白之冤的、好心肠的爸爸道歉。爸爸不是有意惹他难过。爸爸今儿个说的话是很对的。何三老头儿那个人生可悲可怕的结局，像模型图样一般摆在那儿，如若不想捯着他的脚印儿走，就必须生着法儿娶上媳妇儿，有家，有后代。对田留根来说，娶媳妇儿并非只是为了遥远的晚年，更为了满足今天的渴求——年轻力壮、不愁吃喝、别无忧虑的光棍儿生活实在难熬呀！

他怕耗费人家的电池，一路上没把手电筒打开，直到推开新房的门，拐进东屋，想检查一下后窗户是不是关闭着，这才撤亮了电光。

电光如同一把刀，从白灰墙上和泥抹的炕上劈下来。一个躺卧着的人，"呼啦"一声蹿起，退缩到炕旮旯儿，一手抓着一个人造革挎包，一手弯曲地举在头上，仿佛防备刀剑朝她劈砍下来。是个女的，年纪轻轻的女的，脸色纸一样惨白，嘴唇触电一般抖动，两只大大的、圆圆的黑眼睛，恐惧地盯着突然出现在面前的人。

田留根本能地倒退一步，慌乱地用手电照着蜷缩在炕里端的女人，闹不明白发生了什么事儿："你，你是谁？"

黄小云壮着胆子一连声地回答："我是走路的。遇上雨，我在这儿避避……"

"噢！"田留根听了，再仔细打量一下黄小云，这才松弛了紧绷起来的神经，忙说，"好，好，你就在这儿待着吧！这儿没人住。我来看看窗子让风刮开没有。就这么着，你待着吧！"

黄小云放下护着头的胳膊，仍然恐惧不安地盯着因电柱晃眼根本不可能看清的陌生人。

田留根关掉手电，退出东屋，走出堂屋，倒拉上门扇，随后急转身，"啪唧、啪唧"地踏着泥水，往路上走，往街里走，往家走。

黑洞洞的窗户里传出妈的声音："窗户没有吹开吧？"

田留根回答一声"没有"，就走到西墙边，喊邻居张石，把手电筒还给人家。随后，他回到西屋，和往日一样，没有用灯光照着亮，一条腿跪在炕上，探身拉过枕头，就脱掉衣服躺下了。一切都和往日没有区别。他又开始了胡思乱想。所不同的是，想到后来，思路的焦点集中在这会儿正待在他准备娶媳妇儿的新房里的那个青年妇女身上。

"她是行路的，遇上雨，在这儿避避，怪可怜的。"田留根更为具体地思谋着，"她准是下暴雨前跑进屋里的，紧接着天就大黑了。她准没有吃饭。应该给她送一点儿去……"

东屋的老两口儿都睡着了。不然的话，田留根从西屋往堂屋迈腿把靠在墙边的笤帚碰倒，田大妈会搭话，会问问儿子起来做什么。

田留根站在堂屋中央，提起脚后跟儿，举起一只胳膊，在空中摸索一阵儿，手指头终于摸到吊在房梁木钩子上的小篮子。他从小篮子里抓出一张剩烙饼，同时抓出盖在饼上的一块蒸屉布，用来把烙饼包好。他轻轻地出了屋，轻轻地出了院，"啪唧、啪唧"地在街上跑，跑到黑漆漆的新房跟前。他犹豫了一下，把包着的烙饼放在外窗台上，用手指头敲敲窗棂，小声地招呼："喂，喂，我给你送来一点儿吃的。你打开窗户，伸出手就能拿到，填补填补肚子吧！"说完，他转身朝南，在泥浆里"啪唧、啪唧"地跑几步，又返回窗前嘱咐一句，"喂，把吃的东西拿进去，得把窗户关上。不然淋着雨，窗户格子要走翘的。"

天空仍被浓墨般的阴云遮蔽，四周的庄稼地也是漆黑一片。远方有闪电，每出现一次都托出山峦的威严剪彩。河边传来青蛙的叫声，高一阵儿低一阵儿。风暂时停息了，空气凉飕飕的，夹带着强烈的青草味儿和水腥气儿。大概快半夜了。夜好静啊……

田留根回到家，摸索着进屋，摸索着上炕，衣服没有脱就躺下了。由于心平气和，很久以来他第一次这样"沾枕头就着"，而且睡得香甜，一觉睡到大天亮。一醒来他就想到在新房里避雨的青年妇女。他趁着妈妈忙着熬粥、爸爸收拾被风雨弄歪斜的瓜豆架而不留神的当儿，急忙跑到新房。

雨后初晴，天空如洗。晨光中的新房更显出它的崭新。屋檐和四周的青庄稼叶子一样无声地滴着水珠儿。硬甲小虫子在泥浆里的脚印中间慢慢地、左顾右盼地爬行着，好似寻找丢失掉的珍贵东西。

田留根冲着窗户"喂、喂"地呼唤几声，没有得到任何回音。他放在窗台上的烙饼不见了。窗户严实地关着。屋子里空空的，没有人影儿，一点点可供揣摸的痕迹也没有留下。

他呆站在飘散着油漆味道的门口，手摸着自己的后脖颈子，用力地回想昨天夜晚所遇到的一切情景，不由得自言自语起来："这是怎么回事儿？做了一个奇怪的梦吗？"

第 二 十 六 章

晌午蒸菜馅儿包子，田大妈又剁菜和面地忙了好长时间。临点火的时候发现，笼屉布没有了。

"真是怪事儿！我记得清清楚楚，我用屉布盖着烙饼。"田大妈继续寻找，嘴里叨念，"篮子吊得挺高，四面不挨地，老鼠是没本事给拉走的……"

田留根蹲下腿、猫下腰，用双手捧水洗着脸，心里打着转儿。暗想，笼屉布不见了，证明昨儿个晚上遇见的那个青年妇女是真实事，不是梦。他怕妈找起来没完，白着急，就赶紧说："妈，我用过，包干粮，兴许丢了。"

田大妈果然停止搜寻，抱怨说："你们父子们一路货，总是丢三落四的，还能把日子过好！"

包子等着蒸，买新笼屉布来不及，只好去借。

田大妈先到东邻借，东邻的人都到山坡上修补被山洪冲毁的梯田坝台，连街门都锁上了，把猪给饿得直撞圈门子。田大妈又到西邻借。

西邻是张石的家，没二门，直筒子到北房。张石媳妇儿正坐在堂屋里做饭，热气从上门槛子滚出来，飞到房檐上端飘散。同时有一股炖豆荚的香喷喷的味道在院子荡漾。

田大妈要急着拿屉布回去，站在院心就喊："侄媳妇儿，快把你们的笼屉布给我使使。"

在堂屋烧火的人，闻声扭过身来，田大妈才看清，并不是张石那个胖胖的、大手大脚的媳妇儿，而是一个又年轻又秀气的青年妇女。

"您请到屋里坐吧！"青年妇女很懂礼貌地站起身，笑吟吟地说，"我姐带着孩子到窑厂找我姐夫去了。"

"噢，我知道啦！"田大妈也以热情相报，"你是水渠营孩子他姨吧？多会儿来的？"

"我早晨到的。"

"你忙吧！我住东院，姓田。有工夫到我那儿串串门儿。"

"您说借屉布，我给你找找吧！"

"好找吗？"

"您稍候一会儿，"女青年说着退进屋里，很快就手举着两块屉布出来，"您看看是不是这样的？"

田大妈连忙接过，说："对，对。一块就够了。用完我就送过来。"

女青年往外送两步，客气地冲着后背说："您慢走。"

田大妈回到家，一边蒸包子一边对老头子说："西院石头的小姨子来住姐家。那姑娘长得像一朵出水荷花似的，还特懂事儿。今年春天，石头还想给咱家留根说媒。他媳妇儿就给拦下了，嫌咱留根不精明，没工作，又没新房子。当时我还挺不高兴。今儿个一看哪，我可没有说的了。咱留根哪配得上人家呀！就算两边都说妥，等到对面一相看，也得吹。人家不会相上咱留根，瞎费工夫、瞎劳神儿。"

田成业小声告诉老伴儿："留根在西屋里自己缝褂子哪，你说这个让他听见，不让他别扭？"

田大妈也觉出自己大意了，就解嘲地笑笑，收住话茬儿，忙着往灶膛里填柴火。

田留根什么也没有听见，他尽顾琢磨笼屉布的事儿。

吃过饭，田大妈正收拾碗筷，忽见张石连个招呼都没打，就从门外走了进来。

田大妈先开口："哟，你今儿个咋这么闲着呀？"

张石一脸忧愁焦虑的神色，左右看看，回答说："我有件事儿来求您帮忙。"

"你就说吧，只要大妈能办到的就办，没有别的话讲。"

"最好找个没人的地方。"

"嗬，还有国家机密的事儿？"

"搁在我身上比那大。"

"我倒要开开耳朵。这屋来吧！"田大妈半开玩笑地说着，撩起门帘儿，让客人的同时打发儿子，"留根，到东屋去缝吧，我们说个事儿。"

厚道的田留根既没有表现出一点儿好奇也没有说什么话，抱起破衣裳和针线就溜下炕，穿鞋往外走。跟张石擦身而过时龇牙一笑，算是打个招呼。

"田大妈，这事儿您知道就行了，千万别对别人说。"张石回手掩上门，舌头很不灵便地说，"我跟我家孩子妈商量来商量去，觉着您人性好，热心肠，靠得住，只有求您。"

"别让我着急，啥事儿就直说吧！"

"嗐，我家孩子三姨，让一个诈骗犯给糟践啦……"张石把他小姨子黄小云如何上了余伢子的当，如何发现怀了身孕，从头到尾地述说一遍，"她昨儿个独自一人从家里出来的，半中途遇上那场大雨，在野地过一夜，今儿个早上才找到我们家。让我们给出主意想办法，急着去掉那块病！"

田大妈是一个极富同情心的好人。她一边听着古怪得难以置信的事件发生经过，一边皱眉头、咧嘴巴、咬牙切齿。等张石的话音一落，她就啥难听用啥词儿咒骂那个千刀万剐都不解恨的"狗娘养的坏蛋""杂种的牲畜"！最后说："主意办法现成的，跟那个狗东西打官司！"

"打啥官司！公安局一旦把他捉住，还能轻饶他！"张石心急火燎地说，"眼下最紧要的是，得把肚子里的那块病卸下来，越快越好！"

"对，对。留下那个东西，一辈子也长不上心头的伤口。卸下去就忘掉它，只当没有过这件事儿，好好地奔前程。"田大妈肯定张石的主见，可是挺为难地用手拍着褂子大襟儿说，"接瓜熟蒂落的孩子我在行，硬摘我可不敢下手。"

张石说："才怀胎两三个月，偷着往下打有危险。最妥善的路子就是送镇上卫生院打胎。卫生院要村里的介绍信。不是田家庄的人，邱支书准不给开。所以我们想到您，您家老二保根跟陈耀华关系不错，您要去找找陈耀华，她准能从她姑父那儿把信开出来。"

"不用找她。我直接去求老支书。"田大妈豪迈地拍着胸脯子说，"这是救苦救难、修好积德的事，你们求到我身上了，就算有千难万险，我也要帮你办成。老支书大半辈子都为人民服务，如今不光有儿有女，还有了孙子孙女，会更体谅老百姓的心。加上我这么大年纪的人去央告他，他总会给个面子的。"

张石的嘴上没说，心里可直打鼓。他担心这几年变得只会向"权"、向"钱"看的邱志国，不好说话，不能通融。不过，他没敢点破，怕爱面子的田大妈以为别人瞧不起她而不悦，张石想：反正有个现成的陈耀华，田大妈碰了钉子会找陈耀华帮忙。

田大妈根本想不到在支书邱志国那儿碰了钉子。邱志国有句口头语："我跟田家庄的群众是鱼水关系，鱼帮水，水帮鱼，谁也离不开谁。"田大妈每逢听到邱志国讲这句话，心里就非常感动，因为这是一句实在话。"鱼水关系"，当然邱志国是鱼，群众是水，而田大妈这个热心肠，有人缘的人，在这"水"里应该算不小的一盆子。二十多年里，每当邱志国需要水来帮他的节骨眼儿上，田大妈都热心地尽自己"一盆水"的力量。土改阶段田家分到一匹骡子，口轻活全，除了自己够用，春种秋收还能卖几天套。邱志国办起第一个小农业社，有人力没畜力，亲自坐到田家炕头上动员田大妈入社。田大妈没说不字，就带上土地和牲口当了第一批农业社社员，帮着邱志国使农业社没有散班子，秋收以后，还来个大发展。"大跃进"那会儿，邱志国要组织"穆桂英"突击队，到水库工地上放卫星。妇女们不习惯丢下孩子跑七八十里路远的地方去宿营，不论怎么号召、动员，都没有人参加。邱志国找到田大妈一提此事，田大妈就答应了，还串联七个平时对脾气的庄亲姐妹，一块儿带头报名当队员。邱志国终于把队伍拉起来，拉到工地，最后扛着一面大奖旗回田家庄的。"四清"运动割尾巴，社员往外交自留地。邱志国跟田大妈用话一点拨，田大妈立即明白，在会上报名把栽了果树的自留地交给集体。有几户跟田家的自留地挨着，也一个跟一个自己动手割尾巴。这件事上了"四清"工作队分团的油印简报，邱志国受到表扬。这次表扬成了邱志国顺利"下楼"，很快恢复大队领导职务的一张重要包票。去年搞"承包"，谁都争着要好地，不要孬地，吵得一塌糊涂。无奈，只好把大块方田割成一条一条的，每一户都分点儿。就这样做还是难让大伙都满意。有一块地由于离水渠远浇水不方便、离村口近容易受鸡狗糟蹋，谁也不要，闹得分地的工作没法子进行下去。邱志国急得眼睛都红了，暗地里跟田大妈商量：只要田家肯把那一小块儿地作为口粮田收下，可以掐一截儿当房基地用。田大妈马上应允，给邱志国解了围，使得田家庄搞"承包"的工作顺顺当当地进行下去了……

田大妈一边往邱家走，心里还一边满有信心地想：凭我跟邱志国几十年的老交情，求他办这么一件既不出钱也不出力，更没啥风险的事儿，他能不答应？

邱家的宅子不知啥时候变了样子。木板大门是新钉的，两大扇门对开，其中一扇上还套着个小门。门前边原来有一个大土坑，已经用黄土给填个溜平，变成一个小广场。上面栽了几棵很大的松树，围了一圈矮矮的柏墙。这么一点缀，把本来既新式样又讲究的大宅院，给衬托得更加幽静和有气魄。

田大妈望而却步，远远地朝院子里观看观看动静。

大门正敞着，能看见院子里这会儿正热闹：停着两辆小汽车，还有十几辆自行车。很多穿戴体面的人，喊叫着、说笑着，还拉拉扯扯地往汽车跟前走；汽车要开动，传来"嗒嗒"的响声。

田大妈扭头往回返，好像有人追赶似的小跑着，一直跑到料定离那大门口很远了，不会被谁看见，才敢收住步子停下来。

她觉着自己挺好笑，不知道害怕什么，也不知道为啥逃跑。她只想起一件往事。还是闹日本鬼子那年头。有一回，田成业到燕山镇籴玉米、籴麦种，赶上"炸市"，被抓到乡公所。蹲了半天之后，人是放了，可是一口袋麦子和刚扯的一卷子布，都被乡里给扣下。田大妈心疼丢下的东西，觉着大乡长是田家庄老巴家的人，想求个人情，把麦子和布要回来。她就奔到燕山镇，奔到乡长的临时寓所。于是，她平生头一次看到那么大的双扇大门和大扇门上套着小扇的门。而且跟今天在邱家院子里看到的情形一样，也有好多喊叫着、说笑着、拉拉扯扯的人。所不同的是，让烧酒给醉得东倒西歪的人里边还有背着长枪、挎着洋刀的日本鬼子兵。田大妈一见那枪那刀，尤其一见那洋人的样子，就被吓得浑身筛糠一样地打哆嗦。她哪还顾得上什么麦种什么布，要命打紧，连忙地逃离那个双扇门的大门口，跑回田家庄……过去那么多年的事儿，还没有忘个干净，多可笑呀！

下地干活儿的人开始起晌。他们遇见田大妈都和气地打个招呼。

田大妈不敢久停，说得回家看看。实际上，她估计邱家院子的小汽车带着"大人物"们走了，就又奔邱家来。

邱家的双扇大门已经关闭，只有那个套着的小门开着。从小门也可以看到院子里的一些情景。院子很大，但不种蔬菜，除了两架葡萄，就是各种花草。葡萄架旁有一丛木槿花。邱家的两个儿媳妇儿正在花丛下那个安了压水机的水池旁边不声不响地洗盘子、碟子和碗筷。要洗刷的东西太多，只好用大笸箩装。

田大妈迈进小门就递个话儿："哟，你们这会儿才吃完饭呀？"

两个媳妇儿闻声同时扭过头来，脸上都流露出紧张的神色，一个连忙向田大妈打手势，一个把手掌遮挡在嘴边说："您小声点儿，别嚷嚷！"

田大妈对这种警告莫名其妙："怎么啦？出了什么事儿呀？"

媳妇儿回答："我家老爷子在屋，不让大声说话。"

"还有客人？"

"刚吃喝完，走啦！"

"那好。"田大妈放下心，又说，"邱书记在哪个屋里？你们给我叫一声。"

"我们怕他发脾气，可不敢叫。您有事儿自己去找吧，在东头那间会客室里。"

田大妈对两个媳妇儿的态度语气没有一点儿介意，就不管不顾地直奔东屋。

东屋跟西边的正房连脊，却是单开门。红砖到底、紫漆柱子、蓝漆窗棂，从上到下全安着大玻璃。隔着绿色铁纱门可以看到屋里的摆设。一溜罩着花浴巾的沙发。摆着切开的西瓜的茶几。东南角和面北角两个落地电扇对着吹，把罩在电视机和电冰箱上的白绸子吹得一下一下地舞动着。有一架人一样高的座钟，威风凛凛地站在两个沙发之间，那个钟摆如同小孩儿荡秋千那么摆动着……

田大妈对屋里的陈设粗粗地扫一眼，就感到眼花缭乱，不禁咂舌头惊叹。她早听人家议论，邱志国这几个月大变样，成了田家庄富起来的几户中最敢显富露富的一个。传说邱志国最近装备好的东客厅比县委那一间专门招待中央首长的房屋还"高级"。而田家庄的人，不要说平民百姓，连老队长郭云都没见识过那个房间。于是凭着人们的想象，怎么"高级"就怎么想，传得神乎其神。田大妈今儿个亲眼这一看，觉得实际情景比传说得还要神。她正在四下寻找邱志国，发现一个长沙发扶背上有两只大脚丫子，继而是两条肉滚滚的大腿，鼓囊囊的肚子。她料定这个人就是邱志国，伸手刚要拉那绿纱门，突然从里边传出呼噜噜的鼾声，她吓了一跳，本能地倒退半步。

　　"人家这会儿正睡觉，叫醒人家，求人家给办事儿准不高兴，等等再叫吧！"田大妈心里边这么掂量着，顺势坐在屋檐前的一道膝盖高的花池子砖墙上。这儿正巧有一片泡桐树投下的树荫凉，不至于挨西斜的日头暴晒。可是她心急如焚，那边还有个受难的人等着她去搭救呀！"唉，托生人可别是个女的，女的顶倒霉。人家干干净净的一个大姑娘，哪料到遭那么一场暗算劫难！有冤还不能喊，只可吃哑巴亏。这该多窝心哪……"田大妈脑海里转悠着坐在张石屋里的那个大姑娘，替那个大姑娘叫苦叫屈，恨不能来个"神仙一把抓"，把那个大姑娘肚子里的那块"病"给一把抓出来！这当儿，她听到屋里有动声，赶紧抽身站起，一步跨到绿纱门跟前。

　　躺在柔软沙发上睡觉的邱志国只是翻个身，又接着"呼呼"大睡。他只穿着一件小裤衩，如果再翻个身，四仰八叉地睡，那不得把什么都露出来呀！

　　田大妈赶紧又回到花池子那儿坐下。她焦急不安地等了一阵儿，听到屋里有动声，再一次站起身，隔着纱门观察。她瞧见邱志国把头转向沙发里面，把屁股掉到外面撅着。她只好再一次转回来。她这样站起坐下地折腾好久。树荫凉移动，她也得跟着移动，一截儿一截儿的，快移到东墙根。有几次，火苗子从她的胸膛冒起，直蹿到嗓子眼儿。最终她必须把心火吞咽下去，压着急躁情绪，不冒失地喊叫，也不甩袖子离开。

早就洗完了家什，躲到各自屋里去的邱家媳妇儿，这会儿又出现在院子里，一个用奶头堵着孩子的嘴，提着脚后跟儿走路，一个一手牵着孩子，一手像哑巴那样跟孩子比画着奔向大门外边。卖冰棍儿的小贩刚出现在街头，奶孩子的媳妇就像救火似的扑了过去，像轰狗一样把人家给赶走。有两个骑自行车的人似乎是奔这儿来的，也被那个媳妇儿给拦挡在大门外边。

田大妈呆呆地站着、看着，当她再一次透过绿纱门看一眼在里面熟睡的邱志国的时候，忽然悲哀地意识到：她是惧怕这位党支部书记的；她刚才对张家石头吹了大话；她要是张嘴向邱志国讨一封介绍信，准得挨一顿训斥，还得空手而归；那可就丢了大脸……

她这样想着，从绿纱门前退开，退到院心，退到木板钉大门外，对谁都没有理睬。在街上迈着脚步，不知不觉地把心里叨念的话说出了声："怪不得我家老二保根背地里骂你，你是变了！什么鱼水关系，你眼下不再是往昔那条离不开水的鱼，已经成了一条让人又敬又怕的飞舞在云端里的龙呀！"

"哟，您怎么一边走路还一边背课本子？"迎面走来的陈耀华停住步，挺奇怪地问一声。

田大妈愣怔一下，看清是陈耀华之后笑笑说："上岁数的人就是这么颠三倒四的。你这么早就下班啦？"

"张石刚才到窑厂，告诉我您在找我。"

"啊，我去找你姑父。"

"啥事情找他？"

"走，到那边。那边没人，我告诉你。"

她们跨过街道，走进原来生产队的场院。田大妈把黄小云遭难的事儿从头至尾地对陈耀华说了一遍，随后又讲了她和张石的安排。

陈耀华说："您就这样空着两只手去找我姑父领那样的介绍信？根本不可能！"

田大妈赶忙说："咱们到代销店买瓶酒……"

"您拿代销店买的大路货给他，他不光会装出一副假正经样儿不收，还得把您当个行贿的典型批一通。"

"那买啥？"

"一台进口录音机差不离儿。"

"我的天。"田大妈傻了眼。

"没钱送礼，就别想办这件事儿。"

"耀华，你就行行好吧？"田大妈哀求说，"那姑娘可是个好姑娘，全是让那个坏蛋给坑害的。给她打了胎，就等于救她一条命。她就能够活下去，过上人的日子。要是办不成，十有八九得投河觅井寻短见。多可惜！"

陈耀华说："您别急。办这事儿要说简单也很简单。我给您写个条子带上，到公社卫生院找我一个同学，就行了。"

田大妈听到这句话一喜，又不放心地叮问："你那同学在卫生院当啥官儿？"

"护士。"

"唉，小护士有多大权，她当得了家？"

"她爸爸是副食品商店的经理。院长、医生哪个不求她？哪个不听她的？"陈耀华鼓劲儿说，"您只管放心去，找她比十封打公章的介绍信都管用！"

田大妈对陈耀华指点的这套办法，当时就将信将疑，第二天陪同张石带着黄小云坐公共汽车往燕山镇走的路上，更是提心吊胆。到了卫生院一试，没料到果然百灵百验，什么麻烦也没费。那位年轻的女护士看罢陈耀华的条子，用手一团，说声"跟我走"，就把黄小云带到门诊部医生那儿。三言两语之后，医生又把黄小云带到手术室，不到一个小时，流产的手术大功告成。没有兴师动众，悄悄地就把救人的大事给办妥善，该有多露脸！他们临离开卫生院的时候，年轻的女护士又让田大妈给陈耀华带个条子：她们家要垒院墙，医生家要盖房；如果田家庄窑厂有价钱便宜的砖，就请代劳给买八千块到一万块，再等机会找"关系户"的车，照条子上写着的地址给拉走。

田大妈也很乐意办成这件事儿。因为不用她花费什么，就能做个"顺水人情"，同样很露脸。

第 二 十 七 章

"留根，这工夫到啥时辰了？"田成业背靠被垛、平伸着两条腿坐着，手里抓着一把用麦秸秆编成的大团扇，脸冲着门上挂着的竹帘子，不安地喊一声。

四仰八叉地躺在西屋炕上的田留根，闭着眼睛回答一句："还没到起晌的时候哪！"

田成业说："你妈他们走的时间可不短啦，起码能打俩来回，咋还不见影子呢？让人怪不放心的。"

田留根睁开的眼皮，一手摁着炕，支撑起有些疲倦、慵懒的身子，溜到炕沿边，垂下腿去摸着鞋，趿拉着走到堂屋门口，探出脑袋朝外看看天空上火球般的太阳："哎呀，得有两点多钟了！"

"我就怕你妈出了啥麻烦事儿。"田成业又嘟囔一句。

"您不用提拉着心。"田留根站在堂屋发呆，劝他爸爸说，"看看牙有啥毛病，又不是拔牙，来回有汽车，还跟石头哥就伴儿，不会有危险的。"

"嗐，你个傻瓜蛋，挨蒙了还当真。"田成业挺神秘地告诉儿子，"你妈根本就没有牙疼。她不是去看牙。她又揽了桩闲事儿……"

田留根一听这话，立刻生发起好奇心，揭开竹帘儿，一脚门里一脚门外，察看着他爸爸的脸色叮问："我妈到底去燕山镇干啥呢？"

"我告诉你，你可不许对外人讲半个字儿。"

"啥时候我像老二保根那样嘴不严实过？"田留根表示保证保密，同时走进屋。他见爸爸的神态，更加迫不及待地想知道，他妈到底去搞什么怕人知道的勾当。

"唉，我拦挡她不让她管，她偏说这是修好积德的事儿，管得有滋有味儿的。"田成业很不满意地跟儿子抱怨老伴儿，"孩子都在肚子里成个儿，那是条生命。硬从秧子上摘瓜，也不是闹着玩儿的。"

田留根听得越发糊涂。他本来对他爸爸就不像对他妈那样尊重，这会儿又显出点儿不耐烦来："说的没头没脑，让人猜谜儿！"

"西院张石头家出了丑闻。"田成业压着声说，"他媳妇儿的妹子、他小姨子，还没婆家，就让一个男的给弄出孩子，跑到这儿来堕胎。你妈陪着上公社医院求人情去了。我怕又动刀子又开膛的，出了人命，咱们得跟着吃官司。可你妈不听我的话，拦都拦不住！"

田留根终于把他爸爸说给他的事情听明白了。他很意外，脑神经立刻抻得紧绷绷，抓起大沿的草帽子，往头上一扣就要走。

田成业"噌"的一下子从炕里擦到炕沿边，不安地问儿子："你要干啥？"

"我去看看……"

"嘻，一个男人家，不能看那个！"

"看我妈。"田留根解释说，"我先到车站上迎迎，下午那趟车不来，我就去镇上，不管她堕胎没堕胎，我要把我妈拉回家。我们家的人不沾那号埋汰事儿！"

"你兜里掖着钱吗？"

"不吃饭、不住店，要钱啥用。"

"来回坐车呀！"田成业指点儿子，"去的那趟，你妈的票是张家石头给打的。不管人家的事儿了，返回来的时候，还能花人家的钱？"

田留根觉着他爸爸这个提醒重要。他拍拍空褂子兜儿说："您给几毛吧！"

田成业也照儿子的样儿拍拍破褂子的下襟儿说："我连个兜儿都没有，不用说票子。有几个钱，都由你妈锁在柜子里，我手里没有钥匙。"

田留根急得抓脑袋。他脸皮薄，不好意思到别人家去借。再说，大晌午的，也不便到人家串门儿。他一转身，瞧见柜子上有个小篓子，篓子里盛着白花花的鸡蛋，忽然灵机一动，一边伸手抓一边说："有办法了，我装上几个鸡蛋当钱花。"

"人家要这玩意儿吗？"

"我便宜点儿卖。那些开车的、售票的，尽到乡下来买新鲜土特产。"田留根说着，往褂子的两个兜里每一边装五个鸡蛋，赶紧往外走。

汽车站在河边小桥头，旁边拴着一只吃草的奶羊，还有两个小孩儿在草丛里捉蚂蚁玩儿。紧挨着站牌子有一棵柳树，树下边站着三个人，一边抽着烟，一边大声地说话。其中有支部书记邱志国、砖瓦窑厂厂长孔祥发，还有一个身穿花汗衫、脚蹬尖头皮鞋、胳肢窝夹着大皮包的中年男人。

邱志国说："孔厂长这边，我能担保。煤到了，他不付款，我们村民委员会给兜着！"

那中年人说："那边的煤，肯定没问题，现在主要是车皮问题。打通那条路子，不递红包，也得有东西送。所以这边最好先汇一点儿款去。不然，恐怕要拖延运煤的时间……"

孔祥发连忙插言说："您走后，我们再商量商量！"

田留根在好几丈远的地方停了下来，听了他们的话，想起前些日子陈耀华告诉过他，邱志国也成了窑厂的半个东家的事儿，所以料定他们在谈买卖和送那个来谈买卖的中年人坐汽车离开。他没有往跟前凑，想回避一下，免得碍事。附近没有树，他只好朝河边迈几步，伸手把头顶上的草帽子摁摁，遮住斜射的、毒热的阳光。他眼睛望着河里流淌着的混浊的水，一会儿瞥一下满地吐穗、晒米的青庄稼，脑海里仍然琢磨着他妈。他妈这会儿把那件事儿办完善，已经坐在汽车上往回返呢，还是把事情办"砸"了，那女的出了危险，而被纠缠在那儿呢？

他从他妈身上，想到西邻张家石头的小姨子。他没有见过张石的小姨子，他却认识田家庄一个年轻的"破鞋"。那个"破鞋"也是当姑娘那会儿就跟男的搞出过孩子，也是找亲戚、求人情给打的胎。那"破鞋"嫁到田家庄以后，跟好几个男人搞那事儿。有一个挺棒的民兵连长，由于跟她搞那事儿，让她丈夫给按在被窝，抓到了"对儿"，告到邱志国手，结果给撤了职、开除党籍，至今因为名声不好，没有人说媳妇儿，打着光棍儿。"文化大革命"刚开始那会儿，那个"破鞋"被"红卫兵"拉着游街，给她脖子上挂着一串又脏又臭的破鞋，让她自己敲锣自己喊"我是破鞋"。游完了街，她回家就包饺子吃。吃饱了肚子，往门口一站，见着男的从跟前过，照样儿嬉皮笑脸地打招呼说话。有一回，她还打支书邱志国的主意，让邱志国当场给臭骂一顿，随后就用大喇叭揭发她，说得可难听啦！田留根从心里讨厌她，每次走对面碰上，不知为啥特害怕，浑身起鸡皮疙瘩……

"石头的媳妇儿是个正派人，娘家也是正经人家，妹妹怎么会是那么埋汰的东西呢？"田留根心里暗暗叨念，"石头哥也是个很耿直的汉子，怎么肯让那么一个人住在自己家呢？更奇怪的是妈。妈是最好脸面，喜欢先进的、干净的人，怎么会不辞辛苦、不怕危险地去帮那样一个女的到医院做那种事儿呢？"

背后，有人说着话儿走过。

邱志国说："对这种人要格外小心。没有我的话儿，你不能给他一分钱！"

孔祥发说："我有警惕性，不会上当。"

邱志国说："如今社会风气坏，投机倒把的、坑蒙拐骗的，可多啦！碰上了，经济受损失，名誉也不好哇！"

"他有名有姓，跑不了他。"

"我让乡政府往那边发个函，调查调查，咱们得干保险的，不见兔子不撒鹰！"

"嘻嘻，您办事儿就是稳……"

声音从大到小，而后消失。田留根料定他们已经走远，这才转身。他立刻一惊一喜，不由得喊了一声："妈！"

"哎！"田大妈答应着，一脸笑模样，朝儿子跟前走过来。

田留根迎着问："妈，您坐车了吗？"

田大妈伸手一指："你呀，睁着两只大眼，连车都没看见？那不是开过去了嘛！"

田留根咧着嘴巴一笑，摘下头上的草帽子，要往他妈的头上戴："给您，遮遮太阳。"

"我这老树桩子，火燎都不着。给她吧！"田大妈从儿子手里接过草帽子，给身边的一个青年妇女戴上，"她这细皮嫩肉的，怕晒。"

田留根这才发现一伙子下车的人里，有一个紧挨着他妈走的青年妇女。他朝那青年妇女打量一下。

青年妇女就是黄小云。她也在端详田留根。

田留根的目光触到黄小云的目光，像被烫了一下，紧张地一哆嗦，赶忙避开。但是，黄小云的影像却印在他的脑子。给他的第一个感觉挺俊。果真像他妈所说的，细皮嫩肉，而且脸儿白白的、眉毛细细的、嘴唇红红的，特别是那一双野葡萄似的眼睛，流动着忧郁而又惊慌的光彩，实在动人！他想再看一眼，壮了几下胆子，还是没有敢看，慌乱中，假装四下瞧瞧。他瞧见了张石。

提着一网兜沉甸甸的东西、从后边跟上来的张石，停在他们跟前，向小姨子介绍说："小云，他是田大妈的大儿子，叫田留根。"黄小云很礼貌地说一声："大哥好！"

田留根被闹得不知所措，嘴里"啊啊"着，没吐出一个正经的字儿。不过，他倒借机会又把黄小云，一个少见的"美人儿"给看了两眼。他为自己害臊，面皮上有一种火辣辣的感觉。但是，他心里产生了"矛盾"，迫不及待地想着解开。当他妈陪着黄小云动身往村里走的时候，他就抻住张石的衣襟儿，故意地慢走。等跟前边的人拉开一点儿距离，估计小声说话听不到了，才开口问道："那个女的，就是你家大嫂的妹子吗？"

"是。叫黄小云。"

"水渠营的？"

"亲姐俩，当然是一个村的啦！"

"她，她不像那种人呀！"田留根像对别人发感慨，也像自己做判断，"挺好的嘛……"

"谁说不是呢！"张石叹惜地说，"从小就规规矩矩，上进心很强，高中毕业的文化，劳动也不赖。"

"那她，那她为啥跟别人干那事儿？"

"遇上坏人，给强奸的……"

田留根终于明白了他想明白的根底儿，他比身边的张石还要惋惜。他想起有一次在村西大庙的影壁墙上看到的一张触目惊心的法院布告：一次宣布枪毙九名罪犯，其中有七个是属于强奸杀人罪。

"这不怪她。谁遇上也没办法。"他开导张石，"能够安全地活下来，没丢了性命就得念佛呀！"

张石没有领会田留根这句话的意思，以为他说的是刚才到医院做人工流产的事儿，附和说："这得感谢田大妈。她老人家救了她。"

一个星期以后，一个无云有风的凉爽的傍晚，田留根从地里回家，洗了洗脸，正想去挑水。张石的媳妇儿隔着墙头叫他。

"大兄弟，过来一下。"那媳妇儿笑眯眯的，"马上来，别磨蹭。"

田留根以为那边有啥活儿求他帮助做做，就放下扁担、水桶走过来。他一进门楼，首先瞧见了黄小云。

黄小云坐在窗户前边、葫芦架下的小凳子上，正给小外甥缝围嘴儿。她比一个星期前胖了些。但脸色红润，头发黑亮，两只眼睛更加有精神。田留根走进院墙的门口，她先抬起来，冲着田留根微笑，用让人感到特别亲切的目光跟田留根打招呼。

田留根见姑娘这样，倒有点儿拘谨，不知道说句什么话合适，也赔着笑，是一副傻笑。

张石的媳妇儿搬来个小凳，放在黄小云身边，让田留根坐："你们说话儿，我正烧着火。"

田留根赶忙问："嫂子你找我有事儿？"

张石媳妇儿说："没事儿就不该串个门儿呀？瞧你老实的样儿。坐吧，我妹妹要跟你聊聊天儿。"

田留根一听这话，把小板凳从黄小云跟前往远处拉一点儿，好像挺小心地坐下来。

"你不认识我了？"黄小云开口就是这么随便而不见外地问田留根一句。

田留根赶忙回答："认识，认识。那天，我妈陪你上医院回来，我到汽车站上接我妈……"

黄小云说："那时候你不知道我是谁，我也不知道你是谁，不能算认识。"

田留根对这句话有些莫名其妙，结结巴巴地说："当时，石头哥给咱俩介绍了。就是我这个人嘴笨，不爱说话，没跟你唠嗑。"

"光是那样接触，唠叨两车话，彼此也不能有真正的认识。"黄小云故弄玄虚似的低声说，"在我姐夫给咱们介绍之前，我们已经认识，而且是有真正了解的认识……"

田留根不好意思地道歉："我这个人记性差，以前见过面，许是忘了。"

黄小云笑笑，从身边的针线笸箩里抻出一块洗得干干净净、叠得平平整整的笼屉布，低声说："昨儿个我跟我姐夫打听它和新房子的主人，才知道那个好心肠的人就是你……"

田留根一见笼屉布也明白了，觉得极有趣，立即变得熟识了似的，不再紧张拘束地说："第二天早起我看你去了，可是你已经离开我那屋子。"

黄小云说："实际上，你第一次在屋里发现我，随后走出去，我跟着就离开了。我不敢再待在屋里，又不敢远走。因为天挺黑，远处打雷扯闪的，还要下雨。没办法，我就钻进房子旁边的庄稼地里蹲着……"

"哎呀，那地方又湿又凉，多遭罪！现成屋子你为啥不待，偏找罪受呢？"

"我怕你……"

"怕我？我……"

"怕你再返回来……我在棒子地里蹲着，看见你果真又返回来了。嘻嘻，原来，你是来给我送吃的。你在窗户外边交代的话，我全听得清清楚楚的……我就不再怕你了。我钻出庄稼地，我把你的烙饼拿到屋子里，一会儿就吃光了。随后我躺在土炕上，踏踏实实地睡了一觉。等到天色大亮，我才走出屋，想赶路。在村口遇见个拾粪的老头儿一打听，嗐，原来这儿就是我来投奔的田家庄！"

田留根听得目瞪口呆，忘形地咂着舌头，说："看看，真糟糕！你要跟我说一声，告诉我，你是找石头哥的，我当时就连送手电，一块儿把你送到家，那得少受多少罪、少担多少惊怕呀！"

"你没停一会儿，就走了嘛……"

"黑更半夜的，我待在那儿，怕你不方便，也怕你多心。"

黄小云感叹地说："你真是个厚道人。你妈也好，那么善良、那么热心肠。"

田留根发觉黄小云两眼老盯着他看，就羞怯地把脸扭向屋门口，假装瞧烧火的张石媳妇儿，而两只手没处放似的揉起自己的褂子的边儿。

"哎，这褂子上的补丁是你自己缝的吧？"黄小云问一句，不等回答又说，"一看这针脚，就是男人做的活儿。快脱下来让我替你重新缝缝吧！"

田留根连说不用，见黄小云仍旧微笑地伸着手等着接褂子，又引起他一阵慌乱，赶忙地解开褂子上的纽扣。

第 二 十 八 章

田留根被拉到西邻张家串门的时候，田大妈正在新房子打扫灰土，准备秋收的时候放放棒子和高粱穗子。张石又一次特意地来找她。

"大妈，您这回帮了我家的大忙，我家孩子妈和孩子三姨感激得不得了，不知道该咋谢您。"

"唉，咱们谁对谁，你还跟我讲这套客气话？大妈啥思想、啥品行，你还不知道？要不是托生个女的，我就是一条抱打不平的梁山好汉！"

"这我知道，这我清楚。大妈呀，这一回，您救人就救到家吧……"

"还有啥没弄利落的事儿，你尽管说，只要大妈能办到的，为别人免灾去难，我可以不顾老命！"

"大妈，这件事儿没有那么严重。我跟我家孩子妈私下商量，孩子三姨到了这一步，家不能回，总得有个归宿。我们想个两全其美的办法，就把她嫁给您家的大兄弟……"

"你说啥？"得意扬扬的田大妈把话听到这儿，好似突然挨了一锥子，身子一哆嗦，脸色变得煞白。她把笤帚一扔，一步跨到张石面前，张开手掌，像要捂张石的嘴，"哎呀呀，石头，你可真会想！可别再说啦！"

张石把主意想好，而且对田大妈信任无疑，所以没有往别处想，仍旧继续说："我家孩子姨今年虚岁二十二，中学生，那长相，不能说是美女，反正在田家庄的媳妇儿里边能站到头排，比巴福来的儿媳妇儿可强多了。您说是不？"

"这我睁着眼还看不着？我说的不是这个。"

张石接着摆条件："活计也不差。炕上的针线，地下的锄镰，全能拿得起，放得下。将来买了机子，她又会剪裁又会轧。"

"这我也知道。我还求她给绱过一双鞋哪。咱是普通人家，不穿绫罗绸缎，粗针大线的不光着不露着就行了。我还挑什么？"

张石进一步说："这事儿，孩子妈跟孩子姨一提，孩子姨就乐意了。我估摸我大兄弟也不会不乐意。两个人准能合得来……"

田大妈烦躁地打着手势："石头哇，我求你别再提这个事儿，行不行？"

"是我求您。您一答应，就把我家孩子姨给彻底救了！凭您的好心肠，我想您不会不答应吧？"

田大妈受不住这样的死磨硬缠。她能够堵住张石的嘴，却又不好意思出口。庄亲邻居住多年，还得住下去，不能轻易地伤和气。为难之中，她终于想出一个缓兵之计，把语气变得温和一些说："石头侄子你知道，我们家是个讲民主的家。对儿子的终身大事，我早就宣布了，要自由自主。所以我回去得跟你大兄弟透透信儿，看看他有啥想法，乐意还是不乐意……"

张石连忙说："行，行。我敢保证，大兄弟准乐意，我早看出眉目。"

田大妈敷衍一句："他要是乐意，我还有啥说的？就这么着，你等我的回话吧！"

张石是个粗心的、大大咧咧的人。他媳妇儿跟他把这桩婚事反复琢磨过，既认为两全其美，也觉得把握十足。他来找田大妈，因为田大妈是田家的主事人，又是个热情而又爽快的人，料定好说好办。在说这件事的时候，他是竹筒子倒豆儿——直来直去，一点儿不留不剩。同时他也没有对田大妈多心，甚至连田大妈听了他的话，表现得神态慌乱、语无伦次，都以为是"喜出望外"而欢喜的，根本就没有推敲一下意外的缘由。于是，他心平气和地回到家里吃饭，等候"佳音"。

田大妈觉着很别扭，没有心绪再搞遮窗户的事儿，看看到了做饭的时间，就把没挂上的草帘子抱到屋里，往墙根下一堆，转身出来，虚掩上还没有钉钉锔的门，匆匆忙忙地往家走。

田成业正煮猪食。不知道把什么东西打扫到灶膛里烧着了，往外倒烟，同时散发着一种难闻的怪味儿，呛得他捂着嘴巴咳嗽。

田大妈跨进门槛子，从老头子手里抓过火棍子在灶膛里搅动几下，随后左右瞧瞧问道："你们爷俩把白薯秧翻完了？"

田成业回答："早就翻完了。那点儿活儿还搂做。"

"留根咋还没回来？"

"到西院串门儿去了。"

田大妈一愣："刚才石头把他叫过去的？"

田成业说："是石头媳妇儿叫的。"

田大妈更慌了："他往那边跑啥？他在那边跟谁待着？"

田成业这才发现老伴儿脸上的气色不正常，就摇摇脑袋："年轻人的事儿，我哪儿知道。"

田大妈丢下火棍子，站到门口，探身歪头地朝西院那边听听。她立刻就听到了说话的声音。她紧张地跑到西墙下，那边的声音听得越发清楚。

先是张石小姨子的声音："你这个人哪，真老实到家啦！再有缝缝补补的活儿就给我拿来吧！"

接着是田留根的声音："总麻烦你还行。我妈眼神不好，我也做惯了。"

"这有啥麻烦的。只要你不嫌我手拙就行。"

"你的手还拙？你够巧的啦……"

田大妈慌忙倒退两步，退到院子中心，这才嘴巴冲着西墙喊道："留根，回家吃饭啦！"

田留根答应了妈妈，却过了好长时间才回来。进门一看没放桌子，说："粥还没熬，这么早叫我回来干啥呢？"

田大妈冷漠地说："我叫你回来熬粥。你还不该心疼心疼妈呀？"

"我心疼您，可没本事呀！"田留根这样老老实实地表白一句，就动手刷锅、舀水。等到点着了火，他对坐在门槛子上发呆的妈妈说，"您别发愁，愁坏了身子倒添罪受。我不信我就命里注定得打光棍儿，我一定铆劲儿给您找个帮手。"

田大妈从儿子的这句话里感到有一种不妙的兆头出现了。这个儿子是极少说俏皮话的，那语气也不像闹着玩儿。她暗暗瞥了儿子一眼，立刻发觉那张她所熟悉的脸孔忽然间变了样：经常皱着的眉毛舒展开了，时时笼罩着的晦气消失了，仿佛想乐又故意憋着藏着的模样。她的心抖动了一下。她决定不接儿子的话头，把要说的话暂时压在舌头根子下面。要谈就得有个好结果，不能放空炮，不能让自己败在儿子手下。等到把饭吃到半饱时，她才借着跟老头儿发泄不满情绪，来训导儿子。

"刚才我在新宅子收拾东西，西院的张家石头跑来胡说八道！"田大妈语气不凡地告诉老头子，"当时把我给气得腿都软了，差点儿回不了家！"

"你一进门，我就瞧出你的脸色特难看。"诚实的田成业温存地接过话头说，"你对待他家那么好，他咋还不通人性！他跟你说啥了？"

"要给咱留根当大媒！"

"这不是好事吗？你生哪家子气呀！他给提的是谁家的姑娘？"

田大妈打个沉才回答老头子："真没料到，他要把他小姨子嫁给咱留根！”

坐在一旁闷着吃饭的田留根，听到妈妈这句话，猛地抬起脑袋、睁大眼睛，不管不顾地插嘴问：“妈，张家石头哥亲口跟您这样说的？”

田大妈用咄咄逼人的眼睛盯着儿子，脸十分难看地回答：“是，是亲口跟我说的。你觉着咋样？”

田留根的心慌了，意乱了，脑海里立刻浮现出刚才张石媳妇儿把他招呼到西院去与黄小云会面的情景。

“你发什么愣呀！说话呀！”

田留根被他妈这句催促声吓一跳，不知所措地看看妈妈那显然有些生气的脸孔。

“我问你，张家石头要把他的小姨子嫁给你，你乐意不？”田大妈逼儿子表态，“说干脆的，你怎么想的？”

田留根竭力让自己平静一些，老实地回答：“看那样子，她不会跟咱要大笔彩礼……”

“这不是要紧的。要多少彩礼，一辈子反正就这么一回。我们当爹妈的不算这笔小账，舍得给你花。”田大妈诱导带追问地说，“咱为的是娶个合适可心的媳妇儿，为了成家立业。要紧的是人。你看看石头那个小姨子到底怎么样？”

田留根顺着妈的话音吐露自己的心思：“看样子，她不会嫌弃我……”

“嫌弃你？你身上有什么疤瘌、有什么不干不净的脏儿？”田大妈一心要把儿子脑袋里的思路往她出的那个题目上拉，“咱苦着熬着为的娶个好媳妇儿，你得会挑，挑个如意的。说真情实话，你对她如意吗？”

“她挺勤快，手也挺巧……”

“咱娶的是媳妇儿，不是雇个长工！”

“她长得也挺俊……”

"你别光看她的皮毛，得剥开看里边的瓤子！"

"她心眼儿不坏。看那样子，她会孝敬公婆……"

"别管我们。我们能活几年！这是给你娶媳妇儿，得你自己个儿满意。"

"我、我……"田留根被妈一句话追着一句话地给挤进死胡同，就粗脖子红脸地回了一句，"我凑合了！"

"你凑合我不能凑合！"田大妈终于按不住地发了火，把筷子往桌子上一摔，吼道，"我们千辛万苦地操持了好几年，把吃奶的劲儿都使上了，差点儿把小命搭上。好不容易地盖上房子，到了这一步，难道说就是为了凑合吗？亏了你还是个男子汉！你也太没出息啦！"

早被装进闷葫芦里的田成业看着母子俩要吵翻，赶忙出来打圆场："别发火呀！那事儿怎么办好，咱们慢慢商量、慢慢商量嘛！"

田大妈依然火冒三丈地喊着："我怎么不发火？还有什么可商量的？你亲耳听见了，你儿子掉价掉到这份儿上，多让我寒心，多让我丢脸！"

田成业说实在的话："咱留根要是能够混上黄小云那么个媳妇儿，我看没掉价。"

"你个老糊涂哟！"田大妈又横眉立目地冲老头子嚷道，"我的儿子怎么啦？聋子？哑巴？缺胳膊短腿？还是蹲过大狱的劳改犯？他凭什么不找个黄花姑娘的媳妇儿，非得娶个二婚？"

"人家不是二婚。"

"不是二婚，也不是大姑娘呀！"

噘着嘴已生气的田留根本来不想再开口了，听妈妈说出这句看来是她所反对这桩婚姻的要害话，就不得不插一句："她是受骗的、受害的，不是心甘情愿跟男的搞破鞋。咱不能瞧不起人家。"

田大妈说："不管怎么闹的，反正她跟男人睡过，她的身子破了，她的名声坏了！"

田留根又加一句："那天您陪着她往医院去，您亲口跟我说的，应该可怜她，应该帮她的忙，还夸她如何如何好。怎么一下子又变了呢！"

"可怜她行，帮助她行。我也可怜了，也帮助了。可是你娶她当媳妇儿不行。"田大妈振振有词地驳斥儿子、袒露自己的主见，"好端端的一个男人，娶个破了身子的女的就够窝囊的了，更可怕的是名声：她跟那样一个坏蛋睡了觉，还揣上孩子，多恶心！多难听！你要知道，纸是包不住火的。起码陈耀华知道她打过胎。陈耀华知道了，她姑父家的人就会知道。胎从哪儿来的？不跟男人干那勾当不会坐胎吧？等满世界嚷嚷开，你们一个一个堵人家的嘴巴去！老天爷呀，田家娶了这么个丢人现眼的媳妇儿，我的脸可往哪儿搁？我还活不活，你们父子俩仔细地想一想吧！"

田成业和田留根听到这儿，终于把他们主事人不赞成这桩省钱省事的婚姻的真谛弄明白。父子俩全都无可奈何地耷拉下脑袋，不再吭声了。

田成业对"脸面"的事儿，倒不像老伴儿看得那么神圣。因为他并不觉着让坏人强奸过的女子就多么丢人。只有"不是大姑娘"那句话打动了他的心。他幼小的时候听老辈人讲过，这一带农村以前兴过一种特别的"习惯礼节"：闺女出嫁的时候，要陪送一块白布，入洞房的时候铺在身底下。第二天早起，婆家的长辈要察看那块白布。白布上要染上了血，就是"见了喜"，证明媳妇儿属于真正的"大姑娘"！阖家欢乐，以此为荣。倘若那块白布上没染上血，就证明媳妇儿在娘家偷过汉子，"不是大姑娘"，就算不立即休掉而留在婆家，也被视为下贱人，挨打受气地抬不起头来。不少新媳妇儿被逼得投河觅井、上吊抹脖子……这种"习惯礼节"的遗风所造成的一种观念，对田成业意识的影响很深，所以他至今认为：一个男子汉一辈子娶一回媳妇儿，如果那媳妇儿已经不是个"大姑娘"的话，实在有点儿"委屈"和"窝囊"。他觉得自己的儿子田留根，在成家立业的事情上，还没有走到山穷水尽的地步，不应该将就凑合，应该给他娶个真正的"大姑娘"。于是，他经过思索，便并不很惋惜地服从了老伴儿。

田留根对他妈的主张有一些为难。他还没有跟黄小云谈恋爱，说不上有多么深的感情。凭着善良的心肠，他很同情黄小云的处境，起码不讨厌黄小云，甚至没有把黄小云是不是"大姑娘"这个核心问题放在心上。他自己，还有他的爹妈，为了给他娶媳妇儿成家立业，花费的心血实在太多，实际上已经没有再为此事支付心血的余力。尤其在议婚过程中，他屡屡受挫，早已失去信心，不敢有太高的奢望，甘愿将就和凑合。这些使他倾向于跟情愿嫁他又不要求他什么的黄小云结成夫妻。可是他不敢，也不忍心违背他妈的意愿。他得当孝子，他得顺从。于是，他沉默一阵儿，就怀着若有所失的别扭心情，勉强地服从了他妈。

当夜，田大妈蹬着小凳，扒着墙头叫过张家石头，隔着一堵石头墙，三言两语地就决定了两个青年人的命运，辞掉了这桩婚事。她摆的理由自以为冠冕堂皇：儿子想娶个真正的大姑娘。

张石得到这样的回话，挺惊讶："没想到，您这么通情达理的人，也瞧不起她……"

田大妈万分抱歉地说："求她别记恨我。这是没有办法的事儿。"

"您放心，不会。您伸手搭救过她，她不能忘！"张石克制着自己的感情，冷冷地说，"她要是心甘情愿找一个像你们田家这样的主儿，还是极容易的……"

第二天，田大妈让儿子田留根给提着包，到迁建村——红旗大队的大女儿家串亲戚。三天后转来，那桩事果然如田大妈所料，放凉了，谁也没有再提它。

黄小云好久不露面。也许离开了田家庄，也许躲在屋里不出来。

第 二 十 九 章

秋风从万里长城那边吹过来，砍高粱、割谷子、掰玉米、刨白薯，一边腾地，还一边抢种越冬小麦，好一阵子忙乱！

等到繁忙的高峰时期过后，人们才有心绪顾及粮食和土地以外的事儿。串门子的、走亲戚的、赶集的、进城的，又渐渐地多起来。有这些活动一调剂，庄稼人的日子也就不显得那般呆板和单调了。

田大妈的一块心病压了许久，这会儿再也压不住，又开始到处托人情给儿子田留根找媳妇儿。遇上既对劲儿又靠得住的人，她就交底说："傍秋的时候，有人给留根介绍一个，我嫌是个二婚，给踢了！要是从此说不上媳妇儿，我得后悔一辈子，要是不找个比那个高出一等的，我也得觉着对不住儿子。你可得给我使劲儿呀！"

西街陈家大婶和南头刘家大叔，都一再受过田大妈的重托，事情总没给办成功，都觉着心里怪别扭的。事也凑巧，他们通过不同的门道打听到山里香果峪有一个年岁已大、名声极好的、还没有找到主儿的大姑娘。于是，他们又各自按着自己的线路，拐着弯儿求人递话、摸底，保开了"隔墙"的媒。后来，陈家大婶和刘家大叔，在女方家碰到一块儿，这才揭了底儿，原来他们都在给田家大儿子找媳妇儿。于是，他们把两股劲儿合成一股劲儿，生拉硬拽，变成"双保险"的媒。

男女两边都通了气，都愿意见见面、谈谈看。田家这边已经没有了往次议婚时的那股子"积极性"。热乎劲儿最高的只有田大妈一个人，田成业和田留根父子俩都表现得"冰凉吧唧"的。

辞退张家石头小姨子的那门亲事，田成业老头儿是同意了的。事后，却在他心里增加了更多的为难情绪：给儿子找媳妇儿难，找个合适的更难。所以一来提亲的媒人，他满脑袋装的都是难，让难给压得想热乎也热乎不起来。当然，他劝说儿子去跟那姑娘见见面："光在屋里等着，等不来媳妇儿，去试试吧，也许这回能够碰巧闹成功。"

田留根比爹妈都矛盾：相看吧，十有八九白跑腿、白费神儿，一肚子苦水再加上点儿苦水；拒绝相看吧，情理不容，父母不依，自己个儿也实在想媳妇儿、害怕打光棍儿。媒人越夸女方如何如何好，他越感到压力大、苦水苦、成功的希望渺茫。反过来说，女方不如媒人夸的那么好，缺棱缺角的，就算他本人肯于将就，他妈也不会通过，岂不更没有成功的希望？带着这一股泄气的念头去相亲，咋会有热情呢！

这一回，田留根跟香果峪那个姑娘在燕山镇见的面。万万没有想到，田留根一见女的就说乐意，女的一见田留根就表示喜欢，谁对谁都没有提出古怪的条件。这桩本来"试试看"的婚姻，大有板上揳钉子的架势！

田成业得到喜讯先笑得抿不上嘴巴："我琢磨着，我的儿子该成婚了。心诚则灵嘛！咱这一家人，为儿子成家立业，比《西游记》里的唐僧到西天取经，受的磨难还多，老天爷还不该发发慈悲呀！"

田大妈最高兴。这门亲事一成，以往的账全都一笔勾销，所以她心里的病块消去一半儿，身上的压力减下一半儿，怎么能不高兴呢！只是这一回她很沉得住气，不仅没有咧嘴笑，甚至无端由地恐惧起来。她从来不唉声叹气，也讨厌别人一碰到点儿为难的事儿就叹气。如今她自己却常常不自觉地皱眉头、曝牙花子、打起长长的"唉"声。

老头子奇怪地问她："你这是咋的了？"

她老实地回答："我有点儿害怕，怕咱儿子上当。"

"人家两个人见了两回面，哪样都挺满意的呀！留根不是三岁孩子，好歹还能分不清？"

"这难说。上回，连张家石头小姨子那样的女人他都能看上，不是我在当中打楔子，就兴许娶过来了。"

"老陈家和老刘家都给摸了底儿，人家是真正的大姑娘，不会有错儿！"

"光是大姑娘也不行，别的地方也得遂心如意。"田大妈一边跟老头子吐露心思，同时又打着主意说，"画龙画虎难画骨，知人知面不知心哪！为了保险，这回我要亲自出马，来一场包大人私访，跟那个姑娘当面锣对面鼓地敲一敲，闹明白真假虚实，咱再帮留根拍桌子定准儿！"

过了几天，留根打扮得干干净净，起早步行去燕山镇，跟他那个已经搞得挺热乎的对象进行第三次会面。

儿子一出门，田大妈就急忙换了件衣服，挎上小篮子，跟在后面要离开家。

田成业在背后抻她的衣襟儿，神色紧张地叮问："喂，你上哪儿去？"

"你别管！"田大妈拨开老头子的手，接着往前走，"我头晌就回来，你老实看家吧！"

田成业猜到老伴儿去搞什么勾当，认为这么做太过分：人家两个年轻人按着新章程到一块儿谈恋爱，你当婆婆的插到中间算个啥？追上老伴儿阻拦吧，明知不顶用，何必白费唇舌、挨训斥呢？由着老伴儿去做吧，又怕再一次把半熟的饭锅给扣了！他暗自嘀嘀咕咕地跟出村，一见老伴儿沿着山根儿往东走了，没有奔西北边的燕山镇，证明不是追儿子和儿子的对象去搞什么"真假虚实"，不安的心才踏实下来。

田大妈沿着山根儿一直往东走，脚步如飞，"嗖嗖"的好似一阵风，刮到五里外、山下屯附近的一条大山沟口才停住。

路边立着个牌子，有点儿歪斜，上面的油漆剥落了好几块，印刷在上面的一串站名字儿也变得模糊不清。站牌子下摆着一块长条料石，石头周围有一些结了小果子和小穗子的枯草。石头上坐着一个青年妇女。靠近一些，终于看清她的身段和模样。她中等个头儿，不太胖，也不算瘦；瓜子形的脸，说不上白净，倒也不怎么黑；眼睛不大，也不能算小；划等级的话，属于"中不溜溜"的人，随大流也能够随下去。她身穿如今时兴的人造的料子衣服，颜色不华丽、不刺眼，也不显着老气。她两手扶着托在膝盖上的手提包的绊儿，既不动，也不左顾右盼，两眼直盯着朝东南方向弯的沙石路尽头，显然是在等候公共汽车影子的出现。

田大妈走到不远也不近的地方停住后，仔细端详面前这个青年妇女，跟儿子用嘴巴向她描述过的那个未来的儿媳妇儿对照比较。从长相看，两者是相符的；从做派看，也好似差不离儿；从等车的去向、神态，还有没结伴的单行人这些现象来揣测，十有八九就是她！

昨儿个晚上，田大妈曾经半开玩笑地试探儿子说："耳听是虚，眼见为真。过两天我抽空闯一趟香果峪，把你选中的人再亲自相看相看。"

儿子连忙说："您要是不先给她透个信儿，把她给吓着咋办？"

"吓着？我又不是老虎！"

"她特胆小，别人大声喊叫她都害怕。"

"噢，闹半天是个窝囊女人哪！"

"不，她一点儿都不窝囊。嘴巴不爱说，心里有数儿，好想事儿，有主意。她特正经，不说废话，跟谁都不闹着玩儿。"

田大妈听了儿子这番带着夸耀口气的介绍，越发想知道未来儿媳妇儿到底怎么样，终于琢磨出今天这场类似"包公私访"的计策。她想：香果峪在大山里边，从村子到燕山镇去，不爬大梁抄近路的话，必定得在这个站搭汽车；此时站牌子底下只有一个人等车，肯定是要去燕山镇跟儿子田留根会面的她。

"你在这儿等车哪？"田大妈自以为判断得十拿九准之后，便朝前移动两步打招呼。

女青年闻声略微仰起脸来，对田大妈轻轻地点一下头。

田大妈停在不远不近的地方，没话找话地说："从县城开来的汽车，起码还得一个钟头到这儿吧？"

女青年依然毫无表情地点点头。

真像儿子介绍的那样，这姑娘不爱讲话。俗语说："老要张狂少要稳"嘛！没熬成当家管事的媳妇儿，就应该这么规规矩矩的。如果像邱志国家的二媳妇儿那样，嘴巴呱呱的，逮住谁跟谁说个没完，啥话都说，连县里的人都让她贬得一钱不值，敢公开咒骂搞计划生育的工作人员。要是遇上这样的媳妇儿，得惹出多少祸来？田家这个小门小户可经受不住！

田大妈跟未来的媳妇儿见面之后，立即获得了第一个良好印象，更增加了盘根摸底的兴致，于是又朝前移动一步问道："姑娘是哪个村的？"

"香果峪。"

"家里姓啥呀？"

"杜！"

嘿，真会节约，多一个字儿也不说。田大妈的大儿子本性就少言寡语，胆子也小，假若配上个张狂的媳妇儿，还不得挨欺负受气呀！像村里电工婆的那个厉害媳妇儿，竟敢跟男人公开对抗：骂起来先开口，打起来先动手。有一次把男人的脸抓破了好几道印子，两三天都不好意思出门见人，至今还落下个小疤。多丢人现眼哪！

田大妈怀着对未来的儿媳妇儿的第二个好印象，继续追问："独个儿出门儿，家里都有啥人呀？"

“就一个弟弟！”

“你结婚了吗？”

女青年听到这句问话，莫名其妙地看田大妈一眼，没点头，也没摇头。

“呦，还没有，对吧？为啥这么晚还不结婚呢？总得有点儿特殊的缘由吧？”

女青年立即绷起面孔，紧闭住嘴唇，不搭理。

男女自古有分别，老娘儿们就得这样顾脸面、讲分寸，不能够见着个人，不管认识不认识，就浅薄地跟人家谈论婚姻的事儿。这样的老娘儿们，十有八九不正经。像南头张家媳妇儿，跟一个常来村里收购农产品的小商贩勾勾搭搭、拉拉扯扯。有一回还让串门的邻居老太太给堵在屋里了，嚷嚷得满天下。男人什么都知道，就是拿她没办法：离婚吧，庄稼人娶上个媳妇儿不容易，散一个再找更难；不离吧，“王八好当气难生”呀！田家要是招来这么一个鬼，还咋在田家庄站脚？要那样还不如厚着脸皮娶下张家石头的小姨子，虽不是真正的“大姑娘”，总没人敢说是个“破鞋”。

田大妈以自己心里边装着的一把尺子，把面前这个未来的儿媳妇儿给衡量一遍，觉得处处合乎规格，越发地满意。她甚至有点儿得意忘形，笑容满面地往人家跟前凑凑。

女青年对她这一连串的举动十分不悦，警惕而又厌恶地抽身站起，要走开。

田大妈一把拉住了人家的袖口。

女青年真有个倔脾气、硬性子，立刻翻了脸。她用力地甩开田大妈的手，高声质问：“您这么大年纪，怎么不懂得礼儿？平白无故地跟我说这话干啥？要不是给您留点儿面子，我要唾您！”

“姑娘别生气，别生气！”田大妈被未来的儿媳妇儿给抢白得面红耳赤、捣动脚、拧手指头，慌乱中赶紧摊牌，“实话对你说了吧，我是田留根的妈……"

女青年被田大妈这样突然地自我介绍给吓得倒退一步，同时急速地把田大妈上上下下查看一遍，仍有些将信将疑："真的？"

"这还假得了。今儿个你们俩约在燕山镇见面，留根和我先后脚出门的。这会儿，说不定他已经到了你的姑姑家坐着等你哪！"

"您怎么……"香果峪的姑娘、田大妈未来的儿媳妇杜淑媛本想问问未来的婆婆怎么跑到这地方截拦她，还做出这么一连串让人糊涂的举动？可是她已经变得胆怯起来，嘴张不开，声吐不出，害羞地低下头。

"淑媛哪，咱们打开天窗说亮话吧！我今儿个特意来会你，没有旁的意思，只想求你帮我解几个疙瘩。上年纪的人，想事儿想得多。我家是平民百姓，给儿子成亲不易，害怕办不妥善。"田大妈此时很动情，用恳切的语调表达自己的心意，"我知道，没定准的婆媳这么见面不太雅观，传扬出去人家会笑话，所以就选了个保险的地方。在这儿，咱们既能把话摆明白，还能做到神不知、鬼不觉。你不说，我不讲，对留根也保密，只当没发生过这档子事儿……你看这么办好不好呢？"

杜淑媛沉吟片刻，终于局促不安地开了口："有啥话，您就说吧！"

"为着省时间，我可就出门带扁担——直出直入啦！"田大妈以俏皮话开题，语气则很郑重地说，"有一点儿我反复琢磨，也不明白。如今的年轻女人，为了抢好的男人好的主儿，为了占口粮田、承包地，都急急忙忙地找对象、成亲。不够《婚姻法》规定年限的，还要弄虚作假、欺瞒哄骗，千方百计地拿到结婚证，可你都二十五六岁……"

杜淑媛没把这句话听完，就脸色发白、眉头紧锁，硬邦邦地插一句："我可不是那种没人要的，找不到主儿的！"

"不！不！不是这个意思。我只是想弄个明白。"田大妈唯恐哪句话说得不周到，把一件好事情给闹糟，所以显得特别紧张，不知道怎样才能把自己的心情说得清楚，"淑媛，你大约看清楚了，我那儿子留根为人特厚道、特实在。我从他嘴里讨过这个底儿，问你为啥早没搞对象。他偏不说，还劝我别管。这就让我更多心了。当老人家的，哪有不为儿女操心的？还不是盼着晚辈日子过得美满，还不是怕你们有啥不合适的地方！可是他那嘴好像扎了根绳子，一个字儿都不向我吐。"

杜淑媛这会儿面色缓和过来，低声地告诉田大妈："不是他故意不跟您说，是他不知道我的根底儿。"

田大妈的心忽地往下一沉："你觉着有啥不方便的地方，不好告诉他吗？"

杜淑媛摇摇头："不，他没有问过我这些。"

"到底是咋回事儿呢？"

"我没有爹妈，我弟弟小，我奶奶老。我得把弟弟带大，我得送老人入土，随后再安排自己的事儿。"杜淑媛慢慢地、一句一句地说，"就是这个缘由，一年一年的，拖延到这大的岁数。不是为我弟弟，我还想再等几年……"

"噢，这么回事儿呀！你是个好样儿的，我佩服。"田大妈得到这个意想不到的答复，不仅把在心里系了好些日子的疑团解开，还对未来的儿媳妇儿增加了几分带有崇敬心情的喜爱，接着又顺势解她心里的另一个疙瘩，"你把我们家的底细都摸清楚了吧？留根还有个弟弟，家产可有他弟弟一半儿……"

"我也有弟弟，我那半家产全留给我弟弟，什么也不要。除了身上穿的，一根柴火截儿都不带走。"杜淑媛也有点儿激动地说，"同胞嘛，是手足情分，就该这么对待。留根有个弟弟，我们还多个亲人、多个帮手哪！"

"好！这话说得好！"田大妈忍不住地竖起大拇指，紧接着往下"抠"最后一个难题儿，"你还得考虑到下一步，将来我们老两口儿得跟留根过，病在炕上也得靠他伺候。老二保根这会儿在外边上学，以后在外边工作，当然也得在外边找媳妇儿成家，指望不上他。我们这一对棺材瓤子，可就赖在留根一个人身上。这一点，可是顶让年轻人嫌麻烦的事儿呀！”

杜淑媛回答得更干脆：“谁不是人生父母养的？养老送终是儿女应尽的孝道，还能在这上边讲价钱？留根要是那号没人性的人，我还不嫁他哪！”

“哎呀呀，好姑娘！”田大妈激动万分，再一次扯住杜淑媛的衣袖，声音颤抖地说，“留根是个孝子，听说听道，规规矩矩，一点儿离弦走板儿的事情都不干。你跟他成亲一定能和和美美、白头偕老、有好日子过，不会上当。我说的都是实话，不信你到田家庄打听打听我的为人、我们老田家的门风……”

就在这个时候，“唰”的一声响，一辆公共汽车好似突然间从地底下钻了出来，“唑”的一声停在站牌子跟前，“咣当”一声打开了车门。有几个提包、扛东西、抱孩子的人，从上边往下挤。

杜淑媛看一眼汽车，看一眼田大妈，流露出一点儿左右为难的样子。

“上车，快上车，只管玩儿你们的去，咱娘俩儿改日再说话。”田大妈一面往车门口推未来的儿媳妇儿，一面宣告，“只要你能看上我们那个家，这门亲事就算成了！”

第 三 十 章

　　晚霞在天边燃烧的时候，田留根才从燕山镇转回家。

　　正坐在炕上跟老头子嘀咕儿子的田大妈，隔着窗户看见儿子走进二门，赶紧小声地招呼老头子："快来看看，留根喜眉笑眼的，这回的面儿见得肯定又不赖。"

　　田成业也爬上炕，把脸贴在玻璃上观看。

　　田留根的确是一副喜气洋洋的样儿。兴许是谁家从村外往村里捣动秋秸丢下个高粱穗，被他路过看见捡回家。他一进二门，就把高粱粒儿搓下来，像逗着玩似的向涌到他脚边的鸡群扬撒。靠在墙上的扫帚不知怎么倒在地下，他弯腰拾起，好似舞台上的演员耍大刀那样抡了两圈儿，才给重新靠立在墙上。他迈着轻快的步子跨进堂屋。堂屋里响起"哗啦、哗啦"蹚柴火声音，又响起"呱嗒"一下掀放锅盖的声音。随后，布门帘儿被撩开，他带着热汗气和有力的喘息，立在炕沿下。两只藏着好多秘密话儿的眼睛，投向妈妈，又投向爸爸，要开口说，嘴唇动了几下，没吐出一个字儿来，眼神的光亮也随着暗淡下来。

　　田大妈首先发现儿子这一瞬间的变化，赶紧先搭话："这么晚才回米？"

田留根"嗯"了一声，从墙壁钉子上摘下掸甩子。

"晌午吃饭没有？"

"吃啦！"

"你们两个在一块儿吃的？"

"一块儿。"

"她留在燕山镇啦？"

"没。回家了。"

"你们都坐汽车？"

"不。她坐车，我走。"

田大妈从儿子心不在焉的样子和应付的答话里，更进一步觉察出儿子的异样变化，不免有点儿心虚紧张。儿子出屋，她跟出屋，追问着："留根，这回你俩到一块儿谈得咋样呢？"

"还那样儿。"儿子只顾抢着掸甩子抽打晚秋的小风吹落在身上的尘土，不抬头看妈一眼。

田大妈焦急地围着儿子转了个圈子，既怕被掸甩子碰着眼睛，又想靠近，再仔细察看一下儿子的气色："告诉我，你们两个因为啥闹别扭了吧？"

"没有。"儿子淡淡地回答两个字儿，故意躲闪似的钻到屋子里端盆子舀水。

田大妈尾随不舍。等儿子蹲下洗脸，她又弯腰俯身地小声叮问："今儿个，她没跟你说我不好的话吧？"

"她凭啥说您不好呀！"田留根草草地洗了两把脸，站起来，把水泼到门外，放下盆子就奔饭桌子盛饭吃。

田大妈也端碗拿筷子，边吃边寻思怎么撬开儿子的嘴，让儿子吐出实话儿。瞧见儿子只喝一碗粥就放下，一声不吭地要迈门槛儿往外走，实在憋不住了："你给我站住。"

田留根应声站住了。

田成业说老伴儿："你把我吓一跳！"

田大妈不理老头子，仍对儿子发脾气："打发你出门去办大事儿，盯着日头影儿等你，你好不容易回来了，总得告诉我们个结果，怎么连个屁都不放呢？"

田留根皱着眉头反问："您要啥结果呢？"

"哪一天定亲？"

"这，这得咱们安排。"

"咱们安排？我择日子行吗？"

"行。您择吧！"

田大妈听了儿子这句话，脸上又有了笑模样："这么说，她对咱家没啥挑剔的了？"

"没有。"

"只要咱们乐意，这桩亲事就算成了，对吧？"

"她都跟你提了啥条件？"

"提啥条件？"田留根反问一句，回答的时候变得很不干脆，眨巴眨巴眼，显然敷衍搪塞地摇摇头，"没提条件……"

"不会这么便宜吧？"田大妈凭着社会常情，对儿子的答对持怀疑态度，"如今的姑娘，只要嫁给做庄稼活儿的社员，价码没有一个低的，不故意闹排场、刁难人的就够少的了，哪有不提丁点儿条件的？"

"真没有……"田留根举着胳膊伸个懒腰、打个哈欠，皱着眉头说，"妈，我又累又困。我要睡了。"

田大妈不依："我还没把话说完。"

田成业在一旁讲情："你别熬着他了，有话留着明儿个再说吧！"

田大妈心里仍然有些不安生，怕把老实的儿子问急了，算是接受了老头子的劝告，忍耐着没有拦挡。

田留根迈进独自住的西屋，即没有开灯，也没有铺被褥，就仄歪着躺在行李卷上，闭住没有一点儿睡意的眼睛。这一天经历的事情，得细细地琢磨掂量，细细地品其滋味。这使得他的心境一会儿明朗，一会儿黑暗，一会儿轻快，一会儿又好似压上一块巨大的石头透不过气来。

老实厚道、规规矩矩的田留根，为了按照社会上正常人的生活——娶媳妇儿成家，的确出了大力、尽了心血。倘若有人问他究竟为了什么，舍得付出如此高昂贵重的代价？问答十分简单：一是年岁长大，就想娶媳妇儿，这属于生理方面的需要；二是娶了媳妇儿才能生儿育女、传宗接代，别人这样，他也得这样，这属于传统观念方面的需要。他跟本来陌生的杜淑媛接触、接近，因为杜淑媛是异性，能够满足他这两个需要。只要杜淑媛乐意，答应满足他这两个需要，那么，他们就可以结成夫妻。不出意外的话，他们定会"从一而终""白头偕老"。田家庄自从有了村名那一天起，田家这一支脉的人，无一例外的都以这样一个模式，一代接一代地、自然而然地延续下来的。田留根心甘情愿循规蹈矩、效法老祖宗流传下来的老模式做下去，压根儿没有打算从自身起，来一场革新。可是，由于遇到极为特殊的客观原因，他那仅仅两个可怜巴巴的人生需要，已经不由自主地受到冲击而被突破，使得他那个娶媳妇儿成家的原始式动力，开始动摇了根基，引起了变化。从而给他那并不丰富的精神肠胃里，增加一种从未想过、从未尝过的需要和渴望。

田留根和杜淑媛这一对被传统习俗、爹妈和媒人拉到一块儿、要被促成为夫妻的青年人，每一次会面都是在女方的姑姑家。杜淑媛的姑父是燕山镇派出所所长，姑姑在供销社的百货组当售货员。今儿个，田留根动身早，走得快，不光提前到达事先约定的地点，还因为熟门熟路、愣头愣脑地先把人家的门给叫开，随后不客气地直接进了人家的屋。杜淑媛的姑父和姑姑都没上班，对田留根这个老实巴交的农村青年倒也蛮热情。先是杜淑媛的姑父陪着他一面喝茶，一面没话找话说，讲了许多他们派出所最近遇到的案件，特别是打击刑事犯罪活动抓捕几个盗窃团伙的事儿。田留根听着，就像看惊险侦探电影片一样的有趣儿。派出所所长提前去上班了，杜淑媛的姑姑留下来。出于姑姑跟娘家侄女的特殊感情，出于想促进这桩觉着挺合适的婚事，她有声有色地向田留根介绍起杜淑媛的家庭、身世和品行。这些不仅把田留根脑神经给吸引住，还被深深地打动了心。于是，在他的意识里，对娶媳妇儿成家的事儿就增添了一种新的动力……

自幼生长在深山沟而命运又不好的杜淑媛，脾气秉性跟一般的女孩子极不相同。她懂事儿早，心肠好，平常温顺胆小，遇到她不如意的和违背她心愿的事儿，又表现得十分烈性和倔强。

她爹是个石匠，给队里搞凿山引水工程的时候，从山上掉到山涧里摔死了。她那年才六虚岁。妈带着她改嫁到大岭后边山洼里。她哭着号着要找弟弟和奶奶。妈拿好吃的东西哄她，她不吃；后爹买新衣服哄她，她不穿。妈妈给她缝个布娃娃，她就一边啼哭，一边先卸胳膊后卸腿，末了揪脑袋，撕个稀巴烂。后爹给她用木板钉个小马车，她就一边啼哭，一边用手掰、用脚踩，拆了轱辘撅辕子，最后扔进灶火坑里。

妈和后爹到地里干活儿，她就偷偷地离开家。她一面猛跑，一面在半山腰的羊肠小道上寻找驴蹄子印儿。那些驴蹄子印儿，是头几天，后爹赶着毛驴来娶她妈，留在草棵子和碎石头中间的。她倒着驴蹄子印儿，爬坡越沟，一步一步地走了十五里，天大黑的时候走到香果峪，摸到杜家的栅栏门。

听到呼喊声来开门的老奶奶，一见站在面前的人是小孙女，惊呆得好半晌说不出话。

第二天，妈妈跑来找她。

她说："我要弟弟。"

妈说："弟弟是杜家的后代根苗，奶奶不给呀！"

她说："我要奶奶！"

妈说："你后爹一个人挣工分，哪养得了这么多吃饭的人哪？"

她得到这样的回答之后，眨巴着眼睛想了想说："要是不答应我，我死也不离开这儿！"

妈妈哭哭啼啼，想尽了办法也没有把她带走。

后爹来接她，左劝右劝不听话，硬要拉她走。

她急了眼，低下脑袋就是一口。

后爹的手背子被她咬破，直流血，一赌气，转身就回了岭后山洼里。

从此，她留在弟弟和奶奶身边，老少三口人相依为命地过日子，过山沟人过的那种最贫困的日子。幸亏生产队里给他们一点儿照顾，要不然很难熬过来。

过了两年，奶奶张罗送她上学，又找老师又订课本。

她拦挡奶奶，声明说："我不去！"

"你不想识字儿？"

"识字儿也不能当饭吃。"

"哟，小小的人儿咋说老脑筋的话？"

"您到队里挣工分，我在家里看弟弟、喂猪、捡鸡蛋，好吃饱饭呀！"

"嘿，多懂事儿的孩子！"

弟弟杜有志还不到入学的年龄，她就用布片片给弟弟缝了个花书包。弟弟上学的时候，她每天总是亲自送到学校门口，再亲自接回家来。怕的是淘气孩子招惹弟弟，怕的是半路上遇到狼崽子把弟弟给伤着。

弟弟上中学那年，跟姐姐说："我想买一支钢笔。"

她说："你不是有笔使吗？"

"那是铱金的，不好。人家都是金星的，还有使英雄一百号的哪！"

"行，我给你买，买比别人都高级的，可是得等我攒够钱。"

靠着鸡下蛋攒钱买一支高级的金笔，那是很困难的。那年闹黄鼠狼，两只爱下蛋的母鸡都给拉走了，剩下的两只下蛋稀，有一只还闹着趴窝。

她去找队长："让我参加打井队吧！"

队长说："打井队连班夜战，你干得了？"

她说："我就是为了领那一天两毛钱的夜班伙食补助费，当然干得了！"

打井队的都是男子汉，只有她一个女的。她跟在别人后边管拉绳子提土，二十个小时连轴转。小伙子都给累得东倒西歪，她却能挺着干，一干到底。两只手让绳子给蹭得掉皮、流血，她咬着牙不说疼。最后，她终于攒了一沓票子，买了一支亮晶晶的金笔，高高兴兴地递到弟弟手里！

姑娘渐渐大了，奶奶不知不觉老了。

姑娘大了要找婆家，未婚夫是前村的会计。家好人好，过门就能过上富足的日子。

会计小伙子找她悄悄地商量："咱们该办喜事儿了。"

她说："别忙，等把我奶奶扶持入土再说吧！"

"她老人家要是三年不死呢？"

"等三年。"

"要是五年不死呢？"

"等五年。"

"我可等不起！"

两边的亲戚都劝她：终身大事，不能耽误，仔细地想想再决定吹不吹才妥当。

她说："我早想好了——当儿孙的，连这么一点儿孝心都不尽，还要儿孙干啥？"

老奶奶终于"寿终正寝"地入了土，媒人又开始登门儿。

她仍然摇头说不急。

"你打算当老姑娘,一辈子不嫁人了?"

"嫁。得等我弟弟的前途定下来再嫁。没爹没妈,我离开了谁照顾他?"

"你可要把自己给耽误啦!"

"唉,没办法。不这样,还算一奶同胞手足情吗?"

弟弟杜有志高中毕业以后,想尽办法也没有找到个能离开香果峪的工作。她就带着弟弟修复了院墙、垒起了猪圈,接着就张罗给弟弟找对象。

弟弟长得结实而俊气,高中文化水平,家里没老没小没累赘,找个媳妇儿并不难。只是弟弟眼光高,挑来选去的,好不容易相妥了一个。

就在弟弟要定亲的时刻,她才吐口找婆家。而且很急迫,厚着脸皮求有来往的乡亲给快点儿找,赶在弟弟订婚的日子前边订婚。合适的婆家并不好寻找,转了几个弯儿,才找到了田家的田留根。左量右量,觉着跟田留根配夫妻比较合适,就接连着见了三次面。

......

杜淑媛的姑姑讲述了杜淑媛的事情,强有力地触动了田留根那一根一直没有被触动过的神经,在他胸膛里点起一把陌生的火,烧得他浑身颤抖、坐立不安。他心里边反复叨咕几个字儿:"这回碰上一个好心肠的女人!娶这样一个女人当媳妇儿,准能和和睦睦地过日子!"

杜淑媛姑姑要去上班,把钥匙交给他,嘱咐他几句什么话,赶上他正在"腾云驾雾"、脑瓜子走神,所以一个字儿也没有听见。

田留根坐在椅子上,仿佛背诵课文那样回想杜淑媛的姑姑讲过的事情,越琢磨越激动。他被一声响动惊得抬起头,隔着玻璃窗户看见杜淑媛出现在院子里。他的心猛烈地乱跳,好似一张嘴就要跳出来。从前,每当他被媒人拉到没见过面的女人跟前,心也跳得厉害。那是因为紧张,因为怕点儿什么。这一回的"跳",跟以往完全是另一种滋味,说不出名目的滋味。

他不由自主地抽身站起，迎出屋子，迎到杜淑媛的跟前，还要跟人家拉拉手。在哆哆嗦嗦地伸出手的一瞬间，他又改变主意，抓住了人家的手提包，替人家提着，慌乱地往屋里走。

杜淑媛也感到了田留根对待她超过以往的大方和热情，心里是满意的。联想刚刚跟田大妈的会面，更觉得这个男人好，这个男人的家也不错，要嫁给这个男人的决心也更坚定了。

走进屋子以后，田留根坐在杜淑媛跟前，坐得很近，两只眼睛老是不离开杜淑媛的脸，直到把杜淑媛给看腻了，他还是盯着不动。

他们俩脸对脸地坐到中午，吃了点儿现成的饭，就到街上遛弯儿。田留根紧紧地挨着杜淑媛，一步不离，像个保镖似的。他的话特别多，一个题目还没有扯完，就又蹦到另一个题目上。都唠叨了些什么话，从嘴里一吐出来就忘得干干净净。最后，他们根据太阳的方向估计，时间已经不早，马上拐个弯儿直奔汽车站。因为杜淑媛当天要赶回香果峪。

田留根恋恋不舍地问："你今儿个住下不行吗？"

杜淑媛说："我得回去给我弟弟做饭吃。"

"一个大小伙子还饿得着？"

"他很不会照顾自己的身子，睡觉的时候不知道盖被子，渴了总喝凉水。"

走了一截儿，田留根鼓鼓勇气，低着头，眼盯着自己的脚，问道："又要分开了，咱俩的事儿咋算呀？"

杜淑媛也低下头，反问他："你说呢？"

"反正，反正我非娶你不可啦！"

杜淑媛赶忙地左右看看，笑着小声说："你喊叫什么呀，小声点儿。"

"真的。"田留根严肃地申明，"我这会儿，就跟电影里边的那些人一样了，迷上了你。你要是不跟我好，我就活不了。"

"谁说不跟你好啦？"杜淑媛好似生气了那样瞪了田留根一眼，头和肩膀却不由得往小伙子身上靠了一下。

田留根更加心魂荡漾，忙说："要这样，下个集日你就到我家认门儿，算定亲。你乐意不呢？"

"看你这急性子……"

"我怕夜长梦多。再抻着我可受不住啦，就这么办吧！"

杜淑媛停住步，挺不好意思地说："你得答应我几个条件。"

田留根慷慨地回答："你撒开提。"

"得准备两套铺盖。"

"这现成。我妈头四五年就给我准备好了，锁在柜子里。成亲那天，拿出来就用。"

"成亲的时候，咱俩一人要做一身新式样的好衣服穿，不用太讲究，也不能太寒酸，大面上得过得去。"

"没问题。我俩姐早就亲口答应过，等我结婚，一人送我一身料子。"

"最后还有一条，"杜淑媛以一种询问的目光、试探的口气说，"在定亲那天，你们家得给我一块手表。行吗？"

田留根立刻豪爽地应承："行。"

"要进口表。"

"金的都给，割我身上的肉都舍得！"

杜淑媛被感动得眼圈红了，主动地用手揽住田留根的胳膊，诚心诚意地解释说："这可不是我故意提价儿，让你们家破费。如今咱农村女的找男人，都讲究这个，没有表，可不行。你无论如何要想办法给我买一块。"

田留根拍了拍胸脯子："这个我清楚。你只管放心，我决不屈着你，到时候准让你戴上手表。"

杜淑媛上了公共汽车。隔着车窗玻璃，他们又脸对脸地站了好长时间。直到无情的汽车开动起来，才把他俩硬给拉开。

田留根欢天喜地地跑到供销社百货门市部，把钥匙交给了杜淑媛的姑姑。随后，他又欢天喜地地往家里飞奔，他要赶快把他这个婚事成功的胜利消息告诉爹妈，一家人好一块儿高兴高兴。

可是，当他一走进他出生长大的破旧小屋里，看到正从炕里往炕沿挪蹭的、连声咳嗽的爸爸，看到虽然在笑，却是满脸皱纹纵横、骨瘦如柴的妈妈，他的心哪，"咯噔"一声，好似被一只无形的手揪了一把。同时好似有一瓢冷水，猛泼在头上，浑身发冷，直打哆嗦。

"天哪，我答应杜淑媛的条件能办到吗？"刚刚被爱情之火烧起来的田留根，暗暗地想着这个题目，立即就变成了让田大妈见了就极不放心的那种无精打采的、蔫巴唧唧的模样。

第 三 十 一 章

　　乡村的动与静是有节奏，有规律的。傍晚的时候，下地干活儿的，出外做工的、上学的、跑买卖的，都赶回来。他们互相打招呼、传递信息，配合着女人们叫孩子吃饭、男人们轰牲口入圈，掀起一天中最热闹的高潮。等到天色完全黑定，街道上那种喧嚣而杂乱的气氛，便渐渐地分散，转移到一家一户的房屋里。过了一会儿，消停了一些，但是，还没到贪睡人上炕钻被窝的时候。从左邻右舍传来人们聊天儿的声音、收音机播放戏曲的声音，隐隐约约的，还能够听得着。

　　田家老两口儿没有事情可干。老夫老妻的，空着手、对着脸地闷坐，实在没啥意思。儿子屋里没啥动静，料定睡下，不会再过来，他们就草草地收拾起剩下的菜饭，刷洗了锅碗，早早地爬到炕上躺下。

　　"这小子，今儿个在外边到底是吃了甜的，还是吞了苦的，连屁都不放，算是把我给装在闷葫芦里了！"田大妈独自寻思一阵儿，这样忧心忡忡地对男人说，"摸不准他把那事情办到啥地步了，让人替他悬着心哪！"

　　田成业搭腔说："他不是把结果全告诉你了吗？留根不是保根，他还会编瞎话捉弄我们吗？"

"我瞧着他那副架势，不见得完全顺风顺水儿。"田大妈分析着说，"这一回的婚事搞得这么舒心，他从镇子上回来应该是欢天喜地的。他偏不这样。你瞧见没有，虽说没有噘着嘴巴、皱着眉头，可是他那一脸蛋子云彩，明显地挂着，瞒不了我这双眼睛！"

"跑了一天路，累的。"田成业往好处想，同时给自己开心，"平时，我干活计一累过劲儿，也这样地起心里烦。"

"又不是爬山背石头，能累得不会笑？能累得说几句话的力气都没有了？"田大妈否定男人的乐观看法，轻轻地叹了口气，"留根回来这么慢慢吞吞的，让我放下半个心，又悬起半个心。没有因为我半路上插一脚跟姑娘见见面给踢翻，算是闯过一道关。可我总怀疑这里边藏着鬼。"

田成业吸口冷气："这能有啥鬼呢？有人做圈套坑害咱们？"

"留根告诉咱们，女的那边一丁点儿条件都没跟咱家提，你想这能是真情实话吗？"田大妈顺着自己的思路往下说，"如今这年头，人们把艰苦朴素扔到大道上去了，比洋气、比阔气成了风。在成亲之前，女的跟男的提的条件越高，越觉着自己的身价不一般，在娘家神气，嫁到婆家也贵重。女的嫁人要是啥都不跟男方家要，庄亲邻居都会耻笑她卖得贱，是个不值钱的货。哪个大姑娘不爱面子？哪个受得了这样的舆论？所以大伙儿全都比赛着抬高物价，不把男家给要趴下，不算完！除非像石头小姨子那样有疤癞、有毛病的，才能这么便宜！"

"你不是说，见了那姑娘，觉得挺稳重、挺正派的吗？能是个有啥毛病的？"

"关节儿也许在留根身上，他没有跟咱们讲真情。"

田成业寻思片刻，同意了老伴儿的推测，可是他纳闷儿："女的要是提了条件，留根还瞒着咱们干啥呢？瞒了今儿个，还能瞒到明天吗？"

田大妈以权威性的口吻回答老头子："十有八九，留根让女的提的高条件给吓住了，没力量答复。告诉咱们吧，怕咱们为难，不告诉咱们又混不过去，脑袋里边正打架。他跟你一个样的脾气，心膛小，搁不下事儿。"

田成业把女人的这番话品味过后，又探讨似的说："你再给估摸估摸，那女的能朝咱们提啥条件？"

"这不是明摆着的事儿嘛！要新被子、新褥子，要价钱贵的新衣服，要跟公婆见面的见面礼钱，少说二十，多说得五十……"

"好家伙！她要是真提这么高的价码，咱们又得老太太吃烂柿子——嚓瘪子啦！我不是巴福来，也不是孔祥发，哪有钱买这么多东西给她呀！"

"得了，这个院子有我当家，这么大的事儿，能等着到今儿个听你的丧气话？我像你这样顾脑袋不顾屁股的没个算计？告诉你吧，我是大姑娘裁尿片，闲置忙用——早有准备！"田大妈得意扬扬，压着声说，"这一年我扯个面儿，那一年我撕个里子，再过一年攒下点儿上等棉花，头几年我就做好了三面新的被窝褥子，整整两套。他俩姐早就应下，等兄弟寻上媳妇儿，一个给买一身高级料子的衣裳，许下的愿，她们不会抹桌子。有他大姐比着，他二姐虽说不当家，也敢跟公婆张嘴要。就这样，我还嫌礼轻、丢脸，香果峪这门亲事刚有眉目那儿，我又跟他大姐借了一条三合一的裤子，跟他二姐借了一件花呢的上衣，都是没沾几回身、没下过水的。现成的东西在手里把着，我还怕她提条件？"

田成业听了老伴儿这番话，心里踏实了许多，还有一点儿没着落，问道："铺盖穿戴不用愁了，那么见面礼儿的钱可咋办呢？"

"照样儿不用你发愁。从打盖完房子，你们爷儿俩尝过鸡蛋啥味儿吗？卖鸡蛋的钱我全都存着。积少成多，不到五十，也差不了十块八块的。还有五瓣大蒜，你抓个空拿到自由市场卖了吧！这会儿缺者为贵，比刚起蒜那当儿价码高好多！"

"嘻嘻，你真行，真有个算计。"田成业知道了这个底儿，心全放稳，乐呵呵地说，"赶紧把你的安排告诉咱留根，别让他自个儿揪肠扯肚地瞎发愁了。"

"可恨的东西，小瞧我，还当是心疼我哪！他爱在心里边憋着，就让他憋一宵吧！"

田大妈不愧是个精明的女人，在人情世故的大圈子里边，她猜到了儿子遇到了犯难之处。然而，精明毕竟有限度，她决不会猜到，儿子犯难的事儿比她料想的要严重得多。一块进口手表，起码得一百五十块钱，是她现在用足了劲儿精打细算、口掐肚攒才凑起那个数目的三倍以上！

一块手表，一块进口手表，快把老实巴交、刚刚尝到爱情滋味儿的田留根给憋闷死了！

今儿个夕阳西下的时候，田留根送杜淑媛上了公共汽车，心情格外复杂：既有跟恋人不得不分手的怅惘，又有获得可靠爱情的满足，也有对不太远的婚姻目标急切盼望的冲动和不安。他怀着异常杂乱的心绪，奔到供销社百货公司门市部，找杜淑媛的姑姑，送还人家的开门钥匙。

事情就是这般的凑巧，杜淑媛的姑姑恰巧是负责出售各种钟表专柜的售货员。田留根找她的时候，她正站在柜台里边答对一双选购手表的青年男女。

那个柜台的式样很新颖。冲着顾客的那一面镶着整块的大玻璃，朝上的柜台面也是整块的大玻璃。柜台里分为三层，下边两层陈列着大小不等的座钟、闹钟和挂钟。最上边那层有许多精制的小盒子。小盒子开着盖儿，红紫色的衬绒上，摆放着各种各样的手表：男表、坤表、机械表、电子表，还有自动的表。旁边摆着不锈钢的表带儿、牛皮的和人造革的表带儿。顾客站到柜台跟前，只要稍微地低下头，就能把里边的一切都看得清清楚楚。

那个选购手表的男的，看样子不超过二十五岁。他穿戴不坏，却沾着许多油渍：上衣和裤子是油点儿、油块子，连两只球鞋也如同在油锅里滚过，特别是攥在手里的两只手套，白色的成了黑色的，线织的好似用铅丝儿编的。从他的打扮和大大咧咧的样儿估计，十有八九是个开拖拉机的机手。

紧挨拖拉机手身边的那个女的，跟机手的年纪相仿，穿着新，料子好，尤其是那条搭在肩头上的蔚蓝色印着白花的纱头巾，还有手上提着的那橘红色人造革挎包，鲜艳得有点儿刺眼。她的皮鞋是高跟儿的，很细，极像踩着两根棍儿。

机手对女的特别谦恭和气。女的对机手特别亲热中带着羞涩和娇媚。他们显然是没有成亲的"对象"。这"对象"肯定到了火旺饭熟的节骨眼儿上。要不然，男的能掏钱给女的买手表吗？

"同志，请您再拿这个看看。"男的用沾着油泥的手指头，在玻璃柜台上戳点着，"对，有日历的那个。"

杜淑媛的姑姑耐心地应酬着，从那个既没有门儿也没有帘儿的柜台里伸进手去，捏出一块亮晶晶的手表，轻轻地放在玻璃台面上。

女的拿起表，放在手掌心上端详一阵儿，问："是进口的吗？"

"日本西铁城。"

"多少钱一块？"

"一百五十八。"

女的掂量着、端详着，用两只水汪汪的眼睛瞥了机手一下。

男的赶紧咧开嘴巴笑着问："喜欢吗？"

女的轻声说："就是太贵。"

男的说："管什么贵贱，买你可心的。"

女的把脸转向售货员问："走得准吗？"

"用过的顾客都反映不错。"

"坏了能换不？"

"保修半年，只要不是硬伤，管修管换。"

男的又插一句："就来它吧？"

女的含笑地点点头。

男的立即把一只污黑的手伸进裤子的后兜儿里，掏出一大沓子人民币，"啪"的一声，放在玻璃台面上。

……

当时，田留根站在旁边一声不吭地等着，挺好奇地观看那一双青年男女的每一个动作、每一个表情，同时胡思乱想着。直到杜淑媛的姑姑收了款，开了保修单，打发那对未婚小两口儿心满意足地离开，他才上前交钥匙。

杜淑媛的姑姑很关心已经"老大不小"的娘家侄女的婚姻大事，同时也看准田留根这农村小伙子诚实可靠，极想促成他们两个。所以她没有马上接过钥匙把田留根打发走，而一面问这问那地观察摸底，一面清理货物。等到下班铃响了，她拿出一块塑料布，展开，遮盖在盛着那么多钟表的玻璃柜台上。随后，她跟着另外两名售货员一齐动手，关上了门窗的板儿，把临街的弹簧门挂上布帘子，关闭，从里边扣上钉锦，锁上一把挂锁。末了，杜淑媛的姑姑招呼田留根，一块儿从门市部的后门出来，走到后院，再从一个能进出汽车的大门绕到街上。

那会儿，跟随在身旁的田留根，无意地发现，堆积货物的小院子里，有几间库房，还有一个小屋。小屋窗前搭个小厦子，小厦子下边有个胖得行动都笨重的老头子，正猫着腰做饭。估计是那个地方的看守人。

……

在以往那漫长的、艰苦的岁月里，田留根一心跟随着爹妈为盖新房奔波操劳。因为只有立起新房，娶媳妇儿成家的事才有指望。而如今，总算熬到了万事俱备，只欠东风的时刻。这东风，也就是决定田留根终身大事的关键的关键，归结在一块表上了：有了表，就能够定下媳妇儿，就能结婚入洞房，就能成家立业，就能生儿养女，就算达到了人生目的，对得起自己，也对得起爹妈和老祖先⋯⋯

手表在哪里呢？伸手跟爹妈要吗？田留根心里清楚，爹妈为了操持起那层新房，已经像榨净了的豆饼，掏干了的枯井，精疲力竭、手空兜空啦！他们哪还挤得出点滴油水？逼死他们，也不可能在下个集日前，拿出一百五十八块人民币，交到儿子手里，让儿子带上杜淑媛，走进琳琅满目、五光十色的百货门市部，神气十足地把钱甩到玻璃柜的台面上⋯⋯

没有手表，就定不了亲，成不了家，就得跟那个可以跟他同床共枕的媳妇儿分手，从此谁也不见谁，见了也互不相识，如同陌路之人！这种结果、这类现象，对田留根来说并不稀罕。热心的媒人们，在这几年中，曾经使用种种办法，把他跟一个又一个女人拉到一块儿，对面坐坐，交谈几句，或来往几回，然后相互间连头都不点一下，就各奔东西。好似到自由贸易市场上选买东西，对摆在眼前那些成色不如意、价钱不合适的，转身就走，去找下一个。既不会回头看，也没工夫回头想，过去便忘，一忘到底！他跟差不多"一打"女人发生过这类关系，至今连一个女人的具体模样都记不起来了。然而，最近搞起又搞得热乎起来的杜淑媛可非同一般：她让田留根看清了面貌，了解了心性；她使田留根动了心、着了火，用既新鲜又让他绕嘴的词儿来说，他们发生了"爱情"。此时此刻要是逼田留根跟这样一个女人背对背走开，最终分手，他真有可能活不下去！

手表！手表！！手表！！！

没有手表。没有钱买手表。没办法从那个既没有门儿，也没有帘儿的玻璃柜台里拿到亮晶晶的进口手表。

田留根脑海猛然打个闪电，心"怦怦"地激烈跳动着，继而腿一收、腰一挺，"嗖"的一下坐了起来。

田留根的大脑变成空的，只有"表"乘虚而入，发挥着难以按照常规和逻辑所能想象的威力，击败了理智，控制起中枢神经。他呆坐片刻。他既没下地，也没到外屋打开已经插上的门，而是双脚一蹬，立在炕上，掀起能开、能支、能放的老式窗户，伸出腿，一纵身，跳到堆在窗前地下的干树叶子上。

他光着两只大脚丫子，高抬轻放地穿过院子，溜出大门，跑出村口，来到新宅院的外面。

新宅院只是盖起房屋，还没有来得及垒起院墙。在明亮的月色中，威严地站立在旷野上。大窗户下面镶着的几块玻璃，反射着月光。窗棂和柱子散发着的油漆味儿，直扑鼻子。

他停在屋门口，提起脚后跟儿，从上门槛上取下钥匙，打开门板上新安装的铁锁，一步跨入，弯腰从墙角处抓起一把大号的老虎钳子。

他把钳子揣进怀里，插在腰带上，贴着身子。

他很快就返身出来，草草地掩上了门扇，忘记重新上锁。

他赤着两只脚板儿，"扑塌，扑塌"地走出新宅院，拐过一个岔道口，走上通往燕山镇的沙石公路。

这是一条窄窄的、弯弯的、不平的路。这条路还是很早很早以前，清朝皇帝修出来的……

第 三 十 二 章

天上的月儿是圆的，多像摆在玻璃柜台里的那些手表！

地边的电线杆子是长的，多像手表那表盘上的时针、分针和秒针！

眼前的路面，在朦胧而神秘的山野间，反射着白光，多像不锈钢的表带儿！

脚步声声，那是手表上足了弦，"嘀嗒、嘀嗒"地走动起来。

手表！进口手表！！亮晶晶的手表！！！

突然，"嘀嗒"变成了"丁零零"急促的铃铛声。

"哗啦"一下，又"啪嚓"一声，一辆车，连同一个人，沉重地摔倒在田留根的面前。

田留根被惊呆，懵懵懂懂地刹住了脚步。

"你走道儿还睡觉？这么打铃都听不见？"摔倒的人"噌"一下站起，怒气冲冲地质问，"你为什么硬要往我车上撞？你不想活了？"

田留根嗫嚅地回答："我，我真没听着……"

"你耳朵聋，眼也瞎吗？"

"我，我真没看见！"

"别他妈的给我装孙子啦！准不是个好人！好人在这三更半夜的没

命地跑什么？是抢劫去，还是杀人去？"

"我，我是好人……"田留根不由自主地恐惧起来，撒腿就往前跑。

"小子，跑？"那人扶起自行车，骑上就追，追到前面，一拧车把，车子横过来，一刹闸，停住车。

田留根被车轱辘绊个趔趄，本能地反抗起来："你干吗欺负我？"

"欺负你？这算欺负你？"那人吼道，"我要把你送到燕山镇派出所去！给你戴上手铐子、脚镣子，然后把你关进大狱里去！举起手来，乖乖地跟我走！"

田留根哆哆嗦嗦地往后退着分辩："我不是坏人。我长这么大没干过坏事儿。你不信到田家庄打听打听去，老田家祖祖辈辈都是规规矩矩过日子的人……"

那个人听到田留根后面的那句话，立即改变语气说："你是田家庄的？撒谎，我也是田家庄的。我怎么不认识你？"

既然都是田家庄的人，田留根壮了胆儿。可是因为慌乱，因为背着月光，他看不清那个骑车人的脸孔。

那个人凑将过来，伸着脖子、挨近脸儿，仔细地端详，同时喘着粗气、喷着浓烈的烧酒气味。

"噢，是留根呀！"那人不仅立即息怒，还表现得挺亲热，"你这个老实疙瘩，这么晚了，还在外边跑啥？"

田留根也终于认出，此人是本村电工，一个刚成家不到半年的人。电工从搞对象、盖房子、过彩礼，到结婚，欠下一屁股债。小两口儿为这个断不了吵嘴打架。媳妇儿常常赌气往娘家跑，住着不回来。电工得三番两次地前去赔情道歉，得亲自迎接回家。电工为这个心里边憋闷，在家里喝酒，到外边喝酒。打不起酒，便到处找酒喝，闻到谁家有酒味儿，他准找个借口奔去喝，不醉个东倒西歪地不回家。

"你醉了……"田留根没办法回答电工的问话，没法儿把自己在这个特殊夜晚打的啥主意说出口，他只能胡乱地敷衍，"你醉了，快往家走吧！"

"哎呀，你今儿个也学会撒谎啦？撒谎的不是好人哪！"电工又大喊大叫，"我根本没有醉！就是喝多了点儿！还是喜酒哇！"他使劲儿地抓住田留根的胳膊，"你说是喜酒不，我那亲戚家，去年，从国家手里贷款，从私人手借钱，买了一头大骡子，想拴一挂车，好拉脚挣钱发财。没想到，还没发财倒招了祸。骡子买回来，让黑心人看上了，深更半夜撬开大门去偷骡子。我那亲戚有防备，大门上安着机关，门扇一动，屋里的铃儿就响。我那亲戚给惊醒，光着屁股就从屋里蹿出来。那个贼正从棚里往外牵骡子，我那亲戚过去抢牲口，没料到那贼手里有凶器——一把菜刀。那贼举起菜刀，狠狠地朝我那亲戚脑门子砍了一下。我那亲戚一声没吭，就倒在地下了。唉，大骡子丢了，在县医院住小半年才保住一条命，差点儿人财两空。更窝心的，是一桩无头案，那个贼跑个没影没踪的。我去看我那亲戚的时候还劝他死了心，别再到处告状了。他开头挺心盛，后来总不见破案，日子又搁得太长久，也就不抱啥希望了。嘿，你说燕山镇那位派出所所长多有本领。前一个星期，他竟然把那个偷骡子的贼给抓住了！做梦也不会想到，那贼是我那亲戚的对门邻居，一个见了生人说话都脸红的人。他跟我一样，娶媳妇儿背了债，还不上，就挑了那条险路走。妈的，真是个没出息的货。背的债再多，也不能把自己往大狱里送呀！他媳妇儿都大肚子啦！这回他不吃个枪子儿，也得无期徒刑，到大西北没人烟的地方待到死！他妈的，活该……"

田留根闻不得烧酒味儿，被电工给熏得直恶心，更听不得这类凶残的传闻，被电工给吓得直哆嗦。他想挣脱电工的手，赶紧躲开，可惜挣不脱。他只好央求："快放开我吧。你醉成这样，我害怕……"

"我没醉。我心里明白着哪！要不是有人给我添恶心，再喝这么多酒，也跟玩儿似的。"电工一醉酒就有扯不断的话，一只手拽着田留根不放，一只手比比画画，身子摇摇晃晃，仍然说个没完，"你家老二保根，真他妈的不够朋友。我答应给他保密，他还灌我，非一喝三盅不饶我，还不许吃菜。这叫啥玩意儿！闹半天，终究不是对手。今儿个他小子喝醉了，我可没醉……"

田留根听了电工的这番话，觉着有点儿奇怪，就叮问一句："你在哪儿见着我家老二的？"

"沙堆子呀！"

"哪个沙堆子？"

"就燕山镇西边、县城东边那个沙堆子呗！"

"你别说酒话啦！我家老二到那儿干啥去呀！"

"喝酒。喝喜酒。丢了骡子、挨了砍的是我表妹的公爹。这酒我当然应该喝。你家老二算赶哪辆车的？"电工逮住个话头就想说下去，"他光为给他们队长溜须拍马屁，才凑这份儿热闹。我表妹的公爹是他们队长的老丈人。那小子姓窦。听我表妹说，前几年他犯过王法，蹲过大狱。这回人家摆酒席，是请燕山镇派出所的所长，找几门至亲当陪客。你家老二狗皮膏药似的贴在姓窦的身上，也去了。没想到碰上了我。他想躲也没处躲，就嬉皮笑脸地直跟我说好听的，求我别告诉你们，求我装聋作哑，就当我压根儿没有见着他。"

"你瞎胡扯！你根本就见不着他，"田留根吵架般地喊起来，"我家老二保根在北京上学哪！"

"你给我拉倒吧！"电工用力地打个手势，从鼻腔里吹出一口粗气，"你们老田家人就会打肿了脸充胖子，就会吹牛。鬼难拿的老二保根明明又一次落了榜，偏偏装模作样，对外人吹考上什么技术学校。嘿嘿，真逗……"

田留根对电工的话虽没听出头脑，却感到有些蹊跷，见电工光笑而不再说下去，就发急地催促："快告诉我，到底咋回事儿呀？"

"我不说。我不能告诉你。我得够朋友。我亲口答应老二保根绝对地保守秘密。君子一言，驷马难追。说话不算数儿，那不是男子汉大丈夫，是条小哈巴狗！"电工一面摇头晃脑地说着，一面很艰难地搬车子、掉转车头，"如今世界怪事多，你们家得算一大怪事。你家老二保根明明变成像印度电影里那个拉兹一样的一个流浪汉，硬舰着脸子瞎诌上了技术学校。嘴还挺硬，让我给抓住把柄还不认账。你再嘴硬不承认，明儿个我消停了，拉你到县城爱国卫生委员会的办公大楼工地上看看他去。我要当面揭穿你们老田家人的谎言骗局，让你老老实实地低下头。哎哟哟，盲流，流浪汉，拉兹，牛皮大王……老田家的人，完蛋了！靠吹牛皮壮门面，还不完蛋等啥？你妈好逞能，逞了一辈子能。可惜，她心气儿太高，儿子不给她做脸呀！"电工走出两步又回头嘱咐田留根，"喂，你有事儿快去办吧，别在这漫天野地里乱跑。你不知道，又出了抢劫案子。派出所所长正带着人到处搜捕，今儿个请他喝酒他都顾不上去。快走吧！快办你的事儿去吧！"

田留根的简单头脑，在刚才那一段时间里，让仅有的一条思路给控制着，封闭得不留丝毫缝隙。这会儿，被电工的一席意外言词所震动，于是，那条思路顷刻间土崩瓦解、凌乱不堪。他不相信电工的胡言乱语，他恶狠狠地盯着电工摇摇摆摆的身影，真想破口大骂。

"什么成家立业、娶妻生子，全是他妈的胡闹！全是没病找病，没罪找枷杠！哪有打光棍儿自由自在！"渐渐消失在夜幕里的电工，独自用凄凉的调门儿喊叫，"后悔死喽！后悔死喽……"

田留根呆呆地站在硬邦邦的沙石路面上，脑瓜子里那只亮晶晶的表，再不是天上的月儿、地上的树木、动听的"嘀嗒"声。一会儿变成沾着鲜血的菜刀，一会儿变成对着胸膛的枪口，一会儿变成印度流浪汉拉兹的脸孔。拉兹的脸孔变成老二保根的脸孔。老二的脸孔本来不难看，一眨巴眼变成了杜淑媛的姑父追捕着的那个潜逃犯的脸孔，潜逃犯的脸孔变成了一块亮晶晶的手表……

板硬的沙石路面仿佛从地底冒出一股凉气，从他那赤裸的脚掌麻酥酥地往上渗透，浑身出冷汗，心里直打寒战。他恐怖地朝模糊而又神秘的野地扫视一眼，真好似瞧见刑警开着摩托车前来捉拿他，他本能地拔腿就跑。

他逃命一样地跑，发疯一般地跑。

他跑进村口，跑进旧宅子院里，跑到西屋窗前。他蹿了几下，也没能蹿上那并不太高的窗台。

跳窗户进屋的路行不通，越发增加了他的恐惧和绝望。他用尽最后一点儿力气，蹿到东屋窗前。他冲着被月光照得惨白的窗户纸，上气不接下气地呼唤：

"妈，妈呀，快开门！"

熟睡的田大妈被叫醒，吃惊地问："谁呀？"

"我……"

"天哪，你不是在西屋里睡觉吗？怎么把你给关在外边了？"

田成业也醒了，顾不上说什么，赶忙起来溜下炕，光着身子就去开了堂屋的门。

田留根回身把门插上插关，挟带着一股子寒冷的气流，扑进东屋，扑到炕沿边。他大口地喘着气，好长一段时间说不出话来。

围着被子坐起身的田大妈伸手拉开电灯，有些不安地察看儿子的脸色，叮问："看你这副样子，怎么啦？"

田留根摇摇头。他也望着妈的脸。脸上刻着纵横交叉的皱纹，皱纹里记录着大半生的千辛万苦。哪一点儿不是为了儿子？

忘了冷，忘了光着身子，站在儿子旁边的田成业也叫一声："哎呀呀，这么冷的天，你怎么光着两只脚丫子出去呀？"

田留根本能地跺了跺麻木了的脚掌。

田大妈探着身子朝炕沿下边一看，脑袋"轰"的一声。她又一次想起大闺女那村——迁建村，也就是红旗大队，有一个小伙子因为考大学的事儿受挫折而发了疯的惨景。婚姻大事并不比考大学的事儿轻多少。加上大儿子老实、心缝儿窄，一个弯子转不过来，憋在肚子里，就会闹起那种可怕的病症。

"留根！我的好儿子。"她带着哭腔扯住儿子的手说道，"有啥话你只管跟妈说。不论啥事儿，妈就是过火焰山、从身上往下割肉，也答应你给你办。你千万别把话存在肚子里瞒着我。那样要做病的。妈受不了……好儿子，你说呀！你快着点儿说呀！"

"妈，您别着急，没啥。真没啥。"田留根竭力镇静自己，"我左思右想，改变了主意，觉着还是把我那桩亲事往后推一推。"

"这是为什么呀？"

"不为什么。"

"吃饭那会儿，你不是说你们俩这回见面谈的挺好吗？不是说我可以择日子定亲吗？"

"好是好。定亲也可以定亲……"田留根说着说着打个沉，不得不鼓足勇气，吐出真情，"只是她提出个条件，跟咱家要一块手表当订婚礼。"

田大妈听了儿子这个"真情"，把心放平稳了，冲老头子说："怎么样？啥事儿也瞒不住我这双眼睛。我觉着留根这次回来肯定有啥话没对咱们兜底儿倒出来。"她又向儿子表示，"人家一个没缺没残的大姑娘，一辈子嫁一回人，跟婆家提点儿条件，理所当然。咱应该答应。如今不是八十年代新派吗，提条件要块手表也不是独一份儿，不能算刁难咱们。这么个普普通通的事儿，你也至于瞒着我，压着自己的心口窝！"

田成业也不再紧张了，赶紧爬上炕，拉过被子，把冻僵了的身子盖严实，接着老伴儿的话茬儿宽慰儿子："你放心吧！你妈有算计，早就打着这个谱。她把卖鸡蛋的钱都存着，还有五瓣大蒜，卖了它搭上……"

"您就是五十瓣大蒜也不够！"田留根烦躁地打断爸爸的话，"她要的手表，不是五六十块的国产表。她要的是外国造的进口手表！"

田大妈紧问："进口手表得多少钱一块？"

田留根一字一字地回答："一块要花一百五十八！"

"好家伙！"田成业先惊讶地说，"那么一个小玩意儿，比一头正当年、全套活的耕牛还贵！"

田留根悻悻地说："所以我不想告诉你们。所以我决定把定亲的事儿再往后拖一拖。"

"不能拖。一定不能拖。"田大妈虽然也被那一百五十八元钱的大数目震动了一下，但经过思忖掂量，却说，"你一辈子的终身大事，不能不花血本，家家户户都这么做，就是规矩，咱家也得照着办。再说，从打盖上房子，媒人就给你找了一大帮，全吹了灯，好不容易才遇到这么一个既两相情愿又都可心的，要是为了一块手表就再吹了，我们老两口儿对不起你，传扬出去，人家得说咱什么？我可不能在田家庄丢这份脸……"

"妈呀，别脸不脸的了！"田留根不由自主地跺着脚喊起来，"您哪儿知道，我鬼迷心窍的，都差点儿被逼着去做贼呀！"

"你说啥？谁做贼啦？"

"嘻，一场梦，过去了。"田留根绝不能把刚才那梦幻般的事儿再叙述一遍，连想不敢再回头想它，只是悔恨地、羞愧地摆动着头，紧靠着妈跨坐在炕沿上，痛苦万端地说，"我要是再不当个好儿子，你们老两口儿可就太惨了，还不如没有生养两个儿子，当绝户头……您快进趟城，把我弟弟找回家来吧！"

田大妈被儿子这么一个"岔头子话"给弄得莫名其妙，就说："你今儿晚上怎么颠三倒四的？老二保根正在北京念书，还没到放寒假的日子，家里没出啥事儿，把他找回来干啥呀？"

田留根想告诉爹妈，老二保根骗了全家人，给全家丢尽了脸，成了"盲流""流浪者"。可是，话到舌尖又咽了回去。他实在没有勇气从自己的嘴里吐出这样难听的词儿。他只是把醉汉电工传过来的不幸的消息，轻描淡写地复述一遍。

　　这才是一场梦，一场噩梦！田家三口人又嘀咕一夜，谁也没有打个盹儿。

第 三 十 三 章

遇到事情犯嘀咕，是因为把握不定。要是根底明白、对策清楚，还嘀咕什么呢？

田大妈跟老头子和大儿子嘀咕了一夜，就属于这种状态。她了解二儿子为人不踏实、不老诚，也知道二儿子好耍弄"三千六百鬼化狐"的把戏。但是，她肯定二儿子不是没有心肝儿的坏人，不会闹出那么严重的一场骗局。

"醉鬼的话不能当真听，咱们别上当。"田大妈给老头子和大儿子说宽心话，"天快亮了，你们打个盹儿吧，我也躺躺。早起来该干啥还干啥，不用猫抓心似的不安生。"

坐在被窝里的田成业和倚坐在炕沿上的田留根仍旧发呆，没有动弹。

"你们琢磨琢磨，陈耀华对咱家啥样子？依我看她过去对咱们热乎，眼下还挺热乎，一点儿没变。多会儿见着，离老远就龇牙笑，就上赶着说话。"田大妈进一步地阐述自己的看法，"老二保根要是真没考上技术学校，在外边当无业游民，能瞒别人，可瞒不了陈耀华。他俩虽说没定亲，可是正搞着对象。陈耀华怕咱老二保根高升了甩了她，这个我清楚。老二保根要是落了榜，陈耀华准得反过来甩了他。陈耀华甩了老二保根，准得跟咱们翻脸。你们想想，是不是这么一回事儿？"

这番话倒有点说服力，立即发挥了效用。田成业把脑袋放在枕头上，想睡一觉。田留根站起身，回到西屋，接着茬儿独自犯愁。

田大妈本人并没有躺一躺。她坐在已经不再温热的炕上，眼睛盯着一再变化颜色的窗户纸发愣。脑瓜子里像塞着一团麻。一会儿黏在老二保根身上东猜西想，一会儿又围绕着香果峪的杜淑媛东想西猜。老二保根如果真的没在北京上学而在县城胡混的话，田家这个脸可丢个不小！同样地，不凑足买上一块进口手表钱，杜淑媛势必远走高飞，决不会落在田家这根树杈上。这个脸丢得更严重！真是屋漏又遭连阴雨，黄鼠狼单咬病鸭子。从两边来的灾难，把田家人给夹在当中，出不来进不去！

"对，等吃过早饭，到砖厂找找陈耀华，准能弄清真假虚实。"田大妈终于找到一条走出迷魂阵的豁口，决计这么办。

在人的急切盼望中，窗户纸总算从青灰色变得发白了。公鸡的各种调门儿的打鸣声，从四面八方的农家小院传来。东隔壁家的毛驴子"嗷嗷"地叫，西邻家的小孩子"呜呜"地哭，街上响起行人的"嚓嚓"脚步声，还有大车轮子"咕咚咚"地轧着地面。最威风凛凛的响动，是刚刚发动起来的拖拉机的马达……

田大妈起炕穿衣服，开门抱柴火，点火熬玉米糁粥。粥锅烧着火，她打开笼子撒了鸡。正在她拿不定主意是立刻叫醒屋里的父子俩吃饭，还是让他们多睡一会儿的时候，忽听有人敲门。

昨儿个夜里临街的院门没有关，来人一直到了二门。门板被轻轻地敲着。这是一个女人的声音："田大妈，请开开门。"

"谁呀？"

"我。"

"怎么听不出口音来呢？"

"开门一看就认识了。"

田大妈一直站在屋门外的台阶上没动窝。她心里纳闷儿：难道说，田留根昨儿个跟香果峪的杜淑媛约会好了，要搭伴一块儿去燕山镇买手表？杜淑媛认识门吗？也许昨儿个晚上她就来了，住在媒人老刘家或老陈家吧？

"留根，留根，快起来，把屋子收拾收拾。"她赶忙移动两步，压着嗓门儿冲着西屋的窗户招呼一声，接着脸向二门又高声答应，"等等啊，就来啦！"随即，她一边迈步，一边抻抻衣角、袖口，拿手指头梳梳散乱的头发。

从打开的两扇木板门中间，走进个一朵花似的青年妇女。头上蒙着淡青色的纱巾，身上穿着墨绿色的大衣，脚上是一双黑亮亮的皮靴子。那脸蛋红里套白、白里套红，眉毛弯细，眼睛水汪汪，小嘴巴挂着讨人喜欢的笑模样。

田大妈把来人打量几眼，不由得倒退半步："姑娘，你找错门儿了吧？"

那青年妇女倒挺亲热地抓住田大妈的手，用力地抖动着说："您看看，怎么不认识？我是黄小云啊！"

"哎哟，是你呀！"田大妈异乎寻常地惊讶，一面睁大眼睛细细端详着她，一面把一只没有被抓着的手也搭在她的肩头上，"你比那会儿胖多了、壮多了，好像还长高了个儿，模样也更俊了。要是在大街上走碰头，我都不敢认你……好几个月没见着，你到哪儿去了？抓着挣钱的工作了？"

黄小云笑眯眯地回答说："离开我姐家之后，在一个社办企业里当了一阵子挣饭吃的临时工，没多久就结了婚……"

"是吗？啥地方的人哪？"

"城东边沙堆子的。"

"也是种地的庄稼汉？"

"家庭是。他本人上中专，毕业以后在那个社办企业当技术员，这会儿又是厂长。"

"啧啧！你真可心啦！"

"就是有个两岁的小女孩儿，累赘点儿。"

"他是个离过婚的呀？"

"不。要说，跟我一样，也是个不幸的人。"黄小云对很有兴致打听一切的田大妈简略地介绍说，"他那小女儿刚满月。他骑自行车带着娘俩儿串亲戚，半路上遇上个开快车的。专业户，光顾挣钱，黑夜白日不停地开车，一打盹儿，上了自行车的道，把他的车子给撞倒了。他摔在路边，小孩子甩出好远，只有孩子妈给轧在汽车轱辘底下，当时就断了气儿。"

"唉，怪可怜的！"

"是呀！这两年他又当爹又当妈，怕孩子受后妈的气，总找不着个合适的人。我到那厂当小工，我们认识了，就这么着凑成一家子。"

这当儿，刚睡一觉而被妈叫醒的田留根，迷迷瞪瞪地从屋里出来："妈，您喊起我来干啥呀？"

田大妈赶紧掩饰说："没啥，叫你洗脸、吃饭呗！"

黄小云向前迎上几步，喜眉笑眼地先招呼："留根大哥，你好哇！"

田留根走出屋门时候见两个人在说话，睡眼惺忪，没看准，还当是妈跟爸爸在说话儿。这会儿细一看，立即认出黄小云，不免也愣怔一下，张开嘴巴"啊、啊"两声，不知道说句什么话儿得体。

黄小云接着说："我这次回来给我姐姐的小孩子做满月。我请客，由我亲自下厨房动手。今儿个中午你们一家全过去。留根大哥你也要过去喝几杯！"

田留根结结巴巴说："我，我不会喝酒……"

黄小云说："不会喝酒你就吃菜。我带来我们厂子出的好几种出口的罐头，有的还是新试做的品种。你尝尝，可口不可口。"

田大妈知道儿子不会客套话，就连忙替儿子应酬说："你别费心了，我们也不去添麻烦……"

黄小云说："不麻烦。说实在的，我早想找个机会请请你们这一家好人。昨儿个我让我姐夫过来下请帖。这个马大哈，一夜没回家。我怕送信儿再晚，你们有事儿出门，只好自己来一趟。就这么着吧，我得帮我姐准备准备去了。"

田大妈对黄小云这一片敬意、这么给面子，心里特舒坦。往外送黄小云的时候，她对黄小云表现出特别的亲热样儿。快到大门口，她忽然拉住黄小云的大衣袖子，无限深情、无限惭愧地小声说："小云大侄女，你这样惦记着我们，真让我过意不去。其实呀，大妈对不住你，你不恨大妈，大妈就知足啦！"

"看您，说哪儿去啦！您对我在难处的搭救之恩，我永远不会忘记，怎么谈得上恨呢？"黄小云动情地说，"至于那件事儿，也是我一时感情冲动想出来的。不论从哪方面说，我都配不上留根大哥。他是个最好心眼儿、最干净的人，应该配个十全十美的媳妇儿，才不委屈他……您留步吧，一会儿咱娘俩儿再说话儿。"

田大妈返回院子，一面迈步，一面撩着褂子大襟儿擦眼泪。黄小云最后那番话说得她心头发热、两眼发酸。她得到别人的谅解，得到别人的敬重，因此得到了时时渴求的满足。走进二门，看见仍然站在屋檐下发呆的大儿子田留根，忽然萌起一股子负疚的后悔的意念。她心里暗想："几个月前，要是答应儿子娶黄小云，得免去多少麻烦事儿？起码不至于像眼下这么为难发愁。中专生、技术员、厂长都肯娶她，可见她的身价并不是卑贱的。事实上，她的性气、品行很不错。唉，后悔药难吃呀！命里注定这辈子处处事事都得遭折磨……"

吃早饭的时候，全家人好像把所有的话都在一夜间说完了，一个个闷声不语。只有往嘴里喝热粥的"丝丝"声和嚼咬白菜帮、青萝卜腌咸菜的"嘎吱"声，响得人心里不安生、冒烦气。

田留根第一个撂下饭碗，开口说："妈，晌午我不去西院吃人家的饭。"

田大妈说："人家是一番好意，邻居住着，怪不错的，不能不给一点儿面子呀！"

"不。"

"我知道你到别人家吃饭羞嘴。你就到那儿坐坐，拿筷子比画比画，回家来再填补填补。"

"那门儿我也不进！"

"为啥这样呢？"

"我，我一看见她，心里边不好受。"

田大妈的心好似被儿子这句话给揪了一把，"咯噔"一下，疼得岔了气儿。

田成业深深地叹息一声。

田大妈没敢把这个话茬儿接下去说。她明知道一家三口对那桩被硬给推掉的兴许属于美满的婚事，一直都在心里边冒着不安定的泡沫。此时此地的懊丧情绪差不多也一样儿。如果说那样一刀两断、坚决推辞的结果是造了一个罪祸的话，那么，她田大妈就是"罪魁祸首"。田大妈不仅在庄亲们面前，就是在老头子和儿子面前也得尽量地保持住自尊心。而且做到表面上不流露出忏悔的样儿，内心里也必须麻痹自己，不往那地方动一点儿念头。这样她才会感到安稳，有劲头往前奔她应该奔的目标。

"你们收拾家伙，喂猪吧！"她放下没有吃干净的粥碗，站起身，有意地扭转老头子和儿子的思路，"这几天得抓紧点儿，把两件大事情都得弄出个眉目。我这会儿先去找找陈耀华，摸摸老二保根的底细。"

大清早，街头上来来往往的庄邻很多。田大妈今儿个不愿说闲话儿，离开家就急步行走，直到村口外边的清静地方才缓慢下来。太阳血红得耀眼，小风冷飕飕地削脸，路上的小石头子儿和地埂上的枯草枝梢上，都挂着一层隐约可见的白霜。苗圃的小树也都变成了光杆儿，挺可怜地哆嗦着。远处窑厂的大烟囱，直伸到混浊的天空之中，孤单而又神气十足地喷吐着青烟。

　　田大妈不能直接去窑厂，她怕碰见孔祥发。她看不惯孔祥发那副一会儿假模假样假亲善，一会儿财大气粗、盛气凌人的架势。她打算拐到小山旁的路边，站在那儿等候早早从榆树坡来这儿上班的陈耀华。

　　这当儿，一个人迎面走过来。这个人缩着脖子、耷拉着脑袋，两只手揣在袖口、抱在胸前，脚步迟缓而拖沓，一副萎缩缩、无精打采的样儿。走一节儿，就大声咳嗽几下，好像个害痨病的。

　　田大妈本来想装作没看见，扭头往岔道上走。在转身之际，不经心地瞟一眼，认出那个人是西邻张家的石头。她立即想起早晨黄小云的邀请，想到一家人的别扭心情，特别是儿子留根的那份儿难受劲儿，就决定趁此机会推辞掉。而跟张石推辞，比跟黄小云推辞好张嘴。于是她停住双脚，站在路中间迎候着，心里琢磨合适的词儿。

　　张石的眼睛虽然睁着，却仿佛什么也不曾看见，直到快要撞到田大妈身上，田大妈伸手挡住他，他才打个愣怔，迷迷糊糊地站住了。

　　田大妈奇怪地问："哟，你这是怎么啦？"

　　张石有气无力地回答："没怎么呀！"

　　"看你这蔫头耷脑的。闹病啦？"

　　"没有！没有！"

　　田大妈关心地打量着张石："你回家照照镜子，脸色发青，没有一点儿血色，眼珠子跟烧红的煤球一样！"

　　"我打夜班啦！"

"可得小心身子骨儿，少挣俩就少挣俩，卖啥命！"田大妈教训邻居几句，又问，"这会儿几点啦？"

张石习惯地捋起散了线头的毛衣袖口，可惜那明显消瘦下去的胳膊腕子上光秃秃的，不见了那只亮晶晶的手表。他慌乱地拉下袖子说："估摸着有七点钟了。"

田大妈今儿个对手表发生了兴致："你的手表咋没戴着呀？"

"坏了。送到镇上修理。"

"进口手表真要一百五六十元钱一块吗？你那块是啥牌子的？多少钱？"

"上边全是洋字码，不认识。"张石敷衍地答一句，赶紧岔开话头，"您这么早跑野地里干啥呀？"

田大妈朝小山那儿瞥一眼，说："我到那儿等个人。"

"到那儿等人？等谁？"

"你们厂子的陈耀华呀！"

"嘻，您在这儿能等得着？她早就住在厂子里，不往家来回跑啦！"

"真的吗？漫天野地的窑厂空空荡荡、冷冷清清，她咋住在那儿呢？"

"她姑父成了砖瓦窑的半个财东，她当代表，在那儿把守进财的大门哪！"

"哟，邱书记在那儿入股子了？"

"不掏分文，入的是权力股！"

"又是新词儿，没听说过。"

"嘿嘿，这您都不懂！"张石苦笑着说，"如今一切向钱看，黄鼠狼钻水沟，各走各的道儿嘛！邱志国有地位、有大印、有上边的左右的关系，这就是权，用这个权当股子入了砖瓦窑好保护孔祥发大发不义之财呀！"

田大妈听到这儿，联想起几个月前为张家石头小姨子黄小云的事去求邱志国，在邱家门口见识过的场面，所以起码弄明白：当年水火不能相容的邱志国和孔祥发，如今捐弃了前嫌，不仅不再鸡争狗斗地闹矛盾，而且成了吃喝不分的有交情的相好的。由此，也使田大妈没忘记拦住张家石头要说的正事儿。

"石头，大妈这几天正操持要紧的事儿。"田大妈诚恳地说，"中午就不去你们家打扰了。你回去替大妈在小云面前美言几句……"

"这可不行！"张石大声说，"我家孩子姨早就做了这个打算，往后要拿您家当一门亲戚走动。昨儿个一到，就要去看您，我们孩子妈给拦下了。您要拒绝她这顿请，那可就新病勾起老病，新病老病一起发。不要说小云，连我都得跟您记仇，一辈子不理您！"

"哎呀呀，我的大侄子！"田大妈连忙洗白自己，"上有天，下有地，说话讲良心，我可压根儿没有对小云瞧不起过，就是留根不好意思见面……"

"他好办，我能对付他。"张石继续往前走，嘟囔一句，"他还敢不识抬举？他往后还想跟我一个村住不？就么定啦。我们在家里候着你们三口了。"

田大妈望着走过去的那个变成怪模怪样人的背影，无可奈何地叹口气。她只好厚着脸皮到砖瓦窑走一趟。她自知曾经办过对不住张家石头和黄小云的事情，这一回要是不去吃顿饭，那可真成了"不识抬举"的人。晌午只好厚着脸皮去吃，这会儿只好硬着头皮到砖瓦窑走一趟。去找找陈耀华，证实一下：昨儿个夜里，电工说的是事儿，是真情呢，还是醉话？

第 三 十 四 章

酒后吐真言，电工传说的消息是真情。

老二保根确实没有考上什么技术学校。因为技术学校极少，而且一般都是由工厂、企业自己为培训工人自筹、自办、自管的，不可能到偏远的农村考取学员。所以《招生简章》上明文规定：只有城市居民——只有吃商品粮的人生养的儿女们，才符合进入这种"技校"的条件，才有资格当这种"技校"的学生。像老二保根这样一个家住小旮旯子的、吃农业粮的社员、撸锄杠的庄稼人后代，凭什么抬腿迈进这种学校的大门口呢？

夏季三伏天，当他最后一次走出闷热得让人窒息的考场，那机灵的脑瓜就明确告诉他，在人生的十字路口，那一条上学的路，已经对他彻底地堵死了。哪一条还可以试试运气？他停顿了一下，回头看一眼那座旧庙大殿改装成的教室、临时充当考场的古老建筑物的门口。

"喂，亲爱的多情的老朋友，咱们下世再见吧！敬请出生在我后边的兄弟姐妹们，挤出浑身的吃奶的劲头，拼命地、流血地往里边挤吧！我认输。我要另辟蹊径去了！"

夜里八九点钟，他骑着小学学校年轻教员的自行车，奔到南桥庄，找到城关建筑大队那位络腮胡子队长家门口。

"窦大哥，你还认识我吗？"人家一开门，他就搬起车子往里进，故意站在从大玻璃窗户投出来的光亮里，让人家看看自己的脸。

"认识！认识！"窦云鹏先愣下神儿，细细打量打量，终于想了起来，"你是燕山镇田家庄的人。往城里调我们技术员爱人邹倩的事儿，多亏你帮了忙呀！"

"好，好，认识就好办。"老二保根高兴地笑着说，"当时，咱哥俩一边喝酒，一边说心里话，我借用了一句谚语，说明我乐意广交朋友。那句谚语就是多个朋友多条路。你也没忘吧？"

"那当然。"窦云鹏点头回答。

老二保根诚恳地说："这一回老弟我遇到点儿难处，来求大哥伸手帮一把，给一条路走。不知道你方便不方便？"

"你不客气地说吧，只要我能办到就行。"

"嗨，这事儿在我身上是压着一座山，对你来说是脚边一块砖，不过是一抬脚、一碰嘴唇的事儿，当然能办到。"

"这么容易？到底啥事儿？"

"简单明白地说吧，我想到你那个建筑队当一名打杂儿的小工。"

"哈哈哈！"窦云鹏在老二保根的肩头上拍一下，"你老弟可真会开玩笑。你不是决心要考大学吗？放着大学生、博士的位子不坐，当小工？真逗！"

"落榜了。我没有上大学的命，我家坟头没有长一棵出大学生的蒿子哟！"

窦云鹏见老二保根说得诚恳实在，看出不是闹着玩儿，既没拒绝也没答应，只是说："请到屋里坐，喝茶，有话咱慢慢地谈。"

"不啦，还得赶回去给人家送自行车。"

"你还借车骑？"

"不瞒大哥你说。我家有毛的只有耗子，能转的只有门轴——穷苦的老百姓！"老二保根掏出半盒香烟，抽出一根递给窦云鹏，抽出一根自己叼住，接着诉其苦衷，"大哥你替我想想吧！庄稼院的爹娘老人，从前靠挣工分，以后靠抠鸡屁股供我念了十二年书。接着，地分了，自己去耕去种，没牲口，人拉犁，又养活着我一连气地复习三年功课，参加三次高考。结果全都瞎子点灯——白费蜡，竹篮打水——一场空。这该有多惨吧！唉，不能上学去，也不敢回那个家啦。走投无路，才找到大哥你的门上。"

窦云鹏解劝说："考试这种事儿，依我看一半靠学问，一半靠凑巧。在死规定的那一两个小时里边，就能表达出一个人真正的知识水平？跟两位老人家讲明白，还能怎么样呢？"

"怎么样？后果可怕至极呀！"

"哪有这么严重的。"

"只要我一回家，我爹我妈就非把我给毁掉不可！"

窦云鹏更加奇怪地追问："爹妈不是亲的？"

老二保根轻轻地摇摇脑袋："正因为我是他们亲生自养的，是他们的亲骨肉，他们才要撒着狠地摧残我呀！"

"噢，你弟兄多，他们有偏心眼儿，对你感情不好？"

"恰恰相反，他们对我很好。正因为他们对我好，才生着法儿这么干，不把我的前途彻底断送不甘心！"

"奇闻！怎么可能呢？"

"我说的全是大实话。"老二保根一边抽着烟一边阐述他的理论见解，"我早就从咱们农村数不清的牺牲者的血的教训中弄明白了这个问题。一代接一代的，全是出于好心，自己挨过爹妈的毁，再接着苦儿毁儿子。只有离开他们、离开家，才能离开老道儿，才不至于给捆绑住，才能够施展自己的聪明才智，有点儿作为。要不然，我就得走我哥哥的路。大哥你没见我哥哥，为了所谓成家立业，也就是娶个媳妇儿，受的那份罪哪！他自个受罪，我爹妈还陪着受罪。拼死拼活的，过的不是人过的日子，累得大口吐血，晚上连炕都爬不上去。好不容易混上媳妇儿就算完事大吉吗？就能苦尽甜来吗？没门儿。糟心的、受罪的苦日子是车轱辘式的、碾坨子式的，自己的事儿刚完，该拖着下一辈人糟心、受罪、过苦日子。大哥你说说，一个人这样子折腾一辈子，不是被毁了，还咋解释？"

窦云鹏一边听，一边思索着，插一句话说："每个人都得成家立业、娶妻生子呀！"

"那得掌握挣大钱的本事，成大业，闹个现代化的家，娶个可心可意的媳妇儿。让我穷对付，为穷对付受苦受累、卖命，还得牵连上爹妈跟着受苦受累、卖命，我才不干那号傻事儿哪！"老二保根慷慨地表述他自己的抱负，"这几年里边，我费尽苦心想找一条新的出路。升学，连着落榜。联络一群伙伴搞承包，连着碰钉子。我们田家庄如今成了爹死娘嫁人——个人顾个人，那个集体，连一根草节儿都没有了。害得我们这号人没个抓挠、没个依靠，成了后娘手下的可怜虫！自从上次见到你，我觉得你们走的是正道。你们不是靠权势、不是靠投机掏国家的仓库来捞钱。你们是靠技术、靠劳动创造东西。跟上你们，我就能离开家、离开村，走一条新路。我有兴致，也有能力干这一行。所以今儿个来投奔大哥你！"

窦云鹏借着不太明的电灯余光打量老二保根，很郑重地提醒他一句："老弟，你年轻几岁，还不知道干我们这行的内情。一天到晚、长年累月的泥里水里、风吹日晒，也不好受。跟砖头磕磕碰碰，跟木头折跟头打把式，还得登梯子爬高的，照样儿有危险。上班下班有钟点，开工完工有期限，动不动就得赶工期、开夜车。没有干庄稼活儿自由，可比干庄稼活儿辛苦呀！更没有跑买卖来钱来得容易、来得快呀！"

老二保根说:"大哥你不用吓唬我。对认准应该干的事儿,我是不怕苦不怕累的,也不把小命看得比啥都重。我妈有句口头语,不得苦中苦,难得甜上甜。路子要是走得正,这话有道理,我信服。这回我心甘情愿受你们的苦,追求我向往的那种甜。"

"我还得告诉你,不会技术的人,进我们这个队可不容易,进来也难吃得开。好几位公社领导同志的孩子,托人求情地来了,结果待不住。他们只想到挣钱,只看到这是就业,没想到只能当小工,只能让人支使。他们哪受得了!老弟你可也不能坐在办公室摇笔杆子呀!"

"我是黎民百姓的后代,没那么娇贵。你派我最没人干的活儿吧!"老二保根干干脆脆地说,"大哥你旁的话别讲了。我的主意拿定,你让我干,我也干;你不让我干,我就赖在你们这儿不走了!"

窦云鹏笑着说:"好吧。你过去帮过我,够哥儿们,如今我也不能不讲点儿义气。你什么时候想干,就到县统建平房宿舍工地上找我。干着看,行就待,不行随时可以走。有你的自由。"

那天晚上,老二保根在野地里一个机井房蹲到天亮。第二天早起把自行车送到在家里休假的小学教师手里,便动身返回田家庄。他到山下屯下汽车,把两只手插进衣裳兜里摸了一阵儿,掏出整钱零钱一数,总共只剩下三块多。他留下能够买一张从家里去县城的公共汽车票钱,其余的买了两瓶啤酒,回家跟爹妈和哥哥告别。

他先到砖瓦窑找陈耀华,两个人一齐回家。他本来打算请陈耀华一块儿喝杯啤酒,把他编排的假戏演得更像真的一些,以骗住爹妈、哥哥,以及众乡亲。没料到,陈耀华对他老二保根并非没有感情,起码当时听了落榜的消息和老二保根的打算之后,动了真情,甚至啼哭起来。闹得老二保根一时没了主意,临时又改变主意。他不仅没有让陈耀华参加喝酒"仪式",连屋子都没敢让进。他怕陈耀华一时控制不住自己,当着全家人的面再哭一场,而给闹得露了馅儿。他只好拉陈耀华跟他一起坐在大门里,二门外的井台上,彻底地吐露了真情,决定了他们之间的关系。

"就这么办,"老二保根最后说,"从此咱俩一刀两断,各奔东西!"

"不,不能!"陈耀华哭泣着说,"我等你,我等着你……"

"嘿嘿嘿!"老二保根苦笑着反问,"你等我?天没头、海没边,你等我一百年,我也只能是个出苦力的搬砖头、提灰桶的小工呀!你心甘情愿嫁给一个浑身泥土的小工吗?"

"我情愿!"

"你那当厂长的情愿吗?"

"他管不着我!"

"你那当公社书记的舅舅情愿吗?"

"他更管不着我!"

"榆树坡的乡亲、田家庄的乡亲,包括你那钱权两旺的姑父、窑厂的同事、以前的同学,他们情愿吗?人家要是耻笑你,你受得住吗?"

"受得住……"

"今儿个受得住,明儿个受得住,天长日久受得住吗?"

……

"平平安安受得住,遇到风吹草动、为难着窄的事儿受得住吗?"

……

"我早就替你想过,也替我盘算过。你是个天真可爱、心地善良的好姑娘。可是你那个家庭给你养成许多特殊的习惯。你离开权,日子过不舒服。你离开钱,日子也过不舒服。这两样儿,我全没有,起码短时间不会有。我拖累你干啥?我看着你将来后悔难受干啥?咱们就这么办,最公平合理,谁都不伤害谁。决不能制造悲剧!"

已经被老二保根一连串反问,问得难以答对而低头不语的陈耀华,听到这些入情入理的话,又一次抬起泪汪汪的眼睛,声音颤抖地说:"我怕这样你会恨我……"

"你要干脆答应我，让我觉着不该谁的、不欠谁的，一心无挂地走自己的路，我就不恨你。还会永远记着你给我的帮助，记着咱们的友情。"老二保根心平气和地一字一句地说着，而后加重语气，"还有一条，如果你不照着我的要求办，不给我保守秘密，我就恨你，恨你一辈子，还要找机会报复你！"

　　……

　　陈耀华终于向老二保根点头答应。

　　送走了老二保根，她痛苦过一大阵子。后来渐渐地减轻了痛苦，只有想起以往跟老二保根在一起的美好时刻才感到痛苦。因为有不少使她感兴趣的事儿吸引住她的心，占据了她的时间。

　　常言说："日久人情淡。"何况她和田家的老二保根之间的情义从来没有达到十分深重的程度，所以极容易淡薄起来。老二保根对她摸得极准，对她分析得极对。她生长在一个优越的家里。她享受过令人艳羡的政治上的优越性。她也享受过别人渴求不到的经济上的优越性。这两种优越性好似土壤和水分，滋养了她的精神的禾苗。如今的社会现实，正是"权"和"钱"大显神通、互为作用地发挥着奇特的、魔术般功能的非常时期，她怎么能够忍受贫瘠和干旱的熬煎而自由地、愉快地生活下去呢？意识到她不可能彻底地跟"权"和"钱"分手，使得脑瓜子灵活的田家老二保根从这场恋爱开头起就多个心眼儿，做了将来跟她分道扬镳的精神准备。不能跟权和钱分手，也是她终于接受了老二保根"断绝关系"提议的决定因素，更是她能够逐渐地把她和老二保根那微弱的感情之丝溶化掉的必然结果。

　　尽管如此，陈耀华对田家庄老田家的人，仍旧怀着好感，起码是同情的。她曾帮助田大妈走护士的后门，极容易地给黄小云做了人工流产，而且，事后做到绝对保密。昨儿个，当窑厂的几个头目商谈，认为需要雇用一个打更人的时候，她首先想起了田家的老大田留根。

孔祥发赞同了她的提议，可是说："那样一个笨家伙，只能开一般杂工的工钱。"

陈耀华据理力争："人家是个二十多岁的男劳力呀，怎么能照老的、病的标准骗人家呢？"

"他很窝囊……"

"但是可靠。他不会监守自盗，能让人放心。"

"嘿嘿嘿！"孔祥发被说笑了，"你的嘴巴真厉害，我说不过你。照你的意见办，还不行吗？"

成了"半个财东"的党支部书记邱志国却说"不行"。他怕陈耀华嘴快，见着田家的人把"不行"的事儿说出去，再往回收费唇舌，清早起来就跑到窑厂加以阻止。

陈耀华又用她以为最充分的理由反驳姑父。

"你懂得啥叫可靠？你怎么认定田留根就可靠？"邱志国板着面孔训导内侄女，"打更的，不光能看管住外贼，还得能看管住家贼。田留根要是瞧见孔祥发私下往外鼓捣东西，他敢管吗？肯给我递信儿吗？可靠就是心腹。在这块地方，不是咱们的心腹，就说不上可靠！"

陈耀华虽然没有被训得服气，但也没了回击的力量。她又不得不暗自佩服姑父的老谋深算，佩服姑父多年工作实践锻炼出来的对付人、对付一切事情的手段高强。

事有凑巧，邱志国离开窑厂往回走的时候，正碰见田大妈来找陈耀华。因为各自都有些戒备，所以都假装没看到对方，一个从砖垛那边绕着走开，另一个从瓦堆这边拐到房子跟前。

陈耀华发现了田大妈，像往时一样热情地迎上来，笑吟吟地打招呼："您还有空到这儿走走。找谁呀？"

"就找你。"田大妈也赔笑，但心情很急迫，开门见山就说正题，"我想给我家老二保根打封信，不想那信底儿丢了。你替我抄一个吧！"

"哎呀，这我可不知道……"陈耀华受到这意外的一击，有些惊慌失措，"真的，我真不知道他的地址……"

"这咋会呢！你们两个分开以后，就没有个联络？"

"没有，没有。我整天忙，顾不上……"

田大妈两只眼睛可怜巴巴盯着陈耀华的脸，嘴唇哆嗦着，一针见血地问："我家老二保根，根本没有考上学校，是不是？"

陈耀华越发语无伦次地回答："田大妈，我……全不知道。真的。他临走，只是宣布跟我断绝关系，不让我打听他的去向。他考上学校没有，我更不敢乱猜……您别追问我啦。我得对他守信用……"

田大妈好似一段木头戳到铺着碎砖末子的地上，再也没有勇气开口往下说，她不敢说出她不敢相信的事实真相。

第 三 十 五 章

狗急了跳墙，兔子急了咬手。泥人还有个土性。再老实、再窝囊的人，急了眼的时候，照样儿能够急出主意来！

田家的老大田留根，一夜没合眼，倒睡了个早觉。他在大难压头之际能够稳住神，是因为他不仅被急得有了主意，而且拿定了主意：为了不当贼、不蹲大狱、不让爹妈受牵连背黑锅，咬咬牙，不娶媳妇儿、不成家立业啦！只当进了双泉寺出家当了和尚。这个主意也许是一时麻痹精神的药水，最多顶住一阵儿。但毕竟是他在万般无奈的情况下自动吞吃的药水，所以很安然。早晨起来，冷不防跟黄小云重新见了面，让他心里怪不是滋味儿的。好难受！幸亏他委曲求全、逆来顺受成了习惯。人生路上多么狭窄的缝隙，他也能够将就着缩起身子钻过去，该忍则忍，得过且过。到了晌午，他自然犯了好半天难。但当"孝子"的那根缰绳依然拴得紧紧的，妈怎么牵，他就怎么迈步走。所以他乖乖地跟在妈的屁股后边，进了西邻家张石的院子，拿起人家的筷子，端起人家的碗，充当一个最难堪、最尴尬的角色。黄小云对他越表示热情，他越觉得浑身不自在，脑门子、后脊梁"噌噌"地冒汗。他偷偷地瞥了黄小云两眼，心里酸溜溜的。有两滴水珠儿掉到雪白的大米饭里，不知道是汗还是泪。

黄小云往他碗里夹肥肉块的时候，他同样一块一块地吞咽下去。等打着饱嗝儿往外走的时候，他心里边念念有词："不怨天，不怨地，就怨自己没换到个舒心的命，活该受折磨……"

田成业跟儿子的情形极不相同。这一夜间接二连三地压在身上的愁苦事情，也把他给逼急了。可惜没有在他那既狭小又不灵活的头脑里逼出个主意来。所以，傍天亮时尽管脑袋压在枕头上，脑袋里边也没能安生，一直乱糟糟的。一家人马马虎虎地吃罢早饭，老伴儿跑到野地里等陈耀华，他也背上粪箕子，跟在后边出了门。

他出门往西进街里，又往南拐，到村外的小河边上。南头有几家养着狗，小河边上常常有几泡狗粪。跟庄稼人最亲的不是大剧院、不是百货大楼，也不是故宫和动物园，而是土地。连成片的、望不到边际的、黄澄澄的土地，长着茂盛庄稼的季节，特别能给庄稼人鼓劲头、长精神。收割后，被冰封雪盖的日子，这土地在庄稼人的眼里，同样觉得蓬勃着生机、充满着希望，犹如年轻的母亲瞅着酣睡在怀抱里的婴儿，那是一个能拾柴、能挑水、能耪地、能够顶立门户的壮小伙子！在它跟前走一走、遛一遛，多么沉重的心绪也能轻松一下，多么愁苦的事儿也能想得开。至于粪肥这种又脏又臭又不值钱的玩意儿，在正儿八经庄稼人眼目中的分量，在新冒出的那一层买空卖空、投机诈骗的吸血鬼看来，在假"改革"之名、靠"权势"之便而牟私利发横财的所谓"当代能人"们看来，当然是应该被嘲讽和诅咒的傻瓜蛋、窝囊废的旧观念！

田成业老头儿十二分的惋惜，他没有抢到那几泡狗粪。他只在畦埂堤坡上看到几处被粪权子铲过的残痕。狗粪，已经让比他早起的人抢去了。从留在沙土上的脚印儿，他判断出抢粪的人是大队长郭云的叔伯哥哥郭雨。

郭雨，当年一个多能干、多么精明的小伙子！双泉寺的和尚、燕山镇的老板、田家庄的巴家财主，全都争着雇他当长工，给他出大价钱，麦大两秋单让他吃小锅饭。可惜他英雄一时，却打了一辈子光棍儿。幸亏他有个年纪比他大十几岁的哥哥和一个年纪比他小十几岁的嫂子。他们一块儿过日子，过得挺和睦，他才没有多受光棍儿汉的苦楚。听说眼下他那和睦的家翻锅了，他的打着光棍儿的大侄子郭少清媳妇儿想得发疯，跟家人吵闹，还动了手……当然，田家的田留根不会像郭少清那样"造反"。可是，他要打起光棍儿来，将来得比老郭雨凄惨。因为他是长子，他没有哥哥、嫂子照顾。他有个没出息的弟弟，必定还要成为他的拖累……

"不能，不能！留根万万不能打光棍儿！"田成业一面从河边往回转，一面心里叨咕，"我是他的亲爹，我还有把子力气。我得全掏出来，帮他一把……"

冷飕飕的小风，从结了冰的小河对面吹过来，把堤坡上的干蒿子摇得"沙沙"响，把"炸蓬楞"掀得满地上翻跟头，把细沙土路面上的脚窝给涂抹得变了形状……

一串牲口蹄子的"嗒嗒"声，从远而近地传来，快到跟前的时候，又响起几声放开嗓门儿的咳嗽。

田成业一回身，瞧见一个特殊人物——"老地主"巴福来。

巴福来头戴长毛绒的大耳朵帽子，身披羊皮大衣，脚穿布面胶底、包着皮子头的靴子。他弯着腰，迈着罗圈儿腿，倒背着双手，手里抓着一把缰绳，牵着一匹白马和一头栗色的骡子。他见扭转头来的田成业，立即两眼笑成一道缝儿，挺亲热地打招呼："你可真勤快呀，又拾了不少吧？"

按照往常的习惯，田成业用"嗯"或"啊"的一两个模糊的字儿应付一下也就过去了。如今他觉着不合适。从打巴福来"翻过来"，对乡亲们特别和气，对平民百姓尤其爱靠近。那一次田家盖房子，多亏巴福来专门通信儿和提醒，宴请村干部一顿，免去不少麻烦，连拉电线的钱都省下一半儿。田成业对任何人给过的好处都不会忘，哪怕一丁点儿好处也要时时记在心上，找茬口报答人家。尽管这会儿他忧心忡忡，仍然强打精神回敬人家一句亲热话儿："你也不晚哪。这么凉的天气，还去放牲口？"

"唉，全给圈坏啦！我要不去遛遛，它们早晚得倒在槽底下！"巴福来很不见外地跟田成业发起牢骚，"你是老庄稼把式，你有经验。不拉车不挂套的季节，大牲口全靠遛才能攒劲儿、才能长精神，总圈在棚里，就跟把木头泡在水里一样，非一天天地糟朽下去不可！喂料也得讲究。常言说马不得夜草不肥。光靠白天，你就是喂大米也上不了膘！我家平安那两口子，简直是两条懒虫。夜间嫌冷，不舍得离开热被窝儿！到我早起出门那会儿，两个人还蹲在窗台子下边'咕叽、咕叽'地刷牙哪！估摸着这会儿也不一定早饭做熟放上桌子。你说这叫过日子的！"

田成业听到这儿，联想到巴福来的儿媳妇儿曾经差一点儿成了自己的儿媳妇儿，所以心里思忖：要是娶这么个城市派头的娘儿们，田家屋里可养不起哟！

"我不是舍不得付辛苦的人。可是依赖我不行。"巴福来继续说，"我心有余力不足啦！"

田成业又联想到自己那腰酸腿疼的毛病，附和说："是呀，人不服老不行……"

"老嘛，我还不算老到连牲口都不能喂养的地步。"巴福来解释说，"就是一着点儿凉就捯气、犯咳嗽这一手要命！"

"闹点儿气管炎药吃顶用。"

"我还不是气管炎，是伤力。"巴福来用怨恨的语气说，"你忘了，那年搞大寨田，老队长郭云带着我们这些黑五类站在结了冰碴的河里挖河泥，连着打三个连班。累得我撒尿都解不开裤子，顺着裤筒子往下流。哎呀呀，好狠的心！我当地主那会儿也没敢这么对待扛活儿的人哪！"

田成业明知道巴福来这番话是实情，却觉得刺耳，不喜欢听。在广播大喇叭里，或是在人们的闲谈中，凡是一接触到共产党干部在过去那年月犯错误的事儿，他就认为这是"揭疮疙疸"，就跟着不好意思，本能地觉着身上有点儿疼。但是，他从来没有胆子顶撞谁，也不具备个雄辩说理的舌头。他的唯一策略就是躲。他想拐个弯儿，绕村西口回家，跟巴福来做个礼貌的告别："回头见吧，有空儿再聊。"

　　"你给田大妈带个话，求她个事儿。"巴福来留住他说，"我想找个帮忙的。"

　　田成业没听明白。他心想：巴家大新房盖上了，新媳妇儿娶上了，还有啥事儿求乡邻帮忙呢？

　　巴福来进一步说："光管白天遛遛牲口、夜间看看牲口，添添草料就行。先对付一冬天，等开春我再另打主意另安排。"

　　"噢，你要雇个养牲口的呀？"

　　"用新词儿，叫请助手也行。"巴福来善意地笑笑，"田大妈热心肠，人熟，麻烦她给找个合适的。"

　　田成业琢磨着这番话，胸口怦怦地跳了起来，小声问："如今雇人啥价码呢？"

　　"人工劳力可值钱啦！养牲口这种半劳力的活儿，一天管三顿饭，一块钱工资我就答应。"

　　田成业还想说什么，听见河堤那边有响动，扭头一看，走来三个人。

　　这三个人，一个是老队长郭云，一个是老烈属，一个是从水利局离休的老干部。他们每人都抱着一捆谷草、夹着一团塑料绳。他们在小河的堤坡上停住，动手给那上面栽着的小树干捆绑谷草。沿堤有许多空闲着的公共地盘。那一片一片的小树，是这三个人一春、一夏、一秋抽空儿一棵棵栽下的。为了使它们安全越冬，明年春天好滋芽，放叶，以后长大成材，郭云他们几个人正做着保护工作。

巴福来跟郭云心里系着死疙瘩，至今都没解开。所以他一瞄到郭云的影子，立刻没了聊天儿的兴致，绷起面孔、昂起脑袋、挺起胸膛，牵着他的大骡子大马"嗒嗒"地往鸡鸣狗叫的村庄走去，甚至忘记了跟前的田成业这么一个大活人的存在，没说句告辞的话儿。

到邻居张石家吃晌午饭的时候，田成业才见着老伴儿的面。吃过饭，又坐一会儿，回到家里，田成业才顾上跟老伴儿报告好消息。

"嘿嘿嘿……你不用发愁了。"他从心里高兴，一开口就先忍不住地乐，"那块进口手表，我能替咱留根挣来。"

田大妈对他这句话根本就不相信："你走路摔跟头，拾了个金元宝？"

"真的！一天管三顿饭，给开一元钱。"田成业冲老伴儿掰着手指头算细账，"一天一块，不到半年，就够啦……"

"没头没脑的，说的什么话呀！"

"是这么回事儿。"田成业自知没有把话说清楚，就赶紧补充，"今儿个早上，我去河边拾粪，碰上巴福来。他让我给你捎信儿，求你给雇个养牲口的……"

"你觉着便宜，想去，对吧？"田大妈不等老头子说完，就把话接过来，"你还觉着遇上大救星，美得屁眼儿朝天，对吧？"

"能拿到钱呀！"

"光要钱，你还要脸不？"田大妈拍着炕席吼叫起来，"解放翻身了几十年，都活到黄土埋半截儿身子的人啦，又去给人家当牛做马去？啊！"

田成业不服气地顶撞一句："你不是给老和尚还干过活儿吗？"

"你倒会抓我的小辫子呀！"田大妈果然闹个大红脸，可是她能讲出合理性，"你动脑子想想，这跟给巴福来当长工是一样儿吗？老和尚住啥地方？住在咱人地两生、两眼一抹黑的双泉寺！巴福来住啥地方？

住在你光屁股长到六十岁的田家庄！住在你儿子、你老婆、你将来儿媳妇儿的眼皮子底下！你这样端人家饭碗、当人家的使唤人，我们还有脸出门儿吗？还在田家庄活下去不？"

田成业被老伴儿一指头捅透，立即明白了，服气了。他颓唐、泄气地往炕上一坐，嘟囔着："好不容易想了一个主意，你一脚又给踢了，买手表的事儿，打死我也没咒念了……"

"眼下该念咒又难念咒的不光是一块手表，还有你那催命的二儿子！"

"他到底咋回事儿？"

"我看凶多吉少。"田大妈一面准备动身一面说，"你先别急烧火燎的，等我亲自找找电工问个明白再说。"

田成业在后边迫着说："你得给巴福来个回话呀！"

"给他啥回话？"

"你能给找个养牲口的不！"

"傻瓜，这还不明白！他是扔个石头试试深浅，根本不是托我雇什么人。其实他就是看准了你这条鱼要捉，要雇你，不直说，让你开门上钩儿。不用理他！"

田成业又吃惊又生气，恨起巴福来：我们个人过个人的口子，我没招你，没惹你，你给我耍手腕儿、使心眼儿干啥呢？

跟他耍手腕儿、使心眼儿的何止一个巴福来！连他亲生自养的儿子老二保根，也对他耍了一个大手腕儿、使了一个大心眼儿，可让他伤透了心！

田大妈从电工家回来，本想暂时不向老头子全兜底儿，怕老头子心缝窄，装不下这么多让他难受的事儿。可是，吐露一两句就拢不住自己的性子，在又气恼又难过的情形之下，不仅一点儿没剩地把老二保根所作所为都彻底倒出，还越说越气，咬牙切齿，唠叨个没完没了：

"真是天上无双、地下没对儿，阎王爷就打发来独一份的孽种，让咱老田家给摊上了！你说他叫什么东西呀！还是人吗？是一条披着人皮的狗。连狗都不如！不伤筋不动骨的小事儿，你调皮捣蛋、闹闹笑话，倒也能让着你、原谅你，这样一宗关系着全家命根子的大事儿，你咋还敢欺人、骗人、斗心眼儿！这样一个专门给我丢人的不要脸的儿子，有他还不如没有他省心。我只当没生他，没养他，没摘奶头子那会儿他就'嘎巴'一下子死了！从今往后谁也别再在我面前提他坏小子一个字儿！"

田留根哭着央求妈："您得设法把老二保根找回来。他一个人，没个正经营生，不会一点儿手艺，又吃不了苦，还不受罪？据说他投靠的那个姓窦的人蹲过大狱。跟那种人混在一块儿，谁能断定他走到哪条道儿上去？穷，咱们全家人一块儿穷。苦，咱们全家人一块儿苦。打光棍儿我们哥俩一块儿打。要不然，非得闯下大祸，后悔药可难吃！"

"我们就你这一个儿子。"田大妈怒气不息地说，"赶紧查看一个主儿，把这老宅子卖掉，总值一百五十八块钱吧？买一块表，给你把媳妇儿娶回来，给你成家立业。要不然，我们非闹个鸡飞蛋打的下场。"

"您尽说气话。卖了老宅子，你们老两口儿到哪儿避风躲雨去？"

"好办！"田大妈故意把办不成、做不到的事儿，说得极认真，"你爸爸去给巴福来扛长活儿，我到燕山镇找个当保姆的差事。马马虎虎的，咋不能活下去。等到走不动、爬不动的时候，你们小两口儿能收留我们更好。如若不然，买瓶敌敌畏喝了完事儿。买不起敌敌畏也不怕，河没棚顶、井没上盖、歪脖子树也没有全锯倒，咋不能走到黄泉路上去呀……"

"得了，别说了，怪瘆人的。"田成业听得心里阴森森、浑身起鸡皮疙瘩，不得不制止，"你说不再提他，咱就不提他得啦！睡觉吧！"

"一畦萝卜一畦菜，自己养的自己爱，何况是从身上掉下的肉呢？"

三天过后，田大妈先沉不住气了，嘴巴冲着老头子，实际上是在做自我开导、自己找台阶地说道，"儿子再没出息，再不争气，也是儿子。最能保全住咱们脸面的上策，还是赶紧把他找回家，规劝规劝，别让他在外边瞎马乱闯。来年走走郭云的门子，让他承包几亩还没包出去的山坡子地，扯住缰绳收住心地过日子就算了。除此之外，生气不管事，吵闹也不顶用。那小子生来一根老牛筋，煮不烂、嚼不碎的，跟他来硬的白闹。再说，家丑不可外扬。最好偷偷摸摸地把这块病消化掉。要是抻久了，嚷嚷出去，又丢鼻子又丢脸……"

田成业在这件事情上的愁疙瘩，本来就是由两根绳子捆住的：一是忧虑儿子成为无家无业的"盲流"和"流浪汉"，"过了青春没少年"，折腾到最后，潦倒街头、席卷土埋；一是担心老伴儿只顾脸面，不容儿子回心转意，堵住儿子"败子回头"的路。这会儿，见老伴儿怒火自消自灭，当然求之不得。

"我看哪，事不宜迟，你就抓这两天没风没雨的好天气，辛苦一趟得啦！"他低声下气地催促，"快把这块病治好，咱们再腾出手来张罗给留根定亲的事儿。"

田留根在一旁说好话："妈，只有您亲自出马，才能把事情办得漂亮，我们爷儿俩都不行。您快收恰收拾吧，我给您做饭吃，做您喜欢吃的小米豆干饭。好不好？"

父子俩好似望天求雨那样等着田大妈开恩长云彩。

第 三 十 六 章

　　田大妈在任何情况下、在任何场所，都尽可能地顾顾脸面，对老头子和儿子也不例外。其实，对老二保根的事儿，她比谁都心急如焚，只不过故意端着一副不着急的架子，顾顾脸面罢了。

　　经老头子和大儿子一催一劝，来个"顺坡下驴"，她说声："看在你们的面子上，我就走一趟。"于是，换上一件干净裤子和一双新布鞋，从柜子里那一沓子卖鸡蛋攒的钱里取出一张整票，还有几张零毛的钱，掖在裤子兜里。估计不遇到意外事，花不了这么多的钱。常言说"穷家富路"，不能可丁可卯地只带个来回车费。

　　就这么着，田大妈怀着羞愧的、沉痛的，还夹带一点儿侥幸的心情，不敢声张地出了门儿。几乎是偷偷摸摸地坐早班公共汽车，来到县城里。

　　住在边远的山旮旯子的庄稼人，尤其是庄稼院的女人，进趟县城，仅次于常出门跑外的男人从前上趟北京、眼下逛一趟深圳，那是很不易的事儿。八年前，田大妈从支部书记邱志国那里获得过一回进城的机会。那次，公社机关组织各大队的贫下中农代表，到新落成的大剧场看评剧团"移植的样板戏"《沙家浜》。田大妈随着大拨人、坐着大卡车，欢天喜地来到县城。开演前，他们还排着大队，由邱志国率领着，到东西和南北两条正在扩展和延长的大街上逛了一遍。那时候，她曾经为县城之大、行人之多、房屋之阔气，以及商店门面之五光十色而感叹不已。如今，旧的街道大大地改观了，新的街道伸展到当年的野地里。一片古坟平了，一条小河沟填了，到处变成一幢挨着一幢住人家的楼群。县城变得更大，人变得更多，房屋更阔气，商店更繁华和热闹。因此，使田大妈在左顾右盼之际，更加眼花缭乱。

她拦住一个面貌和善的男人问路："同志，跟您打听一下，爱国卫生委员会在哪条街上？"

"没听说有这样的单位，不是防疫站吧？"

"他们正在盖大楼。"

"好几处都在盖楼，谁知道哪儿是您寻找的。您看，老南门外边不是也在兴建嘛！"

田大妈抬起头，朝不太远的南门方向看一眼。果然瞧见在一片各种形状的平房小屋、高墙短壁，以及一些防震棚子当中，耸立着一个特别高的"大家伙"，活像平地拔起的一座小山。它的外边圈裹着一层层横七竖八的木头架子，被包在里边的是红砖墙、大窟窿眼儿的门子和窗洞。周围地下堆积着砖石灰土、铁管钢筋，"嗷嗷"叫和"隆隆"响的怪模怪样的机器。还有不少来回奔跑的干活儿的人，一个大吊车正往架子上吊水泥板子……

田大妈绕来绕去，好不容易绕到"大家伙"不远处。

"同志，请问一声，这儿有个叫田保根的人吗？"她奔到一个打小旗、吹哨子的人跟前，这样低声下气地问。

"干什么？快躲开！"

"找我儿子，田保根！"

"快躲开！快躲开！"

一个推小铁车的人丢下车子，像拽一个淘气的孩子那样，把田大妈拉到离大吊车远一点儿的地方，同样虎着脸蛋子、不客气地斥责她："这工地能乱跑吗？要是从上边掉下东西来砸死你，谁偿命？"

　　"我找我儿子呀！"田大妈有点儿委屈地分辩。

　　"谁是你儿子？"

　　"田保根……"

　　"噢，专会溜沟子、舔眼子的马屁精呀？高升啦，小工变大工，在上边！"

　　田大妈仰起脑袋，顺着那个年轻人手指处一瞧，把她魂儿都吓掉了。

　　老二保根，她的儿子，站在高高的架子上，已经瞧见了她，摇晃着手里的瓦刀，朝她打招呼。

　　不知道为什么，田大妈见此光景，心头一阵发酸。

　　直到这会儿，她才意识到，自己这回进城，心里非常矛盾：本来专门找儿子，却不愿意找到，想使电工的话变成没影儿的瞎传；儿子根本没当"盲流"、没成为"流浪汉"，而是一个正坐在北京技术学校教室里听课的学生……

　　唉，事实总是事实。它不会随着人的心气有半点儿变化。田家庄老田家的老二保根，果真就在这儿，在县城里，在盖楼房的工地上！偏偏当的是"盲流"，是"流浪汉"！

　　田大妈由于一阵儿难以控制的心慌意乱，没留神老二保根是从哪儿走到她跟前的，更没看清儿子是怎么从那么高的地方下来的。

　　老二保根显然是做贼心虚，打老远就冲着他妈嬉皮笑脸地咧开嘴巴，那副神态，像个小孩子，又像是在逗小孩子玩儿似的。

　　"好！好！你还有脸见我？你猴拉稀坏了肠子！你个没心肝儿的东西！"田大妈发怒地骂了这么两句，瞧瞧儿子完全变了原来样子的脸色、穿着和气质，不由得问一句，"你爬到那么高的地方，掉下来可咋办？

就你逞能显胆儿大？"

老二保根依旧笑嘻嘻的，上前挎住妈妈的胳膊，往左边一堆木头跟前走。

田大妈一面打着坠儿，掰儿子的手指头，一面急赤白脸地质问："该死的货，拉拉扯扯的，你要干什么？"

"这儿有水泥搅拌机，说话听不清楚。"老二保根回答着，笑容不离开他那张表情狡黠的脸。

他的脸变得黝黑，两只手又脏又粗糙。身上的工作服有点儿肥大，破破烂烂，沾着泥浆、尘土，还有几个油漆点子。脚上的长腰胶底鞋，都难辨清本来的颜色，看样子光穿鞋，没穿袜子，露着不干净的腿腕子，一挨近，就闻到一股子汗味儿、烟味儿和石灰水味儿。这个"仪表"，跟在家里藏在西屋抱书本子复习的老二保根完全成了两个人，跟人想象中的那个坐在北京技术学校的明亮教室听课学本事的老二保根，更是差了个十万八千里！

一时间，田大妈的心情变得很紊乱。她脚没处搁，手没处放，舌头僵在嘴里，不知道是应该先责备儿子呢，先表示疼爱呢，还是先问问他的甘苦境况合适。

"我对家里人意见大啦！"走到料场外边，离干活儿人远的地方，老二保根倒先下手了，采取"恶人先告状"的办法，好似憋了一股怨气和肝火，从眼睛、鼻孔、嘴巴里一齐往外冒，"我要问问您，为什么不给我回信？不赶紧来个人看看我，就让我够伤心的了，这么久连个纸条儿都见不着，你们心里还有我吗？我当你们下决心这辈子不理我了。你们不理我，我也不理你们，咱们抻抻看，看谁抻得住！"

田大妈果然让这一场"下马威"给闹蒙了，放下进攻，只顾招架："谁心里没你？谁故意不理你啦？你到学校之后，只给家写一封信，说学校要搬家，等告诉我们新地址再回信。我们就傻等着。从此就再不见你的信影儿了……"

"谁说的？"老二保根假戏真唱地瞪大两只惊异的眼睛，"我那信根本就不是这么写的！"

"别睁眼说瞎话啦！你哥哥当时把你那封信一个字儿一个字儿给我念的嘛！我提防着你打马虎眼，信我就带在身上，当真凭实证。"田大妈竭力辩解着，从衣兜里掏出一封差不多已经揉烂了的信。

"拿来我再给您念一遍。"老二保根扯过信，抖搂开，郑重其事地、拿腔拿调地念了起来，"父母亲二位大人，儿乘公共汽车，上午到县城，下午便换了火车，天没黑就抵达北京，很顺利地找到学校。一路平安，请不要挂念。只是这个学校很不好。教课的老师，只会照书本讲技术，他们自己不懂一点儿技术，更不会使用技术。我要是在这儿学三年，肯定白学，掌握不了实际本领。三年后毕业，说不定要分配到山南海北的边疆地区。到那儿要家没家，要熟人没熟人，而且一个月三十块钱左右的工资，一个人只够哄弄吃饭，买衣服穿都困难，更不用说攒钱、搞对象成家。城市里还有一条极要命：住房特别拥挤。有几个挣薪金的老工人，都一家三代住一间小黑屋。没权、没门儿关系的人，有房子也分不到。像我们这些将来的小工人，连半间小黑屋也租不着，只能一辈子住集体宿舍，睡摞着的上下铺，在食堂搭伙，铁准得打一辈子光棍儿。你们说，端这样的饭碗是铁饭碗吗？不，是土饭碗、泥饭碗，叫花子不如的破饭碗！我的一位特别知心的朋友很照顾我，要把我介绍到咱县的建筑大队，那儿能学技术，能长本领，能多挣钱，离家还近，人熟地熟。你们什么时候想我，坐上汽车就可以来看，一个钟头就到，两个钟头来回，车票钱也不多。尤其重要的，这儿端的是金饭碗，自由自在的饭碗，自己能给自己做主的饭碗。在这儿干一阵子，很快就能娶媳妇儿成家。因此，我毅然决然地离开了学校，来到建筑大队。我相信你们一定能支持我这个正确的选择和行动。我的新地址是本县县城内，城关乡建筑大队三分队。我等你们的回信。我非常想你们。再见！再见吧，亲爱的爸爸妈妈。完了。儿再拜。”

田大妈听着老二保根信口开河地念着“信”，越听越莫名其妙，等儿子停住了嘴巴，不免深表怀疑地叮问：“写的是这些话吗？你在瞎胡诌吧？”

老二保根装作不满地一噘嘴巴说：“谁瞎胡诌了？您自己看看哪！”

“我识字儿吗？安心出我的洋相，难为我呀？”田大妈皱眉头、鼓腮帮子地推开儿子递过信的手，“反正那一天你哥哥给我念的时候，我就没听见这些话，连这样的意思都没有。你光说在技术学校如何如何好，不让我们惦着，说学校要搬家，暂时别来信，也别来人看望你……”

“那得怪我哥白念几年书、一封信都念不下来。实在是个二百五、大白薯、废物点心！”

“有你这么浑的吗，背后骂亲哥哥这么难听的话？找我打你几巴掌呀！”

“谁让他把我的信念得乱七八糟、缺胳膊短腿儿，害得我妈着急上火，跑来差点儿要揍我一顿！”

田大妈“扑哧”一声笑了，手指在老二保根脑门上拄了一下。这一笑一拄，算是消了一肚子的气恼，原谅了二儿子的过失，说道：“不管怎么着，我们留根老实厚道、心眼儿好比你强。他听别人传说你在外边当流浪汉、盲流，难受得不得了，宁可把自己的婚事搁下，也不想让你在外边受罪、丢人，一个劲儿央告我，求我来接你。走吧，跟妈回家。咱们是正道人家。咱们不干这种没根儿没蔓儿的浮萍棵子的事儿。把身子、把心都收拢起来，到田家庄老老实实、规规矩矩地过日子去呀！”

老二保根连忙摆手说："回家可不行。"

田大妈强硬起来："行也得行，不行也得行。这回你要是敢不听我的，不由着我，我就当着你的面一头撞死在这儿！"

"妈呀，您一定这么办，这不是叫我跟您一块儿在这县城里丢人现眼、跌死跟头吗？"老二保根可怜巴巴地给妈摊摆利害说，"在建筑大队当工人，学的是技术，将来满了师，起码是个高级泥瓦匠。您敢说这没根儿没蔓儿？在人家这儿学手艺，是订了合同的，得干一年才能散，没到期限就无故离开，不光要把领人家的钱全退出来，还要包赔人家的损失！"

"你使人家的钱了？"

"当然，一个月四五十块。还有这半年吃的、住的、穿的，全是人家管的。里里外外往一块儿一加，老鼻子啦！您盘算盘算，咱要是一定跟人家散伙，赔得起人家吗？您想想咋合适？"

田大妈听到这儿，两只手拍打着衣襟儿叫苦说："我的天哪，咱家咋尽遇上倒霉的事儿呀！我可真受不住啦，我可要给压趴下啦！"

老二保根听妈妈这么说，打个愣，忙问："妈，咱们家都遇上啥事儿了？房子不都装修好了吗？哥哥的媳妇儿不是已经找上了吗？"

"还没正儿八经地过彩礼定亲，咋叫找上了？"田大妈叹息着，"你那没过门的嫂子，人也好，心也好，活儿也好。你哥称心，我和你爸爸也满意。谁想到一锅饭做熟了，只等揭盖儿了，又蹦出个盘山大的难题：要一块手表当定亲礼儿，没表就不能定亲！"

老二保根说："如今妇女戴表，跟早年戴镯子一样，挺普通，不过分。您别再用旧社会的老礼儿、山里边的穷习惯限制人家。要表，就给她吧！"

田大妈说："你上嘴唇跟下嘴唇一碰，倒轻巧容易。为操持一层房子，一家人把吃奶的劲儿都使出来了，让我抽筋剥皮去买表呀？"

"一块表多少钱？"

"你哥打听过，要一百五十八块哪！"

"嘻嘻！"老二保根忽然一拍大腿，冲他妈笑起来，"您还口口声声地喊叫倒霉，实际上是走运气。嘿！要多巧有多巧，我手里存着一百六十元。买上一块手表，剩下的还够吃一顿饭、打一张回家的汽车票！"

田大妈一听这话，既惊喜异常，又不大敢信以为真："这宗事儿已经把我给折腾得够呛了，你可别再没深没浅地耍弄我了。你真有这么一笔救你爹妈、救你哥哥的钱吗？瞎胡吹吧？"

老二保根把胸脯子一挺说："当然有钱啦！假如连一百六十块钱都挣不出来，我凭啥放着技校不上，放着铁饭碗不端，偏要跑到这儿来干这个呢！"

田大妈心里边乐意二儿子说的是真话，终于相信了二儿子说的是真话，立刻变得低声下气了："咱娘俩儿商量商量，你先把这笔钱借给我用用行不行呢？"

"钱是人挣人花，丢了白搭。兜里掖着，不给家里人用给谁用？"老二保根慷慨大方地回答妈妈，后边加了个小尾巴，"我得提个条件，你们花了我的钱，可不许再张罗拉我回家的事儿！"

田大妈暗自思忖：看儿子这副模样、这股神态、这种语气，并不是当了流浪汉和盲流之类的人；在建筑大队端上这样的饭碗，不见得比上技术学校差多远；能盖大楼房的泥瓦匠，肯定比乡村那班只会搭小屋子的泥瓦匠有本领。既然如此，我还强硬着拉他回家干什么呢？于是，田大妈像卸下千斤重担，心里轻快了，身上也轻快了，干干脆脆地答应儿子："行。你只要在外边规规矩矩地做人、踏踏实实地学本事，我就不拉你回家去。"

"谢谢妈！"老二保根滑稽地朝他妈大弯腰鞠了一躬，随后说，"走，我送您到工棚里歇一歇。吃过午饭，我从银行储蓄所把钱取出来交给您，您就让我哥买上手表，稳稳当当地等着当新郎官、等着美吧！"

工棚不远，在工地路对面。一个供城里无家的单身工人住的宿舍，是一大间准备拆除的大会议室。住在这儿的人全都睡着地铺，一个挨一个。衣服、袜子、手巾等东西，横七竖八地挂满屋，人得从底下钻着走。地上本来就没有多少空隙，还扔着各式各样的鞋、洗脸盆、碗筷、酒瓶子，害得人无法插脚。尤其是有一股子说臭不臭、说馊不馊、说辣不辣的怪味，直呛鼻子。

田大妈一眼就认出了被行李卷夹在中间的二儿子的被褥。那是她亲手缝做的，搁到天边，她也认得。不知为啥，见这情形她心里有点儿发酸，问儿子："这么多人，你睡得好吗？"

老二保根笑着说："这您就跟我们有'代沟'了。年轻人贪恋热闹，就跟您喜欢赶集、上庙会一个样儿。大伙儿在一块儿，说不完，笑不够，所以吃得饱、睡得着，谁也不想爹妈不想家，连成了家的都不特别想媳妇儿！妈，你坐下歇着，喝茶，我一眨巴眼的工夫就回来。"

田大妈挺不习惯地坐在地铺上，挺不习惯地端着儿子递给她的大搪瓷缸子，甚至连那水，都喝着不如田家庄的水对味儿。

老二保根急匆匆地返回工地，急匆匆地转悠。

"喂，窦大哥！"他在料场附近遇上络腮胡子窦云鹏队长，拦住问，"你兜里装着多少钱？"

窦队长被问得莫名其妙："有二十多块。你干什么？"

老二保根说："我有急用，先借给我。"

窦队长把钱掏给他，想问问借钱干啥用。可是老二保根接过钱往兜里一塞，转身就走。他只好冲他背后说一声："嘿，这个家伙！"

"陈老师，您出来一小会儿。"老二保根把脑袋钻进临时办公室的窗子里，冲着正伏在桌子上写什么的陈技术员招呼一声，"就两句话，您动作快点儿。"

陈技术员一边擦着深度近视眼镜，一边斯斯文文地走出木板门。

"我估计您兜里有钱。十块，对不？"老二保根这样开门见山地对陈技术员说，"先掏出来，借我用用。"

"这是邹倩让我买煤球的。"

"您家西窗根下边那些碎煤面子，用水团团，让日头晒晒，还能烧好几天。快把钱借给我，急用。"

陈技术员还有点儿犹豫："邹倩回家一见没煤球，又该没完没了地唠叨我了。"

"您往我身上推，挨打我也替您挨。这行了吧？"

陈技术员是个随和人，架不住这种死皮赖脸的穷对付，只好掏钱交出来。

"喂，伙计！"老二保根走出不远，又拍一个壮年的肩头，"今儿晚上要往家里送钱去，对吧？"

"谁对你说的？"

"发了钱你还没回家。今儿早上我见你又刮脸又给自行车打气儿……"

"你小子真鬼！"

"小鬼求老鬼，没别的，那钱晚交大嫂几天，借给我先办点儿事儿吧！"

"别连锅端，给我留一半儿，回去好说话。"

"没关系，大嫂子想你想得肝肠断、盼你盼得眼睛蓝，你一个钢镚儿不带回家，也照样让你钻被窝，保证不会往外推你！"

"你找揍啦？"

"拿钱呗，老伙计！"

过一会儿，可以看到老二保根到处逛，跟人"咬耳朵"：

"哥儿们，逗两块花！"

"小子，把兜里的钱留下一半儿给我！"

"闲话少说，拿出钱来吧！"

......

临近晌午，还没到下班时间，老二保根又提前离开工地，回到工棚带上他妈，走到路口一个小饭馆吃猪肉包子。

"你个坏东西，三千六百鬼化狐，说不定又跟我使什么手腕儿。"田大妈一边没滋没味地吃着包子，一边心神不宁地说儿子，"反正，这回你不考学，也不念书，对家里的事儿再一推六二五的大松心，一点儿不管，我可不答应。"

"放心吧，您老人家。"老二保根大口地吞吃着，仍旧嬉皮笑脸，"咱们这回实行'有人的出人，有钱的出钱'的政策，保管让您乘兴而来，满意而归，回到家里，全家老少皆大欢喜。"

吃过饭，娘俩儿没回工地，直奔汽车站。走到不见行人的一座小桥头，田大妈见儿子停下脚步，也跟着站住。她急想叮问儿子，到底真存着钱，还是说着玩儿。不知道为啥，"给予"儿子习惯了的她，突然改变为向儿子"索取"，她觉得挺难张嘴。

"给您，一百六十元。"老二保根把一个纸包塞在妈手里，"数数，是多还是少？"

田大妈又喜庆又奇怪："你可倒沉得住气。既然把钱从银行取出来了，为啥不早交给我，让我放心呢？"

"您放了心，我可不放心呢！"老二保根解释说，"这儿是南来北往的县城，不是田家庄。在人多眼杂的地方把这么多现金给您，您一会儿独自回家，能安全吗？"

田大妈听了这句话，不禁看儿子一眼，低声说："没想到你的心还挺细，想得挺周到，还挺知道心疼人哪？真长出息啦……"

"嘿，您对我没有想到的事儿多得很。"老二保根很俏皮地一挤眼说，"您是有眼不识金镶玉，偏把人参当胡萝卜！"

　　田大妈假装嗔怪地瞪了儿子一眼，把钱包小心地掖在贴身的褂子兜里。等她坐上往田家庄方向奔驰的汽车，偷偷地用手捏捏那有些弹性的钱包，觉得那一块久久压在心头的乌云，被一阵和煦的轻风吹散了，不用提多自在、多美气啦！

第 三 十 七 章

　　田成业老头儿和大儿子田留根，如同热锅上的蚂蚁，在家里心烧火燎地等待了一天。爷儿俩倒换班地到门口张望，他们不敢到村口去。田大妈临出门还再三叮嘱，不让他们到那儿去，怕招眼，怕引起多心的乡亲怀疑。明知道纸不能包住火，还是盼着多瞒住别人一会儿。等人的那份罪本来就是难受的，何况这父子俩等的是个吉凶未卜的准信儿哪！

　　太阳压山，喂完第三遍猪食，该是点火做晚饭的时辰了，田成业拧着眉头，嘬着牙花子猜测起来："你妈怎么还不回来呢？没赶上汽车？"

　　田留根说："坐上末班车的话，也许刚到山下屯那一站，离家还有好几里呀！"

　　"难道说没找见老二保根？"

　　"这也没准儿。没个门牌号码的，海里摸针，哪能容易找见呢！"

　　他们一个跨在炕沿上，又装上一锅子烟点着抽，一个靠门站立，接着茬儿发呆。

　　"猪圈门怎么没有插上呀？"田大妈的声音突然在二门外边响了，"鸡还在街上没回家，你们也不找找，真待个滋润！"

　　父子俩悬着的心立即放下，如同士兵听到口令似的一齐跑出屋。他们几乎同时张开嘴巴问出同一句话："老二保根呢？"

田大妈边往屋里走边回答："人家在县里边。"

田成业说："既然找到他了，就该生着法儿把他弄回来嘛！"

田留根说："只要知道准地址，就好办。明儿个我去试一试。"

"人没回来，这个可回来了。"田大妈迈进东屋门槛儿，伸手从衣兜里掏出票子包儿，故意"啪"的一声摔到炕上，"你们睁开眼瞧瞧，啥东西！"

父子俩被田大妈不寻常的动作和散开在炕席上的不寻常的东西给吓一跳，四只眼睛瞪个溜圆、两张嘴巴咧开个大问号。

"老二保根正在盖高楼、造大厦，除去吃喝花用，还攒下了钱。"田大妈得意扬扬地说，"一听我告诉他哥哥要买表定亲、一家人为拿不出买表的钱正走投无路，他立刻就跑到银行，照我提的数目，把钱给提取出来了。这真是恰逢大旱的一场甘露雨哟！"

接着，田大妈把她在城里怎么找见老二保根，老二保根在工地上的情形，以及老二保根说的那一大套有根有底的话，一五一十、绘声绘色地转告给父子俩。

父子俩得到这喜出望外的消息，高兴得不得了。他们的心气一变，神态也跟着骤变。田成业的眉头舒展开，两眼噙着泪花，"问号"的嘴巴变成了止不住的笑。田留根更是脑门放光、眼睛发亮，两只手掌握在一块儿，像是作揖，又像运劲儿要耍一套把式。

"果真是车到山前必有路，老天爷饿不死瞎眼的鸟儿，我们总算也摊上了顺当事儿。"田成业这样诵经念佛般地说着，觉得福禄来临，是老伴儿这趟辛苦进城的功劳；一家人不必讲客气话，应该有实际行动表示慰劳的意思，于是他支使儿子说，"快着点儿点火，给你妈做顿可口的东西吃。"

田留根却回答爸爸说："您受累，您做饭吧！"

“咦！你干啥？你不是也没事儿吗？”

“我得出趟门儿……”

“出门？天都要黑了，到哪儿去？”

“到香果峪去。定个日子，好去买表。”

“这种事儿，得让媒人递话儿呀！”

“那要等人家的工夫，谁知道他们哪天肯去？”

田大妈在一旁插言说儿子：“你个慢性子人，怎么也变得稳不住砣？钱都到手了，你急什么？”

“我的妈！要是没有这钱，我死了那个心，十年八年我也忍得了。一见着这钱，心气儿活了，再拖延一会儿我也受不住啦！”田留根实实在在地向爹妈吐肚子里的话，“人家那边一直等着听我的回音，不知道咋想、咋急哪！我怕夜长梦多，冷不防地再从半腰截儿滋出个岔子，那可就毁啰！”

田大妈听儿子这番话有道理，点头说：“倒也是这么回事儿。不趁热打铁，备不住出麻烦，还容易让人家那边多心：是舍不得花钱呢，还是穷得掏不出钱来？那边的亲戚朋友也会小看咱们。有胭脂为啥不往脸上搽？去就去吧。早去早回，两头都踏实。”

田成业朝窗户外边看一眼，提醒说：“来回差不多有三十里地，又是爬山越岭的羊肠小道，可不好走哇！”

田留根这回很有点儿百折不挠的勇敢精神气儿，回答爸爸说：“打山柴、割荆条，我哪一趟走出去的不比香果峪远？没事儿。点灯的时候我就到那儿啦，扼要地说几句话，约定个日子，我就开腿往回返。该睡觉的工夫，我也到家跟着往炕上躺，落不在后边。”

田大妈支持儿子：“要走就快走吧，别磨舌头耽误时间啦！嗐，路上越走越黑，也没个手电筒照个亮。要不要再跟石头借着使使？”

田留根说：“好些天我都没见石头哥用手电筒，许是把电池使完了。让人家嘴上不说、心里疼得慌干啥。一会儿星星出齐了，能看清路。"

田大妈说："拿着棍子。再掖一盒洋火。路上没伴儿，好仗仗胆儿，遇着狼崽子、山豹子，护护身子。"

田成业听娘俩儿做这不吉祥的防备，挺发瘆，想劝劝明儿个起早再去，又怕挨老伴儿的训斥，儿子也会不高兴。所以闭着嘴巴没有再说什么。

田留根提着一根旧镐把，揣上半盒火柴，还抓着一块剩玉米面贴饼子和一截儿腌黄瓜，便急急忙忙、兴高采烈地离家上路了。

留在家里的老两口儿，双双动手做饭，一个锅上，一个灶前，很快就做熟了半锅白面片汤。还特意卧了三个鸡蛋，老两口儿一人一个，给儿子留根留一个。

今儿个，他们的心气少有的轻松。快快活活地吃罢饭，快快活活地拾掇了家具，快快活活地坐在热炕头上边等儿子边唠家常。

田大妈把她在城里的所见所闻，也就是刚回来的时候跟老头儿和儿子说过的那些话，又一次从头说一遍。田成业依然听得津津有味，大有"百听不厌"的心气。

"管他上学没上学，咱图的不是虚名，为的是儿子有条出路。"田大妈跟老头子说起自己对老二保根现状的看法，"这年月不是光讲后台、后门儿，不讲出身成分了嘛！他要是有个邱志国那样的老子，为啥让他猫在屋里活受这三年洋罪！黑天白日总抱着书本子啃，可是个折磨人的差事。看着他不用功吧，生气。看着他拼命吧，又心疼。不就是想碰巧考上，能够一步登天，端上了铁饭碗嘛！如今他靠自己闯出条路子，端上了金饭碗，也不比邱家那几个儿子低下，更把巴福来的儿子给超出老远。我们一点儿都没丢脸，还算露一鼻子。别的还有啥贪图的。"

田成业插一句："邱书记有俩儿子是国营的位子。老二保根要是考上学，也会捞上那样的位子坐。"

"快给我拉倒吧！"田大妈反驳老头子，"老二保根这会儿要是坐在课堂里接着茬儿啃书本子、摇笔杆子，一百六十元人民币他从哪儿给你往外掏？这一下给你我解了多大的难？应该给他颁发一张大奖状。邱志国那两个儿子，媳妇儿、孩子让他爹给养着，多会儿回家多会儿张手跟他爹要钱花。我们儿子比他们就是强！"

田成业不反对老伴儿这些话，可是他有股子"这山望着那山高"的庄稼人心气儿，又爱捅死理儿。所以他又说："巴福来的儿子，这会儿能从兜儿里掏出个千儿八百的，咱老二保根可比人家差远啦！"

"我不那么看。"田大妈不是抬杠，而是向老头子阐述自己的独特观点，"巴平安小时候受过啥罪？老二保根受过啥罪？你忘了。巴平安小时候念书，赶上运动，让同学给欺负得不敢进学校门，差不多过几天脸上、手上就带点儿伤。连穿开裆裤的孩子都敢骂他狗崽子，往他脸上吐唾沫。那是对待人，还是对待狗？老二保根得到的啥待遇？哪个老师敢大言语说过他？哪回露脸的事儿少得了他？判徒刑还有年限，该轮着人家巴平安舒心几年啦！你也犯红眼病？"

田成业抓着一个堵老伴儿嘴的真凭实据："你不犯红眼病，咋不让我给老巴家养牲口？"

"你呀，你呀，这跟犯红眼病根本挨不上边儿。"田大妈更加振振有词，"你伸着耳朵听听去，田家庄得有多少人恨巴福来、骂巴福来。他爷、他爹，加上他，三辈子打铁算盘珠子、抽筋剥皮地算计穷人，都没有从田家庄老百姓身上吞去那么大的家业。这回可省劲儿，保险，还光明正大的样儿，邱志国一变脸、一掉向、一拍板儿，几十亩的大果树园子白给了他！谁肚子里能出好气儿？老队长郭云到公社告状告输了回来，一口气憋在心里，趴在炕上二十多天没起来。让那么多人恨，挨那么多人骂，有一座金山也不露脸，也好过不了。我儿子不跟他们比！"

田成业不想再听老伴儿这些自相矛盾、来回推车轱辘的话儿。他伸个懒腰、打个哈欠，说："啥时候了，留根咋还不回来呀？"

田大妈说："人家年轻人，好不容易到了一块儿，还不说说话儿。"

"有啥话，等定了日子说不行，就急在今儿个这一晚上？"

"两个人亲密，将来能和美。这个你都不懂！"田大妈笑着责备老头子一句，忽然喊，"哎哟，我忘了堵鸡窝啦！快堵上吧。前天南街好几家闹黄鼠狼拉鸡，专拉爱下蛋的老母鸡。你说多怪。"

田成业忘了戴棉帽子，一出屋门，那冷飕飕的风就在他那刚剃过不久的头顶上狠狠地刮了一下子。他猫着腰，缩着脖子，摸到青石板，堵在鸡窝洞口；直起身要往回跑，像被扯一把似的停住了。

西邻家的院里出现不寻常的现象，女人的哭声从墙那边传过来："我不活着了！我不活着了！我把孩子都给你掐死，随后我自己上吊！就让你一个人折腾吧！呜呜呜……"

田成业听一阵儿，蹿进屋，一边吸溜鼻子一边挺纳闷儿地说："西院的石头媳妇儿跟石头又哭又号的，不知道遇上什么事儿。"

田大妈不相信地说："你那耳朵，听二不听三的。人家小两口儿过得蛮舒心，哭啥？准是孩子闹病磨人。"

"孩子大人的声音我还分辨不出来，你听！你听！还没完没了的哪！"

田大妈用心细听，果然也隐隐约约地听到了张家石头媳妇儿的啼哭和叨唠的声音。她赶紧从炕上溜下地，走到门口。忽然，她打个愣，把撩起的门帘又放下，迈出门槛的脚又收回，站着不动弹。

田成业奇怪地问："你还不赶紧过去看看，帮着解劝解劝，还等啥呀？"

田大妈摇摇头说："我不能去……"

"邻居这么多年处得不赖，人家又挺敬重你，装聋作哑，合适吗？"

"两口子打架是假的，好夫妻没有隔夜之仇。"田大妈很有主见地说，"筷子磕碰碗边儿的事儿，犯几句口角，外姓人插进去多嘴多舌，让人家讨厌，还容易激火，把小事儿给劝大。"

田成业也有看法："这一程子，石头有点儿变样儿。经常黑更半夜才回家，自行车也卖了，腕子上的手表也没影儿了，还没精打采的，像让霜打了的烟叶子。我估摸着，准有啥意外的事故。"

田大妈想起黄小云来那天在窑厂前边见到张家石头的情形，觉着老头子的推测有道理。可是她很纳闷儿："他吃不愁、穿不愁，不缺儿不少女的，能有啥事故呢？"

"石头兴许有了外道儿？"

"瞎说。又不是光棍儿汉，家里有个俊媳妇儿，咋会打野食吃！"

"孔祥发的媳妇儿赖？他搞了几个破鞋？花案就打了两三回！"

"你们男的就是不要脸！"田大妈蔑视地骂一句，又说，"他们要是为这种埋汰事儿吵嘴，我更不能过去。家丑不可外扬，家里人咬得多厉害，也不愿意让外姓人知道。我好心好意地跑到那儿劝架，倒好像故意打听人家的秘密似的。可不干那号大伯子背兄弟媳妇儿，费力不讨好的勾当！"

田成业赞同老伴儿的见识，说道："咱们躺下等吧！别看一天没下地干活儿，倒显着挺累乏。"

他们躺下，关了灯，夜已经很深。听到风的脚步响，从树梢跳到柴火垛上，又爬上窗棂。听到耗子的脚步响，从地上蹿到柜上，又"吱溜、吱溜"地满屋子跑。除此以外，一切都沉静下来，没有一点儿动声，连西院张家媳妇儿也不再哭啼。

没有报时的钟表，又没有头顶上的日头和门槛子里边的日头影子，难判断熬过多长时间，以及到了什么时间。冷不防的远处传来一声公鸡打鸣儿。

窗户纸儿发白了，风停止了，耗子钻洞了，连四邻的鸡也不再啼叫。屋里屋外越发寂静得让人心神不安。老两口儿都提心吊胆地知道对方在想什么，但谁都不肯说出来。

突然，大门的栅栏"嘎吱"一声响。

田大妈本能地冲着窗户大叫一声："留根？"

"唉！"回答得既快又干脆，千真万确是从院子二门外传过来的，千真万确是从田留根的嗓门儿里喊出来的。

"你个该死的货！"田大妈那一脑袋的恐惧和担忧，急速地化成一腔怒火，拍着膝盖咒骂，"我当是你滚砬子啦！我当是你喂了豹爷，变成狼粪啦！你再晚回来会儿，等着把我给急死，回来戴孝帽子、打幡儿多合适！你……"

田留根手推堂屋门板，央求说："妈，您别生气，来客人了！"

田大妈恶狠狠地说："谁来也不行。就是我亲妈返回阳间、跳出坟堆儿，我也不能饶你。我非得把你的屁股蛋子打烂不可……"

这当儿，另一个人搭了腔。是一个女的、甜甜的声音："大妈呀，要打，您就打我。是我硬把他给留下的。我怕天黑路险，他独自一个人在中途出事儿……"

田大妈听了一惊一呆，立即醒悟过来，小声告诉老头子："快起，快起，留根的对象来了。"随即她拉亮电灯，一边收拾被子，一边和气而亲切地招呼："是淑媛吧？真没料到你来了。外边怪凉的，快进屋暖和暖和吧！"

田留根说："妈，门还插着呀！"

"就来，就来！"田大妈满口答应，系着衣裳纽扣，溜下炕，弯腰把地盆子端起来，塞到柜底下。她见老头子去开门，又补充一句调解气氛的话，"你小子今儿个沾了好人的光。要不然，我决不让你进我的屋。让你在院子里戳着，把你冻成冰棍儿！"

跟随田留根进来的，不是杜淑媛一个人，还有个长得很俊气、很结实的小伙子。

田留根先介绍长辈："这是我妈，我爸爸。"

杜淑媛和那俊小伙子一块儿向田家老两口儿深深鞠了一躬。

田大妈连忙扫炕让座，说："淑媛我们娘俩儿倒见过面，这位……"

杜淑媛忙说："是我弟弟，叫有志。"

"哟，大侄子呀！快上炕里，收上腿去。"田大妈拉这个、推那个，不知道怎么表示欢迎和热乎，"事先也不知道个信儿，看这里里外外破烂破户、埋埋汰汰的，多让你笑话呀！"

"大妈您别客气，没有外人。"杜有志很懂事、很有礼貌地说，"谁家里都是过日子的。过日子人家哪有那么多闲工夫收拾打扮。这样更实在，更是真实的面貌。"

"大侄子真会说话儿。倒也是这么个理儿。"田大妈半是客气半是自我解嘲地说，"你们姐俩头一次登门，总不比平常。留根这个人哪，憨，不会讲究个礼节。看我的面子，求你们包涵着点儿吧！"

"妈，您别怪我，这是她的主意。"田留根用眼神指着杜淑媛说，"她比我还心急。她乐意今儿个到田家庄走一趟，又认门儿又定亲，然后赶早车，我们一块儿到镇子上买手表。简单麻利快，一天就完事大吉！"

"真是一对儿急娄子！"田大妈笑着说，"行，由着你们，咱也来个新事新办。"

田留根挽着袖口说："赶快动手做饭，吃了好走。别误了汽车。"

田成业挺认真地插嘴说："连点儿肉都没有，不动荤腥咋招待客人？"

田留根说："杀鸡！"

"你倒有个拆兑！"田大妈很赏识儿子的这份机灵气，说句笑话，随即下令，"你到窝里掏吧，挑肥的、嫩的杀。杀两只，双双对对的。"

杜有志上前阻拦："我建议有啥吃啥。往后我来看我姐，您再杀鸡给我做着吃。"

杜淑媛在一旁帮腔："就按我弟弟的主意办吧，这样省事儿、快当。"

田大妈这回可不答应，急赤白脸地嚷："不行，不行。你们到我这儿吃头一顿饭，哪能吃白斋呀！"

杜有志又提个折中的建议："您养着鸡，总有蛋吧？炒鸡蛋吃，也算荤菜。"

田大妈拍手说："大侄子真是个实在人。就这么着，烙饼、摊鸡蛋，再熬点儿大米粥！"

老田家招待完客人，左邻右舍才点火做饭。等邻居围到桌子端起饭碗的时候，老田家的主事人已经陪着客人出了村，踏上了去燕山镇的道路。

第 三 十 八 章

　　老二保根手里攥着五块钱一张的票子，从食堂里出来，绕着工地上的砖石瓦块，追赶着业务员李恩："嗨，嗨！你跑什么呀？"

　　小个子李恩仍旧不停地快步走，扭转头来说："你老在屁股后边盯着我，我不跑咋办？"

　　老二保根摇晃着手里的票子说："你又不是漂亮的大姑娘，要是乖乖地接过去，我还盯着你干啥！"

　　李恩说："你要是把那东西收起来，不是更省事儿嘛！"

　　老二保根让一块断碎的水泥制板绊了一下，只好停住，做出一副无可奈何的样儿，一边把拿着钱的手插进破棉大衣的兜里，一边嘟囔："你这家伙真会耍赖，让人没办法对付你呀！"

　　李恩见此情景，也停住，"嘿嘿"地笑着，转身走过来。

　　老二保根插在棉大衣兜里的手，并没有把那五元票子放下；等到李恩转回到跟前，他以一种迅雷不及掩耳之势，抽出手来，把五元钱塞进对方的衣兜，一扭头，撒腿就跑。

　　这回轮到小个子李恩追赶老二保根，边追边骂："你小子，真不够朋友！你要是这么撅我，我就把钱撕成碎末末，看你好受不好受！"

老二保根从对方的声调里听出实在动气了，只好站在不远不近的地方解释说："亲是亲，财是财，越是好朋友，越得有借有还，不能清不清、浑不浑的。"

"你把借别人的钱都还了吗？瞧着我穷是咋的？"

"一个一个挨着还，从数目小的开始……"

"你先还别人吧，我的抹了。就这么着。"

"抹了你的，别人的咋办？别人要骂我不够朋友呢？"

"你我都不说呀！"

"去你个蛋的吧！"老二保根恶狠狠地骂一声，"凡是我张嘴借钱的，都是朋友。对朋友还兴说假话？五块钱这么鸡屁股眼儿大的事儿，也值得跟朋友说假话？你小子就这么够朋友？"

"哈哈哈……"本来脑瓜很伶俐的李恩，被老二保根这番半是认真半是赌气的话质问得张口结舌，只好用做出来的笑声来自我解嘲，随即说，"难怪连窦队长都说你厉害，果真名不虚传，我服了，斗不过你。这么办，用这钱买两瓶酒，拿到宿舍大伙儿喝喝，好不好？"

老二保根心里打个转，既想给对方一个台阶下，又想整治整治他，让他疼一点儿，所以奔到跟前张开手，说："这么大方，却之就不恭了。遵命照办。再添五块！"

李恩奇怪了："红粮大曲，两块三一瓶，怎么还要添五块？"

老二保根说："我的业务员同志，你咋跑外、咋联络人的？连这点儿小事儿都出漏洞？有酒没菜，可怎么往肚子里喝呀！"

"这没问题。"李恩满不在乎地一晃脑袋，伸手就从皮夹克里边的兜里掏出一沓票子，故意抖搂一下，抻出一张"大团结"，往老二保根手掌上一拍，说，"买一只扒鸡，买二斤香雪肠！"

老二保根没有立刻收拢手指，迟疑地问："你真舍得割下这么一块肉，出这么多的血？"

"当然啦！够朋友嘛！"

"你哪来的这么多钱哪？"老二保根只为凑凑热闹，不忍心让对方破费太多，想说句笑话把钱退回去，"没把你媳妇儿卖了吧？拿这种钱买的东西，吃下去会横在嗓子眼儿的呀！快快收起来吧！"

"别废话，我找盘子、找筷子，到宿舍等你啦！"李恩这回有台阶不下，转身走了；走几步，又返回来，把嘴伸到老二保根的耳边，小声说，"这回咱们哥儿们路子可平坦了。我那亲姨兄，就是在城关中学教书的冯老师，这回要当副县长。都跟他谈过话，只差发公文了。他一上任，哼……"

老二保根说："当副县长，一个月能多拿几个钱？你还想沾他的光？"

"你呀，真是聪明一世，糊涂一时。"李恩更加神气地说，"外国是有钱能买鬼推磨，中国是有权能买鬼推磨。有了权，不用花钱，要啥有啥。咱不沾他的钱光，能沾他的权光。这话我只能跟你一个人说，咱们是好朋友，有福同享。嘻嘻！"

老二保根揣着十五块钱的票子，从工地上走出来，一边走一边在心里掂量：是把钱都花光，还是给李恩剩下一半儿。

李恩是城边沙堆子的人。原来是民办小学教师，干了七八年，每月总是挣三十多块钱。他家里有父母、有两个孩子，媳妇儿手懒不爱干活儿，全靠他一个人挣那点儿钱养不过来。他通过窦云鹏的老丈人介绍，到了建筑队，专管跑外联系业务。经常出门，虽说有点儿补助，手头还是很紧的，平时在食堂吃最次的菜，连烟卷都不轻易买一盒抽。有些工友不体谅人家的苦衷，常挖苦他，叫他"小抠"。老二保根爱开玩笑，嘴巴也是很厉害的。但对李恩例外，从不在花钱的事情上嘲弄李恩。他自己家就过着紧巴巴的日子，他知道这类人的难处。那次他为了给哥哥凑上一块定亲的手表钱，逮住谁跟谁借，就是没找李恩张嘴。李恩上赶着往他手里塞五块钱。他当时就打定主意，每月发了薪，先还手头不富裕的人，其中包括李恩。李恩不想讨回钱的心，是实在的；李恩手里宽绰了，也是真的。但是老二保根花李恩的钱仍然有点儿不忍心。

春节刚过去，好像比腊月里还要冷。天是短的，夜是长的。工地下班早，吃过饭就黑了。路灯已经打开，并不显得亮。电影要开场，人们有的骑车，有的步行，匆匆忙忙地往大礼堂奔。

老二保根在人行道上靠边走。离大礼堂不远拐角处，有一家早晚服务门市部。老二保根想到那儿买酒买熟菜。工地近边有一家私人开的酒店。往酒里掺水，菜价特别高，还不给足分量，专门坑骗建筑工人的钱。早晚门市部是公家开的，服务员的态度横的可怕，买卖倒公平，不坑骗人。所以宁可受气，也多跑几步路到这儿买东西。

"喂，保根！保根！"

老二保根听见有人喊他，停住脚，急速地在行人中扫视一遍，终于发现一张模糊的但是很熟悉的面孔，就赶紧答应："邱方，小心车！"

邱方从街的对面，躲闪着来往车辆，急着朝这边走；同时还举着一只胳膊，好像将军检阅军队一般。

邱方自从放弃了在田家庄谋求一个"政治地位"的生活目标之后，就跟着他的亲戚跑买卖。他们先是小打小闹，从北京的近郊区往远一点儿的县城捣动蔬菜，或者从山区趸些干鲜果品运到北京、天津销售。那会儿只雇用拖拉机和卡车来回跑。以后越干越大，常常包用火车的一两节车皮运载他们采购的货物。这中间，他们赚过几笔大钱，也赔过几笔大钱。有一回做梦似的赚了钱，他们得意忘形，像泼水一样花钱，还不过瘾，竟然荒唐地钻到暗娼家里鬼混好几天！有一回意外地赔了钱，赔得"净眼毛光"，连客店钱都交不上，只好留下一个人当人质抵押，其他人到委托商店撸下腕子上的手表卖掉，才脱身回到县城来……邱方完全改变了模样，显得苍老，脸皮粗糙、眼睛通红，尽管穿着很考究的呢子大衣、新式皮鞋，却是一副风尘仆仆、狼狈不堪的模样。去年十月里，他跟老二保根也是在街上邂逅，坐在小馆子吃了顿饺子。自那以后，他俩再没有见过面。

等到两个人站到面对面了，相互看着"嘿嘿"地傻笑一阵儿，老二保根才开口问："你这一程子跑到哪儿去了，怎么连个影子都见不着？我还当你死啦！"

"跑的地方可海啦！"邱方用舌头尖儿舔了一下嘴唇说，"这一回从内蒙古的赤峰动身，又蹽到白城子、扶余县。"

"挣下钱没有呢？"

"钱挣一点儿，罪也没少受，开了开眼界，认识不少人，有的将来真有用。"

老二保根突然问："没再干那勾当吧？"

邱方打个愣，立即明白问的是什么"勾当"而羞臊得红了脸："没有，没有。从那回你一说，我再不走那条道儿了。"

"我没看着你，谁知道你说的是真是假？到外边闯闯有好处，不能不分好歹，什么把戏都试试。你小子要是着上臊疮花柳病，一辈子可就毁了！"老二保根说到这儿，见邱方很不自在地拧手捣脚，就转了话题，问道，"你也没回家看看？"

"我今儿个下午回来的，住了两夜。说实在的，在外头乱跑，受苦的时候，我真有点儿想家，觉得哪儿也没家乡好，还是搞农业自在安然。等到家一看，我就烦得待不下去，恨不得拔腿就走。"

"村里一点儿变化都没有？"

"哼，除了邱志国家有变化，别处还是老样子。"邱方掏出烟来，送给老二保根一颗，自己叼上一颗，用打火机点着，使劲儿抽两口，接着说，"他又变成窑厂的股东啦，那个家变成了公馆。他的内侄女当了副厂长，实际上是他的代理人。"

"你说的是陈耀华吧？她还在哪儿干？"

"在哪儿，看样子，在沙家浜扎下去不走啦！"邱方笑嘻嘻地说，"电工偷偷地跟我说，孔祥发正在屁股后边追求她……"

"胡说八道！"老二保根不由自主地脱口喊道，"肯定是造谣！造谣！"

"你嚷什么？把我吓一跳！"

老二保根对自己的失神忘形，也有些不好意思，就解释说："电工那嘴像个破盆子，什么东西都盛，什么东西都泼。人家陈耀华是女的，不能拿人家闹着玩儿。"

邱方说："我看无风不起浪。电工亲眼看见孔祥发总给陈耀华献殷勤，陈耀华让他干啥他干啥。"

老二保根听到这句，忽然想起去年陈耀华用孔祥发的拖拉机和人工给他家运石头的事，还有那一次他从红旗大队回来到窑厂去，亲眼见到陈耀华跟孔祥发关着门在屋里谈话的事儿。他的心口窝像有只手伸进去，狠狠地抓了一把那么疼痛，可是他的嘴巴却很强硬地反驳邱方："什么风？什么浪？两个人在一个窑厂工作，还能不打交道？还能不来往？孔祥发是有媳妇儿的、有儿女的人，你知道不知道？"

"嘻，这算啥理由！"邱方一摆脑袋说，"你忘了孔祥发是个见着女的就迈不动步的人。"

"但是，陈耀华不是你搞过的那种暗娼！"

"哎呀，你疯了！"邱方有些恼怒地把没抽几口的烟摔在地下，"没事儿谁跟你抬这个杠干啥？"

老二保根也感觉到自己的过火，伸手扳住邱方的肩头，强作笑脸认错说："我不对，我不对。我以后再捅你那块病，就天打五雷轰！"

邱方推开他的手，和解地说："别说用不着的话了，咱们到我住的旅馆谈谈正经的吧。"

老二保根说："实在不凑巧。我到早晚服务门市部买东西，还有好多人等我。明儿晚上我去找你吧！"

"明儿早起我就动身，跟车发货。"邱方疲惫地打个哈欠说，"我干这种事儿干腻味了。我还是想回家找找别的门路。不娶媳妇儿不成家，我那两位病老人连一口现成吃都吃不上，太可怜。我实在想听听你的意见。"

老二保根想了想说："这样吧。我回去跟他们热闹一阵子，早退出来，到旅馆找你。"

邱方说："我看不保险。喝上酒，还有钟点儿？反正我等你就是了。等不着就过半个月再说。"

老二保根望着邱方消失在夜色笼罩的人流里，就接着靠人行道里边往前走。

他的心境跟刚才离开工地那会儿的轻松愉快的状态截然不同了。变得沉甸甸，若有所失，别别扭扭；觉得春风格外寒冷，浑身特别累乏，连走路都没劲儿。他清楚，这种情绪的骤然变化，是有关陈耀华的传闻引起的。他对自己这样缺乏男子汉的气度很恼恨，也觉着可笑、无聊。不错，他对陈耀华萌动过爱慕之情，也曾想过娶陈耀华做媳妇儿，一块儿度日月、生儿育女。但是，自从他认识到陈耀华离开权力和金钱就难生存，认识到自己不可能满足陈耀华的欲望、不可能适应陈耀华的习惯的时候，就立即决定一刀两断，并且让自己死了这份心。分手以后，他从来没有想念过陈耀华，忘得很彻底。为什么今儿个一听到陈耀华的消息，并且只是一个男人追求她的消息，自己就这样的酸溜溜的不好受，就这般刀子剜心一样疼痛呢？难道说自己在做假、在自欺欺人吗？唉，这样的藕断丝连能得个什么好结果呢？"打回田家庄去，照着自己的想法把田家庄变个样儿"，这是老二保根的理想和奋斗目标。但是，理想

· 371 ·

和奋斗目标绝非一年两年就能够实现和达到的，甚至可能根本实现不了。那么，你能让陈耀华等待你条件具备之时再重圆旧梦？陈耀华就是陈耀华。她怎么可能答应这不切实际的、不合理性的要求呢？明明知道做不到的事情，还不干脆死心，怎么会傻到这地步呢？人哪，真复杂，有时候，对有的事情，连自己都摸不准……

眼前出现一片明亮。那是供销社的早晚服务门市部在营业。买卖总是很兴隆的，好多人挤在那儿买东西。大多数人是外地人，操着南腔北调的声音。有的"叽里呱啦"，让人一句也听不懂，南方的农民特别爱说，喜欢旁若无人地大说大笑，让本地人莫名其妙，甚至表示反感和讨厌，他全然不在乎，照旧吵吵个没完没了。他们是来这儿做买卖、耍手艺的。年纪都不太大，身体都很弱小，穿着都很单薄，一边说笑还一边打哆嗦。估计大多数是光棍儿汉，正在打主意挣钱、攒钱，攒够数目好回乡去造房子、娶老婆、过日子。他们中间也许有抱着雄心大志的人，正在开阔眼界，闯练本事，摸索经验，打算有一天返回家乡干一番大事业。他们不属于新时期那种"二十亩地一头牛，老婆孩子热炕头"的可怜虫。只是不知道他们是否都明白：不论可怜虫还是大志者，实现理想、达到追求目标都不容易，都有可能成功，也有可能一败涂地呀！

老二保根这样想着，觉着挺好玩儿，刚才那种不快心情，立即被挤掉。他冲着正吵吵嚷嚷挤着买东西的人，运足了劲儿，大声地说了句英语："诸位先生，你们好！诸位先生，你们好！"

急着买东西的、一边举着钱一边聊天儿的外地人，突然听到背后响起外国话，"呼啦"一下转过身，好奇地回顾着。

老二保根趁着拥挤的人一松动，便若无其事地走到柜台跟前，朝售货员说："来两瓶红粮、一只烧鸡、二斤香雪肠！"

邱方忽然转了回来，迎着提着酒瓶子和纸包的老二保根说："尽顾跟你扯淡，差点儿忘了一件大事。你妈让我给你带个口信，阴历正月十五，你哥哥要成亲。"

老二保根眼睛一亮："真的？都择妥了日子？"

"没错儿。你妈让你一定回去看看。"

"那当然。"老二保根连连点头，不禁喜悦地暗想：谢天谢地，这件大事一办完，我的爹妈总算可以解放了！

第 三 十 九 章

一块进口手表买到手，两套新衣服做成，又缝了一对枕头装上荞麦皮和谷秕子；随后，把新宅子围上一圈秫秸寨子，把新屋子收拾干净，布置一番。这当儿，正好有一窝小猪崽长够个儿，田成业带着大儿子留根挑到燕山镇卖出手，得到一笔钱。正月十五那一天，就用这笔钱买了一挂鞭炮、两张大红纸，办了五桌酒席，总算把香果峪的杜淑媛娶到家里。

那天老二保根遵照他妈托邱方捎的口信，赶回家来参加哥嫂的婚礼。他是骑了队长窦云鹏的自行车来的。他还穿了一件陈技术员的呢子大衣。办喜事儿的时刻，家里边有了他，不仅取了个"大团圆"的吉利，满足了老年人的心理要求，尤其增加一个得力的主人，活跃了办喜事的气氛。他到这个桌让酒，到那个桌布菜，热情地迎接和欢送，大方地给看热闹的小孩子们发喜糖，巧妙地给喝醉了酒、挑礼儿的亲戚打圆场。在这些行为里，充分显示了他独特的聪明和才智。当时就有乡亲议论：老二保根外出半年，比在家那阵儿可老成、精干多啦！

给老田家争光露脸的事儿，老二保根办了好几手。

出乎大家意料的，是老二保根亲自登门请来邱志国这个特殊人物，来到这"大庭广众"又属于黎民百姓家里赴席喝酒。

这半年多的光景里，党支部书记邱志国既不是很久以前那种"铁面无私"和"一尘不染"的先进干部，同样不是不久以前那种"牢骚满腹"和"到处吃喝"的落后干部，而成了手上有权、腰里有钱、端个大架子、见着求他的人不是皱眉就是瞪眼的"老爷"。在田家庄，请他吃饭喝酒就等于求他。谁敢向他张嘴的话，轻的绷着面孔拒绝，重的训斥你搞不正之风、把你撅出门去！当然也有那么几个门口请得动他，那主人一定有点儿来头，绝非等闲之辈！

老田家不属于邱志国肯于赏脸的对象，这是明摆着的。老二保根在家的时候，对邱志国恨之入骨，见面就黑眼，也是人所共知的。邱志国怎么就这般顺溜地来了？老二保根怎么就肯于和敢去搬动大人物邱志国呢？农村怪事多，这事儿也够怪的呀！

老二保根并没有冒冒失失地行动，他事先跟爹妈做了商量。

田成业一听这题目就起心发毛。他摸着后脖颈子、嘬着牙花子，对儿子说："哎呀，我可不敢说该请他还是不该请他。"

"我告诉您，该请他。"

"去年盖房，怕你不乐意，你妈背着你请他，费了老鼻子劲儿。要不是陈耀华出面，他决不来，还得把咱们寒碜一顿。这回谁去碰那钉子？"

"我去呀！"

"要是这样，你跟你妈商量吧！我咋办都行。"

田大妈摇头摆手地反对："不沾他。我办喜事儿与他当支书的无关！"

老二保根奇怪了："哦，怎么改了组织路线？您过去不是总扳脖子、够脸、跷着脚后跟儿巴结他吗？"

"我那会儿是拥护共产党、靠近共产党。他早不是先前那个邱志国啦！"

"他现在照样儿还坐在支书的那个位子上呀！"

"坐在共产党支书的位子上，他干的不是共产党支书的事儿。他跟旧社会的地主老财、保甲长没两样儿。"

"哈哈！去年我这么下结论，您还当保皇派，这回服了吧？"老二保根半逗笑半认真地说，"正是由于他变成这样的东西，咱们才不能轻易地得罪他。老话讲得好：'宁伤十个君子，别伤一个小人。'我不在家，爸爸哥哥都软弱无能，他要欺负你们，还不像收拾小鸡子似的那么方便。我要借今儿个这个机会，给他看看门神爷，让他心里有点数儿。"

田成业没有把儿子这番话的意思完全听明白，倒完全同意了儿子的主张："对，对！你快去请吧！作揖磕头也要把他请来，免得他欺负咱。"

田大妈也用活动了的语气说："我真有点儿舍不得把好酒好菜喂他！"

老二保根说："一辈子难有几回的大喜日子嘛，来个讨饭的叫花子，您也得打发打发呀！"

田大妈乐了："倒也是。没了位子，咋安排他呢？"

老二保根说："让我大姐夫等着下席，我再给土皇上安排个雅座。"

大约到了十一点钟，临近吃午饭的时辰。请客本应在头一天打招呼，迟到当日还这么晚，这种轻视、怠慢的举动，连一般乡亲都会挑眼的，何况邀请的是位"田家庄都盛不下"的大人物！田大妈和田成业对此悬着心，连知道这行动消息的几位近亲也都认定没指望。

老二保根泰然自若地动身去请客。这天暖融融，又不冷，他却穿上了呢子大衣。在一条街上，距离也不远，他却骑上新自行车。出门之后，他还把那副从未在田家庄露过面的"蛤蟆镜"戴上。到了邱家新式大门外，不敲不叫，使劲儿打车子铃儿。

邱志国的小儿媳妇儿出来观看，把老二保根上下打量一下，肃然起敬地问："同志，您找谁？"

老二保根拉长声地回答："拜访邱志国同志呀！"

"您从哪儿来？"

"县城。"

"请进吧！"

老二保根推着车子往里走，昂首阔步地走到东边的客厅门外。

跟在后边的小媳妇儿递了个话儿："爸爸，县里来一位同志找您。"

邱志国刚从窑厂回来，跟孔祥发密谈一件重要交易：县外贸盖冷库，经办人托一个叫李恩的来挂钩，搭窝捞国家一把，即多付砖钱，少提货，"好处费"按三股分。邱志国听了先发呆，后犹豫，嘀咕半天也没有拍板儿。是赞同，还是回绝？他跟孔祥发说："你先别给他回话，容我再仔细考虑考虑。我们一定得拣有把握的事儿干，不能胡来！"他回到家独自坐在客厅里，想来想去，仍旧举棋不定：赞同孔祥发的主张吧，他毕竟吃了多年共产党的饭，而且搞过"左"，"整过人"，不可能这般轻易地就跟谁脱裤子下水；回绝这桩买卖吧，他毕竟已经"聪明"起来，"明白"了过去的"傻"、尝到了金钱的魅力，舍不得把送上门的财爷推出门去！

就在这个时刻，听儿媳妇儿喊县里来了人。邱志国脑瓜一转，猜到是孔祥发在冷库工地上的那个经办人，亲自来接洽生意。既然逼到头上，只好一咬牙答应干一回，捞一把再说。于是他毕恭毕敬地迎出门来，往客厅里让。

老二保根放下自行车，大模大样地进了到处是值钱东西的客厅。

"请坐，请坐。"

老二保根把身子放在绵软的沙发上。

"请吸烟。"

老二保根朝送过来的过滤嘴"双喜"笑笑，点头，随后摘下"蛤蟆镜"，热情地打招呼："好久不见，您可好呀！"

邱志国认出是田家的老二，不由得打个愣，立刻板起面孔："你不是上学去了吗？"

"眼下'四化'大业需要人，没功夫坐在教室里啃书本子。"老二保根信口地回答，"我提早参加工作了。"

"参加工作？干什么工作？"

"搞建筑。"

邱志国的脸上又有点儿回暖，心想：他说的"建筑"，是不是那个冷库工地？孔祥发故意绕个弯子，跟他搭窝捞钱的是这个田家的老二保根……他脑子这般转动，已经把烟盒打开，弹出两根烟。

老二保根不客气地抽出一支，叼在嘴上，打着窦云鹏赠送给他的打火机，点着，喷一口烟，接着话茬儿说："大叔，新上任的副县长，就是姓冯的，您听说了吧？"

邱志国确实听说过有这档子事儿。冯副县长原是中学教师，一步登天，被任命为副县长。传说除了大学文凭外，还有"上线"，市里有人赏识，有根据的推测，"过渡"一下，还得往上升。

"冯副县长，是我一个好朋友的亲姨兄。我那朋友就是建筑大队的大队长。"老二保根这样介绍，同时添枝加叶儿，"冯副县长是个开拓型的年轻有为的干部。他是我们窦队长的支持者，两个人志同道合，到一块儿一聊就是半夜，尽谈有关全县发展前途的大事，也谈将来使用什么样的人、提拔什么人的大事……"

邱志国装作听得津津有味，实际上心里盘算：这小子不是冷库工地派来的，也不再是过去的那个"二百五"；如今的社会就是这号脑瓜子灵、心眼子多、胆子大，又不安分、不老实的人吃得开；他们路子广、关系多，什么人物都攀得上；跟冯副县长姨亲的关系，他不敢在我面前瞎吹，十有八九有这档子事儿。所以这小子可能是个用得着的人。

老二保根见邱志国涮杯子、抓茶叶，就说："您别泡茶，我待不住。"

邱志国满面春风地说："我没事儿，多聊聊嘛！"

"我哥哥今儿个结婚。我是专门来请您去喝盅喜酒的。"

"这……"

"如果来的都是一些'土八路'亲戚，我也就不惊动您啦！"老二保根步步紧追地说，"有一位重要客人来了，您不出场的话，对我家来说当然大大减色，对整个田家庄也不利。尤其是对您，容易产生误会，以后工作上打交道不方便。"

"什么人物这么重要？"

"燕山镇的派出所所长，老公安模范，在全县也得说是赫赫有名的！"

这个人物果真在邱志国心里有位置、有分量。最近有几个从派出所来田家庄活动的民警，到处转，守口如瓶，什么也不说。有一回孔祥发在窑厂准备下招待酒饭，他们硬是没吃。邱志国私下对孔祥发说：准有人往上边写了什么信，揭发、指控了田家庄的什么事儿，派出所的人正在侦破。邱志国和孔祥发都为此有些不安生，怕有啥事儿牵扯上他们。老田家跟派出所所长有交情，这可非同小可！邱志国这样的一个负责全村工作、担着半个窑厂的人，派出所是永远用得着的。

"你妈、你爸，过去是田家庄大队的好社员，如今是田家庄的好公民。"邱志国微笑着，这样虚情假意地说，"今儿个所长就是不来，他们娶儿媳这样大的喜事儿，我要知道的话，也得去祝贺一番。"

老二保根趁机说："我这会儿来了，把意思表示了，您算知道信儿了吧？"

邱志国爽快地说："咱们走，别让那么多人等着咱们两个人。"

宴会正进行的当中，又有一个人走进田家的院门。

里里外外忙活着的老二保根先发现了他，又是头一个迎了出去，很有礼貌地招呼："巴家大伯，您好！"

巴福来站在台阶下边，郑重地声明："我是来给你们家贺喜的。"

"大家同喜！大家同喜！"老二保根双手抱着拳头，举了几下，"请入席吧？"

巴福来推辞说："就不麻烦了，意思到了就行了，以后还有机会。"

老二保根拉住他说："以后的机会，就是喝我的喜酒，对吧？实话告诉您，早着哪；不是长长寿命的人，怕是等不着的。既然来了，哪能不喝一盅呢！别客气了，请吧！"

巴福来没有挣脱，也没往前迈步，上下打量着老二保根询问："你这是放假了？"

老二保根回答得很干脆："我不再上学，已经工作了。"

"才半年就毕业？"

"还没毕业。您还记得我临走时候说的那句话吧？我要的不是一张纸的文凭，要的是真本事！"

"记得，这是有根基的话。有真本领，才有好前程嘛！"

"嘿嘿，您真棒！比好多明白人的脑筋还开通。请，请！"

太阳平西的时候，像庙会上的大戏散了台那样，老田家散了喜事的宴席。本村的客人，男的笑着被酒精给烧红了的脸，女的打着饱嗝儿，成群地离开，赶紧回到自己家里做点儿活计。外村的客人陆陆续续走了。有的骑自行车，前梁上带着孩子、后架上驮着老婆。有的坐汽车，提着兜儿，抱着因为肚子增加热量、身子暖和而脱下来的棉大衣、皮大衣，一面说告别的话，一面往站上赶路。也有留下的，多数是客人想留、主人愿留的"至亲"。其中有两个不常住娘家的闺女，田大妈的一个娘家老表嫂。她们要留几天，给田大妈帮忙收拾收拾，让自己暂时避避家里的杂乱事儿，松松心。

"客去主安"，两座蛤蟆吵坑似的新老宅子，立刻消停得好似到了深更半夜。

田大妈终于得工夫坐在炕上歇歇腿，还拉住收拾桌子的娘家表嫂："让她们年轻人收拾吧，反正也不急，慢慢地做。咱姐俩清静会儿。"

娘家表嫂是一位多儿多女、子孙满堂的老太太。她一边往炕上爬，一边真情实意地说："你命好，摊上个好媳妇儿。虽说就多半天的工夫，看面难看心，可是我敢断定，媳妇儿的活儿错不了，性子也错不了，准能孝敬你们老两口儿。"

田大妈带着疲劳神色的脸上绽开了得意的笑容，回答说："咱们这辈人，苦着熬着，还不都是为了晚辈们嘛，媳妇儿对我们俩好坏的没大紧，我们俩还能守他们多少年。只要他们两口子和美，将来妯娌姐妹别闹生分，别打架斗殴的，我就心满意足。我再没别的希求。"

娘家表嫂表示同感："都一样。人奔波一辈子，全是为儿女，不为自己个儿。嘻嘻，要说也算个傻瓜。人人又都心甘情愿。你说多怪哟！"

"可不是咋的！全是有福不会享的头号大傻瓜。嘿嘿嘿……"田大妈说着，捂着嘴笑个没完。

往瓦盆子里折剩菜和肉汤子的二闺女，对扫地的大姐小声说："你听，妈笑得多开心。好几年我都没见她这么笑过一回了。"

大姐说："你那儿子还小，你还没遭过为他们操持娶媳妇儿的那种磨难。留根订婚之前的那会儿，妈哭都哭不过来，哪还有笑哇！"

这当儿，新媳妇儿杜淑媛从新房走过来，冲着田大妈甜甜地叫了声"妈"，随后说："您过那屋劝劝老二吧，我们俩咋说他也不听。"

田大妈打个愣："他又耍啥酒疯？"

杜淑媛说："他一定要马上回县城。您看看都啥时候了。一个人骑车，又喝了点儿酒，多让人不放心。您一定得留他住俩晚上。"

田大妈对儿媳妇儿对小叔子的这份心意挺欣慰，从炕里往下挪着，笑吟吟地说："我也乐意你们兄弟、叔嫂在一块儿热闹几天，熟悉几天。就怕那小子逞能，谁也拦不下他。"

老二保根在新房里跟红光满面的哥哥告别，捏着烟卷逗哥哥："我可警告你了，得跟我嫂子讲安定团结，别耍大丈夫主义，别觉着干家务事儿丢脸。这年头可时兴男的伺候女的，连洗脚水都得给打给倒……"

这当儿，杜淑媛搬来婆婆，撩起门帘儿让婆婆先走进屋里。

老二保根又冲着杜淑媛说："嫂子，我正跟我哥哥交代。我在外边工作，照顾不了爸爸和妈妈，你们二位得多费心啦！"

杜淑媛说："二弟你放心，我会把公公婆婆当成亲爹亲娘看待，不会不尽孝道的。"

田大妈听了这两句对话，心里打起个热浪头，嗓子眼儿辣了，鼻子酸了，眼圈红了。她有点儿哽噎地接过话头说："你们都有这份心意，就是对我们最难得的报答呀！"

田留根趁机对弟弟说："那你在家待两天，让妈高兴高兴。"

老二保根说："有了嫂子给妈做伴儿，我多待少待咋的。妈，您说对不？"

田大妈说："你哥哥嫂子好心好意地想留你，你能待就待两天吧！"

老二保根说："这么着吧，等我们把爱国卫生楼盖完，转移工地的时候，我多攒几天假，多待几天。你们看好不好呢？"

在窗户外边的田成业搭腔说："都是家里人，还这么客客气气的干啥。他要急着走，就让他快动身，免得瞎耽误时间贪晚儿。"

大家都不再说什么，像送贵宾那样，簇拥着穿着呢子大衣、推着锃亮自行车的老二保根出门上了路。

第 四 十 章

邱志国多贪了几杯酒，往家走的时候，两条腿发软，脚底下没根，迈步直打晃。

巴福来从后边赶上他，搀着邱志国的胳膊往前走。

到了新式的大门口，邱志国手扶着门，对巴福来说："刚从屋子出来那会儿我有点儿不舒服，现在行了。你回去忙吧！"

巴福来说："我没事儿。我送你进屋。"

邱志国冲他摆摆手。

"他姑父。"巴福来把搀扶着邱志国的手抽回，以一种极微小的声音问道，"我包的那果园，今年就满三年期限了，还能往下续不？"

邱志国说："上边的政策有变化……"

巴福来一惊，脸白了，眼直了："妈呀，怕啥来啥，真要变？"

"瞧你吓得那尿样儿。国家保护专业户，你是专业户，怕个屁！"邱志国给他解释，"你就放心大胆地干吧！政策越变对你们越有好处。我打算再包给你十五年。"

"啊，十五年！"巴福来喜出望外地吐了吐舌头，"能够再让我干三年，我就知足了。"

"这是小农经济思想。你得往大里干。"邱志国鼓励他说，"等秋天期满之前，咱们好好磋商磋商，你最好找一两户对脾气的、靠得住的人家搞个联合体。如今这个吃香。连老郭云那个几户联合的承包小组，上边还想当典型抓呢！我嫌丢人，给拦下了……这是后话，等我抽出空来再说吧！"

"好，好。他姑父你多费心了。"

邱志国见巴福来走去，就迈进大门扇套着的小门口，进了院子，奔东边的会客室，想倒在沙发上歇歇。

会客室正有人着急地等着他，听见动声迎到屋门外边。是他的内侄女陈耀华。

陈耀华今儿个换了一身入时的新衣服：玫瑰红色的羽绒上装、银灰色呢料筒裤、烟色的高跟皮鞋，头发是新近烫过的，头顶上很俏皮地戴着雪白的针织小帽。

她回家休假三天，实际上去会对象。从六七个对象里挑选了一个比较合乎条件的对象。这对象姓杨，是县农业银行的业务员，二十八岁还没有成亲。这么晚才找媳妇儿，并不是有什么毛病，就因为一条：家在农村。他原来是农业户口，没有端着铁饭碗。为了不让儿子打光棍儿，小杨的父亲，一个很能干的业务科长，提前退休，让儿子顶替。儿子这才有了享受自由挑选对象的权利。陈耀华的舅舅（即现在的乡党委书记）和父亲（即社办水泥厂的厂长）都得跟农业银行打交道，都用得着农业银行，极愿意攀这门亲事。陈耀华在婚事上屡屡失利，锐气早已经大减，特别是她跟田家老二保根忍痛断绝了关系，使她更加心灰意懒。然而她毕竟是"人"。人生活在社会上，就得照着社会的规矩和习惯做事情，包括婚姻事情。陈耀华仅仅比一般姑娘晚两三年没定亲，就被疼爱她的父母和亲戚们视为反常和不入流，而忧心忡忡、慌作一团。有空隙就把陈耀华折腾一番，让她不得安宁。所以她觉着早晚也是那么一回事儿，赶快找一个男的，免得总这么麻烦。况且，陈耀华毕竟是一位"兴奋型"的多情的青春妙龄女子，她对男人既好奇又渴望。所以她被舅舅用吉普车带到县城，跟小杨一见面，瞧见小伙子个头儿不矮，长相顺眼，为人老实，没有疾病，于是就表示"凑合"，可以"发展发展"看。这回是陈耀华跟小杨第二次会面：先在榆树坡家里玩一天，实际上是让妈和哥哥姐姐们相看相看；又到小杨家住一晚，拜见拜见未来的公婆和爷爷奶奶；今儿个上午，小杨把陈耀华送回榆树坡，自己回县城上班去了。

陈耀华像完成一件艰巨而沉重的任务一样，精疲力竭地回到田家庄砖瓦窑。她刚打盆水要洗脸，孔祥发就进来了。

孔祥发通常是好绷着脸的。但一见陈耀华的面，就变得喜笑颜开了。在一块儿打交道这么久，孔祥发还没有对陈耀华发过一次烦。

"这几天你到哪儿去了？"孔祥发进门就咧着嘴巴笑着说，"我托人看你两回，你妈都说你出门了。"

"我在家睡了两天觉，哪儿也没去。我妈怕别人打搅我，才那么说。"陈耀华为了保守住搞对象的秘密，不得不编假话搪塞；怕被追问出破绽，赶忙岔开问，"你这么急着找我，有什么要紧的事儿吗？"

"啊……当然有要紧事情。"孔祥发凑到跟前，低声说，"县里要建筑大冷库，有人替咱们挂钩，订咱们三百万块砖。除了砖款，还能提三分之一的好处费……"

"什么好处费呀？"陈耀华用手撩着水，不十分经心地问一句。

"这个你姑父知道。"孔祥发猜想有些事儿邱志国并不想让陈耀华知道，所以含糊其词地应付一下接着说，"反正数目小不了，三分之一，往少说也能拿个万儿八千的。"

当了一年出纳，又当了半年多副厂长的陈耀华，早已经具备了"经济头脑"，"万儿八千"，相当于两百万块砖的价钱。两百万块砖要花很多劳动、很多成本和很多辛苦才能烧出来，售出去。而所谓"好处费"，往往不用风吹日晒、不费吹灰之力，坐在炕头上就能到手。所以她说："这样的好事，你一点头就是了，为什么还等我呢？"

"你姑父不点头嘛！"

"我去问问他。"

"不是光问问，得促进他解放思想，别怕钱多咬手。"

"你瞧好吧！"陈耀华匆匆地拧干毛巾擦擦脸，安顿孔祥发，"放心。我不会让钱白白流走的！"

孔祥发如同往常一样，亲自把自行车给陈耀华推出车棚，而且用眼睛送她骑上，从窑厂水坑边拐进通往村子里的小路。

陈耀华在会客室扑了空，想喝杯茶水再去找，隔着玻璃门瞧见摇摇摆摆走进院子的邱志国。她一边迎着一边问："您喝酒了？在哪儿喝的，喝这么多？"

邱志国不让陈耀华扶自己往屋走，回答说："这个地方你肯定猜不到。老田家。"

"他家办喜事还摆了酒席？"

"鸟枪换炮啦！人不多，可有不少重要角色。"邱志国把自己像个包袱似的扔在长沙发上，"要不然，他就是摆下山珍海味我也不去。别看他老二保根鬼，他小子也别想搬动我。哼！"

陈耀华很感兴趣地问："田家的老二保根也露面了？他没上学的事儿，也公开了吧？"

"比上学可神气多了，连县长都跟他有了交往。"邱志国打了个嗝儿，吐口气，"如今是新时期，就数这种不三不四的人吃香呀！"

陈耀华猜想不出落了榜、撒了谎、躲着藏着不敢见人的田保根，这会儿能"神气"到什么程度。但是，她从姑父的表情和语气中，判断出田保根顺利通过了早晚得在家里和村里通过的难关，而且没有遭到应当遭到的嘲笑和耻辱。她自己也说不清为什么，好像自己得到一种解脱，浑身有一种轻松感，从心里为那早已与她无关的人庆幸。她赶忙说正事正题："孔祥发说有一笔好处费，您拒绝了？"

"我说考虑考虑，没说不要。"邱志国解释说，"你们不要总把我当成僵化得没法儿救药的人。我只不过要求你办事情稳重、稳打稳拿。我都啥岁数了，再不抓紧做点儿事儿，就完啦！"

陈耀华说："既然这样，我就告诉孔祥发，说是您答应人家。"

"先等等。得把那个在中间当介绍人的李恩摸清楚，看靠得住不？"邱志国这么说着，忽然一拍大腿，"哎，李恩也是干建筑的，田家的老二保根准知底。"

陈耀华忙说："这好办，我找田保根一打听就清楚了。"她说罢，出了屋，把自行车从大门扇的小门搬出，骑到田家的旧宅子的排子门外才停下。

田成业老头儿喜眉笑眼地从里边走出，一见陈耀华，赶忙热情打招呼："你大妈请你去啦，说你不在窑厂。"

"我回家去休假，刚回来。"陈耀华边答话边放车子问，"保根同志在屋里吗？"

"你晚了一步。他急着回城，刚走。"

陈耀华没等把话听完，又骑上自行车往东追。她追出村口，追过田家新宅院的门前，追到小山包下，拐到公路上。她跳下车，在空旷的初春田野上东张西望，根本不见一辆车和一个人的影子。真像田成业说的那样，她晚了一步，老二保根已经走远。她掉转车头往回骑的时候，有一股惆怅的情绪爬上心头。其实，追不上田家老二保根，还可以找别人打听她要打听的事情，往县里建筑队挂个电话也能把那个名叫"李恩"的人调查明白；只要亮出"陈耀华"的大号，乡里的管电话总机的人会十分卖劲儿给她尽快接通，因为她是乡党委书记的外甥女，无人不知，无人不晓。即便追上田家老二保根，他未必就认识和了解"李恩"此人。

陈耀华何必这样像丢失了什么东西那么不痛快呢？噢，她终于朦朦胧胧地意识到：自己想见田保根一面；没见着，才这么别扭？那么，跟一个没有了任何关系的人，怎么会这样呢？

"嘻嘻……"她笑了。是自嘲自笑，是莫名其妙的笑，是无可奈何的笑。

一辆自行车横在面前，而且叫一声："陈耀华！"

陈耀华一惊，车头一歪扭，差点儿摔下来；抬头定神一看，又是一惊："你？你不是回城了吗？"

老二保根回答说："我绕个小弯儿，到窑厂去找你。他们说你回家去休假了。"

这句话引得陈耀华胸口一热，忙："他们不知道我回来。我听说你来了，就赶紧追。你这半年多，在外边过得怎么样呀？"

老二保根故意挺挺胸脯、抖抖精神反问："你估计估计我咋样？"

陈耀华老老实实地说："从表面看，你比在田家庄舒心。你有志气，也能干。"

"凑合事儿。眼下还难说好还是不好。反正，既然闯出去了，就得闯出个结果。"老二保根也用实话答复说老实话的人，接着打量对方，"听说你姑父在砖瓦厂入股子当了股东？"

"那是联合经营。"

"反正一回事儿。"老二保根故意以一种漫不经心的口气说，"你还当了副厂长，成了孔祥发的助手。"

"实际上，我还是出纳会计。"

"财政大权，更不得了哇！"老二保根提高了声调，"孔祥发不是个好东西，你要小心他！"

"有我姑父，他跑不出圈儿去。"

"你姑父顶个屁用，有的事儿他管不着！"老二保根说这句话的时候脸涨红了，脖子上的青筋暴了起来，"我要警告你，孔祥发是个色鬼，你可别上当！"

陈耀华没料到老二保根会对她说出这样的话，又气恼又害羞，也冲着他暴跳起来："你怎么能用这种话诽谤人家呢？他是什么，碍着我什么了，你凭什么对我说这样的肮脏话呢？啊！"

老二保根并不胆怯地直视着陈耀华发怒的脸孔。等她发泄完毕，停住嘴巴，他才一字一顿地回答："要问为什么，挺简单，因为我俩过去好过。我不能让你堕落！明白吗？"

陈耀华却把眼睛避开，然后低下头，一行泪水从眼角爬出，爬在两腮上。

老二保根陪着站一会儿，就推上车朝县城的那条汽车路上走了。他开始走得很快，听到身后跟上的自行本飞轮的"扎扎"声，便不由自主地缓慢下来。

土地变得松软了，垄沟里的麦苗返青了。河堤的柳树泛起了淡绿色。山头虽然还没有长草，也不像寒冬那么干枯。此情此景，跟去年的那一天多么相似。那一天，陈耀华帮着田家运完石料，老二保根送她回榆树坡。他们就是在这条道上走的。他们相爱得多么真挚、多么热烈、多么甜蜜。陈耀华愿意把自己的一切都交给身边这个男人。身边这个男人由于爱她，并不匆忙草率地接受她的一切。以至到了夏天，坐在田家的黄瓜架旁的井台上，向陈耀华用那样一种方式告别分手。从此他们就把对方忘掉了吗？分别这么久，他们互相没有看望过，甚至没有通过一封信。然而却是你心里藏着我，我心里藏着你，随时都会跳出来，带着当初那真挚的、热烈的、甜蜜的爱跳出来。跟原先一模一样，没有半点儿改变！既然这样不能分割开，那么，此时应该怎么处置才妥善呢？陈耀华跟孔祥发连那种关系的影子都没有，只是两个人在一起合伙工作，就惹得老二保根这样地恼火和痛苦，倘若他知道陈耀华正在跟另一个男人正儿八经地谈恋爱、搞对象，他得难过成什么样呢？当初，老二保根主动许诺，让陈耀华自由地"骑马找马"地选择另外比他强的男人，所以陈耀华这样做并不理亏。只是，陈耀华另外找的那个男人，除了是个国家工作人员，端着铁饭碗之外，没有一处比得上老二保根。这使得本不想向老二保根隐瞒一切的陈耀华，鼓了几次勇气，也没有把话说出口。把一切咽回肚子里，跟老二保根立即"握手告别"吧，她又受不住。因为此时此刻她忽然发觉，这一年里，尽管很用心地在男人中挑来选去，而自己最爱的男人还是老二保根。同时萌发起一种强烈的心愿：让老二保根了解自己，得到老二保根的谅解，然后一起重新安排他们的出路，安排两个人都满意、都遂心的未来。

　　老二保根也有难言之苦。自打从邱方嘴里听到传言的那个夜晚起，他就意识到自己对陈耀华的爱同时也为一时无力达到圆满的目的而苦恼。这次重逢，他也费了很多心思：想见面，又不想见面；离开家门，从丁字路口往北拐的时候，他仍然犹犹豫豫。在窑厂扑空，倒使他心安理得了。没想到在路上两个人碰到了。而且是以一种互相寻找、追赶的形式碰到的。由此，他也窥测到陈耀华对他同样的爱。不过，直至此时此刻，他既不完全了解陈耀华对自己爱的深度，也不肯完全相信陈耀华能够为爱情而牺牲她必须牺牲的"特权"，然后心甘情愿地跟自己去当平民百姓。老二保根越是觉察出自己是爱陈耀华的，就越发不忍心逼迫陈耀华为自己做出她眼下会勉强以后会后悔的任何一点儿牺牲。老二保根甚至不敢把他的这些考虑都赤裸裸地摆出来。摆出来的本身，就是对陈耀华的一种压力，就等于老二保根亲手撕毁了当初出自内心的真诚许诺。"男子汉大丈夫说话得算数，"他警告自己，"跟我们两个分手那时候相比，这会儿我的状况没有任何改变，所以我没有权力做跟许诺相反的选择！"

　　他们默默地走着，已经走出很远。一辆飞驰过去的大卡车提醒他们到了公路拐弯儿的地方。

"你回去吧，我要赶路了。"老二保根先停下，极力用平静的语调对陈耀华说，"我们还是照原来的协议办，你别等我，选最好的。只要你别上孔祥发那小子的当，我就没意见，我就赞成！"

陈耀华也停住，低着头，脚踩在一只车镫子上，凝视着车轱辘，依旧不开口。

老二保根终于咬咬牙，说了声"再见"，要骑上车子赶路了。

"等等！我告诉你个事儿！"陈耀华喊了一声。

老二保根侧过脸，听她说。

陈耀华的脸色煞白、嘴唇发抖，急促地喘着气。

老二保根有些不耐烦了："到底有事儿没事儿？"

"有，有！"陈耀华把车子往老二保根跟前推一下，刚要张嘴，一见老二保根那副异样冷漠的神态，发出来的词句变成问话，"我问问你，你认识一个人吗？也是搞建筑的，叫李恩……"

"李恩？我们是一个队的。"老二保根很奇怪地回答说，"你跟他有什么关系？"

"他给我们窑厂当介绍人。"陈耀华这样巧妙地把话题一转，面容恢复了常态，谈吐也流利了，"县里要建冷库，李恩给搭桥买我们三百万块砖。我们不了解这个人可靠不可靠。"

"他是沙堆子的人，是我们的业务员，有啥不可靠的？"

"可靠就行。我姑父让了解了解他的根底，以后打交道好放心大胆。"

老二保根听到这句话，心里打个转。他那灵活的脑瓜，猛然联想起那天晚上的事。他要偿还李恩的五块钱，李恩说什么也不肯收，还从衣兜甩掏出一卷票子，抽出一张"大团结"，毫不心疼地让买酒肉请客。李恩那么多钱，是给别人当"介绍人"得来的"好处费"吗？可是，如今砖瓦是热门货，根本不存在销不出去的问题，还用什么"介绍人"呢？

难道说这里边有"鬼"？邱志国那么个"道貌岸然"的人，也追时兴、钻空子，跟不三不四的人搞起"鬼"来了……"老小子，得盯着你点儿！"老二保根发狠地想，"只要让我抓住你的手，你就乖乖地从田家庄的土皇帝宝座上滚下来吧！"

在这一瞬之间，陈耀华由于打定主意，情绪也起了变化：搞对象的事儿先不对老二保根说，回去给姓杨的写封信，割断那个关系，再做"破镜重圆"的努力，那就会理直气壮，也一定会顺利。

两个旧时的情人，都不再像刚才那样心情压抑和感情缠绵，而是以一种轻快、大方的神态握手告别了。

第 四 十 一 章

　　庄稼人把给儿子娶媳妇儿成家的事儿，历来都看得特别"神圣"。这大概由于操办的过程太艰难，得到圆满的结果不容易，才被当事者给"神圣"化了。

　　老田家费心扒力地折腾了好几年，大儿子田留根的"终身大事"，在一天时间里宣告完成。新宅子多了个人，老宅子少了个人；全家老少除了顿顿打扫从宴席上撤下来的残羹剩菜之外，就是各自小心谨慎地让自己适应这种变化了的生活环境和人事关系。

　　按照传统的家风和新旧结合的观念，公婆想当个好公婆，争取把握到让儿媳妇儿尊重和孝敬的权利，堵住乡亲们说东道西的嘴巴。

　　田成业要当个好公爹的念头是自然而然的。可是在怎么处理关系方面的事情，他没有多琢磨。

　　那天散了酒席，巴福来告辞回家，在院门外边很知己地跟送出来的田成业说："看你那儿媳妇儿的言谈做派，倒像个懂事明理的。你往后也许有舒心的日子过，不一定会受儿媳妇儿的气呀！"

　　田成业听了这句话觉着好笑，就说："天底下哪有儿媳妇儿给公爹气受的。你可真会想。"

"不是会想，眼下咱农村就有这么一股子风气。"巴福来认真地点拨他，"女的找对象都不待见有公婆的，乐意找光棍一个的，进门就拿钥匙当家主事。在公婆两个人里边，婆婆比公公吃香。"

"这为啥？"

"婆婆能给看家、做饭、带孩子嘛！"

"我能干活儿呀！"

"等到老了走不动、爬不动了呢？真要病在炕上，儿媳妇儿扶持婆婆方便，扶持公公就不方便。"

"倒是这么个理儿。"田成业想起大儿子留根搞过几个对象，就是因为女方讨厌有公婆而告吹的，所以接受了巴福来的好心指点，但是说，"我要是到了病倒那一天，不指望儿媳妇儿煎汤熬药、端屎接尿。老伴儿会伺候我。"

田成业的这一套，并不是新鲜的，或者刁钻的对策，而是老实人在无可奈何的情况下，往后退缩的时候，采取的一种委曲求全的办法，也属顺理成章。然而却在巴福来身上得到一种极不平常的反应。巴福来睁大吃惊的眼睛，在田成业的脸上盯看了好久。那两只因为喝了酒而显得潮红的眼睛里，流动着异样的、复杂的光。

田家庄的人都说巴福来走了运。他的脑袋上不再压着"地主分子"的政治帽子。他赶集上镇，说走，抬腿就走，不必再忄忄探探地请假。村里谁家丢了东西或失把火，他照样儿只管睡踏实觉，不会再提心吊胆地接受追查和忍气吞声地受冤枉。他跟别人一样分到"责任田"，可以搞副业，也可以跑买卖，找到门路当"协议工"也没问题。他跟别的农民一样过起新式的日子。他又比别的农民幸运，承包到果树园子。他自然比别的农民省力气地发了财。他轻而易举地盖了新房，给四十岁的儿子娶了媳妇儿。他当了老公爹，他过起不愁吃穿花用的美日子……可惜，田家庄的任何人都不知道，也不会猜测到，巴福来的日子并不是处处事事都遂心意。

"是呀，你有老伴儿。"他眼睛里的光熄灭了，只剩下潮湿，"可我没有了老伴儿。是一条老光棍儿，光棍儿公爹是难伺候的……"

田成业听了这句话，知道和猜测到对方的心事。巴福来的老伴儿十几年前就死掉了。他们巴家是两条光棍儿相依相靠地在一个屋子、一条炕上睡。好不容易盼着给儿子娶了媳妇儿，剩下老子一个人就显着孤单了。儿子、媳妇儿要是孝敬还可以，不孝敬的话，那就苦了。不过，巴福来没什么可怕的了。他手里有钱，有钱就好办事儿。以前的田成业自然而然地觉着自己比巴福来高一等，近两年，田成业又不知不觉地认为自己矮巴福来一等。此时此刻的一瞬间，田成业忽然感到跟巴福来是平等的了。他心里暗自庆幸地想："你巴福来有钱，我田成业有人；你享你有钱的福，我享我有人的福；你的钱买不到我的福。往后该吃饭吃饭，该做活做活，不多言不多语，不多管闲事，也就不会跟儿媳妇儿发生什么磕碰。我的日子肯定比你巴福来舒心、顺心！"

晚上，客人回去了，帮忙的走净了，大儿子田留根入了洞房。田成业站在新宅子大门外朝里看一眼，见窗户上的灯光熄灭了。田成业轻轻地舒了口气。往老宅子走的时候，他的脑子里只剩下一个念头：很快就能够抱上孙子，田家庄的老田家不会断种绝根儿了。

田大妈的心情，跟老头子比起来要复杂得多。把儿媳妇儿娶过门之后，她松了一口气；随之而来的，是"自己脑袋里打架"。她在乡里和亲戚们面前，很有分寸地表示了自己的心满意足："比起那些有钱有势的人家，我家留根这喜事办得不怎么红火。要是往小门小户、无门无路的社员群里一站，不说能够随下大流，不算寒酸，也得说个不简单。反正，没丢脸，没现眼，我知足。"身旁如若没有外人，暗自细细思忖的时候，又觉得有点儿难过，为自己抱屈，也为儿媳妇儿抱屈。

"凭着我的心气，咱留根的喜事儿应该办得更红火点儿，把那些有钱有势的人压下一头去，在田家庄露他一鼻子！"她既遗憾又难过地对老头子诉说，"最起码的，咱得比得上老地主巴福来呀！"

"知足者常乐，能忍者自安。别心高妄想？"田成业开导老伴儿，"再说，巴福来也不是两年前的那个巴福来了。咱老田家十个捆到一块儿，也没有人家那么粗的腰，没有人家那么大的力气呀！"

"所以我越吧嗒滋味儿，越觉着窝囊。"

"我不这么想。咱家娶儿媳妇儿是为过日子，是为传宗接代，不是摆样子的。儿媳妇儿挺好，小两口儿挺和美，就全有了，不用求额外的什么啦！"

"我倒没啥。受多大委屈，我也能吞，也能忍。"田大妈表白道，"儿媳妇儿越好，我越觉着不该亏待她。让儿子和儿媳妇儿受委屈，我不能吞，不能忍。恐怕连人家娘家那边的亲戚朋友都笑话咱们了。"

有一回，她到米面加工厂加工棒子，背着棒子面口袋一出门口，碰上了郭少清的妈，不免有些吃惊。

少清妈瘦了，面皮黄黄的，两个眼泡也肿着，她一见田大妈就伤心地掉了泪。

"你使上媳妇儿了，成了有福的人。"她呜咽着说，"我们少清跑到海边子上受罪去了。把我扔的上不上、下不下的，死不能死，活又难活……"

田大妈忙问："他打信来了？"

少清妈回答："走以后来个二指宽的纸条，从此再没消息。我昨儿个碰见邱方。邱方知道他的去向，不让我去找，远着哪！不光得坐火车，还得坐船。他说他这辈子也不回田家庄了。"

田大妈好言相劝："人活着，啥灾难都会碰见。你得想开点儿，为两个小儿子，别把身子折磨出病来呀！"

少清妈哭得更加可怜："我没你那本事，我没办法给他们娶媳妇儿成家，都得打光棍儿……"

田大妈看看别人，想想自己，觉着比上不足，比下有余。于是更加爱惜自己辛苦的成绩：给儿子娶来的媳妇儿。她为了把自认为丢的"脸"找回来，为了让儿媳妇儿满意这个家，试图在今天用别的东西，把以往的不足之处给弥补上。

她让儿子和儿媳妇儿住在新宅子里，同时郑重其事地声明：这宅子是专门给他们小两口儿盖的，将来兄弟分家的时候，也不改变这个安排。她不让儿媳妇儿跟男人们下地干粗活。反正如今不像过去的生产队，没有人管辖和限制，婆婆说话能算数。即使在院子里做女人分内的家务事儿，她也总是抢累的活儿干，抢脏的活儿干，想方设法不让儿媳妇儿沾手。

杜淑媛对婆婆的一番好心，既满意又不安。一个姑娘家乍到一个人地两生的地方，确实有许多不方便的地方。她需要别人的一些照顾。没出嫁那会儿，她曾经担心得不到必要的照顾，而在言谈和行为上出差错。她在人生道路上遇见过别人没有遇见的灾难。特殊的灾难折磨过她，也给了她经验。尤其婚姻上受过挫折，把她从少女耽误成"老姑娘"。"老姑娘"失去了少女的"资本"，她不敢使婚姻再发生挫折。进了田家门，她也在暗暗地用劲儿，要当个好儿媳妇儿，让公婆喜欢，让自己过个舒心日子，让娘家弟弟不用惦记。好心的婆婆却使她没有显显身手的机会。她的谦让不是客气，而是真诚，但没法得到允许，不免有些为难。

田留根见媳妇儿对所受的优待表现出不好意思，就总在旁边安抚她。比如当他妈给杜淑媛夹一块肉，而杜淑媛既想夹回菜碗里，又不便夹那种左右为难的时刻，他就赶紧说："妈疼你，你就吃吧。你不吃，倒惹妈不高兴。"

如今庄稼院里的年轻的男人，都知道疼媳妇儿，都想当个好丈夫：设法使媳妇儿满意，跟媳妇儿合心，不闹别扭，让媳妇儿老老实实地跟自己过日子；要避免互相不和睦，要避免吵嘴怄气，尤其要绝对避免发展到散伙分手地步。在乡村，真正靠种地过活的农民，很少有男方主动提出跟女方打离婚的。女的多不好、多不称心，也得忍气吞声，也得将就。因为"离婚"，对男方特别不利：不仅前功尽弃，经济上大受损失，更可怕的是有害于未来。如果说，初婚的农民娶媳妇儿要花费十分力气的话，那么，再婚的农民就是花上一百分的劲头，也不一定能够续上。农村姑娘找对象的时候，只要听媒人说男方是"离过婚的"，往往不问青红皂白，一律视为"异类"，猜想人家"准有毛病""准不是个好东西"而加以拒绝。致使离过婚的男人，不管你因为什么理由离的，或是哪一方主动离的，十有八九要被拖成个"老二茬子光棍儿"；不在财运和官运方面出现点儿奇迹的话，就休想再"娶媳妇儿"和再"成家立业"！谁有包天大胆，不害怕这个下场？不用谁指点，为娶媳妇儿挨过重重磨难的田留根，自然而然地懂得"珍惜"自己已经娶上的媳妇儿和怎样对待媳妇儿才能够平安无事。

有一天，他到南边地里浇麦子。浇着浇着，渠里的水流越来越小。他以为是上边什么地方被截住，或是跑了水，就跑去看。

老郭云正带着他的联合承包组的人在河坡子上给新栽上的小树苗上水。他们用的水量大，所以影响了下游的水量。

田留根在一旁愣了会儿，不知道咋办好。他不能限制别人用水，更不敢跟老郭云提出匀出一点儿水的要求。

就在这个时候，电工媳妇儿一手抱着孩子，一手抓着电工的衣服领子，连喊带叫地趔趔趄趄地从提水泵那边过来了。

"老队长，给我们开介绍信。"电工媳妇儿把满脸通红的电工往郭云跟前一推搡，"我们俩到乡里打离婚去！"

"为啥呀？"老郭云只管铲土堵水口子，头都不抬地冷冷问一声。

"您问他，让他自己说。"

电工很尴尬，低着头，故意抻衣襟儿、系纽扣，见郭云用眼盯着他，就嘴里嘟囔："我说啥？我不知道啥理由。昨儿个夜里还挺好的，早晨我正睡着觉，她就揭开我的被窝，揪着我的头发，叫我起来跟她去打离婚……"

"别装蒜啦！你怎么不知道？"媳妇儿横眉立目地喊，"我从娘家拿来几斤面，蒸了一锅糖三角，留着给孩子吃零嘴、哄孩子的。今儿个早起我一看，剩下了两个，全没影儿了。就是你这自私自利的东西，昨天夜里在外边浪够了，回家来，偷着给吃了……"

电工分辩："我根本就没见过什么糖三角。"

"放屁！你没见着过，它们长翅膀飞啦？"

"也许让耗子拉走呗！"

"你一向拿假话当真话说。你是个不要脸的人。非跟你打离婚不可！"

老郭云听烦了，训斥他们说："你们像个三十来岁的人吗？为这种鸡毛蒜皮的事儿，就吵包子？从家里还吵到野地里。还要脸不？我没工夫陪着你们扯淡玩儿。快走吧！"

电工媳妇儿说："您要是不给开信，我们就直接到法院去。反正这回非离不可！"

电工说："你还别老拿这个吓唬人。离就离。把孩子给我撂下，你滚蛋。"

"让孩子跟你受穷罪，没门儿。法院不把孩子判给我，我就跟孩子一块儿死在那地方，也不能再跟你过了！"

"有本事，你就去施展吧……"

"呸！你是癞皮狗！你不是男子汉！"电工媳妇儿跺着脚骂，还"呜呜"地大哭。

他们把好多在地里干活儿的人都招了过来，围住他们，像看耍猴子的和变戏法的一样。

田留根站在人圈外边直替他们害臊。他看不下去，默默不语地转身回到自己家的地段。看着缓慢流动的渠水，心里仍然不平静地琢磨电工两口子吵架的场景。他心里胡思乱想：我要是遇上电工媳妇儿那样的媳妇儿该怎么办。电工媳妇儿刚过门那会儿也是挺好的，都怪电工不争气，把媳妇儿惹恼了、变坏了。两口子可不能翻脸，可不能吵架；一开了头儿，动不动就闹这么一场，多丢人、多难受。一块儿过下去都不舒心，离婚那一步更不好走，更可怕呀！

这一对活生生的样子摆在眼前，使得田留根更加小心谨慎，跟媳妇儿在一块儿说话做事的时候，都有点儿"提心吊胆"，唯恐不周到，出娄子。

在田家没有娶媳妇儿那会儿，不少人私下里议论：当婆婆的田大妈心气太好强、性子太火暴，准跟儿媳妇儿过不到一块儿；田留根脾气太蔫儿，做事不机灵，十有八九不会让媳妇儿满意。如今的事实倒惹得很多人眼馋了，看老田家老少四口子在一块儿过得多和睦、多美满！

第 四 十 二 章

杏花谢，桃花开，麦苗子绿油油地盖严了地皮。冬季曾经落过一场小雪，开春又洒了一次小雨，墒情不错，早庄稼及时播下种子，有把握拿住全苗。天气暖融融的，不刮风，不飞沙，连上年纪的人都脱下棉袄棉裤，不肯猫在屋里，没活儿干也到野外转悠转悠。庄稼人身上爽快，心里也爽快。

这一天清早，"哑巴"了好久的大喇叭，突然间响了起来。先是"吱儿、吱儿"乱响，接着传出会计下通知的喊声："喂，喂，请注意！喂，喂，请注意！今天上午九点，村民委员会召开群众大会。不分男女老少，凡是在家里没出门儿的，都要参加会！不准不来，会场在村西头大庙前边的广场上！"

正在挑水的、推土的、做饭的、哄孩子的男女农民们，乍一听喇叭响起，还好奇地听听；一得知是召集会的，都不以为意地该干什么又接着干什么了。

如今的田家庄，土地和牲畜全都分下去了。村里的行政组织是个空架子。任何统一行动，都跟他们没有了直接的利害关系，所以干部说话没人听，开个会尤其难办。给工钱都不愿参加，嫌钱少。他们说，有那工夫还不如割一筐草。这回村干部们一再强调会议重要，是县里召开的打击刑事犯罪宣判会的现场实况广播。不常在这种场合露面的支部书记邱志国，那天出现在会场上。老队长郭云对这类活动一向热心，那天更加卖劲儿地到处吆喝人参加会。

庄稼人出于好奇心，出于对干坏事人的怨恨，忽然间表现出很浓厚的兴趣。还没到开会的时间。就有不少人围坐在古庙山门外边的那个挂着大喇叭的电线杆子底下。

电工今儿个没喝酒。为了防备广播喇叭突然发生故障，能及时修复，他脚上穿着绝缘鞋，手里提着脚扣，肩头背着工具袋，一种全副武装的架势，在电线杆子附近来回走动。

田大妈搬着个小凳子来听会，正巧跟电工走个碰头。她忽然想起，前几个月，二儿子保根当了"盲流""流浪汉"的消息，是这位电工传到田家庄的，还在背地里嘲讽老田家的人"吹大话"。当时，田大妈真是哑巴吃黄连——有苦说不出。这个账一直没有跟电工清算清算。今儿个得借见面的机会找找脸。于是，她停住脚步，朝电工招招手："喂，过来，我跟你说句话儿。"

"得令！"电工挺和气地走过来，笑嘻嘻的样儿，"有啥体己话儿，您说吧，我洗耳恭听。"

"你个男子大汉，往后可别学老娘儿们，到处扯老婆舌头。"田大妈不跟他闹着玩，故意绷脸，开台就教训，"庄里庄亲，本来都挺好的，别用望风扑影的闲言碎语伤和气嘛！"

"哎哟，我的老人家！咋冷不防地下雹子，哪儿的云彩哪儿的雨呀！"电工没有这个精神准备，让田大妈的话给噎得直眨巴眼，"我说了什么不该说的话啦？我哪点儿碍着您老人家啦？"

"你嚼完舌头就忘了，我可没忘！我家老二保根的事儿，你咋传的？"

"他有啥事儿？噢，想起来了。就是他跟别人借钱，给他哥哥买手表娶媳妇儿那件事儿？"

这个"答非所问"，使得田大妈大惊失色，不由自主地追一句："你说什么？你再说说！"

"我什么也没说。"电工粗脖子红脸地表白，"借钱的那宗事儿，我是听我表妹说的。我表妹夫是建筑队队长的小舅子，也在建筑队干活儿。保根搜干了十二个人的腰包，才凑上一百六十块钱。人家让我保密，别传，我就一直把话压在舌头根子底下。我要是跟别人说出去，不等于把我表妹和表妹夫都给搁在里边啦！再说，老二保根我们哥俩也不赖，我揭他的短也不够朋友呀！您撒开去调查，我如果跟任何一个人吐露过这码事儿，就让我烂嘴！"

田大妈无意之中又给自己找了个难题儿：她确实从二儿子那儿拿了一百六十块钱，确实用那笔钱买了一块进口手表，对大儿子留根娶媳妇儿成家起了决定性的作用；可是那笔钱到底是二儿子当小工挣来的，还是朝别人手里借来的，她那会儿因为没有生疑而未叮问；所以她此时既不能驳电工，也不好默认。她愣在那儿，好大工夫张不开嘴。

恰巧在这个时刻，广播喇叭响起震耳朵的声音，宣布大会开始了，众人各就各位。田大妈跟电工交谈的话只能不了了之。

田大妈赶紧奔到人群背后，找个空地方放好小凳子坐下。她的心里乱乱糟糟的，脑袋总走神儿，不能让自己的注意力集中到大喇叭里发出的声音上面。周围那些兴高采烈的人们时而突然发出呼叫声，时而猛地拍起巴掌，常常把田大妈吓一跳。

"好，好极啦！"

"应该把这些混世魔王千刀万剐！"

人们呼喊了一阵儿，议论了一阵儿，又都静下来，出神地往下听。广播喇叭里继续传来宣判者一句一顿的声音：

"这个流氓盗窃团伙，首要分子×××（广播喇叭'吱儿'一响，没听清姓名），是建筑大队的瓦工。他趁着为县里修建冷库和办公大楼之机，勾结惯偷犯和无业青年十二人，盗窃钢筋、木材，价值万元。他还在家里设暗娼、传播淫秽色情书刊，严重地扰乱了社会秩序，民愤极大……"

因为"建筑队"和"大楼"这些词儿对田大妈有较强的吸引力，所以她听清了这一项宣判。于是，她的手指头凉了，脊背流汗了，胸口怦怦地跳，跳得使她越发恐惧，满脑瓜子里像有一群野马奔跑……

宣判大会进行完毕，喇叭停止了转播，邱志国抓着话筒讲了几句什么话，郭云宣布几条什么指示。围在大庙前边的收听的群众，余兴未尽，大多数人都不肯立刻散开，就地便七嘴八舌地议论起来：

"这些害人虫，早该整治整治，要不然，不用说出门，就是在家里睡觉都不踏实。"

"枪毙的那几个，都是二十多岁的小伙子，从哪儿学来那么多坏东西？生养他们的爹妈咋教育的！"

……

爱说爱笑爱逗能的田大妈，今儿个反常，直到这个时候，依然没有插嘴。她站起身来，独自默默地往家里走，心里胡思乱想："二十多岁，一朵花儿才开的年纪，不学好，害人害己，该受惩罚。他们都是人生父母养的，哪个当父母的不盼望自己的儿女成材，都长成个英雄模范？如今的年轻人哪，脑瓜子太活、爱瞎串串，有几个肯听老人的话呢？就说老二保根，没考上学校，硬告诉家里人去上学；借别人的钱，偏说是自己挣来的。这样的人，啥怪事儿做不出来呢？啥祸闯不出来呢？而且，他跟什么样的人都靠近；王八兔子贼，他全交。他还能学好呀！他傍着的那姓窦的，就蹲过大狱……让他一个人在外边任性瞎闯，多危险！"

田成业紧走几步追上来，察言观色地小声问老伴儿："你今儿个咋的了？不哼不哈，蔫头耷脑的，像给霜打了一样。不会是生病了吧？"

"唉，我又添了块心病。"田大妈语调沉重地搭话，"你知道吗，宣判定罪的那个坏人头头，就兴许出在老二保根他们的那个建造大楼的队里。我一听，心就悬在半天空中啦！"

田成业对老伴儿说宽心话儿："建筑队几百号人。干坏事儿的有几个？老二保根没有留根踏实稳重，心眼儿不坏，坏事儿不沾。我敢保险他跟那王八兔子贼们没有瓜葛。"

"你凭啥敢下保证？"

"这不明摆着嘛！那桩犯罪的勾当要是有保根的份儿，早就有公安局的人到咱家调查来了，能让咱们这么安安稳稳地待着？"

田大妈觉着，老头子这个推测不是没有道理，也许是自己多疑了，她冲老头子解嘲地笑了笑。但是，时隔不久，老两口儿正在新宅院子里收拾场院时，神色慌张的儿媳妇儿杜淑媛跑了进来，着实把田大妈吓了一跳："快说！出了啥事儿？"

"来抓人了，开着汽车！"

"嘻，抓坏人，你怕啥呀？"

"停在咱家老宅子门口……"

田大妈头顶上好似爆个霹雳。她的脑海里立即闪出老二保根的影子。老二保根在外边不学好，跟坏人扯连上，犯了案子，公安局没逮着他，当是他跑回家里藏起来，所以来搜查。

"是福不是祸，是祸躲不过。"她扔下盛麦花秸的筐子，故作镇静地对儿媳妇儿说，"你在这儿看门儿，我跟你爸爸去看看到底咋回事儿。"

田成业早被吓得脸色蜡黄，腿肚子直打哆嗦，痴呆地跟在老伴儿身后边往村里走。

村里的情形果然异乎寻常。一辆绿色的小汽车果然停在田家院门对面的南墙下。围着好多看热闹的人。谁都不开口说话，都睁大恐怖的眼睛朝北盯着看。

田大妈不让老头子冒冒失失地走过去，抻着他的褂子襟儿，让他贴在自己的身后，小心地凑到人群的外围观察动静。她立刻判断清，人们的注意力不是自家的栅栏门，而是西邻，那个安着铁板焊的门扇的门楼。

"放心，不是咱家出了事儿。"她赶忙小声告诉老头子，一块儿吃个定心丸儿，"抓人的警察好像是奔张家石头来的。"

田成业立刻稳住了神，奇怪地嘟囔："石头老实巴交的，规规矩矩过日子，惹着谁啦？"

就在这时候，张石的院子里传出一声撕心裂肺地哭号声："我的天哪，你可把人给坑苦啦，你鬼迷心窍不听劝哪，你才落这个下场啊！"

田大妈听出这是张家石头媳妇儿的声音，她还听见小孩子也"妈呀、妈呀"地叫唤。

忽然又传出党支部书记邱志国的洪亮嗓门儿："他敢拒捕，把他捆起来！"

村民委员会主任郭云也在场，连劝说带训斥："犯法就得服法，到那儿好好交代问题，得啦！这样闹是要罪上加罪的。"

"我冤枉，我冤枉，"张石大喊大叫，"孔祥发是头目，凭啥抓我？你们官官相护！你们袒护有钱的。"

院子里边沉静了片刻，一片纷沓的脚步声响起，随即从门楼里涌出人来，撞得门扇子"当当"乱响。是两个威风凛凛又怒气冲冲的武装警察，挟携着张石先冲出门口。张石衣服的领口被撕破，腮帮子还有一道血痕。他被五花大绑，被揪着胳膊、摁着脑袋，直往汽车奔来。后面跟出的是邱志国，又出来的一个是郭云。

看热闹的像浪涛遇上风吹向四面拥开，等小汽车一启动，又呼地一下子拥了过来。有的小孩子和小青年还要追赶汽车。

老郭云吆喝他们："你们干什么？你们干什么？起哄呀？"

人们都停住，但仍旧没得到满足似的朝汽车跑去的方向张望。

邱志国对郭云说："老伙计，拘捕任务咱帮着做完了，剩下家属的工作，归你啦！"

郭云皱起眉头："你刚才不是跟人家大包大揽地负责处理善后吗？汽车刚没影儿，你就说话不算数呀！"

"这是行政的事儿，我插手不就党政不分了吗？"

郭云不再理睬邱志国，仍向看热闹的人撒气："别在这看热闹了，回家思量思量去吧！不走社会主义正道，一切向钱看，把好思想给腐蚀坏，把好人给拉下水；砖瓦窑成了赌窝子，差点儿出了人命！"

被教训的人大都感到莫名其妙。有人听出，憋着气的老队长在"指桑骂槐"。要不然，邱书记怎么冷笑一下，倒背着手走了呢？

有几个姓张的人和跟张石家是亲戚的，都随着郭云回到院子里去"善后"了。好多人站在街上小声议论：

"这个赌场闹腾了半年，我咋就一点儿都不知道呢？"

"你没见石头输个精眼毛光，车子、手表全卖了，差点儿把媳妇儿也输给一个老光棍儿！"

"这回抓起三四个，都是在窑厂耍钱的？"

"常言说'奸情出人命，赌博出贼行'。有个从外地雇来摔坯子的，输红了眼想往回捞；没有赌本，就在黑更半夜去偷银行营业所，差点儿被打死！"

田大妈心里乱糟糟，不想再听下去，就默默无言地走进自己家的院子。她联想起有关张家石头的一些事儿，也联想起那次广播宣判大会的情景，自然又想起那独身在外、一直让她不放心的二儿子保根。她见老头子也跟进二门里边，就忍不住地吐露心思。

"一宗一件的事儿老在耳朵边给咱们敲警钟，可不能再当耳旁风啦！"她用沉重的语调说，"城市里人多、人杂，学不正经的门道也最容易。咱保根不比留根，太鬼、太浮华，不安分，好追时髦；惹是生非的勾当，一回没沾包、两回给落下，难保以后不被不三不四的人给拉到脏粪坑子里去。为了来个彻底保险，我们一定得把他拽回身边，用眼睛看着他。就这么办。过了麦秋就办！"

田成业听了老伴儿的话，略微打个沉，说："那小子又臭又硬，主意拿定，别人不易改动。你想把他拉回家，他肯定不会顺溜溜地听你的话，就算拴着绑着弄回来，咱们不能老不松开绳子。他长着两条腿，不会跑？这不是白找气生，白费事呀！"

田大妈低头想了想，说："这有办法对付，最有效的办法。赶快给他定个媳妇儿，弄个拴马桩把他拴住！"

"定个媳妇儿可不易呀！谁家的姑娘肯跟他那样官不官、民不民的男人呢？"

"这你用不着担心，只要操持起一层新房子，就能找到媳妇儿……"

"什么？再操持一层新房？妈呀！"田成业没等老伴儿把话说完，就大惊失色地喊道，"你想要我的这条老命是咋的？"

"哎哟，你喊叫个啥？把我的魂儿都给吓丢了！"

"我比你更害怕。"田成业痛苦地摇晃着脑袋，嘟嘟囔囔地说，"你不知道，从打知道老二保根考上大学是假的，我的魂儿就不附体了。我怕呀！"

"真没出息！"

"是没出息，我承认。"田成业边往前迈着步子边低声说，"我一直没敢告诉你，怕你心里不平整。为了给大儿子操持房子背石头，累坏了我。足有一个月，天天早起背到中途就吐血……"

"你说啥？你累得吐血了？"田大妈慌忙追上两步，紧挨着老头子，睁大两只眼睛，愕然地盯着老头子的脸孔。老头子的脸孔本来跟二儿子一个模样，此时此刻她看到的，却是跟大儿子一样的脸孔，瘦瘦的、苍白的，嘴角上挂着血痕——大儿子田留根，为盖房子背石头，也累得吐了血。是她这做妈的亲眼所见。她万万没有想到，身子骨本来挺结实的老头子，也累得吐过血，而且不止一次。一个月，天天吐……

"反正没累死，总算熬过来了。"田成业没顾上观察老伴儿那惊愕而又痛苦的神态，径直地往屋里走，声音颤抖地说，"可是，我老了，身上再没有多少血了。"

田大妈停在旧屋门口。这旧屋是她和田成业成亲、生儿育女的旧屋，是他们一块儿住了几十年的旧屋。她是个要强的女人，此时却变得这么软弱，连迈门槛儿的力气都没有，一屁股坐在台阶上。

第 四 十 三 章

老二保根参加了哥哥的婚礼，对他来说，起码有两个收获。一是他弄明白了旧时的情人陈耀华，跟那个最使他厌恶的孔祥发没有任何瓜葛。他相信陈耀华不会跟他说假话。即便孔祥发对陈耀华滋生邪念，只要陈耀华不动心，保持警惕，就不会上当。因为陈耀华是个有身份地位的人，孔祥发想用对付农村一般没见过世面的小姑娘的手腕对付陈耀华，那是根本不能得逞的。他相信，经过亲口对陈耀华把话说明，把事情点破，陈耀华会具备这种警惕。由于这件意外的事情突然地冒了出来，老二保根还发觉自己对陈耀华仍有点儿藕断丝连的"毛病根儿"。他觉得不把这个"毛病根儿"除掉，有害自己，也有害陈耀华。所以他这回下了最大的决心，一定把陈耀华牵连着的那根丝扯断：不抱幻想，不留后路，不做跟陈耀华将来还能走到一块儿成为夫妻两口子的任何打算。如果经过一番卧薪尝胆的努力奋斗，自己果真长了本事，果真具备了组织理想家庭的条件，那时候再"量体裁衣"，另找一个合尺寸的对象，那该有多自由、多主动。这比"占"着人家，让人家和自己一块儿牵肠挂肚，熬到最后还不知是喜剧还是悲剧的结果好得多。再一个收获是老二保根得到一个彻底认识邱志国真面貌的机会。邱志国曾经是他崇拜的人，一下子变成让他憎恨的人。比当小学生那会儿盲目地憎恨地主巴福来还要厉害几分。后来，他看到他的好朋友郭少清、邱方也憎恨起邱志国。这次回田家庄，甚至发现连邱志国的"铁杆儿保皇派"的他妈，也憎恨起邱志国，这倒引起老二保根的好奇心。接着，他把好奇心变成对自己的怀疑：对邱志国的看法是不是偏激了？是不是跟那些抱着旧观念的一般老百姓站在一块儿，而没有全面地、本质地看邱志国？在他脑瓜儿里刚有这样一个闪念的想法，无意间从陈耀华那儿得到一条可以解开这个谜的路子。于是，他回到建筑队的当天，就略施小计，抓住了业务员李恩，开始了他的侦察工作。

"喂，伙计，晚上别去食堂。"他拍一下李恩的肩膀头，很热乎地说，"咱俩得到小楼上喝两盅。"

李恩受宠若惊地咧开嘴巴一笑："真够哥儿们，替你哥哥请客呀？"

"这是次要的。"老二保根神秘地挤挤眼，压低声说，"有顶要紧的话儿告诉你。一会儿在雅座见。"

在这个民办"大集体"的建筑队的几百号人里，李恩和老二保根都属于脑袋瓜儿好使、心尖上窟窿多的活跃人物，他们跟谁都有点儿交往，跟谁都混得不错，上上下下都说得进话去。可是没经过太长的日子，就显出平川跟高岗的不相同之处：李恩没有老二保根的人缘好。老二保根被窦云鹏给带进这个团体最初的那段日子里，李恩对他"欺生"，横着竖着看他不顺眼，打交道的时候生着法子克他，在众人面前故意冷落他，甚至居心不良地挑他的毛病、出他的洋相。这些小动作在老二保根身上都没有顶用，李恩反而加倍地怨恨起老二保根，干着急，没办法。

没过多久，有人发现老二保根跟陈技术员来往密切，跟陈技术员的媳妇儿邹倩的关系也非同一般。有一回，陈家的煤烧完了，邹倩跑到工地上，不去找陈技术员，倒直接找老二保根。两个人商商量量地伙推一辆小车，从煤站把煤球运到家。有一回，陈家包了有枣有豆的糯米粽子，邹倩用自己的花手绢兜着，亲自送到工棚宿舍，还对老二保根说：吃着可口，再去家里拿；包了一大盆，让他撒开吃。这么一来，一群光棍儿们可就有笑料了，在工地上嘀嘀咕咕、喊喊喳喳：

"嘿，我们小队的那个老二保根，走桃花运了。"

"找上个好对象？"

"不，互相揩点儿油。"

"女的是哪儿的？"

"陈技术员那个漂亮的媳妇儿，就挺喜欢他，跟他眉来眼去的。"

"那小子还有勾搭女人的本事？"

"哈哈哈！"

老二保根虽然交际很广、耳目灵通，但是他自己所能听到的，都是奉承他的话，根本听不见这些只能在背后才敢出口的谣言和戏弄。就算听到点儿只言片语，他也宽大为怀，表现出一种满不在乎的样子，跟谁都和和气气，不翻脸，也不辟谣。

对所谓"桃花运"的事儿传了好久，李恩才闻到一点儿风声。他更加"妒火中烧"。他咬牙切齿地想："姓田的小子，你自己走绝路、挖坟墓，就甭怪别人整你了。这回我非抓住你，给你抖搂开，让你在建筑队无地自容。小子，你就夹上尾巴自己滚开吧！"于是，他煞费苦心地观察动静，寻找把柄，伺机下手。

老二保根初来乍到，又干的是一种他从没干过的建筑行业。就像上小学启蒙一般，得一个字一个字地认识，得一笔一画地练习。既要让自己适应环境，又得让环境给自己好处。所以除了在上班学活计、练体力，下班就跟周围的人"搞关系"，到处串门儿。有几回他从工棚宿舍出来，隐隐约约地感到有个人，像尾巴似的跟在屁股后边。每当他从外边回来，李恩也就跟着回来。他脑袋瓜好使唤，拿看见的这情形跟听到的一点点流言蜚语加以综合、对照，立刻明白了是怎么一回事情。他很生气，也很好笑。他想："这个哑巴亏要是干吃了，不利于自己在建筑队扎下来。不扎下来，不学会一门技术，不长一身真本领，就没法儿在社会上立足，更不能打回田家庄去。要是跟传流言蜚语的人横眉冷对，或是挥拳头，人家会说自己肚量小，得罪人；要是搬动窦云鹏用权力辟谣煞风，人们会不服，会认为田保根专靠撑腰的，借刀杀人，同样等于自己拆自己的台。对，掐掐李恩这个尖儿，教训教训他，让他知道知道田保根的厉害，不是泥捏的、棉花裹的，可以被随便欺负的！"主意拿定，沉住气，该干什么干什么，一点儿声色也不露。

入冬后下了第一场小雪，天气骤然间冷了起来。不刮风时干辣辣的冷，刮起风来像小刀子削脸一样难受。老二保根吃过晚饭，在宿舍里略坐片刻，就悄悄地往外走，到陈技术员家串门儿。他聊够了天儿，看完电视节目，轻松愉快地告辞回工棚宿舍。他是陈家的常客，进出随便，谁也不会对他迎送。来的时候，推门就进；走的时候，回手拉上"撞锁"，只管自己走去。这回他走到门口，没有先迈腿，而是先伸出脑袋，左右观察一番。他果然发现了那条"尾巴"，一听这边门响，躲到墙角那边去了。他这才迈出腿来，侧回身子，故意小声说："记住，明儿个夜里，水闸北边的泵房里见面。不见不散，穿暖和点儿。"说完，他便"咣当"一声拉上门锁，吹着口哨，回到工棚宿舍。果然跟往时一样，他刚躺进被窝里，李恩才返回睡觉。

第二天一上班，李恩就找到窦云鹏队长，这般如此地报告了他终于抓到的老二保根"搞破鞋"的把柄。

窦云鹏队长听了"小汇报"似信非信。不信吧，老二保根的确不像一般农民那样老实巴交，是个机灵鬼，是个活跃分子，尤其是个老大不小，而又身强力壮的光棍儿，干那号男女之间的荒唐事情，难说绝对不可能。相信吧，老二保根这个青年上进心和自尊心很强，好说好笑，但从没有低级、庸俗的举止，从没有跟任何女的特别亲近过，就是跟年纪相仿的伙伴打闹着玩儿，都不说粗话和脏话，确实没有干"偷鸡摸狗"勾当的迹象。

"我们领导以后留神他，防备闹出那种问题。"窦云鹏队长回答李恩说，"你可不要望风扑影地往外传这种话。没有证据，给人家栽赃，是犯法的。"

李恩对窦云鹏的态度极为不满，气呼呼地说："田保根调戏、玩弄人家有夫之妇，才是犯法的。你们要是犯官僚主义，不采取有力措施，会出人命的！"

这一天，老二保根用小车推砖，除了中午吃饭停了一个小时，他的两只手没离开车把。下班哨子一吹，他就往食堂跑，赶紧填饱早就饿了的肚子。回到工棚宿舍里，他又累又乏，连说话都没劲儿。可是他强打精神看一会儿伙伴们打扑克，然后往外走。出大门走几步，他就躲到一棵大树后边。过一会儿，见李恩的影子也出了大门，匆匆地朝城外方向跑去，他便返回工棚宿舍，倒头就睡。这一觉睡得特别香，醒来天已大亮，连李恩啥时候从外边回来的都不知道。他洗了脸，提着碗筷兜子往外走，朝李恩的床铺看一眼，见李恩大被蒙头，情不自禁地做个鬼脸，笑了笑。

李恩用被子蒙着脑袋，而被边却露着一道缝儿。他在专门从被缝里察看老二保根的神色；老二保根做个鬼脸不要紧，却使他惊魂动魄地一哆嗦。

昨儿个夜里，天上遮着一层云彩，黑咕隆咚的。李恩顶着小西北风，踏着积雪，溜到城外，穿过野地，来到空无一人的水闸附近的那间废弃的泵房前的一个小土坎子下边，蹲伏着身子，窥视泵房那边的动静。单等老二保根跟他的情人走进那个小门，最好等到两个人干上事儿，他再扑上去，打开手电筒，大喝一声："看你们还往哪儿跑！"随后，押解着这对奸夫淫妇，回到城里，把建筑队的人都叫起来，看一看他捉着双、拿着对儿了……他等啊，等啊，左等不见人影，右等没有声音。开头因为有一股子"胜利在望"的战斗火气支撑着，并没觉着怎么冷，只是脚有点儿麻，手和耳朵有点儿疼痛。以后"在望"变为"失望"的时候，他可给冻得搁不住劲儿了。几番想撤兵，又觉着花了那么大代价，两手空空，一无所获，太窝心。他咬着牙、忍着苦，给自己鼓劲儿："现在还早，他们得等夜静更深了才敢来；再坚持一会儿，他们快来了。"一直坚持到不远处的村庄里传来公鸡的啼叫，天色从漆黑转成灰白，他才不得不拖着冻僵的双腿，回到工棚宿舍。他浑身疼，每一个关节都疼。特别是脑袋，疼得好似拿刀子剜。他不想起床。他想观察观察老二保根的反应再起来。他终于观察到老二保根的那个鬼脸儿。从这鬼脸上他忽然意识到自己遭了老二保根的算计。从这种算计人的手腕里，他又意识到老二保根这个人的狡猾和歹毒。他直想蹿起来，抓过墙角靠着的铁锨，朝老二保根的后脑勺给一下子，解解这心头之恨。他不敢这样蛮干，因为他自己还想活。他还想为家里那很俊的媳妇儿、很胖的娃娃活下去。他还想过一过"现代化"的日子，美一美，不能玩命。所以他不得不压住邪念，管住自己。

过一会儿，老二保根从食堂返回来。他双手捧着一个大碗，冒着腾腾的热气，一直端到李恩的床铺前。

"喂，起来。"他很自然地招呼李恩，"姜汤水，得赶热喝。"

依旧以被蒙头的李恩，不仅看到了老二保根，当然也听到老二保根的声音。不知为什么，他全身颤抖起来，不敢让脸露出来，不敢搭腔。

"你是冻着的。不发发汗，驱驱邪气，窝在五脏，得闹一场伤寒病。伤寒病能要了你的小命！"老二保根话里套着话地说，"我给你放在板子上了，你可自己主动喝。苦口良药利于病。往后可要小心别再受凉。"

自从这一回"交锋"败北起，李恩开始惧怕老二保根。不论在什么场合，只要有老二保根在，李恩就特别紧张，总是小心地左右设防，言语行动都加倍小心。有时候，两个人突然走碰面，旁边有第三个人还好些，假若只有他和老二保根两个，他就会立刻发出一种条件反射般的难堪现象：两个腿肚子打哆嗦，像那天寒夜在野外泵房外边被冻得腿肚子打哆嗦一模一样。

由于那件打小报告、闹不团结的事儿，建筑队领导班子对李恩很不满意，更增加了对老二保根的信任和器重。他们碰头相互通通气，又正式开会研究一次，打算让老二保根取代李恩的业务员职务，以示严明奖惩。

那天夜晚爱国卫生委员会召开会议，包了一场电影，分给建筑队一部分门票。李恩去看了。他到那儿一看是中国拍的片子，便大为扫兴。没有看一眼，他就推断"好不了""没意思"；字幕没打完，他就"抽了签儿"，走出大礼堂。在街上兜个圈子，什么都引不起他的兴趣，打算回工棚宿舍看看他最近在街头买到手的几张小报。小报上连载一部很有意思的小说，那小说是香港一位名作家写的，内容写的是一个儿子跟养母通奸，最后杀死他的情敌——生父的详细经过。李恩看得津津有味。可惜没容他看完，就被七八个人抢去轮流看了。他得赶紧看看后边到底是个啥结果，等电影散了好再传给别的人。

他快要走到大门口的时候，瞧见一个人先他一步走进院子。从体型和走态，他认出是队长窦云鹏。他心里打个转儿，暗想：老二保根今儿个没去看电影，也许没去串门，窦队长准是来找他；他们两个关系不正常，这会儿凑到一起要嘀咕什么，得听听。他估计屋里的人坐定了，这才溜进去，把身子倚在墙上，把耳朵靠近糊着纸的窗户上。

屋里两个人说话，果然是窦云鹏队长和老二保根。

"队领导反复地商量过了，打算把李恩撤下来，把你换上去。"

"不行，我可不行！"

"怎么不行呢？你聪明、机灵，会交际，准能干得很漂亮。"

"李恩可比我强。他有经验，也有兴趣干那种工作，换他不合适。"

"没经验，闯练闯练就有了。"

"最要紧的是，我没那兴趣。"老二保根很坚决地说，"窦大哥你了解我。我一心想着学点儿真本事，学点儿实实在在的本事。"

"说实话，我看你这个知识分子出苦力、推小车，真觉着有点儿对不住你。"

"哥儿们，你把话说到哪儿去了？我心甘情愿哪！"老二保根声调诚恳地说，"要说出力气，我比李恩强，比他有劲儿，比他经磕碰。他小时候不干活儿，出学校门就又进学校门教书，呆糠了一身懒筋，花插着还得往家跑，看媳妇儿。要是让他推小车，他能吃得消？干不上几天就得趴蛋！"

"吃不消、干不了就走人。什么地方轻快，他就去呗！"

"嘻，那多不够朋友。李恩他不仁，窦大哥你不能不义，还得拉扯着他好好地干。咱们这个建筑队，都是互相不错的人攒起来的。不抱攒，准干不好。友情为重哟？"

"哈哈，你这个人哪！"

窦云鹏只是这么惊叹一声，没有道出老二保根到底是个什么人。而偷听的李恩，却在心里边做了回答："他是个可交的好人，比你姓窦的都强！"

李恩对老二保根的一种敬意，从心里油然升起。他想：自己在世面上闯，不能孤家寡人，得有几个能够同甘苦的"铁哥儿们"。老二保根这个人要是能够跟自己交上真朋友，不论走到哪一步，也不会把自己丢下，就是出了啥事儿，老二保根也不会出卖朋友……于是，他彻底改变了对老二保根的看法和态度,开始巴结老二保根,跟老二保根拉近乎,唯恐得不到老二保根的信赖。所以,这一天得到老二保根到小楼上吃酒的邀请,他乐不可支,早早地就到小楼上的雅座占个好位置,坐下来恭候。

他们坐在一起开怀畅饮,除了四个凉菜,撒开吃最实惠的涮羊肉。

等到肚子喝热了,话儿说稠了,老二保根左右看看,压着声音告诉李恩:"伙计,我们田家庄的支部书记,让我给你带个口信……"

李恩听到这句话打了一愣:"田家庄的支书是谁?他给我捎的口信儿?"

"他叫邱志国。"老二保根盯着对方的眼睛回答,"他这会儿是砖瓦窑的头目。"

李恩摇脑袋:"那边的头目叫孔祥发呀!"

"嘻,你咋糊涂啦!孔祥发原本是普通百姓。他没有个后台能吃得开、站得住吗?"

"噢,我明白啦!"

老二保根赶紧装出一副明知故问的样子:"你知道说什么事儿吗?"

"啊……"李恩眨巴眨巴眼,再一次摇了摇脑袋,反问老二保根,"他跟你说啥事儿了?"

"哈哈哈,"老二保根仰面大笑,而后郑重地说,"你不能再刨根问底儿。我也不问你。那种事儿不能明说,只能暗示,彼此心领神会就够了。"

李恩却急着打听:"他总得有个明确的态度呀!"

老二保根故意喝口酒,吃口菜,不急不忙地告诉他:"他让我转告你,他乐意跟你做这笔生意。只是怕你做得不严密,出问题。你再考虑考虑,我怎么给他回话。"

李恩听到这儿，又把老二保根打量一遍，欲说又止。终于没有把底儿兜出来，只轻描淡写地说："一位朋友托我给买点儿砖。我爱管闲事儿，给他跟田家庄砖厂搭个桥。他们乐意，那就没有我的事儿了。"

老二保根决定放长线钓鱼，也不再往下追，而是用让酒让菜的动作遮掩一下，而后转了话题。

过了四天，李恩来找老二保根，很诚恳地约老二保根再上小楼："这回老哥我回请！"

老二保根爽快地说："那我就扰你啦！"

在小楼的雅座里，李恩喝得很痛快，一再领头干杯，很快就把小长脸喝得窗户一样黄，说话的时候，舌头也有点儿发硬："哥儿们，对不起。上回，我多了点儿心眼儿，没敢全信你的话。"

老二保根表示出一副满不在乎的样子反问一句："那么这一回，你信得住我了吗？"

"信得住，当然信得住。"李恩连连地说，"我得到孔祥发的回话了，跟你捎来的话一模一样。他们乐意跟我合作，而且保证不会出什么纰漏。"

"当然应该乐意合作，双方都有好处嘛！"

"不是双方，是三方。"李恩一边嚼着肉块子一边纠正说，"我这个人办啥事儿从来不长贪心，跟冷库建筑办公室的主任，砖瓦窑，还有我，三一三十一，谁也不能少拿，谁也不吃亏。"

到了这一步，老二保根手指头终于摸到了包子，但是却不知道包子里是啥馅儿。他又怕单刀直入地问下去，非但达不到理想的目的，反倒把自己问得露了馅儿，只好顺着水，用脚摸着石头往前蹚着试探："这一回，事情成了，你们三家都稳稳地捞上一把。来，为捞一大把跟你干一杯。"

"不能算一大把。"李恩把酒倒在嘴里一口咽下，抹着嘴唇，轻轻摇一下头说，"怕太大了出问题，只能小打小闹。田家庄这个地方，这一回顶多打五十万块砖的埋伏试试。"

"你们可得多小心哪！"

"没事儿。砖由窑厂那边发，由工地建筑办公室接收，然后照窑厂开的发货票付款。楼房盖上了，到底进了多少砖，活神仙也数不清呀！哈哈哈！喝！喝！"

老二保根气呼呼地端起一满杯酒，吞进肚子里。酒顺着嗓子眼儿往下流的时候，好似有一面多刃的刀子往下划动，疼痛得他直皱眉头。

第 四 十 四 章

那天老二保根从小楼回到工棚宿舍，躺在铺上把李恩"交代"的话，拆开、合起地一琢磨，终于闹明白了他们将要搞的一套诡计。

李恩利用他的建筑队业务员的职务之便，认识了田家庄砖瓦窑的场主孔祥发，又结识了搞冷库单位那个临时建筑班子的负责人。他们狼狈为奸，从窑厂订三百万块砖，让国家付三百万块砖的钱，实际上窑厂只交付给冷库工地二百五十万块砖，而五十万块砖的虚额所得的款子，由窑厂，也就是孔祥发、邱志国、李恩，还有那个建筑办公室主任三股瓜分：神不知鬼不觉的，国家的资金就入了他们的私囊！这一回，老二保根算是把邱志国给彻底地看透了！

老二保根越想越气愤，恨不得立即到县里去揭发他。他当然不会那么冒失。因为现在只是订货阶段，窑厂交货的日期是七、八、九三个月。此时，罪恶的勾当还没有付诸实践。更重要的是，等到了那个日期，老二保根还必须从李恩手里抓住罪证。不然，空口无凭，拿什么揭发邱志国？拿什么把田家庄那个邱家的小王朝推翻呢？他只好耐心等待那个期限的到来。他还必须细心寻找获得罪证的机会。

他以相当大的毅力制约自己：把跟陈耀华连接线割断了的同时，

又把揭发邱志国罪行的急切心气暂时地压下去。他继续朝"长真本事"的目标奋斗。他又像从前的姿态，活跃在建筑工地上。

他生来精力充沛，好动，性子大大咧咧，爱跟人交往，跟什么样的人都有话说，跟谁都挺亲热的样子。上班的时候，他在哪儿也待不住，什么地方都想搁搁手；连跟汽车拉运物料，他都不惜花钱请客，好捞到方向盘开一截儿试试，过一过开车的瘾。他是个壮工，或者叫小工，专管搬搬运运的力气活儿，专干锄锄铲铲的杂活儿。人们却极少在这类岗位上见到他的影子。而且没有人好意思管他。一则，他跟谁都讲交情，碍着面子；二则，他跟建筑大队的创始人窦云鹏队长的关系不平常，很可能是至亲，怕惹他没好处。因此，他在工地上地位特别，自由自在，如鱼得水，要怎么舒心有怎么舒心。

他把砖搬到大工——师傅跟前，掏出烟来，恭恭敬敬地举起："老师傅，来一颗。"

大工不接，继续干活儿："扯淡，这是工作的时候，怎么能抽烟？"

"您抽，直直腰，喘喘气儿。我替您砌上两块砖，不就不耽误了。"

"这是闹着玩的事儿呀？"

"嗐，这还不好办。我先砌上，您要是看着不行的话，咱们再拆下来不就得啦！"老二保根这样说着，不等大工应允，就把烟卷塞给人家，抢过瓦刀。他提砖抹浆，摆在正往高垒的墙上，敲敲打打，接着又砌一块。

大工先是冷冷地瞧着他，见他干的活儿倒还像那么一回事儿，就点上烟抽着过瘾，由他去干。

老二保根干了一大阵子，停住手，十分谦虚地问："您看这样行不？"

"对付。"

"那您再抽一颗，我再替您干一会儿。"

过了两天，活儿紧了，那位大工跟窦队长说："叫那个叫田保根的跟着干吧。"

窦队长不放心："他可没学过徒。行吗？"

大工说："反正我在一边，带眼盯着他点儿，不会出啥错儿。"

没过多久，老二保根上了脚手架，小工干起大工的活计，越干越来劲儿。

众多的小工伙伴们既嫉妒他又羡慕他，继而不得不靠近他。背地里议论起他来，说什么的都有：

"保根那小子真会找窍门儿，刚从瓦工那儿讨了便宜，又往办公室陈技术员那儿钻！"

"那个端架子的怪家伙，看得起他？"

"保根那小子会溜须拍马。技术员家的煤烧短了，他中午不歇着，给往家推，那叫卖力气！"

"真有他的！"

"那天他还请支书到小馆子喝酒。"

"支书肯吃他的？"

"你说邪门儿不！支书不仅去了，过后又还了礼：请陈技术员的时候，让他当陪客。"

"小子，真是一块料。"

"等着瞧吧，他非爬上去不可！"

"那你就快跟李恩学，拍他的马屁。"

老二保根不管别人怎么看，或者怎么说，他有 定之规。他该怎么干，还是怎么干，一天到晚总是乐呵呵地过日子，既不绷脸，更不皱眉头。

说长道短的人，说着没劲儿，也不好意思再说了。

可是有一天，老二保根突然变得沉闷起来。他跟伙伴们不说不笑，不打不闹，更不到处乱串。他下工吃口东西，独自回工棚闷坐，盯着墙上的小黑板发呆，一根烟一根烟地猛劲儿抽。过了好久，他才留神看清小黑板上换了新写的通知："明天星期日，甲班五人轮休一天"。而五个人中间，第一名就是他。他不禁打个愣，眨巴眨巴眼睛，摸了摸后脖颈子，好使好用的脑瓜子忽地灵机一动。他"嗖"地站起，蹿出屋，直奔陈技术员的家里。

陈技术员名叫陈大伟，出身于建筑世家。他父亲是天津有名望的建筑工程师，他也自小立志学建筑。一九五七年他父亲在几次知识分子鸣放会上，给"肃反"运动提了"十大罪状"，结果被划成"右派分子"，被遣回老家。陈技术员也没能考大学。他掌握的一套建筑方面的学问，都是他父亲业余时间所教授的。他念的师范专科学校，在乡村当了差不多二十年小学教师，建筑方面的学识一直没有施展的机会。是窦云鹏隔着好几层人，打听到有这么个人才埋没着，就千方百计地把他拉出来参加了建筑大队。名为技术员，实际上当总工程师用，是建筑队一大台柱子。陈技术员为人善良又清高，有真才实学又缺乏社会生活和社交能力，真正的朋友没有几个。老二保根倒能跟他"打成一片"，经常来串门，一聊一晚上，日久天长，老二保根跟陈家老小都混得特别熟。

这天晚上，陈家的电视机坏了，小学教员邹倩正在埋怨丈夫，老二保根刚好进了屋。

"电视机出了毛病？让我看看……"老二保根说着转身进了西屋，冲着显然挺不高兴的小男孩儿和老太太亲热地一笑，随后就像个老内行似的坐在电视机跟前。他把那一排电钮打开关上、关上打开，拧来拧去，弄得"吱吱、啦啦"地一通响，荧屏"唰唰"地不住打闪。

跟进来的邹倩不放心地说："你懂这玩意儿吗？可别给捅鼓坏啦！"

"告诉大姐你，凡是遇见新鲜东西，我要是不摸摸，不弄个明白，饭吃不下，觉睡不香。"老二保根一边鼓捣着开关和各种调钮儿，一边胡吹逗笑。可是不论他怎么瞎摆弄，也没有使电视机荧屏的图像清晰起来。

邹倩说："不行就算了。明儿个拿出去修吧！"

老二保根心里有点儿发急，脑门子上冒了汗。他用手扶一把，想抓把扇子扇扇，忽然灵机一动说："今儿个凌晨刮大风，准是天线出了毛病。快拿手电来。"

邹倩并非十分信服地听从他的指挥：找出手电，跟随出屋，扶着凳子让他登上墙头。

"我在这儿修理，你去屋里看着，图像一清楚你就喊一声。"站在墙头上的老二保根用手电把室外天线从上到下照一遍，见邹倩进了屋，就转动着木杆子上的天线架，问，"清楚了吗？"

屋里的邹倩回答："更乱了！"

老二保根又把木杆儿转动了一点儿，冲窗户问："行了吗？"

"不行。"

老二保根有气了，把手电筒往裤子兜一插，两手抓住木杆子，胡乱地摇撼起来。

屋子里传来小男孩的欢呼："嗨，出来人了，出来人了！"

老二保根喜出望外，立即停住手，再不敢碰一下那根举着室外天线的木杆子。

邹倩跑出屋，无限喜悦地说："保根，你真有两下子，手到病除，立刻就好！慢慢下，别摔着。"

老二保根从墙上溜下来，心里有点好笑地想：不论干啥事儿，得有信心，得敢干，准成。

邹倩先一步回屋，端过洗脸盆，舀凉水，兑热水，拿毛巾，递香皂盒，不知道咋伺候这位帮了忙、解了忧的大能人为好。

老二保根凑到盆子跟前洗手的时候，才发现自己冒了一头汗。当他听邹倩向陈技术员夸他有本事的时候，只好诚恳地说："嗐，我有啥本事。这不过是瞎猫碰到死耗子，凑巧的事呗！"

"别谦虚啦！"邹倩给老二保根拿出一盒精装的过滤嘴的香烟，说，

"听我们老陈说，你连图纸都能看了。我敢说，你要是在建筑队再干两年，领工的队长都得让你给超过去！"

老二保根抓着毛巾擦着手，故意愁苦地深深地叹口气："完了，完了。不要说两年，我在咱建筑队连两个月都待不了啦！"

邹倩一愣："为什么？队里出了矛盾？"

老二保根摇头："我们建筑队平安无事，矛盾出在我的家里。"

"家里有啥问题？"

"清官难断家务事。你看，这是他们给我来的一封信。"老二保根从汗衫上兜抻出一封叠着的信封，递给邹倩，自己往陈技术员身边的沙发上一坐，"你一看就明白，我正处在命运转折的关键时刻呀！"

邹倩站着打开信，只见上面写着歪歪扭扭的几句话。

保根：

　　你这几个月日子过得怎么样？没闹病吧？没出什么事儿吧？我们都非常惦记你。我们在一起商量了好多次。对你一个人离开家，在建筑队干活儿，我们很不放心。那工作也不是长久之计。我们打算给你操持盖房，张罗找媳妇儿，做成家立业的准备。你快点儿回家来吧！在合同期满之后，不欠人家的钱了，就赶快回家过日子，不要再接着订合同，不要再领人家的钱。我们就是多苦多难，也要给你盖房子、娶媳妇儿、成家立业。

　　见信快回个信。要不就去找你当面谈。

　　　　　　　　　　　　　　　　　　爸爸、妈妈。哥哥代笔。

"这不是封非常一般的信嘛！"邹倩把短信看两遍，"也许我水平太低，不能发现问题。这怎么会把个大能人保根愁成这副样子呢？"

"不是水平问题。是你不了解农村普通农民的生活现状和精神现状。"老二保根解释说，"一般的信里边，包含着重大的社会问题。就个人来讲，是决定一生命运的关键问题。这是一纸判决书！我父母，特别是我妈妈，决心要把我拉回家去走老路，要给我包办婚姻！"

邹倩仍然不解："都到了八十年代，还兴这一套腐朽的包办婚姻呀？"

"我们那儿很偏僻，多数人落后愚昧。半封建半殖民地的旧玩意儿，三十多年没有扫荡干净，如今更加厉害。"老二保根向善良而又热情的小学教员诉说苦衷，"那些作为父母的庄稼人，出于良好的愿望，都一心无二地帮助儿女，特别是能够传宗接代的儿子成家立业，实际上是使用旧的传统观念残害儿女，同时也心甘情愿地残害自己。他们不顾命地操持盖房、操持彩礼，挖空心思搞变相包办婚姻和买卖婚姻，制造悲剧，断送儿女的前途……这几年，我耳闻目睹的这类悲剧可老鼻子啦！我实在害怕步牺牲者们的后尘，所以费尽心思、千方百计地逃脱他们给我安排的下场。可惜，逃来逃去没逃脱，他们还是不死心，还紧紧地盯着我不放松，你们说我该有多可悲、多可怜！"

邹倩听到这儿，很同情地插问一句："你自己是不是已经找到了理想的对象呀？"

"过去找过。我自己以为是理想的，结果没有一个搞成功。"老二保根大口地抽着烟，语调凄怆地回答，"有一个是同班同学，跟我很好。我们曾经海誓山盟。高考的时候，她被录取，我落了榜。她就再不理我了，把我给甩了。有一个长得很漂亮的姑娘，初中都没念完，也是农民，跟我谈过婚事。我们之间没有多深的交往，关系都没公开过，她就用舍不舍得在她身上花钱这块试金石考验我，老跟我闹别扭，最后也吹了。临离开家之前，我又遇上一个，人是蛮不错的，了解我，也体谅我。可是，她属于我们那块小地方的'高干子女'。她是在权和钱这种混合土上长大的。我估计，将来她在我家这块地上活不下去。我就没跟她往深处进行，最后主动地跟她一刀两断了。从这三回失败的经验教训里，我越来越明白：没有真本领，就没有独立的人格，就不会得到真正的爱情和幸福的婚姻，大学考不上，我就另找能长本领、能在生活上独立的门路走。所以我投奔窦云鹏队长来到建筑队。我决心不靠爹、不靠妈、不靠受苦受气、不靠委曲求全，要靠掌握真本领，创了业，再成家！"

捧着信看的陈技术员听了老二保根的这番陈述，猛地拍一下桌子说："对极啦！这才是男子汉的志气。"

邹倩也说："你把这些心里话，好好地跟你父母说清楚，他们准会支持你。"

老二保根摇摇头："不行，没门儿！我说唐山的煤是黑的、盘山的石头是硬的，他们也不肯信。他们总把我当个年幼无知的小孩子看。他们总认为在外边搞建筑是不务正业，丢了庄稼人的根本。他们还说，靠耍砖头、和灰泥这行不能成家立业，得打一辈子光棍儿。所以他们总跟我纠缠不休，要把我拉回家去背石头、种大蒜、抠鸡屁股下蛋，出苦力、盖房子，攒钱买媳妇儿。"

陈技术员劝慰说："别发愁。我们一块儿想想办法，帮你解脱这个精神痛苦。"

邹倩也说："你过去帮过我们，我们不会忘。这回我们一定设法帮助你，不让你遭受旧传统观念的迫害。"

"嘿，要是能够得到你们二位的同情和帮助，我就有希望起死回生啦！"老二保根舒展开愁眉，露出一点儿喜悦的神情说，"明儿个我公休回家。邹倩同志如果能辛苦辛苦跟我走上一趟，说服说服我爹妈，准能顶用，准能彻底地搭救了我！"

邹倩忙说："对农村的事儿我知道得极少。我怎么能做农民的思想说服工作呢？"

"能，只有你能。"老二保根肯定地说，"你到我家，亲口告诉我妈，我在建筑队很踏实、很规矩、很有前途，能在城里边找到对象，能自己安上家，不用麻烦他们操心在村里给我盖房子、找媳妇儿。总之，你就想着法儿夸我，夸我好。这样，大功就一定告成。"

邹倩的心眼儿开始有些活动："光是说这些，我倒是会说的。"

陈技术员从旁促成："反正明天是星期日，你就跟他走一趟吧！小田是我们分队的骨干，将来还要重用他，可不能撤走。"

邹倩点点头："那就试试。"

老二保根连忙说："一言为定。太感谢两位了！"

第 四 十 五 章

第二天，天气晴朗，有点儿小风，显得挺凉爽。

老二保根带着小学教员邹倩，坐上头班汽车来到田家庄。

正是盛夏季节，庄稼人都抓一早一晚，或是到地里，或是在家里忙活计，街上除了几个玩耍的小娃娃，没碰见个成年人。

这正合老二保根的心意。他替邹倩提着墨绿色人造革的小提包，来到他家的旧宅院大排子门前，低声地对邹倩说："还得请你在这里稍微等等我。我先进屋给我妈透个信儿，免得她误会你是从上边下来的工作人员，说话犯拘束。"

邹倩连忙说："这样好，这样好。让老人家有个精神准备，我的思想工作也就好做了。"

老二保根笑笑，独自往里走。

院子里没有人，猪圈旁没有喂猪的，菜畦边没有浇菜的。二门里同样很安静，堂屋没有烧火的，鸡都上了锅台，蹲在泔水盆子的盆沿儿上鸧东西吃。

老二保根见西屋门上着锁，就奔东屋，一撩门帘儿，瞧见妈正好在里边。

田大妈两条腿跪在一只方凳上，上半个身子连同脑袋，全都探到打开盖儿的老式的木板躺柜里，在往外掏东西。破衣服、烂袜子堆得哪儿都是。

　　老二保根一个蹦子跳到屋中央，亲亲热热地喊了声："妈，您老好哇？"

　　"哎哟，我的天！"田大妈一见二儿子突然而至，惊喜异常，赶忙从凳子上溜下来，上下打量着儿子，连声问，"给你打的信，你接到没有哇？是已经退了合同，还是在家里住两天再去退呢？"

　　"妈，您先别唠叨这些。我这回不是单个儿来的。"老二保根郑重其事地说，"我给您带来一个顶重要顶重要的客人。"

　　田大妈忙问："哪儿的客人呀？"

　　老二保根扭捏一下，装作有些不好意思地回答："是我的对象……"

　　"啊，你自己找到对象啦？"

　　"我这么大了，还不该找吗？"

　　"哪个村的人？"

　　"县城的。"

　　"城里边也有社员？"

　　"人家是小学老师。"

　　"民办的，还是代课的？"

　　"都不是。人家是正儿八经的由国家发薪金的、端铁饭碗的。"

　　"别做梦啦！这样的姑娘，能跟你这个和泥搬砖的临时工？"

　　"看您这老脑筋，该擦油泥啦！"老二保根挺起胸脯，摇头晃脑地说，"新时期的婚姻，不该讲房子、财产，不能靠那些玩意儿，而主要靠爱情，靠互相有感情。用普通的白话说，要靠你爱我、我爱你的成双成对儿。所以，人家老师看中了我，爱上了我，一定要嫁给我，一分钱不让我花，啥也不跟我要。"

“天下没有这么便宜、这么美的事儿！”田大妈摇头，撇嘴地说，“你个小坏包，吃饱了撑的没事儿干，又跑回家来捉弄我，是不是呀？”

“您的观点实在有问题。我啥时候捉弄过您老人家？”老二保根虚张声势地反驳他妈，“您往后别再乱扣帽子、损害我的光辉形象。长这么大，我就没干过那号事儿！”

“嘘！你跟别人吹去行，敢跟我吹？”田大妈以同样的神态诈唬儿子，“我正要问你，上次我进城看你，从你那儿拿回来的一百六十块钱，是哪儿来的？”

“我的……”

“瞪着眼睛说瞎话。我早知道啦，是你跟别人手里借的！是不是？说实话！”

“哈！哈！哈！”老二保根放怀大笑一通，随后压着声说，“要说借，也可以。那钱是借我未来的媳妇儿和我媳妇儿的兄弟、我未来的小舅子的。您说，这跟我自己的钱差多少？”

田大妈不能完全相信这个油滑儿子的话，可又没有进一步揭穿虚假的真凭实据，只好把脸一绷说：“哼，反正从你嘴里吐出来的花言巧语，没有多少是真的。想让我信你的呀，难上难！”

老二保根大度地说：“我不跟您用舌头争论。是真是假，得看结果，得看事实。反正，这回我已经把我自己找好的对象给您带来了。您自己回答自己吧，这是真的呢，还是假的？”

“大白天的，别给我说鬼话！”

“您看这手提包。男的有用这种样式的东西吗？”

田大妈不情愿地朝儿子举过来的手提包看一眼，仍旧将信将疑地问：“你说个准日子，她多会儿到咱家来，让我亲眼相看相看？”

“我跟您讲了好几遍，您不用耳朵听。还定啥日子，人家跟我一块儿来的，这会儿就在大门内、二门外的豆荚架旁边等着哪！”

"天哪，你怎么没有早来个信儿呢？你这愣头儿青，净办愣头儿青的事儿！"田大妈这下可慌了神儿。她一面抱怨儿子，一面急转身，张开双臂，把堆积在柜上的东西连抱带划拉地重新装进柜里，盖上盖儿。她又想扫扫炕，又想梳梳头，不知道先做什么好，"看看，里里外外这么埋汰，也没容我收拾收拾，人家看了这个家会咋想？给我丢脸，也给你丢脸哪！"

　　老二保根安慰妈说："您这一套顾虑仍然是老的旧的、没有用的发了霉的观点作怪。人家是知识分子，胸怀开阔、通情达理，根本不会计较这些琐碎的小事儿。这回人家到田家庄，一不是相看老田家的房屋宅院，二不是掂量老田家的财产家私，而是专门来探望田保根的妈、她的未来的老婆婆的。只要让她觉着婆婆的脾气好、人性好，往后在一块儿过日子能够合得来，这桩亲事就算成。"

　　田大妈越发惶恐不安地向儿子讨教："妈一个大老粗、庄稼院的老太太，咋样才能够跟人家合得来呢？咋样才不至于让人家挑出毛病来呢？"

　　"这好办。"老二保根十分严肃地指点他妈说，"等一会儿你们见了面，您只管用眼睛看，用耳朵听，少用嘴巴。她不问您的话，您最好不开口，千万别问人家什么，啥事儿也不问。您只要能做到这一点，她就会认为您脾气好、人性好，能够合得来，就会下决心不跟我吹。妈，您能做到吗？"

　　田大妈连连点头："能！能！"

　　"您今儿个可千万得管住自己，特别是管住自己的嘴巴。要不然就会把我的一桩天作之合的美好婚姻给弄吹了。那该多惨？那该多丢人？您既然答应照我要求的标准做，我就去叫她进来了。"老二保根跟他妈交代完毕，就乐颠颠地返到二门的门口，冲着正老老实实站在井台边、菜架旁，一面用小手绢扇风，一面等着他的邹倩招手。

邹倩见到招呼，抬脚往里走。她心里本来就有些紧张，事到临头越发加重。她担心自己做群众工作的能力差、没经验，怕老太太顽固不讲理，因而完不成老二保根托靠的任务，白来一趟，不能对老二保根起到帮忙作用。

　　这当儿，田大妈一面匆忙地给套在身上的一件新褂子系纽扣，一面迎出屋，同时，两只眼睛紧紧地盯住走过来的女教师。她把人家的每个细小的部位、微小的动作，都不放过。哎呀呀，这是一个多么俊的姑娘——苗条的身段，乌黑的头发，雪白的脸蛋，弯弯的细眉毛，明亮的大眼睛；简直是从年画上走下来的美人，是戏台上又扭又唱的仙女；巴福来的儿媳妇儿往跟前一站得羞死，邱志国的内侄女陈耀华也得差一截子；不要说在田家庄，就是在整个燕山公社，也没办法再找到一个能跟她成双比对儿的。二儿子保根哪一辈子修来的福，摊上这么一个好媳妇儿！当婆婆的要是带上这么个儿媳妇儿在街上走一趟，非"震"了不可，田大妈该有多露脸！

　　"大妈，您好啊！"邹倩很有礼貌地冲着田大妈类似鞠躬那样，弯弯腰、点点头，"看样子，您老的身子骨挺结实。"

　　"对，对，结实着哪！"田大妈满面春风地回着话儿，连忙不迭地迎上前，见邹倩伸出一只白胖胖的小手，也把自己的两只粗糙干瘦的手全都伸了过去，拉住那白胖胖的小手，"路上热吧？快到屋里凉快凉快。事前不知道你们今儿个来，没个准备。看这里里外外，破烂破户的，让你笑话了。"

　　"大妈您客气了。农村的环境比城市好。"邹倩被拉进东屋，被让到炕梢坐下，四下看看，拣中听入耳的话儿说，"您这儿够利索的，一看就知道您是个精明强干、好干净的人。"

　　"我们家还挂过卫生红旗哪！"田大妈得意之际，极想炫耀一下，又怕言多语失惹出祸来，就改口说，"你们俩坐着，我给你们烧水。"

老二保根拦住他妈说："你们娘儿俩聊天儿，我去烧。"

田大妈巴不得跟这初见面的未来的儿媳妇儿多坐一会儿，就抓过一把大芭蕉扇，坐在邹倩近边，讨好地给邹倩扇着风，喜滋滋地不知道该咋表示亲热。

邹倩是个单纯而又热情的人，根本不会怀疑自己被老二保根给做在套子里边，她牢记着此行的使命，很想把面前这位老太太的思想工作做好、做通，不让田保根受到封建残余思想和旧习惯势力的危害，争取到婚姻自由的权利。于是，她抓紧机会跟田大妈交谈正题。

"大妈呀，您的儿子保根，在建筑队里工作得可好啦！他能吃苦，不惜力，连着两个季度都被评上全队的先进队员。"

田大妈顺口搭音儿地说："是呀，他要是不调皮，正经地干，在哪儿也错不了。"

"田保根刻苦自学，认真地钻研技术，不仅学会了垒砌的瓦工活儿，还能看图纸，实在不简单。"

"是呀，他从小就喜欢瞎鼓捣。"

"保根这个青年很可爱，热情、开朗，思想活跃，不拘泥旧套套，大家都爱跟他在一起工作。"

"是呀，是呀！"田大妈的舌头失去灵活，对邹倩的这句话的话音不知道该怎么接茬儿。因为"爱"这个词儿，对田大妈来说过分的陌生。同时感到别扭，羞于出口。未来的儿媳妇儿这样大方地向她表明"爱"她的儿子保根，这使她高兴、满意，可是当婆婆的人咋答对呢？电影里、广播里只有男的对女的说或女的对男的说"我爱你""你爱我"的话，还没见到和听到长辈人对晚辈人说"你们爱吧"，或者说"你爱我儿子太好啦"这类的词儿。要是说错了该有多丢脸？看样子，不回答也行，未来的儿媳妇儿没有征求意见和让田大妈这个当婆婆的表态的意思，目的只在于告诉田大妈：她爱田大妈的儿子。爱吧，撒开地爱吧！我乐意你们爱下去，别吹！这一回事实证明，老二保根没有对妈撒谎，这个端着铁饭碗的美人、仙女，果真爱上了田大妈的儿子保根，亲口说的"可爱"和"爱"跟她儿子"在一起"。

邹倩继续说："保根在建筑业是很有前途的人。他只要坚持这么学习、实践下去，将来能够成为自学成才的工程师，能在社会上创一番事业。"

"是呀，是呀，是呀！"田大妈连连点头，喜不胜喜。她对今儿个这件从天上掉下的大喜事，本来还隐隐约约地结着些疙瘩：闹不懂为啥这样一个美人、仙女、端着铁饭碗的老师会心甘情愿地"爱"她儿子保根。听了邹倩的这句话以后，好似一指头捅透了窗户纸儿，她恍然大悟，立即明白，全都想通。端着铁饭碗的美人、仙女之所以看上老二保根，原来是看准了老二保根"很有前途"，能当"工程师"，能发财"创一番事业"。正像老二保根亲口对妈说过的，他将来一定能够端金饭碗。这就不怪了：端铁饭碗的女人，当然爱端金饭碗的男人，当然心甘情愿地嫁给端金饭碗的男人啦！常言说"人往高处走，水往低处流"嘛！

"大妈，我劝您可千万不要给保根在农村里找爱人、娶媳妇儿呀！"

田大妈连忙回答："不啦，不啦！"

"大妈，您也别再张罗给他在农村盖房子。"

田大妈回答得更干脆："操持盖房子，是为了娶媳妇儿；不在农村里给他娶个农村媳妇儿，当然就不费心扒力地盖房子。这一下就免了那份不是人能受的罪喽！"

"大妈，您跟大伯要想开，别把保根从建筑队拉走。要是把他拉回田家庄，就等于断送了他的前途，大材小用。那可太让我们难过、太可惜！"

田大妈听到这儿，不由得激动起来，一把抓住邹倩的手说："姑娘，你提的这些……我全答应。可我要向你讨个实底儿。我们不在村里给保根娶媳妇儿，他在外边肯定能成家，肯定不会打光棍儿吗？"

"不会。我敢向您保证！"

"还有，我们不能张罗给他盖房子，他在外边有地方住吗？"

"有。住新式楼房。"

"要是这样的话，我全答应啦！"田大妈这样一拍膝盖定了调儿，越发激动地表白，"实话对姑娘你说吧，庄稼人给儿子操持一层房子、娶个媳妇儿可不是件轻而易举的事儿呀！为了娶大儿媳妇儿，我们家差一点儿搭上老少两条命呀！可有啥办法呢？我们就是为他们活着，也靠他们活着。男大当婚，能够给儿子成家立业，上刀山下火海，当爹妈的也得咬着牙向前冲，不回头呀……"

"妈，水开了。"老二保根在门帘子外边听到这儿，认为不能再让她们谈下去了，赶忙地喊一声，给拉下闸、刹住车。

田大妈闻声站起身，走出屋。她一见锅里的水才响边儿，很可惜兴致正浓的话头儿给打断，抱怨儿子："你傻啦？瞎咋呼，哪儿开啦？"

老二保根一语双关地回答他妈："这把柴火烧完了准开——正是火候，不少，也不能再多了呀！"

田大妈说："你沏茶，先喝着，我到棉花地里叫你爸爸回来。"

"叫我爸爸干啥？"

"叫他去割几斤肉……"

"我们马上就走，下午还得上班。"

"嗨，哪有第一次登门就饿着肚子走的？"

"等正式定亲的时候再喝喜酒也不迟呀！"

"哪一天正式定亲呢？你得告诉我个准日子。要不我不放你们走。"

这工夫，锅里的水滚开，屋里的邹倩撩开门帘朝外看着他们，想再接着跟田大妈做她的"思想工作"。

老二保根仓皇地搪塞他妈一句："暂定八月十五中秋节那天吧！"

田大妈拍手称好："那日子吉利，大团圆嘛！"

老二保根带着小学教师邹倩匆匆地走了一趟田家庄，两个人全都感到不虚此行，很满意。

田大妈也心满意足。就是没有跟未来的二儿媳妇儿待够，尤其没有带上二儿媳妇儿——端着铁饭碗的美人、仙女在田家庄大街上大摇大摆地走上一趟，让乡亲们开开眼。唉，这未免是个美中不足。

还有一个感到特别遗憾的人，就是老二保根的嫂子、田留根的媳妇儿杜淑媛。

她牵着奶羊从河坡回来，瞧见婆婆在汽车站上送小叔子。她只在跟田留根成亲那天，跟老二保根在忙乱中见过一面，不是很熟的，所以在细看之后才认出，就奔了过去，想打招呼。偏偏在这个时候，掉头返回的汽车到站，害得她没顾上跟未来的兄弟媳妇儿说上几句话，就闪电般地在她眼前消失了。

汽车临开动的时候，老二保根从车窗探出头来，调皮地问："妈，你看这事儿怎么样呀？"

田大妈回答："挺好。"

老二保根大声说："您就踏踏实实地等着吧，更好的还在后边哪！"

汽车在绿色的山下，绿色的河边，绿色的田野上行驶。往县城行驶，比来的时候显着快速了许多。

老二保根说："到城里我得请你的客。你这回来，对我，对我的爹妈帮助太大了。使我安全地过了一关，也使我们全家人少遭许多灾难呀！"

邹倩笑笑说："我没料到，任务完成得这么顺利，这么卓有成效。"

老二保根"嘿嘿"地笑起来。

第 四 十 六 章

汽车返回县城的终点站，太阳已经偏西。老二保根十分诚恳地想请邹倩到小楼上吃一顿饺子。邹倩说她还泡着一盆子衣裳，忙着回家去洗，就告辞抄近路先走了。

老二保根用感激不尽的目光，望着邹倩的身影消失在一片新栽的桧柏那边，也转身向前走。他心里很愉快，身上很轻松。尽管太阳光很强烈，他并不觉得热。还是早起吃的油饼豆浆，肚子一点儿也不饿。人逢喜事精神爽，也能顶饭？真有意思！从这会儿到晚上，"彻底放假"了。到热闹地方逛逛，碰见什么新鲜食品，随便买一口吃，等凉快一点儿再回工棚宿舍。美美地睡一夜，从明儿个起，一心一意地干事情，跟老师傅学学开吊车的技术。搞建筑嘛，哪一行当都得懂点儿；艺不压身，将来遇见需要的时候就能用上。

他一面顺着墙边阴凉地慢慢走，一面左顾右盼，同时忍不住回味着今儿个回家办的那桩奇妙事儿，既高兴又好笑。评剧《杨三姐告状》里有一句唱词的叫板儿："我那糊涂的妈呀！"这会儿，要不是身旁不断地人来人往，老二保根也要这样大吼一声，让痛快的心情更加痛快一些。

群众浴池门前停放着好些自行车，由窗户和门子里边冒出一股子难闻的热腾腾的气味。从墙角向左拐个弯子，是城关大队开的一个两层简易楼旅馆，门口的一边是水果摊，一边是西瓜堆。西瓜堆旁边立戳着一块板，木板上写着粉笔大字：沙瓤西瓜，一毛二一斤。

　　老二保根嗓子有点儿干渴，蹲在瓜堆前挑了一个，拍一拍、掂一掂，估计一个人吃不了；忽然想起同乡邱方跟他的伙伴在旁边这旅馆里有个落脚地方，反正没事儿干，找他聊聊天儿倒也不赖。于是，老二保根又挑一个更大的西瓜。过了秤，付了钱，弯下腰用两只手抱起，便走进旅馆的门口上了楼。这地方他来过两三趟，记着房号。他还没有走到跟前，就听见从那敞开的屋门里，传出一个熟人的声音。

　　"不是我不帮你的忙，先头那笔运费不结清，刘永展老用话敲打我，我不大好意思再开口指派了。"

　　"你是站长，他是司机，你倒怕他。就因为他是头头刘贵的大少爷呀！"

　　说这话的人是邱方，那么前边那个人是谁呢？听声音这么耳熟，可怎么也想不起来。

　　老二保根进门一看，认出那个人是去年到红旗大队当了倒插门女婿的苏吉祥，情不自禁地大吼一声："咳，你们往哪里跑？"

　　屋里正在交谈着的邱方和苏吉祥被这突如其来的喊叫吓了一跳。另一个不认识的、正在床上四仰八叉呼呼大睡的人也被惊醒，"嗖"的一下子坐起身，极为恼怒地开口就骂："妈的，干什么？"

　　"嘿，哥儿们，请吃西瓜呀！"老二保根笑嘻嘻地回答了一句，同时把怀里的西瓜往桌子上一放。

　　那个发火的人反倒有些不好意思了，"嘭"的一下又倒在床上，侧过身假装又接着睡。

　　苏吉祥喜出望外地对老二保根说："我知道你在城里干建筑，跟好几个人打听，都没打听到你的准地方。没想到在这儿碰巧见着面儿。嘿嘿嘿！"

老二保根说："看你这模样，听你这笑声，就能推断你的日子过得挺得意，对吧？"

邱方替苏吉祥回答："那还错得了。人家红旗大队才是货真价实地搞经济改革的，农工商业业财源茂盛。吉祥大哥从水坑里爬进钱堆上了。"

"这都是老二保根给我办的好事儿呀！"苏吉祥诚挚地说，"要不然，我不照样得跟田家庄的人挤在一块儿受穷。我得找机会好好地报答报答你。"

"哎，哎，别这么奉承我，我可受不了。"老二保根连连摆手，"我不过送个顺水人情罢了，关键在于你福大命大造化大，有福之人不落无福之地。哈哈哈！"

苏吉祥认真地说："你别逗笑了。你不是那种讲究神佛迷信的人。你是怕我领你情，对吧？怕也不行，咱庄稼人对一碗水的情都一辈子不忘，何况你给我这样的大恩大德……"

"快拉倒吧，快拉倒吧！"老二保根打断他的话，"长这么大，我挨骂挨习惯了，经不住吹捧，别折我的寿，我还想多活几年哪！"

"这咋是吹捧，是真的嘛！对啥事儿都得实事求是。你说说，就凭我们那个田家庄那一套搞法，能让我们哥俩在一年里边都娶上媳妇儿？我忘了告诉你，我又出钱帮着二弟娶上媳妇儿。老三在我们村当临时工，也有对象啦！剩下一个小四，保证没问题。"苏吉祥越发动情地跟老二保根说，"你是个观音菩萨、活济公，救了我一个，又救了一大串！"

老二保根抡起拳头，"啪嚓"一声，把一个大西瓜给捶开了花，赶紧拣一块捧起来往苏吉祥手里递："吃瓜吃瓜。堵上嘴，你就不再胡说八道了！"

"这么着吧！"苏吉祥见老二保根确实不喜欢听他的歌功颂德，只好收场，"往后，你有啥为难着窄的事儿，只管找我。只要我能办，我要推辞就不是人！"

老二保根叹息地说："我的为难着窄的事儿随身携带，鬼魂儿一样追在我的屁股后边，不用等'往后'，想拿，伸手就拿。不过，我料定你照样儿没有咒儿念哟！"

邱方插言道："你可别隔着门缝儿瞧人，把人家看扁喽！人家这会是红旗大队驻县城办事处的运输站站长，权力可不小。而且还讲庄亲情义，帮了我点儿忙，给我拉了几回货。"他把话顿了一下，接着说，"可惜帮人不肯帮到家，这回要摆我的台！"

苏吉祥分辩说："是我摆你的台，还是你摆我的台呀？上次的运费不交，又让我给你派车。我不好说话。"

"你那么粗的腰，三四百块钱就扛不住啦？谁能信呢？"

"我们是集体经济，不是个体专业户。要是我个人的车，你开出去撒开使，别说一次，就是使个十次八次，我要皱眉头，你往脸上唾我！"

老二保根问邱方："你又在鼓捣什么玩意儿呀？"

邱方说："打算从洋河口往这边运两车螃蟹。"

"从洋河口到这儿可好几百里路。"老二保根说，"就这么大热天，臭在半路上，你就地扔，都得处你危害公共卫生罚款，别说卖。"

"我也这么想。"苏吉祥顺着老二保根的话茬儿说，"上次我劝你，你偏不听，拉那两车对虾，赔了多少钱。"

邱方被捅到痛处，板起面孔喊道："我要是赚了个十万八万的大团结，我求你干个屁！"

"吃瓜！吃瓜！"老二保根又捧起一块西瓜，堵住邱方的嘴，用和缓的语气说了句更让人疼的话，"做买卖这种事儿，跟赌钱一样，赢了还想多赢，输了一心想捞回来，红了眼啦！"

邱方没对老二保根发脾气，长长地叹气，说："我也知道买卖咋样做才能只挣不赔，怎样挣大钱。一是得靠上掌权人的后台；二是骗人、坑人。第一条路，咱没门儿；第二条路，有门儿也不能走，因为咱没有那么黑的心。所以没路可走……熬到秋后，把背着的债务给擦净了，我就洗手不干了！"

老二保根问他："再走老路子，在邱志国那块领地的圈圈里抠那几亩地的土坷垃？"

"我上山开石头卖。"

"哎呀，那可是受罪的活儿。"

"这我知道，我认了。让自己的筋骨受点儿劳累，但是开一块，得一块，不至于像如今这样，白天黑夜受这份精神折磨呀！"

苏吉祥瞧见邱方灰溜溜的样子，听到这句泄气的话，心肠也软了，赶忙说："吃瓜，吃瓜，别着急上火。我在困难的岁月里熬过。我知道那是一股啥滋味儿。这样吧，赶明儿个我回家跟你大嫂子商量商量，把上次的运费先给你垫上。这回，你要是觉着有把握，一心想试试，我再设法给你派两辆车跑一趟吧！"

这三个处境不同的庄亲哥儿们，一块到小楼上吃的饭。东拉西扯，直到服务员收拾桌椅、挂窗帘、扫地的时候，他们才起身分手。

老二保根果然美美地睡了一宿觉。早晨起来，他到食堂吃了饭，提着碗兜往外走，跟往食堂走的队长窦云鹏走个碰面。

"你今儿个回来得真早呀！"他笑着打个招呼。

窦云鹏回答："不是回来的早晚，我昨儿个没有休假。"

"有事儿？"

"好事儿！"

老二保根见窦云鹏说完话走了过去，琢磨琢磨，觉着所谓的"好事儿"一定很重要。不然，窦云鹏不会打连班不回家看老婆孩子。于是，他转回身，跟着又走进食堂。等窦云鹏买了饭菜端过来坐下，他凑上去坐到跟前，急不可待地追问："喂，你告诉我啥好事儿？"

窦云鹏左右看看，小声说："李恩通过他那姨兄的路子，给咱们队闹了一辆卡车指标。你可别嚷嚷呀！"

老二保根说："有了汽车，来回搬运东西可就方便啦！啥时候到手呢？"

"昨儿个我跑一天贷款，还没定准儿。有了钱以后，还得等货。"

"由谁开车呢？"

"我想找个人学。"

"哎，让我去学吧！"

"你如今是大工，撤下来让谁顶替？"

"撤什么。该干什么我还干什么，利用休假日和早晚的时间我就学了。反正我没有家属，没缠身的家务，食堂有现成的饭吃，拿起腿来就可以走。"

"送一个人去学开车，人家要一千三百块钱，这项开支难办。估计有不少人抢着去。你等我们研究研究，听回话吧！"

老二保根转过身子，就拿定主意行动起来了。他干一阵子活儿，跟别人说他有点儿要紧事儿必须出去办，马上就回来，便溜出工地，照昨儿个苏吉祥告诉他的地址，上门寻找。

红旗大队的运输站离老二保根他们的工地很近，只是没有修起路来，车辆得绕行，所以显着远了。这个运输站，实际上是一个停车场，大门的东边有一溜红砖平房，属于干部的办公室和司机们的宿舍。

苏吉祥隔着窗户上的玻璃，就看见东张西望着走进来的老二保根，赶紧迎出屋招呼他。

老二保根被苏吉祥拉进屋，往椅子上一坐就迫不及待地说："昨儿个晚上我回到宿舍，把你说过的话，翻来覆去地掂量、品评了几遍。我觉得你的话句句都是发自肺腑的真话。很使我感动。你总觉着我给你办了件好事，欠着我的情，这又让我很不安生。我要是不给你个机会让你补上这个情吧，你一定会总不落忍、总不踏实。对不对呀？"

苏吉祥连连点头："是这样，是这样。我觉着，欠的人情债，比欠的金钱债在心里边压的分量可重多啦！"

"所以，为了给你卸下包袱，今儿个早起来，我赶紧跑来求你办一件事情。"

"用车？行。"

"不是，不是用车。"

"那你求我啥？缺钱花？"

"也不是缺钱花。"

苏吉祥被闹糊涂了。在他慌乱打开抽屉拿烟的当儿，一抬头，瞧见院子里又进来个人，就对老二保根说："你先抽根烟，等我一下，我去接待一个人。"

老二保根朝外一看，见大门口站着一个推自行车的人，是他们队里的业务员李恩，心想：他跟苏吉祥也有关系？他来搞什么勾当呢？

苏吉祥往屋里让李恩，李恩急着走。他们两个站在大门口很简单地交谈几句，李恩骑上车飞快地跑了，苏吉祥回到老二保根跟前。

老二保根用眼睛迎着苏吉祥询问："你跟李恩还有交情呀？"

"哪算什么交情。前半个月他到我们这儿来商量租车的事儿，才算认识。"

"他租车干什么呀？"

"从咱们村拉砖。"

老二保根听到这句回答，心里不禁一动，紧问："把砖往哪儿拉呢？"

"城边上要修个大冷库，正在挖地基。"

"拉多少？"

"我们站全包。从下月初开始，咱们村出多少砖，我们就给拉多少，到九月底截止。"

"管统计砖数吗？"

"那倒不用我们管。每辆车有定额，我们按趟数收运费，每半个月结一回账。"苏吉祥无心回答着老二保根有心的追究，转话题说，"刚才咱们的话头给打断了。你不是要求我一件事儿吗？"

"嘿嘿，你的耳朵聋了，还是故意装疯卖傻。"老二保根装作不悦的样子说，"我跟你说，求你两件事儿，没有容我开口讲出啥事情，你就急急忙忙地给抹掉一个，这让我还讲不讲呢？"

苏吉祥让老二保根这么一诈唬，自己也闹不清刚才他说的到底是求一件事还是求两件事了，只好赔着笑脸，以抱歉的口气说："许是我没听清楚。没关系，没关系，两件三件，只要我能办到，全答应你。"

"我不跟你要飞机、大炮、原子弹，不会给你出难题。"老二保根故意轻松地亮出题目，"求你的第一件事儿，我想学开汽车。"

"学开汽车？是你们单位派你学？"

"实话说，我想学，怕抢不到手，所以想先偷偷地抢先一步，我先学会开车，在前边等着，来了车自然得让我当司机，别人休想再抢去了。"

"你这样学，他们肯花钱吗？我们这儿比别处便宜，也得一千元呀！行吗？"

"行与不行，得你说。"老二保根用激将法让老实厚道的苏吉祥就范，"因为你昨儿个慷慨激昂地表白过，让我有事儿求你，我才敢来张嘴。要不然，兜里没装着一千元钱，干吗跑到这儿找钉子碰？我可不是那种头号大傻瓜，你说对不对？"

苏吉祥打个沉，终于一咬牙，说："这事儿我承担了。我给刘永展磕头，求他开开后门儿，带带你。你再讲第二件吧！"

老二保根笑笑说："第二件事可比第一件简单、容易多了。只要你同意我和邱方昨天在小楼上喝酒那会儿骂邱志国的那些观点，办成这件事情，就如同吹灰一般轻而易举，或者说不费吹灰之力。"

"你明说吧，到底让我替你办啥！"

老二保根咬牙切齿地说："邱志国已经完全彻底地堕落了。他打着经济改革的旗号，实际上像狼一样吃国家的肉，啃人民的骨头！这回他们卖给县冷库的砖，就是一个阴谋圈套。"接着，他把自己摸到的情况，由此推测出来的结论，以及自己准备抓到把柄之后到县里告发，以便从邱志国手里夺回田家庄这块地盘的打算，通通讲给了苏吉祥。老二保根相信苏吉祥的头脑不昏庸，也相信苏吉祥的嘴巴严实，不会把机密泄露半句。

但是，老二保根没有料到苏吉祥变得比过去更加胆小。他听了老二保根的一席话之后，手摸着下巴，眨巴着眼，沉思良久，随即摇摇头说："你呀，确实比我年轻，有火性、有勇气。不过，你经的事情太少，碰的钉子更少。邱志国不是一天的邱志国，他在田家庄这块地方的根子深哪。邱志国也不是孤零零的邱志国。这类坑国家、害百姓的不正之风，还有哪个旮旯没有刮？你能斗过邱志国吗？你有那么大本事，管得了那么大的事情吗？你想学开车，我设法让你学会。牵扯到邱志国的那件事儿，我劝你睁一眼、闭一只眼，别管，免得惹祸遭殃，没病找病。"

老二保根说："我不怕。别处的事我没本事管，田家庄的事我得管。那地方还住着我爹妈、我哥哥，他们得活下去，还想活得好一点儿。"

苏吉祥说："你折腾一场，要是打不着黄鼬惹一股子臊，受牵连、倒霉的正是他们。我还有仨兄弟住在田家庄呀！"

老二保根对这些话听得有点儿不耐烦了："你害怕，我给你立字据，不露。你只管在把砖运完之后，告诉我拉多少趟、总共拉运多少的数目字，就算完成任务。你说句干脆的话，答应不答应吧！"

苏吉祥着实为了难，又嘬牙花子，又搓手指头的，见老二保根逼视着他，终于使劲儿地一跺脚说："过去你对得起我，这回我也得对得起你。我豁出去了，答应你！"

老二保根脸上露出笑容："哎，这倒有点儿男子汉的样儿。放宽心，不论到哪一步，我都不害你。我干的事情捅了娄子的话，全由我一个人承担责任……"

苏吉祥往外送老二保根的时候，嘴里还在嘟囔："我可不光是给我自己打算盘，也为你想。你还没成家，办啥事儿得三思，给自己留一条后路。"

"谢谢你的好意。我不傻，我会小心，不会睁着眼往井里跳！"老二保根说完这句话，就甩掉苏吉祥，直奔工地去。他的心里这会儿又变得乐滋滋的：找到了学开车的门路，又能长一种真本事；同时有了抓住邱志国的狐狸尾巴的门路，等到九月底拿到苏吉祥交的数字，到县里一揭发，他就算完蛋！那时候，把郭少清请回田家庄当支部书记，选邱方当村民委员会主任，我田保根专管搞经济、抓钱、给光棍儿汉找媳妇儿。嘿，田家庄的老百姓，这回可真正闹个第二次解放喽！

第 四 十 七 章

　　田家庄的土地承包，是按人口平均分的。因为耕地太少，摊在每个人身上，还背不上二亩地。而谁都想占着一份地，该结婚的女的把自己那份地到了手才肯出嫁，还不到结婚年龄的男性，钻窟窿倒洞地走后门也要领到结婚证，用来作为讨一份地的证明。即便那些在外边当着合同工和不吃商品粮的非"国家"干部，岗位极稳定、收入很不少、绝不可能退下来耕种，同样地不肯放弃"分地"这个权利。庄稼人有庄稼人的算盘，庄稼人出身的，也习惯按照庄稼人的习惯与逻辑打算盘——都得给自己留下个应变的退路呀！

　　老田家按五口人的数目承包了将近十亩地。多一口人的份儿，是靠田大妈的面子、打着两个光棍儿很快就要娶媳妇儿的旗号，当时的邱志国肯赏脸，给搭配一条山坡子上的石头子儿地，这才终于拿到手。这么一点儿土地，父子俩一早一晚就把活计做了，更多的时间闲着没有事儿干。所以媳妇儿杜淑媛想插手，都没处可插。

　　她每天除了做三顿饭，就做点儿针线活儿。人口少，又都是整整齐齐的大人，没有淘气的孩子，能有多少要缝的要补的东西呢？拿起针就完，饭也容易做。小门小户，没有外路进项的庄稼人，不会七个盘子八个碟子地烹调炸炒，除了熬粥、蒸饽饽、烙饼、擀面条这几道主食之外，不过是拌黄瓜、煮豆角、大葱蘸酱这些下饭的菜。这能花多少时间？

人累死累活的不好受，对一个年轻力壮又忙碌惯了的人来说，闲着也不是个滋味儿。今儿个早上杜淑媛收拾完盆碗家具，就跟婆婆提出来：她替婆婆到河边放羊，让婆婆把用不着的破布条子和烂衣裳片子找出来，以便打成袼褙。

田大妈说："怪热的天头，鼓捣它干啥。没活儿干就待着吧！"

杜淑媛说："我想开出一批底子，给老二做两双鞋，给他捎去。"

"那小子追时兴，穷讲究，喜欢穿买的，不爱穿家里做的。你甭给他费工夫。他小子有钱，让他抖擞吧！"

"我的针线活儿虽然不好，保证结实。让老二做活儿的时候当工作鞋穿，省得花钱买。一个人在外边，花钱的地方多。"

田大妈对杜淑媛这种过日子的算计和勤快颇为满意，就答应了。于是她今儿个上午开始了"翻箱倒柜"的活动，给大儿媳妇儿找打袼褙的材料，结果让老二保根给赶上了。

婆媳俩从汽车站回到家里，杜淑媛听婆婆叙说她当时乍见老二保根对象的那副又惊慌又喜悦的"狼狈相"，也忍不住地跟着婆婆咯咯地笑了一阵儿。

婆媳俩又来一场"翻箱倒柜"，终于凑了一大包裹破布片子。田大妈打发儿媳妇儿回新宅子去做晌午饭，她也开始抱柴火点火。

大儿子田留根成亲过了一百天，田大妈就主动提出来分开起火吃饭，立两个户口簿。

当时，儿媳妇儿杜淑媛头一个表态不赞成这么办。她诚恳地说："妈呀，我刚过门没多久，又没有仨妯娌、俩姐妹的，就跟老人分家，多不合适呀！"

田大妈爽朗地说："我是个开明人。这样做为的是让你们自由，不受拘束。眼下的年轻人，全都生着法儿挑自由的、找自由的日子过嘛。咱有条件这么办，为啥不给你们个自由自在呢？"

杜淑媛说："身边没个年轻力壮的人，谁对你们二老尽尽孝心呀？我不稀罕贪图那些人追的自由自在，我乐意扶持你们老两口儿到百年之后。"

"你当儿媳妇儿的有这份心意，我就知足了。"田大妈为了能够说服儿媳妇儿、把事情办得圆满，只好摆出自己的盘算，"咱们实话实说，我挑头分家，不是光为你一个人。我也是为给老二保根找媳妇儿铺路子。这年头姑娘家都喜欢清静，不喜欢人多嘴杂、拖老携幼的人家。我要让媒人和跟老二保根搞对象的姑娘事先就明白底数：谁嫁给我家保根，也照他哥哥的样儿单立门户，过自由日子；不用把公婆、妯娌当成一块病，妨碍着拿主意。麻烦的事儿提早就除去了。"

杜淑媛明白事理。对婆婆这种有利于小叔子成家立业的安排，她没话可说，也不愿意多嘴多舌。如今农村的年轻姑娘追新派得多，把公婆、小叔小姑当作病，甚至当作眼中钉看待的人也不是没有。杜淑媛不能以己度人，也不能用自己的心意代替那个还没影子，还不知道啥性气的兄弟媳妇儿的心意。所以她只好服从了婆婆的安排，单另立了门户。不过，在分开家之后，除了两个锅烧火做饭吃，别的活计仍旧伙着在一起做。她把两个宅里的杂活儿，都尽力地揽过来。口粮田更没有分，重体力的营生由田留根一个人包了。

田大妈留心地看到，大儿媳妇儿分家后所得到的自由自在，并不是讲究吃穿，反而是省吃俭用。一天三顿饭，只有晌午一顿做干的吃；总要多做一点儿，留下早晚吃稀饭的时候，垫补一点儿；往往是只有给儿子垫补一点儿干的，儿媳妇儿照旧喝稀饭。

那天晚上，就是田大妈怀着极度不安的心情让大儿子给老二保根打那封信的晚上，到新宅子这边来。她瞧见大儿子和儿媳妇儿一样，都捧着碗喝稀粥，桌子上没有一点儿干的吃食。她忍不住干涉了："做了半天活儿，靠这稀汤寡水的，能把肚子填饱吗？"

田留根赶紧接过来回答："能对付。反正吃完饭就躺下睡觉，不出门，不干活儿。"

"大长的夜熬过去，明儿早起再接着灌稀的，到地里撒两泡尿就挤空了，空着肚子抢锄头，这不是玩命吗？"田大妈一时忘了当婆婆的矜持、犯了急性子，看了缸又看罐，脸色挺不好地质问儿媳妇儿，"到处都是满满的粮食，你不给他做着吃，留起来让它们下崽儿，还是存着喂虫子、养耗子呀？"

杜淑媛闹了个大红脸，手端着碗、牙咬着筷子头，好半晌答不出话来。

田留根心疼媳妇儿，见妈训斥媳妇儿觉着过意不去，只好对他妈实话实说："这是一点儿小打算，还不知道能不能成。自从开了那个对坏人的宣判会，特别是西院的石头哥给逮去拘留好多日子，您就叨叨咕咕地要把老二保根叫回家来，张罗给他娶媳妇儿。我们俩私下商量，得赶紧攒钱，得抓空背石头，好给老二保根盖房子。他不是端铁饭碗的，又没有权势，没有有钱的爹妈当后台撑腰杆儿，如果再没有房子，可咋找媳妇儿呀！"

田大妈听了儿子的这番话，胸膛里直翻热浪头。她不好意思对儿媳妇儿作笑脸。抱怨自己太毛糙，误会了儿媳妇儿的一片好心。最后，她用十分感动的声调说："不是一家人，不进一家门。这句古话说得真对。都是善心菩萨的徒子徒孙们哪！老二保根要是知道家里有这么一个好哥哥、好嫂子，就应该有骨头、长志气，乖乖地听我的话，走正道儿，回到田家庄一心一意地奔日子！"

老二保根接到家书不久果然回到田家庄。他并不是照着他爹妈的意图回来的，而是照着他自己的意图回来的。他给田大妈带来一个意料不到的喜讯：自己在县城里找到一个端铁饭碗的、模样又俊、心肠又好的对象；不用爸妈费心求媒人，也不用爹妈拼命操持盖房子，更不用哥哥嫂子嘴掐肚攒地给他凑几个钱，甚至连一顿饭都没让家里破费，就净等着八月十五中秋节来家里正式地定亲。这真是董永遇上七仙女，白捞到一个全家人都遂心如愿的好媳妇儿！

在汽车站上，田大妈就急不可待地把这个天外飞来的喜讯儿告诉了大儿媳妇儿杜淑媛。

"应该烧高香、念阿弥陀佛呀！"田大妈两只手拍打着褂子大襟儿，啧啧舌头、吧嗒嘴唇地说："这桩婚事一成，不盖房子，不花彩礼，不欠谁的人情，得省多少心，得省多少事儿呀！实际上呢，救了我们老两口儿，也救了你们小两口儿，全都不再遭苦难！"

"是呀，是得谢谢老二，让我们跟他沾了光。"杜淑媛跟婆婆一样欣喜异常，牵着羊的手都有些打战。同时，由于好事儿来得突然，偏僻山沟人见识狭窄造成的局限，又使她似乎有几分不踏实，因而有些心慌。她憋了一阵儿，还是问了一句："妈，城里的女人出嫁，就连住的房子都不要吗？"

"这还用说。不跟男人要，不跟爹妈要，人家跟国家政府要。将来成亲的时候，公家有盖现成的楼房分给他们住。"田大妈以一种很懂行的样儿给儿媳妇儿解释，"咱们田家庄有好几个在城里当官儿的、当工人的，都住在高楼大厦。连煤炉子都不用点，做饭全靠气儿吹：把生米放在锅里，一吹，就变成热腾腾、软乎乎的大米饭，比用柴火烧火做的吃着香。"

杜淑媛被婆婆这"神聊"的话给说得直眉瞪眼，立即又担心地问："人家那么阔气，等到成亲以后，能瞧得起咱们一身黄土、一脑袋高粱花的庄稼人吗？"

田大妈光顾高兴，还没有来得及想这个很重要、很关键的"题目"上，大儿媳妇儿这么一问，像手指头在她的心上揪一把，她的心"咯噔"一下子，比岔一口气儿还疼。

"庄稼人咋的？嫁鸡随鸡，嫁狗随狗，嫁给庄稼人的儿子，照样儿得君是君、臣是臣的，不能有一丁点儿颠倒离谱儿！"她打个沉之后，心虚偏偏硬说仗胆儿的话，"只要我们当公婆的像个当公婆的样儿，你们当哥嫂像个当哥嫂的样儿，她就不敢瞧不起咱们。对这事儿你就放宽心吧！"

杜淑媛自惭形秽地叹息说："不管怎么着，我不惊人不压众的，什么地方都比不上人家。"

"嘻，比得上还是比不上，有我做主儿，谁也不敢鼻涕倒流、以小压大。"田大妈在跟儿媳妇儿谈论之间，倒也拿定了主见，"两个儿子都是我亲生自养的。你们都是我的儿媳妇儿。对待你们俩，我要一碗水端平，没偏没向、没厚没薄；我对你什么样儿，对她也什么样儿。你有啥可担心的呢？"

杜淑媛觉着婆婆没有把自己所说的顾虑完全听明白，自己也没有完全听明白婆婆这番解释的意思。再捅死理儿谈论下去，就容易引起"争宠"和"挑拨"没过门儿的兄弟媳妇儿跟婆婆关系的嫌疑，所以她主动停住嘴巴，没有再往下说什么。

田大妈却自以为一切都明明白白，因而把主意拿定：在处理婆媳关系方面，要设法做到不缺礼儿，不出漏洞，不降婆婆的身份，做到让高人一等的二儿媳妇儿瞧得起。只可惜，田大妈"力不从心"，她能够"设"出来的法儿，实在不太多呀！

夜间，她又犯了"失眠症"，躺在炕上睡不着，跟老头子磋商："咱家娶大儿媳妇儿的时候盖了一座新房子，娶二儿媳妇儿不盖新房子。光凭这个，我们当爸妈的就好像欠了老二两口子的一笔账。

你说说，我们能拿啥找补找补呢？能拿啥跟大儿媳妇儿比齐呢？能拿啥让二儿媳妇儿心服口服地承认我们没偏没向呢？能拿啥让二儿媳妇儿娘家人没挑剔的，让村里人没闲言碎语，让人们都恭敬我们当公婆的呢？"

为儿子成家立业耗干了"油"的田成业，最发怵再操持盖一层新房，只图个省心省力，咋办他都没话说。二儿子这回找到个不要新房就可以成家立业的对象，让他大大地省了心、省了力，就已经心满意足的了。他没有老伴儿那么多的心眼儿、那么多的贪求、那么多的顾忌和忧心忡忡。真是没事儿找事儿！

"儿子不打光棍儿，她能跟儿子好，两个人能一块儿和美过日子，就足够了。"他用较为和缓的语气给老伴儿泼冷水，"你管她对公婆瞧得起瞧不起的干啥？你还想进城去跟人家一块儿住到大楼上去呀？"

"人凭一口气，佛靠一炉香。我是要脸面的！"田大妈的热火苗子偏偏泼不灭，大有男子汉豪壮气魄的样子说，"我买得起马，就置得起鞍；养得起儿子，就娶得起媳妇儿。新房子的事儿，不是我不给，是她不要，这个账彻底抹啦！除此之外，别的方面，全都照大媳妇儿的模子往下托坯，一样不能缺她的。咱决不落个白捡个媳妇儿的名声，让人瞧不起。"

田成业反问固执的老伴儿："一样不缺的话，你给人家二媳妇儿见面礼儿钱吗？"

"给。大儿媳妇儿给五十，我决不给她四十九块九。"

"票子呢？"

"攒。从今儿个起，你就暂时忌忌口，就别想再吃鸡蛋啦！"

"衣服呢？也靠你抠鸡屁股，一个蛋一个蛋地卖了钱给买呀？"

"这好办。他俩姐给了她大兄弟衣服料子，也就不能缺她二兄弟的。我去找她们提个醒儿。告诉她们早有个准备，不能缺下这个礼儿，不能让二兄弟媳妇儿看不起，不能让人家娘家人背后说长道短。"

"这些就算有安排，都能对对付付地办到。还有一宗，我断定你没有咒儿念啦！"

"哪一宗？你说呀！"

"手表呢？"

"手表？"田大妈让这两个字儿给吓了一跳似的，"嗖"的一下坐起来，愣怔好大一阵儿，随后喃喃自语，"天哪，这倒是个大难题儿。我咋就把一块手表这么重要的事给忘得干干净净呢？如今找媳妇儿定亲，啥东西不给，也得给手表，时兴这个。给的、要的，两头都体面。我们给大儿媳妇儿买的是进口货，给二儿媳妇儿的也应该是不差分毫……可是，一百五十八块钱呀，到哪儿弄去呢？这件事儿要是办不到的话，拿不出手表给二儿媳妇儿，老天爷，这个台阶咱俩可难下哟！"

田成业见把老伴儿给问住了，这才说自己的主意："依我看哪，先给老二保根打封信把咱家的实情底细告诉他。听听他的看法，让他帮着想想办法。他的脑瓜子好使唤，准能……"

"你快给我一边儿待着去吧！"田大妈断然拒绝老头子的主意，"这回跟上回筹划买表的事儿可不一样。这回是给老二保根定亲。给他哥哥定亲的时候，咱找老二保根哭穷，让人家借钱买表应急。如今轮到给他定亲了，咱又找人家哭穷，是想再让人家借钱买表？跟儿子张这个嘴，你不觉得寒碜？儿子咋看咱们？你是想让我把脸丢到家呀！"

田成业被老伴儿堵个倒憋气，也挺没好气，所以就闭住嘴巴，再不吭声。

田大妈也没再接着嚷嚷，因为她的脑海里翻腾起一件最陈旧最陈旧的往事。早就忘个没影儿的往事，忽地一下子被勾起来了。

在燕山镇的娘家，她有个叔伯奶奶，排行老三，她叫三奶奶。三奶奶的人性特好，心地很善良，办事儿极周到。她有五个儿子，娶了五房媳妇儿，成了个最有福气的人。谁也没想到，三奶奶老到走不动爬不动的年岁却遭了罪：五个儿媳妇儿谁都不跟三奶奶好，谁都不扶持她。虽然供柴供米，就是没有人肯伸手帮她做熟了端到手边让她吃。田大妈那会儿还是小姑娘，看着娌子大娘们对三奶奶这样不通情理，就挨个儿对她们好言劝说。挨门走了一遍，四个娌子大娘都抱怨三奶奶当初偏心眼儿，对她们不好，只对四儿媳妇儿好，所以这会儿应当由四儿媳妇儿报答她。根据什么说三奶奶当初只对四儿媳妇儿好呢？有一年，给老爷子做一件礼服呢的马褂儿，剪下些零布头，四儿媳妇儿想用来做一双鞋面。三奶奶觉着并非整块布，只是零布头，即使凑双鞋面子，其中有一扇儿还得接上一块儿才够，就答应了。四儿媳妇儿把鞋做好往外一穿，其他几个媳妇儿就嫉妒起来，背后里嘀嘀咕咕地说闲话儿，怨恨婆婆有偏心，咒骂老四媳妇儿有贪心。为这么一件小小的事情伤了和气，一家别扭了好多日子。三十年的日月过去，三奶奶早把这么一件小事儿忘得一干二净，哪料到儿媳妇儿们还给她记着账、结着仇，让她在最艰难的年岁里啃吃自己种下的苦瓜尾巴！田大妈去找过三奶奶的四儿媳妇儿，劝她照顾照顾三奶奶。四媳妇儿一听就暴跳如雷："根本就没有那事儿（实际上是她忘记了），她们看着我老实欺负我！扶持老人我当然没说的，这样诬赖我、要挟我，我不情愿。老人是五家的老人，都得照顾。她们不管哪，我也不管，免得她们几个娘儿们得便宜卖乖。我搭钱、搭工夫，背后还得说我理亏，是做贼心虚。我不能受这份冤枉。"结果，三奶奶被推来推去，一直没人照管，最后死在那间很宽大、很富有，但很冷清的屋子里……

"一双下脚料的鞋面，就让一个好婆婆变成恶婆婆，最后落那么个悲惨结局。"田大妈听着一只蚊子在耳边"吱儿，吱儿"地边叫边飞旋，心里沉重地回味着很久很久以前的往事，担惊受怕地想，"一只进口手表，可比一双鞋面事情大，不能让这个病根儿埋下，不能留下后患，决不能等闲视之，可得处理得周周详详、稳稳妥妥。可是，一百五十八块钱哪，到哪儿弄去呢？"

高兴是短暂的，短暂又短暂；忧愁是漫长的，漫长又漫长，长得简直没个头儿……

第 四 十 八 章

短暂也罢，漫长也罢，那是随着人的心气变的。反正谁也没有办法改变和违背，只能由着日月自己的脚步往前走。

盛夏一过，秋风乍起，凡是属于绿的东西，像山啦、地啦、树啦、草啦，尤其满地的庄稼，都渐渐地变红或变黄。既是衰老又是成熟。

如同去年的这个时节一样，先割谷子，后掰棒子，紧接着刨白薯，腾出地来抢种秋麦。农民起早贪黑地忙，累得人们把秋收、秋耕和秋种以外所有的事儿都给扔在脖子后边，好像忘个干干净净，而放下不管。

当然，不论大人，还是小孩；不论顺当的，还是倒霉的；不论突然暴发的，还是接着苂儿受穷的：他们无一例外地都记着八月十五中秋节。倘使有一个人偶尔忘记，会有几个人提醒他，用语言提醒，尤其用他操持筹办过节的行动提醒。因为这是个吃月饼、吃粉条子炖肥猪肉块子解馋的日子嘛！

热心肠、好面子的田大妈，更不会不记着这个不寻常的节日。

在即将来临的中秋佳节里，她的二儿子田保根，要跟又俊又美、端着铁饭碗的对象到田家庄正式定亲。在别的庄户人家来说，那一天只管花钱，解馋。而在老田家来说，是添财降喜，是老两口儿一生的大事情全做完毕的一天。两个闺女嫁了，两个儿子成家立业了。一个个都是平平安安、美美满满的，就等着一个连一个地抱孙子啦！人生一世，草木一秋。田大妈从立志当"王宝钏"的时候起，几十年含辛茹苦、千难万险，终于走到这一步，不要说活着眼睛看着高兴，就是到躺在床排子上等着咽最后一口气的时候，也会心满意足！

可惜，万事俱备，只欠东风——缺钱买一块进口的手表！在田大妈捧着啃的大甜瓜上，偏偏有一点儿小小的苦尾巴！而且已经咬在嘴里，咽到嗓子眼儿，吐不出来，也难吞下去。越离着她要露大脸的、完大功的日子近，她越是有苦难言。

"真他娘的不顺当，给两个儿子找两回媳妇儿，都是在手表上出麻烦、折磨人！"田大妈闷坐在炕上愁得肠子肚子都拧一般疼，"离着八月十五中秋节还有两天啦！上次车到山前有条路，这回的路在哪儿呢？老天爷，你再伸手拉我一把吧！"

日头一落山，烟囱一冒烟儿，她心烦意乱，再也坐不住，也没心绪串门。她离开老宅子，走进新宅子转个圈子，散散心。她一迈进堂屋门槛儿，就蹲下身来帮着大儿媳妇儿撅秫秸烧火。干活儿是她的习惯。有点儿事儿占着手，也能暂时地忘掉心里边的不干净事儿。

锅里煮着豆粥，得慢火细烧，得长长的工夫、耐心的性子等它熟烂。干秫秸在灶膛里欢蹦乱跳地"呼呼"燃烧，同时忙乱地吐着火舌头。

大儿媳妇儿杜淑媛，本来正一边和蒸馒头的面，一边瞧锅、添火，这会儿有婆婆来帮一手，她可以专一地和面了。面盆子搁在锅台上，她站着大弯腰地和，一手扶盆沿儿，一手轻轻地揉着。

田大妈把火棍子伸进灶膛里，把燃烧着的秫秸一下一下地搅动着，让它冒大火苗子，烧得透些。同时，无意间朝大儿媳妇儿的胳膊腕子上看看。这一看，好似触到电门机关，心里"咔嚓"地亮了一下子。

杜淑媛把揉成圆团团的面，翻下个儿，攥起拳头，用力地揣起来。

田大妈变得有点儿慌乱不安，再把冒火苗子的秫秸搅动搅动，再一次悄悄往大儿媳妇儿的胳膊腕子瞥一眼，让自己稳了稳神儿，像扯家常话那样地问道："咋好久没见你戴手表呀？"

杜淑媛听到婆婆这句问话，仿佛打个愣，只用"嗯"的一声，代替了回答。

田大妈又紧着问一句："有表为啥不戴呢？"

杜淑媛在揉揣好的面团上抽几下，用手指头挂一挂，便把戳在锅台和水缸夹缝的面板子提起来，搭在水缸沿儿上，抓过面团，放在面板子上。她显然想拿这一连串忙碌的动作，把婆婆的提问给搪塞过去。当她瞧见婆婆停住撅秫秸的手，神态挺认真地等着她搭话，料定难以搪塞，就开口说："我怕做活的时候把表碰坏喽，就没有戴。"

"倒也是。表是娇气的东西，磕碰坏了太可惜呀！"田大妈生硬地点着头，然后加上个尾巴，"话说回来，像咱这样人家，过的是庄户日子，一年里边能有几天不是干活计的时候呢！"

这句话不属于提问式的词句，杜淑媛不必答对。她抓了一把干面，撒在面团下边和四周，使了些溶化好的碱水，再一次开始把面团翻来覆去地揣揉。

田大妈赶忙地撅了一根秫秸，投进灶膛里，盯着它被引着，好像问蹦跳的火苗子："老是把表搁在那不让它走动，还不长锈呀？"

杜淑媛不停地、用劲儿地揣揉面团。由于两只手一起一按，面板子也随着一下一下地撞击水缸沿儿，"咣当、咣当"地直响。似乎这声音盖住了婆婆那句怕手表长锈的话，杜淑媛没听见，所以也就没有任何反应。

火棍子也被烧着了。田大妈赶忙把它往灰里插，插进灶膛最底层的死灰里，让它熄掉。同时，田大妈眼睛不敢正视儿媳妇儿，以一种不仔细听都听不见的低声对儿媳妇儿说："你把那手表借给我用用吧！"

杜淑媛装作若无其事、心不在焉的样子，其实在认真听，听见到了"借表"的话。她的眼睛瞅着面团，嘴角微微地一牵动，露出一副苦笑的神态，用跟婆婆同样低的声音回答说："妈，您老人家真会闹着玩儿。"

"嘻，我都快愁死了，哪还有心思闹着玩儿？这是实实在在的！"田大妈以表情和声调互相配合起来表白着，随即停住拨拉柴火的手，直起腰，终于鼓足勇气，直截了当而又恳切地对大儿媳妇儿说，"我遇到难处了，得求你。要能找到万分之一的路可走，我也不该跟你伸手，我自己张嘴都害臊。事到如今，火烧眉毛地急，实在没有别的咒可念哪！"

杜淑媛听到这儿，也不禁地停住手，两眼直勾勾地望着婆婆，像是没有把婆婆的话听明白。同时，她脸上的那种不自然的难色，无法掩饰地流露出来。

田大妈把话开了头，胆大气壮些，继续对大儿媳妇儿往明里挑："后天是八月十五中秋节，是老二约好定亲的日子。人家二儿媳妇儿啥条件都没有给咱家提，啥东西也没跟咱家要。可我这当婆婆的不能装糊涂，不能不管老辈子的规矩、当今的习惯，不能让人家空着手来，再空着手走出田家门、走回娘家去。就把你那块表先借给我，我给她，算定亲礼儿。这样，老礼儿新礼儿都照顾周到了，让人家二儿媳妇儿高兴，我也心安。拿到哪儿也说得过去，对儿女晚辈没偏没向，一碗水端平了嘛！你说对不？"

杜淑媛到这会儿总算听明白了婆婆今儿个到她这边来、说了一堆话的全部意图。她对婆婆的周密考虑、合理的安排没有任何异议。她一面继续听婆婆的反复解释，一面冲着婆婆点头，表示"对"，认为"应该"，最后却说："您的打算挺好。您就再给老二媳妇儿买一块手表吧！"

"咱家的家底儿你还不知道？一时半会儿地没法儿凑够那么多的钱哪！"田大妈为了把大儿媳妇儿说得通、说得心服口服，不得不诉起苦来，"咱家的人，都是只会撸锄杠种地的庄稼汉，没有捞钱发外财的本事，更没有靠山门路可走。这几年供念书的、操持盖房子、定亲娶亲的，连续着办事情，都是往外花钱的事情。掏空了，至今还没缓过元气来。"

杜淑媛听着婆婆摊摆困难的账单子，不再插嘴说什么了。她又接着揉揣面团，面板子在沉重的压力下，"咣当、咣当"地响得刺耳朵、震心！

田大妈低声下气地说："啥也不怪，只怪你公婆窝囊废、没本事，拖累得你们也跟着为难。谁让你遇上这样的公婆呢？这回就算我求你伸手帮扶一把。"

杜淑媛不吭声、不抬头，不停地揉揣着面团，脸蛋儿一阵子红、一阵子白的。

田大妈可怜巴巴地说："老二保根年岁也不小了，早该定下亲。我们当爹妈的，把他给耽误这么久，实在对不住亲生的骨肉。他自己抓挠着，在外边混上口饭吃，还好不容易地找到个合适的媳妇儿。这可千载难逢，决不能错过机会。这是他一辈子的大事儿，你是嫂子，你就成全成全他吧！"

杜淑媛默默地听着，两只揉揣面的手有些微微发抖。尽管婆婆已经把话说到这种哀告地步，她依旧紧紧地闭住嘴巴不吐一个字儿。

田大妈强忍着羞臊的痛苦，压着撞了钉子的恼怒，蹲在灶膛边，仰着脸，盯着大儿媳妇儿的两片嘴唇，等待着从那里发出来能够给她立即消除痛苦和恼怒的一个字儿。不料想，等了足有半袋烟的工夫，还是不见声响。田大妈实在捺不住性子地追问一句："行不？到底行不行，你说句痛快话呀！"

杜淑媛被追地侧过那张又变得有些发黄的脸孔，看婆婆一眼，用力地、生硬地摇摇头，开口说："我不乐意。那表我不往外借。"

田大妈如同被这比蚊子叫还小的声音给吓飞了魂儿。她睁大眼睛，好似互不相识那样，跟大儿媳妇儿对视了几秒钟。依照她一贯的脾气，她应该吼叫，应该跳着脚地大骂面前这个不通情理、不给她面子的浑球儿。然而她极力地压下了火，吞下了气，管制住自己的嘴巴。因为她心里明白，张嘴跟大儿媳妇儿借手表给二儿媳妇儿的这件事情本身就亏理，就丢脸，就不能够摆在桌子面上接受别人评议，更不能让门口以外的外姓人听见。如若吵起嘴来，大儿媳妇儿用什么话都能够轻而易举地堵住她这个婆婆的嘴，都能够不担风险地把她这个婆婆给撅个对头儿弯，让婆婆没法儿下台阶。这不是自跌死跟头吗？况且，老田家的婆媳俩一向和睦，要是翻了脸，吵闹起来，乡邻会笑话，自己要难受，一家人也得跟着不舒心，往后就不用想再有太平日子过了。田大妈在田家庄换取的好名声不容易。田大妈让这个门口在田家庄没人敢说三道四，也不容易。田大妈给大儿子操持着立起这个门户更不容易。她不能不权衡利害就莽撞行事。

"这样吧，你再仔细地掂量掂量。谁把心爱东西往外拿，也会有点儿舍不得。这我清楚。咱们家不是遇上了事儿，没办法办嘛！"田大妈用平和的语气说着，丢下火棍子，站起身，给自己和大儿媳妇儿都留下个可以转弯儿的机会，"等明儿个早上，你给我个回话就行了。"

"妈！"杜淑媛跟出门口，跟到院子，冲着婆婆的背后叫了一声。

田大妈听到这叫声，心里好似"死灰复燃"般地一亮，怀着"绝路逢生"的一丝喜悦，收住本来有些跟跄不稳的脚步，扭过身子，迎着大儿媳妇儿走过来，等着听大儿媳妇儿下边要说的话。

杜淑媛就地站住，没有走到婆婆跟前，声调急促地说："妈，我现在就告诉您。您千万别指望我的那块手表。您快点儿另想办法吧，免得耽误了大事儿。"

田大妈万没料到，大儿媳妇儿给她这么一句刀口上撒盐末的话。她绷起脸，咬咬牙，转身接着往外走。她的脚步比刚才更加慌乱。

她想到原来二队的场院去，那个场院没有彻底瓜分。麦收的时候，因为有些人家没场院，糟蹋不少麦粒子。老队长郭云接受这个教训，自作主张又把那空闲的场院利用起来。还雇了一台脱粒机，给没人手、肯花加工钱的人家脱粒。老田家也占了块地盘，把旱棒子也堆在那儿。田大妈到那儿有活计做，可以占着手，稳稳神儿。那儿人多，一说一笑，可以忘掉烦恼和忧愁，暂时松松心。

大秋麦日，村子里很难找到闲人。年纪大、腿脚不好的，能坐在场院剥棒子、选高粱种、从打扫场边子的粮食里往外挑小石头子儿。小孩子们也不得闲，搂树叶，拾柴火，背着笆篓筐从漫天野地到各自的家里来回奔跑不息。常言说："秋天猫猫腰，冬天转三遭。"实际上，到了十冬腊月，大雪封了地，就是转上十遭，也难捡回一根柴草。

只有邱支书的老伴儿是个闲人，因为她是个啥事儿也不用操心的"有福之人"。支部书记有权、能干，在家里家外都说了算。这几年他只管自己发财，不再管老百姓，田家庄有三家跑买卖的和孔祥发的窑厂，他都入着"权力"股子。他像个老太爷子一样坐在家里，只管开介绍信、盖公章、陪客人吃喝，门不用出，心不用操，到时候就"劈红"，进钱可不少。人家三个儿子，四座宅院，全是这两年修建起来的。家里凡是懂事儿的人，胳膊腕子没有不戴手表的。支书的老伴儿戴了半年手表，至今也只能估摸认识几点，而认不准多少分钟。像人家这种人家，还用为一块手表被逼得走投无路吗？

这会儿，支书的老伴儿盘腿坐在十字路口大槐树下的一块光滑的石头上，慢慢悠悠地嗑葵花子儿。她身边的地上，已经嗑了一大片壳儿。离老远，她就招呼一声："喂，田大妈，来坐会儿呀！"

田大妈强作笑脸应酬："不啦，我得到场院去。"

"嘻，你真是老脑筋。"支书老伴儿说，"地是最不能出产钱的东西，你还种它干啥！"

田大妈说："得吃饭呀！"

支书老伴儿说："有了钱，啥都能有。"

"是这么个理儿。"田大妈脸上变成苦笑，"我缺的正是那玩意儿……回头说话儿吧！"

"忙啥呢！坐会儿，跟我聊聊天儿，解解闷儿。我在这儿等半天，一个伴儿也没等着。"支书老伴儿说着，懒懒地打个哈欠，"都熬着使上了媳妇儿，还用你这么里外忙？"

"反正吃饭就得干活儿。我们过的是小日子呀！"

"快拉倒吧！"支书老伴儿撇着薄薄的嘴唇，"我告诉你，可不要惯着儿媳们这号毛病。你要是总做活儿，有一天闲着，她们就会看着你不顺眼。从打大儿媳妇儿一过门儿，我就针不拿，笤帚不摸，油瓶子倒了不扶，吃饭得给我盛好了端到手上！"

田大妈并不羡慕这样的光景，就敷衍地说："难怪人家说你有福气。"

"事在人为。仨媳妇儿，各有各的宅子，想躲在自己的窝里清静，没门儿。她们得轮流值班伺候我们老两口儿。饭菜做得不顺口，我就给她们掀桌子摔碗，再让她们重做！"支书老伴儿得意扬扬地说，"古语讲得好，棍棒出孝子。对儿媳妇儿这些外姓人，更不能心软客气。马善被人骑，人善被人欺。给她们锅台就敢上炕。"

田大妈听到这儿，不由得插问一句："你不怕外人笑话你是个恶婆婆？"

"她们要是乖乖地孝顺我，听我的话，我能这样教训她们吗？得怪她们！"支书老伴儿这样说着，神情忽地一转，问，"听别人说，你命好，娶了一房好儿媳妇儿。是真好，还是假好呀？"

田大妈连忙回答："真好。是真好！"

"知道心疼你？"

"知道！知道！"

"不让你生气？"

"不让！不让！"

支书老伴儿一拍膝盖说："要是这样儿，你当然能当善婆婆啦！遇上可心的好儿媳妇儿嘛！"

"你坐着。我去忙啦！"田大妈的心里挺难受，鼻子直发酸。她赶紧离开支书老伴儿，边走边想：自己刚才是不是为了顾全脸面，说了违心的话呢？

"没有。没有。"她摇摇头。往开处看，往好处想，从大儿媳妇儿身上能挑出啥毛病呢？光为那块表的事儿，就把人家骂个一钱不值？人家一辈子找一回男人，只得到那么一件心爱之物，冷不防要拿出来，送给别人，谁能不心疼呢？大儿媳妇儿是通情达理的人，跟男人好，对公婆也不赖。让她用一个后晌还有一个晚上的时间想想，会想通的，她毕竟不是那种浑娘儿们呀！

田大妈把希望寄托在明儿个早晨。尽管从这个时候到那个时候，实在难熬，她必须捺着性子等待。

第 四 十 九 章

晚上，田大妈睡得并不迟，只是恍恍惚惚，睡得不实在。天没亮，她就急忙起来，先把屋门、二门和院墙的排子门都打开，随后抱柴火做饭。

她一边蹲在灶前烧火，一边留神用耳朵听外边有没有人叫她，间或侧过头去，朝院子里瞧一眼，巴望着大儿媳妇儿像以往那样舒眉展眼、面带笑容，手掌心上托着一块表，直送到她面前来。

左邻右舍有了开门声、说话声和挪动家什的响声；街道上，有了脚步声、车轮声和牲口蹄子踏地声；远处，隐隐地传来拖拉机"突突"地叫唤，还有汽车喇叭声……

每一种声音的变幻，都牵动田大妈的神经。她或是停住做活儿的手听，或是眯起昏花的眼睛张望。每每使她大失所望，增添着烦躁和不安。

"我真糊涂。"田大妈自我安慰地想，"她跟我一样，早起给留根做饭，伺候留根吃饱肚子，打发留根下地去干活儿。只有忙到这个时辰，她才能够松松气，腾出身子，离开家。这么早就四门大开地等她，明明是白等呀！"

田成业从炕上爬起来，默不作声地磨起镰刀，扫净院子，往猪圈里铲了几锨垫脚土，随后跺跺脚上的灰尘，拍拍夹袄的前襟儿和裤腿上的灰尘，回到屋里同样默不作声地吃起饭来。

他知道老伴儿为啥这样地焦急不安：还没有把手表拿到手里，明天就是八月十五中秋节，老二保根要带上对象来家里定亲了。他对处理这一桩为难的事儿，既没主意，也没办法。甚至于连让老伴儿能够暂时开心的话，也难挑拣出几句，所以还是不开口为妙。于是，等到吃饱了肚子，就赶紧提上镰刀，仍旧默不作声地下地干活儿去了。

村庄里一片嘈杂声潮过后，又渐渐地宁静下来。只剩下远处场院里那台脱粒机低沉而又单调地"嗡嗡"着。野地山坡那边人的吆喝声、鞭子抽打声，都是隐隐约约的。不知为什么，在焦急不安的人听来，这比一片震耳欲聋的轰鸣巨响还令人心神不安。

田大妈先坐在屋里的炕上等，后来倚在堂屋门框上等，末了站在二门外面等。她左等右等，等到野地里的热闹声音再次转移到村子里，不少人家的屋顶上冒了烟儿，仍旧没有听见有人叫她，更没有瞅见一个迈进院子的人影儿。

"我真像吃了忘性蛋。"田大妈再一次自我责备起来，"昨儿个早上就定下了，今儿个头响掰棒子，大儿媳妇儿能不跟着留根下地去？那些棒子一个个地掰下来，一筐筐地鼓捣到地头上，再从地里运到场院，可不是一两个人眨眼工夫就能做完的活儿。大儿媳妇儿哪能腾出工夫，在这晌不晌、夜不夜的时候跑来送表呀？"

吃过晌午饭，田成业略微歇歇腿，又急忙下地：棒子棵里带了些爬豆，得一棵一棵地割下来，归到一堆儿；不然，儿子留根抡着小镐子一刨棒子秸，会把干透了的豆荚都得碰炸开。同时，他今儿个就像怕碰炸豆荚那样，怕"碰"老伴儿。刚才他从地里回到家，一见老伴儿那张拉得长长的脸孔、噘得高高的嘴唇，就已经暗暗地推测到：正办的那宗要紧的事儿没有办成。此时此刻，在家里逗留久了，不留神多嘴多舌说了不顺耳的话，准得挨没好气的老伴儿一顿呲儿。这何苦呢？

下午，田大妈虽然更不安生，可是没有像午前那样坐等。明儿个既是传统的节日又给二儿子办定亲的喜事儿，应该准备的东西，应该做的活计，都搁在一边等她动手做哪。

　　她先收拾屋子，把桌子、凳子、柜子、瓶子、镜子，全都擦了两三遍，消除掉春节以来渐渐落积的尘土。她接着归置院子，把该堆的堆起来，该垛的垛起来，连鸡窝都进行了一次彻底的大清理。整顿堂屋杂乱东西的时候，她带手打了一铁勺面糊，把被猫钻坏的窗户窟窿，全都拿纸堵严实。她还把第二天吃的白面发上，把泡好的黄豆嘴儿过了一遍水，把塞在碗架子里的一小包黄花菜和一小包黑木耳，也都掏出来，挑了挑，择了择。她想再看看花椒大料里会不会长了虫子，可惜天色暗淡了，模模糊糊地看不清楚。

　　"天哪，都黑了？"田大妈朝屋子外边瞅一眼，忽然一阵紧张，胸口怦怦乱跳，"吃罢这顿饭，收拾完锅碗，再睡一觉，可就到了明天了！明天是八月十五，是老二保根从城里带着自己找的对象来家里正式定亲的日子呀！"

　　拖拉机的"突突"声，牲口蹄子的"嘚嘚"声，锨镐铁器"叮当"的撞击声，人们的吆喝声、呼喊声、说笑声，再次往村子里聚拢。街道上又一次让喧哗塞满，好似大城市里的繁华夜市即将开始，戏园子里的一出好戏就要开台。

　　田大妈实在沉不住气了，系在腰上的脏围裙都没解下来，就急步走出旧宅子，往东走，奔新宅子。刚走到村口，抬头看到新房子那亮着电灯光的窗户，猛地刹住脚步。

　　"我这是干什么呀？像个叫花子，向儿媳妇儿乞讨？我这也太贱骨头啦！"她忽有所悟，既恼怒又委屈地想着，扭回身，往旧宅子迈步，"昨儿个晌午，我这当婆婆的，把好话都说到家了，明明白白地跟她定了准时间，让她今儿个早上，把借表的事儿成与不成的，给个回话。可倒好，整整一天，不要说手表，连个人影儿都不见！如今，我再没脸没皮地找她哀求，再闹一鼻子灰，往后这个婆婆还咋当？就算把表拿到手，我也得一辈子被儿媳妇儿踩在脚底下，直不起腰、抬不起头！我还在田家庄见人不？还有脸活下去不？乡亲背后得怎么传说我……"

她慢慢地往旧宅院走着，想起昨儿个晌午在十字街头大槐树底下遇见邱志国女人的情形。支书老伴儿仗着支书的势力，家里家外都拿尖儿，跟儿媳妇儿没笑脸，张嘴就骂，像训斥小狗子那样训斥儿媳妇儿。对这做派，支书老伴儿心满意足、得意忘形。以前，田大妈瞧不起这样的恶婆婆，以自己不是这样的恶婆婆而自豪。这会儿，她倏然清醒地认识到：只有像支书老伴儿那样作威作福，那么严厉和硬心肠，才是个真正当了婆婆的样子，才能够让儿媳妇儿服帖和顺从。田大妈感到自愧不如，真丢脸！在家里丢脸，在外边丢脸，明儿个还得在那个家住在城里的、手端着铁饭碗的二儿媳妇儿跟前栽个大跟头、丢尽脸！支书老伴儿那一套使儿媳妇儿、当婆婆的真经实传，也在她的脑海里翻腾起来，使她悔恨交加，怪自己太善心、太软弱、太讲情面、太没家法，结果把儿媳妇儿给惯坏了！在儿媳妇儿的心目中，哪里还有我这个窝窝囊囊的婆婆呢？我是个掉在地下没人捡、丢在道儿上没人拾的土坷垃、破烂儿！

田成业不知啥时候从地里回到家，他孤零零地蹲在黄昏的屋檐下，闷闷地抽着烟，弯着一只手，一下下地捶打自己的酸疼的后背。他见老伴儿无精打采地走进来，就抬起头，用一点儿不带抱怨意味的口吻问："咋还没有点火做饭呀？"

"我伺候你们老的少的一辈子啦，还不该轮着我歇歇呀！"田大妈直奔屋里走，郑重其事地说，"我这回总算醒过梦来，往后我们不能再当傻瓜蛋，得尝尝当老爷子老太太的味儿。我劝你也想开点儿。"

田成业摸不着头脑，不好搭茬儿说什么，只是冲着老伴儿那模模糊糊的脸眨巴眨巴眼睛，心里边十分的不安生。

田大妈要迈门槛儿的时候，又冲老头子补充一句："从明儿个起，重打锣鼓另开张。让留根媳妇儿，一天来这边给咱做三顿饭，吃完了，刷洗干净，她再走。衣服、袜子脏了，也给她留着。"

　　田成业慢慢地站起身，跟随老伴儿进了屋，拉开灯。他提起脚后跟儿，从那用小树杈做成的钩子上，摘下小篮子，一边翻着一边说："我吃口剩东西忍一宵吧！明儿个的事儿，你觉着咋办合适就咋办。我没别的话说，全由着你！"他说罢，抓起一块饼子，重把篮子挂上，进了里屋。

　　田大妈见老头子坐在靠柜的凳子上，掰开一块剩了好几天的干巴饼子，两手捧着，用不齐全的牙齿费力地啃咬嚼咽，实在有点儿心疼。她想，抓把柴火，点着火，给他做碗汤喝，是很容易办的。可是，刚说出口的话不算数，又有些不好意思。这么一宗小事儿也不能咬牙做到底，那就显着更不值钱了。所以她狠着心肠把脸扭到一边儿，没理老头子，探着身子拉过一只枕头，就倒在炕上了。

　　田成业把饼子吃完，喝了半瓢子凉水，坐到炕边装上一锅子烟，刚抽几口，就听见院子里有脚步响。

　　那脚走得很快，进了堂屋，略停，揭锅盖和撂锅盖的"呱嗒"声，开碗橱子门儿和关碗橱子门儿的"哗啦"声。接着，门帘儿"呼"一声被掀开。

　　田大妈从打听到第一声脚步响，心口窝就跳。料定大儿媳妇儿来了。听到门帘儿响，她几乎是下意识地把脑袋一扭，让脸冲着墙，让后背冲着儿媳妇儿：应该做个姿态给儿媳妇儿看看，要不哪还有婆婆的尊严！

　　"妈，您怎么啦？"

　　田大妈从这一声问话才清楚，进来的不是儿媳妇儿，而是大儿子田留根。她心里暗想："儿媳妇儿到底没有抻过我，打发老爷儿们来了。幸亏我没有莽莽撞撞地上赶着去找她，也就没有再在她面前矮一截子。"

　　田留根站在炕沿边又问一句："怎么锅啦灶的都是冰凉吧唧的？你

们没有做饭吃呀？"

田大妈想说"让你媳妇儿过来给我做"，话到舌尖又吞回肚子里。她又想：儿子老实，别让他在当中受两边的夹板子气。所以她嘴没吭声，眼睛盯着儿子的手，急烧火燎般地等着儿子说正题儿。

"妈呀……"

"啥事儿，快说呀！"

"您看，咱西地的棒子秸，是留茬子，还是连根儿一起刨呀？"田留根跨坐在炕沿上，不知是故意没话找话说呢，还是真的来商讨农活儿安排？

这使得田大妈越发地紧张，随口回答一句"咋办都行"，两只眼睛更贪婪地盯着儿子的手。

儿子的一只手是空的拳头。不过，他抬起另一只手，伸进衣兜里，摸索一阵儿，终于抽出。嗐，更令人失望：儿子的手指头捏出来的并不是表，而是一张卷烟用的纸条子。

田大妈的心立即变得凉透了，难受得闭上眼睛：儿媳妇儿不露面，打发老爷儿们空着手来，是来送拒绝借表的口信呢，还是想摸摸底、讨价还价呢？要是后边这个目的，不把门儿关死，还有点儿指望。

田留根把烟卷上，点着，抽两口，又一次问他妈："您这脸色怪难看，是身子不合适，还是累着了？"

田大妈猜测儿子跟她绕弯儿，就气呼呼地答对："我哪儿都合适，就是心碎了！"

"您到底咋的啦？"

"我怎么啦，得去问你媳妇儿！"

"她气您啦？"

"哼，这比拿鞭子抽我一顿还难受！"

"哎呀，出了什么事儿？您快说呀！"田留根有点儿发慌，扔掉手里的烟，挪到他妈跟前，连声哀求，"妈，妈，到底出了啥事儿，您快对我说说，别这么憋闷着我！妈呀！"

田大妈终于从儿子这副发急的样子觉察和判断出来，儿子并没有跟她绕弯子，因为这个老实厚道的大儿子，不像老二保根那样会做假。这还证明，那个让自私迷住心窍的大儿媳妇儿，根本没把有关手表的事儿对自己的老爷儿们说。于是，为了拉"同盟军"，田大妈的工作必须从头做起。

"留根，你记着你弟弟多大岁数不？"

"这还能忘？二十四周岁呗！"

"对。你说说，这么大个男子汉，该不该张罗找媳妇儿呀？"

"该。他不是在城里找到个挺可心的了吗？"

"找到个可心的，不假。那么，在定亲的时候，咱应当不应当给人家个定亲礼儿？"

"应当……就是，人家是端铁饭碗的，咱给人家啥东西合适呢？"

"不管她端啥饭碗的，嫁给我儿子，就是我的儿媳妇儿。给了你媳妇儿什么，我也得给人家保根媳妇儿什么。这才叫没薄没厚，不偏不向，公平合理，里外全体面，哪头也不丢人。你说对不？你同意我这么看不？你赞成我这么办不？"

田留根连连点头："同意。赞成。妈，您就这么办吧，我没话说。"

"就这么办？嘿，好！"田大妈一收腿，坐起身，逼视着儿子说，"你定亲的时候，我给你媳妇儿手表了。请问，如今我从哪儿再抠出一百五十八块钱，给老二保根的媳妇儿也买块手表？"

"是呀，是呀……"

"你别光顾嗑牙花子，得动脑筋想法儿。天无绝人之路，路得靠一家人帮扶着走。"田大妈继续点拨儿子，"所以我再问你一句。为了帮扶着往前迈步，为了应急，先把你媳妇儿放在柜子里不戴的那块手表借来用用，应应急，算不算我这当婆婆的刁难儿媳妇儿？"

"哎，这倒是个办法。"田留根听到这儿，笑咧开嘴巴，一拍大腿说，"好！好！先拿那块现成的表对付对付，不用花费钱买了，事情妥善地办了，一家人都不抓瞎着急了，也算我们当哥哥嫂子的尽了一点儿心意。好！好！"

"看，还是妈的儿子通情达理。"田大妈满意地笑笑，指使儿子，"你就拿这个心气和想法，去劝劝你媳妇儿，让她把手表借出来吧。只要她乖乖地把表借给我，帮咱家渡过这道难关，我就什么都不计较啦！以前我咋跟她好，以后还照样儿，绝不差分毫。"

田留根蛮有把握地对他妈说："这还用劝说，我到家就把表给您拿来。您给我做口吃的，我就去办。"

田成业见儿子一撩门帘儿蹿出去了，才皱皱眉头说："怪不得他进门来就又翻锅又开碗橱，敢情跟他爸爸一个样儿，没有人给做饭，还饿着肚子。"

田大妈溜下炕，舀水洗手，喜洋洋地对老头子说："我给我儿子做点儿好东西吃，让你老东西沾沾光。"

田成业叹口气："就怕这顿饭他吃不顺当，我这光沾得也难自在呀！"

"我儿子不像你软拉吧唧的，没长一根公鸡翎儿，媳妇儿不敢不听他的。"田大妈这么堵老头子一句，又白瞪老头子一眼，"还不找人给你剃剃头、刮刮脸？看你，刺猬似的，好像刚从大狱里放出来。这副样子，明儿个咋见没过门儿的儿媳妇儿呀！人家是城里人，有文化的！"

田成业冲着老伴儿做了个无可奈何的笑脸，算是接受了指派。他慢慢地站起身，走到堂屋门口，抬头看看升起来的圆圆的月儿，悄悄地叹息一声。

第 五 十 章

田留根离开老宅子，往村头新宅子走，饿得肚子"咕咕"乱叫。他已经连续两个晚上没有吃到现成的饭了。

昨儿个，他割了半天谷子，又累又饿地回到家里。他老远就瞧见窗户纸是黑的，没亮着灯。走到宅院跟前，发现寨子的栅栏门掩着，屋子里的木板门也掩着。他冲里面喊几声没人应，进屋一看，锅是空的，灶是冷的，更没有放桌子和摆菜碟子。

从打他们小两口儿跟老人家分开单起火以后，媳妇儿把全部家务担子都挑在肩头上，不论大事小事，都不让田留根操心。连挑水的扁担都不让他摸，多会儿揭开缸盖看，缸里都是满的。媳妇儿对田留根穿的吃的，照顾得更周到。衣裳，脱下来，就给洗得干干净净地放着，断一点儿线，也得给缝上。吃饭的时候，他吃一碗，媳妇儿给盛一碗，眼睛盯着他吃，总怕他吃不饱。夏天歇晌，他躺在炕上睡，媳妇儿坐在身旁，一边做针线，一边用扇子给他赶苍蝇……总之，媳妇儿对田留根的那种无微不至的体贴劲儿，全田家庄也独一份儿、难找对儿。这几个月里，田留根下地或是赶集回来，多会儿到家，菜饭都是现成的，洗把脸坐下就吃，像昨天那种冷锅冷灶的现象，还是头一回遇上。

昨儿个晚上，田留根不光肚子饿，还想在睡觉前把场院里该苫的东西苫起来、该堆的东西堆起来，腾出个地方，第二天掰了棒子好有处放。所以他没有等媳妇儿，就像今儿个他爸爸的样子，找了点剩东西吃。他比他爸爸有"口头福"，吃的是晌午没吃完的发面馒头。他到场上把活儿忙完转回家，媳妇儿已经关上灯睡着了。

今儿个早上，杜淑媛比田留根起得早，围着被子坐在男人身边，呆呆地瞅着男人，好像不认识似的。

田留根醒了一睁眼，瞧见这情景，就冲媳妇儿笑笑，一把把媳妇儿拉到自己的怀里，问她："昨儿个晚上你跑到哪儿去了？"

杜淑媛挣脱开男人的胳膊，一面往起爬，一面低声回答说："我到街里串个门儿，回来瞧见馒头没有了，就知道你已经吃过了。"

"看，忘了给你剩点儿。真糟糕！"

"我不饿。"

吃过早饭，小两口儿一块儿到村西地里掰棒子。杜淑媛掰，往小筐子里装，搬到地边上。田留根用小推车往场上推。忙到中午，他们一块儿回家，做了一顿简单省事的饭吃，又接着上午的活茬儿做。太阳落山，棒子都掰完，都堆在地头上，光剩下往场上推的活儿。杜淑媛就独自提前离开棒子地。天色黑下来，田留根收工回到家，跟昨儿个一模一样，又是不见人的踪影、锅空灶冷的。田留根当是媳妇儿去老宅子看公婆，就追过来。结果没找到媳妇儿，正巧遇上他妈着急发愁。

田留根得赶快找到媳妇儿，拿上手表，一块儿返回老宅子，让妈放心，一起动手做饭一起吃，趁着月光，四口人好去场院动手剥棒子。

那么，媳妇儿到哪儿去了呢？又去串门儿？她到哪家串门儿呢？兴许到西街陈家去。因为陈家大婶是他们的大媒，平时常有来往。

田留根走出家，直奔西街，敲那刚焊上不久，还没有刷油漆的独扇铁门。

陈家的大叔从屋里出来开门，对这个从来不乱串门儿的人问："是你呀，有啥事儿吗？"

田留根一边往里张望一边回答说："找我屋里人。她没到您这儿来串门儿？"

陈大叔说："昨儿个她到我这儿待一晚上，跟你大婶嘀咕啥话儿。我正挑豆秸子，没顾得问。今儿个没见她。"

田留根没停留，转身往回返。他心想：今儿个晚上，媳妇儿兴许到南头刘家了。刘家大叔不光是他们的媒人，还跟香果峪的杜家沾点儿拐弯儿的亲戚，比跟陈家的人更熟识。

南头路远，太绕脚。田留根图个近便，站在后墙豁子喊叫起来。

刘家大婶披着衣服，从屋的后门探出身子搭话："我都睡下了。你还进来坐坐吗？"

田留根说："不啦！我找我屋里的。"

刘大婶说："吃晚饭那当儿来过，在屋门口站一会儿，跟你大叔说几句话就走了。"

"我大叔也睡了？"

"老队长郭云把他拉去打更看场院。他也真多事。生产队散了班子，地都分到各户了，你还操那家子闲心哪！"

田留根没听完老太太的牢骚话儿，就急忙地离开了墙豁子。

刘大婶是农业合作化那会儿的妇联主任，还当过县劳模，红火过一阵子，至今仍然挂着党员的牌子。这几年，只有"三八节"啦，过年搞"拥军优属"活动啦，邱志国才把她搬出来，有时候在村里，有时候到燕山镇，走一遭，吃一顿，露露面。实际上她啥事儿都管不了，只会发牢骚、骂人，连邱志国都敢骂，仍然管巴福来叫"老地主"。她早晚得惹祸挨整。安分守己过日子的庄稼人，可不能跟她多打交道。

田留根今儿个这么急地走开，倒不完全由于躲避刘家大婶。当他找媳妇儿再一次扑空的时候，这个老实人，也不得不转几个弯儿：哎呀，这两天发生什么事儿？妈为啥生气？为啥没到地里掰棒子，也没往新宅子来？媳妇儿为啥发呆，而且从来不爱串门子，怎么一下子变成大黑天往外跑？为给老二保根定亲借表的事儿，妈是不是跟媳妇儿说了？兴许因为媳妇儿舍不得借，娘儿俩吵了嘴吧……田留根知道他妈的性子急，有时候说话管前不管后，容易让人接受不了。要是好言好语地把事情摊开来、讲清楚，媳妇儿不会硬不肯借。媳妇儿是善良人，就是再心疼手表，冲着公婆、冲着小叔子，特别是冲着男人，也会一咬牙拿出来。媳妇儿的脾气确实有点儿犟，然而她懂理、讲理，决不会不顾脸面，偏在这样关系着全家人的大事情上耍浑。

田留根心里边这样反反复复地思虑着，摸着黑进了家。他拉开灯一看，媳妇儿果然已经回来，又像昨天晚上的样子，先独自躺下睡了。

田留根故意在屋子里兜圈子，用力挪放东西。他见媳妇儿没有动一下，证明在装睡，也证明媳妇儿心里的疙瘩系得挺死，不愿意跟他搭话，是不愿意触及手表的事情。

田留根紧张了，为难了。不过他有信心把媳妇儿的心眼儿劝活动，用年轻夫妻间的办法劝。他插上屋门，放下窗户，脱了衣服，钻进媳妇儿的被窝里。

杜淑媛不说话，一动不动，简直像一个麻木得失去了知觉的人！

田留根把各种手段用尽，只好开口："喂，明儿个八月十五中秋节啦！"

杜淑媛不搭腔。

"老二保根要回来，带着对象，定亲。你得跟兄弟媳妇儿热乎点儿，将来妯娌好和美。"

杜淑媛不开口。

"这回老二保根成家立业，不用咱们受苦受累地帮着操持盖房子，也不用咱们省吃俭用、勒着腰带攒钱准备彩礼啦！你说这有多走运气！"

杜淑媛对这番话依旧没有一点儿反应。

"咱们是长兄长嫂，得关心他们，咱们是欠着老二的情的。老二保根将来在县城里安了家，不从咱们手分走一半儿房子，他那份口粮田也归咱们种，这更美了咱们。咱们心里边对人家应该知情。"

杜淑媛对这些话照样儿没有任何表示。

田留根被媳妇儿这种"不张嘴"的政策弄得很难受。恼吧，恼不得；气吧，气不得。把他给憋闷得心急火燎、抓耳挠腮，最后，他不得不挑明了直说："我问问你，妈跟你说过那块手表的事儿吗？"

杜淑媛终于回答了两个字儿："说了！"

"你答应借了，是吗？"

"没答应。"

"为啥呢？"

"那表是我的。"

"咱是两口子。咱俩好得成了一个人，还分什么你的我的呀！就算你把表借给我，行吧？"

"不行！"

"以后我再给你买一块好的，最新式的，全自动的。行不行？"

"不行！"

"哎呀，你就这么眼看着我为难？一点儿都不心疼我啦？"

"我比你还为难，你咋不心疼我呢？"

"想开点儿吧！这不是为了两姓旁人，这是为了成全我的亲弟弟！"

"这我懂。谁都有一奶同胞，骨肉……手足……"杜淑媛声调悲切、哽咽得说不下去了。

"看看，你说的都是明白话，咋就钻牛角尖儿办糊涂事儿呢？"

"我一点儿都不糊涂！"杜淑媛有些发躁，高声地嚷起来，"手表是我的，我想咋处理就咋处理，谁也管不着。你别这么逼我啦！"

窗户外边忽然有人搭了腔："表是你的，谁也没说不是。可是你知道那手表是咋来的吗？"

搭话的人原来是田大妈。

刚才，由于大儿子田留根的言语和行为，使她在借手表那件事的绝望中重新有了"有救"和"成功"的信心，所以高高兴兴地给儿子和老头子做了半锅面片汤，卧了六个鸡子儿。她左等右等不见儿子回转，怕把汤放凉了不好吃，也想借机会探听一下那件重要事进行的结果，就给盛了一小盆汤，舀出四个鸡子儿，端着送过来。送这么多的汤，又亲自送，还有另一个目的：如果儿子跟媳妇儿已经商量妥善，婆媳俩这样子自自然然地一见面，就雨过天晴，云啦雾啦，全算过去，还像以往那样的干干净净、亲亲密密。不料想，她走进没有关闭栅栏门的新宅子，走到新房的窗前，可巧听到大儿媳妇儿一番不堪入耳的混账话。咋不让人气炸了肺呀！田大妈再也压不住满腔怒火，立即接过话茬儿回击起来。

屋里的小两口儿，都被突然从窗户外边传进来的声音吓得一哆嗦。

"妈，您……"田留根爬起来，不知道应该说句什么话为好。

田大妈气呼呼地告诉他们："我不是来偷听你们窗根儿的。我不是那种下贱人性。我是来给你们送吃的，对你们是一片好心。万万没想到，你们憋着一脑门子气儿，等着跟我打官司！"

"我去给您开门。"田留根在慌乱中又说这么一句。他的一条腿伸向炕沿，另一条腿还在被窝里，就停住了。媳妇儿仍然躺着，自己不敢动身。妈要进了屋，见到媳妇儿这副架势，气会更大，火会更高。气加气、火赶火的，会大吵大闹起来。那可咋办？

田大妈站立在凉风冷月的院子里，感到十分的孤单和委屈。她眼望着黑乎乎的窗户纸，反射着惨白光亮的玻璃，越琢磨越不是个滋味儿。半年多来，大儿媳妇儿杜淑媛积累在她心里的好印象，全然崩溃：以前的诚实，这会儿变成了虚假；以前的贤惠，这会儿变成了刁钻；以前的温顺，这会儿变成了奸诈……真是"画龙画虎难画骨，知人知面不知心"。哪能想到，家人喜欢、外人夸奖的好媳妇儿，竟然是这样一个没有心肝儿、没有人味儿的女人，瞎了我的两只眼睛呀！

田留根把媳妇儿给搋起来，把衣服给媳妇儿披在肩上，小声央告："穿上，穿上；下地，下地"，随即又冲窗外递话儿，"妈，我就去开门……"

"你别开，我不进去！"

"您回去呀？我随后就到。"

"我有几句话得说到明处。别闹一遭儿，再赖我这当婆婆的刁钻、不通人性。"田大妈冲着窗户慷慨激昂地诉说，"我们生儿养女，从没图什么报答，从没想沾光得祭，可也不能平白地落下罪名。为了给你成这个家业，我们的心都操碎了，一家人遭的大难，三天三夜也说不完！我的老头子背打房基、垒墙山的石头，累得吐了一个月血，多壮的一个人，活活给熬干了！我一个妇道人家，清清白白地一辈子，竟偷偷地钻到二泉寺的大庙里，给和尚做了几天手工活儿，挣下钱，给你们这屋安上玻璃、刷上油彩……我们可为啥哟？还不是为儿子、为给他圈拢起一个人家……"她说到这儿，忍不住地悲哀，热泪噎住嗓子眼儿。

这期间，田留根已经蹬上裤子、披上褂子、趿拉上鞋子，开门迎出来，又为难又发急地扳着妈的肩膀头恳求："妈，您别说了。我们知道老人家的恩情。我们不会忘了这恩情呀！"

"她逼着我说！我不是故意来跟她算账、捅小肠子！"田大妈吞咽一口泪水，继续数叨，"人心都是肉长的，不是石头、铁块没感觉。你过门这七八个月，我哪一点儿亏待过你？我拿你当亲闺女看待。我不吃，得让你吃；我不穿，得让你穿；有一口东西分不到你嘴里一点儿，我都不安生。你手拍良心想一想吧，这个家哪一点儿对不住你？你咋还不肯跟这个家一条心？这个家让为难事儿挤到了河水里迈不出大腿的生死关头，求你伸手拉一把你都不肯！你还是个新社会的人？你还是吃社会主义的饭长这么大的吗？我生在旧社会、端过剥削人的饭碗，我那会儿都不嫌贫爱富。我把荣华富贵全都舍掉，跟男人同甘共苦几十年！你呢？伤不了你的筋，动不了你的骨，就能救一家人，就能成全小叔子一辈子的终身大事，你都不肯！你比铁公鸡还铁公鸡！你比自私鬼儿还自私鬼儿！你就是那个抱着元宝跳井的财迷精！阎王爷不该给你一张人皮……"

田留根苦苦地央告他妈："妈呀，妈呀，您别说了。您看在我的面上，别再说下去了。我给您下跪，行不？"

"我不为难你，也不是以牙还牙！"田大妈扯住要跪下的儿子的胳膊，但仍旧不依不饶地发泄，"为的是让你们知道知道，人世上当爹妈的最不易。你们将来也要当爹妈，得拿心比心才行……"

这当儿，田成业急急忙忙地跑了进来，在老伴儿耳边发急地、小声地说："快收场吧！抖搂这些东西，传扬出去露脸是咋的？"

田大妈说："这儿漫天野地，正是我吐吐苦水的好时机，要不我得活活憋死！"

田成业说："老队长郭云又尽义务，带着人护秋哪！他刚才到咱家找水喝，一会儿就会转到地里来。你不怕他听见呀？"

这服药最灵验。顾脸面的田大妈立即停住嘴巴，她撩起衣襟儿擦擦泪水，连着长叹三口气，就跟着老头子走出新宅子，回了老宅子。

田留根默不作声地跟随到村口，转回来，把他妈放在窗台上的面片汤端进屋。

杜淑媛这会儿已经穿上衣服，坐在炕边，面对映着月光的窗子出神儿。

"你别想不开。妈说的事儿都是实情。"田留根放下汤盆子，贴着炕沿站定，尽力地抑制着自己的激动情绪，对媳妇儿说，"既然赶上这么个茬口，妈把底儿全都兜给你了，我也用不着藏着掖着再留一点儿。咱俩定亲那天，我给你买的那块手表，在当时，唉，咋说呢！"他话停顿一下，痛苦地回忆着，"那次，就是咱俩第三回见面那天，你姑姑对我讲了你的出身历史，特别讲到你对你奶奶咋孝敬，对你弟弟咋好心肠，我就从心里边喜欢上你了，决定非跟你结成两口子不可。谁想，那天你偏偏提出要一块手表，还得是进口的。我那会儿脑袋正发热，没多想啥，就答应你了。回到家，一看我爸爸我妈那个可怜样儿，我难张嘴。为了盖房子，我们背着债，偷着背的。没处再去借，也不敢说，怕名声不好。可是我爸爸说应该给你手表，我妈也说应该给你手表。说容易，到哪儿弄钱去呀？真把我给难住了：不弄块手表来吧，怕咱俩成不了亲；弄块手表吧，又没钱。最后，我鬼迷心窍，一下子想到了偷，偷一块表……"

杜淑媛听到这儿，猛地扭过脸来。尽管没拉灯，屋子里很昏暗，仍然能看到她那两只睁得大大的眼睛里闪烁起恐怖的光。

"偷，是偷。为了你，为了娶媳妇儿、成家立业，我只好去偷，去当一个盗窃犯！"田留根用力地、喘着粗气说，"我那会儿，脑袋里只有一个念头，就是手表，别的什么都不顾了……在半夜三更时分，我从窗户跳出去，拿上一把老虎钳，光着脚丫子，奔燕山镇，到供销社百货门市部去偷，去……"

杜淑媛"妈呀"地惨叫一声，用双手使劲儿捂住了自己的脸。

田留根赶紧扑上前，抱住媳妇儿："别怕，别怕。幸好中途遇到人，耽误一下，我猛地清醒过来，就如同做梦被惊醒了一样。我没去燕山镇，我回了家……"

杜淑媛好似不相信那样盯着男人的脸孔问一句："告诉我实话，买表的钱到底怎么来的？"

"是老二保根给我的。"

"我不信。你骗我。他一个临时工，一下子能拿出一块进口手表钱？"

"真的，是老二保根跟伙伴们借的。"田留根用力地抱着媳妇儿，声调发颤地说，"你细想想，连我这样一个老实人，给逼急了眼都想做贼。像老二保根那样一个又鬼又滑、天不怕地不怕，又任性的人，能保险不走这条道儿吗？他要是真犯了罪，蹲了大狱，可咋办？你想一想这个后果。老二保根平时调皮捣蛋不听话，在节骨眼儿上，对咱这哥嫂还有情有义，宁可自己背债，成全咱们。那么，我们当哥嫂的，就不该对他讲点儿情义？只要你把表借出来，让这个家把这道沟坎儿混过去，你让我怎么着，我都由着你，行不行？"

"别说了！别说了！"杜淑媛声音低而哆嗦着说，"容我到明天晌午……反正老二他们来了，得吃过午饭走，误不了给她就是了。"

田留根立刻转悲为喜，一拍大腿说："瞧瞧，你要是早这样想得开，何苦让一家人都闹了一场不痛快呀！"

他这么一喜不要紧，一盆子面片汤吞了大半盆子；四个鸡蛋给媳妇儿剩下两个，媳妇儿不肯吃，他又吞下一个；躺在炕上的时候，连着打几个饱嗝儿。

第 五 十 一 章

　　田大妈并不软弱可欺，并非理穷舌头短。只因为她太看重脸面，怕"家丑外扬"，才不得不压住火、忍住气，在大儿子的窗户外边"偃旗息鼓"地暂时休战，被老头子连拉带搋地弄回到街里的老宅子。

　　关了门户，熄了电灯，躺在不凉也不热的土炕上，她又接着茬儿发泄和发愁，一会儿"咯吱吱"地咬牙切齿，一会儿"哼"呀"唉"地长吁短叹。

　　发泄，就是跟老头子骂大儿媳妇儿，骂那个"八亿庄稼人里边都找不到第二个这么没有丁点儿人味儿的老娘儿们"！骂大儿媳妇儿，就不能不连带上大儿子，骂他是个"没骨头""没公鸡翎""顶灯的、怕媳妇儿的不要脸的货"！

　　田成业躺在一边，一直光用耳朵听，不敢插嘴，听了好大一阵儿，估摸着老伴儿该骂得累了，才婉言制止："我看你还是算了吧！背后骂多少，他们也听不见，白费那劲儿干啥！"

　　田大妈喊叫一声："我心里难受！我解解恨！光骂就算啦？赶明儿我要过去砸他的锅、摔他的碗、撕他的窗户纸，从此以后，咱们谁也不用想再过舒心日子。我要撸到底了！"

"你这是给自己儿子身上加罪呀！"

"他自作自受！连自己的媳妇儿都管不了的废物蛋，不如梳上辫子、绾上纂儿！"

"自己的亲儿子你还不清楚，他从小就老实嘛！再说，他有他的难处……"

"嘻，白养了！白疼了！白给他卖命啦！回想起这几年操心费力的事儿，真冤枉得慌哟！"

田成业制不住老伴儿的嘴巴，就翻个身，给她个后背，做出打呼噜的声音，假装睡着。

没有听取发泄的对象，田大妈骂得没劲儿了，终于闭住嘴巴。可惜她没办法给脑袋瓜子刹住闸。她又接着发起愁来。

发愁的事儿是明摆着的。明儿个老二保根就要把对象带来。当公婆的张着两只空手，拿不出应该给儿媳妇儿的见面礼儿，田大妈既害怕丢脸，又担心因此而得罪二儿媳妇儿。还没过门儿，就让人家心里不痛快、结疙瘩，等正式成亲以后，人家能从心眼儿里瞧得起公婆？能把公婆当老的敬着？就这么两个儿子、两房媳妇儿，已经跟大儿媳妇儿为借表的事儿绝了情，如若再跟二媳妇儿闹个不远不近、不凉不热、互相不关痛痒的关系，那么，这跟没有儿子的"绝户"有啥两样呢？

"喂，你还有心思睡觉？"田大妈憋不住地推老头子一把。

"老是没完没了地嘀咕顶啥用！"田成业没好气地说着，又翻过身来，脸儿冲着老伴儿。

"你想想，咱俩这几十年，把四五个孩子从千辛万苦中给拉扯大了，就差这一步迈不过去？"田大妈用很沉重的声调说，"我觉着太委屈，也不甘心哪！"

"眼下不是山穷水尽了嘛！"田成业说，"要是有时间，我去拼命。在当村给有钱人看牲口你嫌难看，我出北口，上塞罕坝。只要谁肯给块表，让我干啥我干啥，把骨头扔在草甸子上不回来了也行！"

老头子的话，字字撞着田大妈的胸膛，胸口一个劲儿发酸、发痛。

"天底下的爹妈，对儿女都是一百一的实心实意，把心扒出来给他们吃都舍得；天底下的儿女们对爹妈，实心实意的有几个？"她感慨万端地说，"平常的时候，觉着你有用的时候，对你甜言蜜语的。一动真的，就没有一丝一毫的体谅。儿女们给爹妈的，能抵上爹妈给他们的一个零头，那就算此生此世没有白当一回爹妈。"

"这有啥办法。祖祖辈辈，都是这样子传下来的呀！"田成业用同老伴儿一样伤感调门儿劝慰老伴儿，"没儿没女盼儿女，有儿有女，明知道将来得不到他们的益处，还照样心甘情愿地为他们辛苦为他们忙。你能一狠心，撒开手不管他们吗？"

这话说到了根子上，把儿子成家立业的事儿丢开，撒手不管咋受得了呢？一个庄稼院的人，不为晚辈后代操劳奔忙，活着还有啥意思！儿子不好，是因为儿媳妇儿不好；儿子咋不好，也是自己的亲骨肉。大儿子娶了媳妇儿忘了娘，更得想方设法地圈拢住二儿子，要紧的得在没过门儿的二儿媳妇儿心里埋下好，这才保险有失有得，最后落下个靠得住的。

田家老两口儿，或相互唠叨，或心里暗自嘀咕，一夜没有合眼。他们伤心、悲哀、绝望，简直到了痛不欲生的地步。然而，等到窗户纸儿一变颜色，他们精疲力竭地不得不打个盹儿之后，不仅照往常一样地起了炕，甚至比往常起得早，而且仍然有心有肠地忙碌起来。

田大妈开了门户，第一件事情就是撒鸡：用手堵着窝门，一个一个地撒；抓起一个，抠抠屁股，看看有蛋没有，再松开手。最后，她把一只已经老得不爱下蛋的母鸡扣留在窝里。

"洗把脸，你把那只光吃粮食不下蛋的鸡给我杀喽！"她对随后起来的老头子这样布置任务，"到没刨掉棒子秸的地里再找找青豆角，有一把，够炒一盘菜就行。见着嫩倭瓜，也摘一个，熘着吃。"

田成业明白老伴儿吩咐做这类活儿的目的，是为迎接老二保根和二儿子媳妇儿做席面的准备。他对于这事没有干劲儿，手表没着落、念咒念不来的话，席面准备得再丰盛，摆八碟八碗，老少也不会高兴。

"打起精神来，别蔫头耷脑的样儿。"田大妈给老头子鼓劲儿，"车到山前必有路，反正这一天得活过去！"

"唉，难！"

"你不用在心里装那事儿。"田大妈又变得有了精神，"得病乱投医，我另找门路闯一闯，说不定就能闯过去了。"

田成业知道老伴儿这些是"鼓肚子话"，不顶用。他怕再招起没完没了的牢骚，就不再吭声。他赶紧从屋里拿出菜刀，舀了一碗水，到磨刀石跟前磨刀。

田大妈忽然想起，这么支配老头子不妥当，就发出改变方案的命令："今儿个是燕山镇的大集，你赶早班车去一趟，先割三斤肥猪肉吧！"

田成业对买东西最犯怵，主要是怕买回来不可老伴儿的心，落抱怨，就推辞："还是你自己去吧，买可心的。老二保根他们从城里来，不会太早，你买东西返回家也误不了趟儿。"

田大妈说："你挑新鲜的、嫩的肉买就是了。怕拿不准的话，临时找个熟人帮你参谋参谋。"

"你去多省事儿。"

"我有我的事儿。我今儿个也得抓早出趟门儿。"

"上哪儿？"

"香果峪。"

"你跑到哪儿去干啥呀？"

"找留根的小舅子……"

"哎呀，这样做好吗？"

"我早起来一出屋，灵机一动，计上心来。我看只剩下这一条能走的路了，这条路还有点儿把握。"田大妈把自己这个新想法告诉老头子，"那小伙子心眼儿好，赛过当年的邱志国，处处为别人打算。至亲遇到难处，他肯定要拉一把，帮帮咱们……"

"他光棍儿一个人过日子，也挺紧巴的，能拿出那么多的钱来借给你吗？"

"我不借他的钱，我借他的人情。"田大妈细摆计谋，"求他来咱家坐坐，帮助咱从留根媳妇儿手里把手表借出来。我跟他把理儿说清，给他立字据，保证有借有还，手头松快点儿就补上那块表。娘家人亲，亲弟弟来劝说亲姐姐，她准听。她从小就跟弟弟连心连肝儿的，特好……"

田成业把老伴儿这些话在心里边掂量一遍，觉得这倒是一个兴许能够起死回生的办法。可是他仍有些担心地问："香果峪不通汽车，往返得走半天。就在这个当口儿，老二保根他们两口子来到了，你不在家，没个会招呼的人招呼人家，冷了场，可咋办？"

田大妈说："你就让老二带着媳妇儿山前山后、河边庙旁地转转、逛逛，就抻了时间。又不是在外人家，不会挑咱的礼儿。我再打听个抄近的小道儿走，转回来的时间不会太晚。放心吧！"

最熟悉路的，当然是南头的刘大叔。他是田留根的媒人，香果峪又有亲戚，常来常往的。他不仅能指一条最近、最好走的路，还能告诉她杜家门口朝哪边开、什么样儿，免得到了村子里再到处找，耽误时间。

看了一夜场院的刘大叔，正好在十字路口的井台上摇辘轳把打水。田大妈一跟他打听路，他就赶紧说："别瞎跑路，在香果峪你找不到他。你儿媳妇儿昨儿个晚上求我给她弟弟打个电话，我白耽误了好长工夫。她弟弟到燕山镇一个养花的专业户家住了好些日子，大概是在那儿打短工。你回去顺便跟你儿媳妇儿说一声，昨儿个太晚了，我没来得及把这结果告诉她……"

田大妈觉得这倒是一个好兆头：燕山镇虽然比香果峪远一半路，但是通汽车，来往快速。而且去那儿找杜有志，可以顺便割猪肉，一举两得。让老头子留在家里，等着二儿子和来定亲的二儿媳妇儿，捎带手地杀了鸡，把菜准备下，这样两头都不会耽误。

她好似一阵风地返回家，又一阵风地奔到汽车站。没等多久，她登上了公共汽车，很快就把她带到好久没有逛一逛的燕山镇。

今天是燕山镇的大集日。因为正处在"三秋"大忙的季节，来赶集的人很稀少，走到最繁华的街里，谁都挤不着谁。

"花无百日鲜，人无百日好。"过庄稼日子的人，什么稀奇古怪的事儿都会遇上，什么苦辣酸甜咸的滋味儿都得尝一尝。上一次田大妈来燕山镇那是啥心气儿！那是苦尽甜来的开头：手里攥着钱，理直气壮地来给大儿子的未婚妻买进口的手表。那块手表一买成，就使得她这"多年的媳妇儿熬成了婆"，人生的一大宏愿终究实现。那一天她的心里多么平整、多么满足、多么喜滋滋的！时过境迁的今天，田大妈变得这么狼狈不堪的样儿，跑到燕山镇。她装着半肚子愁苦和羞愧，又装着半肚子恐惧和不安。她没办法推测能不能顺利地找到杜有志。也估不准杜有志对借手表的事儿会是啥态度。那个小伙子给田大妈的印象是蛮不错的，田大妈觉着求这个人也是有指望的。她记得大儿子留根给她讲过，大儿媳妇儿当初为了照顾一奶同胞的弟弟，怎样该上学不上学、该结婚不结婚的忘我精神。她也回想起来，大儿媳妇儿过门之后，为了给她娘家弟弟赶做棉鞋，整夜不睡觉的那股子热心。大儿媳妇儿对弟弟既然这么亲密，弟弟的话一定能听。只要杜有志能体谅田家人的难处，肯使劲儿，一定能够帮着田家人渡过这一道难关……眼下，杜有志在一家专业户家打短工。怎么把杜有志找到呢？直接地奔他们家的门口？她实在不好往那边迈步。田大妈怕见有钱有势的人，特别是在她遭难和发烦的时候。如果触景生情，勾起旧时的回忆，会使她极度痛苦。此时此刻，为了儿子，为了自己，为了田家庄的那个老田家，争强好胜的田大妈，必须不顾脸面，不顾难受地往她所惧怕的地方闯一闯。

前边出现一座大门，是当年田家庄老巴家人当乡长时候造的官府。大门套着小门的两扇木板门没有了，换成用铁棍儿焊的栅栏，涂着红漆、镶着彩色的图案。里边的大房子也焕然一新：老式的格子窗户变成大玻璃窗户，旧样子的小瓦变成新样子的陶瓦。院子里长着成排成行的、年轻的松柏树，绿森森的。所有空地上全摆着花盆，花团锦簇中，是一群嫩芽儿似的小孩子和穿着白大褂的青年妇女。他们拥在门口，仰着笑脸、拍着小手，观看几个人从一辆三轮平板车上往下搬动开着更鲜更艳的花朵的大小花盆。

田大妈边走边朝那儿瞟一眼，忽然发现，那几个从车上往下卸花盆的人中间，有一张熟脸，正是大儿媳妇儿杜淑媛的娘家弟弟杜有志。她一阵欢喜，赶忙停住，离着老远就喊了一声："哟，亲家侄子，你在这儿忙哪！"

搬动花盆的人们听到喊声，一齐扭过头来朝田大妈看，都因为摸不着头脑而愣住了。

杜有志认出了田大妈，马上笑着答应一声，把捧在手上的一盆花草递给身旁一个长得很俊的、穿着橘红色薄毛衣的姑娘，就迎过来，热情地打招呼："您赶集来啦？"

"我来求你。"田大妈厚着脸皮，押着杜有志的袖口，往没有人的墙角处靠靠，低声说，"不管你这会儿忙不忙，也得受点儿委屈、拨点儿工夫，马上跟我到家里去一趟……"

杜有志有些紧张地问："出了啥事情吗？"

"事情嘛，要说不算大……"

"快告诉我，是不是我姐她病了？"

"没有！没有！"田大妈摆手否认，欲吐真情又难开口，"就是为那块手表。她舍不得，想不通，正在闹别扭……"

杜有志把田大妈的这句话给听误会了，打个沉，眨巴眨巴眼，又轻轻摇摇头："不会吧？怎么能舍不得呢？怎么能想不通呢？那块手表，是我姐姐主动送给我的。我不肯要，她都不答应呀！"

田大妈听到这么一个意外信息，立即傻了眼，不顾压住嗓门儿地大声追问："你说啥？你姐把那只手表，就是定亲礼的手表，送给你啦？"

杜有志冲着惊愕不已的田大妈轻轻地点点头，满怀深情地说："那只表，都没有挨过我姐的胳膊腕子，她就给我了……我姐爱考虑事儿，爱为别人想，最心疼我。去年，我搞了个对象。定亲之前，女方跟我提出个条件，要一块手表当定亲礼儿。您说，那会儿我身单力薄，日子过得很紧巴，到哪儿去弄一块手表？还要进口的。可把我给愁坏了。我姐在没办法的情况下想个办法：为了成全我，她决定自己先找婆家、先定亲，要了表给我……"

听呆了的田大妈，好像突然间从山尖儿上坠落到山涧里，好半晌腾云驾雾一般：脑袋木了，心里空了，什么感觉都没有了。她极力镇定自己，把杜有志说的那一桩她万万没有想到的事儿，在心里反复地掂量一遍又一遍。昨儿个晌午和昨儿个夜晚发生的家庭纠纷，她自己的所作所为，人儿媳妇儿杜淑媛的一举一动，全都好似电影画面般地在她脑海里一闪一闪地再现着。她的心头发酸、头目晕眩，用力气撑着，才使两条腿站稳。如今水落石出、真相大白，她终于弄清楚，大儿媳妇儿为什么不肯把表借给她——拿不出来了呀！

杜有志继续向田大妈表白自己的心意："我姐姐对我，比我妈对我的恩德还大。她对我的手足情，我一辈子也忘不了。她给我的那块可珍贵的手表，我一天都没舍得戴，打算在国庆节那个有意义日子，亲自到田家庄还给她。"

"你，你那对象吹了？"

"因为我不情愿用姐姐的手表换她……我很快又搞上个可心的。"杜有志朝运花卉的车子那边望一眼，"就是她。"

田大妈赶忙把那个长得很俊的姑娘打量一下，几乎没过脑子似的追问杜有志一句："她跟你订婚，不要你的手表？"

"人家养花专业户，卖花发了财，还稀罕一块手表？"杜有志为了让田大妈相信，同时有几分炫耀地举起腕子，"您看，全自动的，带日历还带星期的，国产的，达到世界水平的手表。我准备当倒插门的女婿。这表是老丈人赠送的见面礼儿。"

"从这块表上见了高低。这一比，就把我们给比到地里去了。"田大妈惭愧地说，"我还硬跟你姐借表，逼她。谁知道她给为难成啥样子呀！她也不知道你走了好运。"

杜有志重把田大妈观察一下说："我还是没有弄明白，到底怎么回事儿呀？"

田大妈深深地叹口气："亲家侄子，咱们是至亲，你又是个明白人，啥话都不瞒着你。为了娶你姐过门儿，我们家花了个净眼毛光、拖累得死去活来。还没等缓过一口气儿，又得接着茬儿给老二保根定亲。前有车，后有辙，必须给老二媳妇儿一块表呀！没钱买，日子口儿又到了，我就跟你姐借表。无心无意地把她给整治一顿……我真没脸对你细致地说道这些……"

"这好解决。"杜有志爽快地说，"我眼下住老丈人家。我去那儿拿表、推自行车。然后我送您回田家庄。"

田大妈对这个答复喜出望外，指指运花的车子问："那么你的买卖不做了？"

杜有志说："那些花不是卖的，是送给幼儿园的礼品，一个月更换一回，今儿个已经运完了。"

田大妈不再说什么，一面等候，一面在心里边庆幸。

他们赶到田家庄的时候，天已近午。

杜有志为了礼貌，为了把田大妈送回家，而后能单独跟姐姐说几句话，他就直奔田家的老宅子。

一路上心神不安的田大妈，跑进屋里一看，空荡荡、冷清清的。万幸，老二保根还没有把未婚妻带到。他们准是骑自行车来的，所以慢些，也晚些。

杜有志急不可待地掉转车头说："您歇歇，我叫我姐过来。"

田大妈为了表示对大儿媳妇儿解除误会，同时表示点儿道歉的意思，就追着杜有志说："我陪着你去吧！我们娘俩儿一见面，一说一道，满天乌云全都散，往后该咋好还咋好、该咋亲还咋亲。"

杜有志不好反对，只好一块儿走出村口，走进新宅子的寨子门。

田大妈进栅栏门就冲着窗户亲切地喊了一声："淑媛哪，你快出来看看谁来啦？"

突然，田留根手里捧着一张纸，面无血色地从屋里冲出来，凄惨地喊叫："妈呀，不好了！她没影儿了！她寻死了！"

田大妈一听这意想不到的凶信儿，魂飞魄散，两腿一软，"扑通"一声坐在院子里：不能说、不能动，像一堵坍塌的土坯墙堆。

杜有志惊慌地从姐大手里抢过那张纸，只见上面写着几行歪歪扭扭的铅笔字：

"留根，我对不起你！我对不起公婆！我对不起老二保根他们两口子！你们都是好人。我没办法报答你们，也没脸再见你们！"

"别急，别慌。"杜有志因为不了解这两天田家矛盾的发生和激化程度，所以还能强作镇定地安顿姐夫，"放心，没事儿。我姐姐虽然不爱说笑，可是个想得开、心膛宽的人。让我劝劝她。"

田留根呜咽地反驳小舅子："人不见了，柜子底下的一瓶敌敌畏也没有了，你咋还说没事儿呀！"

"快，快找！快抢救！"发蒙半晌的田大妈，用了很大的力气才喊出话来，"我那媳妇儿呀！你可不能扔下我们，就这么委屈地走哇……"

杜有志想到事态严重而害怕起来，他强打精神地搀起田大妈，又扶住已经痛不欲生的姐夫，拽着他在屋里屋外、旮旮旯旯地找姐姐。同时心里叫苦：糊涂的老天爷，姐姐是个最好的人，怎么不叫她得个好报呢？

第 五 十 二 章

　　杜淑嫒不应该寻短见。作为一个生在山沟、长在山沟的农家女人，她确实不能算心胸狭窄，倒是天生一副善良、宽厚的性子，亲的疏的都能容纳、都能结记。苦处难处都能承担，都能忍受。对啥事情她都比一般人考虑得长，想得远，安排得周到。话说回来，不论啥事儿都有个极限，不能超越极限，因为物极必反。或许正是由于杜淑嫒对自己亲人的利害想得太多，对亲人的前程考虑得太远，对亲人过日子的事情安排得太周到，所以才把她自己逼上绝路！

　　悲剧的伏线早就埋下了。在历史的、地理的、天灾的、人祸的多因素制造的变化迟缓的穷山沟里，一个寡助无援的女孩子，不该那么不自量力。她亲自将一奶同胞的弟弟带大，扶植弟弟上学念书，守着弟弟长大成人，使弟弟能够独立生活了。至此，杜淑嫒这个当姐姐的已经把义务尽到家。她本应该放下心、松开手，让弟弟自己去冲闯、去锻炼，然后凭着本事成家立业。本事大呢，就成个好的家，立个大的业；本事小呢，就成个对付着过的家，立个不挨饿、不受冻的业；没本事呢，就打光棍儿，年轻的时候出卖劳动力，衰老的时候当"五保户"，或进"敬老院"。别往大面积放眼，光是香果峪那个不大也不小的只有几十户的中等山村，老少光棍儿就有一个连，五保户和住敬老院的不够一个整排，也有一个加强班的人数。怎么老杜家就不能出个光棍儿呢？怎么就不应该让杜家出个光棍儿呢？杜淑媛有特殊的本事？没有。杜淑媛有强大的后台吗？没有。杜淑媛是一个普普通通的农村妇女，走的是普通农村妇女走的普通道路。那么，实现她"雄心大志"的手段呢，同样跳不出别的普通农家妇女的那些套数。这怎么能够行得通呢！这怎么可能不碰个头破血流呢！

弟弟中学毕业以后，就有一个嫁给山外边的、当了协议工的女友劝杜淑媛："你该放手让有志独立生活了。你该安排安排自己的事儿了。"

杜淑媛摇头说："弟弟是孤儿孤姓、孤立无援，我当姐姐的撒手不管可不行。我的事儿得服从他的事儿，不把他安顿好，我决不分心想自己的事儿。"

女友说："他都二十多啦，你还扶着挽着的把他当小孩子看哪！"

她说："就是因为他的年岁大了，我才不敢撒手。二十多岁过去之后就是三十多岁，不设法给他娶上媳妇儿成个家，就得一辈子打光棍儿，我们杜家可就绝了根儿。这样一来，他眼下没个帮手，将来没个依靠，你说我是对得起死的，还是对得起活的！"

山沟里的光棍儿汉多，媒人也跟着多得成帮。谁家有姑娘没主儿，就不用想消停。

媒人来给杜淑媛提亲，她说："我不忙，先给我弟弟找个媳妇儿吧！"

"我跟你讲实话，花开花谢可没有几日红。你再往后推，可就危险啦！"

"常言说：'有剩儿没剩女。'我好办。"

结果呢，凡是有媒人登门来，都是给杜淑媛介绍男的，没有一个给杜有志介绍女的。

有一回，杜淑媛挺不高兴地质问媒人："我好话说了千千万，求你给我弟弟找个媳妇儿，你们为啥不理这个茬儿呢？"

媒人苦笑一下，不得不说实话："在这个家里，你是大姑子姐，不是小姑子。姐姐不出嫁，弟弟不能娶媳妇儿。姑娘们谁也不乐意往有大姑子的人家嫁，何况你还当着家、理着事。别想不开，这是多年的老规矩。"

杜淑媛恍然大悟：原来是自己挡着弟弟婚姻大事的道儿；如果自己不让开道儿，弟弟就找不上媳妇儿，就得一年一年拖下去，结果要拖过好年龄。于是，她开始对自己找对象的事儿热心起来了。不用媒人找她，她就求可靠人捎话找媒人。她对自己的事办得不仅匆忙，而且没有一点儿特殊的要求和条件。等到一遇上田家庄的田留根，就喜欢上田留根的淳朴诚实，就一心要跟田留根结成夫妻，一块儿过一辈子日月。

果真见到行动的实效：杜淑媛的对象一有眉目，给杜有志提亲的媒人就来敲门。山下屯的一个姑娘终于被杜有志给选中。杜淑媛眼看着自己惦着的大事就要得到妥善解决，感到心满意足。

那一天，杜有志垂头丧气地回到家，把山下屯那姑娘要手表当定亲礼品的事儿说给了姐姐。

杜淑媛听到这个意外的条件，很吃惊、很茫然，嘴上没说什么，实际上为难得吃不下饭、睡不着觉。

人的心里惦着什么，眼睛就留神什么。杜淑媛忧心忡忡地到代销店打油，碰上了那个嫁到山外边、当了协议工的女友休假回娘家来玩儿。她没注意人家穿什么、戴什么，只注意到人家腕子上的亮晶晶的手表。

"哟，你也戴上手表啦？"

"瞧你大惊小怪的。我早就戴着，你都没看见！"

"攒多少月工资买的呀？"

"凭啥自己攒钱买！跟他们家要的。"

"你要人家就给？"

"他不给我就不嫁给他。看谁着急？看谁害怕？"女友半是显摆半是关心地指点杜淑媛，"你跟他还没正式定亲吧？好。你对他提过要手表的事儿没有？"

杜淑媛摇摇头："没有……"

女友惊呼起来："哟，你咋这么傻！这会儿不赶紧要，等订了婚，他稳拿了、保险了，你再跟他要，他还肯花钱？"

"我怕他为难……"

"这有啥为难的！人家田家庄在平原上。平原跟咱山沟可不一样。生产的路子宽，人也精，都会钻营，抓钱。再说，田家庄是过去有名儿的学大寨先进典型，闹灾年分值都比咱香果峪高出大半儿。船破底，谁家都有银行的存款。他们田家人全是劳动力，肯定存钱的数目小不了。"

"我看他连抽烟都不舍得花钱……"

"不舍得花钱，不等于没钱。没钱咋一下子盖起五间大瓦房？你杜家咋盖不起来。没钱咋舍得供一个二十多岁的小伙子啥活儿都不干，猫在屋里复习了两三年功课，还要考大学？你家的有志咋没力量这么干？你说说，我听听。"

杜淑媛听着听着，心里开了缝儿："你说的有道理。就是张嘴跟人家要东西，多不好意思。"

"唉，这有啥不好意思的。如今时兴这个，都这样。你不给他开一张大单子，不跟他要一卷子人民币，就够便宜他的了。"女友还好心地，振振有词地点拨杜淑媛说，"我告诉你，田家可不是独根独苗，还有个弟弟。彩礼，你不要白不要，要到手是自己的，将来分家都分不走。要不，等老二娶媳妇儿的时候，人家要表，你不就白白地吃了亏呀！"

至此，杜淑媛只是认识到可以、应该跟田家要一块手表，但是还没有下决心付诸行动。回到家，一进门见弟弟坐在屋檐下愁眉苦脸地发呆，于是，一个由此及彼的联想，一个灵机的冲动，一个个巧妙的计划，一瞬之间就在心里边成熟了——她终于向弟弟宣布，答应山下屯那姑娘的条件，给一块进口手表当定亲礼品。

……

杜淑媛成全了同胞弟弟。杜淑媛觉得仁至义尽、完事大吉。杜淑媛无牵无挂地、心满意足地嫁到田家庄。她一心一意地、勤勤恳恳地跟田家人过日子。公爹好，婆母好，男人更可心，一家人都对她器重，她对田家没啥可挑剔的。以心换心，她当然要对公爹更好，对婆母更好，对男人更好。半年多的光景里，他们在一块儿过得多么舒心、多么和睦、多么有奔头。哪会料到，平溜溜的道儿上会突然滋出个大岔子呀！

当事到临头，避不开、躲不开的时候，杜淑媛忽然明白：这岔子不是天上掉的、地下生的，而是早就搁在身边的。田家本来就有哥儿俩，除了她的男人田留根，公婆还有个二儿子，男人还有个同胞弟弟。公婆的二儿子和男人的同胞弟弟也得长大成人，也得定亲、结婚。为了把定亲、结婚的手续履行完，公婆和男人也得不惜一切地成全老二保根。这个连环套的、灾难性的事件，最后同样不可避免地要转移到她杜淑媛这个当媳妇儿和当嫂子的身上。杜淑媛本应该像公婆、男人一样地对待小叔子老二保根，就算是一块金表、银表、宝贝表，只要能够帮着老二保根成家立业、了却全家人的一桩最大心愿，也要痛痛快快、高高兴兴地拿出来。偏偏那块普通的手表早就赠送给自己的同胞兄弟，又由弟弟当成定亲礼品，给了未婚妻！泼出的水还能够收回来吗？而婆婆和男人偏偏逼着杜淑媛收回那泼出的水。杜淑媛实在有话难说、有苦难言呀！万般无奈，杜淑媛曾经偷偷地跑一趟西街老陈家，托陈大婶给弟弟捎个口信儿，让弟弟立刻来田家庄，商量商量有没有解开这难题、能够拉她闯过这一道难关的应急办法。可惜她焦急地、失魂落魄地等了一天，也没见着弟弟的影子。她估摸着，弟弟面对这个难题，也像她一样的走投无路了。可是她仍然抱着一线希望。昨儿个晚上，她又溜到南头刘家。她求刘大叔给弟弟打个电话，让弟弟无论如何也要连夜赶到田家庄来。就在这个当口儿，急红了眼的婆婆和男人，向她揭开了许多她以往所不知道的秘密：知道了她现在住着的这一层新房的来历；知道了田家人为娶她付出的代价……她悔恨，她害怕，她羞愧难当。到最后，心膛本来并不窄的她，倒把自己推到没有侧身、没有退步的窄路上；眼光并不短的她，越看越没光明，越想越绝望——还怎么活着见田家的人哪！

当日头升到半晌午的时候，杜淑媛肯定了娘家弟弟不会来田家庄见她，而小叔子老二保根即刻就要带上未婚的兄弟媳妇儿来田家庄见她。那该有多难堪！她不得不把心一横，写了绝命书，拿了敌敌畏，悄悄地离开了家。

她不能死在家里。宅院有过"横死"的人，本家的人住下去心里不干净，不肯住；出卖的时候，难卖，不值钱。那等于死后又把田家人给坑害一下子。她拿定主意，死到深山野沟不常有人走动的地方，不让谁找到她；变成泥、化成水，从此在这个世界上绝灭得干干净净。

她出了寨子门，拐个弯儿，穿过小树林，想从果树园子抄个近道上山。

果树园里正是苹果、梨子和山里红半熟的时节，老远就闻到扑鼻子的清香。老远就看到红的、绿的、半红半绿的压颤枝的累累果实。

一个年轻女人，坐在树下一把折叠椅子上做针线活儿。她的胳膊腕子上也戴着手表，随着抬放的动作，闪着亮光。

杜淑媛认出她，是巴福来的儿媳妇儿。杜淑媛得躲开她，不能让她看见。

"哟，这是上哪儿去呀？"巴家的媳妇儿已经发现杜淑媛，不仅挺热乎地打招呼，还站起身，挺着大肚子迎了过来，"你是走娘家去吧？"

杜淑媛这会儿憎恨一切，尤其憎恨这个想躲也没躲开的有钱人家的小媳妇儿。所以没开口，只是模棱两可的"啊"一声。

"我快生孩子了。"巴家媳妇儿不害臊地对外人说,"你猜我能生个啥?"

杜淑媛急着想走,摇了摇头。

"肚子里的玩意儿,当然难猜。连我自己也猜不透会是啥东西。"巴家媳妇儿得意地、没完没了地唠叨,"我们那口子说,生男生女他都高兴。只要是他的骨血就行。嘻嘻,他盼孩子盼了个眼睛红。"

杜淑媛沿着果园边一条弯曲小路不停步地走着。

巴家的媳妇儿好像得了神经病,追在人家后边,说着她心里秘密话儿:"我希望生个儿子。巴家能娶上我这么个媳妇儿可太难啦!我们那口子差点儿打一辈子光棍儿。巴家差点儿成了绝户。我不给人家生个儿子,咋对得住人家呢?"

杜淑媛的头脑这会儿是空白的、呆滞的,什么都听不清,什么都不思考。此时,她心里边只有一个念头:快点儿走,走到她生命的终点。

她爬上高高的大野山,拼命地往高处爬。直到精疲力竭,"扑通"一声坐在丛石岩的草丛上。

一阵风徐徐地吹来,好似一只柔软的手,给她撩起散乱的头发,给她擦抹满脸的汗水,给她轻轻地抚摩着跳动的心。一只鸟儿在头上飞过,她一抬头,映入眼睛里的是金灿灿的群山,山山岭岭都冒着通红通红的火苗子。

金色是野草,已经成熟了的野草。

山上长百草,种种草上都高高地举着或用力地提着各式各样的穗子。

火苗是树叶,全都被染过的树叶。

沟里长着大树,每棵树都把硕大的果实用红色的叶子给包藏起来。

视线越过起伏的山峦,展现出古老冀东的一望无际的大平原。

平原上镶着翠绿的麦地,嵌着银亮的小河,铸着铁板一样的公路。公路旁边,竖立着一根连一根的、延伸到天边的电线杆子。

电线杆子排到县城。

县城有火车道。

火车道直通北京——北京到底是啥样呢？真的比画片上印的更美更好看吗？男人说，等到把老二保根的大事办完，攒点儿钱，小两口一块儿进一趟北京。到北京逛逛皇上住过的故宫、西太后玩过的颐和园、毛主席和周总理开过会的人民大会堂！还要到动物园看看真狮子、真老虎、真大象，以及讨人喜欢的熊猫……

哎呀呀，自己生活的这块天地多么美、多么好！自己过的日子多么美、多么好！要投奔的那个将来，该有多么美、多么好！

"天哪，我怀孕了！"杜淑媛忽然心惊胆战地想，"巴家娶个媳妇儿不容易，田家娶个媳妇儿更不容易。巴家要根苗，田家更要根苗。为了这条根，公爹累得吐血，婆婆给老和尚做活儿挣钱，安分守己的男人差点儿当了盗窃犯……不，不能死！这么一死是坑人，得坑坏了公爹、坑坏了婆婆、坑坏了男人，还得连累他们吃一场官司，像西院张家石头那样被五花大绑地给抓走。这多对不住人，多缺德！"

她猛然抽身站起，从褂子兜里掏出盛着敌敌畏的小玻璃瓶，举在眼前细细端详。

"不就是一块手表吗？我年轻轻的一条生命，才抵一块手表钱？这太便宜、太不值得啦！"她的情绪昂奋起来，不由得叨念出声音，"今儿个老二保根的对象来到家，我要当面亲口对她说，我欠妹子一块手表。我也豁出累得吐血，也给老和尚做针线，拼一年，挣一块表钱给你。你是城市里见过世面的人，是有文化的老师，能不明白我？能不相信我？能不给我这么一个面子？"

最后，她把胳膊挺直，绷到背后，用力地弹甩回来，同时松开了手指头：那个装着能杀死人命的毒药的小玻璃瓶，在半空中打个转儿、折着跟头，冲过一道小山梁，落到一条深深的沟涧里，没听到任何响声，就摔了个粉碎！

……

住在山里的人，常对从山外平原上来的人说："上山容易下山难。"杜淑媛总以为这话不对。上山多费劲儿，下山多省力气。可是今儿个这一上一下，倒有了实际体验，觉出了易和难的差别真不小！

当她仓皇地从家里逃出来的时候，心慌意乱、恍恍惚惚，脑袋里并没有一个明确的目标，也没有一条清楚的线路：只想奔深山沟、高山巅，越远越好，越不容易被人瞧见越好。于是，怎么顺溜，怎么抬腿放脚便当，她就依势而行。不觉中穿过了好几条沟、爬过好几道坡，直到迈不动脚步为止。这会儿，她变得心气平和、急想回家。一看太阳已经走过头顶都有点儿偏了，更恨不得一步回到田家庄、跨进屋子，立刻见着公婆和男人的面。加上怕摔倒，怕滚砬子，加倍小心，因此，她觉得路特别长、特别崎岖、特别难走。在巨石和树行间转悠几个圈儿，还有点儿迷失了方向。她绕来绕去，上上下下，不知走了多长时间，才稀里糊涂地走出一条山沟，见到宽阔的平川，再穿过一片丛林，终于瞧见了沙石的公路。

噢，这是山下屯。是杜淑媛当初跟老婆婆第一次会面的地方。那个有点倾斜、油漆斑驳的汽车站牌子，依然立在路边的长条石跟前。这儿离田家庄还有五里路。快走的话，半个钟头就能到。早到家，早让公婆和男人放心。早把那件事情说明白……

她不敢歇歇腿、喘喘气地耽误时间，便插入往西去的岔道，大步流星地朝家里急奔。

第 五 十 三 章

　　早麦苗绿了垄沟，晚麦子正犁土下种。边边棱棱的地方还长着没有收割干净的、已经枯黄了的棒子和没有刨走的白薯。路边的小叶杨，不断有半青半黄的叶子，从树尖顶上轻轻松松地飘落下来，铺在路面上。

　　远处，有汽车开动的"嗡嗡"响声传来。声音渐渐清晰、渐渐加大。继而，脚下的路也好似随着马达的轰鸣而微微颤动。

　　杜淑媛没有站住脚步，只是一边走一边扭头看一眼。她看到一辆特别高大的"黄河"大货车，开得特别快，眼看就要冲到跟前。她忙朝路边靠靠躲让，用手捂住嘴巴，避烟避土。

　　不知为什么，大汽车放慢了速度，使前面的行人听到了车轮子轧在落叶上的"扎扎"脆响，接着是拖得长长的喇叭声，震得耳朵疼。

　　杜淑媛再往路边靠着走，那汽车却盯住她不放。她立刻感到一股子热浪和尘土扑到腿上和后背上。

　　大汽车冲到跟前，"嘎吱"一声停了下来。打开车门，从驾驶室里跳出一个身上穿着蓝工作服、脚上穿着翻毛皮鞋、头上顶着鸭舌帽的小伙子。小伙子并腿、挺胸地站定，扬起一只戴着白色线手套的手，亲亲热热地叫一声："嫂子！"

杜淑媛被这突如其来的动作和称呼给闹蒙了。她细细地一看，才认出开车的人是谁："哎哟，老二保根！你这是……"

　　老二保根笑嘻嘻地回答："回家呀！过八月十五中秋佳节呀！"

　　杜淑媛对此时此地的这样巧遇十分高兴，她的脑子里打个转，赶快朝汽车驾驶室里张望一下，疑惑地问："哎，怎么就你一个人来啦？"

　　老二保根俏皮地回答："我这没枝没叶儿的一条光棍儿，还有谁？"

　　"你咋跟嫂子开玩笑呀！上次你回家带来那个挺俊的、当老师的……"

　　"她呀？嘿嘿，是挺俊，是老师，一点儿不假哟！"老二保根做个滑稽的笑脸，绕过车头，打开驾驶室的另一边的门，"嫂子，请上车，咱一边走一边揭谜底给你听听。"

　　杜淑媛心里嘀咕。是因为学校不放假，兄弟媳妇儿不能来呢，还是他们两个搞对象搞到半截子上发生了变故？要是果真发生了变故，千万可别因为那块手表的过呀！等到上车坐稳，老二保根十分熟练地把车子开起来之后，杜淑媛迫不及待地叮问："快告诉我，她咋没有跟你一块儿回家过节？"

　　老二保根手握着方向盘，眯着眼睛，注视着沙石路的前方，告诉嫂子："本来约好一块儿来，临时又脱不开身子—— 她丈夫到外地出差，给我们招兵买马去了……"

　　"啊！她还有丈夫？"

　　"不光有丈夫，人家的儿子都快上学念书了。"

　　"到底怎么回事儿呀？"

　　"瞎，这不很明白嘛！不值得大惊小怪、少见多怪的。"老二保根以一种大大咧咧的调门儿，回答惊恐万状的嫂子，"那一次，在万般无奈的紧急状况下，我略施小计，为的是堵住我妈的嘴、拦住我妈的腿。要不她的嘴闭不住，老得跟我爸爸嘀咕，老得跟我哥嘀咕，更得缠着我嘀咕，没完没了地磨磨唧唧，怪烦人的，包括她自己，谁都得不到安生。走惯了老道儿的腿，要是不生着法儿把他们给拦挡住，那可惨喽，我爸爸倒霉，我哥哥倒霉，你倒霉，我更是那场重演悲剧的主角、那个受苦受难的牺牲品。明白吗？"

杜淑媛摇摇头，她没有听明白。她惊愕而又狐疑地朝小叔子瞥一眼，一时间脑子呆滞得像停摆的表，好久没有动一下。

老二保根双手把握着方向盘，眼睛盯着前方的路面，躲闪着被水冲出来的沟子、用土叠起来的坎儿，以及从什么地方滚过来的石头，小心而又快速地驾驶着汽车往前行驶。他的脑子里也像车轮子一样飞快地转动：猜测着他自己人生道路上的又一个关键时刻里，是不是还会遇到那一种能让"车"颠簸、停止的沟坎和能使"车"断轴、翻倒的石头；掂量着，如果遇上这些东西，是绕过去，是冲过去，还是刹住车，等等，或者掉转车头返回去？

他的衣兜里掖着两份看了无数遍、差不多已经揉搓烂了的东西：一份是县人民政府信访办公室的"回执"，一件是书信。

正当老二保根那位爱脸面、热心肠的妈，为了给老二保根的那个连影子都没有的"对象"闹到一块进口手表，而要开始残酷地折磨自己和儿媳妇儿的时候，老二保根正在雄心勃勃地对命运做着挑战和进攻。那天是他的休息日，照例不顾炎热而跟着师傅刘永展出车去燕山镇。苏吉祥站在门口，举着手，拦住车。

"你有个同学来找你。"他冲着从车窗伸出脑袋的老二保根说，"我告诉他你出车了，让他晚上再来电话。"

老二保根问："他姓什么，叫什么？"

"我没打听。"

"是男的，还是女的呀？"

"如今男女都留长头发，我没留神细看……"

"嘻嘻。你这位老兄啊！"

"晚上你就来等电话吧！"

晚上出车回来，老二保根马马虎虎地吃了点东西，就走出工地，急奔红旗大队的运输站。他依旧抄近走小路。

小路前面的墙角处，走出一个人来，指指长着杂草的一片荒地基小声说："走，跟我到那边去。"

老二保根看出是苏吉祥，就说："到那儿干啥，我得到你的办公室等电话去。"

"你还当真了。"苏吉祥苦笑一下，"那是我跟刘永展打掩护的话。快走吧！"

老二保根莫名其妙地跟在他的后边，小声地抱怨："有什么了不起的事，搞得这么神秘呀！"

有好多水泥构件散扔在杂草里。苏吉祥找一块坐下，很劳累似的喘口气，仰着脸对老二保根说："到田家庄运砖的任务，我们全都完成了，还结清了账目。我给你弄了一张表，那边往冷库工地总共运了多少砖、跑多少趟，都在上边写着。"

老二保根听了一喜，连忙凑到跟前，两手拄着膝盖，俯着身子叮咛："数目字都准确吗？"

苏吉祥有气无力地回答："没错儿。是我从会计的报单子上抄下来的，那都是一卯对一星，一笔挨一笔的。"

"太好了。快给我！"

"我得向你提个条件。"苏吉祥一边把手伸进衣兜往外掏，一边用乞求的口气说："要是万一有人往深处追查，你可不能让我出面去当证人。别露出我来，一点儿也别露我。行不行？"

老二保根立即答应："行。你要是不敢那么挺身而出，我当然不会拉上你。"

苏吉祥把伸进衣兜的手空着抽出来，叮嘱："人家要是问你数目字从哪儿知道的，你咋说？"

　　老二保根直起身，用不满的口气说："好汉做事好汉当，我决不说出你来就是了。"

　　"唉，这样难保险……你非下水蹚一蹚试试，我出个主意，你听不？"

　　"先把主意亮出来，我才能告诉你听不听。"

　　"别直接出面找县领导，偷偷地写封信。信上不落款儿，就标上'群众'两个字儿。最好笔迹也别留，让邱方替你写信。他们绝不会猜到他身上……"

　　"我怎么个做法，你就甭管了。说半天，不就是怕把你给暴露出来吗？我保证不露，用棍子撬嘴也不露。这行不？你还让我给你写个保证书，摁上手印儿脚印儿呀！"

　　"别怪我胆小怕事。"苏吉祥避开老二保根咄咄逼人的目光，有苦难言地低下头，嘟囔着，"你年轻。你经的事儿少。你不知道那关系网到底有多密实、多厉害。干这号捅马蜂窝的事儿，只能招灾惹祸，十个有九个落不下个好下场。可你一定要干，我拧不过你，也不好拦挡。"他再次把手伸进衣兜，颤抖抖地掏出一个叠得很仔细的纸条。

　　老二保根没好气地，加上心情急切地一把掠过纸条，然后让自己的态度和蔼、语气平缓一些说："谢谢你帮了我们的忙。你帮我没花钱，学会了开汽车。你又帮我拿到这把揭开田家庄盖子的钥匙。这两桩事儿，不仅算你报答了我，而且，等到田家庄打开新局面、取得真正胜利的时候，还要给你立一功……"

　　苏吉祥连忙冲老二保根摆手，然后抽身站起，说："我什么都不要。不要罪，也不邀功。这一回，写这数目表，我是豁出去干的。左盘算，右盘算，不豁出去不行。因为我不能不对你讲良心，因为田家庄还有我的亲人，我乐意他们过上美日子。你把事情办得慎重点儿、严密点儿，平平安安的，就全有了，别的我没啥图的。"

老二保根回到工棚宿舍，打开那叠着的纸条细看，觉得上边所列的数据很清楚，用项既周全又都很适用。苏吉祥交纸条的时候虽然畏首畏尾地让人生气，但在抄写的时候，倒是认真和仔细得让人感动。老二保根反复看几遍，十分兴奋。躺下睡觉了，心里还在反复揣酌，究竟怎么利用拿到手的这把钥匙，什么时机揭开邱志国的问题盖子为好？

第二天晌午，一桩出乎大多数人意料之外的事儿发生了：县乡镇企业局的一位主管人事工作的副局长，亲临城关建筑队，召开领导班子扩大会议，会上他推荐让李恩当建筑队的队长。

别的人都缄口不言，漠然对待，而书生气十足的陈技术员却站出来提反对意见："我们有队长，窦云鹏同志。他干得蛮不错，没必要更换呀！"

副局长绷着脸驳斥他："现在各级组织都在调整班子，扶植年轻有为的人当第一把手。原来的队长可以当副手，传帮带嘛！"

陈技术员说："我们是民办的建筑队，算大集体企业，不是国营的呀！"

副局长口气更硬地质问："你们这民办的大集体，就要摆脱党的领导？你们还想跟国家银行贷款买汽车不买？"

正在工地上干活儿的老二保根听到这个消息十分气愤。他跟谁都没商量，回宿舍就写了一封揭发李恩勾结孔祥发、邱志国购砖搞鬼勾当的信，亲自送到县人民政府的信访办公室。不到一周，信访办公室给他发来了"回条"，那上边写道："经过到冷库工地和燕山乡调查，没发现有违反国法党纪的经济问题，信中提到之事实属误会。希望你们消除不团结现象，维护安定团结。"

"放屁！"老二保根把"回条"往桌上一摔，"一群连死耗子都不逮的瞎猫！"

"那也用不着狗帮忙呀！嘻嘻！"李恩站在办公室门口，接着话茬儿，说了这么一句。

老二保根一步蹿到他跟前，攥起拳头，瞪起眼睛，吼道："你小子骂谁？"

李恩皮笑肉不笑地说："干什么呀，哥儿们？你说的是笑话，我也跟着顺口搭音地说句笑话咋啦？唉，何必这样呢？咱们一块儿混事可不错，往后的日子还长着哪……"

"不用做梦啦！"老二保根恶狠狠地说，"只要你小子窃夺了建筑队的大权，我姓田的要是再往这块地方停脚一分钟，就不是人生父母养的。"

好几个人过来解劝，往两边拉他们，说着模棱两可的和稀泥的话。

倒是窦云鹏在门外喊一声，把两个好似公鸡鸽架的人给分开了："保根，拿上图章，还有你一封挂号信哪，快去取！"

老二保根一边往外走的时候，还扭过脖子冲窦云鹏喊："窦大哥，别怕，别怕。咱哥儿们宁可让他打死，也不能让他吓死。打死，是咱没力气，不丢人。吓死，是没胆子的尿包，丢脸……"

窦云鹏打着手势说："没关系，没关系。小车不倒咱们就往前推，到哪步说哪步。"

老二保根仍旧边走边喊："到哪步也不要紧。我跟窦大哥你有福同享，有罪同受，你死我去陪绑。天底下是空的，能走的路不是一条。我相信今天再不是昨天啦！我们也不是从前的我们啦！"

等到一封在路上走了一个星期的挂号信，落在满脸红涨、怒气不休的老二保根手上的时候，他先是一阵惊愕，接着眉眼露出欢喜的模样。

这封写了密密麻麻两页纸的信，是陈耀华寄来的。整个信写得热辣辣地烫手。而最要害的地方在中间，在中间的几句话是：

……我必须再次申明，你当时那种"骑马找马"的意图，我虽然领会，但并没有接受。起码我没亲口答应你。我决心下定要等你。我一直在等你。等你长了本事，实现了理想，回到田家庄来，我们两个就结婚，从此同甘共苦，白头偕老。最近有人传说你在县城里找个当小学教师的对象。我不相信。我暗暗嘲笑他们愚蠢，不了解你。因为你从来没有说过半句你也要"骑马找马"。你是言行一致的人，绝不会自食其言，干出伤害我的事情。但是，如今的人心不古，思想混乱，在城市里尤其容易受资产阶级的生活方式所诱惑和传染，所以使人并非没有丝毫的担忧。请千万火速地回我一封信，真实地谈谈你的情况，明确地表表你的态度。我曾向你倾吐过我的心声：你是我的命，我不能没有你；为了你，我可以丢掉一切，绝对不可失却了你！你如若不马上来信，过了国庆节我就去城里找你……

老二保根一边看着信，心里就一边打了个好主意。把信叠好，小心地塞进衣兜里，回到工棚宿舍，趴在铺上，铺了纸，扭开笔，"唰、唰、唰"，一阵风摇树动般地写了一封言真情切的回信：

耀华：

收到你的信，我连着看了两遍，逐字逐句地品味，同时也把你和我的现状、发展前途，统统做了考虑。

我们二人是有感情基础的。你爱我。我也不是不爱你。由于我担心爱情的种子不会长成爱情之树，终究结出爱情之果，所以不敢再往深处爱你。你一再表露心意，如同往我这心芽上一次一次浇水，它不能不做出生长壮大的反应。为了使它成树、结果，我也浇一次水：向你提一个要求。即，你如果为了爱情一咬牙割舍一点儿利益、改变一点儿习惯的话，那么，我们二人不仅可以结成夫妻，而且可以过得美满，肯定如你所望，白头偕老。但我怀疑你是否能够做到这一步。你会说能够做到。拿什么当凭证，让我相信，让我坚信不疑呢？正巧，我抓到一个考验你的机会。

县里正在盖冷库。他们用的是孔祥发窑厂的砖。他们见利忘义，相互勾结，虚报冒领，侵吞国家的资金。我揭发了这些事，遇到了阻力。你既是窑厂的会计又是副厂长，肯定知道一些底细。你如果能从窑厂那边给我取到证据（你可以不露面），这证据不仅可以保住国家的利益，可以在田家庄刹住不正之风，可以给田家庄打开一个我们理想的新局面，同时也证明了你能跟我结成好夫妻的诚意和决心。否则，我们十有八九得分道扬镳，你的证明还有个极为现实的意义：对我是最有力的帮助和支持。因我在此事件上已陷入被动的僵局地位：建筑队不能待了，田家庄不能回了，真成了有家难奔、有国难投的人！

总之，在这个人生路上的关键时刻，希望你做出一点儿牺牲，拉我一把，救救田家庄的乡亲父老：他们思富、盼富，等待着真正的改革使他们富起来。特别是跟我一起长大的那伙子光棍儿们，实在可怜。伸伸手吧，亲爱的！

我农历八月十五中秋节那天上午赶回田家庄取"证据"。我开着汽车去。请在窑厂前小杨树林等我。以鸣喇叭三声为信号。我焦急地等待那美好的一天到来。

另告：所谓我在城里找了个小学教师的对象是闹着玩儿的话，请别轻信。

握你的手

田保根 ×月×日

把信发出以后，老二保根确实在一时一刻地熬时间，掰着手指头计算时间：八月十五中秋节还有多少日子，那封信是不是让陈耀华拿到手里。如今，他终于踏上了回田家庄，回到陈耀华的身边的归途。一面开着车，盯着路，脑海里闪电般地想起许多过去了的和几乎忘掉的事情。这其中有他跟陈耀华在山边小路碰面，一块儿抨击现实生活中的不正之风的情景，有陈耀华带着糖果、麦乳精到家里看他的情景，有陈耀华指挥窑厂的拖拉机给他家拉运盖房的石头的情景。尤其是在陈耀华为着他们的离别而哭泣，为使他们重归于好而倾吐衷肠的情形，好似一股一股火苗子，烧燎着他的心。他的心里生发一种少有的、难以控制的冲动。不管嫂子在不在跟前，见到陈耀华之后，他一定要拥抱她，把强压在肺腑底层的爱向她倾吐出来……

　　汽车在不平的土路上拐过一个弯儿，看到了前面的高高的大烟囱，玻璃窗的排子房，一堆一堆的砖垛，绿荫浓浓的小杨树林，还有靠树干站立着的、穿着花布衫的陈耀华。

　　老二保根一踏油门儿，加快了车的速度，直冲上前去。

第 五 十 四 章

　　两天前，一位在燕山镇邮电所工作的女同学，给陈耀华打个电话，告诉她有一封挂号信，快找个顺路人取回，免得等邮递员在中途耽误好几天。

　　"是哪儿来的信哪？"陈耀华迫不及待地问。

　　"信封写的地址是城内红旗大队运输站。"对方回答。

　　"他们运砖的任务完了，写什么信！有名字吗？"

　　"有，叫苏吉祥。"

　　"我不认识这个人。"陈耀华极为扫兴地说，"你拆开看看，把说的什么内容转告我就行了。"

　　"哟，要是光棍儿向你写的求婚的信，可咋办？"

　　"该死的！你活结实点儿，等我见了你，撕烂你的嘴巴！等着啊！"

　　不知道那位女同学是由于遵守规章制度、讲究礼貌，还是出于向有权有势的陈耀华讨好的目的，反正不仅没有拆开那封信看，而且在今儿个早晨不嫌费心扒力地到农贸市场找田家庄的人，让把挂号信给捎回。别的人也沾了光：同时捎来一捆报刊和一沓子信件。

　　替他们捎信的人是巴福来，他雇了拖拉机往市场上运苹果。

巴福来承包的果园今年又获得好收成。除了金钱以外，又一次收到了荣誉：参加一次县里召开的专业户和承包大户的座谈会，平生第一回尝到当积极分子的味道。回家来他对儿子巴平安说："这么多年，到今儿个我才明白了一件事儿。就是你姑父邱志国为啥什么都不顾，非当积极分子不可。敢情跟县长、局长们往一块儿一坐，跟各个名人们喝着茶、抽着烟一聊天儿，心里真是不用提多美、多高兴啦！跟得着金钱不是一样的滋味儿，那是金钱买不到的东西。人活一世，没尝到这样的荣誉，那可冤屈到家了。"由此他更加懂得果树园的重要性。

　　"耀华，这儿有支书一封信，你转交给他。"巴福来提前跟拖拉机回了田家庄，亲自把信送到窑厂，"你顺便提醒他，我那件事儿得抓紧办办。"

　　陈耀华冷淡地问他："他给你办什么事儿呀？"

　　巴福来说："果树园承包合同续订的事儿。他说研究研究，让我等回话。我等的日子可不短啦！"

　　"那就等着吧！急什么。"

　　"我的姑娘，咋能不急呀！"巴福来情不自禁地叫起苦来，"果树越冬管理活儿得动手了，修贮藏地窖的事儿，也得操持了。不见他点头，我怎么敢兴师动众地安排这些个呢？"

　　陈耀华不再理他，顺手翻着报纸和信件，心中暗想：当初那个果树园要是包给老二保根，他这会儿也有了钱、有了地位，会比这个老地主干得出色，说不定都建起了罐头厂，贮藏地窖更会早已经落成。可惜呀……

　　"哎哟，我的天！"她喊一声，"真危险，差点儿闹个大笑话呀！"她发现了自己的信，从信封的笔迹上认出是她苦苦盼望着的那封信。

　　巴福来被陈耀华这突然发作的疯相吓得一哆嗦。他见陈耀华手里抓着一封信往外跑，就冲背后喊："我托你的事儿，可别忘了呀！"

"忘不了，放心！"陈耀华扭一下头，变得和颜悦色地回答说，"你有事儿去忙吧！我替你催催我姑父就是了。"

她从办公室跑回到自己的屋里，急忙打开信。她一边看，一边激动得要发狂。

不容易得到的东西，渴求会加重那东西的价值分量，越难到手。一旦到手，越会被珍视。陈耀华终于得到老二保根的爱情。她得到的就不容易。所以她觉着得到的爱情是天上难找、地下难寻的、珍贵无比的爱情。欢喜之余，她感慨万千："凭我各方面的优越条件，怎么会找不到个遂心如意的对象呢？怎么会凡是我喜欢的，人家都要迟早地甩开我呢？"她回想起自己在婚姻问题上一场接一场的波折，越想越委屈，不由得一阵心酸。好似俗话说的"乐极生悲"的现象，攥住了她的心头。她往床上一趴，把脸埋在枕头里，先是无声的，后来竟不知不觉地"呜呜"地大哭起来。

"耀华，你怎么啦？"一只大手，轻轻地放在她的后背上，用亲切而又不安地语气问她，"你哪儿不舒服呀？"

陈耀华听出是孔祥发的声音，没有动一下，没有回答一声，但是她停止了哭泣。

孔祥发用力地摇摇她，哄小孩似的说："起来，起来吧，我陪你到燕山镇卫生院看看。好吗？"

陈耀华使性子地一摇膀子，然后拨拉开孔祥发的手："别管我。你快走吧！"

孔祥发欲怒不能地提高了声调说："到底怎么啦，快告诉我。告诉我，我也就放心啦！"

"什么事儿都没有，用得着这么大惊小怪的呀！"陈耀华赌气地说着，索性坐起来，抬手撩起散乱在额前的头发，同时朝孔祥发扫视一眼。

站在床边的孔祥发，一脸的焦急神态，见陈耀华坐起，立刻赔着笑脸说："你从来没有这么闹过，冷不防的一发作，真吓人……没事儿就好。快擦擦脸。"他回身从盆架上拉过毛巾，递给陈耀华，随后打开桌子上的电风扇，说道，"我给你端点儿水果和月饼先填补填补，节日吃两顿饭，也许是饿了。"

"我不饿。什么也别拿。"

"今儿个是中秋团圆节。"孔祥发笑嘻嘻地说，"你一个人在这儿孤零零的，我陪着你吃，好不好？"

这样献殷勤的话，陈耀华没少从孔祥发的嘴里听到。对她说来，过去是一种精神享受，这会儿变得十分刺耳。她想起老二保根回田家庄参加他哥哥婚礼那天警告她的一句话："孔祥发是个色鬼，你可别上当！"她不禁地抬起头来，看看孔祥发。孔祥发那乌黑的头发、发光的红脸、眯着的眼睛、咧着的嘴角，一时间变得像魔鬼那样狰狞可怖，像烂鱼臭肉那样引人恶心。她忍不住地吼叫一声："你真讨厌！快走！快走！"

孔祥发受到这突然袭击，晕头转向之余，感到十分尴尬。他板起面孔，翻白着眼睛，由于牙齿紧咬和错动，使得两个腮帮子一瘪一鼓的。最终，他没有发作，连一句话也没说出口，只是叹息一声，退了出去。

爱情是排他的。陈耀华为了老二保根而厌恶起孔祥发，并且替老二保根向孔祥发摔个脸子。同时这也表露了她对老二保根爱的真挚。所以她没有后悔自己的粗暴，反倒觉得很痛快。

她在办公桌前愣了一阵儿，看看腕子上的表还早。她打开抽屉，搬出账簿，一边翻一边往纸片上抄写。凡是县冷库提砖的账目，都按日期一笔一笔地抄过来，又做个总计数。收起账簿，看看表，还不到约会的时间。等人的时间过得慢，让她坐卧不宁，觉得十分难熬。在叠那抄了数字纸片的时候，她忽然想起办公室的桌子上还有邱志国的一封信，应该收起来，免得人多手杂，给乱抓丢失。

今儿个既不装窑也不出窑，又赶上中秋佳节，所以来上班的人极少。

总是乱糟糟的窑厂出现了难得的宁静。除了厨房的鼓风机的响声，没有一点儿噪声。

陈耀华这会儿的心境，也是长长一段日子里最风平浪静的时候。老二保根在县城找了个小学教师的对象是玩笑话，老二保根终于明确地向她表示，要跟她陈耀华结婚，而且保证白头偕老。她想得到的东西，全都得到。耕耘过后，如今只有收获，她还有什么可不安生的呢？刚才对孔祥发的态度未免有些过火。不错，孔祥发明显流露出对陈耀华的"爱"。这是因为陈耀华自身有让人可爱之处。陈耀华没有权力不让人家爱慕。只要保持着眼下这个样子，限制孔祥发"越轨过线"就万无一失。等跟老二保根当面把婚姻事定下来，找个机会跟孔祥发做个说明，缓解一下刚才人为的紧张关系，以后仍旧和和气气地在一块儿工作就是了。

办公室里有人说话，声音不大，却从敞着的门口传出来。没有听清说什么，倒能品出气恼的味道。

交谈的人是邱志国和孔祥发，两个人的面色都十分难看。邱志国的脸色主要是愤怒，而孔祥发的脸色则主要是惊慌。谁也没看，只是听到有人进来，就都闭住嘴巴。这更增加了异乎寻常的紧张气氛。

陈耀华很清楚她的姑父跟孔祥发搭手共事的微妙之处，用她姑父暗地里的话说，对孔祥发是"又团结又利用"。因此，对策是"有扶植有斗争"。她是在窑厂实施姑父这一套做法的"特使"。有些做法她赞成，有些做法她不赞成。不管赞成不赞成，她都得依照姑父的意志去做。她不敢，也不能不照着做：家里的主宰父亲，乡里主宰舅舅都有权让她就范。姑父、父亲和舅舅既是连环套的亲戚，又是志同道合的老同志。她有什么理由和力量对抗他呢？所以每当邱志国与孔祥发发生什么争执，没有邱志国的事先交代或自己没有摸准意图，她只回避，不介入。这会儿见两个人的异常举动，让人不解，她准备说一句话，立刻退出去。

"姑父，有您一封信。"她停在门口里边，这样说一句，只要听到答应，她就向后转、开步走。

邱志国把攥着拳头的手猛抬到桌子面上，手指一伸，手掌一拍，发出"啪"的一声响，随后说："我看了。你再看看吧！"

陈耀华这才走到桌子跟前，首先看清那个被邱志国攥过的信封上印着燕山乡党委的红字儿，接着展开信纸，得知是她舅舅写来的。

志国同志：

　　县政府信访办公室打电话来，说有人揭发田家庄砖瓦窑在向县冷库工地售砖问题上的严重经济犯罪问题。我已经做了答复。此事责成你做深入认真的调查。不论牵扯、涉及什么人，都要以法律为准绳，给予严惩，决不能手软。

　　我最近因贸易公司的事去一趟深圳刚回来，十分劳顿。拟趁中秋回家休息几天。请节后到乡党委直接向我汇报真情，同时交换处理意见。

　　……

邱志国以为陈耀华把信看完，就对她和孔祥发指示说："三天以后我去乡里汇报。这以前，你们得先把情况搞清楚。把窑厂上的各种人员排排队，分析一下，哪个吃里爬外的东西把那事儿给捅出去的。"

孔祥发说："也许是冷库工地那边出了纰漏，得让那边也查一查。"

邱志国说："你们的任务是清理自己的身边。要知道，没有家贼，引不来外鬼。坏事全坏在内部人心不抱团，自己搬石头砸自己的锅！"

陈耀华听了这句话，心里"呼扇"一下子，但她冷笑一声，说："我当时稀里糊涂，根本不明白怎么回事儿，等结算的时候才知道里边做着鬼。拿这种所谓好处费，就是不正道嘛，你们为啥答应跟他们那些不三不四的蹚浑水呢？"

因为陈耀华说这句话的时候面冲着孔祥发，所以邱志国来了句顺水推舟的话："耀华你也不必怨他。他也是为了这窑厂发展，为了给大家闹点儿实惠的效益……"

　　"什么发展呀？什么效益呀，惹下这样的祸！"

　　"得了，得了。你更用不着为这点儿小事儿担惊受怕。"邱志国刚才听孔祥发说陈耀华无缘无故地放声大哭的事儿，误以为是听到向冷库售砖事件消息引起的，就给她吃定心丸，"天塌了有大汉子撑着，当今比咱们这事大的经济问题海啦，起码乡里就不少，咱们这几块砖算个啥？我一切都依靠党组织，乡党委不会还搞极左那一套，乱整人！"

　　陈耀华故意一噘嘴巴跳出办公室。她一看手表，已经临近老二保根跟她约会的时间，就跑回屋里，换了件花汗衫，擦擦脸，梳梳头发，急忙奔向窑厂右边的那片杨树林子。

　　山坡子地里庄稼熟得早，转眼间都被收割完毕，野外变得很空旷。远处有人抡镐刨白薯，有人赶牲口驮秸秆，还有人拉着石磙子，吱吱扭扭地轧麦垄。

　　陈耀华原来在路边站立，腿站得酸麻，就退到林子跟前，倚靠在一棵树干上等待。她急盼老二保根快一点儿到来，但不焦躁。她的脑海被一种异乎寻常的幸福浪潮所占据，只想着跟老二保根在这里重逢的情景。设计着那情景，把自己置身在那种幻想中去享受，又推动幸福感的波澜的升华。她实在自我陶醉了！

　　汽车好似突然出现，形状渐渐大，声响渐渐高，很快到了不远的路上，"嘀、嘀、嘀"地鸣起三声礼炮般的喇叭。喇叭声好似一股旋风，把陶醉的陈耀华托到浪涛的尖端之上。

　　老二保根把汽车停在路上，打开车门跳下来，迈着急切、有力的阔步，朝着痴呆的陈耀华奔过来。

　　陈耀华迎上前，脚步有点儿慌乱。她看清了老二保根那英俊的脸孔上洋溢着喜悦神采。她看到老二保根伸过来的手厚大而结实。不知怎么，她却步了，打个沉，下意识地扭头朝右后方的砖瓦窑那边看一眼。

满怀激情的老二保根，被陈耀华这一微小的动作牵动一下神经。以为那边有人窥视他们，所以放下了手，放慢了步，赶紧低声问："你把那个证据拿来了吗？"

"证据？"陈耀华几乎是愕然地反问一句。可是她立即如梦初醒地意识到，这次跟她心上人老二保根的会面，不仅仅接受她的爱情的反馈，还有付出她必须要付出的代价。于是她说："我带来了。可是，我想跟你好好地商量商量……"

"商量什么？"

"我们只把孔祥发搞下去好不好呢？"

"哦，舍车？"老二保根愣一下说，"那么，把邱志国这个将帅保下来？"

"不是这个意思。"慌乱中陈耀华不知怎么表达自己的心意，只好直话直白，"你不是很担心孔祥发会把我怎么样吗？搞掉他，你就可以放心了。"

"哎呀呀，你把我当成个争风吃醋、打花案儿的人了！"老二保根因为觉着受辱而提高了嗓门儿，"我的出发点是为了事业！我要达到的目的，也是为了事业！"

"这个我明白。你是有理想、有志气的。"陈耀华越发恳切地说起她几乎是由一时的灵感而构成的两全其美的计划安排，"你可以取代孔祥发当窑厂的厂长，也可以承包田家庄的那片果园子。这回我可以让你如愿以偿、让你心满意足。到底干哪行，你自己挑选，你有绝对的自由。"

老二保根好像不认识陈耀华那样，用紧锁双眉的眼睛盯着她，心潮翻翻滚滚，随即"嘿嘿"地笑了笑，眯着眼、拉着长声问陈耀华："假如我要把窑厂拿到手，怎么处置孔祥发呢？"

陈耀华说："这个你放心。我姑父一句话，就可以把他撤掉，让他走开！"

　　"那么，我要果树园子，就不容易到手。巴福来可成了在县里挂了号的典型人物！"

　　"这事儿，我舅舅能做主，能帮助我们……"

　　"噢，我明白啦。这样，权，你使用上了；钱，你也能够帮我弄到，我们都挺美满。"老二保根笑嘻嘻地说着，同样也笑嘻嘻问道，"耀华同学，请告诉我，被邱志国利用的权，支持的坏人在窑厂做的圈套，侵吞国家的钱，又怎么处理得挺美满呢？"

　　陈耀华说："我劝你别管那种事儿。你管不了。"

　　老二保根说："你把证据给了我，我怎么管不了呢？"

　　"给你，你也管不了。"陈耀华欲说又止，"你不知道这里的事情要多复杂有多复杂呀！"

　　"这个我清楚。他们的关系网很厉害，我这没权没钱的老百姓不是对手。"老二保根郑重地说，"只要我手里攥着证据，我就上北京……"

　　"不行！不行！"陈耀华连连摆手，打断老二保根的话，"你那样做，牵扯的人太多，花的代价太大，不会有好结果。十有八九把我们两个人的幸福、前程也断送。我不能让你这样犯傻！不能自己毁自己！"

　　老二保根垂头丧气地叹息一声说："我了解你。你的意思我明白了。一句话，你舍不得离开那个万能的权势！"

　　陈耀华近乎哀求地说："不管你怎么想，我都一心为你好，为我们俩好。就照我的主意办吧！除此以外，我什么全由着你。好吗，保根？"

　　"不行！"老二保根用力地吐出这两个字，转身往汽车跟前迈步。

　　陈耀华追上来，说："你别生气，我听你的。我立刻给你要的那证据……"

　　"不用了。"老二保根打开车门，一抬腿迈进驾驶室，沉重地坐下身子。

陈耀华仰着脸，叮问："我们俩的事儿……"

"结果很明白。"老二保根说，"这一个回合，我失败了。你呢，也失败了。再见吧！"他说罢，"咣当"一声，拉上了车门，急忙地启动车子。

一直坐在车里不敢动，也不敢插话而莫名其妙的杜淑媛，问老二保根："这是怎么回事儿呀？"

老二保根朝嫂子挤眉弄眼地说："没啥，又开了个玩笑。咱们回家，念咱们的经，过咱们的日子吧！"

陈耀华在汽车后边追了几步，猛然刹住了。她没有弄清楚老二保根为什么这样？尤其弄不清老二保根为啥这样冷酷无情地对待她，只觉得被耍弄了。她从花汗衫兜里抻出那张记录着一场罪恶数目字的纸，两只手一齐捏着纸边儿，"咔嚓"一声撕开，又叠起，又撕开，最后把撕碎的纸屑，朝汽车远去的方向，愤怒地一撒。纸屑，像雪花似的撒落在车轮的辙印上。

第 五 十 五 章

　　杜淑媛还没有来得及把刚才发生的事儿闹明白,汽车已经开到村口,停在新宅子的栅栏门跟前。她看到院子里站着好多人,立刻就明白了怎么回事儿。她没等汽车停稳,就打开车门,纵身跳下,跑进院子里,大声喊起来:"妈,妈呀!"

　　这个时辰跟田留根在屋里小柜橱上发现那张纸条的时辰,以及田大妈和杜有志从燕山镇赶回家的时辰,相距的并不太长。但是,田家人那紧张、恐怖、绝望和悲哀的心气,已经达到高潮。如果再加上一点点分量,或是到了真正觉得完全没有希望的时候,田家庄的老田家,今儿个不出一条人命,也得疯一对儿!

　　他们断定杜淑媛带上敌敌畏去自杀,就乱了营。先在东边新宅子搜查一遍,又到西边老宅子寻找一遍,场院里的柴草垛、秫秸堆都翻一遍。接着,他们分头到承包的几块地里去找去喊。当然处处都扑了空。到后来只剩下一线希望:杜淑媛这会儿还没有服毒,跟亲人告别一下再寻死。因此,估计杜淑媛可能回香果峪找弟弟,或是到燕山镇找姑姑。这紧急当儿,坐汽车不到钟点,骑自行车太慢。而如果去香果峪的话,根本不通汽车,大上坡骑自行车也艰难。只有一手,动用现代化的联络工具——

打电话。

电话，过去安在大队部办公室，如今在那个一天到晚不见人影儿的村民委员会办公室撂着。那个办公室在村西头的大庙里。

田留根早已失魂落魄，两条腿迈步都打晃，走不动路啦！

杜有志着急发慌地说："你在家等，我替你打。"

田留根还不放："不，不！我去，我去！"

有志只好强作镇静、鼓着劲儿搀扶着他挪到电话旁边。

电话固然是现代化的东西，可是中国农村使用的电话，却都是老掉牙的玩意儿：得把吃奶的劲儿掏出来，拼命地摇、拼命地喊，得跟管总机的姑娘大吵大闹。结果，两个人的手都摇得起了泡，嗓子都喊哑了，刚把供销社百货门市部的分机接通。而传过来的不是姑娘的声音，却是"飞了一只鸡，跑了一只鸭，吓坏了背后的小娃娃呀，咿呀咿得喂……"——朱明瑛唱的民歌《回娘家》——广播站开始播音。广播站通向各村的大喇叭的线，跟电话同是一条！你说这该有多急人！多气人！

田大妈比儿子更难受、更害怕、更后悔。她是个好脸面的女人，争强好胜了多半辈子，天底下还有比逼死儿媳妇儿更坏的名声吗？她明白自己是这场悲剧的主谋和凶手。儿媳妇儿要是真有个三长两短，她就太对不起儿子，太对不起老头子，太对不起田家的老祖宗。死后到阴曹地府，也得下油锅炸呀！

田成业处于一种极度的麻木状态。祸从天降，折腾了半天，他的呆滞的头脑里只剩下干干巴巴的两个字儿："完了！"大儿子算完了。人财两空，端着铁饭碗的老师还不跟二儿子吹灯？老二保根跟哥哥一样，也算完了。老伴儿这回惹下这场大祸，也完了……由田家的这门人而得名的田家庄，历史悠悠，繁衍了几十代，人丁从少到多，又从多到少，最后只剩下一根枝儿。这回干净利落，从这一代起断子绝孙，往后再没有姓田的人。这不等于彻底完了吗？完了！完了！！完了！！！田成业越想心膛越窄，最后堵个死死的。

左右邻居，陈、刘两位媒人，全都闻讯而至。可是他们只是觉察到田家人在生气、闹矛盾，也看出这生气、矛盾的事儿跟儿媳妇儿有关，但摸不着头脑，也就不好解劝。他们出于好奇、出于关心，着急想问出个究竟，可是怎么拿话儿引，也问不出个名堂来——不到非揭锅不可的时候，比如公安局派出所的人来盘问，田家的人决不会把"家丑"往外"扬"。这是田大妈立下的老规矩。这规矩经过日久天长地恪守，早就成了田家人的习惯，在任何情况下都不会乱了阵脚，都不会轻易更变。

汽车的响声惊动了院子里所有的人，他们不约而同地猜测是真的来了派出所的民警和办案子的，致使本来就紧张的气氛更加紧张起来。

田大妈和田成业，同时都给惊掉了魂似的，连动弹一下、张望一下的力气都没有。接着，又传来儿媳妇儿杜淑媛的呼唤，把他们的魂儿从九天云外给拽了回来。

田大妈第一个跑出堂屋，张开嘴巴、伸出两只手，呆呆地站在台阶上，变成一个傻瓜，不知道咋好。

杜淑媛扑上前来，搀住婆婆的胳膊："妈，我，我害您受惊了……"

田大妈用力地挤着泪水模糊的眼睛，干裂的嘴唇抖了好长一会儿才吐出字儿来："我，我的好媳妇儿，我全明白了……闹一遭儿，是我有眼无珠，把你错怪。是我对不住你呀！"

杜淑媛掏出手绢给婆婆擦泪，自己的泪水却不断线地往下淌："是我对不住您。您把自己的心都掏给了儿女，您是位好妈妈……"

杜有志先看到杜淑媛，就跑过来说："姐，看你闹的这场虚惊，多吓人！"

杜淑媛抹一把泪说："我的亲人，你哪知道，这场虚惊差点儿成了实在的……"

田留根惊喜若狂地要奔媳妇儿跟前来，他刚迈一步，就被从汽车上跳下来的老二保根给拉住了。

"哥，咱家里这是咋回事儿？闹得我丈二和尚——摸不着头脑，都不敢露面儿。"

"啥咋回事儿，还不是为了你的婚事。"田留根语无伦次地说，"人没闪失，万幸！万幸！只要有人就好办。快，给你这手表。"

老二保根朝哥哥手掌心托着的手表瞥一眼，奇怪地问："这不是嫂子的那块嘛，你给我干啥？"

"给你那对象呀，"田留根认真地说，"这是爹妈的心意，给她的定亲礼儿。咱爹妈这一辈子就剩下这件大事儿了。"

"快收回去吧，谁要你这破玩意儿！"老二保根嘴一撇，眼一翻白，随后用手掌"嘭嘭"地拍拍打打汽车的铁门，"你看见这个没有？"

田留根看看大汽车，又看看神气十足的弟弟："是你开来的？"

"当然。"

"你还学会开汽车了？"

"为了在社会上闯，什么本事有用，就得生着法儿学会什么，要不咋吃得开！明白吗？"

"你当了司机？"

"哥！你真小瞧人！"老二保根拍拍自己的胸脯，"新新建筑公司副经理！"

"你在城里当了官儿？"

"不算官儿。我、窦队长、陈技术员，我们一块儿拉了一拨子从农村出去的临时工，搞起一个民办的联合企业建筑公司。"老二保根郑重其事地告诉哥哥，"我们的经营方针很明确，专在农村小镇包工盖房，管设计、管运料、管施工，而且优待等着盖新房娶媳妇儿的光棍儿……"

"这下你们可修好积德啦！"田留根没把弟弟的话听完，就"啧啧"

地咂起舌头赞美，随后小声问，"怎么没把兄弟媳妇儿请家来呀？"

"请她？嘻，我费那劲儿干什么！"老二保根微微一笑，挎住哥哥的胳膊，一面往院子里走，一面得意扬扬地说，"有了本事，有了地位，有了钱，有了人格，这就行了。我得等着她们上赶着找我，由我自由自在地拣最可心的挑！哥，你看这该多棒啊！"

田留根又把弟弟看一眼，终于点点头，随即轻轻叹口气，低声说："看起来，你身上的毛病不少，好的地方也不少。从总的地方说，你比哥哥我有出息呀！"

大家簇拥着走进屋里，一个个都找位子坐下，老二保根才顾得上跟杜有志搭话攀谈。

他们是同一时代的青年农民，在信仰上和观念上也并不完全一样。但他们都想当好人，都想往好日子奔的这些主导方面，又都是一致的。因此，他们之间的共同语言很不少。开始，老二保根不想跟家里人露出一点儿此时他的内心矛盾，杜有志为了冲淡一下由他姐姐在这个家造成的紧张气氛，所以也扯些无关紧要的闲话。他们从燕山镇的农贸市场，县城里的住房紧张，扯到柬埔寨和阿富汗的战争，又从平原农村的烧柴困难，扯到西方世界的能源危机，以及非洲大陆可怕的干旱现象。他们自然也谈到当前农村的一些新鲜事儿。诸如县、乡的一些党、政、群的机关单位，一窝蜂地起来开公司、办企业、做买卖，连小学学校都抽出老师到处跑，寻找挣钱的门路。他们抽着烟，喝着茶，越聊越热乎，越聊越有点儿感情冲动，很自然地发泄起不满情绪。诸如社会上那种不请客、不送礼、不塞"红包"就办不成事情的不正之风，投机倒把、违法乱纪的腐败现象。到最后，老二保根把那件本来不想说的县冷库和田家庄窑厂坑骗国家的勾当，也忍不住摊开了。

"这回，我要跟他们打一场持久战的官司。"老二保根愤愤地说，"我不信，他们就一手能够遮住天！"

细心的杜有志提醒他说："触动这类牵扯面大的事件，一定得抓到真凭实据，不能道听途说。"

"证据很确凿。百分之百的确凿！"

"你掌握到手了？"

"我要是硬要，肯定能拿到手。"老二保根蹙了蹙眉头说，"我掂量过，觉着那样做没意思。我不想欠她的情……再说，不是自觉自愿的，摁着脖子喝水，会呛住，会倒出来。到节骨眼儿上一翻脸、翻案，那就更惨啦！"

"没有抓住证据，你能赢吗？"杜有志有些不放心地再次用提醒的语气问他。

"我认为证据就是事实。那个人想给我提供证据，又缩回去的行动本身，就证明了有那种事实。"老二保根边思索边说，"事实谁也改变不了，谁也抹不掉。有权有势只能掩盖一时，终究会水落石出！我相信历史是无情的。"

"那么，你回县以后就干这件事儿？"

"不，用不着那么急，反正跑不了他们。"老二保根胸有成竹地说，"我和我们原来的窦队长，还有一位姓陈的技术员，已经宣布退出城关建筑队，正跟红旗大队联合搞个新的建筑队。追追时髦，也叫公司。有了这个立足点，有了经济来源，有了后盾，那时候我再跟他们斗。斗胜利了，国家和我们大家都有所得；斗失败了呢，我个人也无所失。能进能退，能攻能守，我田保根还是我田保根！"

"哈哈，你真有两下子。你这么稳扎稳打，准能胜利。"杜有志非常欣赏老二保根的这一番高明而又稳妥的斗争策略，同时表示，"我支持你。我们香果峪也助你一臂之力。咱俩现在就可以订个合同，将来香果峪建筑方面的事儿，全交你们公司承包。我打算将来把香果峪搞成养花木的专业村，我们有条件、有把握在这条道上让全队的人都过上富日子。所以，除了不少的公共设施要兴建，还有大置的私房要翻修或盖新的。你知道，香果峪是个穷山沟，光棍儿多，等我们生产面貌一变化，土木工程可少不了呀！"

"那可太感谢啦！"老二保根握住杜有志的手说，"今儿个下午回去，我就向窦大哥和陈技术员报喜。有了红旗大队的后盾，再加上香果峪的援军，我们有什么怕？我们有什么理由没信心？"

……

这一天，田家庄老田家的老少五口大团圆，留下了杜有志和刘、陈两位媒人，一块儿过的中秋佳节。喝酒的时候，大伙儿又说了好多让人高兴、奔日子有劲头的话。刘、陈两位乡亲，见老二保根是开大汽车回来的，还听说他当了"副经理"，加上发现老二保根越发出息得一表人才，于是又起了保媒的心。

没容旁人开口，田大妈就连忙地回答："他的婚事我们不管啦，让他自己操持吧！"

田成业也陪着附和一句："我们可不再干那号费力不讨好的事儿，我想过几年舒心的日子啦！"

一九八四年五月十四日草稿完于蓟县西潘庄
一九八五年十二月二十一日重写稿完于绿谷满月
一九八六年四月二十一日修改稿完于北京通州镇

《苍生》是怎么写出来的

1

我把长篇小说《苍生》，作为自己从一九七六年到一九八六年这个阶段艺术实践的一次小结，从此将要开始另一阶段的新路程。

作品发表以后，不少关心我的同志，或当面，或写信，给予极为热情的赞许。刊载这部作品的北京十月文艺出版社《长篇小说》的编辑同志，也向我转达了他们耳闻的一些肯定性的意见，并约我写一篇谈创作体会的文章。对于同志们的鼓励，我由衷地感谢。对于写经验文章，则因畏难而一再拖延着。后来，《农民日报》要介绍这部小说，也让我配合他们的工作笔谈一下写作经历。对他们的好心，我同样感激，但对他们的要求，却不敢再推脱。我笔墨耕耘操劳了几十年，一直以"写农民，给农民写"为宗旨。《苍生》写的是农民，特意为农民写的。——编者代表农民派任务，让我说说有关它的情况，我必须高高兴兴地接受，认认真真地完成，尤其得老老实实地说心里话。可惜，动笔之后又力不从心：写作事、家务事、社会活动等，如同成堆成垛的石头一样，挤着我、压着我，使我难以静下心来做一番认真地、仔细地、全面地回顾、思考和总结。结果潦草成章，很不满意。当时跟我的责任编辑吴光华同志商量：等出单行本时，再把那小稿从从容容地重写一遍，把要说的话统统说出来。两个月匆匆过去，书稿校样已经排出，而我想做的事情仍未做成，原因依旧是被"石头堆""石头垛"挤着、压着，几乎没有支配时间的主动权。交稿的限期迫在眉睫，只好再一次潦草应差，把原有的小稿来一遍补修翻新。

2

一部作品从"怀胎""孕育"到"降生"，其过程是相当复杂的，作者本人未必能够说得清清楚楚。不过，就我来说，《苍生》有点儿"特殊性"，是个难孕、难产的婴儿，使我吃了不少苦，并非"得来全不费功夫"。所以，对它的"由来"，自然留有一些记忆——可用一句话概括：《苍生》是逼出来，是被逼到没有任何退路的情况下写出来的。

我是个只有三年小学、半年私塾学历的农民和农村基层干部出身的小说作者，新中国成立后的十七年，走的是一条"自学成才"的道路。主要是三个原因促使我怀上文学的理想：一是消除了战争、赢来和平安定后，政治上解放、经济上翻身使我由衷地喜悦；二是新的中国、新的农村、新的农民，做出并继续做着的，自古以来未曾有过的新事物对我的鼓舞；三是盼望中国、盼望中国农村繁荣富强的心愿，由此产生的想对社会发展起点推动作用的革命责任感。除此而外，搞文学写作的"动力"中，也有名利思想，在一定的时间内还很不轻。但，说实话，我的这方面的"名利思想"，恰恰是进了文学大门、进了文艺界之后才被传染上的。

为了实现文学理想，为了走上成功之路，早在起步那个时候，我就十分明白：光靠三年半学历给予我的文化知识，是不能写出成功作品的，是不能迈进文学大门的。文化知识的"先天"不足，由不得我。而做"后天"的弥补努力，我则掌握着主动权。我坚持上业余文化补习学校，我起早贪黑地一边自学文化，一边练笔写作。十年间，我不仅读完中学的语文、数学、历史、地理课本，还读完大学专科的主要课程，千方百计地提高自己的文化和艺术修养。为了学和写，三十四岁（这一年"文化大革命"开始）前，我夜间十二点前没有上床休息过，没有睡过一个午觉……新社会给我提供的优越条件，我都充分利用了。也遇到一些可以走歪门邪道的机会，我都尽力地避开了。应该说，我没有虚掷光阴，是有进步、有成绩的。

我终于学会拿起笔来写作。我这支笔来之不易。我最怕有了拿笔的本领而失掉拿笔的权利。于是乎，小心谨慎，不敢迈错一步。我说《苍生》是逼出来的，这段话，即怕失掉笔，是我那"逼迫感"的老根子。

3

做梦也不会想到，"文化大革命"的十年，我却成了被认为全国唯一的一个在创作上走了弯路的作家。即所谓"文革"期间，中国文坛上只剩下"八个样板戏、一个作家"的那个作家。粉碎"四人帮"以后，我的人身受到清查，作品受到批判，第五届全国人民代表大会开幕式上被取消代表资格。开头，我的思想认识转不过弯子，愤慨、抵触、委屈，不服气。这当然全都无济于事，不可能扭转局势而改变我的困境，所以我又陷入悲观、迷惘的苦闷之中……

不管我认账不认账，也不管这笔账到底怎么算才合情合理，反正在大势所趋的情形下，"栽了跟头"已经成了事实。面对着"栽了跟头"这个不能抹掉，也不能回避的现实，我该怎么办呢？

在闹情绪、发牢骚、等待、消沉中消磨日子吗？靠卖名，挂着作家的牌子（反正每月能领取不算低的薪金）瞎混日子吗？我那会儿（一九七八年）已经四十六岁了。对一个作家来说，到了这般年纪，属于他的"兵强马壮"的艺术青春时期，不是很长了。光阴好比河中水，只能流去不流回。把钱乱花了，可以设法再挣，或者求人借贷，浪费了岁月，是绝对不能重新得到的。何况我们这一代人白白耽误的光阴本来就不少了。这种时间的紧迫感，促使我希冀"东山再起"，因而形成一种严重的逼迫。

同时，我认为有人出于"文人相轻"的嫉妒和有人不了解我而把我贬斥得面目皆非。在那段非常的历史日子里，我有缺点和错误，但自信终归是个正派的好人。今天和以后，也是个对社会有用处的人。那么，我要用什么向别人，向大多数不明真相的人证实这种自信呢？以牙还牙地斗？打官司告状地争？都不是上策。只有作品，只有继续握着笔写作品才靠得住。作品是作家灵魂的影像。作品能够最准确地显示作家品行的真面貌。作品可以使作家获得他应获得的一切，其中包括公正的评价和待遇。在哪儿栽倒的，再从哪儿爬起来，以自己的实际行动从弯路走上直路，是最好的计谋，最有希望的前途。于是，我的不服气的情绪变了不泄气。随着把打算付诸实践的进程，不泄气又升华为自爱、自信、自强的志气。这志气也成了我奋发努力的一种逼迫！

4

人生之路又一程的大目标确定之后，我给自己立了个座右铭："甘于寂寞，安于贫困，深入农村，埋头苦写。"我逐渐认准：自己如果切切实实地照这四句话做下去，才算没有在命运的安排面前屈服，而会成为一个胜利的强者。四句话里如果有一句做不到，或半途而废，"自生"

的我，将注定要"自灭"！

本着这样的精神，在生活和艺术实践的拼搏中，我首先采取了四项具体措施：一、重新认识历史；二、重新认识生活；三、重新认识文学；四、重新认识自己。这"四个重新认识"基本上是交叉进行的。为了重新认识历史，我回到老"生活基地"。回到我第一个短篇小说《喜鹊登枝》和第一部长篇《艳阳天》取材的那些村庄，跟当地基层干部和农民一起"反省过去，思考未来"。为了重新认识生活，我把女儿带到县城安家落户。同时跑过许多陌生的地方，结识许多陌生的人。为了重新认识文学，我读了大量古今中外的文学名著，包括买了几十年、一直放在书柜里没有翻过一页的《莎士比亚全集》。为了重新认识我自己，把全部著作逐本逐篇逐字地检查一遍……

"重新认识"，并非只为否定，也不是只有否定。而是站在随着时代发展而提高了的认识水平线上，看历史、看生活、看文学、看自己，该否定的观念就勇敢地否定，该肯定的观念就大胆地肯定，就像毛泽东同志教导的那样，光明磊落地"坚持真理""修正错误"。

这"四个重新认识"，又对我来说，很不轻松愉快，每每十分痛苦。比如"重新认识历史"。我要重新认识的新中国成立后农村发展历史，并非别人的历史，而是我们自己的历史，是我本人以热情、积极、虔诚的心态参与"制造"的历史。要对这样的历史上的某些阶段的实践和某些根本性的问题加以否定，不仅牵扯着我的感情，而且关联着究竟什么是文学，什么是社会主义文学种种大问题，尤其关联着对我自己的鉴定估价，触动着我的灵魂……

不论怎么艰难痛苦，我总算闯过一道道关卡。我终于承认了我们在历史上犯了错误，同时也认识到自己犯了错误。本文开头所说的那种不认账的抵触情绪渐渐释解。因为起初我有一个疙瘩解不开：几十年，包括在"文革"期间，我处处事事都是听党的话，照党的规矩办事的，我怎么会错了呢？此时觉悟：连党都犯了错误，我就那么高明出众，而没犯错误吗？承认了错误，为形象地再现历史教训，也为体现自己的进步，我很快地创作出新作品，被称为"反思题材"的长篇小说《山水情》（拍成电影，改名《花开花落》）、中篇《浮云》及《老人和树》。

这番对历史的重新认识的结果，还给我一个重大思想收获：认识到农村必须实行改革。这一初步的觉悟，引导我越发热情地投身于农村，从事"重新认识生活"的实践活动。期间，创作了《能人楚世杰》《傻丫头》《姑娘大了要出嫁》《赵百万的人生片断》《机灵鬼》和《误会》等反映农村现实生活的中短篇小说。

然而，我的"重新认识"毕竟在进程之中（至今如是），当农村改革热热闹闹地展现在眼前之际，我又对许多事物不理解而感到是非难辨、好坏难分，由此陷入困惑。

5

在困惑不解的忧虑和烦恼的折磨之中，我几乎不由自主地退却了。还自作聪明地想：自从"文革"结束以后，我的作品写得不少了，可算"栽倒又爬起来了"。每个作家有每个作家的时代，写改革是新时期成长起来的作家的责任。我的时代已然过去，所剩下的只有回忆了。不服气不行啊！于是，五十岁生日那一天，我闭了门户，动笔写起自传体长篇小说，计划写十年。

万万没有料到，正在我津津有味地写着自传的时候，新的逼迫又一个紧跟着一个地来临，不让我安宁。

首先是农村变化、发展着的生活对我强有力地召唤。我的亲戚大部分是农民。我每年有百分之八十以上的时间住在县以下的镇子和村庄里，时时接触正在搞改革的农民和基层干部。这两类人总向我吐露心怀、谈论得失，无保留地表现着他们的喜怒哀乐。这样，就逼迫着我不能不思考所不熟悉的事物，不能不探索还不理解的问题。每一番思考和探索的结果，都不可抑制地在我胸膛里燃烧起艺术冲动的火苗子。我常常忍不住地暗自思忖："我从土改后的农村，写到'文化大革命'后的农村，如今跳过改革着的农村生活不写，而一头扎到自传里去，合适吗？"

与此同时，爱看书的农村的读者，有的当面对我说，有的写信向我讲：呼吁作家走出文艺界小圈子，到农村去，写写农民真实的心声，写写农村真正面貌的作品给他们看。而且，几乎无一例外地都认为我这个从农村出来的，又"泡"在农村的作家，一定正在积极创作着他们所希望看到的小说……我那本来已经不安的心，面对这样的呼唤和期待，羞愧得无言以对。

出版社的编辑同志，虽人数不多，当时对我逼迫起来，却感到压力很大。北京十月文艺出版社召开"北京长篇小说创作丛书"约稿会，逼着我这个最怕在会场上发言的人发了言。从此，我的朋友编辑吴光华同志就紧紧地抓住我不放。他坦率地对我说："你现在这样年纪就写自传早了点，先干出个反映农村现实生活的长篇再写它也不迟。"隔些日子，他不是打电话就是写信催促我一回，使我把那根弦绷得紧紧的，不能有一点儿松懈。还有当时在人民文学出版社工作的江达飞同志，也把我逼得很紧。在我向他流露出对写改革时期农村生活题材有畏难情绪的时候，他明确表态："我对你有信心。你是写农村生活的中年作家里有希望的一个，别让读者和关心你的同志失望。"

6

如此种种，来自现实生活的、读者的、编者和诸位朋友的敦促，对我形成一个强有力的声音：你不能退却，不应回避，必须直面农村生活现实,给改革时期的农民做一个历史的记录,摄一些心灵和精神的面影!

我没有权利拒绝这样宝贵的鼓励和鞭策(即所谓"逼")。我苦苦地自省自问:为什么对新时期的农村生活有所困惑?因为我看到那里正处在进行与完善过程中的改革很复杂,不易把握,难写。难写,正说明需要作家去写,正说明给作家提供了用武之地。自己的誓言是:一辈子写农民,一辈子当农民的忠诚代言人。如今发现了农民所关心的问题,农民需要我说话,我就应该仗义执言。最后,我终于下个决心,"颂苍生,吐真情",把刚刚草拟完的自传体小说第一部《乐土》稿子包封起来,再一次走出书房,走进正在改革着的冀东农村。最后,在"文化大革命"结束十周年的前几个月,写出了现在奉献在同志们面前的这部《苍生》。

《苍生》的酝酿、构思、起草、修改的具体过程,同样很艰难、很复杂。它是我在人生道路上受了挫折而没沉沦,"甘于寂寞,埋头苦写",初步地实践了"四个重新认识"的结果。对写出来的《苍生》的得失,我不想多讲,也讲不清楚。作品本身体现了我对农村现实生活的观察与思考、希望与忧虑、歌颂与暴露。同志们看了作品,自然会明了一切,我盼望着听到各位同志的批评和指导。

我又重新操起自传体小说,今年开始陆续发表。但我决不使自己埋到"回忆"里去。我已经回到离故乡十华里的、我们国家最基层的政权机构挂职了。我要在那里一面写自传,一面继续观察、体验农村的新生活,追逐着它的发展、变化的脚步,再做些历史的记录,再摄取些农民的心灵和精神的面影。

一九八七年六月六日草于北京

八月二十八日改于通州镇